KB249133

정비석 문학 선집

단편소설

지은이 정비석(鄭飛石, Bi-seok Jeong)_1911년 5월 21일 평안북도 의주에서 출생했다. 정비석의 본명은 서죽(瑞竹)으로, 니혼대학 문과에서 수학하였다. 1935년『매일신보』신춘문예에 콩트「여자」가 당선된 이후, 1936년「졸곡제」(『동아일보』), 1937년「성황당」(『조선일보』), 1938년「애증도」(『동아일보』)가 신춘문예에 연달아 당선되면서 본격적인 작품 활동을 전개했다. 1950년대 '『자유부인』논쟁'은 그에게 대중소설가라는 이미지를 심어 준 사건이었다. 그러나 그는 대중의 감정구조에 호소하는 애정의 문제뿐만이 아니라 고향이나 전통의 정서를 정감 있는 언어로 재현하는 한편, 현실에 기투하는 주체의 문제를 심도 있게 다루었던 작가였다. 50년대 이후『명기열전』,『민비』등 역사소설로 작품 경향을 전환하여 80년대 말까지 작품 활동을 하였다. 소설『청춘의 윤리』,『여성전선』,『자유부인』,『산유화』, 수필집『비석과 금강산의 대화』,『노변정담』,『나비야 청산가자』, 평론집『소설작법』등이 있다.

엮은이 김현주(金鉉珠, Hyun-ju Kim)_연세대학교 국어국문학과 및 동 대학원을 졸업하고 문학박사 학위를 받았다. 현재 한양대학교 기초·융합교육원 교수로 재직 중이며, 대중서사학회 회장을 맡고 있다. 저서로는『대중소설의 문화론적 접근』,『마인』(편저),『역사소설이란 무엇인가』(공저),『페미니즘은 휴머니즘이다』(공저),『여원 연구』(공저),『1970년대 문학 연구』(공저) 등이 있으며, 논문으로는「아프레걸의 주체화 방식과 멜로 드라마적 상상력의 구조」,「구활자본 소설에 나타난 '가정담론'의 대중 미학적 원리」,「『제국신문』에 나타난 혼인제도와 근대적 파트너십」,「1950년대 잡지『아리랑』과 명랑소설의 '명랑성' 연구」등이 있다.

정비석 문학 선집 3 단편소설

초판 인쇄 2013년 1월 5일 **초판 발행** 2013년 1월 15일

지은이 정비석 **엮은이** 김현주 **펴낸이** 박성모 **펴낸곳** 소명출판 **출판등록** 제13-522호
주소 서울시 서초구 서초동 1621-18 란빌딩 1층
전화 02-585-7840 **팩스** 02-585-7848 **전자우편** somyong@korea.com **홈페이지** www.somyong.co.kr

978-89-5626-778-4 04810
978-89-5626-775-3 (세트)

값 34,000원   ⓒ 정천수, 2013

단편소설

정비석 문학 선집 3

A Literary Collection of Bi-Seok Jeong

정비석 지음 / 김현주 엮음

소명출판

일러두기

1. 이 책은 정비석의 소설을 모아 간행한 『정비석 문학 선집』이다.
2. 작품의 배열은 발표순을 원칙으로 하였으며, 출전은 각 권 말미에 '수록 작품 목록'을 따로 두어 밝혔다.
3. 일본어로 창작된 작품은 작품 말미에 (일문 번역)이라고 표시하였다.
4. 표기법은 원문을 그대로 수록하는 것을 원칙으로 하였다. 그러나 오기가 분명한 경우는 바로 잡았고, 오늘날 독자가 의미를 파악하기 어려운 어휘나 설명을 필요로 하는 부분은 각주로 처리하였다.
5. 띄어쓰기는 현대어 표기법에 따라 교정하되, 국립국어원의 표준국어대사전을 기준으로 삼았다.
6. 한자는 괄호를 사용하여 한글과 병기하였다. 한글의 음과 동일한 경우는 ( )로, 다를 경우는 [ ]로 표기하였다.
7. 대화·인용은 " ", 생각·강조는 ' ', 시·소설은 「 」, 단행본·신문·잡지는 『 』, 영화·가요 등은 〈 〉로 통일하였다.
8. 원문 해독이 어려운 글자는 □로 표시하였다.
9. 정비석의 전체 작품 연보와 연구 목록은 『정비석 문학 선집』 마지막 권에 수록될 예정이다.

:: 차례

정비석 문학 선집

3

시일(是日)

팔월 십오 일 저녁 일곱 시에 라듸오로 일본이 무조건 항복을 하였다는 확보를 들은 우리들 몇몇은, 그 지긋지긋하든, 생각만 하여도 이여 신물이 도는 일본 군국주의의 압박에서 완전히 해방된 역사적인 감격을 억제할 길이 없어 그 자리에서 곧 축하연을 베플기로 하였다. 주안상을 에워싸 둘러앉은 우리들은 남실거리도록 그득히 따른 술잔을 높이 들어

"자― 우리 조국의 완전한 자유 독립을 축복하면서―"
하고 경사로운, 그러나 또한 다난한 조선의 앞날을 충심으로 축복하지 않을 수 없었다.

나는 축배를 쭉 드리키고 나서 좌중을 도라보며

"우리들은 모두 합병 이후에 난 사람들이니까 우리가 제 나라를 갖어 보기는 오늘이 처음일세. 생전 처음 제 나라를 갖어 보는 기쁨, 이 기쁨은 우리가 아니고는 도저히 상상할 수도 없는 우리들만의 기쁨이기도 하네."
했더니 모두들 참말 그렇다고 환호를 올리는데, 좌중에 끼어 앉었든

손희득(孫希得)이라는 분이 팔을 내저어 환호를 제어하며

"허 — 자네들의 눈에는 이 늙은이가 안 보이나 보네그려! 나야말로 자네네들과 달라 진성진미 대한국 국민일세. 조선이 일본과 합병(빛조혼 개살구 격으로 합병이라고는 명색뿐이고 실상은 침략한 것이지만)한 것은 내가 열 쌀 때의 일이네. 자네네들은 난생처음 제 나라를 갖어 보는 기쁨을 자랑했지만, 잃었든 조국을 다시 찾는 기쁨이란 새로 제 나라를 갖는 기쁨의 유가 아니라네."

하고 자기 자신의 입장에서 기쁨을 말한다. 손희득은 우리와는 한 돌기나 마지 되는 어른으로 몇 해 전에 물러나신 분이다. 손씨의 말을 듣고 보니 딴은 그러키도 할 상싶다. 남의 노예로 태여났다가 설흔다섯 살에 비로소 처음 제 나라를 갖는 기쁨도 미상비 크지만, 갖었든 제 나라를 잃고 삼십육 년간을 남의 종사리로 지내다가 또 다시 조국을 탈환한 기쁨도 배길 배 없을 것이었다.

"우리도 우리지만 손선생님의 기쁨도 크시겠습니다. 이래저래 삼천만 조선 민족이 모두 기쁨니다그려."

하고 한 친구가 말하자 다른 친구가 그 뒤를 이여

"합병된 것이 열 쌀 때였다면 선생님은 그때 일을 대강 짐작하시겠군요?"

하니까 손희득은 대뜸

"암 기억하구말구. 어느 무더운 날이였다. 집에서 점심을 먹고 있노라니까 장에서 도라오신 할아버지께서 방에 드러서시자 의관을 가추신 채로 방바닥에 쓸어지시더니 "아이고— 아이고—" 하고 목을 놓아 우시더니 집안사람들은 영문을 몰라 깜짝들 놀라며 웬일이시냐고

물었더니 "나라가 망하였다는구나. 아이고— 아이고—" 하고 또 우시드란 말일세. 미리부터 풍문으로 짐작하고 있든 가족들은 할아버지 말슴을 듣자, 더 자서히 묻지도 않고 모두들 대성통곡을 하겠지. 나는 실상 나라가 망했다는 것이 무슨 뜻인지도 모르면서 어른들을 따라 대성통곡을 하였는데, 나는 그때 처음 슬프게 울어 본 적은 없었네. 참말 웬일인지 영문도 모르면서 슬퍼서 슬퍼서 한없이 울었네."

그때를 회고하고선지 그의 눈에는 갑재기 눈물이 고여졌다. 눈물을 본 우리는 잠시 무거운 압박을 느끼다가

"그렇치만 그때 그 슬픔이 오늘은 완전히 풀리게 되였으니 얼마나 기뿐 일입니까."

그러나 손씨의 얼굴은 점점 더 슬픔으로 변해 가더니

"하지만 나는 오늘은 기뿌면서도 슬프이! 가장 기뿐 이날이기에 까맣게 잊어버렸든 옛일이 새삼스러히 기억에 소사올라서 한없이 슬프고 마음 괴롭고 한 일이 있다 말일세."

"이 기뿐 날에 슬프고 괴로우시다니 무슨 말슴이십니까?"

손씨의 말에 기필코 무슨 연유가 있는 상싶여 나는 이렇게 물었다. 손씨는 눈물을 닥느라고 잠시 잠작고 있다가

"이런 기뿐 날이기에 뼈아프게 참회해야 할 일이 내게는 있었네. 자, 그럼 이왕 독립을 경축하는 술상도 버러졌고, 이제부터는 아모런 이야기를 지꺼린대도 잡어갈 사람두 없구 하니 내가 오늘에 참홰하지 안을 수 없는 옛 죄악이나 말해 보기로 하지!"

하고, 손희득은 자작으로 술을 한 잔 따라 마시고 나서 다음과 같은 이야기를 우리들에게 들려주었다.

잊치지도 않는 이십사 년 전 여름날의 일이었다. 여러 해 동안 도청 고원으로 있다가 설흔한 살에 임관(任官)되어 평안북도 강계 군청에 부임한 나는 어느 날 수행 한 명을 데리구 군 주사로서의 초도 출장을 떠나게 되었다. 관청 경험 있는 사람은 누구나 다 알 일이지만 고원(雇員)으로 있다가 임관하는 것은 나라를 얻은 듯이 기쁜 일인데, 게다가 수행까지 데리고 초도 출장을 떠난 길이라 그때 나는 참말이지 왕자와 같이 기분이 호화로웠다. 기분이 호화로우면 자현 눈에 띄이는 것도 아름답게 보이는 법이라 시야에 드는 산천이 모두 명승지처럼 여겨졌고, 험한 산길 다 내게는 조곰도 힘들지 않았다.

얼마를 가다가 마츰 행길가에서 주막을 발견한 우리는 참도 들고 목도 추길 겸해서 주막으로 찾어 들어갔다.

"술 있소?"

하고 물었더니, 방에 앉었던 주막 영감이

"거 누구은요?"

하며 목을 길게 뽑아 내다보다가 우리를 보고 벌떡 일어서 나오며

"아, 손주사님께서 이 웬일이십니까? 어서 들어오십시요."

하고 귀빈이나 대하듯 반겨 맞어 드리는 것이다.

나는 그를 모르지만, 시굴서는 군 주사라면 나라님 격이라 그는 나를 알고 있었든 모양이었다. 이외의 환대에 접한 나는 어깨가 으쓱해짐을 느끼며 방으로 들어갔다.

방에는 이미 한 사람의 술손님이 주안상을 대하고 앉어 있었으나 그는 손님이라기에는 행색이 너무 초췌했다. 땀 냄새가 코를 시큰둥하게 찌르는 더러운 베등이 적삼을 입었는데 적삼은 단추를 끌은 채

여서 앞가슴에 털이 부르르 내보였고 게다가 이발소에 갔다온 지는 몇 삼 년이나 되였는지 한 광주리나 되는 머리칼이 어깨에까지 푸시시 내리더퍼 있었다. 우리가 방 안으로 들어가도 그는 자리를 비켜 주기는커녕, 앞가슴 가눌 생각도 않고 자작으로 술을 한 탁배기 쭈루루 따라서는 단숨에 쭈욱 드리키는 것이다.

"여보게 저리 좀 비켜 않게. 점잖은 손님들 앞에서 이게 무슨 꼴인가."

주인이 우리를 위해서 나무랬으나 그는 별로 탄하는 기색도 없이 귀찮은 듯이 엉덩이를 이질이질 걸어 두어 자리 비켜 앉을 뿐이었다.

나히 젊은 친구가 저게 무슨 주젠가 하고 나는 두 번 다시 그를 거들떠보려고도 않고 술상이 들어오기만 기다렸다. 실상 나는 그를 미친 사람으로밖에 여기지 않았다. 미친 사람이 아니고는 백주에 그런 주제로 남의 앞에 나타날 수 없었기 때문이다.

이윽고 나는 특별히 차려온 주안상을 놓고 수행원과 함께 권커니 받거니 하며 술을 몇 순배 돌리노라니까, 각금 가다 힐끗힐끗 우리를 처다보든 '미친 친구'가 문득 내게로 몇 거름 엉기엉기 기어오더니 대단히 침착한 어조로

"손희득 군 아니시오?"

한다.

나는 고개를 들어 그의 얼굴을 유심히 보았다. 그러나 누군지 알 수가 없었다. 어데서 본 듯은 하지만 누군지 도무지 생각나질 않았다.

"손군! 나를 모르겠나?"

"글세, 어디서 뵌 듯은 하지만……."

이렇게 대답하면서도 실상 나는 불쾌하기 짝 없었다. 이 더러운 친

구에게 손군이라고 불리우는 것이 수행원과 주막 주인 보기에 창피했고, 설혹 전에 맛난 일이 있기로니 대뜸 나를 군으로 부르는 몰염치가 심히 아니꼬웠다.

"허—나를 몰라보겠다? 허긴 그러키두 하겠지. 벌서 십 년두 더 되였으니까. 난, 오기선(吳基善)일세 오기선이……."

"아, 오기선 군!"

오기선이란 말을 듯고 나는 깜짝 놀났다. 사람이 변한다기로 이렇케까지 몰나보게 변할 줄은 몰났다. 오군은 나와는 중학 동창으로 '신동'이라는 별명을 들을 만큼 대단히 총명한 청년이었다. 어렸을 쩍에는 나도 꽤 총명한 편이였지만 도저히 오군을 따를 수는 없었다. 댓수, 기한, 물리, 화학, 영어 할 것 없이 오군은 무슨 과목에든지 성적이 뛰여났다. 일 학년 때부터 첫재를 놓진 일이 없었는데, 졸업 후에 자원해서 사립 대학 예꽈로 들어갔다는 소식을 들은 후로는 그날에 처음 만낫든 것이다.

"참말 몰나보게 변했네그려. 그래 그 후 재미 어떤가?"

오기선 군은 지금쯤은 고문(高文)에 파스해서 거드러거리며 지내리라고 생각했던 나는 눈앞에 보는 '신동'의 초라한 행색에 은근히 승리감을 느끼며 이렇케 말하였다.

"재미? 보다싶이 이 꼴일세."

하며 그는 자조하는 빛을 보인다.

나는 나의 우월감을 좀 더 만족식히기 위해서

"그래 그동안 뭘 하구 있었나?"

하며 한 잔 술을 그에게 따라 주었다.

그는 사양도 않고 넙죽 받어 단숨에 쭈욱 드리키고 나서

"그저 이 꼴일세. 술, 술이 내 유일한 친굴세."

"그래서야 되겠나. 뭐든지 해야지."

"허긴 뭘 헌단 말인가. 헌다면 조선 독립운동을 허는 것밖에 없지. 그 밖에 우리가 헐 일이 뭔가."

그는 천연스럽게 이런 말을 하였다. 나는 그 말을 듣자 어깨가 옷 싹하도록 무서웠다. 누가 이 말을 엿듣지나 않나 해서 사방을 휘-돌려보았다. 그리고 나서 다시

"할 일이야 많치 않은가. 장사두 하구 사법관 노릇두 하구, 이다못해 나처럼 관청에 취직을 한다든가……"

"흥! 사법관? 우리가 사법관이 돼서 대체 누글 처벌한단 말인가, 조선 놈으루 앉어서 사상범을 처벌하는 것은 천벌이 내릴 일이구, 강도나 절도쯤 처벌하는 것이 무슨 대사겠나. 자네처럼 군 주사가 돼서 뻐기며 일생을 지내는 것두 한 생활 태도겠지만, 것두 귀찮어! 내 친구는 술밖에 없네. 자— 술이나 한 잔 더 따라 주게!"

오군은 한참 독설을 퍼붓고 나서 천연스럽게 빈 술잔을 내밀었다. 나는 마지못해 술을 따라 주면서

"자네 같은 백이숙제만 있다면 앉어서 망하겠네."

"아무럼 안 망했나? 이왕 망할 바엔 깨끄시나 망할 것이지 입을 갓되 벙어리 행세를 해야 하구, 눈을 갓되 장님 노릇을 해야 하구, 귀를 갓되 귀먹어리 시능을 해야 하구, 그러구 살어서 뭘 하겠나? 천조대신(天照大神)*을 제 조상이라고, 그 앞에서 절하는 어리석은 후손을 보시고 단군께서는 지하에서 피눈물을 흘리실걸세, 피눈물을 흘리

실 거야! 자ー 자네 한 잔 마시구 내게두 한 잔 따라 주게!"

오군이 지꺼리는 말이 몸소름이 끼치도록 무시무시해서 나는 어름어름해서 이내 그 자리를 떨치고 일어섰다.

헤여질 무렵에 나는 주막 주인을 보고

"오군이 왜 저 모양이 되였습니까."

하고 물었더니 그의 대답이

"만세 통에 잽혀서 고문을 어떻게 심하게 당했던지 그만 미쳐 버렸습죠. 미친 덕분에 쉬 나오긴 했지만 시방도 입버릇처럼 조선은 독립해야 한다구 선동을 하죠. 그리구 술만 처먹구요."

"예전에는 가세가 지낼 만했던데, 지금은 어떤가요?"

"볏 천 가까이 하던 것을 요 몇 해 동안에 죄다 술 먹어 버리구 지금은 겨우 볏 백이나 남았을까 그러죠. 그 겐들 몇 날 가겠습니까."

"허ー 아까운 사람이……."

"아깝구말구요. 착실만 했더라면 큰사람 될 인금이더니만. 다 팔자소관이죠, 허는 수 있나요."

하고 주막 주인은 오군을 아주 광인으로 맺어 버렸으나, 나는 그의 말을 미친 사람의 허실부실로만 돌려 버릴 수는 없었다. 실상 오군의 말을 미치광이의 잡소리로 돌려 버리기에는 이로가 너무나 정연했다.

그러나 숨김없이 터러놓거니와 그때 나는 조선 독립이라는 생각은 요만치도 염두에 없었다. 내 머리에 꽉 차 있는 것은 어떻거면 하로라도 숙히 군수가 되여 보나 하는 야심뿐이었다. 막상 되고 보면

* 천조대신 : 일본 신화에 등장하는 태양의 여신 아마테라스.

아모것도 아닌 군수가 그때는 왜 그다지 탐이 났던지 모른다.

그렇게 출세에만 야심만만했든 때라, 나는 오군과 헤여져 산길을 것다가

"아까 오군과 주고받은 말이 혹시 경찰의 귀에 들어간다면 큰일이 아닌가."

하는 생각이 문득 머리에 떠올랐다.

한번 그 생각이 머리에 떠오르자, 나는 치를 벌벌 떨었다. 낮말은 새가 듣고, 밤말은 쥐가 듣는다는데, 주막 주인이 앉어 있었고, 수행원이 들었으니, 그 말이 경찰의 귀에 안 들어갈 리가 만무였다. 때가 때인 삼일 운동 몇 해 후라, 누가 '독' 소리만 하여도 체포해 가든 때니만큼, 나는 유치장, 고문, 감옥 같은 흉악한 것을 다음에서 다음으로 연상하지 않을 수 없었다. 그렇게 되면 군수는커녕 십 년 공드린 탑이 졸지에 나무아미타불이 될 것이 아닌가.

겁에 질린 나는 몇 날 밤을 근심으로 새고 나서, 예정보다 사흘이나 앞서 도라와서는 곳 경찰서로 이와다(岩田)라는 고등게 주임을 찾어갔다. 오군 이야기를 앞질러 전해 두지 않았다는 신변에 무슨 화가 미칠지 못라서였다. 이와다는 나와 개인적으로 친한 사이요, 조선말에 능숙한 친구였는데, 내가 전하는 말을 별로 귀담아 듣는 기색도 없이 하잖게 듣고 있더니, 이내 책장에서 요시찰 인명부를 꺼내여 뒤적이며

"오기선? 응 여기 있군. 미친 사람이드군요. 대정 팔 년 초까지 와세다 대학에 재학하다가, 소요 운동 때에는 경성으로 나와 독립운동에 참가하였고, 그 후 상해로 망명하는 도중에 안동현서 체포되여 경

찰서에서 발광했군."

이와다는 혼자말 비슷이 중얼거리고 나서 나를 쳐다보면서

"미친놈이 무슨 말인들 못 지꺼리겠소. 그까짓 얘긴 그만하구 오늘 밤 어디서 한잔 마실 계획이나 세웁시다."

하고 껄껄껄 우섯다.

나는 이와다가 웃는 것을 보고 무겁든 짐을 부려 놓은 듯이 상쾌해서 그날 밤 그를 집으로 초대했든 것이다.

그 후 나는 그 일을 까맣게 잊어버린 채 몇 달을 지냈다. 그런데 그해 초겨울 어느 날 나와 중학 동창으로 경찰부에 근무하는 최라는 경부가 출장 왔든 길에 내 집에서 하룻밤 자게 되였는데, 그날 밤 친구들 이야기가 낫든 끝에 최경부는

"참 자네 오기선 군 알지?"

하고 무언 중대 뉴-스라도 알려줄 듯한 표정으로 물었다.

"알구말구. 몇 달 전에두 맛났든데."

나는 친구의 입에서 흘려나올 새 소식에 기대를 가지며 대답하였다.

"몇 달 전에 맛났서?"

"그럼. 왜?"

"정신이 똑똑하든가?"

"남들은 미쳤다구 하데만, 나보기엔 정말 미친 사람 같진 않든데."

"자네 보구 독립운동하자구 않든가?"

"그런 얘긴 하드군!"

"인젠 독립 선전두 다 했네. 아까운 사람이드니만—"

하고 최경부가 뜻있이 하는 말에 나는 깜짝 놀라

"뭐? 그럼 오군이 죽었단 말인가?"

하고 묻지 않을 수 없었다.

"응, 몇일 전에."

"어떻게?"

나는 다급스럽게 물었다.

"유치장 신세를 지다가ーー"

"뭐? 유치장 신세? 왜 무슨 사건으루?"

나는 선뜻 맘에 짚이우는 것이 있어서

"대관절 유치장엔 왜 잡혀갔으며, 죽기는 어떻게 돼서 죽었나?"

"글세 이 어리석은 친구가 술집에서 맛난 생소한 사람을 보구 독립 운동을 선전했다나! 그 생소한 사람이라는 게, 바루 이 고을 고등게 주임, 이와다 경부보였으니까 볼 장 다 봤지 뭐야."

"뭐? 이와다 경부보?"

그 한마디로 모든 것을 깨달은 나는 가슴을 푹 찔린 듯한 고통을 느끼었다. 이제 와 생각하면 언젠가 내가 오기선 군 이야기를 들려주었을 때, 이와다가 대수롭지 않은 체 심상한 태도를 보인 것은 나를 안심식히기 위한 거짓 거동이었고, 실상은 맘속 깊이 치부해 두었든 것임에 틀림없었다.

"그래서 어찌 됐나?"

내가 초조하게 물으니까

"어쩌긴 뭘 어쩌겠나. 그냥 체포해 왔지."

"그래선?"

"막 족쳤겠지!"

"미친 사람을 족처야 소용 있나?"

"미치기만 했다면 문제없지만, 미처 가지구두 독립사상을 선전했으니 그냥 둘 수가 있겠나 이 사람!"

"그럼………? 그럼 오군은………?"

하고 나는 갑분 숨으로 질문했으나 최경부는 빙글빙글 웃기만 할 뿐 아모 대답도 않았다.

최경부의 뜻 깊은 미소로 나는 오군이 경찰의 손에 참혹하게 학살당한 것을 의심할 수가 없었다. 결국 오군은 나 때문에 학살당한 것이었다.

나는 그날부터 얼마 동안은 밤마다 꿈자리가 사나웠다. 꿈을 꾸면 반드시 유치장 구석에 쓰러저서 붉은 피를 줄줄 흘리며 나를 원망하는 오군의 참혹한 최후의 광경이 나타나 보였다.

그러나 그런 흉악한 꿈도 출세에 대한 나의 불타는 야심을 소멸식히지는 못했다. 얼마가 지내자, 나는 오군 일은 깽그리 잊어버리고 다시 출세를 위하야 주야련면하는 한 사람의 충실한 군속으로 도라갔다.

그렇게 근면하기를 십 년 만에 나는 소망이든 군수가 되였다. 그러는 동안에 대동아 전쟁이 일어나고 공출 제도가 생겼다. 내가 다스리는 군은 다른 어느 고을보다도 공출 성적이 우수했다. 백성들이 나를 공출 군수라고 비난하는 줄도 알았으나, 장래의 참예관, 장래의 도지사를 꿈꾸고 있든 나는 그런 비난을 조곰도 두려워 않고, 그저 내 개인의 성적을 나타내기에만 급급하였다. 실상 내가 참예관이니 도지사가 되기 위해서라면 백성이 토탄에 빠지드라도 나의 관여할 바가 아니었든 것이다.

그러할 때마큼, 학병 특별 지원제가 신문지상에 굉장히 떠들게 되었다. 그때 만약 내 맛아들 녀석이 학병에 걸리지만 않았던들 나는 홍두깨로 소를 몰듯, 억지공사로 학생들을 휘몰아 병정으로 지원식혔을는지 몰랐다. 그러나 내 자식이 그런 처지에 있고 보니 내 마음은 여늬 때처럼 눈감고 덤빌 수는 없었다. 나는 몇 날을 두고 자식의 장래를 꼼꼼히 생각해 보았다. 그러나 아모리 생각해도 자식을 죽으라고 보내고 싶은 마음은 없었다. 하지만 그렇타고 백성에게 솔선시범해야 할 입장에 서 있는 군수로서 내 자식은 안 보내겠다고 할 수도 없는 일이었다.

내가 일본 정치에 대해 정면으로 비판적 태도를 갖어 보기는 그때가 처음이었다. 나의 마음의 한편 구석에서는 일본 정치에 대한 반감이 머리를 들리기 시작했다. 그러나 일본의 치하에서 사는 따라지목숨*이라, 하는 수 없어 하로는 자식을 불러 놓고

"어떻거니. 이왕 지원하지 않구는 못 백여날 형편이니 빨리 지원하도록 하자꾸나?" 하고 권면 비슷이 말했더니

"아버지 자식을 팔아 참예관이라도 한 자리 떼낼 생각이시우? 누굴 위해서 저더러 싸홈터에 나가란 말슴이십니까. 조선을 위해서라면 이 자리에서 목을 썩 배여라도 보이겠습니다만, 대체 누굴 위해서 생명을 바치란 말슴입니까. 원수의 일본을 위해서 왜 무엇 때문에 하나밖에 없는 생명을 내놓겠습니까!"

* 따라지목숨 : 남에게 매여 보람 없이 사는 하찮은 목숨.

아들이 대뜸 이렇게 대드는 바람에 나는 어한이 벙벙하였다.

나는 다시 한 번 태도를 반성해 보지 않을 수 없었다.

'참말 나는 누굴 위해서 아들을 죽이려고 했던가?'

나는 대답에 궁했다. 대답에 궁할 일을 아들에게 권유했든 것이 부끄럽게 생각되었다. 내 아들은 결코 비겁한 아이는 아니다. 조선을 위해서라면 즉좌에서 목이라도 아낌없이 베여 보이겠다고 그 아이는 말하지 않든가.

'누구를 위해서?'

내 자식 아닌, 남이 그런 질문을 했다면 나는 서슴찌 않고, 일본을 위해서라거나 천황 폐하를 위해서라거나, 량단간 대답했을 것이지만, 그러나 자식의 생명을 그네들을 위해서 바칠 생각은 조곰도 없었다. 그리고 그것을 깨달은 이상, 두 번 다시 아들에게 학병 지원을 권할 용기는 없었다. 그날 밤으로 내 아들은 '나를 찾지 말어 달라.'는 한 장의 편지를 남겨 놓고 어디론지 종적을 감초아 버렸다. 나는 구지 그를 찾으려고도 않았다. 속으로는 차라리 잘 도망해 주었다고 생각하였다. 그리고 그때서 비로소 나는 십 년 전에 참혹한 죽엄을 당한 오기선 군을 회상하였고, 십 년 전에 오기선 군이 흘린 피가 오늘 내 아들의 혈관에서 약동하고 있음을 절실히 깨달었다. 역시 조선 민족의 살어 나갈 길은 조선 민족으로서의 독립 국가를 건설하는 길밖에 없다는 것을 늦게나마 깨달었든 것이다.

아들이 도망친 지 사흘 만에 나는 사표를 제출하였고, 도 당국은 과거 수십 년간에 일본을 위해서 남겨 놓은 나의 공적을 칭찬하기보다도, 아들을 학병으로 안 내보냈다는 이유로 나를 견책하였다.

그것이 그들의 본심이었든 것이다. 퇴관하고 고향으로 도라와서 나는 백성들이 일본 정부에 대해 얼마나 많은 원함을 품고 있다는 것을 내 눈으로 확연히 보았다. 그래서 나도 한 사람의 조선인으로서 조선이 하로 바삐 독립되기를 그들과 함께 참마음으로 빌게 되었다. 그리고 삼천만 조선 민족이 주야로 갈망하든 그날은 드디여 왔다. 팔월 십오 일인 오늘로서 우리는 완전히 해방되였으니 이 얼마나 기쁜 일인가.

　손희득은 긴 이야기를 마치고 나서 후유 한숨을 내쉬더니 잠시 후에 다시 입을 열었다.

　"조선이 자유해방되였으니까 내 아들 놈은 언제든 조선으로 도라올 테지. 살아 있는 놈이라, 조만간 도라올 것은 틀림없겠지만 그러나 일본 경찰의 손에 원혼이 된 오기선 군이야 아모리 조선이 독립되였다기로 다시 도라올 수는 없는 일이니 그 얼마나 슬픈 일이오. 참말 오기선 군은 나 때문에 죽은 사람, 내가 만약 그때 이와다에게 그런 코자질만 안 하였던들 오군은 오늘날까지 살아 있어서 이 기쁨을 날뛰며 맞이했을 것이 아니겠오? 그걸 생각하면 나는 이 기쁜 날을 맞이해서 남모르는 가슴 쓸아린 참회의 눈물을 흘리지 않을 수 없오. 그리구 오군처럼 억울하구 애석하게 희생된 사람이 어찌 한두 사람 뿐이겠소? 몇 천 몇 만 몇 십만도 넘을 그 영령 앞에 우리는 엄숙히 추도를 올리지 않으면 안될 것이오."

　점점 열을 띄고 떨려 나오는 손희득의 말에 우리는 뜻하지 않고 머리가 수그리였다.

　머리를 수그린 채, 제각기의 마음에 제단을 모으고, 조국 재건의 성업에 목숨을 바친 수십만 영령 앞에 진심으로 추도를 올리는 우리들의 눈에는 뜨거운 눈물이 샘솟기 시작하였다.

엄숙하고 경건한 몇 분간의 침묵이 흘렀다. 그리자 문득 방 한구석에서 흑흑 느끼는 우름소리가 엄숙한 침묵 속에 고요히 흘렀다.

그것은 이십사 년 전에 일본 경찰의 손에 참혹히 죽은 오기선을 추도하는 손희득의 참회의 우름소리였던 것이다.

매화(梅花)

1

일요일은 제복의 소녀들의 크리스·마스입니다.

마음 맞는 동무들끼리 교외로 찾어가 우슴으로 지낼 수 있는 자유의 하로!

그 자유의 하로를 제각기 아름답게 꾸미려고 토요일이면 제복 입은 소녀들의 마음은 아침부터 바뻐집니다. 하학종이 울면 넓은 운동장에 뿔뿔이들 흐터져서 단짝 동무를 찾어 헤매는 소녀들의 눈동자에는 벌서부터 교외의 푸른 산과 맑은 시내가 깃들어집니다.

제 짝패들끼리 마조 앉어서 머리를 조아려 가며 래일을 아름답게 꾸미는 즐거운 속삭임!

토요일의 운동장은 하학종이 울 때마다 천만 가지 꽃들이 한거번에 활짝 피는 봄 동산처럼 우슴으로 찰란해집니다.

운동장 한편 언덕 잔디밭 우에 두 쳐녀가 무릎을 마조 대고 앉어 있습니다. 삼 학년생 고순금(高順今)과 그의 곁의 동생인 일 학년생 김

온선(金溫善)입니다.

"언니……. 우리는 어디루 갈까."

하고 온선이가 순금 언니에게 물었습니다.

"글세 말야. 온선인 어디가 좋아?"

"내가 알어요, 언니가 알지!"

"온선이가 가고 싶은 곧이라면 난 어디든지 좋아."

"그럼 내가 말할께요."

온선은 고개를 갸웃둥하고 눈을 깜박이며 한참 생각하다가

"산으로 정해 버리면 물 있는 대로 가고 싶구 물에 가겠다고 생각하면 산이 그립구……. 난 몰라 몰라! 언니 가자는 대로 갈 테야!"

하고 온선은 단발머리를 살랑살랑 흔들었습니다.

"그럼 우리 이렇걸까?"

하고 순금이가 다음 말을 이으려니까 온선은 고개을 살작 들며

"어떻게 말유 언니!"

하고 기대에 찬 샛별 같은 눈으로 언니를 처다봅니다.

"어떻거는고 하니 말야……."

"응!"

하며 온선은 힐끗 하늘을 처다보다가

"언니 저 하늘 좀 봐요!"

하고 놀라는 눈을 크다라게 뜨며 손을 높이 들어 먼 하늘을 가르켯습니다.

두 소녀는 잠시 모든 것을 잊어버린 채 하늘만을 처다봅니다.

맑게 개여 천 리로 틔인 코팔트 빛의 가을 하늘!

머무는 듯 흘러가는 목화송이같이 하얀 구름 떼!

고요히 바라보고 있는 동안에 가슴이 호수같이 맑아져서 전신이 코팔트 빛으로 물드는 것만 같습니다.

어느새 눈에는 새벽 우물같이 눈물이 핑 고여졌습니다.

"참말 고흔 하늘이구나!"

이윽고 고개를 멀구어 온선을 바라보는 순금의 음성이 떨리는 듯 하였습니다.

"언니! 래일은 어디든지 꼭 가요 네!"

푸른 하늘의 유혹을 받은 온선은 행복에 몸부림치며 또 한 번 졸랐습니다.

"그래 꼭 가! 그런데 말야. 어디로 갈지 내가 잘 생각해서 오늘 밤에 편지를 써서 매화나무 가지에 매여 놓을께, 온선이가 내일 아침 일직 와서 펴 보아요."

하며 순금은 기숙사 정문 옆헤 있는 늙은 매화나무를 가르켰습니다. 그들이 꼭 같이 좋아하는 매화나무입니다.

"싫어 싫어— 래일 아침까지 속상해서 어떻게 기대려요."

"그렇지만 지금 당장은 결정할 수 없는 걸 어떻개니? 크리스·마스ㅅ 날 밤에 싼타크로스 할아버지 기대리는 셈만 잡아요!"

"참말 속상해 죽겠네요. 그럼 언니 말대로 할께. 편지 잊어버리지 말어오 네?"

언니의 말대로 하는 것도 재미날 상싶어서 온선은 약속을 하고 나서

"어느 가지에 편지를 맬 테유?"

하고 물었습니다.

"어디든지 매 놓을께, 찾아내요."

"그러다가 못 찾어냄 어떻게?"

온선의 얼굴에는 별안간 불안한 빛이 떠오릅니다.

"못 찾긴 왜 못 찾어."

"그래두 가지가 하두 많은걸! 옳아 옳아, 정말 못 찾으면 난 가지를 하나식 꺾어 버리면서 찾을 테야."

하고 온선은 손벽을 치며 좋아했습니다.

찰싹찰싹 손벽 치는 소리가 푸른 하늘에 꽃송이같이 날렸습니다.

"매화나무 꺾으면 벌쓴다 너!"

"벌은 언니가 쓰지 뭐유?"

"나무는 네가 꺾구, 벌은 내가 써?"

하며 순금은 상냥하게 우섯습니다.

"언니하구 나하구 가치 써요 네. 난, 언니하고 가치라면 얼마던지 벌써두 좋아!"

이윽고 두 소녀는 매화나무 밑으로 걸어 와서

"언니……. 매화꽃은 뭣을 의미한댔죠?"

하고 온선이가 매화의 꽃말을 물었습니다.

"매화는 믿음. 굳게 굳게 믿고 의심치 않는 믿음. 내가 온선이 믿듯."

하자, 온선이도, 이내 언니의 말을 받어

"온선이가 언니를 믿듯."

하며 언니의 손을 꼬옥 붙잡었습니다.

순금은 자애로운 시선으로 사랑하는 동생의 얼굴을 그윽히 내려다보았습니다.

마조 잡은 두 손과 마조 보는 두 눈과 두 눈— 두 가슴에는 말없는 맹서가 굳개 굳개 맺어졌습니다.

2

이튿날 아침 온선은 누구보다도 어머니보다도 먼저 일어나서 약속한 매화나무를 찾아갔습니다. 아직 어둠이 가시지 않아서 매화나무는 아침 안개 속애서 조을고 있었습니다.

온선은 안개을 뚫고 빛나는 시선으로 이 가지 저 가지를 찾아봅니다. 눈을 반짝이며 열심히 찾노라니까 문득 때 아닌 매화꽃 한 송이가 피여 있는 것이 눈에 띄였습니다.

"아!"

찰란히 놀라며 한 거름 뒤로 물러서서 자서히 보니 매화꽃이라고 본 것은 매화꽃이 아니라, 순금 언니의 편지였습니다. 순금 언니가 일부러 편지를 분홍 조희에 써서 매화꽃처럼 점어서 가지에 매여 놓은 것이였습니다.

매화꽃 편지를 펴 보는 온선의 적은 가슴의 울렁거림!

온선아— 우리는 어디로 갈까?
산으로 가면 물이 그립고, 물 따라가면 산이 그립고—산도 물도 좋은 곳이 우이동(牛耳洞) 뿐!

아홉 시 반 정각에 돈암정 종점에서 기대릴께…. 순금.

사랑하는 동생

온선에게

'우이동! 우이동으로!'

순금 언니는 참말 좋은 곳을 작정해 주었다고 생각하면서 온선은 편지를 손에 든 채 불이낳게 집으로 달려왔습니다.

조반을 먹는 둥 마는 둥—. 곤색 제복에 등산모를 눌러쓰고 등에 바랑을 질머지면서 집을 나섰습니다. 시간은 아직도 멀었는데…….

마침 일요일이라, 하이킹 패들이 들끓는 혼란 속에서 서로를 찾어 냈을 때의 두 소녀의 기쁨! 남들이 아모리 밥드라도 온선은 언니와 저만의 세상 같았습니다.

흔들리는 뻐스의 유리창 넘어로 보이는 산들이 이야기책에 나오는 경치처럼 아름답게 느껴졌습니다.

뻐스에서 내려 산골자기로 올려가다가 시냇물을 발견한 온선은

"언니! 나 목 말러. 이 물 좀 마실 테야!"

수통 물이 있는데도 일부러 들에 엎드려 시냇물에 입을 대고 마셨습니다.

밑에 흰 구름이 떠도는 시냇물을 마시고 나니 온선은 날개가 도쳐서 구름 모양으로 하늘로 둥둥 나러갈 것만같이 상쾌한 기분이었습니다.

"너 우이동 몇 번채늬?"

시냇가 잔듸밭에 자리를 잡고 앉으며 언니가 묻는 말에

"첨야, 언닌?"

"난 세 번째!"

"누구허구?"

하고 묻는 온선의 얼굴에 순간 불안한 빛이 떠돌았습니다. 온선이 아닌 딴 사람하고 이런 좋은 곳에 왔었다는 것이 마음에 언짢았든 것입니다.

"한 번은 원족* 때구"

"또 한 번은?"

하고 온선은 턱을 바치며 또 물었습니다.

"두 번째 이 학년 땐데, 언니하구."

"그 언닌 지금 어디 가셨수?"

"지난봄에 졸업했는데 졸업하고 나서 이내 도라가셨서!"

하고 순금은 먼 산을 쓸쓸히 바라봅니다.

"어쩌면! 가엾개…….”

온선은 언니의 언니가 도라가셨다는데 몹시 슬펏습니다. 그러나 한편으로는 순금 언니를 좋아하는 사람이 인제는 이 세상에 저밖에 없다는데 은근한 행복을 느끼기도 하다가,

"아유 저 산허리에 떠도는 구름 좀 봐요!"

온선은 어느새 슬픔을 잊어버리고 눈부시게 놀랍니다.

"응, 어디?"

하고 순금이도 먼 산을 바라보고 나서

* 원족: 소풍.

"그게 어디 구름이야? 양이 무리가 아니구 뭐냐?"

"언니 저게 양이 무리유?"

"양이 못 봤서?"

"왜 못 봐! 양이 다 저렇게 높은 데꺼정 올러가우? 아이 우리두 저 기꺼정 가 봤음 좋겠네."

"갓다가 언제 도라올라구!"

"저물면 잔듸밭에서 자지, 무슨 근심이유! 난 이불이랑 요랑 없어 두 언니 품에 안겨서 토끼처럼 골골 잘 테야."

"자는 동안에 호랭이 물어 감 어떻거게?"

"호랭이가 자는 사람두 물어 가나 뭐?"

"그럼."

"그래두 웃는 애기는 안 물어 간다든데?"

"누가 그래?"

"내가 들었지!"

"온선이두 어린앤가 뭐?"

"언니께 댐 어린애지 뭐유!"

하고 온선은 짜장 어린애처럼 상글상글 웃다가 문득 구두를 버서 던 지며

"나 양말꺼정 버서 버리구 맨발로 댕길 테야. 시냇물에 싯기두 하구!"

잔듸밭에 던저진 흰 양말 짝이 모란 꽃송이같이 눈부시였습니다.

맨발로 잔듸를 뛰여도 보고 무릎까지 올러오는 시내를 건너도 보 고…….

이윽고 풀밭 우에 버려진 즐거운 오찬! 바랑 속에서 점심과 함께

쵸코렛이 나오고, 삶은 밤과, 사과 같은 계절의 과실도 나왔습니다. 차례차례 풀밭에 느러놓으면서

"언닌 어느 것부터 잡술 테유?"

"사과!"

"나두 사과부터 먹을랴고 했는데 뭘!"

온선은 원망하듯 말하면서도 언니의 마음과 제 마음이 꼭 같었든 것이 무척 기뻤습니다.

따수운 해볕이 지천으로 내리 쏘이는 잔디밭 우에 버러진 오찬의 즐거운!

소꿈 노릇하든 어린 시절로 도라가서 둘은 손님 대접하듯 서로서로 권했습니다.

3

"온선이 줄라구 내가 선물을 하나 가져왔서."

식사를 마친 뒤에 순금은 바랑 속에서 책을 한 권 꺼내어 온선에게 주면서

"이거 '안텔센' 할아버지가 지은 동화집이야. 내가 일 학년 때 읽든 책인데 여간 재미나지 않으니 꼭 읽어 봐요!"

"난 언니께 드릴 선물이 없는데 어떻거우?"

책을 받어 들고 온선은 얼굴이 빨꺼졌습니다. 미처 선물까지는 생

각지 못했든 것이 부끄러웠든 것입니다.

"아냐! 언니가 동생께 선물은 주지만 동생은 없어두 좋아!"

언니의 말은 그러나 온선은 여전히 부끄러웠습니다.

온선은 선물 받은 책을 무슨 보물이나처럼 어루만져 봅니다. 다른 선물보다도 온선은 책 선물이 더욱 고마웠습니다. 왜 그러냐 하면 언니가 준 책을 읽으면 그 책의 이야기 속에 나오는 아름다운 주인공들이 모두 언니처럼 그러워지기 때문이었습니다.

얼마 후에 언니가 손 시츠려고 개울까로 내려간 때의 일입니다. 심심한 김에 책장을 넘기고 있노라니까 뜻밖에도 책 사이에서 편지가 한 장 튀여 나왔습니다. 피봉도 없는 알맹이뿐이나 편지 조희에 꽃문의가 도친 귀여운 편지였습니다. 글씨도 깨끗했습니다.

"언니께 누가 이런 편지를 보냈을까?"

웨 그런지 모르게 온선이는 가슴이 선뜻했습니다.

남의 편지를 허락 없이 읽는 것이 옳지 않다고 생각하면서도 온선은 편지를 읽기 시작했습니다.

　그리운 순금 언니!

　어제밤에 범나비가 날어단니는 꿈을 꾸었기에 오늘은 무슨 좋은 일이 있으려나 하고 아침부터 가슴을 조이고 있노라니까 그리운 언니의 편지가 배달되었습니다. 언니의 편지를 보고 경자는 혼자 울었답니다. 언니는 경자를 무척 보고 싶다고 하셨지만 경자는 언니보다 몇 백배 몇 천배도 더 언니를 사모한답니다……

읽어 내려가는 동안에 온선의 얼굴은 점점 새파랗게 질렸습니다. 순금 언니는 온선이 몰래 또 하나 다른 동생을 사랑하고 있다는 것을 발견한 온선은 몹시 슬펏습니다. 온선의 눈압혀는 저보다 한 반 우인 최경자의 얼굴이 나타나 보였습니다. 언젠가 순금 언니가 경자와 함께 우스며 이야기하든 장면을 본 듯도 했습니다.

순정을 바쳐서 믿고 존경했든 언니에게 배반당한 슬픔!

온선은 통곡이라도 하고 싶었습니다.

끝까지 읽기 전에 순금 언니가 나타낫기 때문에 온선은 얼른 책 사이에 편지를 감초아 버렸습니다만 이제는 언니와 말도 하고 싶지 않었습니다. 마조 앉기조차 싫었습니다.

"너 왜 별안간에 얼굴빛이 새팔해젓늬? 어디가 아퍼?"

온선의 토라진 영문을 몰라서 순금이가 정답게 물었으나, 온선은 그냥 뽀로통한 채

"난 집에 갈 테야요!"

하며 상큼 일어섯습니다.

"글세 왜 별안간에 이래? 뭐 노여웠서!"

그러나 그 말에는 대답조차 않고

"집에 가요. 난 먼저 갈 테야!"

온선은 버서 던졌던 양말과 구두를 불야불 주서 신고 바랑을 둘러매며 일어섯습니다. 온선은 저을 배반한 언니와는 한 초도 같이 있고 싶지 않었던 것입니다.

갈 테면 가치 가자고 간곡히 붙잡는 순금 언니의 손을 매정스럽게 뿌리치고 온선은 쏜살같이 뻐스 정거장으로 달려갑니다.

그러나 언니의 손을 뿌리치고 쏜살같이 다름질쳐 가는 온선의 두 눈에서는 눈물이 비오듯 흘러내렸습니다.

4

집에 도라오는 길로 온선은 곳 순금에게 책과 편지를 우편으로 도루 돌려보냈습니다. 순금 언니와 아주 절교을 할 결심이었든 것입니다.

이튼날 학교에 나가서도 물론 순금 언니와는 맛나지 않었습니다.

순금 언니가 맛나려고 쫓아오는 것을 보고 온선은 얼른 몸을 피해 버리기까지 했습니다.

그러나 온선은 시간 중에도 슬프기만 해서 선생님 말씀이 귀에 들어오지 않었습니다.

하두 슬퍼서 입맛까지 잃은 온선은 나날이 얼굴이 여위여 갓습니다.

그런지 사흘째 되는 날 이날도 온선이가 혼자서 쓸쓸하게 집으로 도로오노라니까 행길까 나무 그늘에서 불쑥 순금이가 나타나 온선의 앞을 막어서더니

"온선아! 너, 책 새에 드러 있던 편지를 보구 노여웠지? 책을 받어 보고야 짐작했다. 경자라는 이름을 보고 우리 학교에 있는 '최경자'로 생각했슬는지 모르지만 그랬다면 정말 오해다. 편지의 경자는 시굴 사는 내 사촌 동생인데 뭘 그러니ㅡ."

하며 온선의 한편 어깨에 살며시 손을 얹었습니다. 온선은 어깨에 언

니의 손길이 없어지자 웨 그런지 눈물이 핑 돌았습니다. 그냥 '언니!'
하며 쓸어안고 통곡이라도 하고 싶어서, 순간에 입설을 꼭 깨물고,
날카로운 시선으로 순금을 흘겨본 뒤에 휙 도라서서 집으로 줄다름
쳐 도라와 버리고 말았습니다. 그러나 집으로 도라온 온선은 제 방으
로 들어서자 쓸어지듯 책상 우에 엎드려서 한없이 울었습니다.

그렇게 슬픈 날이 계속되자 온선은 알어보게 얼굴이 야위여졌습
니다. 밥을 먹어도 모래알 씹는 것 같고, 잠을 자면 순금 언니와 정답
게 지내든 엣날 꿈이 작구만 꾸여졌습니다. 단 둘이서 산과 들로, 손
에 손을 맞잡고 노래 부르며 즐겁게 도라댕기다가 문득 깨여 보면 꿈
이요 다시는 그런 즐거움이 없으리라고 생각하면 한숨과 눈물이 절
로 흘러나왔습니다.

"언니!"

식구들이 곤히 잠든 깊은 밤에 온선은 몇 번이고 순금 언니를 불렀
습니다.

언니의 말대로 제가 오해였다면 얼마나 좋으랴 싶었으나 그러나
언니의 말을 진정으로 믿을 만한 아모런 증거가 없는 것이 안타까웟
습니다.

온선은 몸이 차츰 약해지더니 신열까지 낳서 마츰내 학교도 쉬었
습니다.

온선이가 학교를 이틀째 쉬이는 날 저녁에 순금이가 꽃을 한 다발
안고 병문안을 왔습니다.

온선은 언니가 찾어와 준 것이 무척 반가웠습니다. 그러나 마음속
으로 반가우면 반가울수록 웨 그런지 저도 모르게 언니를 대하는 태

도는 점점 더 쌀쌀했습니다.

"언니!"

하고 부르며 순금의 손을 꼭 쥐어 보고 싶었으나 온선은 차마 손이 내밀어지지 않고 목도 메여졌습니다.

고개를 폭 수그린 채 누어 있는 온선의 수척한 얼굴을 그윽히 내려다보는 순금의 눈에는 눈물이 고였습니다.

사랑하는 동생에게서 뜻하지 않었든 오해를 받는 언니의 슬픔!

온선을 한참 동안 내려다보고 앉었든 순금은 문득 생각난 듯이

"온선아! 참 네게 편지 온 게 있길래 가져왔서……."

하며 한 장의 편지를 온선의 손에 쥐어 주었습니다.

온선은 말없이 그 편지를 받어 뒷등을 살펴보았는데 거기에는 놀랍게도 '고경자 올림'이라고 씨여 있었습니다.

'고경자?

고경자가 누구인지 도무지 생각나지 않었습니다.

'혹시 시굴 있다는 순금 언니의 사촌동생께서……?

이렇가 생각하자 온선은 가슴이 떨렸습니다. 그래서 한참 동안 물끄럼히 그 편지을 바라보다가 피봉을 뜨덧습니다.

'사모하는 온선 언니!

언니를 한 번도 뵈옵지는 못했지만 순금 언니의 편지로서 저는 누구보다도 언니를 잘 알고 있기애 부그러움을 무릅쓰고 이 편지를 올립니다. 언니가 나히는 저와 동갑이나 생일이 저보다 두 달하고 열흘이 앞선 것까지도 저는 잘 알고 있습니다. 저가 언니를 언니라고 부르는 것도 언니의

생일까지 다 알고 있기 때문입니다.

　온선 언니! 저는 순금 언니를 여간 사모하지 않습니다. 그런데 순금 언니는 제게 편지를 주실 때마다 온선 언니 말씀을 하시면서 언제 한번 꼭 맞나게 해 주신다는 거여요. 순금 언니가 무척 사랑하시는 온선 언니를 저도 하로 바삐 뵙고 싶어 못 견대겠어요. 하두 맛나 뵈고는 싶고, 이내 맛나 뵐 수는 없어서 이렇게 글월을 올립니다.

　"사모하는 온선 언니!"

　지난 토요일 밤에 주신 순금 언니의 편지에는 일요일에 두 분이 함께 우이동에 놀러 가신다고 했는데, 우이동의 하로는 얼마나 즐거우셨습니까? 저는 언제나 한 번두 언니와 함께 즐거운 날을 마지할 수 있을까 하고 혼자 슬퍼했답니다.

　뜻대로 맛나 뵙지는 못하오나 언니의 편지라도 받어 읽고 싶사오니 꼭 답장 주시옵기 바라오며 오늘은 이만 올리옵니다.

멀리서 사모하는 동생 경자 올림

　다 읽고 난 온선은

　"언니!"

하고 우름 섞인 목성으로 부르며 순금의 손을 꽉 붙잡었습니다. 경자의 편지로서 온선은 제가 지금까지 언니를 오해하고 있었든 것을 완전히 깨달었습니다. 깨닫고 나니 부끄러움과 뉘우침에 온선은 순금의 두 손을 붙잡고 흑흑 느껴 울었습니다.

　"울지 말어! 온선이가 날 오해한 것도 모두 날 극진히 생각하기 때문인 걸 다 알어!"

하고 위로하며 순금은 정답게 눈물을 닦어 주었으나, 위로하면 위로
할수록 온선은 더욱 느껴 울었습니다.

"울지 말고 얼른 나어서 빨리 학교에 나와 응!"

하고 순금이가 말했습니다. 그러나 온선은 대답을 못하고 울면서 고
개만 까닥까닥할 뿐이였습니다. 이윽고 순금이가

"온선이 학교에 나오거든 둘이 함께 매화나무 아래에 가서 이번에
는 정말 서로서로 의심치 말자고 맹서해요 우리."

그 말을 듣자 온선은

"언니 용서해요. 내가 정말 미첫더랬서요."

하고 순금을 와락 끄러댕겨 안더니 가슴에 얼굴을 파묻고 또다시 흑
흑 느껴 울기 시작했습니다.

오해를 풀고 다시 옛날 모양으로 순금 언니의 사랑을 받게 된 것이
한없이 기쁜 일인데도 온선은 웬일인지 작구만 서러웠든 것입니다.

두 처녀는 언젠가의 매화나무 아래에서 모양으로 마음속으로 서
로 의심치 않을 것을 굳게 맹서하면서 힘껏힘껏 껴안었습니다.

유리창 넘어로 초승달이 두 소녀를 정답게 엿보고 있었습니다.

고요한 뜰

고요한 마을이었다.

아침부터 땡볕이 내리쪼이는 중복 무렵의 고요한 한나절이었다.

남향판* 산기슭에 놓여 있는 한 간 초가가 죽은 듯이 고요하다.

땡볕이 내리쪼이는 토방ㅅ가에는 줄탕석이 깔려 있고, 그 줄탕석 우에는 파파 할머니가 그린 듯이 누어 있다. 해골바가지나 진배없는 파파 할머니는 있다금식 생각난 듯이 감었던 눈을 자그시 떴다가는 그대로 사르르 감아 버리군 한다.

늙은 고양이는 할머니의 그늘에 웅크리고 엎드려서 목을 가르락거리며, 그 역시 졸리는 눈을 잇다금식 실낯같이 가늘게 떴다가는 그대로 사르르 감아 버리군 한다.

뜰에는 나락이 두어 멍석 널려 있어, 그 멍석 우에도 땡볕이 기름처럼 흐르고 있다.

하늘에는 구름이 없고, 따에는 바람이 없어, 삼라만상이 잠시 호흡

---

* 남향판: 집터나 묏자리 따위가 남쪽을 향하여 있는 터.

을 삼긴 채 무한한 정일 속에 잠든 듯이 고요한 한나절이다.

　문득― 쥐 한 마리가 수채 구멍에서 머리를 배죽히 내밀더니 사방을 갸웃갸웃 살펴본다. 죽은 듯이 누어 있는 할머니를 깔보았는지 쥐는 살살살 뜰로 기어 나온다. 다시 한 번 사방을 살금살금 살펴본 뒤에 쪼르르 멍석으로 달려온다. 나락 앞에 멈처 서더니 용이주도하게도 또 한 번 눈치를 엿보고 나서 나락을 추념하기 시작한다. 빠작빠작 벼 껍질 까는 소리가 고요한 적막에 고운 파문을 이르킨다. 쥐는 때 아닌 풍년을 만나 정신없이 나락을 까먹고 있다.

　할머니의 등 뒤에서 조을고 있던 고양이가 문득 가르락거리는 숨소리를 삼키고 두 귀를 쫑긋 쫑구리며, 눈을 반짝 뜬다. 고양이는 할머니의 그늘에 몸을 숨긴 채 배죽이 머리를 들어 뜰아래를 내려다본다. 쥐는 아직도 정신없이 나락을 까먹고 있다.

　고요한 몇 초가 지내자, 늙은 고양이는 허공에 휙― 소리를 이르키며 부살같이 몸을 날려 뜰로 내닫는다.

　"쨱― ―"

　날카롭게 부르짓는 소리가 들렸을 때에는, 쥐는 이미 늙은 고양이의 아가리에 가로물려 있었다. 한 생명의 비극이었다.

　고양이는 쥐를 울타리 밑으로 물고 와서 추념을 대기 시작한다.

　조을고 있던 할머니는 힘없는 눈을 가늘게 떠서 잠시 그 광경을 허십히 바라본다. 그러나 선혈이 임리하도록 무참한 그 광경에서 아모런 감동도 못 받았는지 할머니는 이내 눈을 사르르 감아 버린다.

　"할머니! 괭이가 뭘 잡아먹어요!"

　사립문 안에 들어서던 소년이 고양이를 보고 호들갑스럽게 놀라며 소리친다. 그러나 할머니는 눈을 자그시 떠서 손자를 머―ㄹ거니 바라보기만 할 뿐, 아모 대꾸도 없다.

"저거 좀 보세요. 괭이가 쥘 잡아먹구 있어요."

소년은 손으로 가르키며 큰 소리로 설명한다.

"응··················."

귀찮은 듯이 고개를 약간 끄덕이며 할머니는 또다시 사르르 눈을 감아 버린다.

소년은 너무나 무감동한 할머니의 심사를 이해할 수 없었다. 비록 쥐일망정 한 생명이 무참한 죽엄을 당하는 커다란 사건에 조곰도 놀라지 않는 할머니가 소년에게는 불가사이하였다.

무엇 때문인지는 모르지만, 소년은 가위 눌리는 듯한 감동을 느끼며, 아직도 생명이 뛰놀고 있는 쥐 고기를 피투성이 아가리로 씹고 있는 고양이를 오랜동안 경의와 공포와 증오의 눈으로 바라보고 있었다.

이윽고 소년은 밖으로 나갔다.

고요한 속에서 일어났던 생명의 비극은 고요하게 막을 다쳤다. 아모 일도 없었던 것처럼 사방은 다시 고요하다.

늙은 고양이는 피 묻은 아가리를 깨끄시 닦은 뒤에, 다시 할머니의 등 뒤로 돌아와서 목을 가르락거리며 졸리는 눈을 실낳같이 떳다가 그대로 사르르 감아 버리군 한다.

땡볕 뜨거운 줄도 모르고, 탕석 우에 그린 듯이 누어 있는 파파 할머니는 잇다금식 생각난 듯이 감었던 눈을 자그시 떳다가 그대로 사르르 감아 버린다.

남향판 산기슭에 놓여 있는 한 간 초가가 죽은 듯이 고요하다.

아침부터 땡볕이 내리쪼이는 중복 무렵의 고요한 한나절이었다.
고요한 마을이었다.

애모(哀慕)

　자야는 밤거리의 무리치고는 드물게 보는 양순한 여자였다. 그는
내가 사진 구경을 가치 가자고 해도 즉석에
　"네, 가세요. 가세요. 네!"
하고 소녀같이 천진스럽게 따라나셨고, 교외로 놀러 가자고 해도 서
슴지 않고
　"네, 가세요. 가세요. 네!"
　어쨋던 내 말이라면 자야는 무조건하고 순종했다. 그리고 영화관
같은 데 들어갔을 때에는, 제 육체의 어느 일부분이 나와 접촉되여
있지 않으면 무척 외롭기라도 했든지, 팔거리 위에 놓여 있는 나의
손 밑에 살며시 제 손을 디리 끼우군 하였다.
　자야는 나에게 비밀을 가지려고 하지 않았다. 당연히 숨겨야 할 옛
날 애인과의 관게도 즐겁게 웃어 가면서 재미나게 지꺼렸다.
　"그렇게 모든 비밀을 속속드리 터러놓고 나면 자야가 차츰 붕어사
탕처럼 보여서 나는 자야를 사랑하지 않게 될는지도 모르겠는걸!"
　어떤 날 자야의 비밀을 듣고 나서 내가 그렇게 말했더니 자야는 이내

"아니얘요! 모든 비밀을 송두리채 알려 드려도 꼭 한 가지 비밀만은 죽어도 안 알려 드릴 테야. 꼭 한 가지 비밀만은—"

"그럼, 그 한 가지 비밀이 탈로되는 때가 우리들이 서로 헤여지는 날이겠군그래?"

"으응············. 그 비밀이 알려지는 날에는 나는 죽을 테야. 죽어 버릴 테야!"

자야는 그 비밀만은 절대로 탈로되지 않을 자신이 있는 듯이 상냥하게 웃었다. 자야와 나는 각금 호텔에서 만났다. 나의 품에 안길 때면 자야의 이마에는 언제나 땀이 촉촉히 배여 있었다. 사슴같이 야윈 자야의 어디에 이런 열기가 숨어 있었던가 하고 나는 늘상 속으로 놀랐다.

유난히 치운 어느 겨울날, 그날에도 역시 자야의 이마에는 이슬 같은 땀이 보르르 배여 있기에, 나는 어깨를 품어 안은 채, 흰 카–제로 땀을 조심히 찍어 내여 주었다.

"오늘같이 치운 날에 땀은 웬 땀인구?"

내 말을 들은 자야는 반짝 빛나는 눈으로 나를 치떠 보더니, 내 손을 살며시 끌어당겨 제 심장께의 젖무덤을 지퍼 보이며

"난 조곰두 춥잖어! 이 보세요! 내 심장이 이렇게 뛰노는걸요."

그렇게 말하는 자야의 심장 맥박은 그러나 정작 내 손에는 조곰도 울리지 않았다.

"어디가 뛴다구 그러누? 뛰놀기는커녕 심장이 정지해 버린 것같이 조용하군그래."

"아이, 왜 그럴나구요. 나는 숨이 막힐 것같이 급박해 죽겠는데."

하며 그는 제 손으로 제 가슴을 지펴 보다가 소스라칠 듯이 놀라며

"아이나! 웬일일까? 정말 겉으로는 아모렇지도 않네요. 가슴이 터질 듯이 속에서는 방망이질을 하고 있는데, 겉은 왜 이렇게 쓸은 듯할까? 참 웃읍네."

"자야의 심장은 안으로만 뛰놀고 있는지도 모르지……. 응, 인제 알었어! 그래서 자야는 언제나 추운 줄도 모르고 땀을 흘리게 되는군 그래?"

"그런지도 몰라! 땀을 흘리는 건 당신을 만났을 때뿐이니깐…… ……."

그 말을 듣자 나는 문득 엉뚱한 생각이 머리에 떠올라서

"자야는 지금 정사하고 싶은 생각을 품고 있는 게 아닌가?"
하고 솔직하게 물었다.

그리자 그 순간 자야는 급소를 찔린 듯이 표정이 급작히 변했다. 볼 동안에 백지장처럼 핼쑥하니 찔리는 얼굴을 감추려고 머리를 수그린 채 잠시 생각에 잠겨 있다가

"나를 죽이겠다고 한 사람이 열 사람이 넘었어요. 가치 죽자고 조른 사람도 열 사람이 넘었구요."

"그래? ……. 사랑과 죽엄의 폭풍우 속에서 용하게 오늘까지 목숨을 보존해 왔군그래."

"죽기가 싫으니깐 그랬죠 머. 죄다 거짓말로만 들리던걸요 머."

"그러기에 나는 죽이겠다는 엄포도 하지 않고, 가치 죽자고 조르지도 않을께. 도대체 죽이겠다느니 죽자느니 하는 말부터가 쑥스러운

일이지 뭐야. 죽기는 왜 죽으며, 죽이기는 왜 죽인단 말야! 남을 죽이거나 제가 죽거나 하기가 그렇게 쉬운 일이던가? 그야 죽이고 싶다거나 가치 죽고 싶다거나 하는 심정을 짐작 못할 바는 아니지만—."

"그이들의 진정만은 나두 이해해요."

"나는 자야를 죽이려고도 하지 않고, 나와 가치 죽자고 조르지도 않는 대신에, 내가 자야를 좋아하고, 또 자야가 나를 반겨하는 동안만은 언제든지 즐겁게 만날 테야. 그러나 세월이 흐르는 동안에 우리들의 마음도 변해서 자야가 나를 싫어한다든가 혹은 내가 자야가 역겨워진다든지 하게 되면 그때에는—"

여기까지 말했을 때, 자야는 별안간에 촉촉히 땀에 저즌 손으로 나의 입을 꼭 틀어막으며

"인젠 아무 말슴두 마세요. 더 듣기 싫어요!"

애원하듯이 말하고 나서 고요히 머리를 내 가슴에 기대이고 하들하들 떨었다.

잠시 침묵이 흐른 뒤에 나는 다시 입을 열었다.

"자야는 아마 그렇게 말하는 나를 냉혹한 인간이라고 생각할지 모르지만, 나는 거짓말을 지꺼리고 싶지 않기에 감정을 감정대로 솔직히 털어놓은 거야!"

"글세 다 알아요. 당신의 그 솔직한 것이 내게는 도리어 무서운걸요 머."

"그래서 자야는 지금 맘속으로 정사할 생각을 하고 있는 건가?"

"또 그 말슴을 꺼집어내시네!"

하고 자야는 눈을 가늘게 흘겨본 뒤에 잠시 뜸을 두었다가 이번에는

어릿광스러운 시선으로 나를 정시하며 한탄쪼로

"아— 아…………. 당신은 악마같이 남의 속을 속속드리 꿰뚫고 보는 사람이야. 내가 당신께 숨겨 온 단 한 가지 비밀이라고는 단지 그것밖에 없었는데, 내 일생에 다시는 없을 그 비밀마저 발각되고 말았으니 당신 말슴대로 나는 인젠 정말 붕어사탕이야. 언젠가 당신은 그 비밀이 탈로되는 때가 우리들이 서로 헤여지는 날이라고 했으니까 나는 인젠 죽는 수밖에 없어!"

"정사하고 싶다는 것이 무슨 그리 대견한 비밀이었다구 그러누? 남들두 자야더러 가치 죽자고 했다면서?"

"그이들은 입으로 말할 수 있는 정도였으니까 죄다 거짓말이였죠머. 그 증거로 한 사람도 죽은 사람이 없잖어요. 그러기에, 그런 말을 듣고 난 순간부터 나는 그들을 사랑하지 않게 되군 했어요. 그렇지만…………."

"그렇지만 자야의 지금 심정만은 절대적인 진실이란 말인가?"

"아이 인젠 아모 말두 하구 싶잖어. 아— 고단해!"

자야는 쓸어지듯이 침대 우에 몸을 내던졌다. 이마에는 이슬 같은 땀방울이 보르르 배였다. 금방 목욕탕에서 나와 몸을 닦고 난 사람처럼 전신이 땀으로 눅눅하였다.

자야는 거짓말같이 쉽게 잠이 들었다. 그린 듯이 아름다운 잠든 얼굴이었다.

나도 늘어지게 자고 새벽에 깨여 보니 곁에서 자던 자야가 간 곳이 없고, 자야의 행방을 알려 주는 듯이 벼개ㅅ머리에 한 장의 편지만이 놓여 있었다.

저주 받은 목숨이기에 키어코 당신 곁을 떠나게 됩니다. 먼 훗날 저승에서나 만나십시다.

당신의 자야 올림

편지를 읽고 난 순간, 나는 그제야 자야의 진실을 비로소 깨달으며, '자살'이라는 두 글자가 번개같이 머리에 떠올랐다. 설령 육신적인 목숨까지는 끊지 않았다손 치드라도 자야는 금후의 자기를 살어 있는 송장에 지나지 않는다고 생각한 것을 나는 의심할 수 없었다. 돌아다보아, 거짓 없는 사랑의 순교자가 되려고 스스로 수난의 길을 밟고 나선 자야의 거룩한 행동을 나는 경건한 마음으로 바라보았다. 아름다운 사랑을 붙잡었던 순간에 놓여 버린 나의 어리석음이여!

그러나 이에 이르러서는 당황히 서두른댓자 소용없는 일이었다. 나는 자야의 편지를 몇 번이고 되푸리해 읽어 본 뒤에 고요히 담배를 피여 물며 서글픈 마음으로 이렇게 중얼거리지 않을 수 없었다.

"자야! 네 행동은 참말 장하였구나. 네 진실에 보답할 기회를 놓친 어리석은 사나히는 값없는 목숨을 이끌고 오늘도 어지러운 거리를 쓸쓸히 헤매야 한다니 이 얼마나 비루한 생의 모독이냐!"

인생부(人生賦)

영도사에 살게 되면서부터 나는 아침 산보를 즐기는, 새로운 버릇이 생겼다. 새벽마다 바루 마당까에서 카앙! 하고 가슴판을 후려 따리듯 세차게 울려오는 새벽 종소리에 소스라치게 놀라 깨여, 훈훈히 풍기는 분향 냄새와 함께 어렴풋이 들려오는 넘불 소리에 귀를 기우리고 있다가, 그 넘불 소리가 끊일 무렵이면, 나는 고요히 일어나서 어깨에 타올을 걸치며 단장을 들고 뒷산으로 산보(散步)를 나선다.

아침 안개가 자욱히 끼여 있는 다방솔 숲 사이를 천천히 거니노라면, 잠들었던 산새가 포드드드 발밑에서 날아나기도 하고 때로는 마즌 산에서 장끼가 꺽꺽꺽 하고 기운찬 소리로 가투리를 부르는 우름소리가 들려오기도 한다. 그렇게, 산새들의 새벽잠을 놀라게 하며, 산속을 홀로 거닐 때의 나는, 생활에 관련된 '인간(人間)'이기보다도, 오히려 자연의 일부분에 지나지 않는다. 적어도 아침 산보를 나섰을 때에만은 나는 생활에서 오는 히노애락의 감정을 깽그리 버서나서, 차라리 한 그루의 나무요, 한 마리의 산새이고 싶었다. 그러나 나의 그 청넘한 기원(祈願)은, 어느 날 아침에 시내ㅅ가에서 우연히 만나게 되였던 한 여인으로 해서, 완전히 깨여지고 말았다.

지난가을 어느 날— 그날도, 언제나와 마찬가지로 산보 나서는 길에 먼저 세수를 하려고 냇가로 내려가노라니까, 안개 자욱한 산골짜기 내ㅅ가에서 문득 자박자박하고 빨래 헤우는 물소리가 들려왔다. 뜻하지 않았던 소리에 놀라, 안개를 뚫고 자서히 내다보니, 내가 늘 세수하는 세수터에서 젊은 안악네가 빨래를 하고 있는 것이다. 세수터를 빼앗긴 나는 하는 수 없이, 상류로 올라가려고 엷은 안개에 싸인 그 여인의 옆을 넌즈시 지내갔다. 옆을 지내가는 서슬에 우연히 시선이 마조치자, 그 여인은 허리를 일으키는 듯이 몸을 약간 음직이며 고요히 눈인사를 한다. 나 역시 알락 모를락한 답례를 하며 지나쳤는데, 순간에 마조쳤던 눈이, 몹시도 총명해 보였다. 마침, 세수를 하고 난 직후래서 그랬던지는 모르나, 검은 기름끼가 떠도는 그 눈은 부드러우면서도 퍽 시언스러웠다.

얼굴도 알뜰히 예쁘게 생긴 편은 아니나, 사귈수록에 정이 들 듯이 품이 있었다. 나히는 스물네댓쯤 되였을까, 옷은 흰 저고리에 검은 치마고, 머리에는 파마넨트 자죽이 가늘게 남아서, 그 수수한 채림새가 오히려 은근한 향기를 풍기게 하였다.

나는 뜻하지 않았던 때, 뜻하지 않았던 곳에서 우연히 만난, 젊은 여인의 아름다움에 신선한 행복을 맛보며, 천천히 시내를 거슬러 올라갔다.

그런데 이튿날 아침에도 나는, 같은 장소에서 그 여인을 또 만났다. 내가 그를 만난 것은 어제가 처음이었지만, 어쩌면 그는 오래전부터 아침 빨래를 계속해 왔던지도 모른다고 생각하며, 우리는 그날도 역시 눈인사로 헤여졌다. 여인의 태도는 어제와 조곰도 다름없이 고요하고 침착하였다. 나와 그와의 만나고 헤여짐에도 전날과 추호도 다름이 없었다.

'아름다운 여인의 새벽 빨래!'

나는 산속을 배회하면서 혼자 중얼거렸다. 아모것도 아니라면 아모것도 아닐, 그 간단한 소재를 가지고, 여러 가지로 소설적인 이야기를 머리속에 꾸며 보기도 하였다.

그 후 몇 날을 두고 나는 같은 시간, 같은 장소에서 아침마다 그 여인을 만났다. 그리고 아침마다 빠는 빨래가 갓난 애기의 기저기라는 것도 알 수 있었다.

애기가 하룻 동안에 더럽혀 놓은 기저기를 반드시 새벽에 빠는 것은 애기가 잠든 시간을 이용하는 때문일까? 혹은 나이 어린 어머니의 부끄러움 때문일까? 나는 혼자 미소하였다.

아직까지 그 여인과 말 한마디 주고받은 사이도 아니건만, 그러나 나는 아침마다 그를 만나는 것이 한 즐거움이 되었다.

만나는 지 닷새째 되는 날 아침, 나는 같은 시간에 내ㅅ가를 지냈으나, 그 여인은 그날은 나타나지 않았다. 나는 어쩐지 섭섭한 감정에 발길이 무거워 옴을 깨달으며, 그가 나타나지 않은 사실에, 까닭 모를 불안을 느끼지 않을 수 없었다.

'혹시 갓난 애기나, 누가 불편한 때문이나 아닐까….'

불길한 상념이, 자꾸만 머리에 감돌며 기분이 어지러워져서 나는 그날 하로는 아지도 못하는 그들 일가의 건강을 빌어 마지않았다.

그 여인이 빨래 나오지 않은 원인이, 반드시 무슨 불행이 있기 때문이기보다도, 그와는 반대로 기쁜 일이 있기 때문일 수도 있었겠지만, 웬일인지 내게는 그렇게는 믿어지지 않았다.

그렇게 몇 날이 지나는 동안에, 나는 덮쳐 오는 근심을 그냥 지니고 견딜 수가 없어서 하로는 주인 할머니에게, 그 여자 만났던 이야기를 자서히 말한 뒤에, 그의 안부를 물어보지 않을 수 없었다. 나의 질문을 받은 할머니는

"응, 귀옥 어머니 말이로군!"

하며, 무슨 긴한 이야기나 들려줄 것처럼 툇마루에 걸어앉더니, 그 여인의 신세를 기다렇게 늘어놓았는데, 그 골자는 대강 아래와 같다.

─ 귀옥 어머니라는 그 여인은, 평안도 어느 부잣집 딸로 서울 와서 전문학교에 댕기는 동안에 사 년(四 年)인가 전에 어떤 전문학교 학생과 사랑하는 사이가 되였다. 놀라운 소식을 들은 시골 부모는 노발대발해서 학비를 안 보내 주었고, 게다가 엎친 데 덮치는 격으로, 사랑하는 사람은 학병으로 끌려 나갔다. 혼자 남은 여자는 헐수할수없어서 마침내 어느 방직 회사 사무원 노릇을 하였는데, 때마침 해방의 날이 와서 학병으로 나갔던 사랑하는 사람이 돌아오게 되였다. 그리웠다 만난 그들은 이내 동대문 밖에서 사랑의 보금자리를 틀고 일 년(一 年) 넘게 살아오다가, 지난해 여름에 남편이 무슨 사껀으론지, 돌연 붙잡혀 가서 이 년(二 年)이라는 징역을 받았다. 그때 여인은 이미 임신 육 개월(六 個月)이였으므로, 무거운 몸으로 회사에도 나갈 수 없었고, 그렇다고 어디라 의탁할 데도 없어서, 세ㅅ방 한 간을 얻어 가지고 영도사로 나온 것이 넉 달 전이오, 해산을 한 지도 석 달이 가까워 왔다는 것이었다. 그런데, 그동안에는 무 밑처럼 무럭무럭 자라던

애기가, 요 몇 날 전부터 갑재기 구토 설사를 하여서 어머니는 몇 밤을 뜬눈으로 새여 온다는 것이었다.

"색시가 얌전해도 이만저만이 아니라우—. 이사 온 지가 반년이 넘지만, 하로같이 뜻이 보드라워서, 누구나 그 색시 싫다는 사람은 없지……."

하고 할머니는, 혀가 달토록 그 여인을 칭찬하였다.

딱한 사정을 듣고 나니 더욱 가여워서, 나는 그 후에도 각금 주인 할머니에게, 애기의 병세를 물어 가며, 하로바삐 완차하기를 맘속으로 빌었다.

그런지 열흘이 넘는 어느 날 아침에 나는 뜻밖에도 그 여인을 내ㅅ가에서 다시 만나게 되었다. 만났다기보다도 깨끗하게 빤 기저기를 한 대야 담아 안고, 집으로 내려오는 그와 내ㅅ가에서 딱 마조쳤다. 서너 간 상거를 두고 정면으로 딱 마조친 우리는, 마치 예전부터 익키 사괴여 온 사이였던 것처럼 일순간 발을 멈춘 채 서로 마조 보고만 있었다.

"애기, 좀 어떻습니까?"

나는 무이식중에 그렇게 물었다. 그것은, 나로서도 놀랄 만치 자연스럽게 흘러나온 질문이었다.

나의 질문에 그 여인을 고개를 약간 수그리는 듯했다가 살며시 들며

"네…………. 염녀해 주신 덕택에………."

하고 대답했는데, 그 대답 역시 자연스러웠다.

그 이상의 대화를 필요로 하지 않는 우리는 잠시 머물러 섰다가, 그는 허리를 굽혀 인사하며 집으로 내려가고, 나는 나대로 단장을 휘

두르며 아침 산보를 계속하였다.

그런데 그 이튿날부터 그는 또 빨래터에는 나오지 않았다. 나는 또다시 불안스러운 날을 보내지 않을 수 없었다. 전에는 무심코 들어넘겼던 가마귀 소리조차가, 아이가 앓는 것을 안 뒤로는 작구만 음흉스럽게 들렸다. 게다가 철이 바뀌느라고 음산한 날씨가 오래 계속되여, 불안한 기후가 애기의 병에 좋지 못한 결과를 가져오지나 않을까 근심되여서, 나는 거이 날마다 할머니에게 애기의 소식을 물어보았는데, 그 대답은 언제나 시언치 못하였다.

그렇게 보름 가까이 되던 날 아침에, 나는 기어코 애기의 부음(訃音)을 듣고야 말았다. 애기의 부음을 듣는 순간 나는 가슴이 철렁 내려앉았다. 일시는 눈앞이 아득해서 두 손으로 머리를 웅켜잡고, 부들부들 떨었다. 얼굴조차 모르는, 그 애기의 죽엄이였으나, 내게는 가장 슬픈 일의 하나였었다.

'그렇게 어린 채 빼아서 갈 아기라면 애초에 왜 애기를 점지해 주었던가?'

나는 신의 얄구진 작난을 원망하지 않을 수 없었다. 애기의 죽엄도 죽엄이려니와, 단지 애기 하나에게 온갖 희망을 부치고 살아오던 어린 어머니의 참상이 눈앞에 선하게 떠 버려져서, 나는 나 자신의 일처럼 가슴이 아팠다. 그날 하로를 나는 외출도 않고 홀로 앉아서 맘속으로 울어 지냈다.

저녁에 주인 할머니가 댕겨와서 보고 들은 대로를 일러 주는 말에 의하면 ─ 통히 젖을 입에 대지 않고, 줄곳 울어만 쌓던 애기가 그날 새벽따라 젖을 기운차게 빨기에, 어머니는 마음을 느꾸며, 하두 고단한 김에 어렴프시 잠이 들었다가 깨여 보니까, 애기는 어느새 싸늘하게 식었더라는 것이다. 애기 어머니는 인제는 소생할 가망조차 없는 애기를 부둥켜안고, 눈물을 하염없이 흘리며 작구만 젖을 물려 보다가 마츰내 쓸어지듯이 애기의 얼굴에 제 얼굴을 갖다 대고 부비며 흑흑 느껴 울며

"귀옥아! 너는 아버지가 보고 싶지 않드냐? 아버지가 돌아오셔서 네 애기를 물으시면 엄마는 뭐라고 대답해야 한단 말이냐?"
하고 넉두리를 하였는데, 둘러앉었던 안악네들은 오장육부를 가리가리 찢는 듯 애끓는 광경을 보고 가슴에 서리가 맺치는 듯해서 모두들 따라 울었다는 것이다.

관(棺)에 넣기까지에 어머니는 일시도 애기를 품에서 내놓지 않었고, 관 속에 넣은 뒤에도 그린 듯이 잠든 애기의 입설에 수없이 입을 마초더라고 할머니는 울먹거리면서 말하였다.

어린 죽엄을 산에 내다 묻었다는 그 이튿날 아침, 나는 그 여인의 아름다운 자태를 다시는 내ㅅ가에서 볼 수 없으리라고 생각하면서도, 그러나 발길은 무심중에 내ㅅ가로 향하였다. 빨래터로 가까이 가 보았더니, 천만뜻밖에도 그 여인은 그날도 냇가에 송구리고 앉아 있었다. 그날은 빨래를 하는 것이 아니라, 기저기를 냇물에 당근 채, 실신한 사람처럼 멍하니 시냇물만 내려다보고 있었다. 그 시름없는 뒷모습을 보자, 나는 불각시에 눈시울이 뜨거워 왔다. 맘성 같아서는 뭐라고 위로의 말이라도 건네고 싶었으나, 부질없는 위로가 오히려 그의 깨끗한 슬픔을 휘저어 놓치나 않을까 저퍼서, 나는 발소리를 죽여 가며 조심히 그의 옆을 지냈다. 그는 내가 곁을 지내가는 줄도 모

르고 그냥 흐르는 물만 내려다보고 있었다.

그가 그날 아침에 물에 당겄던 빨래는, 모르면 모르되 애기가 남기고 간 마지막 기저기였을 것이다. 애기에 대한 어머니로서의 직책도 그날이 마즈막이라고 생각했을 때, 그는 애기를 땅속에 묻을 때보다도 더 슬펐을 것이요, 앞으로의 지루한 시간이 몸서리치게 무서웠는지도 모른다.

머리속으로는 무엇을 생각하고 있는지 모르겠으나, 냇가에 그린 듯이 앉아서, 시름없이 흐르는 물만 내려다보고 있는 그 여인을 뒤로 두고, 나는 그날따라 무거운 발길을 이끌며 산보를 계속하였다. 생사는 인생의 평범사건만 애기의 죽엄에 나는 무한한 가슴 쓸아림을 아니 느낄 수 없었던 것이다.

그 이튼날부터 나는 예측했던 대로 그 여인을 다시는 만날 수 없었다. 이제는 아침마다 기저기 빨던 그 여인을 나는 영원히 만날 수 없을 것이다.

열흘인가 후에 그 고독한 여인이 문안 동무네 집으로 이사 갔다는 말을 들었으나 그 후에 그 여인이 이 세상을 어떻게 살아 나가고 있는지 나는 통히 모르다. 그 후의 소식을 나는 구지 알려고도 하지 않았다.

다만 아침마다 그 빨래터를 지날 때면, 이제는 유명(幽明)을 달리한 그들 슬픈 모자의 행복과 명복을 기리 빌면서, 나는 나대로 날마다 아침 산보를 꾸준히 계속해 오고 있을 따름이다.

파도(波濤)

　언덕 우에서 바라다보이는 바다는 바다라기보다는 오히려 호수에 가까웁다. 육지 깊숙히 뻗어 들어온 바다의 일부분을 좌룡 우호(左龍右虎)의 두 반도가 좌우로 활기를 벌려 웅켜 안었고 웅켜서 얼사안다가 품에 버러져 간신히 틔인 대목을 나븨 섬이 가루찔러서 바다는 흡사 호수 그대로다.

　우렁찬 파도의 희롱을 꿈으로만 즐겨야 하는 이 바다 아닌 바다도 그러나 게절의 감각만은 속일 수 없는 듯 우수 경칩을 지나 청명절로 접어들면서 수면은 처녀의 젓무덤처럼 붕구시 부프러 올랐다. 바다 속 깊숙히 숨어 있던 생명이 게절의 충동을 바더 기운차게 자라는 증거일까 나날이 솟아오르는 수면에서는 얄잡아 보기 어려운 줄기찬 힘이 약동한다.

　스치고 지나가는 봄바람에 어울려 기ㅅ폭처럼 늠실거리는 물결은 남빛 이랑을 이루고 줄기줄기 다라나는 남빛 이랑이 산산히 부서질 때마다 파도 머리에서는 흰 꽃송이가 무수히 흐터진다.

　운무 속에 잠겨서 윤곽만이 아슴프레한 좌룡 반도의 항구에서 끊임없이 들려오는 기찻 소리는 꿈결같이 아련하고 먼 항해의 시작일까. 부두에서 퍼지는 서글픈 고동(銅鑼)은 산울림이 되어 겹겹이 마음을 파고든다.

그도 역시 고동 소리에 놀란 탓일까 어디선가 푸른 하늘을 폭으로 찢는 듯한 날카로운 물샛 소리가 들려오고 그 누가 저토록 그리워서인가 갈매기의 날개는 너훌너훌 오늘도 허공에서 배바쁘다. 언덕 위 늙은 소나무 줄기에 비스틈히 기대여 서서 허심히 바다를 내다보고 있던 운세는 은빛으로 번쩍이는 갈매기의 날개가 눈에 띠이자 문득

"은경은 어디 갔을까?"

그리운 마음에 바닷 가를 더듬어 보았으나 가슴에는 찰랑거리는 물결만이 있을 뿐 은경의 자태는 아모 데서도 보이지 않는다. 운세는 짜증 부리려는 어린애처럼 순간 양미간을 찌프렸다. 은경을 생각하면 운세는 공연히 우울하다.

계절에 민감하기는 환자보다 더한 사람이 없어 립춘이 지나면서부터는 은경과 마조 앉았을수록 괴로움이 느껴져서 운세는 낮의 시간을 거지반 산에서 보내였다. 야외의 신선한 공기와 일광욕으로 병에 대한 잇속을 차리자는 옹졸한 심산에서가 아니라 마음에 넘쳐흐르는 봄 정기에 그냥대로 둔감할 수 없는 생리적 욕구에서였던 것이다. 누어서 운신할 수 없는 병자라면 또 모를 일이거니와 줄기차게 뻗어오르는 대지의 맥박을 혈관으로 느끼면서 구색하게 싼룸에만 누어 백일 수는 없었다. 뿌리 깊은 병을 약과 주사만으로 다스리자는 것은 오히려 어리석은 생각으로 산과 바다에 지천으로 버려진 이 자연의 향연처럼 뛰여난 요양제가 다시는 없을 법하다.

잣나무 젓나무 향나무 소나무 같은 상녹수의 묵은 잎에 기름끼가 흐르고 시당나무 무푸레나무 덕갈나무 오리나무 같은 한겨우내 앙상하든 락엽수의 가지가지가 시절을 맞나 불룩불룩 엄터 오르는 것은 보기만으로도 산지에 기운이 수물거리는데 하물며 그것들이 얼마 후에는 무성하게 어울려서 산 전체가 흐들지게 꾸며질 것을 상상함에 이르러서는 아마 체내의 병균쯤 두려울 것이 없다. 운세는 짜장 제 자신도 한 그루의 나무인 양 팔다리에 뻗어 오르는 봄기운을 절절히 느낌에도 불구하고 그러나 마음이 변으로 우울한 것은 웬일일까.

"현선생니-ㅁ!"

어디선가 은경의 부르는 소리가 들려왔다.

운세는 순간 기쁨에 찬 눈을 두리번거려 보았으나 들려온 것은 소리 뿐 시야에 나타나는 양자는 없다.

"현선생니-ㅁ!"

좀 더 높은 목소리가 울려오는 방향에 따라 낭떠러지 끝에까지 바싹 걸어 나가 뚝 떠러진 아래를 내려다보니 은경은 미끄러지며 미끄러지며 각팍한 벼랑을 추어오르느라고 무진 애를 쓰고 있다.

"져-리루 돌아 올라오지 않구 왜 하필 비탈루 올라오면서 그 고생이세요?"

운세는 책망이기보다도 동정의 시선을 내리부으며 허리까지 굽혀 내려다보았다.

은경도 비탈에 발을 멈추고 허리를 펴며 얼굴을 치켜들어 미소 띠인 눈으로 운세를 올려다본다. 머물러 섰는 곳이 마침 벼랑 중품이여서 흰 석벽을 배경으로 하고 뽀얀 게란빛 저고리에 남빛 치마로 나타난 은경의 자태가 봄볕에 찬연히 눈부시었다.

"고집스럽게 그러지 말구 편한 길로 도라오세요."

그러나 산악가의 모험이 탐이 나서일까 은경은 구지 고집을 부려서 미끄러지면서도 기어코 벼랑을 추어오른다.

은경이가 차츰 가까워 올수록 운세의 표정은 알아보게 침울해 간다. 각까수로 해서 벼랑 턱까지 올라왔을 때 운세는 짚고 있던 단장을 꺼꾸로 돌려 고부라진 손잽이 편을 길게 내밀어서 은경의 목을 걸어 붓쩍 잡아다렸다.

"아이 싫어요! 목 끊어지겠어요."

"잔말 말구 어서 올러오시오."

단장의 힘을 빌어 단숨에 벼랑 우에 올러서는 은경의 몸을 운세는 잽새게 마주 받는 그대로 안전지대에 내던지듯 등어리를 힘차게 밀처 버린다.

"어쩌면 사람을 그렇게 포악스럽게 밀어 버리세요."

별안간의 폭력에 밀려 대여섯 거름 달려 나간 은경은 살며시 도라서며 원망스럽게 말하였다. 간호인의 입장으로 생각하면 뜻밖에 발견한 병자의 놀라운 기운이 눈물겨웁도록 반가웠으나 그러나 그 폭력은 반드시 은경을 안전지대로 옮겨 주려는 선심에서만 아니라 그 우연한 기회를 이용해서 또 한 번 은경을 구박하려는 운세의 심술구진 심사가 빤히 느껴져서 암만 해도 원망스럽지 않을 수 없었다.

그러나 운세는 거기에는 대답조차 않고 잠시 표독스러운 시선으로 은경의 얼굴을 응시하다가 이내 퉁명스러운 말씨로

"그 손에 든 건 뭐요?"

하고 단장으로 한번 사ㅅ 대질을 한다.

요사이로 별안간에 건방지고 아니꼽게 여겨지는 불친절한 태도였다. 그러나 환자의 마음을 즐겁게 해 주는 것이 간호인의 유일한 의무라고 깨달은 은경은 얼른 눈가에 우슴까지 띠여 가면서

"이 속에 뭐가 들어 있는지 알어 마쳐 보세요."

하며 손에 든 과자함을 눈앞까지 치켜들어 보였다.

"뭐가 들어 있는지 알게 뭐요. 또 그 쇠갈쿠리는 뭣에 쓰는 건데?"

"이것두 모르세요?"

갈수록 아니꼬워 얼굴을 한번 하우쳐 주고 싶은 심정에서 은경은 운세의 얼굴을 향하여 쇠갈쿠리를 허공에 그려당겨 보았다. 그러나 운세는 잠잫고 두어 거름 걸어 나가 편편한 바위 우에 덥석 거러앉드니 먼 바다만 망연히 내다보고 있다.

한시라도 곁에 없으면 공연히 초조하고 오래 못 만난 사람처럼 그리워지는 은경이것만 정작 이렇게 마조 서 있으면 열 손가락으로 머리를 콱 웅켜잡고 눈알이 술룽 빠지도록 뒤흔들어 주고 싶은 심정은 무슨 연유인지 운세 자신도 알 길이 없다.

'계절의 탓일까?'

무슨 연유든 간에 안해 있는 몸으로서 안해 아닌 딴 이성을 사모하는 것은 죄악이 아닐 수 없을 것 같다. 그러나 죄악의 한게를 넘어서 달뜨는 것이 감정의 세계에서 무궤도로 달리려는 감정을 운세는 가까수로 달래여 본 결과가 겨우 심술궂인 태도였다고나 할까?

은경은 상대해 주지 않는 겸연쩍음에 잠시 시무룩히 섯다가 슬며시 과자함 뚜껑을 열어 운세게 내밀며

"이것 잡숴 보세요. 몸에 퍽 유익하대요."

오늘 아침 고기 장수 할멈에게서 굴이 폐병에 좋다는 말을 얻어들은 은경은 그길로 쇠갈쿠리를 빌려 가지고 바닷 가에 가서 굴을 까 왔던 것이다.

"건 어서 났소?"

"제가 까 왔서요. 샘물에 깨끗이 시첫으니 그냥 잡수서두 좋아요."

운세는 신선한 굴을 몇 점 입안에 넣고 오랜동안 우물거리다가 문뜩

"독약은 넣지 않았소?"

하고 진실된 표정으로 묻는다.

"네? ………."

너무나 이외의 질문에 은경은 제 귀를 의심하며 운세를 처다보다가 질투라 할까 증오라 할까 지독스러운 운세의 시선과 딱 마조쳐서 그만 겁에 질려 고개를 얼른 돌렸다. 몸서리치게 날카로운 시선이여서 은경은 기를 았긴 듯 눈앞이 앗찔하기까지 하였다.

다시 제정신으로 도라왔을 때에는 은경은 손에 든 그릇은 땅 위에 내동댕이치고 싶도록 부애가 났다. 손에 상처를 입어 가면서 정성을 다하야 까 온 굴을 독약을 넣지 않았느냐고는 무슨 냉혹한 말버릇일까. 농말로 들어 넘기기에는 너무나 험악한 그 표정이 아닐가. 비뚜러진 심정에서 의식적으로 구박하려 드는 악착스럽게 구진 심술이겠으나 질문을 받어 놓고 생각하니 생각수록 분하고 억울해서 차라리 독약이 있다면 눈 딱 감고 한번 처 보았으면 속알머리 시언할 것 같다.

'대체 내가 이분에게 이처럼 구박을 받어야 할 의무는 어데 있으며

이분이 나를 이다지 모라세는 것은 무슨 권리에서일까.'

일 년 전— S 병원에서 입원 환자와 간호부의 사이로서 알게 된 것이 교제의 시초로서 그 후 운세가 전지 요양을 하게 되자 은경이더러 주사도 놓아 줄 겸 의사도 되여 줄 겸해서 가치 가 주었으면 고맙겠다는 교섭을 받았을 때에는 은경은 오히려 놀라기까지 했던 것이다. 그러나 운세는 비교적 교양이 높은 측이기에 평소부터 은경은 그에게 호의는 품어 왔고 게다가 병자에게다 될수록 친절을 베풀려는 직업적인 의식이 어느듯 천품화하여서 운세의 안해인 순임이까지가 찾어와서 교섭했을 때에는 은경은 거절하기 어려운 판에 그 뜻을 부모에게 솔직히 전했던 것이다.

지금은 운수가 티여서 남부럽지 않은 가세지만 한창 군색하던 시절에는 네 식구가 어린 딸의 월급에만 매달려 지낸 일도 있은 은경의 부모는 그 때문에 혼기까지 놓지게 된 딸이 측은하고도 죄송스러워서 은경의 의사라면 과히 어그러지지 않는 한도에서는 제 뜻대로 내버려 두는 것이 부모들의 무언의 철측이었다.

운세와의 이야기를 들었을 때 부모들은 처음에는 고개를 몇 번 기우렸으나 상대방이 처자 있는 병자요 은경이가 그만 지각은 있을 것도 믿었고 또 다년간 병원에서 시달렸으니 이런 기회에 몸 수양 겸해서 갈 테면 가 보라고 은경의 뜻에 마껴 버렸던 것이다.

그렇게 해서 이 서해안의 산속으로 온 지도 어언간 넉 달— 그러나 환자와 간호부의 경계는 어대까지든 직혀 나가야 할 경계요 그 이상의 인연을 은경은 애시당초 생각지도 않었다. 운세가 만약 은경의 친절에서 간호부로서의 태도 이외의 감정을 느꼇다면 그것은 운세의 잘못이지 결단코 은경의 책임은 아닌 것이다.

'그렇기로 평소에는 그렇게나 온순하던 그의 성미가 요새로 알어 보게 사나워진 것은 웬일까? 증오감이 여실히 들어나 보이는 그 시선은 날마다 같은 얼굴을 대하고 있는 역겨움에서 생겨난 결과일까?'

여기까지 생각한 은경은 아니 아니하고 고개를 살랑살랑 흔들었다.

운세의 증오의 시선— 그것은 어떤 감정의 역작용일 것임에 틀림 없었다. 사랑이 뜻을 이루지 못할 때 그 괴로움은 흔히 증오의 탈을 쓰고 나타난다고 한 어느 문호의 말이 펀뜩 머리에 떠올랐다. 전혀 그 심리를 헤아리지 못할 바 아니오 오히려 모든 것을 짐작할 수 있기에 은경은 마음이 괴롭고 운세에게 미안한 생각조차 들어서 이제 는 애당초에 여기까지 따라온 것을 후회하게 되었다.

어제밤만 해도 여니 날 밤과 마찬가지로 은경은 스탄달의 『카스토로의 여승(女僧)』이라는 소설을 운세에게 읽어 들려주고 있었는데 남 주인공 '쥬리오'가 죽엄을 무릅쓰고 '에리오'를 밤중에 찾어가 만나는 장면에 이르자 누어서 듣고 있던 운세는 무슨 생각에서였든지 별안 간에 벌떡 일어나더니 은경의 손에서 책을 빼아서 던지며 어서 건너 가 자라고 화를 버럭 냇던 것이다. 너무나 돌발적이어서 처음에는 악 연했고 차차로 생각하니 흡사 때 쓰는 어린 애기와 같아서 웃읍광스러웠으나 그러나 웃어넘기는 뒤으로 은경은 가슴을 내리누르는 괴로움에 눈앞이 아찔하였다.

나날이 게속되는 괴로움을 어떻게 해서든지 버서나려는 몸부림치고 싶게 안타까운 심정이 어느듯 마음의 약점이 되어서 은경은 미신인 줄 번연히 알면서도 아침마다 돈으로 점을 쳐 보는 버릇이 생겻다. 점이래야 극히 유치한 방법이어서 두 손을 모아 고무공처럼 궁그려 가지고 그 안에 백통전 다섯 닢을 넣어 한참 잘랑잘랑 흔들다가 방바닥에 내던저 보는 것이다. 그래서 거기서 나타나는 평(平=表)과 괘(卦=裏)로서 점ㅅ괘를 다음과 같이 정하였다.

전부 표면(全部 表面) ············ 극상 괘(極上 卦)

표사 이일(表四 裏一) ············ 상 괘(上 卦)

표삼 이이(表三 裏二) ············ 중 괘(中 卦)

표이 이삼(表二 裏三) ············ 하 괘(下 卦)

표일 이사(表一 裏四) ············ 흉 괘(凶 卦)

전부 표면(全部 裏面) ············ 극흉 괘(極凶 卦)

이렇게 정한 은경은 여니 때도 말고 반드시 아침에 일어나는 길로 정성을 다하여 꼭 세 번씩 점을 쳐서 그날 일 수로 삼는데 첫 번ㅅ괘는 운세와 저와의 공동 운수로 치고 둘째ㅅ괘는 운세 개인의 운수요 세 번째는 제 자신의 신수로 삼았다. 점을 칠 때의 은경의 표정은 놀랄 만치 진실하였다.

은경은 제 자신의 괘는 좋고 나쁘고 간에 그리 걱정이 아니었으나 첫 괘가 나쁠 때에는 그날 하로는 운세의 앞에서도 각별히 언동을 삼갔고 둘째 괘가 나쁠 때에는 혹시라도 무슨 일이 생길까 시퍼서 진종일 운세의 곁을 지켰다. 어린아이의 작란과 같은 그까짓 게 무에 맞으랴고 생각하면서도 어느듯 신렴이 되여 버려서 괘가 나쁘면 역시 그날 하로는 공연히 심리가 불안 불안하였던 것이다.

어느 날 이날도 날씨는 아침부터 온화해서 단장을 들고 뜰에 나선 운세는 빨래하는 은경의 뒷모습을 한참 동안 물끄럼히 바라보다가 문뜩 무두무미하게

"배 타러 나갑시다."

하고 명령쪼로 말하였다.

은경은 일손을 멈추고 운세를 도라다보며 오늘 점괘가 나빴던 것을 생각하였다.

"어서 나갑시다."

재촉하는 한마듸를 던지고 운세는 사립문 밖으로 나선다. 은경은 별로 기분이 내키지 않았으나 앞치마를 버서 버리며 운세의 뒤를 따라나섰다.

강ㅅ가에는 적은 배 한 척이 물 우에 동동 떠 있다. 그 배는 언젠가 바다에서 유난히 봄이 느껴지든 날 운세는 별안간 배를 타 보고 싶은 생각이 나서 당분간 쓰기로 하고 항구에서 빌려 온 것이였다.

배 우에 오르자 운세는 배ㅅ 전으로 가 앞으로 향해 앉고 은경이가 뒤에서 노를 젓기 시작하였다. 배 젓는 것은 운세에게는 지나친 운동이므로 서투른 대로 언제나 은경이가 노질을 하는 것이였다.

배는 가벼운 바다ㅅ바람에 거슬리며 엷게 나부낀 안개를 헤치고 고요히 호심으로 미끌어저 나간다. 갈매기들이 물길을 안내하듯 배ㅅ전까지 너훌너훌 날러 왔으나 운세는 아른 체 않고 깊은 쌩각에 잠긴 채 물 우에 초ㅅ점 없는 시선을 던지고 있다. 몹시 수심스러워 보이는 운세의 등어리를 바라보며 기계적으로 노를 젓고 있든 은경은 웬지 모르게 한숨이 지어지며 눈시울이 뜨거워 왔다. 공연히 가슴이

답답하다. 이대로 항구로 가서 배나 기차를 타고 서울로 가 버렸으면
싶었다.

　배는 이미 기슭에서 두 키로 거리나 멀리 나왔건만 방향을 돌리라
는 말이 없어서 은경은 불현듯 불안이 느껴지며 육지가 그리웠다. 그
래서 슬며시 육지로 키를 돌리려니까

　"더 나가요! 더!"

　운세는 성난 어조를 등 넘어로 퉁명스럽게 던진다.

　은경은 깜짝 놀라 좀 더 불안에 휩쓸리우며 방향을 다시 돌렸다.
앞으로 나갈수록 바람이 사납고 파도가 거칠어 배 언저리에 넘실거
리는 푸른 물결이 머리에 어즈럽다. 등어리에 땀이 흐르는 것은 노젓
기에 힘을 뽑은 때문이기보다는 전신을 엄습하는 공포에서였다. 수
영에는 자신이 있어 누구보다도 물을 좋아하는 은경이건만 오늘만
은 작구만 공포가 느껴지는 것은 무슨 까닭일까.

　호심에 이르렀을 때 은경은 공포를 더 참을 길이 없어 마침내 노를
멈추며 울어 버릴 듯이 콱 주저앉았다. 추진력을 잃은 배는 타력으로
얼마간 미끄러저 나가다가 물 우에 둥둥 머물러 버린다.

　그제야 운세는 슬며시 돌아앉으며

　"고단하우?"

　아까와는 동떨어진 오래간만에 들어 보는 상냥한 말씨였다. 예측
하지 못했던 불의의 친절에 은경은 불현듯 서름이 복바쳐 올라서 이
를 악 새려물며 눈물을 참았다.

　"은경 씨!"

　대답 대신 고개를 들며 은경은 억지로 우슴을 띄었다.

"여기서 저 기슭까지 헤여 나갈 자신이 있소?"

자조하듯 빙그레 웃으면서 던지는 질문이기에 은경은 오히려 깊은 뜻이 느껴져서 가슴이 막막하다.

"건 왜 물으세요?"

"글세…………."

"절 물에 빠칠 생각이세요?"

농담이기보다 절박한 심리에서 울어나온 참된 질문이었다. 운세는 그렇다는 뜻으로 고개를 두어 번 끄덕이고 나서

"한번 빠져 보려우?"

한다.

은경의 생살권을 손아귀에 넣었다는 의식에서 오는 법열일까 운세의 얼골은 알어보게 싱싱해 간다.

은경은 대답 대신 고개를 폭 수그렸다. 여학교 때 수영애 부지런했던 덕택으로 기슭까지의 사 오 키로쯤 그다지 겁날 것은 없었다. 그러나 죽으라고 내던지운 몸이 어실렁어실렁 육지로 기여 돌아가는 후줄군한 꼴악선이는 상상만 하여도 추하고 비굴하기 짝 없게 여겨진다. 차라리 내던지우면 손가락 하나 암지락거리지 않고 수쩨 고시란히 죽으리라 결심하니 마음은 차츰 평온해 갔다.

"여기서 저기까지는 다섯 키로는 착실할께요."

위협을 하자는 심사일까 운세는 아득한 기슭을 턱으로 가르킨다.

"저는요 죽엄이 조굼두 두렵지 않어요. 그렇지만 현선생님 혼자서 어떻게 도라가실 작정이세요? 선생님이 꼭 절 물에 빠치는 것이 소망이시라면 제가 빠져야 할 장소만 지시해 주세요. 그럼 제가 선생님을

모셔다 드리구 나서 혼자 그 장소루 찾어와 빠저 버릴께요. 정말 그렇걸께요."

얼핏 듣기에는 야살스러운 사실이었으나 은경으로서는 진정이었다. 생사가 운세의 임의에 달린 이제 구구스럽게 살려 달라고 애걸하고 싶지도 않거니와 죽이려는 것이 운세의 참된 욕망이라면 구태여 남의 진정을 무참히 짓밟어 가면서까지 구차한 생명을 이여 나갈 생각은 도무지 없었다. 그렇게 체관하고 나니 다만 근심되는 것이 운세뿐이었는데 은경은 다음 순간 문득 그러한 자신을 깨닫자 내가 언제부터 이분을 이렇게까지 생각하게 되였든가 하고 저 모르게 운세의 세게에 깊이 이끌려 들어온 데 소스라치게 놀랐던 것이다.

"나는 몇 해를 두고 죽엄을 생각해 온 사람, 이제 새삼스러히 죽엄을 두려워할 바도 아니오."
하고 운세는 다시 한 번 비웃는 표정이다.

그러면 가치 죽자는 요량일까. 머리에 떠오르는 불칙스러운 예감을 굳세게 부인하려고 은경은 고개를 살랑살랑 흔들고 나서

"아니애요! 선생님이 지금까지 죽엄을 생각하섰다는 건 결국 생을 생각하신 거애요. 어떻거면 죽엄에서 소사날 수 있을까 하는 생각, 그건 생을 생각하신 거 아니구 뭐애요?"

"그런지도 모르죠. 그런 의미에서라면 지금까진 살려고만 애써 왔다고 하겠지만……."

"그게 사실이지 뭡니까?"

"그렇지만……."
하고 운세는 바다 바람에 흐터지는 머리칼을 천천히 늙어 올리고 나서

"지금까지는 꼭 살겠다고 애썼기 때문에 죽엄이 몹시 두려웟는데 요새 와서는— 아니 바루 이 순간에는 죽엄이 두렵질 않구요. 살어서 괴롬을 그냥 지니고 있기보담 차라리 행복된 순간에 아예 죽어 버리는 것이 오히려 즐거울 상싶어요."

운세는 어디까지든 엄숙하다.

"건 그만치 선생님 건강이 회복된 증거애요. 건강한 사람일수록 죽 엄에 무관심하다고들 하잖어요?"

은경은 운세의 참뜻을 충분히 살폈기에 일부러 급소를 피하려고 엉뚱한 해석을 하였다.

"건강?—— 건강한 증건지도 모르겠지만 결코 죽엄에 무관심한 때 문은 아니오."

운세는 픽 코우슴을 친다.

"아이! 인제 얘기 구만두시구 바람이 차니 어서 도라가십시다."

은경은 얼른 일어서 잽싸게 노를 젓기 시작하였다.

배ㅅ머리는 육지로 향하여젔다. 위기일발에서 운세를 구원한 느 낌이었다. 기슭이 가까워 올수록 등신처럼 앉어 있는 운세는 또다시 우울한 표정으로 도라간다.

어느 날 저녁 물림에 운세의 안해 순임에게서 편지가 왔을 때의 일 이다. 대개의 편지는 은경이가 읽어서 들려주고 부인의 것만은 반듯 시 운세에게 직접 전하는 것이 철측이었는데 그날따라는 웬일인지 운세는 그 편지를 은경이더러 읽으라고 하였다.

"싫습니다. 선생님이 읽으세요."

은경은 뒤로 물러나 앉으며 거절하였다.

무릎 앞에 놓인 편지를 운세는 잠시 물끄럼히 바라바다가 슬며시 집어 들더니 오랜시간을 두고 사연을 읽는다. 그리고 나서 다시 한참 동안 생각에 잠겼다가 문득 테불 우에 놓인 축음기를 처다보며

"레코-드 동요판(童謠版) 있죠?"

하고 묻는다.

"네 있어요. 걸어 드려요?"

필시 편지에서 어린아이들의 사연을 읽고 오랫동안 못 만난 자녀들이 불현듯 그리워진 때문이리라 짐작되어 은경은 얼른 축음기에 동요판을 걸어 놓았다. 운세는 누어서 생각에 잠긴 눈을 꺼벅이며 어린아이들의 사랑스러운 노래를 취한 듯이 듣고 있었다. 운세의 마음을 어린아이들에게로 돌리게 된 그것만으로도 은경은 운세로 인해서 가슴 깊이 뿌리백혔든 제 괴로움이 행결 가벼워지는 것 같아서 그날부터는 무시로 동요를 걸어 주었다.

동요를 미끼로 운세의 마음의 방향을 어린아이들에게로 돌려 저만은 굳게 자신을 지켜 나가려는 은경의 지나친 영리가 번번히 알미웁게 느껴졌으나 운세는 한 번도 그 감정을 표면에 나타내지는 않았다. 그러나 일단 가슴에 뭉치기 시작한 감정은 언제든지 한번은 반드시 폭발되는 법이다.

십여 일이 지난 어느 날 이날의 운수는 흉괘(凶卦)여서 은경은 불안 속에서 하로를 보내였다. 불안한 하로를 무사히 보내고 고요한 황혼을 마지하면 마음이 피로한 탓일까 은경은 번번히 기분이 서글펐다. 밤이 막 시작되랴 할 무렵에 은경은 등잔을 켜려고 운세의 방에 들어

왔으나 웨 그런지 모르게 불을 켜기가 싫었다. 까닭 모를 시름이 자꾸만 눈시울에 서리우고 이유 없는 근심이 머리에 감돌아서 고요히 축음기 앞으로 가 레코-드를 골랐다.

동요판을 걸어 놓고 은경은 그 앞에 머물러 선 채 어린이 노래에 막연히 귀를 기우리고 있었다. 얼마 동안 그렇게 멍하니 서 있노라니까 돌연 등 뒤에서 정체 몰을 두 손이 은경의 양 어깨를 부락스럽게 꽉 웅켜잡아 맹렬한 기세로 몸 전체의 방향을 휙 반대로 돌려놓는다. 항거할 여가조차 없는 벼락 같은 폭행에 소스라치게 놀라며 거들떠보니 장승처럼 눈앞에 우뚝 마주 서는 사람이 운세였다. 은경에게 대한 번번히 얄미운 감정이 폭행으로 나타났던 것이다.

유난스러운 반항은 무안을 줄 듯싶어 은경은 원망 어리인 말 없는 시선으로 운세를 처다만 보았다. 운세는 은경의 두 어깨를 부등켜 잡은 채 잠잠했으나 표정은 험악하다. 오고 가는 두 시선이 침묵 속에 긴장을 도두고 호흡이 차츰 거칠었다. 접촉된 두 팔을 통하여 전파되는 심장의 격동이 은경의 귀에까지 분명히 들렸다. 한 찰라의 일이었으나 은경에게는 영원같이 긴 시간이었다.

까무라칠 듯한 긴장에 질려 은경은 살며시 고개를 수그리며 눈을 고히 내리깔려고 하는 그 순간 또 한 번 줄기찬 폭력이 어깨에 뻐근히 뻗어 오드니 갑재기 은경의 전신이 와들와들 흔들린다. 신장ㅅ대처럼 어지럽게 흔들리우는 사이로 보이는 운세의 부동하는 얼굴이 염마같이 험악하다. 팔을 들어 폭행을 제어하려 하자 번개같이 날샌 손이 날카로운 바람을 이르키며 은경의 왼편 뺨에 벼락같이 떠러졌다. 동시에 바른편 뺨에서도 젤싹? 연다라 또 하나 또 하나………

은경은 눈앞이 캄캄하였다.

우박같이 퍼붓는 날벼락을 것잡을 수 없어 숨을 끔뻑 삼키며 은경은 숫제 뺨을 내맡긴 채 아드득 이만 새려물었다. 젤싹젤싹 뺨에서 나는 소리건만 귀에는 먼 우뢰같이 가련하고 무수한 불꽃이 눈앞에서 어즈럽게 난무할 그저 그뿐 아픔을 느낄 만한 여유는 당초부터 없었다.

멎을 줄 모르는 폭풍우기에 이냥대로 정신이 꺼져 버리나 보다고 간신히 생각했을 그러나 그때 은경의 몸은 물먹은 행주처럼 무의식 중에 방 한구석에 밀려 나가 더부려졌다. 포악한 마즈막 힘이 은경의 몸을 통채로 쓸어트렸던 것이다.

무슨 까닭에서의 황폭이었을까. 고백하지 못하는 사랑의 안타까움에서였다면 이처럼 어리석은 행동은 없을 것이다.

사나히의 설흔다섯은 이성에게 대해 그다지 비겁해야 할 나히든가. 안해의 존재가 남편의 감정을 읽어매는 철사밖에 아모것도 아니라면 안해를 갖었다는 것처럼 쓸아린 비극도 없을 법하다.

피해자의 억울보다도 가해자의 마음이 언제나 더한층 괴로운 것은 심리의 철측이여서 사납게 날쳤든 뒷물림에 운세는 씨근덕거리며 나가떠러진 은경의 등어리를 멀건히 바라보다가 제물에 쓸어지듯 이불을 뒤집어쓰고 누어 버린다.

방 안은 잠시 막막한 채 노래 끝난 레코-드만이 무심히 돌고 있다.

은경은 한참만에야 정신을 돌렸다. 간신히 정신을 차려 머리를 쓰다듬으며 몸을 이르킨 은경은 애무한 봉변이 억울하기보다도 필연코 이 밤으로 겪어야 할 운세의 번민이 먼저 머리에 떠올랐다. 그 번민을 조곰이라도 덜어 줄 길은 오직 피해자 자신이 먼저 허심탄회해야 하리라고 깨닷자 은경은 언제까지고 토라져 있을 수만 없어 아모 일도 없었던 것처럼 가뿐히 일어서 레코-드를 멈추었다. 그리고 여니 때나 조곰도 다름없는 침착한 태도로 운세의 머리맡에 약과 자리ㅅ끼를 가추어 놓고 돌아서 나오다가 문득 생각이 병자가 지나친 홍분에 잠을 설치지나 않을까 염녀되여 본인 모르게 가루약 속에 잠자는 약을 약간 섞어 넣었다.

방으로 도라와 자리를 보고 눕자 은경은 긴장이 풀린 탓일까 별안간에 피로가 느껴지며 몸이 땅속으로 자자드는 듯하였다. 조곰 전에 당한 일들이 어지럽게 머리에 떠오르며 무슨 악몽이나처럼 등어리에 오싹오싹 몸소름이 끼쳐진다. 타오르는 두 뺨을 손으로 감싸 누르며 차라리 악몽이였다면 얼마나 좋으랴 생각하니 눈물만이 거침없이 소사 흐른다.

'인간 사이의 접촉은 이렇게도 괴로운 것이든가.'

떨치고 도망쳐 버리면 그만일 듯싶으나 마음에 끼친 상처만은 갚을 길이 아득하다. 마음에 느끼는 감정을 숫째 까놓고 고백해 준다면 듣는 편도 오히려 속 시언하고 경우에 따라서는 쉽게 막어 낼 방도도 있으련만 혼자서만 절절히 애타하는 모양은 차마 보기 괴로웁다.

가슴에 뭉쳤던 울화가 폭행으로 풀렸다면 차라리 다행으로 봉변으로 풀 수 있는 번민이었다면 뼈가 가루가 되여도 달갑게 참을 것 같고 빌어서 될 일이라면 천일기돈들 못 올리랴만 다져 먹은 첫 뜻을 굽혀서 남의 가정에 어지러운 불행을 뿌리는 것만은 차마 못할 노릇 같았다.

"저는 은경 씰 꼭 믿어요. 주인의 병은 은경 씨의 구완에 꼭 달렸다고 생각해요."

산으로 떠나올 때 처음에 찬 어조로 간곡히 말하던 순임의 부탁이 은경의 귀에 새로웠다. 운세를 위하여 주야로 헌신해 온 것은 그 믿음에 보답하려는 심사이기도 했던 것이다. 어느 구석에서나 털끝만한 의심조차 찾어낼 수 없던 그 알뜰한 믿음을 인간의 탈을 쓰고서야 어떻게 무참히 짓밟을 것인가.

은경은 순임에게 오랜동안 소식 전하지 못한 제 게으름이 불현듯 뉘우쳐져서 눈물을 시츠며 일어나 앉았다. 붓을 들고 편지지를 대하니 공연히 비감해서 두서를 분별할 길이 없다. 요긴한 한 가지 사정을 숨김없이 털어놓고 싶었으나 죄 없는 사람에게까지 슬픔을 나누기는 두려운 일이었다. 결국 예사로운 소식만 적어 놓고 보니 구구절절이 모두 거짓말뿐인 듯 안타까운 마음에 쓰고 찢고 찢고 쓰고 밤을 새여 가면서 같은 일을 되푸리하다가 문득 머리에 떠오르는 생각이 차라리 부인과 아이들을 불러오자는 것이었다.

은경은 운세의 병이 나날이 쾌유되어 간다는 소식과 함께 어린아이들을 무척 그리워하시니 속히 한번 단녀가라는 사연을 눈을 감고 단숨에 내려 적었다. 쓰고 나서는 읽어 보기조차 두려워 그냥 봉해 버렸다.

해결책으로는 너무나 노골스러운 그 길이었으나 모두들 한결같이 순조롭게만 풀어 나갈 수 없는 이 마당에 이르러서는 그 길만이 가장 타당하리라 싶었다.

이튿날 은경은 일즉부터 예사롭게 운세의 시중을 들었다. 풍파의 영향이 반드시 있을 줄로만 짐작되어 마음이 겸연쩍었던 운세에게는 너무나 천진스러운 은경의 거동이 오히려 의외여서

'대체 이 여자는 천사였든가? 악마였든가?'

하고 저 모르게 속살로 중얼거렸다.

아침마다 쳐 보는 점이 나날이 중쾌여서 비교적 평온한 십여 일이 지내는 동안에 은경은 미구에 나타날 운세의 가족들을 생각하고 마음이 차차 어지러워 갔다.

은경의 편지 사연을 운세의 뜻으로만 믿고 날뛰며 달려올 가족들이 측은도 하려니와, 불각시에 달려드는 가족들과 딱 마조칠 때의 운세의 곤궁한 표정이 명료하게 눈에 떠버려져서 은경은 큰일을 저지른 듯키 마음이 변으로 송구하였다. 혼란을 미연에 방지할 길은 지금 얼른 운세에게 모든 것을 사실대로 알리는 것뿐이나 애시당초 외람되였던 것이여서 운세의 얼굴을 대할 때마다 은경은 기가 먼저 찔리었다.

그렇게 불안한 몇 날을 지나는 동안 운세의 안해가 두 아이와 함께 불쑥 나타났다. 가족들과의 뜻밖의 대면에 운세는 일순간 확실히 란처한 표정이었으나 곧 니여 반가운 낯으로 아이들을 안어 주며 안해에게는 그동안의 집 소식을 묻는다. 불시에 가족들이 나타난 것은 모두 은경의 지시의 결과리라고 순간에 깨달은 운세는 이제는 진실로 은경을 사랑하기에 자기 자신도 은경의 지시에 순종할 수밖에 없다고 생각하였든 것이다.

의외로 자연스럽게 전개되는 분위기가 은경은 고맙기까지 했다.

또한 그것은 간절히 바랐던 일이기도 했었다. 그러나 그럼에도 불구하고 은경은 까닭 모를 실망이 은근히 느껴지는 것도 속일 수 없는 감정이었다. 눈앞에 버려진 단락한 가정 풍경을 바라보자 은경은 제 존재의 무의미함을 새삼스럽게 깨닫지 않을 수 없어 그러면 운세의 지금까지의 번민은 모두가 거짓이였든가 하고 제 자신의 감정의 변화는 미처 깨달을 새도 없이 세상이 허무하게만 느껴졌다.

"이런 산중에서 혼자 시중드느라구 얼마나 고생을 하셨겠수? 집에서 두늘 하던 얘기지만 은경 씨의 은혜는 뭣은루 갚어알지 모르겠어요."

손을 붙잡으며 살틀히 느려놓는 순임의 치하에도 은경은 작구 운세와의 거리만이 느껴졌다.

메칠이 지난 어느 날 밤 은경은 순임과 나란히 누어서 이야기하든 끝에 이 기회에 집에 한번 단여오겟다고 말하였다.

"어서 댕겨오세요. 벌서 반년이 넘으니 댁에선들 얼마나 보고 싶으시구 은경 씬들 부모님이 얼마나 그립겠어요. 그동안엔 내가 있을 테니 열흘이구 보름이구 맘 놓구 댕겨오세요."

선선히 허락하는 것은 오직 순임의 고흔 맘찌에서 이리라고 번연히 짐작하면서도 은경은 제가 쫓겨나는 신세만 같아 공연히 괴로웠다.

이튿날 아침 부인이 밖에 나간 사이에 은경은 오늘이 마즈막이라고 생각하면서 그날 운수를 점 쳐 보았는데 이상스럽게도 그날은 세 점괘가 모두 극흉(極凶)이었다. 엽때까지에 한 번도 없었던 일이므로 은경은 간담이 서늘하였다.

조반 후 운세가 두 아이를 데리고 산으로 올라가자 방 안은 유난히 조용하여서 은경은 오늘로 집으로 떠나고 싶은 생각이 불현듯 소사

올랐다.

"떠나시더라두 현선생이나 만나시구 떠나셔야죠."

하고 순임이 만루하여

"현선생님 도라오시거든 못 뵙구 떠나서 죄송스럽다구 말슴이나 전해 주세요."

은경은 차라리 운세를 안 만나고 떠나고 싶었던 것이다.

"말슴은 전하겠지만······. 허긴 아주 떠나시는 건 아니니깐······."

하고 순임은 상냥스럽게 웃었다.

이것이 마즈막 길이라고 결심한 은경은 웃음으로 전송하는 순임을 대하기가 가슴을 후비는 듯 괴로웠다. 구지 속이고 떠나자는 심사는 아니였으나 간단한 설명으로는 깨뜨게 할 수 없는 비밀을 경솔히 터러놓을 수도 없었던 것이다.

빌려온 배도 돌려줄 겸 마즈막으로 운세와의 추억도 더듬을 겸해서 은경은 항구까지는 배ㅅ길을 택하였다.

기슭에 매여 있는 뷘 배를 움직여 닫줄을 끄러 놓고 순임과 작별인사를 나누며 슬금슬금 노를 저어나가는 은경은 별안간 눈앞에 안개가 어리어지고 고독이 폐부를 속속드리 쑤시고 드는 듯하였다. 언제나 운세와 둘이서 타든 이 배요 노 젓기를 배운 것도 운세를 위해서였건만 정말 떠나는 오늘에는 운세를 만나지도 않은 것이 한없이 슬펏다. 당연한 제 길이요 그 이상의 욕망을 바랜 것도 아니였으나 사람끼리의 별리가 이다지 애긇기도 흔한 일은 아닌 상싶다.

"부대 몸 건강 하세요. 운세 씨!"

마음으로 간절히 빈다는 생각이 입 박에까지 흘러나왔다.

어즈러운 머리속에 언젠가의 밤에 봉변당하던 장면이 문득 떠오른다. 아모리 원망스러운 지금이라도 미칠 듯이 덤비던 그때의 운세을 은경은 거짓이였다고는 믿을 수 없었다. 진실이 아니고서는 그처럼 험악할 수도 없으려니와 억수로 퍼붓는 매를 고시란히 맞고도 조곰도 원함이 맺어지지 않는 것은 제게도 그만치 마음의 준비가 저 모르게 가추어져 있었던 때문이였으리라 싶어 은경은 보배를 어루만지듯 제 뺨을 도닥도닥 두들겨 보았다. 그러나

'나의 가는 길은 오직 나 혼자만인 고독의 길이다.

이제는 가 버린 청춘 다시 못 올 그 청춘일 것 같았다.'

배가 두어 마장 바다로 나갔을 때 아득한 멀리서 누가 뭐라고 소리치는 듯싶기에 도라다보니 언덕 우에서 운세가 두 아이와 함께 은경을 부르고 있다.

은경은 무심중에 노를 멈추고 손수건을 허공에 내저었다. 무심한 아이들도 손을 들어 흔들었다.

은경이가 길 떠나는 줄을 꿈에도 모르는 운세는 배를 가치 타자는 생각에서일까 작구만 오라고 손짓을 한다.

은경은 차마 팔을 내저어서 거절할 용기는 없어서 천천히 머리만 좌우로 흔들었다. 머리를 흔드노라니까 불현듯 서러워져서 다시는 거들떠보지도 않고 정신없이 바다로 바다로 노를 빨리 저어 내달었다.

운무를 헤치며 한참 정신없이 저어 나갔다. 한참 저어 나가다 보니 배는 어느듯 운세가 은경을 빠치겠다고 하던 그 장소에 이르렀다.

은경은 지내간 날의 추억이 새삼스러히 그리워져서 노를 내던지며 쓸어지듯 배 우에 주저앉었다. 차라리 그때 이 물에 빠졌던들 얼

마나 행복이였으랴 싶었다. 오늘 아침에ㅅ 점괘가 번개같이 머리에 떠오르면서 차마 사선(死線)을 그냥 통과하기가 마음에 아쉬웠다.

쓸어진 채 한참을 마음 놓고 흐느껴 울다가 눈물에 젖은 얼골을 들어 언덕을 다시 한 번 처다보았다. 그러나 안개에 싸인 언덕은 아득한 윤곽만이 보일 뿐 운세의 자태는 다시는 찾어볼 길이 없다.

"부대 안녕하세요. 운세 씨!"

다시 한 번 뇌까리며 은경은 육지를 향하야 또다시 손수건을 내저었다. 한 번 움직이기 시작한 팔은 발동기처럼 가속도로 맹렬하게 흔들렸다. 호흡이 급박했다. 허공에 소용도리를 이르키며 정신없이 휙휙 내젓다가 제물에 손수건을 휘영 내던졌다. 바람 맞은 흰 손수건이 기ㅅ폭처럼 허공에 퍼덕이며 날리다가 바다 우에 나부–시 내려앉는다.

물결 따라 넘실거리는 손수건을 은경은 눈물 어린 시선으로 언제까지고 시름없이 바라보고 있다.

'물결은 어디서 와서 어디까지 가며 저 손수건은 어디서 머물러 버릴 것인가.'

모두가 허무하게 느껴질 뿐이다. 허무한 속에서 간신히 찾어낸 한 포기의 진실이 운세의 그 험악하던 표정이였으려니 생각하니 그 진실마저 잃어버린 지금에는 허무만이 더한층 절실하게 뼈에 사모쳤다.

"아모것도 아니다. 아모 일도 없었다."

손수건이 자최조차 찾어볼 길 없도록 멀리– 흘러가 버렸을 때 은경은 제게 들려주는 듯 소리 내여 중얼거리며 천천히 고개를 내저었다. 살며시 일어서 노에 손을 얹었다. 그리고 항구를 향하야 쉬염쉬염 배를 저어 나갔다.

아득한 항구에서는 오늘도 먼 길 떠나는 고동 소리가 서글프게 들려왔다. (丙戌 三月 稿)

귀향(歸鄕)

1

가을 치고도 유난히 맑은 날씨였다.

씻은 듯이 청청한 하늘은 무한제로 티였고 우뚝우뚝 반공에 솟은 검푸른 산봉오리들은 먼 하늘가에 잠든 듯 으젓하다.

첩첩이 쌓인 산과 산을 타개하고 기운차게 뻐더 나간 군용 도로 우에는 다사로운 가을볕이 무르녹고 있다.

산울림처럼 어디서 폭포 소리가 은은히 울려온다.

"아마 저게 비룡폭포 소리지!"

등에 이삿짐을 질머진 최현수 노인은 피로한 지팽이를 이끌며 혼자말 비슷이 중얼거렸다.

"이 근방에 어디 폭포가 있나요?"

뒤에서 따라오던 아들이 안해의 등에 업힌 젖멕이의 얼굴을 힐끗 처다보며 묻는다. 아들 역시 등에는 이사ㅅ짐을 졌고 젖멕이를 업은 아낙네의 손에는 커다란 보퉁이가 들려 있었다.

"여기서 오 리쯤 산속으로 들어가면 비룡폭포라구 꽤 큰 폭포가 있느니라."

최노인은 먼 하늘을 우러러보며 조용히 말하였다.

다시 침묵이 흘렀다. 고요한 침묵 속에 세 사람의 피로한 발굽 소리만이 단조롭게 울린다.

폭포 소리에 귀를 기우리며 묵묵히 걸어 나가는 최노인은 머리속으로 옛 기억을 더듬고 있었다.

— 그가 만주로 건너간 것은 지금부터 꼬박히 이십일 년 전 일이었다. 설흔 살을 갓 넘은 안해와 다섯 살짜리 아들을 데리고 만주로 건너가던 그때 최노인은 아직도 한 방정인 사십 세 장년이었다.

산천이 생소하고 언어 풍속조차 다른 이방 땅으로 가기가 누군들 좋으랴만 안해는 고향 떠나기를 끔직히 실혀하였다. 실흔 길을 억지로 떠나는 안해는 마을에서 삼십 리나 떠러진 비룡폭포 소리가 들리는 이곳에 이르기까지 줄곧 울었다. 폭포 소리가 가깝게 들리는 길가에서 다리를 쉬일 때

"인제 가면 언제나 또 다시 저 폭포 소리를 듣게 될까요?"
하고 안해가 서글픈 표정으로 물어서

"죽자꾸나 허구 십 년만 참우! 만주에서 십 년만 지내노라면 설마 논밭 열 마지기 미천쯤이야 안 생길나구. 그러면 남부럽지 않게 고향에 도라와 어엿하게 삽시다그려!"

최현수는 이렇게 안해를 위로했던 것이다.

2

그러나 '설마'의 십 년이 속절없이 흘러갔다. 그들의 살림사리에는 십 년이 지나도 별반 변동이 없었다. 가난은 마치 피치 못할 운명이기나 한 것처럼 언제나 그들을 따라다녔다.

그나 그뿐인가 수토 관겐지는 모르지만 만주에 건너온 후로 안해는 언제나 몸이 성치 못했고 따라서 성태(成胎)도 못하였다. 사주(四柱)를 보나 관상을 보나 혹은 손금을 보나 아들을 형제는 꼭 두리라고 했는데 안해가 성태할 기맥은 가망조차 없었다. 사주팔자도 개아들이라고 생각하면서도 그러나 최노인은 은근히 아들이 하나 더 있기를 바랐다.

첫 십 년이 속절없이 흘러서 그들은 두 번째의 십 년 계획을 세웠다.

두 번째의 십 년 계획은 비교적 순조롭게 진행되었다. 그러나 이도 팔자라 할까. 안해는 종시 고향 땅을 밟어 보지 못하고 재작년 여름에 도라오지 못할 영원의 길을 떠나고 말았다. 안해의 시체를 만주 땅에 묻는 최노인은 뼈가 저리었다. 유골을 고향에 묻어 주지 못하는 것이 천추의 유한이어서 언제든 고향에 도라갈 때에는 유골이나마 가지고 가리라 생각하였다.

안해의 죽엄으로 자신의 여명이 머지 않었음을 깨달은 최노인은 갑재기 고향 생각이 간절했다. 그러나 어려서 고향을 떠난 아들은 그만해도 만주에 정이 들었던지 좀체 고향에 도라오려고 하지 않었다. 만약 팔월 십오 일 해방의 날이 오지 않었던들 최노인은 만주의 고혼이 되고 말었을는지도 모를 일이었다. 팔·일오 ― 실로 최노인에게는 남달리 반가운 그날이었다. 그들 일가족은 마츰내 이십여 년 만에 고향 길로 떠났다. 당장 긴요한 가구조차 내버리고 불야불야 떠난 길이라 다시 밟고 싶지 않은 만주였건만 그러나 남겨둔 안해의 유골이 마음에 걸려서 최노인은 몇 번이고 뒤를 도라다보았던 것이다.

폭포 소리가 가까이 들려오자 최노인은 이십 년 전에 이곳을 지내던 기억이 새로워서 또다시 안해를 추모하는 슬픔에 잠겼다.

"세월이 평정해지거던 네 어미 유골만은 꼭 가져와야겠다."

최노인은 또 한 번 혼자말처럼 아들에게 중얼거렸다.

"그래야죠."

아들도 선뜻 대답하였다.

3

그들은 다시 말없이 걸었다. 어데선가 이름 모를 새소리가 들려왔다. 구— 구— 구— 하고 산비달기가 처량하게 울었다.

"오리나무마을이라는 데가 인제 얼마나 남었나요?"

두 고개를 넘었을 때 아들이 아버지를 보고 물었다.

"뭐 인제 한 이십 리 남었을까. 저-기 보이는 고개가 국수당 고갠데 거기만 올라서면 마을이 빤히 내려다보이지. 이 산에는 꿩이 많어서 나두 넷 나히에는 각금 매사냥을 왔더니라."

"마을이 크기는 얼마나 큰가요?"

"크구말구. 사십 호도 넘는 촌중이니까. 아마 요즈막은 집이 훨씬 더 늘었으나 소위 금게포란(金鷄抱卵) 형국이라구 해서 더할 나위 없이 살기 좋은 마을이지."

"왜 그런 좋은 고장을 내버리구 만주로 갔었어요?"
하고 아들은 의아스럽게 물었다.

"모두가 그 왜놈들 때문이었지, 너는 잘 모르리라만 그놈들 행패가 오죽 심했어야지. 우리가 고향에서 쫓겨 갈 때만 해두 오까무라ㄴ 가 한 일본 놈이 내가 부치던 오천 평짜리 밭을 송두리채 사 가지구 과수원인가 한답시고 내쫓더구나. 하는 수 없이 만주로 건너갈 밖에……. 그렇지만 인제 해방이 되었것다, 어떤 놈이 뭐라겠느냐. 과거에 학대받던 생각을 해서라도 서로서로 힘 도와 잘 살어야지."

마을이 가까워 올수록 눈에 익고 기억에 새로운 산천들이어서 최 노인의 거름거리에는 기운이 새로웠다. 이십 년 전에 고향을 떠날 때에는 울면서 꼬불꼬불한 산길을 걸었건만 인제는 한 대로를 헝그러히 걸어 도라오게 된 것도 무슨 행운의 상징인 것 같았다. 지금 도라오는 아들 내외는 이십 년 전에 고향을 떠나던 최노인 내외었다. 그러나 떠나가던 운명과 도라오는 운명과는 소양지판으로 달게 느껴졌다.

"옛날부터 금수강산이라구 불러오지만, 산이나 강에나가 모두들 절묘하니라, 저기 저 산봉오리 좀 보아라. 봉오린들 오죽 묘하며, 단풍인들 오죽 고우냐!"

4

최노인은 걸어가며 지팽이를 들어 멀리 보이는 단풍을 가르켰다. 후의 볕에 반사되어 산봉오리 전체가 피를 토하듯이 단풍으로 붉게 타올라 보였다.

"참말 고와요. 저게 무슨 꽃이에요?"

잠작고 따라오던 며느리가 단풍을 보고 눈부시게 놀라며 물었다.

"꽃? 허허허……. 저게 꽃인 줄 아느냐? 꽃. 아니라, 단풍나무 잎 물이 든 것이란다. 단풍나무 잎은 봄여름에는 새파랗다가도 가을만 되면 저렇게 피를 토하는 것같이 꽃보다도 새빨해지느니라."

"어쩌면 나무잎이 저렇게 새빨개져요!"

만주 벌판에서 낳서 만주 벌판에서 자란 며느리로서는 확실히 놀라운 나무잎이었다. 최노인은 며느리에게 단풍을 설명해 주는 데조차 말할 수 없는 즐거움을 느꼈다.

이윽고 국수당 고개에 이르자 멀리 산 밑에, 오리나무마을이 한 눈에 굽어 보였다.

"아아, 저기 저기, 우리 마을이 저기 보이는구나. 오리나무두 여전히 무성하구…."

가쁜 숨을 돌릴 새도 없이, 허리를 펴며 지팽이를 들어 아들 며느리 보란 듯이 마을을 가르키는 최노인의 음성은 떨렸다. 눈에는 눈물이 글성하였다. 이십 년을 두고 오매로 그리던 마을을 현실로 보게 되니 가슴이 벅찼다. 인명은 재천이라, 하는 수 없지만, 그립던 마을을 안해와 함께 보지 못하는 것이 뼈저리게 슬펐다.

우거진 오리나무 숲 사이에 옹기종기 널려 있는 초가집들이 무릉
도원처럼 아름다워 보였다. 지붕 우에 새빨안 고추가 자질펀히 널려
있는 것도 옛 풍습 그대로인 것이 반가웠다.

"허— 이십여 년 만이로구나!"

최노인은 짐을 내려놓으며 뒷허리를 주먹으로 두드리는 채 마을을
굽어보며 감개무량하게 말하였다. 이십 년 전에 고향을 떠날 때, 마을
사람들은 남녀노소 없이 모두들 따라나서서 이 국수당 고개까지 바
래주었다. 이 고개 우에서 작별할 때, 그들은 떡이니 밥이니 닭알이니
한 것들을 내밀어 주면서, 도중에서 요기나 하라고 하였다. 모두들 빨
리 도라오라고 신신부탁하면서도 맘속으로는 최현수의 신세를 자기
네의 신세로 알았고 최노인 역시 빨리 도라오겠노라고 대답을 하면
서도 언제 또 다시 고향 땅을 밟어 볼 지 아득해서 눈앞이 캄캄하였다.
보내는 사람이나 떠나는 사람이나 모두들 눈물을 흘렸다.

그로부터 이십여 년— 눈물로 헤여졌던 그 얼굴들을 오늘 밤에는
이십여 년 만에— 실로 이십여 년 만에 반갑게 대면할 것을 생각하니
가슴이 뛰놀았다. 이십여 년을 두고 하로같이 그리워했던 그 마을,
그 사람들이 아니었던가.

최노인은 오리나무마을 사람이라면 누구나 다 알 사람들뿐이고,
또 그들은 누구나 다 자기를 반기 마져 주리라 믿었다.

"어— 참 국수당님께 뵙구 가야지!"

한참 동안 마을을 굽어보고 있던 최노인은 그제야 문득 생각이 나서,
의관을 바로 잡은 뒤에 국수당 나무 앞으로 가, 합장 배례를 하였다.

5

아들 며느리들도 배례를 시켰다. 석양볕을 등에 받은 채 국수당에 배례하는 젊은 내외의 뒷모습을 바라보며 최노인은 눈시울이 뜨거움을 느꼈다.

일가족은 고개 우에 앉아서 다시 마을을 굽어보았다.

"저-기 보이는 기와집이 김좌상 댁인데 그 옆에 오리나무 서 있는 초가집이 우리가 살던 집이었어. 너두 저 집에서 낫느니라."

아버지의 설명을 아들 며느리는 눈을 도꾸어 가면서 듣다가

"그 집 옆에 있는 조고마한 새우깐 같은 건 뭐애요? 것두, 집인가요?"

"응? 어디, 어디?"

최노인은 손으로 볕을 가리며 유심히 내려다보다가

"오ー, 저 냇가에 있는 움막 말이냐? 그건 물방아깐이야, 물방아깐!"

이렇게 대답하는 최노인의 머리속에 문득 탄실이라는 처녀가 연상하였다.

벌서 삼십여 년 전 일이다. 최노인은 장가들기 전에 마을의 처녀인 탄실이와 남모르는 사랑을 나누고 있었다. 그들의 첫사랑이었다. 탄실이는 비록 가난한 집에 태어났지만 용모로나 맘씨로나 마을에서는 으뜸가는 미인이었다. 밤마다 저 물방아깐에 숨어서 사랑을 속삭이는 동안에 그들은 이미 남이 아니었었다.

그러나 가난한 사람들에게는 사랑의 자유도 허락되지 않아, 탄실이는 최현수에게 몸까지 바쳤으면서도 마츰내 읍내에 사는 권참봉

의 첩이 되지 않을 수 없었다. 권참봉은 돈으로나 권세로나 남부울 것이 없었지만, 오직 슬하에 자녀 없는 것이 유한이어서 작구만 첩을 얻어 들였다. 허나 어느 누구 하나 성태하는 기맥이 없었기 때문에 마침내 권참봉은 고자라는 평판이 돌았다. 그런 평판이 돌 건만도 권 참봉은 돈의 힘을 빌어 작구만 새댁을 맞었다. 탄실이는 그 네 번째 의 첩이었던 것이다.

탄실이는 시집가기 전날 밤에 물방아깐에서 사랑하는 청년의 목에 매달려, 나를 왜 못 죽이느냐고 안타까이 몸부림치며 흐느껴 울었다.

6

그러던 탄실이가 시집간 지 열 달이 채 못 되어 아들을 낳었다. 남 들은, 그 애가 권참봉의 자식이 아니라느니 어쩌느니 해서 한참 해괴 한 풍설이 떠돌았으나, 권참봉은 워낙 고대하던 판이라 어쩔 줄을 모 르고 기뻐만 하였다. 아들을 낳어 놓은 탄실이는 문자 그대로 금의옥 식에 무쳐서 살았다. 그렇게 호강을 하건만도, 탄실이는 웬일인지 언 제나 수심에 잠겨 있었고, 병이 잦다는 소식이 최현수의 귀에도 각금 들려왔다.

탄실이는 시집간 뒤로는 친정에 한 번도 얼씬하지 않았다. 친정아 버지인 한첨지가 죽었을 때에도 부의만 듬직히 보냈을 뿐이지, 자신 은 나타나지 않았던 것이다.

그렇게 십여 년이 지낸 뒤, 최현수가 만주로 떠나기 이틀 전에 탄실이는 사람을 시켜, 돈 오십 원과 솜옷 한 벌을 보내었다. 뜻하지 않았던 선물을 받은 최현수는 오래동안 묵묵히 앉아서 그 선사품을 망연히 바라보고 있을 뿐이었다. ……….

　물방아간을 내려다보며 잠시 회고에 잠겼던 최노인은 그 후 이십 년 동안에 탄실이는 어찌 되었는지 그도 또한 궁금해서 얼추 일어서면서 "그만 쉬구 일어나자!" 하고 아들 며누리들에게 조급스럽게 앞길을 재촉했다. 그들은 그날 해와 같이 오리나무마을에 도착하였다. 그런데 마을에 도착해서 최노인이 대뜸 놀란 것은 만나는 사람마다가 모두 생소한 얼굴들뿐인 것이었다. 동구에서 친척의 집에 이르기까지에 무려 수십 명 사람을 만났건만 모두가 모르는 얼굴들뿐이었다. 마치 생소한 고장에 찾어온 나그네와 같은 자신임을 최노인은 아니 느낄 수 없었다. 산과 들과 집들은 옛날 그대로인데 사람만은 왜 이리도 모를 사람들뿐인지 최노인은 몹시 서글펐다. 그도 그럴 것이 그가 고향을 떠난 지 이십여 년이라 그때의 동년배들은 이미 육십 고개를 넘었을 것이 아닌가. 그러나 마을을 떠나던 그 당시의 기억만을 그대로 간직하고 있는 최노인은 이십 년이라는 세월을 무시한 자기의 착각을 쉽사리 깨닫기는 어려웠다.

7

그날 밤 최노인이 도라왔다는 소문을 듣고 몇몇 옛 친구들이 술과 안주를 차려 가지고 찾어왔다.

"아―니. 자네가 최현순가? 도모지 몰라보겠네그려! 나 허철일세. 털보 허철이야."

"난 강춘볼세. 알어보겠나?"

"독립이 좋기는 좋군그래. 저승에서나 만날 줄 알었던 자넬 살어서 만나게 되니……."

문밖에서부터 이렇게들 왁자지껄 떠들며 들어오는 옛 친구들을 최노인은 벌컥 맞받어 나가다가 깜짝 놀랐다. 서로 헤여질 때에는 씩씩한 젊은이들이었던 그들이 어느새 백발이 성성해진 데 놀라지 않을 수 없었던 것이다. 당연한 사실이건만 최노인은 그들의 손을 덤썩 붙잡으며

"왜 이렇게들 늙었소? 행길에서 만나면 도무지 몰라보겠구료."
하고 서글픈 웃음을 우섰다.

사실 그들 너무나 늙었다. 낯가죽이 뺀동뺀동해서 천생 가야 늙지 않으리라던 꾀보 강춘길이는 허리가 굽었고 웃은 소리 잘하던 오털 털이 오기준이는 머리가 바가지ㅅ등이 되었고 육담으로 마을의 인끼자였던 털보 허철이는 수염이 백발이고……. 모두가 송장을 대하는 느낌이었다.

"앗다 백수한산에 심불노라 몸은 비록 늙었을망정 마음까지야 늙었겠나. 독립이 되었으니 우리도 천추만세를 누려 보세그려?"

하고 너털웃음을 웃는 오털털이를 바라보며 최노인은 오히려 처량한 기분이었다.

허나 그런대로 반가운 그들이었다. 그들과는 만난 것만도 다행이지만 당연히 살아 있으리라고 생각했던 형이오 아우요 하던 친구들이 죽었다는 데는 말할 수 없이 슬펐다. 안해의 죽음을 치렀건만도 고향 친구들을 생각할 때에는 죽엄을 염두에조차 두지 않았던 최노인은 불과 이십 년에 너무나 많은 친구들이 저승길로 간 것을 알고 마음이 암담하였다. 육십이라는 나히가 무덤과 그렇게나 인연 깊은 나히일 줄은 몰랐던 것이다. 그날 밤 그들은 술로 회포를 풀었고 이튿날은 또 아침부터 해장술이 버러졌다. 한참 술좌석이 얼려 가는데 웬 청년 한 사람이 "잠간 실례하겠읍니다." 하며 방 안에 들어선다.

8

"오ᅳ, 권대장이로군그래. 어서 들어오게."

"자네 요새 큰 수고하네. 자ᅳ 한잔 들게."

모여 앉았던 늙은이들이 제각기 이렇게들 그 청년을 환영했다. 그러나 그 청년은 고맙다는 말로 사양하고 나서

"만주에서 나오신 어른께 잠깐 인사를 엿주려고 왔읍니다."

하며, 아랫몫에 앉은 최노인 앞으로 가 공손히 절하였다.

"누구신지 자세히 모르겠는데ᅳ"

최노인은 절을 받으면서도 어리뻥뻥해서 옆 사람에게 물었다.

"허허허. 알 턱이 없지. 이 사람은 한첨지 한으석 씨의 외손자요. 읍내에 사시던 권참봉의 자제분이시라네."

옆에서 들려주는 설명에 최노인은 무릎을 칠 듯이 놀라며

"오— 자네가 권참봉의 자제신가? …. 하례(下禮)한다고 여하히 생각지 말게."

최노인은 탄실의 옛 모습을 더듬으려는 듯 청년의 얼굴을 그윽히 바라보았다. 그리 장골은 못 되나 야무진 데가 있어 보이는 청년이었다.

"원 천만에 말씀입니다. …… 원로(遠路)에 얼마나 욕보셨읍니까?"

청년은 무릎을 꿇고 앉으며 말하였다.

"고마우이…. 그래 춘부장께서는 안강하신가?"

하고 묻자 마주 앉았던 오털털이 영감이 대답을 가로 맡아서

"자네는 고담을 하고 있네그려. 그 어른 도라가신 지가 벌서 십 년이 넘었네. 그 후에 이 사람은 농업 학교를 졸업한 뒤에 자친과 함께 우리 동네로 이살 오셨지."

최노인은 고개를 무겁게 끄덕이며 잠시 생각에 잠겼다가

"자친께선 아직 생존해 게시지?"

"네. 앉아 게십니다만 늘 탈 중에 게십니다."

"무슨 탈?"

"글세. 소시쩍부터 늘 몸이 건강치 못하십니다."

"음——— 그래, 안행(雁行)이 몇 분이나 되나?"

"독신입니다."

"독신? 퍽 고독하겠네그려!"

하자, 털보 영감이 한자리 나앉으며

"앗따 이 사람아! 독신이면 대순가. 일당백이라더니 열 아들 부럽지 않은 효자라네. 우리 동네로 봐두 이 사람은 큰 은인이야. 해방 전은 말할 것두 없지만, 해방이 척 되자, 이 사람이 얼른 동네 젊은이들을 뫄서 보안대를 맹그러 가지구, 배급이니 치안이니 하는 것을 척척 해 나가는데, 그까짓 왜정 시대야 비길 바나 되겠나, 우리 늙은이들은 이 사람이 보안 대장으루 있는 덕택에 발편잠* 자구 있네."

9

"글세 말일세. 독립이 됐다는 소식을 들었을 땐 기쁘기는 했지만 앞으로 어떻게들 다스려 가나– 하는 근심이 앞섰는데 이제 와 보면 무얼 일을 여간들 잘 처리해 나간다구. 그저 우리 같은 늙은것들이 죽을 몫이지. 요새 젊은이들은 여간 기특하지 않거던."
하는 것은 강춘길의 말.

"허 – 그렇게들 애써 주시니 고맙네. 앞으로야 자네들밖에 믿을 사람이 없지 않은가."

최노인은 감격에 찬 눈으로 청년을 바라보았다.

"저이야 뭘 압니까. 그저 여러 어른들 뜻을 받들어 움직일 뿐이지

---

* 발편잠 : 근심이나 걱정이 없어져서 마음을 놓고 편안히 자는 잠을 비유적으로 이르는 말.

요. ……. 참 아까 들려오는 풍문에는 서울에 아라사 병정과 미국 병정들이 들어왔대요."

청년의 말에 일동은 들었던 술잔과 저까락을 털썩 놓으며 놀라는 시선으로 서로 건너다보았다. 잠시는 아모도 입을 열지 못하였다. 확실히 청천벽력 같은 그 말이었던 것이다.

"큰일인걸!"

한참 만에야 털보 영감이 먼저 입을 열었다.

"우리끼리 독립이 다 된 줄 알았더니–"

"갑오 년 난리를 또 한 번 겪게 되지 않을까?"

"또 피란을 해야게?"

제각기들 한마디씩 지꺼렸다. 그 이상 더 지꺼릴 말도 없어서 잠자코들 있었다. 잠자코 있는 얼굴에…. 근심 빛이 차츰 지터 갔다.

노인들의 기색을 알아챈 보안 대장 권동성이는…. 연합군은 전승군이니까 당연히 조선에도 진주하리라는 것, 갑오 년 때와는 문화 정도가 다르니까 략탈이나 부녀 겁탈이 없으리라는 것, 연합군은 우리를 해방시켜 준 군대니까 우리는 그들을 진심으로 환영해야 한다는 것… 등등 누누히 설명하였다. 청년의 설명을 듣고 보니 딴은 그럴 듯도 싶어서 노인들의 마음은 행결 느꾸어졌다.

"그야 고마운 손님이요 반가운 나그네겠지만 워낙 손님이란 하로 이틀이 반가운 법이야."

"암, 그렇구말구. 열흘 묵어 미움 안 받은 손님 없는 법이지. 주인이롭게 하는 손님두 없는 법이구…."

"오시는 손님이니 무고히 댕겨가시라고나 해야지."

"글세 원…. 까딱 잘못하다가는 한말 시대 모양으로 이리 붙고 저리 붙어서 동족 상살지변을 일으키지나 않을까?"

"설마 또야 당파 싸홈을 되푸리할라구."

"설마가 사람 죽인다네. 이 사람아!"

10

"그저 약자는 한데 뭉쳐야 살아갈 길이 티는 법인데."

"암 한마음 한뜻으로 뭉쳐야 하구말구. 사실 말이지. 우리네 농부들은 일제의 학정에도 네 네 하고 들어오던 판이라. 우리나라 정부 말이면 쥐구멍으루 소라두 끌 게 아닌가. 그저 관에서만 옳게 지시한다면 문제없으런만."

"아라사와 미국이 함께 들어왔다면 상전이 둘이라 필시 또 동족끼리 티각태각이 있기 쉽지."

"제-길헐 또 그런 놈들이 생긴다면 우리네 늙은이가 두들겨 패세그려. 나라 망치는 놈들을 살려 둬 뭣하겠나. 적반하장(賊反荷杖)이라니 그두 어려운 일이구— 어쨌든 우리는 나라만을 위해서 일치단결해야지."

"웃물이 맑어야 아랫물이 맑다구 관이 어지러우면 우리 백성인들 편하겠나."

"사필귀정이겠지…. 그런 쓸데없는 걱정 다 집어치구 술이나 먹세.

설마 원, 또 나라야 팔어 먹겠나.”

털보 영감이 주전자를 들어 최노인에게 술을 권하였다.

“설마 그럴 리야 없겠지!”

하며 최노인은 술 받았다.

“자— 그럼 천천히들 약주를 드십시요. 전, 바뻐서 가 봐야겠읍니다…. 그리구 전재민들에게는 특별히 편의를 봐드리고 했으니까 혹시 필요한 물건이 있으시면 기탄없이 말씀해 주시기 바랍니다.”

노인들이 술을 시작하자, 권동성은 자리에서 이러서면서 최노인을 보고 말하였다.

“고마우이. 내 개인의 일도 일이지만 나라를 위해서 많이 힘써 주게!”

“네 아모것도 모르는 저이들입니다만 우리나라 정부가 서기까지에는 여한한 일이 있더라도 이 마을만은 저이들이 지켜 나가겠읍니다.”

보안 대장은 굳은 신념을 가지고 이렇게 말하였다.

11

사실 그 후에도 별의별 풍문이 다 들려왔으나 오리나무마을의 치안과 행정은 권대장 이하 젊은 보안 대원들의 손으로 착착 정돈되어 갔다. 최노인은 전재민으로서 쌀과 식기 등 특배를 받았고, 아들도 치안 대원이 되었다.

마을은 화평하였다. 우리 땅에서 우리말을 맘대로 지꺼리며 우리끼리 살어가는 즐거움을 너나없이 모두 느끼고 있었다. 이제는 이 마을과 이 마을 백성들을 곱다랗게 다스려 줄 우리 정부가 하로바삐 수립되기를 기대리는 것밖에 없었다.

어느 날 오후에 최노인은 조용한 틈을 타서 탄실의 문병을 가 보았다.

탄실의 집은 물방아간에서 그리 머지않은 냇ㅅ가에 있었다.

방 안에 들어선 최노인은 아랫목에 자리 보존하고 누어 있는 옛날의 탄실이를 보고 깜짝 놀랐다.

모습만은 옛날 그대로이나 얼굴에는 주름쌀이 너무 많았고 인제 겨우 오십에 머리가 희여서 아주 파파 할머니 같았다.

"나 모르겠소? 만주 가 있던 최현수요."

최노인은 병인의 머리맡에 가만히 앉으며 말하였다.

"아이구 이게 웬일이시우! 오셨다는 소식을 듣구두 이 꼴이 돼서 가 뵙지두 못허구…."

병인은 떨리는 음성으로 말하며 몸을 일으키려 했으나 그만한 기력조차 없어 보였다.

"그대로 누워 있으시오. 몸이 늘 그렇게 불편해서 어떻거우."

최노인은 백어같이 새하얀 병인의 얼굴을 참아 정시하기가 두려워서 잠시 눈을 가만히 감었다 떴다. 병인은 가슴속에 사못치는 감격을 삭여 버리려는 듯이 한참 동안 눈을 무겁게 감고 있다가

"아드님 며누님두 다 나왔다지요?"

"다 나왔지요. ……. 그래 요샌 좀 어떻시오?"

"나야 뭐 언제나 이 모양이지요. 일생을 이 꼴루 지낸걸요."

"소시ㅅ적에는 그렇게 약하지두 않었던데?"

"마음이 편해야 몸이 편하겠는데….'
하며 병인은 눈물이 글썽해진다. 최노인은 늙은 탄실의 얼굴을 물그
럼히 내려다보며 잠시 말이 없었다. 그는 탄실이 얼굴에서 문득 죽은
안해의 환영을 보는 듯한 착각을 일으켰다. 그리고 병인의 뺨에 흐르
는 눈물을 보자 불현듯 그를 껴안고 울고 싶은 추동을 느꼈다.

12

"참 어ㄲ제 자제분을 만났는데, 사람됨이 여간 벤벤하지 않더군요.
늙은이들 사이에서두 칭찬이 자자하구."
하고 최노인은 치하하였다. 병인은 그 말을 듣자 눈을 고즈넉히 치뜨며
"영감님 보시기에도 그 애가 벤벤해 보입디까?"
"벤벤하구말구. 열 아들 부럽지 않겠던데."
병인은 다시 말이 없었다. 한참 침묵이 흘렀다. 이윽고 병인은
"그 애가, 그 애가 꼭 영감님 젊었을 적 닮았습넨다."
하며 눈을 스르르 감아 버린다. 감은 눈에서는 또다시 눈물이 저저
흘렀다.
"나를 닮다니, 무슨 말이오?"
최노인은 깜짝 놀라 병인의 손을 덥석 붓잡으며 재쳐 물었다.
"권참봉 영감은 워낙 무실했어요!"
"그럼 그 애가! ….. 그 애가 최가란 말이오?"

최노인의 음성은 떨렸다. 웬일인지 가슴이 뻐근하였다. 탄실이가 해산했을 그 당시에 떠돌든 풍설이 번개같이 머리에 떠올랐다.

관상쟁이의 말대로 나는 과연 형제를 둘 팔자였던가?

"버젓한 최가를 권가 행세를 시키자니 어미 된 마음은 언제나 괴롭더군요. 내가 그 고통에 이 꼴이 됐다우. 그렇게만 삼십 년이나 권가 행셀 하다가 이제 남부끄럽게 성을 고치면 뭘 하겠소. 그저 그런 줄이나 아시구 기리 뒤나 잘 돌봐 주시구려. 그 때문에 죽기 전에 영감님을 꼭 한 번 만나 뵀으면 했더니 오늘에야 오늘에야…."

말을 채 못 맺고 갑분 숨을 돌리는 병인의 눈에서는 맑은 눈물이 거침없이 흘러내렸다.

최노인은 뼈만 남은 병인의 팔목을 붓잡고, 아모 말도 못하였다. 다만 관자노리가 경련하듯 후뚝후뚝 뛰놀았다.

사랑하던 탄실이었다. 가난이 원수여서 울면서 남이 된 탄실이긴 하였지만 극진히 사랑하던 탄실이었다. 권참봉에게 시집갈 때, 죽여 달라고 애걸하던 탄실이가 아니였던가. 만주로 떠날 때 돈과 옷을 보내 주던 탄실이가 아니었던가. 탄실의 병에 대해서 최노인은 뼈아픈 책임감을 느꼇다.

삼십 년이란 세월이 고요히 흘러서 이제는 무덤을 눈앞에 바라보건만 두 사람은 꼭 같이 옛날의 사랑을 행복과 서글픔으로 회고하였다.

13

그날 최노인은 한낮이 겨워서야 그 집을 나왔다. 남에게 광포할 수 없는 일이지만, 사주팔자에까지 버저시 들어 있다는 아들을 찾게 된 것이 무한히 기뻤다.

산에 올라 굽어보니 전에 없이 마을이 정답게 보였다.

고요히 산상에 서서 마을을 굽어보고 있노라니까 산에서 내려오던 두 아이가 최노인께 가까이 와서 굽씬하니 절을 한다. 팔에 '보안대원'이라는 완장을 둘은 아이들이었다.

"오— 너이들이냐? 너 뉘 집 자손이지?"

최노인은 절을 받으며 한 아이를 보고 물었다.

"전 노좌상 손잡니다."

"오— 노좌상 손자. 그리구 또 너는?"

"전 조시환이 셋째 아들이야요."

"오— 조풍헌 영감 셋째 아들! 모두 수고들 하는구나. 댁들은 다 안녕하시냐?"

"네."

"이제는 만나 뵐 수 없는 분들이지만 너이들 춘부장이나 조부들과는 막역하게 지내던 사이였느니라."

최노인은 감개무량해서 두 청년을 굽어보며 말하였다. 그렇게나 낯설던 동리 청년들이었건만 정작 알고 보면 모두가 옛날 친구의 아들이오 손자임을 깨닫고 최노인은 그들에게 말할 수 없는 친밀감이 느껴졌다.

이날 최노인은 저물녘까지 산속을 헤매이며 몇 날 남지 아니한 탄실이를 위하야 산솟 자리를 골랐다. 자기 자신도 머지않어 이 산속에 한 개의 무덤이 되고 말 운명임을 깨달은 그는 만주 땅에 내버려 둔 안해의 유골도 속히 옮겨 와야겠다고 생각하였다.

그렇게 해서 이 오리나무마을 사람들은 년년세세로 바뀌여 가겠지만, 그러나 그들이 그들이라, 이 마을은 언제나 이 마을 사람들로 해서 유지되여 갈 것을 굳게 믿었다.

설령 권세를 다투는 무리들이 제아모리 날치드라도 이 마을의 주인은 역시 이 마을 사람들뿐이라, 형이요 아우요 하는 그들이 일치단결하여 마을을 굳게 지켜 가면 조곰도 두려울 것이 없어 보였다. 그렇게 생각하자 마음에 느긋한 행복감이 느껴져서 최노인은 하로바삐 우리나라 정부가 서기를 고대하여 저무러 가는 마을을 언제까지고 그윽한 시선으로 정답게 굽어보고 있었던 것이다.

동녀기(童女記)

그 길은 언제나 꿈을 꾸고 있는 듯한 표정이었다. 그 길의 표정이라고는, 다소 어색한 표현이기는 하나, 그렇게밖에 달리 형용할 수밖에 없다.

그 길― 이라는 것은 영도사(永導寺) 앞에 뚫린 길 말이다.

영도사 밖앗마당 한 구퉁이에 꽤 늙은 느티나무 한 그루가 반공에 소사 있는데, 그 길은 그 느티나무 그늘 밑에서부터 시작되여, 산과 산 사이에 버려진 벌판 한복판을 좌우로 좌악 갈라 헤치면서 칠백 메-터-거리를 화살처럼 단숨에 쭉 내뻐덧다. 시언스럽고 기운차 보이는 그 길이기도 하다.

그러나 꿈을 꾸고 있는 듯이 보이는 이유는, 시언스럽고 기운차서가 아니라, 두 간 폭이나 되는, 희고 넓은 길이건만, 그 길은 언제나 한가했기 때문이다.

동구 안에는 절을 에워싼 수십 호의 인가가 있으나 대개가 승려(僧侶)들이므로 문안과의 왕환이 적었고, 게다가 근자에는 절을 참배하는 인사도 점점 줄어서, 그 길을 오고 가는 행인은 언제나 드물었다.

길 바른편은 축대로 쌓은 개천인데, 개천 건너 층계진 빈터에는 온 갖 푸성귀가 푸르고, 길과 연접된 바른편 밭에는 계절에 따라 쑥갓이 니 보리니 장아리니 완두콩이니 하는 푸른 것들이 무성한데, 좌우에 지천한 초록과 대조되여서, 그 길은 더한층 희게 보였다. 푸른 파도 가 넘실거리는 바다 우에 비단 폭을 처 놓은 듯, 아름다운 여인의 피 부를 연상케 하는 그 길이었다. 태양이 그 길만에 내리쪼이는 듯, 눈 부신 반사 광선에는 아름다운 꿈이 아롱져 있는 듯싶었다.

나는 그 길 거닐기를 퍽 즐겨한다. 영도사 동구 안에 기숙하고 있 는 관계로 아침저녁으로 그 길을 왕래하게 되는데, 그때마다 나는 웨 딩 마—취에 마초아 비단 폭을 밟으며 결혼식장에 들어가는 신랑과 같이 호화로운 꿈에 취한다. 더구나 석양볕이 곱게 비긴 호젓한 그 길을 혼자 거를 때면, 나는 피로를 잊어버리고 먼 용궁으로 찾어가는 듯한 행복을 느낀다.

그러나 낮보다도 밤에 거니는 정취는 더한층 다감하다. 거리의 오 탁과 소란을 버서나, 이 길로 접어들면 정신이 별안간에 침착해져서 나는 무의식중에 하늘을 처다본다. 그 길을 거닐 때의 나의 거름은 언제나 천천하였고, 그 길 우에서 빛나는 별들은 언제나 찰란했다.

우러러보는 하늘에서는 별들이 서로 다토듯이 반짝이고, 그 수효 가 갑재기 많어진다.

나는 그 많은 별들을 어루만지는 심정으로 하나식 바라보면서, 나 그네와 같이 서글퍼지는 감상을 느낀다. 별들은 무슨 아름다운 이야 기를 무수히 속삭이는 듯하였다. 귀에까지 들려오지 않는, 그 수다한 이야기들을 나는 나대로 머릿속으로 그려 본다. 최근의 나의 소설은 대개 그 길을 밤에 거를 적에 구상된 것들이다.

그 길이 꿈을 꾸는 듯한 표정이라고 한 것은, 그 길을 거닐 때면 나 자신이 언제나 꿈을 꾸고 있기 때문이었던지도 모른다.

이제 아래에 쓰려는 짧은 이야기도 그 길 우에서 일어난 일의 하나다.

×　　　　　×

몇 날 전— 바다를 건너온 나븨의 출판 기념회가 있어 나는 밤 아홉 시가 좀 지나서야 그 길을 걷고 있었다. 달 없는 밤이여서, 캄캄한 어둠 속에 그 길만이 흰 허리띠처럼 줄기차게 뻐처져 있었다. 길옆엣 밭에서 희그무러하게 빛이여 보이는 것은 아마 장아리꽃인 모양이었다. 멀리서 전차ㅅ소리가 아득하게 들려올 뿐, 지극히 괴괴한 그 길을, 나는 언제나 모양으로 하늘을 우러러보며 천천히 걷고 있었다.

금가루를 뿌려 놓은 듯한 별들을 바라보며 "별 하나, 나 하나⋯⋯"의 동요를 입속으로 중얼거리며 거니노라니까 문득, 좀 아까 출판 기념회에서 랑독되던 「추억(追憶)」이라는 시의 한 구절이 머리에 떠올랐다.

"종다리 뜨는 아츰 언덕 우에 구름을 쫓아 달리던 너와 나는 그날 꿈 많은 소년(少年)이었다⋯⋯."

그 구절을 다시 한 번 머리속으로 외여 보던 나는 불현듯 잃어진 소년 시절이 간절하게 그리워져서, 뜻하지 않고 턱 아래 뾰죽뾰죽 도다난 수염을 문질러 보았다. 나는 다시 한 번 소년일 수 없는 것이 안타깝도록 슬펐다.

지향 없는 나그네와 같이 서글픈 심정으로 더벅더벅 걸어 나가고 있노라니까, 문득 그리 머지않은 앞에서 소녀들의 아름다운 합창이 들려왔다.

　동해물과 백두산이 마르고 달토록 하나님이
　보호하사 우리나라 만세, 무궁화 삼천리
　화려한 강산 대한 사람 대한으로 기리 보존하세

　그것은 아름답고 맑은 음성이었다. 고요한 밤공기에 잔조로운 파문을 지으며 곱게 퍼져 나가는, 아침 이슬같이 깨끗한 멜로디-였다.
　나는 무슨 황홀한 것과 부의에 부디쳤을 때처럼 눈부시게 놀라며 어둠을 뚫고 앞을 내다보았다.
　유심히 내다보니 서너 간쯤 앞에서 세 소녀가 노래를 부르며 나와 같이 절을 향하여 아장아장 걸어가고 있었다.
　흰 부라우스를 입은, 그중 큰 소녀를 중심으로 하고, 그보다 좀식적은 두 소녀가 좌우에 가즈런히 서서, 사박사박 모래ㅅ길을 밟으며 애국가를 합창하는 것이었다.
　나는 웨 그런지 금시 눈물이 퐉 돌았다. 나는 나의 구두 소리를 죽이고 가벼운 거름거리로 그들의 뒤를 따라가며 고요히 노래에 귀를 기우렸다.
　노래는 일 절에서 후렴으로, 후렴에서 다시 이 절로, 절차 있게 옮겨 불려졌다.
　그들의 노래에 귀를 기우린 채 눈물을 먹음으며, 나는 아득한 추억이 새삼스러히 새로웠다.

　내가 애국가를 처음 배운 것은 열일곱 살 때, 형무소 안에서였다. 그때 학생 사건으로 치안 유지법에 걸려, 만 일 년 형무소 생활을 하는 동안에, 만주서 독립군으로 활약하다가 붙잡혀 온 최성준이란 분이 우리에게 애국가를 가르켜 주었던 것이다.

　제 나라 애국가를 배운 우리는, 거기가 감방 안이라는 것도 잊어버리고 저녁마다 소리 높혀 애국가를 불렀다. 어떤 날 일본 간수가 문밖에서 몰래 엿듣다가 감시 구멍 뚜껑을 뎅가당 열고 벼락같은 소리로

　"다레다? 호따루노 히까리오 우아우 야쯔와—엇 놈이냐 호따루노 히까리를 부르는 놈은?"

하고 호통을 했었다.

　예전 애국가 음부는 〈호따루노 히까리〉*와 같아서, 일본 간수는 우리가 그 노래를 부르는 줄로만 알았던 것이다.

　그렇게 해서, 우리는 각금 벌을 쓰군 하였다. 그러나 여러 번 벌을 쓰고 나서도, 나는 종내 애국가 부르기를 단념하지 않았고, 그래서 나중에는 누가 불렀던 간에 우리 방에서 노래 부르는 소리만 들리면 간수는 으레껀

　"구백삼 호야!(그것이 형무소 안에서의 나의 대명사였다.) 너 또 노래를 부르는구나. 너는 청내 형무소 안에서 살고 싶으냐?"

하고 농담까지 하게 되였었다.

　그 후 자유의 몸이 된 나는 오랫동안 애국가 불을 기회가 없었다.

---

　* 호따루노 히까리(ホタルノヒカリ) : 원작은 영국 민요 〈올드 랭 사인(Auld Lang Syne)〉. 일본에서는 〈반딧불의 불빛〉이란 노래로 불러짐.

어쩌다 달밤에 혼자서 거닐게 되면 우연히 애국가의 구절이 입에서 흘러나올 때도 있었으나 나는 예전처럼 소리 높혀 부르도록 천진하지는 못하였다. 그리고 그때마다, 이 노래를 마음 놓고 목이 터지도록 불러 볼 날이 언제나 올까 하고 혼자 슬퍼했던 것이다.

그렇게 지내기를 십칠팔 년— 작년 팔월 십칠 일에 신의주 공회당 앞 광장에서 수만 군중과 함께 애국가를 부르게 되였을 때, 나는 첫줄은 채 다 못 부르고 목이 메여 올라서 흑흑 느껴 울었다. 흑흑 느껴 울면서 나는 감격의 눈물로 그 노래를 불렀다.

그 후로는 언제 어디서나 불을 수 있고, 들을 수 있는 그 노래건만, 들을수록 불을수록 즐거운 그 노래다. …….

그러한 일들을 생각하며 나는 세 소녀들과 일정한 거리를 두고 그들의 노래의 뒤를 따라갔다.

장아리꽃이 한 벌판 피여 있는 밭머리에 이르렀을 때 소녀들의 노래는 끝이 났다.

소녀들은 별빛에 빛이는 장아리꽃을 바라보며 잠시 말이 없었다.

사박사박 모래를 밟는 소녀들의 발굽 소리가 유난히 귀에 아름다웠다. 개천에서 물 흐르는 연약한 소리가 금시 돌돌돌돌 하고 무슨 가을버레 소리같이 애잔하게 들려왔다.

"애, 넌 무슨 노래가 젤 좋던?"

가운데 서서 걷던, 그중 큰 소녀가 문득 바른편 소녀의 어깨에 손을 얹으며 물었다.

"나? 난, 동해물과 백두산이 젤 좋아."

"넌?"

하고 큰 소녀는 이번에는 왼손을 들어 왼편 소녀의 어깨에 얹으며 묻는다.

"나두 동해물과 백두산. 언닌? 언닌, 뭐가 젤 좋우?"

"나두 백두산과 동해물이 젤 좋아, 그야 우리나라 애국간데 뭐, 누군들 그 노래가 싫겠니?"

"그럼! 우리나라 국간데 머—"

그리고 세 소녀는, 이번에는 어깨를 겯고 약속이나 한 듯이 또다시 애국가를 부르기 시작하였다.

애국가를 마음대로 불을 수 있는 천사 같은 소녀들의 행복을 축복하며, 나도 입속으로 그들과 합창을 하였다.

이윽고 두 번째의 노래가 끝나고 보리밭 머리에 다다렀을 때, 바른편 소녀가 바른편으로 뚫린 밭드렁 길로 들어서면서

"사요! 나라!"

하고 두 소녀에게 작별 인사를 하였다.

"안녕히 즈므세요 하지, 사요-나라가 다 뭐냐 애—"

동무를 바래주려고 머물러 섰던 두 소녀가 정답게 책망하였다.

"아이 참 또 잊어버렸어. 안녕히 즈므세요, 언니. 그리구 정희두 잘 자아—"

하고 한 소녀가 솔직히 정정하였다.

"그래그래, 인제 됐어. 잘 자거라 옥주야!"

"잘 가 자아, 옥주야!"

그러고 나서 세 소녀는 별안간에 일제히들 까르르르 호들갑스럽게 웃는다. 은쟁반에 별을 다그르르 굴리는 듯 맑고 깨끗한 웃음소리

가 어둠을 타고 신선하게 울렸다. 행복 그것인 듯한 그 웃음들이었다. 해방된 기쁨의 참다운 모습이 소녀들의 웃음을 통하여 유감없이 나타난 듯이 보였다. 웃음으로 헤여진다는 것은 그 얼마나 아름다운 작별인가.

한 소녀가 보이지 않도록 먼 어둠 속에 살아진 뒤에 두 소녀는 사박사박 구두소리를 내며 다시 절을 향하여 걷기 시작하였다. 두어 간쯤 앞에서 손에 손을 맞잡고 나블나블 걸어가는 두 소녀의 양자가 어둠 속을 나르는 나븨와 같이 귀엽게 보였다. 무이식중에 참다운 조선 사람이 되려는 그 소녀들의 사랑스러운 노력을 나는 혼자 감동하며 말없이 그들의 뒤를 따라갔다.

"너의 회사에선 각금 밤일을 하니?"

잠작고 걸어가던 큰 소녀가 물었다.

"아냐, 오늘이 처음이었어. 그렇지만 앞으룬 각금 밤일을 하게 된대. 일본 때보다 양말이 절반도 못 나온대누나 글세. 그래서 인제부턴 밤일도 해야 한대."

"그럼 너이들도 늘 밤에 댕겨야게?"

"우린, 집도 멀고, 나히도 어려서 밤일을 안 시킨대는걸. 우리 어머닌 말야, 밤일을 식히면 회살 구만두라고 그런다우. 그까짓 쥐꼬리만 한 월급밖에 안 주면서 밤일이 무슨 비러먹을 밤일이냐고 그러시겠지."

"그래도, 우리나라 일이 아니냐. 옛날엔 일본 사람들 공장이였지만…."

"우리 어머닌 조선이 독립된 걸 조금도 고맙게 생각지 않는다우. 괜히 독립이니 뭐니 해서 살림사리만 더 구차하다고 하면서……."

하고 소녀는 근심스러운 듯한 기색으로 말하였다.

"그래도 독립이 □□ □□□ 세상이 뭐 그냥 이럴나구! 애국가 하나 맘대로 부르게 된 것만으로도 얼마나 좋니."

"그럼— 언니넨 참 야근은 없어?"

"우린 없어! 밤엔 남자들만 댕겨!"

"여차장은 그건 편하겠어. 전차 거저 타는 것도 좋구!"

어린 소녀는 여차장을 다니는 큰 소녀가 부러운 듯이 말하였다.

도란거리는 그들의 이야기를 듣다가 나는 문득, 큰 소녀가 바루 우리 집 앞에 사는, 음전이라는 소녀임을 알았다. 목소리로 짐작해도 틀림없는 음전이었다.

음전이는 달포 전까지도 집에서 동생들이나 업어 주고 각금 기저기나 빨고 하던 소녀였다. 음전이는 동내 아이들과 밀려단니며 작난을 치다가도 웬일인지 나를 맞나면 제법 수집은 듯이 얼굴을 붉히고 도라서며

"애들아, 기란네 손님 오신다."

하고 가치 작난치던 동무들에게 경고를 내리군 하였다. 열네댓 살이였고 보니 어린애들과 함께 작난치기가 부끄러운 나히긴 하였다. '기란네 손님'이란, 내게 대한 칭호다. 마을 아이들은 나를 뭐라고 불러야 좋을지 몰랐다가 마츰내 주인집 아이 이름을 따서 '기란네 손님'이라고 불렀던 것이다.

그러던 음전이가 얼마 후에 보니까 어디 취직을 했는지 아침마다 일직암치 점심을 싸고들 나가군 하였다. 멀리서 그 소녀의 뒷모습을 웃음으로 바래주군 하던 나는, 어느 날 전차에서 우연히 음전이를 맞

났다.

"가운디 븨였습니다. 가운데로 들어오세요. 내릴 땐 가운데 문으로 내립니다."

하고, 부르짖듯 호소하는 여차장의 옆모습이 암만 해도 눈에 익기에, 가까이 가 보았더니 음전이었다.

"가운데로 들어오세요, 가운디 븨였세요….."

하고 두 번째 웨치던 음전은 나를 보자, 별안간에 귀밑까지 새빨가케 붉히며, 말을 채 못 맺고 얼굴을 숙으렸다. 나는 무슨 죄악을 범한 것 같이 소녀에게 죄송스러우면서도 우연히 그를 맞난 것이 무척 반가워서.

"과히 고단하진 아느냐?"

음전의 부끄러움을 덜어 줄 겸해서 천연스럽게 말을 걸었다. 그러나 음전이는 얼굴을 들지 않고, 그냥 고개만 도리질하였다. 어젯 날까지 작난꾸레기던 음전이가 어느새 한 사람 몫의 여차장이 되여서, 수다한 승객들의 길앞잡이가 되였던가. 나는 눈앞의 소녀의 성스러운 양자를 감사와 감동으로 바라보지 않을 수 없었다. 그러나 음전이는 아모 말도 않고 그냥 침묵만 직히고 있으므로, 나는 그의 책무에 지장이 생길 것 같은 노파심도 있고, 또 그 이상 무안을 주지 않기 위해서 목적지가 아직 멀었건만, 일부러 다음 정유장에서 내려 버리고 말았던 것이다.

두 소녀는 도란거리며 거니는 동안에 어느듯 느티나무 밑에까지 왔다. 그러자 정희라는 소녀가 바른편으로 갈라저 나가며

"사요…….."

하다가 문득 '사요나라'라고 하려고 했던 것을 뉘우치는 듯이

"아이, 나 바! ……. 언니 안녕히 즈므세요."

하고 인사를 고처 하였다.

"호호호 너두 옥주와 마찬가지구나. ……. 그래 잘 가 자아!"

음전은 정희와 헤여저서, 절을 바른편으로 끼고 돌아 우물ㅅ가 길로 간다.

집이 앞뒤인 관게로 나는 끝까지 음전의 뒤를 따라가는 수밖에 없었다.

우물ㅅ가에까지 걸어간 음전은 거기서 문득 뒤를 힐끗 도라다보았다. 그리고 내가 누군지를 알어보려는 것처럼 잠시 머뭇거리며, 섯다가 다음 순간에는 아까보다 느린 거름으로 천천히 걸어 나간다.

음전이와 나와의 거리는 차츰 가까워졌다. 개천까의 길을 지나, 홍장미 향기가 코에 물씬 풍기는 돌층게에 이르렀을 때, 나는 거이 소녀와 전후하도록 가까워졌다.

그러나 음전이는 나인 줄을 알었던 때문인지 별로 두려워하는 기색이 없었고, 그렇다고 뒤도 도라다보지 않고 얌전히 걸어 나갔다.

나는 뭐라고 이야기를 걸고 싶었으나 음전이가 부끄러워할 것 같아서 아모 말도 하지 않았다.

층층게를 다 올라오자, 막 음전네 집 대문이었고, 그다음 집이 나의 숙소였다.

음전이는 자기 집 대문 앞에 다다르자, 대문을 등지고 살며시 도라서서 내가 지내가기를 기대렸다. 그래서 내가 막 음전이 앞을 지내가려니까 음전이는 나즈막한 음성, 그러나 대단히 침착한 목소리로 돌연

"안녕히 즈므세요. 기란네 손님!"

한다.

나는 참말 깜짝 놀랐다. 뜻하지 않은 때, 뜻하지 않았던 사람에게서 보배를 던저 받았을 때와 같이 행복에 가까운 수치심과 황홀감을 동시에 획 느끼며, 답례를 하려고 돌아서 보니, 음전이는 날새게 대문 안으로 들어가서 덜커덕 대문을 걸고 있었다.

나는 얼굴이 한참 동안 어둠 속에 멍청하니 버티고 서서 음전네 대문간만 바라보고 있었다.

이윽고 나는 슬며시 돌아서며 먼 하늘을 우러러보았다.

밤하늘에서는 쏘다질 듯한 많은 별들이 찰란하게 반짝이고 있었다.

그 별들을 어루만지듯 바라보고 있는 동안에, 나는 문득, 지금 막 대문 안으로 살아진 음전이가 어쩌면 별로 화신해서 저 하늘 어느 한 구석에 몸을 숨키고 생글생글 웃으면서 나를 내려다보고 있을는지도 모른다고 생각하였다. 그래서 언제까지고 별들을 하나식 차례차례로 우러러보며, 음전이가 던진 밤 인사를 무슨 뛰여난 골동품이기나 한 것처럼 머리속으로 오랜동안 음미해 보았던 것이다.

동정녀(童貞女)

그 소녀는 나에게는 한 개의 아름다운 꿈이었던 것이다.

내 방 영창을 열어제치면 엽집 집웅 넘어로, 돈암정에서 영도사로 넘나드는 언덕길이 마주 처다보였다. 책 읽기와 원고 쓰기에 지치면 나는 각금 영창에 기대여서 반공에 솟은 그 언덕길을 망연히 바라보며 머리를 쉬는 버릇이 있었다. 언덕을 바라보기란 언제나 즐거운 일이지만 그 언덕은 특히 아침이 좋았다. 마침 동향이여서 찬연한 아침 햇살을 정면으로 담북 바더, 호화롭기 무대나 같은 그 언덕길에 나타나는 행인의 풍경을 넉 없이 바라보군 한다.

내가 그 소녀를 처음 발견한 것도 그 무대 우에서였다.

어느 따수운 봄날 아침이었다.

연락부절이던 행인이 잠시 끈여서, 연극 다친 무대와 같이 호젓한 그 언덕길을 멀거니 바라보면 다음에 등장할 인물을 기대리고 있노라니까 얼마 후에 여학교 제복을 입은 한 소녀가 문득 고개 저편에서부터 나타났다.

호기심을 가지고 기대리던 차에 등장한 제복의 소녀라, 나는 눈부신 신선감을 아니 느낄 수 없었다. 소녀가 시야에서 살아질 때까지 경의와 선망에 찬 나의 시선은 소녀의 몸에 고정되어 정신없이 그를 따라단니고 있었다.

이튿날도 또 그 이튿날도 소녀는 시계와 같이 정확한 시간에, 그 고개를 넘어오군 하였다. 그리고 오후의 일정한 시간이면 소녀가 그 언덕길을 돈암정으로 넘어가는 것도 알게 되었다. 그 소녀를 아침저녁으로 영송(迎送)하는 것은 어느듯 남모르는 나의 그날그날의 즐거운 일과같이 되었다.

그러는 동안에 나는 극히 자연스럽게 그 소녀와 서로 인사를 주고 밧게 되었고 그가 하로 두 차례식 일정한 시간에 나의 집 압을 지내단니는 시간도 알았다. 소녀를 영접하려고 나는 때로는 단장을 집고 산보를 나서기도 하였고 호젓한 산길을 나란히 걸어가며 길가에 핀 꼿츨 보고 꼿에 대한 이야기를 한 일도 있었다. 푸른 보리밧 머리에 머물러 서서 학교 운동장 안으로 사라지는 소녀의 뒷모습을 바라보다가 나는 뜻하지 않고 한숨을 쉬인 적도 있었다.

우리 집 수국이 일찍 피였던 날은 나는 그 소녀를 뜰 안으로 불러디려서 자랑삼아 꼿구경을 시켯더니 "어쩌면" 하고 눈부시게 놀라며 소녀는 손에 들었던 책보를 땅에 떠러트럿던 것이다.

소녀를 맞나는 것은 나의 더없는 즐거움이었다. 나는 나날이 그와 함께 씩씩해 가고, 그와 함께 젊어 가는 듯하였다. 어쩌다 문안에 볼일이 있어 제 시간에 소녀를 못 맞나는 날이라도, 그가 지금쯤은 내 집 압흘 지내가려니 하는 공상에 바다를 처음으로 바라보는 소녀같이 가슴이 뛰놀았다.

달포쯤 지나서 나는 소녀를 처음 발견했을 때의 이야기를 그에게 들려주었더니 그는 상글하니 웃고만 있다가

"전 아침저녁으로 태양을 가슴에 안고 그 언덕을 넘어 다닌답니다." 하고 소녀는 수집은 듯이 고개를 숙으렸다.

"태양을 안고 고개를 넘는다.—무슨 시의 한 구절 같군그래. 옛날부터 태양을 향해 걸어가는 사람은 태양 같은 행복을 차지할 수 있다는데—"

나는 황홀하게 소녀를 마주 보며 말하였다.

"태양보다 더 큰 행복은 없을나구요 머…."

소녀의 말에 나는 소스라칠 듯이 놀랐다. 태양보다 더 큰 행복—도저히 나로서는 상상도 못했던 말을 소녀가 무심코 배아터 노흔 것이 한없이 부러웟다.

그런데 다시 달포가 지낸 칠월 중순께다. 하로는 문안에 들어갓다가 늦게 나와 보니 책상 우에 조히쪽지에 쓴 편지 한 장이 노히여 있었다.

처음 보는 여자의 글시였다.

　　문안에 들어가섯다고 해서 정작 마지막 날인 오늘은 선생님을 못 뵈옵게 되엿습니다. 아침저녁으로 태양을 안고 고개를 넘어 단니던 제 생활은 오늘로 끗치 낫씀니다. 오늘 저는 졸업을 햇써요. 내일부터 시작되는 새 생활이 어떤 것일지 전혀 미지수입니다만 태양을 안고 단니던 생활보다 더 큰 행복이 오기를 선생님도 진심으로 축수해 주시리라고 밋습니다. 부대 안녕히 게시옵기 비오며 이만.

서명은 없으나 틀림없는 그 소녀의 편지였다. 성명조차 모르는 소녀였건만 그 소녀를 일은 정신적 타격에 나는 정신이 꺼지는 듯하였다. 그날이 있을 것을 지래짐작지 못햇던 어리석은 자신을 조소하면서도 그러나 나는 태양보다 더 큰 행복이 그를 차저 주기를 진심으로 빌지 않을 수 없었다. 이제는 소녀의 행복을 비는 것만이 나로서의 가장 큰 행복이었던 것이다.

　　그 소녀는 나에게는 한 개의 아름다운 꿈이었던 것이다.

여인(女人)의 행복(幸福)

옛날의 안해였던 그 여인이 오 년 만에 문득 찾아왔다. 뜰에 가랑잎이 날리는 늦은 가을이었다. 불끼 없는 하숙방에 마주 앉은 여인은 쓸쓸한 방 안을 잠시 을시년스럽게 살펴보고 나서

"부인을 아직 안 맞으셨어요?"

가엽다는 어조로 물으며 성수의 더러운 옷주제를 처다보았다.

"애써 얻으려고도 않았지만 나를 따라올 여자가 있을 것도 같지 않군요."

"왜 그러실나구요. ……. 전 신문 잡지에 발표되는 작품은 눈에 띠이기만 하면 하나도 빼지 않고 읽어요. 퍽 재밋게 쓰시던대요."

"그까짓것………."

성수는 좀 당황하지 않을 수 없었다. 발표된 작품 중에는 그 여인을 모델로 쓴 것도 있었기 때문이었다.

"좋은 작품 많이 쓰세요."

그러나 그런 대화에는 아모런 흥미도 느껴지지 않아서 성수는 잠작고 여인을 바라만 보고 있었다. 예전보다 훨씬 부대해진 여인의 몸

에서 성수는 여인의 행복을 보는 듯하였다.

그는 남의 성공을 바라기보다도 자신의 행복을 찾기에 급급한 여인이었다. 행복을 찾어 사내에게서 사내에게로 짚씨-와 같이 자리를 옮겼다. 성수도 그에게 실망을 준 그 몇 번짼가의 사내였었다.

'기어코 행복을 찾기는 찾었나 보군!'

성수는 그렇게 속살로 생각하다가 문득 '천고마비(天高馬肥)'라는 문구가 머리에 떠올라서

"인젠 가을이 완연한데요."

하며 그 뚱뚱해진 몸을 다시 한 번 처다보았다. 그러나 여인은 성수의 고약한 심사를 짐작지 못했던지

"가을이 됏어요. 저이 집에선 겨울 준비하느라구 야단법석인대요."

"밖았 어른께선 장사라도 하시나요."

"해방 후에 먹을 만친 잡었애요."

"행복스러운 팔자시군요."

대화는 제멋대로였다. 이미 그들 사이에는 언어가 통치 않았다.

"예전과 달러서 인젠 좋은 작품만 쓰심 이내 출세하실 수 있잖아요?"

"출세가 밥 멕여 주나요. 목구멍이 포도청이라 밥은 먹고야 볼 일인데-"

"허긴 그래요."

하며 여인이 웃어서 성수도 어이없이 따라 웃었다. 여인은 한 시간쯤 뒤에 일어서면서

"오늘은 이만 실례하구 잊어버리실 만하거든 또 오겠어요. 오늘은 당신이 절 잊어버리지나 않았나 해서 제 기억을 살리려구 찾어왔던

것애요.”

“그러세요? 그럼 언제 또.”

“지금두 가끔 절 생각하시는 일이 있으세요?”

뜰아래에 내려서면서 여인이 물었다.

“글세요. 솔직히 말하면 최근에는 먹기에 바빠서 별로 누굴 생각한다든가 할 여가도 없었지요.”

“가끔 제 생각두 해 주세요.”

성수는 여인의 뒤모습을 멀거니 바라보았다. 이 여인은 이렇게 옛날의 사내들을 마음에서 마음으로 찾어 지내간 불행을 되찾러 보므로써 현재의 행복을 누리려는 심산이 아닌가 생각되었다. 여인의 행복이란 결국 과거의 불행을 추억할 만한 현재의 마음의 여유를 말함이 아닐까! 만약 그것이 진실이면 마음의 여유를 갖게 된 그 여인에게는 과거의 모든 불행이 지금에는 새로운 행복으로 살아났을지도 모를 일이었다.

×   ×

그 이튿날이었다. 여인은 사람을 시켜 털내의 한 벌을 성수에게 보내였다.

… 냉골 같은 방에 혼자 앉어서 책을 읽고 게시는 모양이 퍽 추워 뵈옵기에 벤벤치 않은 것이오나 보내오니 입어 주시기 바랍니다….

이런 의미의 편지도 곁드러 있었다. 이외의 선물을 앞에 놓고 성수는 오랜동안 넋 없이 앉아 있었다. 자기의 행복된 우월감을 만족시키기 위해서는 여인은 이렇게까지 남을 모욕하게 되는 것일까 싶었다. 나를 참으로 이해하고 나를 참으로 생각해 주는 여인이 이런 선물을 보냈다면 나는 얼마나 기쁘게 이 옷을 입었을 것인가?

그러나 성수는 그 선물을 돌려보내려고는 하지 않았다. 무어 아모리 가난하기로서니 털내의 한 벌에 눈이 어두어서가 아니라 한번은 남편과 안해의 사이였던 그 여인의 행복을 위해서라면 성수는 그만한 이용을 당하는 것이 오히려 당연한 인정이라고 생각했기 때문이었다.

성수는 굴욕의 옷을 입어 보면서 맘속으로 여인의 행복을 기리기리 빌었다.

가랑닢 구는 소리가 몹시 차겁게 들리는 늦은 가을밤이었다.

춘희(春喜)

1

매소부 춘희에게는 그 사나히는 확실히 히한한 손님이었다. 청루
(靑樓)로 몰려드는 대개의 사내들은 밀실(密室)에 들어서기가 바쁘게
미친 듯이 게집의 몸동아리를 노리고 덤벼들건만 그 사나히만은 게
집보다도 방 한구석에 노혀 있는 화초분에 먼저 눈이 끌렷는지

"허― 이거 꽈리나무로군그래. 열매가 여간 곱게 영글지 안헛는
걸……. 이거 색시가 가꾼 거요?"

하고 물으며 홍옥처럼 새빨가케 영그러 매진 꽈리 열매를 무슨 보배
나처럼 어루만저 보고 있었다.

옷고롬을 고르려던 춘희는 순간 야릇한 수치감에 얼굴을 붉히며

"네!"

하고 황겁히 대답하였다.

집집마다 꽈리나무를 가꾸는 고향 풍습을 저버리지 못해서 몸은
비록 조롱 속의 신세일망정 언제나 정성껏 가꾸어 온 꽈리나무였다.

고향 그리운 심사를 남모르게 화초에게 호소하는 버릇이 있는 춘희
는 사나히의 뜻하지 않았던 질문에 아름다운 비밀을 엿보인 듯이 가
슴이 두근거렸다.

"꽈리나무를 보니까 불현듯 고향 생각이 나는걸. 우리 고향에서는
꽈리나무를 만이들 가꾸지."

한 허리를 구부리고 서서 화초를 디려다보며 중얼거리는 사나히
의 말에 춘희는 반갑게 놀라며

"고향이 어디신데요?"

"내 고향? …. 내 고향은 저―서선 끗머리 압록강 변."

"어마― 어쩌면!"

타향 천 리에서 만난 고향 사람이기에 춘희는 그지없이 반가웟다.
기구한 운명에 시달리면서도 항상 알뜰히 가꾸어 온 꽈리나무가 이
제야 진정한 열매를 매즌 것 같다. 춘희는 눈시울이 뜨거워 왔다.

주고바든 이야기에 그리운 고향 산천이 하나하나 어루만질 수 있
게 눈압페 뚜렷히 나타나 보였다. 비록 처지는 다를망정 향수 일념에
시달리기는 사나히도 마찬가지 나그네 신세인 모양이었다. 십 리 상
거도 채 못 되는 고향 사람이였고 보니 타향에서 매는 인연이 더한층
따뜻하였다.

춘희는 사나히가 뭇는 대로 서러운 신세를 길게 느러노앗다.

2

노리고 있는 사나히의 표정을 바라볼수록 눈물겨워서 춘희의 이야기는 작구 슬퍼만 갓다. 아낌없이 비밀을 터러노다 보니 무심코 지내친 생활의 마디마디조차가 모두 슬픔뿐이었던 것만 가탓다.

느즌 가을 기나긴 밤을 이야기로 새엿스나 춘희는 조곰도 고단한 줄을 몰랏다.

이튼날 아침 사나히를 문박까지 배웅햇스나 차마 또 오시라는 말이 나가지 않아서 춘희는 돌아서며 눈물만 지윗다.

그러나 그날부터 춘희에게는 춘향과 같은 절개가 생겻다. 자유를 잃은 몸이라 육신의 절개는 못 지킬망정 마음만은 그 사나히를 굿게 미덧다. 그를 언약 없는 리도령처럼 그리워하였다. 행길에서 그이 비슷한 뒷모습이 눈에 띠일 때마다 멋 번이고 가슴을 놀래엿고 밤이면 밤마다 기약 없는 기대림에 마음을 조이다가는 땅이 꺼질 듯한 한숨을 지우며 화초분을 원망스럽게 바라보군 하였다.

날이 갈수록 애만 타는 눈보래 치는 어느 겨울밤이었다. 춘희는 그 밤에도 그 사나히를 사모하며 무심코 무근 잡지를 뒤적갇다가 거기서 뜻박에도 '현길수'라는 그 사나히의 이름을 발견하고 깜짝 놀래엿다. 그이가 소설가였음에 다시 한 번 놀라며 「매소부 춘희(賣笑婦 春姬)」라는 소설을 불이나게 읽기 시작하였다. 그런데 소설을 읽어 내려갈수록 춘희는 심화가 차츰 솟아올랏다. 그 소설은 그날 밤 춘희에게서 들은 이야기를 그대로 올려 노흔 것이기 때문이었다.

읽고 나서 춘희는 책을 동댕이처 버럿다. 춘희에게는 너무나 쓸아

린 현실이었던 그 이야기가 그에게는 고작 소설거리박게 아니었던
가. 내가 누구를 리도령처럼 미드려고 햇다가 배반당한 원한이 복바
처서 춘희는 그 자리에 콱 쓸어 엎드리며 흑흑 느꺼 울었다.

인심이 냉혹하기 어름짱 같은 이 세상에서 청루의 몸으로 어수룩
하게도 리도령을 기대렷던 자신을 비웃지 않을 수 없었다.

리도령 없는 세상에서 춘향의 절개는 짜장 우슴거리에 지내지 않
어 보엿다.

향수도 사모도 눈물만 자아 주는 사치에 지나지 않던가?

한바탕 울고 난 춘희는 벌떡 몸을 이르켯다. 눈물 어린 눈에 꽈리
나무 화분이 거들떠보엿다. 춘희는 와락 달려가서 꽈리나무를 움켜
잡기가 바뿌게 화분채 번쩍 들었다가 힘차게 방바닥에 내갈겻다.

질그릇 부서지는 소리와 함께 와스르르 흙이 온 방 안에 흐터젓다.
그래도 성이 풀이지 않아서 춘희는 꽈리나무 줄기를 두 손으로 부둥
켜 잡고, 뚝 뚝 뚝 무참히 분질러 버렸다.

미친 여자처럼 독끼 오른 눈을 히번특거리며 한참 정신없이 꽈리
나무를 분질르고 있던 춘희는 갑재기 서룸이 겨워서 또다시 방바닥
에 콱 슬어 업드려지며 엉ㅡ엉ㅡ엉ㅡ 소리 내여 통곡하였다.

운명(運命)

'고당(古堂) 선생이 이번에 요양차로 온천장에 가시게 될지 모르니 그때에는 자네가 제반 편의를 도모해 드리도록 하라.' 는 김윤학(金允學) 군의 편지를 받어 읽고, 나는 불현듯 선생의 건강이 근심되였다. 고당이라는 아호(雅號)로 불리워지는 리시현(李時賢)은 전문학교 시대의 우리들의 한문 선생이었다. 소학교로부터 전문을 나오기까지에 나는 무료 백여 명의 선생을 모셔왔지만, 거이 전부가 세월과 함께 기억에서 살어저 버리고, 십여 년 후인 오늘날까지 이른바 은사(恩師)라는 감정으로 대할 수 있는 분은 오직 고당 선생 한 분이 있을 뿐이었다. 그렇다고 나는 무슨 고당 선생의 특별한 총애를 받은 때문은 아니다. 아니, 특별한 총애를 받기는커녕, 나와 동기생들 중에서 고당 선생에게 책망을 가장 많이 받은 사람은 아마 나였을 것이다. 고당 선생은 샌님 선비의 표본 같은 사람이여서, 성적의 우렬(優劣)보다도 출석률 나뿐 학생을 가장 미워했는데, 나는 그 게으른 학생 중에서도 고작 두드라지게 게을렀었다.

내가 그때 학교에 잘 나가지 않은 원인은 연애를 하고 있었기 때문이었다. 그 당시 나는 모 여자 전문학교 학생과 첫사랑에 빠져서, 밤에는 밤에대로 그와 만나는 데 시간을 허비했고, 낮에는 낮에대로 사랑하는 사람에게 보내는 연애편지 쓰기에 바빴던 것이다. 그런데 고당 선생은 뉘게서 그런 소문을 얻어들었는지, 하로는 오래간만에 학교에 나간 나를 연구실로 불러다 놓고, 막우 욕을 퍼부었다.

'연애라는 것은, 근래 서양서 건너온 가장 야만적인 풍속으로, 그것은 야비한 금수의 행동에 지내지 않는다. 동양은 고래로 예의지국으로서, 남녀가 칠 세면 자리조차 가치하지 않는 법인데 하물며 이십이 넘은 인격자가 남의 과년한 규수를 희롱한다는 것은 도덕상 도저히 용서할 수 없다.' 고, 고당 선생은 준렬히 나를 책망하였다. 청춘이 어떤 것인지를 모르는 완고한 도학자인 고당 선생으로서는, 더구나 안해의 거상을 십 년간 입기 위해서 칠 년 내로 홀애비로 지내는, 코답지근한 유생(儒生)인 고당 선생으로서는 당연한 책망이겠으나, 나로 보면 진부하기 짝 없는 사상이므로, 그 후부터 나는 학교에는 더욱 게으르게 되었다. 어쨌던 그렇게 해서 삼 년 만에 이럭저럭 졸업을 하였는데, 재학시에는 그렇게나 개와 고양이 모양으로 서로 미워했던 사이였건만, 정작 졸업하고 나서, 내게 가장 그리운 은사는 이상하게도 고당 선생뿐이었다. 그런 감정은 선생도 역시 마찬가지였던 듯싶어, 고당 선생도 옛날의 제자들을 만나면 각금 내 이야기를 묻더라는 소식을, 나는 그의 사랑하는 문하생인 김윤학 군을 통하여 듣고 있었다. 그러고 보면 모든 감정 중에서 미워하는 감정이 가장 인상적이요, 또 가장 사랑에 가까운 감정인 듯도 싶었다.

졸업 후에 선생을 뵈온 것은 오직 한 번뿐, 칠 년 전 그의 두 번째의 결혼식장에서였다. 첫 번 안해의 거상을 남 없이 십 년이나 입고 난 고당 선생은 누구의 소개였든지는 알 수 없으나 두 번째는 꽃같이 아담하고 정숙한 부인을 마지하였다. 신랑이라는 분은 이미 오십 고개를 넘어 백발이 히뜩히뜩하였는데, 신부는 바야흐로 활짝 피려는 모란같이 꽃다운 분이여서, 그 어울리지 않는 두 분이 결혼식장에 나란히 서 있는 기괴한 광경을 보았을 때 나는 말로는 형언할 수 없는 일종의 비극을 아니 느낄 수 없었다. 학자라면 도대체가 애정 방면에는 법연한 법이지만, 특히 고당 선생같이 완고한 지아비의 그늘에서 빛도 향기도 없이 일생을 보내지 않을 수 없는 신부를 생각했을 때 나는 일종의 전률까지를 느꼈던 것이다. 고당 선생이 왜 하필 그렇게나 젊고 아릿다운 여인과 혼인을 하게 되였는지, 모르면 모르되 선생 자신은 그런 점을 별로 깊이 생각지도 않고, 남이 권하는 대로 결정해 버린 데 지내지 않았겠지만, 내가 보기에는 선생 자신의 행복을 위해서도 결코 그 결혼이 적합한 것이라고는 여겨지지 않았다.

그렇다고 신부의 과거가 어쨋다거나 그래서가, 아니라, 언뜻 보아 신부는 성격이 몹시 차져 보여서, 학자의 안해로서 오히려 선천적으로 어울리는 사람 같았지만, 그러나 그런 성격적인 요소 이외에 부부가 참으로 결합하기 위해서는 정력적인 요소라는 것도 고료하지 않을 수 없는데, 그 점으로는 신랑은 너무 노쇄하였고, 신부는 지나치게 젊었던 것이다. 애정을 금수의 야욕으로밖에 해석지 않는 스토아 학자인 선생으로서는 부부간의 정력적인 요소라는 것을 애시당초 생각지도 않았겠지만 그러나 그 결여된 요소로 해서 어떤 형태로든 장내에 비극이 생기지나 않을까 하는 기우도 나는 없지 않았다.

그러나 나의 우려는 완전히 기우여서, 그 후 두 분의 가정은 원만하다는 소식을 들을 때마다 나는 진심으로 기뻐하며 그들의 행복을 기리기리 빌었다. 허긴 가정이 원만하다는 것은, 무슨 젊은 신혼부부들처럼 애기자기하고 달콤한 광경을 보여 주어서가 아니라, 선생은 선생대로 밤낮 케케묵은 한서적만 탐독하고 있었고, 부인은 부인대로 한 가정의 주부로서 말없이 살림사리를 꾸려 나간다는 정도의 것이였지만.

그 후 태평양 전쟁이 치열해지자, 선생은 깨달은 바 있어 교직을 던지고, 그때부터는 역학(易學)을 연구하기 시작했었다. 그러든 중 선생은 작년 봄 거리에 나갔다가 전차와 충돌되여, 뇌진탕을 일으킨 일이 있었는, 그 후로는 때때로 정신 이상이 생겨서, 부인을 구타하여 전에 없던 가정 소동을 각금 일으킨다는 소식을, 나는 윤학 군의 편지로 이미 알고 있었다.

그 고당 선생이 돌연 뇌(腦)에 특효가 있는 이 온천장에 요양차로 찾어오신달 적에는 아직도 발광증(發狂症)이 멎지 않었음이 짐작되여, 나는 적지 아니 근심하며, 곧 모시고 오도록 하라고, 윤학 군에게 답장을 띠이는 한편으로는 선생이 거처하실 방을 마련하였다.

×   ×

편지를 띠인 지 달포가 넘도록 아모 기별이 없으므로, 그러면 선생은 그 후의 경과가 양호하여, 이제는 요양의 필요를 느끼지 않게 되였나 보다고 생각했을 즈음에, 돌연 오늘로 도착한다는 윤학 군의 전보가 날아왔다. 시간을 대중해서 정거장에 나갔더니, 윤학 군이 모시고 올 줄 짐작했던 선생이 이외에도 부인의 부축을 받으면서 출구를 나오고 있었는데, 그의 너무나 노쇠한 데 나는 참말이지 놀라지 않을 수 없었다. 못 만나 뵈온 지도 이러구레 육칠 년이 되지만, 그렇기로 아직 육십도 전인 선생이 눈에 보이는 형상으로만 따진다면 칠십을 훨씬 넘었을 만치 머리가 백발인데다가, 안색이 아주 말이 아니게 초췌하였다. 때마침 립동 무렵의 첫 치위라, 선생은 겨울 외투를 입으셨는데, 그 외투의 무게조차가 과남한 짐이 될 만치 그의 거름거리에는 확실성이 없었다. 실상 부인께서 부축하지 않았더라면 나는 선생을 선생으로 얼른 알아보지 못했을는지도 모른다.

"고당 선생님!"

나는 벌칵 달려가 인사를 하였다. 그리자 선생은 약한 시선으로 나를 마주 보시다가

"아, 현군인가?"

하며 나의 손을 붙잡는데, 그 손에는 도무지 힘이 없었다.

심신이 이렇게 쇠약한 것으로 보아 선생이 전차와의 충돌에서 받은 타격이 이외에도 컷든지 모른다고 생각하며, 나는 이번에는 부인에게 인사하였다. 부인은 일부러 늙어 보이기 위해서인지, 검은 주의에 검은 목도리를 둘렀고, 머리도 중년 부인처럼 정연한 가르마로 쪽져서, 나히보다는 확실히 사오 세 가량 노숙해 보였으나, 그러나 눈에 넘치는 정끼와 고상한 아름다움은 숨길 수 없었다. 두 내외를 대조해 보는 순간, 나는 칠 년 전에 그들의 결혼식장에서 느꼈던 비극이 다시 한 번 회상되어, 지금 눈앞의 고당 선생이 이처럼 급작히 지

몰하게 된 것도 부부간의 육체적 차이에 그 원인이 있지 않았던가 하고 생각하였다.

"윤학 군은 안 옵니까?"

정거장 밖으로 나오며 내가 물으니까, 선생의 곁을 받들고 있던 부인이 얼른 내게 눈짓을 한다. 윤학 군의 이야기를 묻지 말라는 눈치였으므로 나는 속살로 의아스럽게 생각하며, 기대려 두었던 마차에 그들을 인도하였다.

선생은 마차에 오르기까지 전연 무감각한 표정으로 아모 말도 하지 않았다. 부인은 병든 어린아이를 다르듯이 침착하고도 정성스러운 마음씨로 마차에 오르는 남편을 부축하였고, 마차 우에서도 일시도 게을지 않고 그의 곁을 받들었다. 실상 부인의 눈물겨웁도록 현숙한 태도에 나는 몇 번이고, 감탄을 마지못했던 것이다.

마차가 달래는 동안, 선생은 마치 얼빠진 사람처럼 멍청하니 앉어서 초ㅅ점 없는 시선을 발밑에 던지고 있다가 문뜩 얼굴을 들며

"현군 지금 설흔 몇인가?"

이렇게 물을 때의 선생은 조곰 전과는 딴판으로 별안간 얼굴에 생끼가 약동하였다. 급격이 변동하는 그의 표정에 나는 적지 아니 놀라며, 어쩌면 선생은 정말 미친 것이 아닐까 생각되였다.

"설흔여섯입니다."

"설흔여섯? 아직도 청춘이군그래. 청춘은 부중내(不重來)라, 청춘을 잃지 말도록 하게."

일찍이 연애를 금수의 야합이라고까지 말하던 선생에게서, 청춘을 잃지 말도록 하라는 말을 듣자, 나는 어떻게 해석해야 좋을지를

몰라, 잠작고 있었다. 청춘이 보배라는 것을 선생은 이제서 깨달았다면, 그것은 젊은 안해와의 부부 생활에서 울어 나온 결과일 것으로, 선생의 입에서 그러한 말을 듣게 된 것은 일종의 비극인 것도 같았다. 내가 잠작고 있노라니까 선생도 한동안 가만히 앉아 있다가 이번에는 침울한 표정으로

"현군은 역학을 공부해 볼 의사는 없는가?"
하고 엉뚱한 질문을 던진다.

이야기가 너무 비약하므로 나는 잠시는 어리둥절하였다. 아닌 게 아니라 선생은 짜장 미친 모양이므로 나는 슬금슬금 경계를 하면서

"선생님도 아시다싶이 저는 공부하기를 싫어하는 성미가 돼서, 이제 새삼스럽게 골머리 아픈 역학을 연구할 생각은 없는데요."
하고 웃으면서 아모렇게나 대답하였더니 선생은 문득 생각났든지

"아 참 자네는 재학 시대에 연애를 했었지? 그때 나는 자넬 책망했지만, 그것은 내가 잘못이였어!"

이야기의 방향이 시계추 모양으로 '청춘'과 '역학' 사이를 왔다 갔다 하므로, 나는 도무지 화제의 중심을 종잡을 수가 없었다. 암만 해도 선생은 영락없는 미친 사람 같기에 나는 은근히 경계하며 부인을 바라보았더니, 부인은 백장미같이 단아한 얼굴에 수심스러운 표정을 띠인 채, 가엾은 시선으로 남편을 처다보고 있었다. 부인의 그, 말할 수 없이 서글퍼 보이는 표정을 대하는 순간, 나는 선생이 광인이라는 것을 의심할 여지가 없었다.

윤학 군의 편지에 의하면, 선생이 정신 이상을 일으키게 된 원인은 뇌진탕이라고 하지만, 내 생각에는 역학에 너무 골돌했던 결과인 것

도 같았다.

우리 집 별당으로 그들을 모신 뒤에, 선생이 잠간 변소에 일어선 틈을 타서 부인은 나를 보고

"현선생은 이미 짐작하셨겠지만 주인은 정신 상태가 좀 이상하셔요. 전차와의 충돌로 뇌진탕을 일이킨 후로는 마치 청년으로 돌아간 듯이 사람이 달라져서 각금 란폭한 거동을 하세요. 그리고, 말슴드리기조차 부끄러운 일입니다만, 발광증이 일면 공연히 저를 의심하시면서 들볶는답니다. 실상 이번에는 김윤학 선생이 모시고 오실 예정이였으나 얼마 전부터 주인은 김선생과 저와의 사이를 의심하시기 시작하셔서 부득이 김선생은 못 오시게 되였어요."
하고 애연한 어조로 말하였다.

부인과 윤학 군과의 사이를 의심한다는 말은 너무나 이외이므로 나는 당장에는 댓구에 궁하였다. 아까 정거장에서 내가 윤학 군의 이야기를 선생에게 물었을 때, 부인이 눈짓으로 제지한 것은 그러면 그 때문이었든가 싶었고, 만나자마자 부인이 수치를 무릅쓰고 그런 말까지 나에게 들려준 것은, 일후에 선생을 대할 때의 예비지식을 넣어 주기 위한 용이주도한 심정에서인 모양이었다.

남녀 관게란 경솔히 판단키 어려운 일이지만, 그러나 나의 견해로는 부인이나 윤학 군을 의심하는 것은 전혀 선생의 신경과민이 아닐까 싶었다. 젊은 안해에게 대한 늙은 지아비의 사랑이 질투와 의심으로 나타나는 것은 흔히 볼 수 있는 일이라, 선생이 부인과 윤학 군을 의심한다는 것은 오히려 눈물겨운 일이지만, 그러나 억울한 의심에 시달리는 부인의 딱한 입장을 나는 동정을 마지않었다. 그러고 보면

선생이 미친 원인은 뇌진탕이나 역학에 있은 것이 아니라, 젊은 안해에게 대한 과도한 질투와 의심의 결과가 아닌가도 생각되였다.

"지금 말씀으로는, 선생이 청년으로 돌아가셨다고 하셨는데, 그건 무슨 뜻입니까?"

하고 나는 부인에게 물었다.

부인은 말하기 거북한 듯이 약간 얼굴을 붉히며 망서리다가

"현선생도 아시다싶이 주인은 성 방면에는 워낙 대범한 분이셨고 더구나 요 이삼 년간은 역할을 연구하시느라고 그 방면에는 도무지 생각도 않으셨던데, 뇌진탕을 일으킨 후로는 마치 딴사람같이 갑재기 그 방면에 열정적이셔요. 그렇지만 그것은 정신적 욕망뿐이였지, 건강이야 어디 그렇게………."

하고 부인은 다음 말을 노골적으로 표현하기 거북해서 일단 이야기를 끊었다가

"그러니까 자연 화를 내시게 되고, 그 화가 쌓여서 나중에는 저를 의심까지 하시는 게죠."

"뇌진탕으로서 사람이 그렇게 젊어진다는 건 처음 듣는 얘긴데요."

"그러기 말입니다."

미친 사람을 치료하는 근대적 료법으로 환자의 신경에 강렬한 전기 자극을 주어서 바른 정신을 차리게 한다는 말을 들은 일이 있는데, 선생의 경우에는 뇌진탕을 일으켰으므로 해서 잃어버리고 있었던 청춘을 그 순간에 돌연 찾아낸 거나 아닐까?

사실 그랬을는지도 모른다고 나는 생각하였다. 만약 사실이 그렇다면 늦게나마 선생이 자기의 청춘을 찾은 것은 다행이라면 다행이

겠지만, 그러나 그로 인해서 육체까지가 청춘으로 돌아올 수는 없는 일이니, 그 정신과 육체와의 괴리(乖離)에서 오는 고민은 미상불 크리라고 짐작되었다. 정신은 정신대로 젊어져서 사랑하는 부인에게 대한 애욕의 정은 지글지글 끓어오르건만, 그 욕망을 만족시키기에는 육신이 너무나 쇠약하였으니 그 사이의 번민이 질투가 되었고, 그 질투가 나아가서는 부인께 대한 의심이 되었으리라는 것은 넉넉히 짐작할 수 있는 일이었다. 그러고 보면, 선생이 부인이나 윤학 군을 의심한다는 것은, 무슨 근거 있는 의심이라기보다도, 두 사람이 제각기 가지고 있는 육체적 청춘에 대한 질투의 변모인 것 같아, 나 자신도 언제 어디서 불의에 선생의 의심을 사게 될지 모른다는 생각에 나는 저윽히 불안을 느끼지 않을 수 없었다.

마침 그때 선생이 변소에서 돌아왔으므로, 이내 목욕실로 안내하였더니, 선생은 나더러 가치 목욕을 하자고 하였다.

둘이 함께 온천에 몸을 잠그고 있는 동안, 선생은 온천 성분에 대해서 여러 가지 묻기도 하고, 당분간은 나의 집에서 폐를 끼치기로 하겠노라고, 여성 정신 똑똑한 말을 하였다.

이윽고 내가 몸에 비누칠을 하고 있노라니까, 선생은 온천에 잠겨 있는 채 한동안 황홀한 시선으로 나의 나체를 바라보다가, 문득 비틀비틀 비틀거리며 온천에서 나와 나의 어깨를 탐스럽게 만저 보며

"자네는 신체가 놀랄 만치 건강하네그려!"

하고 감탄과 부러움을 마지못해 하였다.

선생 손이 와 닿는 순간 나는 오싹 몸소름이 끼쳐짐을 느끼는 동시에, 나의 건장한 나체를 선생에게 보인 것이 너무나 잔인한 짓이였던

것을 문득 깨닫고 목욕을 가치하게 된 것을 불현듯 뉘우치지 않을 수 없었다. 그래서 다소라도 선생의 심정을 안정시켜 드리려고

"이래 뵈도 여자에게 대해서는 여간 약하지 않답니다!"

하며 웃었다.

그러나 선생은 내 말을 들은 둥 만 둥 그냥 황홀하게 내 몸을 바라보다가

"자네는 참말 좋은 몸을 가지고 있어! 사람은 젊었을 때가 제일이지 늙으면 그만이거든! 나는 청춘 시기를 모르고 지낸 것이 지금 와서는 어떻게 한탄스러운지 모르겠네."

고당 선생의 입에서 그런 말이 나왔다는 것은 참말 기이한 일로, 선생이 뇌진탕으로 해서 청춘으로 돌아왔다고 하던 부인의 말이 거짓이 아니었음을 나는 새삼스럽게 깨달았다.

내가 비누로 몸을 닦고 있는 동안, 선생은 신기한 구경거리이기나 한 것처럼 면구하리 만치 줄곧 내 나체만 바라보고 있더니 나중에는 나의 두 어깨를 가만히 붙잡고 서서히 흔들기 시작하였다. 대체 선생이 왜 그렇게 수상한 거동을 하는지 갈피를 헤아릴 길이 없어, 나는 비누칠하던 손을 멈춘 채, 가만히 앉아 있었다. 그러나 나의 어깨를 흔드는 선생의 두 손에 차차 힘이 가하여지더니 급기야는 신장대같이 나의 몸이 와들와들 흔들린다. 그래, 깜짝 놀라며 거들떠본 즉, 각일각으로 긴장의 빛이 짙어 가는 선생의 얼굴 표정이 볼 동안에 무섭게 험악해지며 전신을 맹렬한 속도로 화들화들 떨고 있었다.

참말이지 사람의 얼굴이 그렇게까지 험상궂인 표정으로 변할 수 있을까 싶게, 허공의 일점을 응시하는 두 눈은 불을 뿜는 듯이 란란

히 빛났고, 입에서는 게거품같이 흰 거품이 부글부글 끓어올랐고, 그리고 얼굴 근육은 제각기 제 부분대로 기괴하게 실룩거리고 있었다.

나는 걷잡을 길이 없어 벌벌 떨고만 있노라니까, 가속도로 기세를 도꾸어 가던 맹렬한 동작이 어느 최고 절정에 도달하였다고 보는 순간, 그렇게나 격렬하던 동작이 불이 폭 꺼지듯이 일 찰라에 딱 정지되며 선생의 얼굴이 볼 동안에 백지장같이 핼슥하니 질리었다. 그와 동시에 선생의 몸은 뼈 없는 사람처럼 힐룩거리면서 뒤으로 펄썩 주어앉아 버린다.

"아, 선생님!"

나는 그제야 큰 소리로 웨치며 선생을 붙잡아 일으키려 했으나, 선생은 그때에는 얼빠진 표정으로 멀거니 앉아 있을 뿐이었다. 이미 그에게는 손가락 한 개 움직일 힘도 없었고, 눈을 떳으되 아모것도 보이지 않는 모양이었다. 그가 살아 있다는 오직 한 가지 표시는 이마에서 구슬땀이 흘러내리고 있는 것뿐이었다.

나는 불야불야 옷을 추어 입고, 선생을 방으로 업어 갔더니 부인은 별반 놀라는 기색도 없이 남편을 자리에 눕히며, 집에서도 각금 그런 일이 있었다고, 슬픈 낯색으로 말하였다.

×   ×

그 일이 있은 뒤 몇일 동안은, 선생은 마치 벙어리처럼 멍청하니 천정만 올려다보며 누어 있다가 일주일 만에야 간신히 일어나게 되었다. 나는 하로에 두 차례식 아침저녁으로 문안을 했을 뿐, 될 수 있는 대로 선생 눈앞에는 나타나지 않기로 하였다.

어느 날 저녁에 선생은 나더러 산보를 가치 나가자고 하였다.

첫눈이 곱게 내리깔린 송림 사이길을 거닐며 선생은 오랜동안 말이 없다가 문득 발을 멈추고 내가 가까이 오기를 기대려서

"자네는 역학을 연구해 볼 의사는 없나?"

하고, 언젠가 물어본 말을 또 한 번 묻는다.

"글세요. 저는 워낙 한문 소양이 없어서 연구한댔자 모르기도 하려니와, 그런 골머리 아픈 일을 하고 싶지도 않습니다."

하고 나는 웃으면서 대답하였다.

그러자 선생은 천만 이외란 기색으로

"사람이 사람인 바에는 역학을 몰라서는 안되네. 자고로 학문에는 천만 가지 갈래가 있지만, 그 천만 가지 학문을 모두 한데 뭉쳐 한 개로 즙대성을 이룬 것이 이를테면 역학이야! 우주의 영고성쇄와 길흉화복을 밝혀, 각자의 취하여 나아갈 길을 알려 주는 것은 오직 역학이 있을 뿐일 것일세. 나는 어려서부터 학문에 뜻을 두고, 그 방면에 정진해 왔지만, 최근에 역학을 연구하면서부터 이제야 과시 학문따운 학문을 배우게 되었다고 생각하네. 자네도 살어 있는 기쁨을 알려거든 역학을 연구해야 하네."

그렇게까지 강권하는데 정면으로 싫다고 고집할 수도 없어, 잠작고 있노라니까 선생도 한동안 묵묵히 걸어 나가다가

"윤학 군도 요새 역학을 공부하고 있는데 워낙 머리가 좋아서 여간 빨리 깨뜨지 않는다네." 한다.

부인과의 관게로 윤학 군을 의심한다는 선생의 입에서 그에 대한

찬사를 듣자, 나는 일시는 기쾌한 감상을 일으켰다. 그러나 도리켜 생각컨댄, 학문을 론의할 때의 선생은 그 본래의 바른 정신 상태로 돌아간 것일 것이니, 바른 정신을 갖었을 때의 선생은 부인이나 윤학 군을 의심치 않는다는 것을 짐작할 수 있었다. 그러고 보면, 선생의 정신 상태는 학문과 애욕 사이를 왔다 갔다 하는 모양인데, 정신이 애욕에 쏠렸을 때에는 미친 사람이 되여 버려서 젊은이면 누구에게 나 질투와 의심을 품는 상싶었다.

그 후 얼마 동안은 이렇다 할 아모런 변동도 없이 날마다 선생은 역경만 읽고 있었다. 그러한 어느 날 하로는 밤늦게에, 선생 방에서 투닥거리며 싸우는 소리가 안방인 나의 귀에까지 들려왔다. 나는 달려가 보려고 일어섰다가, 내외 싸움에 멋없이 뛰여드는 것도 싱거운 짓 같기에 그냥 주저앉어 있노라니까, 잠시 후에는 아모 일도 없었든 것처럼 고요해졌다. 그래서 나도 별로 쾌의치 않었는데, 이튿날 알고 보니 선생은 전날 밤에 발광증을 일으켰다는 것이다.

그런데 그 후로는 각금 밤늦게에 투닥거리는 소리가 나므로, 하로 는 미심길로 선생의 방문 앞에까지 가 보았더니, 방 안에서 찰싹찰싹 하고, 알몸을 손바닥으로 갈겨 따리는 소리가 들려 나왔다. 대체 어 떻게 된 영문인지를 몰라 나는 방문 밖에서

"선생님!"

하고 불러 보았으나, 아모런 대꾸도 없는 채, 씩씩거리는 호흡과 함 께 찰싹찰싹 때리는 소리만이 계속되였다.

나는 마지못해, 창호지를 두어 번 뚜드리고 나서 방문을 드윽 열었 더니, 이건 웬 해괴한 일일까, 선생은 펴 놓은 이부자리 우에 부인을

알몸으로 세워 놓고 씨근벌떡거리며, 등어리고 가슴팩이고 할 것 없이 함부로 무참히 때려 갈기고 있는 것이 아닌가? 그리고 부인은 형용할 수 없는 슬픈 표정을 지닌 채 조곰치의 반항도 않고, 곱다랗게 그 험악한 매를 얻어맞고 있는 것이 아닌가? 그 순간의 선생의 표정은 언젠가 목욕실에서 나를 부둥켜안고 와들와들 떨던 그대로의 얼굴이었다.

"아, 들어오지 마세요!"

나를 발견하는 순간, 부인은 거이 본능적으로 몸을 감추려 하며, 날카롭게 부르짖었는데, 그와 꼭 같은 순간에, 어지럽게 날치던 선생이 갑재기 픽! 하고 뒤로 나가 자빠졌다.

참으로 놀랍고도 해괴한 광경이었다. 대체 어떻게 된 영문인지 몰라, 방문을 닫은 뒤에 복도에서 기대리고 있노라니까 잠시 후에 부인이 옷을 추어 입고 나오더니

"부끄러운 꼴을 뵈서 죄송스럽습니다. ……. 주인은 지금 혼몽 상태에 드셨어요!"

하고 여니 때나 조곰도 다름없이 참착하게 말한다.

"또 발작이 일었습니까?"

나는 어떻게 물어야 좋을지 몰라, 그렇게 말하였더니 부인은 얼른

"각금 그렇시는걸요 머. 지금 보셨겠지만, 주인은 정신 이상이 생길 때면 각금 절 그렇게 때리신답니다. 주인이 제 몸을 구타하는 심정을 저도 모르지는 않아요. 저는 아직 젊었으니까, 제 젊음에 투기를 부리시는 것인데, 그러기에 저도 얼른 늙어 버렸으면 싶지만 아모리 애써도 몸이야 말을 들어 주어야지 않습니까. 안타까워하시는 모

양을 볼 때에는 저도 속이 타올라서 죽어라도 버릴까 하지만⋯⋯⋯."

그 말에 나는, 칠 년 전에 그들의 결혼식장에서 상상했던 비극이
또 한 번 머리에 떠올랐다. 아모러나 부부간의 비밀이므로 나는 섯불
리 대꾸할 수도 없어, 잠작고 먼 불빛으로 부인의 얼굴만 바라보았
다. 부인은 슬픈 표정을 지닌 채 잠시 얼굴을 수그렸다가 다시 입을
열었다.

"뇌진탕만 안 일으켰더라면 평생 화평하게 살어갔을 텐데 난데없
는 일이 생겨서⋯⋯. 아모러나 발작이 일어날 때마다 너무나 기를 쓰
셔서 아마 한 번에 몇 해식 감수를 하시는 것 같애요."
하고 부인의 음성은 차츰 눈물을 먹음어 갔다.

"그런 때면 너무 순종하시지만 말구, 한번 대항을 해보시면 어떨까
요? 너무 순종하니까 오히려 더 덤비게 되지 않을까요? 미친 사람은
이쪽에서 욱박지르기만 하면 꼼짝을 못하는 법이니까요."

"저두 그런 생각도 해 봤세요. 그렇지만 가뜩이나 불상하고 가엾어
보이는 분을 차마 어떻게 욱박지릅니까. 섯불리 욱박지르면 당장 질
겁을 해서 돌아가실 것도 같은데요."

내외간의 정리란 최후의 찰라에까지도 이렇게나 면면한 것이던가,
나는 국외자의 입장에서 무책임하게 지꺼렸던 것을 뉘우치는 동시
에, 사람으로서는 도저히 참기 어려운 폭력에 시달리면서도 끝까지
매를 맞고 있던 부인의 숭고한 정신에 새삼스러히 탄복하지 않을 수
없었다. 부인이 그처럼 모든 것을 명철하게 알어차려서 처리하는 데
야 나 따위가 이래저래 참견할 일도 아니므로, 나는 잠작고 부인을
바라보고 있었는데, 그러자 문득 선생은 발작이 일어날 때마다 몇 해

식 감수를 하는 것 같다 하던 부인의 말이 머리에 떠올라서, 어쩌면 부인은 남편의 수명을 계획적으로 단축시키기 위해서 일부러 모진 매를 그악스럽게 참고 백이는 것이나 아닐까 하는 의구가 머리를 스치고 지내갔다. 그러나 다음 순간, 그러한 의심은 현숙한 부인을 모독하는 데 지내지 않아 보여, 나는 당황히 인사를 하고 부인 앞에서 물러나왔다.

×   ×

날이 갈수록 선생의 발작하는 도ㅅ수는 점점 잦아 갔다. 처음에는 일주일만큼에 한 번식 일어나던 것이 달포가 지내는 동안에, 사오일이 머다 해서 시작되었고 나중에는 이틀에 한 번식은 으레히 벌어졌다. 거기따라 근자에는 역경을 읽을 기력도 없을 뿐 아니라, 몸은 그때마다 눈에 보이는 듯이 푹푹 축이 갔다. 그렇게 잦다가는 기어코 큰일을 채고야 말 것이 눈에 빤히 보이는 일이므로, 나는 하로는 부인을 내 방으로 오시래서 무슨 딴 도리를 강구하기로 하였다.

"현선생님이 무슨 좋은 방도를 좀 강구해 주세요. 속이 하두 상해서 저마저 미쳐 버릴 것 같애요."

이렇게 말하고 한숨지우는 부인은, 아닌 게 아니라 얼굴이 여간 빠지지 않았다. 통히 화장을 안 하는 때문이기도 하겠지만, 살빛조차가 검어 보이는데다가 눈이 골패 구멍처럼 올통해져서, 호된 병이라도 치르고 난 사람 같았다. 그 상태대로 얼마가 더 계속된다면 부인마저 미쳐 버릴지도 모를 만치 정신도 홀란해 보였다.

환자는 환자이기나 하려니와, 생떼 같은 사람이 허구한 날 잠 한 번 푸짐히 못 자고, 남편 구완에 심신을 쓰고 있으니 백여나지 못할 것도 무리는 아니었다.

그러나 선생과 부인이 함께 있어 가지고는 부인은 부인대로 쇄약해 가고, 선생은 선생대로 부인이 곁에 있으므로 해서 더욱 흥분해질 것이니 차제에 차라리 부인이 선생의 곁을 떠나 보는 것이 좋지 않을까 생각되여, 나는 거북한 대로 부인에게 그 뜻을 말하였다. 그러자 부인은

"주인을 위해서 좋은 일이라면 저는 금시라도 집에 가겠습니다만, 그분을 혼자 남겨 두기도 도무지 맘이 안 놓여요."

"인정상 응당 그렇시겠지만, 기탄없이 말씀드린다면 선생께서 자조 발작을 일으키는 진원(震源)이 사모님인지도 모르니까, 당분간 선생님 눈에 띠이지 않도록 해 볼 필요가 있을 것 같습니다. 발작이란 불안 정신—즉 동요하는 정신이 동요의 절정에 도달했을 때에 일어나는 현상일 터인데, 사모님이 눈앞에 없으시다면 정신 동요도 덜될 것 같고, 눈앞에 보지 않으면 자극도 덜할 뿐 아니라 잊어버릴 수도 있는 일이요, 인제는 맞날 수 없다는 일종의 단념에서 오는 안정감도 생길는지 모를 것입니다. 그렇게만 되면 차차 회복될는지도 모르죠."

"그렇다면 저는 오늘로라도 집으로 가겠어요."

부인은 서슴지 않고 결의를 말하였다. 그러나 정작 그렇게 결정해 놓고 생각하니, 언제 어떤 일이 생길지 모르는 판에 경솔하게 부인을 보낸 뒤에 만일의 일을 당하게 되면 랑패하지 않을 수 없으므로 나는, 부인더러 서울에 올라갈 것 없이 당분간 내 안해와 함께 거처하면서

선생의 눈에만 띄이지 않도록 하는 것이 어떻냐고 했더니, 부인은 그래 주면 더욱 고맙겠다고 하면서 사실 병인을 홀로 내쳐 두고 집으로 가기가 괴롭다고 그제야 자기 심정을 솔직히 토로하였다.

이야기가 결정된 뒤에 부인과 함께 일어서면서 문득 유리창 넘어로 밖을 내다보니, 어느 틈에 왔는지 선생이 유리문 밖에 서서 몸서리치게 지독스러운 시선으로 방 안에 있는 나와 부인을 번가라 쏘아보고 있었다. 그 순간 나는 인제는 나도 선생에게 의심을 받고 있다는 것을 번개같이 깨달았으나, 이왕 이렇게 된 바에는, 어떤 의심을 사든지 간에, 계획대로를 단행해 볼 결심을 먹었다.

그날 저녁상을 물리고 나서 부인은 일부러 선생 앞에서 옷을 갈아입은 뒤에 밤차로 서울로 올라갔다 오겠노라고 하며 방에서 나왔다. 선생은 별로 붙잡지도 않고, 멀거니 바라만 보고 있었다.

그러고 얼마 후에는 오래간만에 역경을 펴쳐 놓고 읽으므로, 계획이 이외로 성과를 거두게 되나 보다고 나는 은근히 기뻐하였다.

선생은 밤이 깊기까지 역경만, 읽고 있었다. 그날 밤부터 선생을 모시고 자게 된 나는 몇 번이고 선생에게 즈므시기를 권했으나, 종내 듣지 않으므로 자정 가까이 되어서 나는 먼저 잠이 들어 버리고 말았다.

얼마나 잤을까, 한참 달게 자다가 곁에서 무엇인가 씩씩거리는 소리에 걸핏 눈을 떠 보니, 선생은 이부자리 위에서, 부인의 잠옷을 부둥켜안은 채 화들화들 떨고 있었다. 또 다시 발작이 일어난 모양인데, 이번에는 목욕탕에서보다도 호흡이 더욱 거칠고, 몸을 떠는 진폭도 맹렬한데다가 입에서 흐르는 거품도 몹시 껄죽하였다. 알은 체한댔자 별수 없는 일이기에 나는 숨을 죽여 가며 바라만 보고 있노라니까, 선생은 신장대같이 떨면서도 부인의 잠옷을 코에 갔다가 흠 흠 하고 냄새를 맡고 있다. 그러다가 나종에서 더 참을 수 없는지 안타까이 몸부림치며, 흑흑흑 느끼더니 다음 순간에는 허ㅡㄱ 하고 급박히 호흡을 모두아 쉬며 그 자리에 푹 꼬꾸라졌다.

그 순간 나는 어떤 불길한 예감에 찔려, 벌떡 일어나며

"선생님! 선생님!"

와락 달려가 선생의 몸을 거칠게 흔들었으나, 선생은 부인의 잠옷에 코를 박은 채 이미 아모 이식도 없었다. 이제는 아모리 불러 보아야 대답할 수 있는 이 세상의 선생은 아니었다.

급보를 듣고 불이낳게 달려온 부인은 시체 곁에 두 무릎을 꿇고 살며시 앉더니 조곰도 당황해 하는 기색이 없이 몹시 침착한 태도로 선생을 편히 눕힌 뒤에 두 눈을 고요히 내리 감기었다. 그리고 망인의 두 손을 붙잡고 잠시 묵상에 잠기는 듯이 고개를 수그리고 앉았다가, 그 손을 제 가슴에 꼭 품어 앉더니, 그제야 흑흑 느껴 울기 시작 하였다.

×　　　　　　　　×

고당 선생의 최후는 참으로 기괴하고 비참하기 짝 없는 것이었다.

일생 동안 청춘이 어떤 것인지를 모르고, 애정을 금수의 야욕으로 밖에 생각지 않던 선생이 말년에 와서 애욕의 노예가 되여, 마츰내는 그 때문에 생명까지 빼았기게 되였다는 것은 히니꾸*하다면 히니꾸

* 히니꾸(ひにく): 얄궂음.

한 일이지만, 단순한 히니꾸라기보다는, 차라리 잊어버렸던 자기의 청춘에게 복수를 당한 것이라고 보는 것이 타당할 것도 같았다.

그가 그렇게나 최고 학문이라고 예찬하던 역학도 그의 운명에는 아모런 도음이 되지 못하였다는 것도 웃지 못할 히극이었다.

"모든 것은 운명이였습니다. 주인은 오늘부터는 마음 편한 날을 보내실 거애요."

한참 정신없이 울고 난 부인은 그제야 머리채를 풀어 헤친 뒤에 나를 돌아다보며 고요히 말하였다. 그리고 그렇게 말하는 부인은 오늘의 비애 역시 피치 못할 자기의 운명인 것처럼, 그 운명에 양순히 순종하려는 듯이 가만히 한숨을 깨물어 버린다.

그렇다! 운명 — 모든 것을 운명으로 돌릴 수밖에 없는 참으로 기괴하고 비참하기 짝 없는 선생의 말년이었다.

'운명! 운명!'

나는 부인이 알으켜 준 그 한마디를 무슨 주문이라도 외이듯이 입속으로 중얼거리노라니까 그제야 두 눈에서 눈물이 펑펑 쏘다져서, 고요히 시체 앞에 엎드리며 소리 없이 울기 시작하였다. (丁亥 一月 十日 稿)

파계승(破戒僧)

소년이 일곱 살이던 해 봄 과부 어머니가 정부(情夫)를 달고 밤도망을 쳤다.

몇 날을 두고 거리에서 울며 방황하던 소년은 때마침 지내가던 노승(老僧)의 구원을 받아 산으로 들어와 도를 닦은 지 어언간 이십오 년이 되었다. 그 이십오 년 동안을 소년은 하로같이 불경 공부에 부지런하였다. 그리하야 이제는 설흔두 살의 젊은 중 허주(虛舟)는 불법(佛法)에 효통(曉通)하기로 팔도에 이름이 높았다. 늙은 승려들조차가 허주의 가르킴을 받으려고 천 리를 머다 않고 찾아오는 일도 두간하였다.

허주가 기거하는 절에서 고개 하나 넘으면 백련암(白蓮庵)이라는 암자가 있다. 그 암자의 주인은 공담(空潭)이라는 육십 가까운 여승(女僧)이었다. 그는 이미 십오 년 전에 입산하여 이제는 오로지 참회와 수도로 고요한 여생을 보내고 있었다.

어느 날 허주 대사는 지나는 길에 불공을 드리려고 백련암에 들렀다.

"나무아미타불! 나무아미타불 관세음보살!"

허주가 부처 앞에 꾸러 엎드려 합장 배례하며 불경을 외이고 있는 동안, 공담 여승도 그 뒤에 합장하고 서서 입속으로 념불을 따라 외 였다.

불공이 끝나자 허주 대사는 고요히 일어서서 법당을 나오다가 우연 히 공담 여승과 시선이 마조쳤다. 그 시선과 마조치는 순간 언제나 가 을 하늘같이 맑던 허주 대사의 마음에 홀연 정체 모를 미혹(迷惑)의 구 름이 떠올랐다. 아모런 물상을 대하드라도 마음 흔들리는 법이 없던 허주 대사였건만, 웬일인지 그 순간만은 눈앞에 검은 구름이 껴 보였 다. 그 구름은 허주의 마음을 따뜻하게 싸 주는 구름 같기도 하였다.

"나무아미타불! 나무아미타불! 나무아미타불!"

허주 대사는 사기로운 상념을 떠러버리려고 연방 념불을 외이면 서 백련암을 나와 산길을 걸었다. 그러나 공담 여승의 시선에서 받은 미혹의 구름은 좀처럼 떨처지지 않았다.

공담 여승은 일찌기 일곱 살짜리 아들을 버리고 정부와 함께 밤도 망을 쳤던 허주의 어머니였다. 이미 이십오 년이 경과했고 보니 어머 니가 아들을 알아볼 수 없었고 아들 역시 어머니를 알아볼 수 없었건 만 허주 대사가 공담 여승의 얼굴을 일별하는 순간에 받은 마음의 미 혹은 컸다.

"나무아미타불…. 나무아미타불!"

허주는 눈을 감은 채 산길을 걸으며 줄곳 념불을 외였다. 허나 념 불을 외일수록에 마음은 장마 전 여름 하늘같이 어지러워만 갔다.

"허— 약견제상비상 즉견여래(若見諸相非相卽見如來)*라고 하였는데—"

---

* 약견제상비상 즉견여래(若見諸相非相卽見如來) : 만약 모든 형상을 형상이 아닌 것으로 보 면 곧 여래를 본다.

허주 대사는 제 수도가 아직도 멀었음을 문득 깨달았다. 공담 여승을 보자 제 마음에 일어나는 번뇌의 인과 관계를 허주 대사는 도무지 알 길이 없었다. 그것은 오직 수도가 부족한 탓이라고만 생각하였다.

"공담…. 여승…. 여자…. 속계…."

이렇게 마음속으로 생각하던 허주 대사는 문득 깨달은 바 있어, 고개를 크게 끄덕이었다. 지금까지 허주는 속계를 너무도 모르고 있었던 것을 문득 깨달았던 것이다. 공담 여승의 얼굴이 허주의 마음을 흔들리게 한 것은 아직도 그 얼굴에 깃들어 있는 속계의 띠끌 때문이리라 싶었다.

산중 수도로서는 이미 대오(大悟)의 경지에 도달한 허주 대사— 이제는 몸소 속계에 뛰어들어 속계의 번뇌와 싸호는 것이 앞으로 걸어가야 할 길일 것만 같았다.

옛날부터 여인은 오장*지죄인(五障之罪人)이라고 해서 여인금제(女人禁制)의 령까지 받어 오거니와 그 죄악의 세계에 스스로 몸을 처하여 모든 죄악과 싸워 나가는 것이야말로 참된 대오의 수도요 고행다운 고행이리라 싶었다.

절로 돌아온 허주 대사는 서산에 누엿누엿 저므는 노을을 바라보며 바랑을 매고 표연히 고행의 길을 나섰다.

"대사! 어디를 가시요?"

다른 승려들의 질문에 허주 대사는 뒤도 도라다보지 않고 간단히 대답하였다.

---

* 오장(五障) : 수도하는 데 방해가 되는 다섯 가지 장애.

"산을 나가오….."

"산을 나가시다뇨."

"산을 나가오….."

젊은 중 허주는 다시는 돌아오지 못할 절을 뒤로 등지고 산길을 수 영수영 걸어 내려왔다. 멀리서 은근히 울려오는 저녁 예불종(禮佛鐘) 소리를 고요히 들으면서…….

노안대경(老顔對鏡)

　해마다 세모 무렵이 되면 연희는 현의 토정비결을 보아다 주는 버릇이 있었다. 십여 년 내로 같은 일을 되풀이하는 동안에 어느덧 약속 없는 관습이 되어서, 현은 어제는 거리에서 새해의 달력 책이 눈에 띄일 때면 불현듯 연희를 그리워하게까지 되었다.

　운수를 보아다 주는 연희나, 그 운수를 보고 즐거워하는 현이나가 무어 토정비결 따위를 반드시 믿어서라기보다도 차라리 지금에 이르러서는 오랫동안 사괴여 온 중년 남녀의 고요한 애정의 표현이었다.

　연희는 독신이지만 현은 고향에 안해와 자식이 있는 몸이므로 둘이 감정에만 이끌려 물불을 헤아리지 않기에는 사십 줄의 분별이 앞섰고, 그렇다고 생판 남남지간이라기에는 허락된 마음의 거리가 너무나 가까운 사이였다. 이를테면 중년 남녀 간에만 있을 수 있는 불측불리의 담박한 애정의 교환을 무언중에 즐기고 있는 그들이었다.

　"새해 운수는 어떻습되까?"

　연말 가까운 어느 날 연희가 찾아왔을 때 현은 웃으면서 물었다. 연희도 역시 따라 웃으면서

"보기는 봤어요. 그렇지만 새해 운수는 새해에 봐야 좋다니까 정초에 책을 갔다 들일 테니 직접 한번 보세요."

"괘가 그리 좋지 않은 모양이구료? 나쁜 괘가 새해에 본다구 좋아질 수도 없는 일이니 봐 왔거든 내놓으세요."

"글세요."

"접때 행길에서 친구를 기대리다가 하두 지루하기에 마침 옆에 앉어 있는 점쟁이한테 한 번 봐 봤는데 그때도 좋지 않았는걸요."

"어쩌면 현선생이 행길에서 그런 걸 다 보세요. 저두 정말 먹기에 곤란하면 토정비결 한 권을 들고 거리에 나앉아서 점쟁이가 될까 하는데 꽤 먹어 갈까요?"

"하하하……. 그야 먹어 가구말구요."

현은 너털웃음을 웃으면서 연희가 정말 점쟁이가 된다면 누구보다도 위선 현 자신이 연희를 만나기 위해서 아침저녁으로 점을 치러 가게 될는지 모른다고 생각하였다.

"현선생 운수를 봐 오기는 봐 왔는데 그리 좋지가 못해요."

하며 연희는 흰 봉투를 현에게 내밀어 준다. 현은 봉투에서 점괘를 꺼내여 말없이 읽어 보았다.

견이불식, 화중지병(見而不食, 畵中之餠).

역수주행, 노신무공(逆水舟行, 勞身無功).

소주입랑, 부지안위(小舟入浪, 不知安危).

노안대경, 반시란심(老顔對鏡, 反是亂心).

"해일(解日) 되지 않을 일에 욕심을 부리니 마음이 항상 불안하고 괴롭기만 한 괘, 하하하…. 좋은 괘는 아니지만 맞기는 맞는가 보군요."

현은 무엇이 어째서 맞는다는 이유도 말하지 않고 건성 서글픈 우슴을 웃었다. 현의 심정을 속속들이 꿰뚫고 보는 신(神)이 존재해서 연희에게 대한 현의 심정을 점괘로서 신날하게 비웃는 것 같았기 때문이었다. 그러나 그러한 심정을 알 턱없는 연희는 까닭 모를 우슴에 어리둥절한 채 현을 바라보고만 있었다.

"역수주행(逆水舟行)하니 노신무공(勞身無功)이요, 소주입랑(小舟入浪)에 부지안위(不知安危)도 그럴듯하지만, 마지막에 가서 노안대경(老顔對鏡)하니 반시란심(反是亂心)은 너무나 처량한걸요, 내가 어느새 이렇게 늙었던가요?"

하고 현은 쓸쓸히 우스며 손을 들어 머리를 쓸어 넘겼다.

"반드시 늙으셨다는 의미는 아닌 거 않애요."

하고 연희가 말하여

"그야 그렇겠지만, 노안대경(老顔對鏡)에 반시란심(反是亂心)은 틀림없는 지금의 나의 심정을 간파한 문구인 것 같군요. 하하하…."

현은 멋없이 호들갑스럽게 우섰다. 연희는 영문을 모르면서도 왜 그런지 눈물겨워서 어릿광한 시선으로 현을 그윽히 바라보았다. 눈물 먹음은 연희의 눈을 마주 보며 한바탕 웃어 대는 동안에 현의 웃음소리는 차차로 무슨 즘성의 소리처럼 처량해 가더니 마츰.*

---

* 이 소설은 '…마츰.'으로 끝나는 열린 서사 구조를 취하고 있다.

향로(香爐)

　서재의 아침 소제를 끝낸 은경은 남편 책상 앞에 살며시 꿇어앉으며 머리에 썼던 수건을 버섰다. 마즌편 벽 거울에 빛이는 초여름의 푸른 하늘에 흰 구름이 한두 점 한가로히 떠돌고 있어 가슴 설레이도록 상쾌한 기분이었다. 아이 없는 은경에게는 아침마다 남편의 서재를 깨끄시 치이는 것이 안해로서의 가장 즐거운 일과였다. 게으른 남편을 단장을 들려 가까운 공원으로 내몰고 나서 책상 우에 놓인 문방구와 골동품의 몬지를 하나식 정성스럽게 떨어 가노라면 남편의 애정이 그대로 가슴속에 안개처럼 숨여들었다. 그렇게 즐거운 일과를 마치고 났을 때 은경은 말할 수 없는 행복을 느낀다. 십 년이 넘는 결혼 생활에 말다툼 한 번 없었던 행복을 웨처 자랑하고 싶은 것도 그런 때의 일이었다. 이 넓은 세상에서 마음 편히 앉어 있을 수 있는 곳은 오직 남편의 서재뿐일 듯싶었고, 책상 앞에 앉어서 고요히 귀를 기우리고 있으면 눈에 보이는 모든 물건들이 무엇인가 제게만의 행복 된 비밀을 속삭이고 있는 듯도 하였다.

　맑은 물이 넘실거리는 어항 속에서 두 마리의 금붕어가 서로 꼬리를 치며 돌아가고 있는 것도 무슨 행복의 상징같이 느껴졌다. 헤엄치는 금붕어를 한동안 바라보고 있던 은경은 이윽고 그 옆에 놓여 있는 향노로 시선을 옮겼다. 은경이가 여자로서 골동품에 대한 풍부한 견식을 갖게 된 것도 날마다 서재를 소제하는 동안에 부지불식간에 남편의 취미에 따라 쌓여 올린 교양이었다.

향노를 그윽히 바라보고 있는 은경의 눈에는 차츰 황홀한 빛이 떠돌기 시작하였다. 고려 말엽에 제작되었다는 그 청자 향노는 허다한 골동품 중에서도 남편이 가장 귀해 하는 일품(逸品)이었다. 시까로 치면 아모리 헐잡아도 오십만 원짜리는 되리라고 남편이 입버릇처럼 자랑하는 보배였다.

공간의 일부분을 고요히 차지하고 있는 향노의 아담하고도 그윽한 양자! 푸르족족하면서도 중천의 창창하고 겸겸한 빛깔이 아니라, 지평선 가까운 하늘의 부드러운 연두 빛인 것이 마음을 한정 없이 침착케 하였다. 선려한 선과 단아한 기품이란 말로는 다할 수 없어, 고요히 바라보고 있으면 조화된 정서의 선률이 잔잔한 물소리로 흘러 신비를 읊조리고 있는 듯하였다. 더구나 그 푸른 빛깔 속에는 남편의 다정한 시선이 풀려 있는 듯해서 은경은 더욱 그윽한 마음이었다.

남편은 이 향노를 완상할 때만은 곁에 있는 안해의 존재조차 잊어버리군 하였다. 신혼 시대의 즐거웠던 밤에도 남편은 각금 향노의 아름다움에 도취해서 은경을 무한한 고독에 떠러트렸던 추억이 문득 머리에 떠올랐다. 서재에 놓여 있는 온갖 것이 모두 결혼 후에 마련된 것들이지만, 오직 이 청자 향노만이 결혼 전부터 남편의 애정을 받아 왔다고 깨닫자 은경은 불현듯 시앗을 본 듯한 느낌에 마음이 어지러웠다.

'신혼의 즐거웠어야 할 시간에 남편의 애정을 이 향노에게 빼앗기고 나는 그 얼마나 외로워하였던가?'

'사랑하는 여인의 눈동자를 바라보듯, 향노에 그윽한 시선을 붓고 있는 남편을 발견했을 때마다 나는 얼마나 적막감을 느꼈던가?'

은경은 무심중에 입설을 가볍게 깨물며 향노를 노려보았다. 완벽에 가까울 수 있은 자기네 부부간의 행복이 그 때문에 작금 부서졌다고 생각하니 눈앞에 놓여 있는 향노가 한 개의 골동품이기보다는 오히려 그 무슨 애정을 빼앗는 생명체같이만 느껴졌다. 더구나 바라보면 바라볼수록에 정신을 황홀케 하는 그 찬란한 아름다움은 은경의 마음에 설명할 수 없는 자극을 주었다.

그냥 내버려 둘 수는 없도록 향노의 아름다움에 자기 자신의 정신마저 빼앗겨 감을 깨달았을 순간, 은경은 거이 무의식적으로 책상 우에 놓여 있는 라이터—를 들어 향노를 향하야 휙 내던졌다. 그리고

"쟁겅!"

하고 무엇인가 부서지는 소리가 나자 은경은 눈앞이 캄캄해 왔다. 가슴이 철렁하고 소리 내여 내려앉으며 무섭게 뛰놀았다. 몸이 깊은 구렁에 뚝 떨어지듯 정신이 아찔하였다.

공포와 전률의 몇 순간이 지난 후에 간신히 눈을 떠 보니 책상 우에는 난데없는 물이 중경하게 고였고, 그 옅은 물속에서 두 마리의 금붕어가 단말마적 고통에 필사적으로 팔닥거리며 뛰고 있었다. 향노가 아니라 어항이 부서졌던 것이다.

은경은 향노가 무사했음을 깨달았을 순간 안도에 가까운 한숨을

내쉬려 하였다. 그러나 그것은 극히 짧은 순간의 타산적 감정이었을 뿐이고, 최후의 운명에 절박한 두 개의 생명체가 생명의 구원을 얻으려고 혼신(渾身)의 힘을 다하여 못 견대도록 안타깝게 팔딱거리며 몸을 허공에 솟았다가 무참히 땅에 떨어지군 하는 처참한 광경을 눈앞에 목도했을 때 은경은 마치 자기 자신의 생명이 단말마적 고통에 허덕이고 있는 것같이 가슴이 두근거리며 호흡이 급박해 왔다. 그래서 절박한 생명을 한시바삐 구원해야겠다는 생각에 마음은 변으로 초조해 왔으나, 다른 한편으로는 회복할 수 없는 큰일을 저질렀다는 공포심에 작구만 정신이 휩쓸려서 어찌할 바를 모르는 채 벌벌 떨기만 하다가 은경은 마츰내 미치는 사람처럼 두 손으로 얼굴을 콱 감싸며 으악! 하고 소리 내여 부르짖을 뿐이었다.

원죄(原罪)의 사람들

　현은 여자가 좋았다. 아모리 못난 여자라도 사괴고 보면 어딘가에 폭은하게 안어 주는 따뜻한 촉감이 느껴지기에 부락스러운 사내들 끼리보다는 역시 이성이 좋았다. 어느 여성에게서나 거이 본능적으로 아름다운 점을 얼는 발견해 내는 의미로 본다면 현은 페미니스트인지도 모른다. 그러나 여자는 정도의 차이는 있을망정 모두가 한결같이 간악하다는 것도 현은 알고 있다. 간사한 우슴과 요염한 교태로 항상 사내들을 속이고 또 환경의 변화에 따라서는 언제든지 매춘부가 될 수 있는 소질을 여자들은 선천적으로 타고낫다는 것도 알고 있다. 그것은 이브의 전설 이후로 여성들이 숙명적으로 몸에 지니고 있는 죄악의 근원이다. 그 숙명적인 원죄(原罪)를 미워하는 의미로 본다면 현은 여성 증오자다. 허긴 언제나 나비처럼 나불나불 날라다니며 숙명적인 죄악의 씨를 뿌리기 때문에 여자를 좋아하는지도 모를 일이지만 현은 정숙한 부인이라는 것을 인정하지 안는다. 만약 진실로 정숙한 부인이 있다면 그것은 축복 받은 환경의 덕택이거나 그렇지 않으면 철두철미 가면을 쓰는 위선일 밖에 없다고 믿는다. 사실 현이, 사괴어 온 여자들은 한결같이 십계명의 범죄자였다. 가령 예들 들어 본다면 어떤 여자는 인제 겨우 여학교를 졸업한 나이밖에 안되건만 영화관에서 돌아오는 길에 어두운 골목으로 접어들자 별안간에 무엇인가 놀란 듯이 소스라치며 현의 어깨에 매달려 갑분 숨을 쉰 일이 있었다. 또 어떤 여자는 먼 밤길을 찾아와서 묻지도 안는 신세 타령을 밤새껏 늘어놓은 뒤에 헌신짝같이 몸을 내맡긴 일이 있었다. 또 어떤 여자는 생소한 곳에서 우연히 만난 것을 전세의 인연이라고 말하고 나서 저므는 객창(客窓)에 애연히 기대여 서서 빗속에 들려오는 음악에 망연히 귀를 기우리며 한숨지운 일이 있었다.

또 어떤 여자는 소설이라도 꾸미듯이 제 이야기를 길게 늘어놓다가 문득 밤이 깊어진 데 놀라 서글픈 표정으로 입설만 깨무는 일이 있었다. 또 어떤 여자는 가정불화를 한바탕 털어놓고 나서 아이 내가 왜 현선생께 이런 말슴을 했을까! 하고 뉘우치는 듯한 빛을 보이며 눈물지우는 일이 있었다. 또 어떤 여자는 만날 때마다 살뜰이 반가운 낯색을 하며 일간 선생님 댁에 꼭 한 번 찾아가 뵈겠어요 하고 몇 번이고 같은 약속을 되푸리하는 일이 있었다. 또 어떤 여자는…. 또 어떤 여자는…. 그러다 모든 여자들은 다음에서 다음으로 현을 떠났다. 현을 부두(埠頭)에 비긴다면 여인들은 항구에 드나드는 배와 같다고나 할까? 제각기 부려 놓아야 할 감정의 짐을 부려 놓은 뒤에는 아모런 미련도 없이 부두를 떠나갔다.

그러므로 현은 정숙한 여자라는 것을 인정하지 않는다. 세상의 남편들은 자신을 위해서도 안해에게 만약에라도 불륜(不倫)을 한 것이 있다고 해서 그런 것에 놀라고 격분한대서는 사내의 위신 문제라고 생각한다. 그러나 정숙한 여인의 존재를 부인할 때마다 현은 이상하게도 반드시 한 여성이 연상되었다. 스물두 살이던 때의 일이다. 현은 어떤 가정부인에게 사랑을 고백한 일이 있었다. 그것은 오 년 넘어 사모해 오다가 더 참아내야 참을 수 없는 결과였다. 현의 고백에 부인은 깜짝 놀라며 어린 연인의 손을 붙잡고 가엾은 눈으로 현을 바라보았다. 그 후 부인은 사랑을 받아드리는 듯이 가끔 말없이 현의 품에 안겼다. 그렇게 얼마가 지난 어느 날 부인은 현의 어깨를 가만히 감싸 안고 이렇게 말하였다.

"당신의 고백을 들었을 당시에는 그저 당신이 가엾기만 했는데 몇 날 후부터는 저도 당신을 사랑하게 됐어요. 그러나 그것은 꼭 사흘뿐이었어요. 그 사흘 동안은 미칠 듯이 당신이 그리웠어요. 저는 정말 미치는 줄 알았어요. 그렇지만 저는 당신을 사랑해서는 안될 몸임을 나흘 만에 깨닫고 완전히 자신으로 돌아왔어요. 그리울 때에는 미칠 것만 같더니 정작 자신의 처지를 깨닫고 나니까 몸이 날듯이 가벼웠어요. 정말 이번 일은 누구나 다 반드시 한 번식은 치러야 하는 정신의 홍역이었던지도 몰라요. 그러기에 홍역을 치르고 난 이제는 당신이 아모리 절 생각해 주신대도 전 다시는 당신을 생각지 않게 될 거요. 너무 냉혹한 듯하지만 그것이 남의 안해로서의 제가 걸어가야 할 길이니까 용서하세요. 네."

하고 부인은 고요한 어조로 말하였다.

현은 그 후로도 많은 여자들과 사괴었으나 한 여성과의 만나고 헤여짐이 있을 때마다 이상하게도 반드시 그 부인을 생각하게 되었고 세상에 만약 정숙이라는 것이 있을 수 있다면 그때 그 부인의 태도야

말로 참다운 정숙이였으리라고 깨달았다. 웨냐하면 부인은 여자들이 숙명적으로 몸에 지니고 있는 원죄를 최소한도에서 방어했기 때문에.

눈물

　지방 홍행을 나갔던 비극 배우가 항구의 거리에서 계집을 샀다. 연인처럼 영절하고 다정한 계집이었다. 나히는 스물하나이라지만, 열대여섯의 소녀같이 애뙈 보였고, 한다는 짓이 도시가 천진스러웠다. 상글상글 웃을 때마다 두 뺨에 옴목옴목 패이는 우물이 물어 빨고 싶도록 귀여웠다.

　행복에 겨운 하룻밤이었다.

　그러나 날이 밝으면 젊은 배우는 일행과 함께 다시 배를 타고 다음 항구로 홍행의 길을 떠나야만 하였다.

　"너같이 귀여운 아이가 왜 하필 이런 항구처로 굴어 떠러졌니?"

　이별을 아끼는 비극 배우는 끝없는 정을 나누며, 서글픈 시선으로 여인에게 물었다.

　"글세요. 왜 하필 이런 항구처에까지 굴어 왔을까요? ……."
하고, 여인은 가벼운 애상에 잠기며 아득한 추억을 더듬는 듯했다가

　"진정으로 사랑하던 사람이 이 항구에서 배를 타고 멀리로 가 버린 댐부터 공연히 항구가 그리워서였어요."

"허ㅡ. 그럼, 너는 애인한테 버림을 당한 셈이게."

"아니애요! 그런 박정한 사람은 아니었어요. 여간 다정한 분이 아니었다우."

"다정한 사람이 왜 사랑하는 너를 버리고, 멀리로 달아났을구?"

"내가 돈에 팔리게 되니까 홧김에 집을 떠나 버렸죠. 머…. 얼굴이 당신과 비슷한 데가 있는 분이었다우?"

"허…. 그 말이 났으니 말이지 너두 옛날의 내 애인과 닮은 데가 있어."

"그래요? 어디 가요?"

턱을 반짝 들며 다급스럽게 묻는 여인의 얼굴에는 생기가 뛰였다.

"인정 많구 연삽삽한 점이……. 뺨에 귀여운 우물이 지는 것두 그렇구….."

"그래 그분은 어떻게 됐어요?"

"결혼한 지 석 달 만에 죽어 버려서!"

"아이구나 불상하게두……. 옳아 그래서 당신이 비극 배우가 되셨군요?"

"글세……. 그런지두 모르지."

"어제밤에 나두 연극 구경을 갔드랬는데 당신이 무대에서 우는 것을 보구 나두 슬퍼서 울었다우."

"음ㅡ. 무대에서 우는 건 전부 시바이*라는 것두 모르나?"

"그럼 어때요. 나만 정말 슬펐으면 그만이지! 배 떠나는 고동 소리만 들어두 나는 눈물이 나는걸요 머."

* 시바이(しばい) : 연극, 속임수.

"낼 아침에 나 탄 배가 떠날 때에두 울어줄 텐가?"

"글세 어떻게 될까?"

여인은 고개를 갸우려 약간 생각하는 포-즈를 지었다가 이내 얼굴을 까댁거리며

"울 것 같애! 정말 울게 될 거야! 당신을 위해서 울어 드릴께요. 네!"

"그렇게 맘대로 울 수 있다면 비극 배우의 소질이 있게"

"그것과는 다르죠 머. 비극 배우는 거짓 울음을 잘 울어야겠지만 난 거짓 울음은 울 줄 모르는걸요 머. 그러기에 나는 연극 중에서는 비극을 좋아하지만 비극 배우는 싫어!"

"왜 어째서 비극 배우가 싫은구?"

"사람은 기쁜 일이거나 슬픈 일이거나 진정에 부닥쳤을 때에는 눈물이 절로 나오잖어요? 그렇게만 비극 배우만은 우는 것조차 거짓말쟁이니깐 싫지 뭐애요."

"허— 그럼 너는 내가 싫단 말이냐? ……. 나는 네가 좋아서 이 항구를 떠나고 싶지 않은데…….."

"아—주……. 그것두 연극의 한 토막이세요? 쎄리포를 외이는 셈 치구 그런 말을 하시는 거애요! 그러니까 비극 배우는 싫다는 거죠 머."

"아니아 진정이다! 아모리 비극 배우기로 제가 진정으로 좋아하는 여자에게 누가 그런 연극을 한단 말이냐."

하며 젊은 비극 배우는 여인의 어깨를 힘차게 잡아 흔들며 호수같이 맑은 눈동자를 그윽히 바라보았다.

"그렇지만 당신은 조곰도 슬퍼하지 않는걸요 머. 나는 이렇게 눈물이 솟아올라서 못 견대겠는데—"

그렇게 말하며 사나히의 눈을 말끄럼히 마주 쳐다보는 여인의 두 눈에는 눈물이 안개같이 어리어 있었다.

"울긴 왜 우는 거야! 꼭 울어야만 진정인가? ……. 이봐! 나는 너를 이렇게 사랑하는데—"

하고 사나히는 여인을 열렬히 포옹하였다.

불덩이같이 뜨거운 입술이었다.

여인은 행복에 도취한 듯 미소 띄인 눈을 가느다렇게 떠서 사나히를 그윽히 쳐다보다가 문득 소스라치게 놀라며

"그렇지만 이 밤이 새면 당신은 배를 타구 다음 항구로 떠나고 말 걸 뭘!"

하고 원망스럽게 호소하였다.

"안 갈 테야! 너를 두고 가긴 어딜 간단 말이냐?"

비극 배우는 굳게 결심한 듯이 단호한 어조로 말하였다.

"정말?"

하고 따져 묻는 여인의 얼굴에 불현듯 꽃송이 같은 기쁨이 흐터진다. 웃음 띄인 뺨에서 눈물조차 흘러내렸다.

"정말 안 갈 테애요?"

"정말 안 간대두 그러네!"

"정말이라면서 당신은 왜 울질 않는 거애요?"

"울긴 왜 우느냔 말야. 글세! 나는 너무나 기뻐서 가슴이 이렇게 터질 지경인데—"

하며 사나히는 제 심장의 고동 소리를 들려주려는 듯이 여인의 머리를 와락 끌어당겨서 가슴에 품어 안았다.

사나히의 심장은 짜장 기관차처럼 힘차게 울렁거리고 있었다.

"아— 아— 당신 심장이 정말 터질 것같이 맹렬히 뛰놀고 있어! 이 소리 좀 들어 봐요! 정말이야! 정말이야!"

소녀같이 사나히의 가슴판에 귀를 파묻으며 얼굴을 치켜들어 올려다보는 여인의 눈에서는 하염없는 눈물이 방울방울 흘러내렸다. 흥에 겨운 감격의 눈물이었다.

그 눈물을 보자 사나히 역시 웬일인지 까닭 모를 눈물이 별안간에 핑 돌더니 다음 순간부터는 작구만 펑펑 솟아올라서 미처 걷잡을 수가 없었다.

사나히는 여인을 힘차게 껴안으며 그 머리 우에 얼굴을 파묻고 소리 없이 울었다. 비극 배우로 행세하는 지 오 년 만에 처음으로 울어 보는 진정한 울음이었다.

사나히는 울면서 여인의 귓가에 대고 이렇게 속삭이었다.

"자— 어서 짐을 꾸리라구! 새벽 기차로 이 항구를 영영 떠나 버리게!"

사랑의 집

　숙직한 이튿날 아침, 일직암치 집에 도라온 현수는 조반을 이만저만 걸치고 나서 밥 먹은 그 자리에 두 다리를 쭉 뻣고 누으며 느러진 하품을 하였다.

　"아이, 어린애들처럼 밥 자리엔 왜 눕수? 어제밤에도 잘 못 주므셨우?"

　밥상머리를 지키고 앉었던 안해 남희가 찬그릇 뚜껑을 씨우면서 말하였다.

　"응. 한잠두 못 잣는걸. 아이 졸려!"

　현수는 기운 없이 대답하며 눈을 부빈다.

　"하롯밤쯤 못 즈므셨기로 뭘 그렇게……. 인제 한잠 푸짐히 즈므세요. 자리 깔아 드릴께!"

　밥상을 물린 뒤에 남희는 이내 바람 잘 통하는 대청에 이부자리를 깔았다. 안방에 누어 있는 남편을 안어 일으켜서 이부자리 우에 데려다 눕히며

　"자— 한잠 늘어지게 즈므세요. 바람이 시언해서 잠이 절로 올께야."

　하고 고사 겹이불을 현수의 허리께에 걸처 주다가

"참, 당신 즈므시는 동안에 나 백화점에 잠간 댕겨올 테야."

"백화점엔 왜?"

"백화점에서 말야, 오늘부터 특산품 전람회가 열린대. 그래서 옆집 순옥 어머니하고 오늘 가치 구경 가기로 했어요. 즉매(卽賣)도 한다니까 혹시 싼 거 있거든 사 올께요."

"츠! 맘대로 하구료."

남희는 이내 옷을 가러입으려고 안방으로 들어갔다.

이윽고 생모시 조고리에 옥색 모시 치마로 초여름다웁게 말쑥하니 채린 남희가 대청에 다시 나타났을 때에는 현수는 이미 잠이 들어 버렸는지 눈을 감은 채 잠잠하였다.

남희는 남편의 곁으로 가 잠시 그 얼굴을 물끄럼히 내려다보다가 현수의 이마에 내리덮인 머리칼을 조심히 쓸어 넘겨주며

"그럼, 댕겨올께요."

하고 혼자말 비슷이 중얼거렸다.

그리고 막 일어서려는데, 자는 줄 알았던 현수가 문득 졸리는 눈을 무겁게 뜨더니 빙그레 웃으면서 두 손을 내밀어 포옹을 요구한다.

"멀 그래! 어서 즈므시지 않구. 나, 얼른 댕겨올께요."

남희는 어린애 달래듯 미소 띄인 눈으로 남편을 약간 놀려 주었다.

"한번만……."

"싫어, 싫어, 싫어……."

남희는 어린애 모양으로 몸부림을 치고, 고개를 살랑살랑 흔들며 남편의 요구를 잠시 거부해 보다가 다음 순간에는 쓸어지듯 현수의 품 안에 몸을 내맡겼다.

서로 사랑하고, 서로 믿고 살아가는 두 사람 사이였다. 현수는 자기네 집을 '사랑의 집'이라고 부른 적도 있었다. 둘이 다 첫 번 결혼에 실패한 사람들이니만치 마음에 상처를 입은 두 사람은 남 유달리 서로의 애정에 몸을 의탁하였다.

현수는 결혼한 이듬해에 안해가 딴 사내와 다라나 버렸고, 남희는 강경구라는 사람의 후실로 들어가서 가진 방탕한 남편에게 가진 구박을 다 받다가 삼 년 만에 기어코 헤어지고 말았다. 그렇게 해서 현수와 남희는 꼭 가치 결혼 생활에 쓰디쓴 경험이 있었다.

그 후 현수는 오 년 가까이 독신으로 지내다가 우연히 남희를 알게 되었다. 초혼에 실패한 남희는 일생을 독신으로 지낼 작정으로 모 회사에 여사무원이 되었던데, 둘이 서로 알게 된 것은 그 무렵의 일이었다.

현수는 한 번 남희를 만난 뒤로는 도무지 그를 잊을 수가 없었다. 오랫동안 혼자 맘을 태우다가 마츰내 친구를 통하여 구혼을 했으나, 거절을 당하고 말았다. 허나 현수는 도저히 단념할 수가 없어서 하로는 직접 남희를 찾어갔던 것이다.

물론 그때에도 남희는 혼인을 거절하였다. 그러나 현수가 하두 달떠 하니까 그 열정에 감동했던지, 남희는 마츰내 제 과거를 쫘악 이야기하고 나서, 그래도 좋다면 결혼하겠다고 하였다.

그렇게 해서 결합된 그들은 일 년이 넘는 오늘까지 누구 부럽지 않게 행복스러운 살림을 계속해 오는 사이였다.

×   ×

남희가 나간 뒤에 어렴풋이 잠이 들었던 현수는 돌연

"이리 오너라!"

소리에 눈이 번쩍 띄여졌다. 현수는 귀찮은 표정을 하며 마지못해 문간에 나가 보니, 모시 주의에 헬멭을 쓴 중년 신사가 서 있었다.

"누굴 찾으십니까?"

현수는 문득 초라한 제 행색과 대조되는 그 신사의 위풍에 약간의 위압을 느끼며 물었다. 그 신사는 현수의 행색을 낫낫이 살펴보다가 정중한 어조로

"잠간 한 말씀 여쭙겠읍니다. 이 댁에 혹시 오남희 씨라는 분이 사시지 않으십니까?"

하고 뭇는다. '오남희'란 물론 현수의 안해를 일음이다.

"그렀읍니다. 무슨 일이신지요?"

"네, 잠간 좀 뵙고 부탁할 일이 있어서……."

현수는 불쾌하기 짝 없었다. 이 사내가 대체 어떤 존재이길래 남편인 나를 무시하고 직접 안해를 만나려고 하는 것인가. 그러나 현수는 가까수로 태연을 꾸미며

"지금 외출하고 없읍니다. 오남희는 내 안해되는 사람인데, 무슨 용무신지? …"

"아 그러십니까? 그럼 노형이 김현수셉니까? 이거 미처 못 찾어뵈서 죄송합니다. 나, 강경구라고 합니다."

하고 그는 그제서야 모자를 버스며 인사하였다.

"아, 강경구 씨!"

현수는 얼결에 감탄하듯 말하였다. 강경구는 남희의 전남편으로,

이름만은 현수도 전부터 기억하고 있었던 것이다.

"이렇게 돌연 찾어와서 실례했읍니다."

하고 그는 새삼스러히 사죄하고 나서

"김형을 먼저 찾어뵙고 양해를 구해야 할 일인 줄 알면서 한 번도 만나 뵌 일이 없어서 실은 부인께 부탁하려는 것은 다름 아니라, 김형도 아시는지 모르겠읍니다만 내게는 금년 일곱 살 먹은 딸년이 하나 있는데, 그 애가 어려서부터 어미 없이 자란 탓인지, 오남희 씨를 몹시 딸랐지요. 우리가 서로 남이 된 후에도 그 아이만은 언제나 어머니 어머니하고 남희 씨를 찾었는데, 얼마 전부터 폐염으로 알어눕게 되자 헷소리를 하면서 자꾸만 남희 씨를 찾는구료. 애비된 죄로, 어린아이 정경이 하두 보기에 딱해서 될 수 있으면 오남희 씨가 아이를 한번 만나 주셨으면 해서, 불고염치하고 찾어왔읍니다. 말씀 드리기조차 염치없는 일입니다만…"

그는 긴 말을 맺고 나서 애걸하듯 허리를 굽혔다.

"아 그러십니까. 퍽 근심되시겠읍니다. 안해가 도라오거던 말씀대로 전해서 댁으로 찾어가 뵙도록 일르겠읍니다."

현수는 일부러 '안해'라는 말에 힘을 주며 선선히 대답하였다. 다른 것과도 달러, 어린아이의 일이고 보니 선선히 대답하지 않을 수 없었고, 또 그렇게 관대한 태도를 보이는 데서 현수는 일종의 승리감까지를 느꼈던 것이다.

그러나 강경구를 보내고 정작 자리에 도라와 누은 현수는 좀처럼 잠을 이룰 수가 없었다.

어떤 이유로든 간에 남희의 전남편인 강경구가 나타났던 사실은 지금의 신성한 가정을 더럽히운 것같이 불쾌하였다. 지금까지 자기네의 가정과 아모런 관련도 없는 사람으로 생각했던 강경구가 새삼스러히 무시할 수 없는 존재로서 현수의 신경을 홍분시켰다.

'설마 어린아이가 앓는다는 핑게로 남희를 비밀히 만나려는 술책은 아니겠지?' 현수는 문득 그런 생각조차 떠올랐다. '천만에, 남을 그렇게까지 의심해서는 못쓴다.' 고 생각하면서도 현수는 역시 불유쾌해서 괜한 담배만 연성 피었다.

× ×

점심때 좀 지나서 남희는 선물이라고 하면서 슈-크림을 사 가지고 도라왔다.

"특산품을 즉매한다는 건 선전문이고, 좀 뱅뱅한 물건은 죄다 저이끼리 빨강 딱지를 붙여 놓았던데요 머. 화가 나길래 이내 나와 버렸어요."

남희는 옷을 갈아입고 나서 과자를 남편 앞에 내놓으면서 불평을 말하였다.

현수는 금방 잠에서 깨어난 채 슈-크림을 맛없이 입안에 넣고 우물거리다가, 문득 생각난 듯이

"참, 아까 강경구 씨가 당신을 찾어왔읍니다."
하고 천연덕스럽게 말하였다.

"네? 강경구 씨가요?"

남희는 슈-크림을 입으로 가져가다 말고 놀라는 표정으로 현수를

잠시 쳐다보다가

"왜 왔어요? 와서 뭐래요?"

현수는 불쾌한 기색을 보이지 않으려고 입안엣 과자를 천천히 씹어 삼킨 뒤에 냉수까지 한 목음 드리키고 나서, 강경구가 찾아왔던 용무를 자서히 일러 주었다. 현수가 이야기허는 동안에 남희는 남편의 얼굴을 뚜러지게 바라보고 있었고, 이야기가 끝난 뒤에도 한동안 수심스럽게 앉았다가

"은옥이가 앓는 게로군요. 어떻게 했음 좋겠어요?"

한다. 은옥이란 앓는 아이의 이름이었다.

남희는 사실 어찌했으면 좋을지 몰랐다. 강경구와의 삼 년간의 결혼 생활은 생각만 하여도 이에 신물이 돌았다. 무슨 미련을 느낀다기보다도 꿈에라도 나타날까 바 겁이 날 정도로 지긋지긋했던 그 결혼 생활이었건만, 그래도 은옥이만은 잊을 수 없었다. 남희가 출가했을 때 겨우 첫돌을 지낸 은옥은 "엄마, 엄마" 하고 남희를 친어머니처럼 딸았다. 남희도 친자식처럼 진심으로 사랑하였다. 제 배를 아프게 한 자식은 아니건만 남희는 모성애에 가까운 사랑까지를 느꼈다. 불행한 결혼 생활에서 은옥만이 남희의 유일한 위안거리였다. 방탕한 남편이 닷새고 열흘이고 집에 도라오지 않는 밤이면 남희는 잠든 은옥을 품어 안고, 그 천사 같은 얼굴을 바라보며 밤새껏 울어 새인 적도 한두 번만이 아니었다. 마츰내 강경구의 집을 나오게 되었을 때, 남희는 아모런 미련도 없는 그 집이면서도, 은옥이와 헤여지는 것만은 뼈가 저리도록 괴로웠다. 따라서 병석에 누은 은옥이가 헷소리로 저를 부른다고 했을 때, 남희는 달려가고 싶은 충동을 아니 느낄 수 없었다.

하지만, 남희는 이제는 남편의 기분을 무시할 수도 없었다. 현수가 과연 남희의 진정한 기분을 이해할 수 있을는지 의문이여서, 암만 해도 주저하지 아니할 수 없었다.

　"한번 가 봐주구려!"

하는 현수의 말에

　"글세 어떻걸까? ……. 역시 안 가는 게 좋을 것 같애."

　"왜?"

　"글세……."

　"앓는 아이가 불상하지 않어?"

　"그렇지만 역시 안 갈 테야."

　남희는, 선선히 가 보라는 현수의 말이 남희 자신의 마음을 떠보려는 심사로만 여겨졌다. 그래서 가지 않기로 결심하고 한참이나 멍하니 앉었다가 문득 장농 설합에서 손바닥만 한 사진을 한 장 뒤져 내여 유심히 디려다보고 있었다.

　"건 뭐유?"

　"이건 은옥이 사진이얘요. 여간 귀여운 아이가 아니였어요."

하며 남희는 사진을 현수에게 내밀어 준다.

　갸름한 얼굴에 쌍가풀 진 눈이 옴목 들어가 여간 귀여운 얼굴이 아니였다.

　"귀엽게 생겼는데."

　"귀엽죠? ……. 역시 한번 가 봐줄까?"

　남희는 암만 해도 안심치 않어서 이렇게 말하였다. 그리고 이내 결심한 듯이

"나, 잠간 댕겨올께요. 다른 일과도 달라서 어린아이의 정을 모른 체하긴 죄를 짓는 것 같애서……. 저녁 때까진 꼭 댕겨올께요. 용서하세요 네."

남희는 순간에 결심을 먹었다. 제 행동이 현수에 대해서 부당한 줄 알면서도 어찌할 수 없었다. 그 때문에 오해를 산대도 할 수 없다는— 남희로서는 괴롭기 한정 없는 결심이었다.

남희는 도망치듯이 집을 나섰다.

남희가 나간 뒤에 현수는 자리에 털석 누어 버렸다. 남희가 떠날 때 퍽 민망해 하던 심정을 모르는 바 아니요, 또 남의 자식을 그토록 사랑하는 남희의 심정이 갸륵하기는 하지만, 잃는 아이를 사이에 놓고 경구와 남희가 마주 앉었을 장면을 상상하면 질투심을 아니 느낄 수 없었다. 설혹 이혼을 했다고 해도 삼 년간이나 부부 관계를 맺어 온 그들이었고 보니 육체의 비밀까지 샅샅치 알고 있는 그들 사이에 오고 가는 시선에는 남모르는 은근한 애정이 숨어 흐를 것이 아닌가. 현수는 남희와 강경구와의 추잡한 현장을 추적이라도 하려는 듯이 벌떡 일어나 앉었다가 다음 순간에는 훌렁 자빠져 버리며

"아아 나는 어리석은 사나히였다!"

하고 자신을 혹독하게 꾸지저 보았다.

×   ×

은옥의 병은 이외로 위독하였다. 사십 도 열이 오래 계속되여서 자꾸 헷소리를 하였다. 남희가 가까이 가서 "은옥아……. 엄마 여기 왔

다. 응!" 하는 소리를 듯자 어린 병자는 눈을 벌떡 떠서 바라보더니 남희의 손을 덥석 붙잡았다. 은옥의 손을 마조 잡는 남희의 눈에서는 눈물이 솟았다. 역시 잘 와 주었다고 남희는 생각하였다.

저녁때가 되어도 남희는 도저히 은옥을 내버리고 떠날 수가 없었다. 생각다 못해 사환 아이를 시켜 현수에게 편지를 써 보내며 그날 밤은 은옥이와 함께 지내기로 하였다.

은옥의 병이 이외로 위독해서 오늘 밤은 여기서 지내게 되겠습니다. 당신 식사도 근심이거니와, 여하한 이유로던 간에 이 집에서 밤을 지낸다는 것은 부당한 일이고, 저로서도 불쾌한 일입니다만, 병이 경각에 달린 어린아이를 떨치고 돌아설 수가 없어서, 허락 없이 하룻밤 묵기로 하오니 널리 헤아려 주십시기 바라옵니다. 남희 올림

이 편지를 읽고 났을 때의 남편의 격분한 표정을 상상하고 남희는 치를 부르르 떨었다. 이번 일 때문에 현수와 또 한 번 비극이 생길는지 모른다고 여겨졌으나, 무슨 비극이 생기든 간에 붙잡힌 은옥의 손을 뿌리치고 돌아설 수는 없었다.

"하나님이시여… 당신께서만은 나의 이 괴로운 심정을 살펴 주시옵쇼셔!"

평소에는 별로 신을 믿어오지 않던 남희가 이날만은 거이 절망에 가까운 표정으로 신에게 기도까지 올렸다.

×   ×

은옥은 남희의 손을 꼭 붙잡은 채 밤새껏 복개였다. 의사가 연방 드나들며 주사를 놓았으나 별반 효력이 없었다. 탈탈 말라 오르는 제 입설을 피가 나도록 깨물며 안타까워하는 은옥을 바라보는 남희는 가슴이 매여지는 듯하였다. 곁에서 강경구가 한숨을 지우며 앉아 있었으나, 그에게 대해서는 남희는 아모런 감정도 움직여지지 않았다.

하룻밤을 꼬박히 뜬눈으로 새이고, 이튿날 중낮쯤 되자 은옥은 사시나무같이 와들와들 떨다가 그만 죽어 버리고 말었다. 남희는 죽은 아이를 부둥켜안고 한 시간 가까이 정신없이 울고 나서 자리에서 일어섰다. 은옥이가 죽은 지금에는 이 집에 일각이라도 더 지체하고 싶지 않았던 것이다.

남희는 몇 번이고 한숨을 쉬며 무거운 다리를 이끌고 집으로 돌아왔다.

지쳐 있는 대문을 밀고 들어서니 남편은 오늘은 출근도 아니하고 어제 그 모양대로 대청에 누어서 신문을 읽고 있었다. 남희가 들어와도 본 체조차 않었다.

'역시 나를 의심하시는구나!'

그렇게 생각하며 대청에 올라서다 보니 어제 남희가 보낸 편지가 갈기갈기 찢어져서 대청마루에 널러져 있었다. 남희는 가슴이 따끔하였다. 오늘로서 이 집에서 쫓겨나는 자신을 상상하고 몸서름이 쪽 끼쳐졌다. 안해에게 배반당한 경험을 가진 현수가 분개하는 것이 당연하다고도 생각하였다.

죄인처럼 가만히 곁에 와 처분만 기대리고 있는 안해를, 현수는 오래동안 본체만체하고 있다가 문득 신문을 내던지고 날카로운 눈초

리로 힐끗 남희를 쏘아보며

"멋허러 돌아왔소?" 한다.

그 말에 남희는 목이 꽉 막혀 두 손으로 얼굴을 감싸며 마루바닥에 쓸어 엎디렸다.

"당신께는 벌서 이 집은 소용없을 텐데……. 짐 가지러 왔나?"

현수의, 씹어뱉듯 내던지는 독살스러운 말은 남희의 가슴을 후비는 듯하였다.

그러나 남희는 아모 변명도 하지 않기로 결심하였다. 한 번 의심산 사람에게 구구스럽게 변명을 느러놓는댓자 무슨 소용이랴 싶었다. 부부 사이란, 무엇이던지 다 알고 있는 듯하면서도, 서로 이해하지 못하는 점이 이렇게 많던가 하니 공연히 슬프기만 하였다.

현수는 그 이상 아모 말도 하지 않았다.

남희는 소리 없이 한바탕 울고 난 뒤에 눈물을 닦고 일어나 앉으며

"그럼……. 전 나가겠어요."

하고, 두 무릎을 꿇고 공손히 인사하였다. 이렇게 된 바에는 서로 헤여지는 수밖에 원만한 해결책이 없으리라고 남희는 생각했던 것이다. 그러나 현수는 못 들은 체 잠작고 있었다. 남희는 이내 안방으로 들어와 옷가지를 대총 꾸려 가지고 나왔다. 그래서 다시 한 번 현수 앞으로 와 꿀어 엎드리며

"안녕히 계십시요!"

하고, 떨리는 음성으로 마즈막 인사를 하며, 오늘 밤에는 어디서 신세를 져야 하나 하고 처량한 생각을 하였다. 남희가 댓돌 아래로 막 내려서려고 하니까 현수는 벌떡 일어나 앉더니

“남희!”

하고 부른다.

남희는 신발을 신다 말고 돌아다보았다.

“어린애 병은 어떻습디까?”

현수는 이외의 질문을 던진다.

“오늘 낮에 죽었어요.”

“죽었어?…”

“네…….”

남희의 눈에는 불각시에 눈물이 핑 고였다.

남희는 은옥의 죽엄이 새삼스러히 슬펐다. 현수에게서 쫓겨나게 된 지금에도 저를 그토록이나 따르던 은옥의 최후를 지켜 주었던 것을 조곰도 후회하지 않았다. 어린아이에게 대한 이런 깨끗한 사랑을, 현수는 도저히 이해할 수 없으리라고 생각하였다.

그러나 현수는 은옥이가 죽었다는 말에 뭇츰하고 놀라며, 잠시 멍청하니 앉아 있다가, 다음 순간에는 벌덕 일어서서 성큼성큼 걸어오더니 안해의 팔을 왈칵 끌어당기며

“당신은 왜 변명도 할 줄 모루?”

하고 원망스러운 듯이 통명스럽게 말하였다. 은옥의 죽엄이 현수의 모든 의심을 한꺼번에 풀어 주었던 것이다.

그러나 남희는 일향 잠작고 남편을 바라보고만 있었다.

“변명을 좀 해요, 변명을…”

“제가 잘못해서 당신이 의심하시는걸 무슨 염치로 변명을 하겠어요.”

“그래서 나간단 말이지? 에익… 못난이 착한 당신을 의심했던 내가

잘못이였소!"

그러고 현수는 안해의 손에 들린 옷 보퉁이를 툭 나꾸채여 아모렇게나 내던지고 빙그레 싱겁게 웃으며

"이, 입은 뒀다 뭣에 쓰자는 거야. 이 입은…"
하고 남희의 입설을 두 손가락으로 찌깨처럼 꼭 집어 흔들었다.

남희는 현수의 그런 작난에 별안간 회호리 같은 행복이 느껴지는 동시에 슬픔이 것잡을 수 없이 솟아올라서 흑 느껴 울며 현수의 가슴에 얼굴을 파묻었다.

현수는 남희를 쓸어안고 어린아이 달래듯 등어리를 툭툭 두드려 주면서

"인젠 울지 말어! 난 아깐 당신 변명이 듣고 싶었지만, 역시 아모런 변명도 하지 않은 남희가 용했어! 사랑의 집에는 변명이야말로 필요 없는 장물이거든! 자— 울지만 말고 한번 웃어 보우… 어디 어디!"
하며 현수는 남희의 눈물 어린 얼굴을 억지로 치켜들었다.

눈물이 글성하니 담겨 있는 눈을 들어 남편을 그윽히 바라보는 남희의 입가에는 보일락 말락한 미소가 떠올랐다.

연락선(連絡船)

해안 호텔은 바루 문 앞이 항구였다.

호텔의 이 층 베란다에서는 열락선이 부두를 떠날 때마다 사람들이 가마귀 떼처럼 모였다가 뿔뿔이 흐터지군 하는 것이 손으로 잡을 듯이 가까이 보였다. 열락선이 서글픈 고동을 울리며 수평선 넘어로 가물가물 사라지는 것을 망연히 바라보고 있노라면 마음이 까닭 없이 애달퍼지며 정처 없는 나그네의 유혹을 받게 된다. 아마 그 때문인지 이 항구에 찾어오는 젊은 부부들 중에는 어느 한편이 도망을 치는 불상사가 많았다. 작년 봄인가는 밀월여행을 왔던 신부가 그날 밤으로 열락선을 타고 다라나 버린 일도 있었다. 풍수의 말에 의하면 워낙 이 항구의 지세(地勢)가 나룻배 형국이여서 자고로 이 고장에는 리별 수가 많다는 것이다.

나는 황혼 저므는 베란다에 앉어서 옆방 부부들의 싸홈을 들어가며 그들 부부들도 이제 어느 한편이 도망을 칠지 모른다고 막연히 그런 생각을 하고 있었다. 옆방 부부는 사실 잘 싸웠다. 무슨 일론지 사내는 언제나 안해를 모라세였다. 그러면 안해는 반항이라는 것이 무엇인지조차 모르는 사람처럼 울기만 하였다. 억울하다면 그처럼 억울한 일도 없겠고, 처참하다면 그처럼 처참한 일도 없을 참극이 옆방에서는 거이 저녁마다 연출되었다. 남성의 가장 포악한 일면을 엿보는 듯해서 나는 같은 남성으로서 불쾌감을 느끼며, 변변히 인사조차 없는 옆방 부인을 위하야 의분과 동정을 마지않았다. 사실 내가 보기에는 부인은 드물게 보는 미인인데다가 다시없을 정숙한 여인인 듯도 하였다.

호텔 뽀이의 말을 들건댄 여인은 서울서도 유명한 부호의 딸인데, 사내는 따로 애인이 있으면서 돈 때문에 그와 결혼하였다 한다. 사내가 지금 날마다 안해를 구박하는 것은 안해 편에서 자진해서 리혼 문제를 제의하도록 하려는 술책이라는 것이다. 이를테면 안해는 안해대로 버리고, 장인에게서 융통한 수백만 원의 돈은 돈대로 삼키자는 심산이라는 것이다. 여인은 물론 그 눈치를 알았으나 한 번 몸을 의탁한 남편이기에 의리를 떨치고 돌아설 수가 없어서 참을 수 있는 대까지는 참아 보는 모양이다. 참으로 아름다운 여인의 마음씨었다.

내가 바다ㅅ가를 한 바퀴 돌고 나서 한 시간쯤 후에 다시 베란다로 돌아와 보니 싸홈 끝난는지 옆방은 조용하였다. 사내는 오늘 밤에도 요리ㅅ집에 갔을 터이지만, 여인은 혼자서 무엇을 하고 있을까— 나는 밤바다를 내려다보며 그런 생각을 하고 있노라니까 문득 바람결에 어디선가 향그러운 화장품 냄새가 훈훈히 풍겨 왔다. 이상하게 여기며 자서히 살펴보니 옆방 여인이 베란다에 기대여 서서 바다 쪽을 바라보고 있었다. 남편에게 참기 어려운 구박을 받은 여인이 캄캄한 바다를 바라보며 최후로 가슴에 품어 보는 생각이 과연 어떤 것일까

─생각이 문득 거기에 맞이자 나는 오싹 몸소름이 끼쳐졌다. 지금 부인이 필연코 가슴속에 품고 있을 불길한 상념을 떨쳐 주는 것은 나의 신성한 의무감처럼 느껴졌지만, 나는 솔선해서 부인에게 말을 걸 만한 용기는 없었다.

그러자 그때 마침 호텔 뽀이가 "현선생님! 현선생님!" 하며 나를 찾아 베란다로 나왔다.

"응, 왜?"

"아까 부탁하신 열락선 표를 사 왔습니다. 하마트면 내일 못 떠나실 번했어요. 인천 표는 한 장밖에 안 남았대요."

하고 뽀이가 표를 주고 나가 버리자 베란다에는 다시 침묵이 계속되었다. 그런지 얼마 후에 부인이 문득 내게로 돌아서며

"저……. 실례지만 인천 가는 열락선이 내일 몇 시에 있습니까?"

하고 묻는다.

"아침 여섯 시랍니다. 내일 떠나시렵니까?"

"글세요……. 내일 표는 다 팔렸다죠?"

"아마 그런가 봅니다. 필요허시다면 내 표를 드리죠. 나는 내일 가도 그만, 모래 가도 그만이니까요."

필시 죽엄을 각오했던 여인이 어느 순간에 갑작이 마음을 돌려 도망을 치기로 한 듯이 짐작되어, 나는 그의 생명을 구원하는 의미로 배표를 선선히 제공할 생각이었다.

"그렇게까지 해 주신다면 너무………."

"괜찮습니다. 얼마든지 넘녀마시고 떠나십시요."

나는 부인에게 배표를 내주었다. 배표를 받는 부인의 손은 먼 불빛

에 떨리는 듯이 보였다. 남편되는 분에게 다소 미안스럽기는 했으나 나는 별로 죄를 지었다고는 생각지 않았다.

이튿날 아침 여섯 시에 나는, 떠나가는 부인을 멀리서 전송할 생각으로 베란다에 나서서 부두를 살펴보았다. 그러나 가마귀 떼처럼 들끓는 군중 속에서 부인을 찾어보기는 도저히 불가능한 일이었다. 웬그런지 모르게 느껴지는 공허감을 지그시 내리누르며 망연히 열락선을 바라보고 있노라니까 떠나가는 열락선 갑판 우에서 누군가 이쪽을 향하여 흰 손수건을 연성 흔들고 있는 것이 문득 눈에 띠였다. 그것은 부인이었다. 물론 나도 손을 마주 들어 보였다. 그리자 저편에서는 손수건을 연성 휘저었다. 나 역시 정신없이 손을 휘저었는데, 그렇게 열심히 손을 휘젓고 있는 동안에 나는 불현듯 부인에게 대해 말할 수 없는 애착을 느꼈다. 참말이지 꿈에도 뜻하지 못했던 슬픔이었다.

첫눈

마침 일요일인 탓인지 도서실에서 책을 읽고 있는 학생은 두세 사람밖에 없었다.

국희(菊姬)는 '투르게네프'의 『첫사랑』이라는 소설을 단숨에 읽고 나서 머리를 드는 순간, 가벼운 현기증이 느껴졌다. 얼른 책을 말아들며 복도로 달려 나와, 찬 공기를 마시려고 무심코 창문을 열어제치다가 깜짝 놀랐다.

"아, 눈…"

첫눈이었다.

언제부터 오기 시작했는지, 운동장이며, 잔듸밭이며, 화단이며 모두가 하얗게 눈에 덮여 있었다. 그리고도 목화같이 탐스러운 눈송이가 소리 없이 훌훌 날려 내리고 있었다.

'첫사랑'과 '첫눈'!

어쩐지 신기하게 여겨져서 창밖에 팔을 내밀어 눈송이를 손바닥에 받아 보았다. 눈송이는 더럼을 타는 듯, 손에 내려앉기가 바쁘게 삽시에 살아져 버리군 한다. 안타깝도록 그리운 순결이었다. 순시깐에 살아져 버리는 것이 어쩐지 허무한 생각조차 들어서 국희는 손바닥에 맺힌 이슬방울을 그윽히 디려다보았다.

'첫사랑도 이렇게 허무맹랑한 것이 아니었던가? …….'

가만히 바라보고 있으면 눈 녹은 물방울이라기보다는 눈물방울만 같았다. 눈물을 바라보는 듯한 서글픈 마음에 잠기다가, 국희는 문득 먼 옛날 제 순결한 입술을 훔치고 달아나 버린 청년을 회상하였다.

여학교 사 학년인 열일곱 살이던 해 봄에, 사랑이 어떤 것인지조차 모르면서 국희는 그 청년이 공연히 좋와서 남몰래 사진 구경을 가치 다닌 일이 있었다. 어느 날 밤 영화관에서 늦게 돌아오는 길에 어느 어두운 골목에서 청년은 국희의 깨끗한 입술을 훔쳤다. 얼굴에서 불이 일듯이 부끄러우면서도 외치고 싶도록 행복에 느겨운 일순간이었다. 가슴이 터질 듯이 뛰놀았다. 그러나 자존심과 순결을 자랑하는 소녀가 입술을 허락한다는 것이 얼마나 큰 희생을 의미하는가를 모르는 그 청년은 얼마 후에 한 장의 글발을 남기고 상해로 훌쩍 건너가 버렸던 것이다.

연애라기에는 너무나 회박한 감정이었을지 모르나, 입술을 훔치운 기억만은 무슨 흉터처럼 언제까지고 새로웠다.

손바닥의 이슬방울을 디려다보며 잠시 옛날의 추억에 잠겼던 국희는 문득 오늘 아침 받은 편지가 머리에 떠올랐다.

편지 사연으로 추측하면 기숙사 뒷 언덕에서 가끔 만나던 그 청년임은 틀림없었다. 항상 무슨 사색에 잠겨서 고요히 산속을 거니는 샘물같이 조용한 청년이었다. 그런 청년이 구애의 편지를 보냈으리라고는 믿기 어려운 일이었으나, 한편으로는 그의 편지였기를 은근히 바라기도 하였다.

그러나 한 번 배반당한 경험을 가진 국희는 내일 낮에 뒷 언덕에서 만나자고 한 그 청년의 부탁에 선뜻 응하기에는 남성에게 대한 신뢰심이 너무나 박약하였다.

'어떡했음 좋을까? ……'

혼잣 궁리에 이맛살을 약간 찌프리며 멀거니 눈 나리는 모양을 바라보고 있노라니까 문득 등 뒤에서 누가 어깨를 가만히 짚는다.

"애, 너 무슨 아름다운 공상을 그렇게 하구 있니?"

돌아다보지 않아도 어깨를 짚는 손이 도서실에서 책을 읽고 있던 순임인 것을 국희는 이내 알았다.

"저 눈 좀 봐! 금년 들어 첫눈이야!"

국희는 얼굴은 그냥인 채, 팔을 돌려 순임의 허리를 가볍게 껴안았다.

"참말! 눈이 오는 줄은 깜짝 몰랐네!"

"시적이지?"

"응! 참 시적이구나! 첫눈이라는 말만 들어두 가슴이 두근거려지는구나!"

"왜? 첫사랑 생각이 나서?"

국희는 그제야 웃음 띠인 얼굴을 돌려, 순임의 옆모습을 처다보았다.

"아이 망할 거! ……. 애 국희야! 너 연애해 본 경험 있니?"

"글세. 있다면 있구, 없다면 없구, 그저 그런 정도야. 너는?"

"한 번 있었지만 실패했지. 그렇지만 지금 도리켜 봐두 첫사랑이란 역시 즐거운 거야! 결과는 어쨌던 첫사랑의 기억은 즐거운 거야!"

"그렇게 믿어운 사람이었니?"

국희는 제 입술을 훔친 청년을 연상하며 서글픈 마음으로 물었다.

"평범한 청년이었지만, 이를테면 첫눈이 신기하듯이 첫사랑이었기 때문에 무턱대고 신기하게만 보이드구나!"

"그럼 너는 그 추억만으로도 일생 동안 행복스러울 수 있겠구나!"

"그렇지만, 추억만으로는 만족할 수 없는, 좀 더 현실적인 세계가 우리에게는 있어야 할 거야!"

"추억만으로는 만족할 수 없는 세계?"

"응! 가령 제 이 제 삼의 연애라든가, 결혼이라든가 하는…….'"

"여자는 일생 동안에 몇 번이나 연애할 수 있을까?"

국희는 오늘 아침에 받은 편지를 생각하며 물었다.

"글세! 좀 연구해 봐야 할 일인데. '코론타이'는, 여자는 얼마든지 연애할 능력이 있다고 하지만, 무제한으로 할 수도 없는 일이구."

"너두 상당하구나. 서태후 이상인데."

"이 망할 것아! 왜 하필 서태후냐? ………. 연애를 많이 한다구 반드시 행복일 수는 없을 거야! 첫사랑으로 성공한다면 너무 단순해서 사랑의 쓰라린 맛을 모를 게니까 행복스러우면서도 그 행복을 충분히 깨닫지 못할 게구, 세 번 네 번이 넘으면 너무 번다하구, 두 번이나 세 번 만에 자리를 잡는 것이 아마 꼭 알맞을 거야!"

"아아주, 순임인 연애 박사로구나!"

둘은 서로 어깨를 느끼고, 펄펄 날리는 눈을 바라보며 명랑하게 웃었다.

마침 그때, 문안에 사진 구경 들어갔던 정란과 혜옥이가 눈발을 맞으며 교문 안에 들어서다가 이 층 창까에 서 있는 국희와 순임을 발

견하고

"여——"

하고 남학생들처럼 의기양양한 기세로 소리치며 손을 번쩍 들어 보인다.

"여——"

국회와 순임도 손을 마주 들어 보이다가, 문득 눈을 맞으며 걸어오는 동무들의 로맨틱한 풍경이 한없이 불어워 보여서, 둘은 어깨를 겨른 채 불야불야 아랫층으로 달려 내려왔다.

네 처녀들은 눈 나리는 교정 한복판에서 몇 십 년 만에 만나는 사람들처럼 반갑게 손을 맞잡으며 떠들었다.

"시베리야로 정배 가는 카츄-샤 같구나!" 하는 국회의 말이

"네프류-드 공작이 없어서 조선의 카츄-샤는 설어웠단다!"

하고 혜옥이가 대뜸 대를 놓았다.

"왜, 정란이가 있쟎어?"

"저까짓 게 다 무슨 네프류-드 공작이냐!"

해서, 네 처녀는 눈 속에서 자지러지게 웃었다.

이윽고 가지런히 기숙사로 걸어가며

"〈로미오와 쮸리엣〉을 보고 극장에서 나오니까 눈이 막 퍼붓는 것이 아니겠니! 어떻게나 기분이 상쾌하던지 '카츄-샤 내 사랑아 어이 그리 설어워'를 부르면서 언덕을 넘었단다."

"뭐? 〈로미오와 쮸리엣〉? 그런 걸 너이들끼리만 갔었니?"

"마침 가는 날이 생일날이라구, 가 놓구 보니까 〈로미오와 쮸리엣〉을 하더구나!"

"아이, 우리두 내일 꼭 가 봐야지. 어때? 좋드냐, 사진이?"

"그야 물를 게 뭐냐, 〈로미오와 쮸리엣〉인데. 그 영화를 보구 나서 깨달은 건, 사랑은 믿음이라는 것이었다. '쮸리엣'이 그리운 '로미오'를 만나기 위해서, 죽었다 살아나는 약을 서슴지 않고 먹는 장면이 있어! 그 용기가 얼마나 부러웠구, 그 결과가 얼마나 무서웠든지, 나는 오줌을 다 쌌다. 얘!"

"아이 어쩌면 오줌까지 싸나?"

하고 넷은 일시에 까르르 웃고 나서

"그래, 다시 살아나서 만났어?"

"내일 가 본다면서 뭘 그러니……. 요컨댄 사랑은 믿음이야! 사랑은 저울로 달아볼 수도 없고, 자로 재여 볼 수도 없는 거니까, 결국 믿어야 할 밖에. 믿는다는 것은 정열과 희생을 각오해야 하구."

"믿다니 함부로 믿을 수도 없지 뭐냐!"

국희는 입술을 훔치운 기억과, 내일 만나 달라고 한 청년을 생각하고 불안스러웠다.

"못 믿는다면 연애할 자격이 없는 거지! 예수께서도 말씀하시기를 믿는 자에게 복이 있느니라 하시잖었서?"

"너이들은 그만한 자신이 있니?"

하는 국희의 질문에

"오브, 코-즈."

하고 순임과 정란과 혜옥은 이구동성으로 대답하였다. 그리고 순임은 다시

"못 믿는 사랑의 성공보다는 믿는 사랑의 실패가 오히려 보람 있

고, 귀여울 거야!"

하고 최후의 단안을 내린다.

넷이 기숙사 문 안에 들어섰을 때 국희는 얼른 빠져나와서 뒷 언덕
으로 올라갔다.

소나무 사이로 꽃잎처럼 펄펄 날아 내리는 눈을 맞어가며, 국희는
청년과 내일 만나야 할 산길을 혼자 걸어 보았다.

못 믿는 사랑의 성공보다는 믿는 사랑의 실패가 더 보람 있다고 하
던 순임의 말이 귀에 쟁쟁 울리었다.

'입술을 한 번 훔치운 정도의 첫사랑에 구애되는 것은 너무나 어리
석은 생각이었을까? ……'

순임은 동무들 중에서 저만이 못나게 묶은 불행을 지니고 있음으
로 깨달았으나, 손쉽게 떨쳐버리기도 어려웠다.

감상이라면 감상이랄 수도 있겠지만, 그런 허무한 기억이 하나씩
둘씩 덥쳐 가면 나중에는 정녕코 슬프기만 할 것 같아서, 내일 만나
야 할 청년의 모습을 머리속에 그려 보며 불안에 떨었다.

기숙사에서 울려오는 저녁 식사 종소리를 들으며 국희는 펄펄 날
리는 눈 속을 병든 '카츄-샤처럼 외롭게 헤매였다.

내일이면 새로운 운명을 가져올 불안한 산길이기에 오늘은 얼마
든지 걷고 싶은 첫눈 내리는 저녁이었다.

굴욕(屈辱)의 생애(生涯)

이월 십삼 일! 이날 밤의 청루(靑樓)의 공기는 어덴지 모르게 어수선하였다. 내일부터 시작될 새벽날에 대한 불안?이 유곽 전체에 농후하게 풍겨 있었던 것이다. 반년 전에 공창 제도 폐지의 신 법령이 공포되었을 때에는 창기들 자신은 마치 남의 일처럼 아모런 감흥도 기대도 느끼지 못하였건만, 그러나 그 법령의 효력이 현실로 나타나게 된 오늘에 와서는 누구나 무관심할 수가 없었다. 무관심하기에는 눈앞에 닥쳐오는 현실이 너무나 엄숙하였다.

생각컨댄 굴욕의 목숨을 인격자로 대접해 주겠다는 것이 고맙지 않은 바도 아니다. 그러나 인격적인 대접을 받기와 동시에 눈앞에 닥쳐오는 급선무가 내일부터의 먹기가 걱정이요, 살기 걱정이었다. 이 해관계를 떠나서는 포주의 신세를 손톱만치도 바랄 수 없다는 것을 과거의 경험으로 잘 알고 있기에 불안은 더욱 컸다.

유곽 상봉루(相逢樓)에 있는 열세 명의 창녀 중에서 집으로 돌아갈 수 있는 신세는 오직 초옥이 한 사람뿐이었다. 그 밖에 열두 사람은 아직도 앞날 일이 아득하여서 초옥의 신세를 부러워하던 생각까지

가 이제는 불안으로 덮쳐 왔다.

"춘홍아! 너는 어떻걸 작정이냐?"

월게는 경대 앞에 시름없이 앉아 있는 춘홍의 어깨를 가만히 붓잡으면서 물었다. 그러나 춘홍은 찰하리 끄떡도 않고

"어떻하긴 뭘 어떻거니! 병 있는 사람은 인천으로 데려다가 치료를 해 준다니까, 거기라도 끌려가서 있는 날까지 있어야지……. 너는?"

"난, 여기서 좀 더 묵으면서 무슨 일ㅅ 자리를 구해 볼까 해……. 그런데 참, 너한테 단골로 다니던, 단성사 근방에서 포목전을 본다는 이주사한테서는 요새 무슨 소식이 없니?"

"흥! 이주사라구 나한테 무슨 정분이 나서 다닌 줄 아니? 제가 필요해서 찾아왔다가 이왕이면 아는 사이니까 나를 부른 데 지나지 않는걸… 믿기는 누구를 믿겠느냐!"

춘홍은 무슨 화푸리라도 하듯이 씹어뱉는다. 월게는 사나이라는 것에게 새삼스러히 배반을 당한 느낌이었다.

이주사—하면 상봉루에서는 춘홍의 단골손님으로 평판이 높았다. 나이는 오십이 넘었지만 얼굴은 문자 그대로 홍안 미소년이어서, 일주일이나 열흘에 한 번식은 반드시 이 거리에 나타나군 하였다. 몸에 넘치는 정력을 다하려고 찾아오는 모양이었다. 이주사가 상봉루에 나타나기만 하면 모두들 대번에 춘홍을 불러 주었다. 이주사가 그토록 춘홍을 좋아했다기보다도, 주위의 사람들이 그렇게 만들어 놓았는지도 모를 일이었다.

그야 어땠던 아모리 이 거리이기로 인정이 없을 리가 없어서 공창 폐지 법령이 생긴 뒤로 모두들 갈 길을 몰라 헤매이면서도 춘홍이만

은 이주사가 데려가려니 했던 것이다. 춘홍 자신도 어느 정도로는 기대를 가지고 있었다. 그러나 이주사는 각금 들리면서도 그런 기색은 꿈에도 보이지 않았다. 춘홍이가 이주사란 말에 벌칵 화를 내는 것도 무리가 아니었다. 월게는 남의 사정 같지 않은 까닭 모를 서름을 느끼면서 경대에 빛이는 춘홍의 화장한 얼굴을 막연히 바라보고 있었다.

"월게야! … 월게, 거기 있냐?"

사무실에서 주인아주머니의 부르는 소리가 날아왔다. 월게는 그 소리에 깜짝 놀라

"네에—"

하며 달려 나왔다. 오늘이 마조막이래서 그런지 오늘 밤따라는 초저녁부터 손님이 들끌었다.

사무실에 달려오는 월게를 주인아주머니가 맛받아 나와 손목을 덤썩 잡더니 은근한 눈짓을 하며 귓속말로

"오늘 밤 너를 꼭 좀 만나겠다는 손님이 있는데 잘 접대해라…….토정비결에 금년 운수가 대통운이더니 너는 참말 내일부터 팔자 고치나 보다. 어서 저 방으로 들어가 보아라!"

하며 특호실을 가르킨다. 특호실로 모신 품이 특별 손님이라는 것만은 짐작할 수 있었다. 그러나 월게는 영문을 몰라 어리둥절하며 두텁한 판저문을 살며시 열고 들어서다가 깜짝 놀랐다. 술상 앞에 넌즈시 앉아 있는 손님이 이외에도 춘홍의 단골손님인 이주사였기 때문이다. 이주사는 이미 만취가 된 듯 가득이나 혈색 좋은 얼굴에 취기가 돌아서 무르익은 홍시같이 불그레하였다. 정력적인 얼굴이 빙그레 웃고 있었다. 사나이들의 능글마은 웃음에는 이미 신경이 마비된 월

게이지만 이주사의 웃음에만은 어쩐지 어안이 벙벙해 와서 갑재기 어떤 표정을 지어야 좋을지 몰랐다. 춘홍이를 부르는데 제가 잘못 들어온 것이나 아닐까 생각되어

"춘홍이를 부르신 게 아니세요?"

무심중에 물었다. 그러자 이주사는 천만의 소리라는 듯이 손을 설레설레 내저으면서

"허허허…… 너이들은 나만 보면 춘홍이 춘홍이 하지만 내가 무슨 춘홍이와 정분이라도 났더란 말이냐? 너이들이 몰아넣는 바람에 춘홍이와 자주 인연은 맥기는 하였지만 그것두 울며 겨자 먹기였지… 자아 월게야… 이리 와서 술이나 한 잔 따라다구…"

남자들의 몰인정을 새삼스러히 발견한 듯해서 월게는 가슴이 서늘하였다. 감쪽같이 속아 넘은 춘홍이가 측은하게 여겨졌다.

술을 따르는 동안에도 이주사는 월게의 얼굴을 빙글거리면서 면구스러울 정도로 마주 보고 있었다. 무언의 웃음이 무엇인가를 줄곧 말하고 있다.

"실상은 올 적마다 너를 꼭 한 번 보려고 했지만 너이들이 나를 보기만 하면 춘홍이 하는 바람에 허허허…… 이러나저러나 여기도 오늘뿐이고 내일부터는 어떻걸 작정이냐? 어디 갈 곳이라도 작정되었냐?"

이주사는 빈 잔을 내밀어 주면서 물었다. 월게도 한 잔 받아 마시며

"저 같은 게 갈 데가 어디 있겠어요."

"지금 주인마누라한테서 대강 말은 들었는데 네가 정말 갈 곳이 없다면 우리 집에 와서 침모 노릇이라도 했으면 하는데, 네 생각이 어떨는지? 설마 바지저고리쯤 지을 줄이야 알겠지!"

주인아주머니가 말하던 '대통운'이란 이 얘기였구나 깨달으며

"바지저고린들 벤벤히 지을 줄 알아야죠!"

"허허허 겸사의 말은 그만하구… 설마 이만 정도야 못 지을나구!"
하며 이주사는 제가 입은 공단 마고자를 만진다.

"옷두 옷이지만 저 같은 거 데려갓다가 마나님한테 야단 마즈시려
구 그러세요?"

"마누라한테는 이북에서 넘어온 친구의 며누리라구 내가 잘 꾸며
댈 테니 넘녀 말구 와 있기만 해! 있는 날까지 있다가, 적당한 태수가
있다면 출가를 해두 좋구, 취직을 해두 좋구……."

갈수록 귀ㅅ맛 좋은 이야기뿐이여서 월게는 마음이 솔곳하였다.
당장 갈 곳이 없는 그로서는 그 이상의 행운을 바랄 수도 없는 일이
었다. 이주사가 무엇 때문에 제게 특별한 호의를 보여 주는지, 그런
것은 구지 캐여 볼 심사도 없었다. 단지 마음에 꺼리는 것이 춘홍이
뿐이여서

"춘홍 언니한테 미안해요!"

했더니 이주사는 월게의 포동포동한 턱아리를 손바닥에 바처 치
켜올리며 껄껄 웃고 나서

"네 마음성만은 기특하다만은 춘홍이도 어떻게 될 터이지! 설마 한
데서 자게 되리라구! 이만해도 너와는 전생부터 무슨 인연이 있었던
모양이니까, 잔말 말구 일주일쯤 이대로 있다가 우리 집으로 오도록
해! 주인아주머니한테는 잘 일러두었으니 그리 알구 춘홍이한테는
알릴 필요두 없어!"

월게는 잠작고 술만 따랐다. 이주사는 "어! 취한다. 몹시 취하는

걸!" 하고 술터름을 연방해 가면서도 술을 따라 주는 대로 넙죽넙죽 받아 마신다. 월게도 권하는 대로 감사의 뜻으로 십여 잔 마셨다.

자정이 가까워서야 자리에 들었건만 이주사는 취한 셈 치고는 정신은 말쩡하였다. 월게는 굴욕의 생활을 청산하게 되는 최후의 밤에 이주사를 모시게 될 줄은 몰랐다. 춘홍을 배반한 것이 양심에 괴로웠다. 실지로 지내보고 나서 월게는 이주사가 각금 이런 자리에 나타나지 않을 수 없었던 이유를 새삼스러히 깨달았다. 나이 분수로는 이주사는 엄청나게 정력적이었던 것이다.

일주일이 언듯 지내갔다. 상봉루에 있던 열세 명 중에서 부모의 슬하로 돌아간 것이 오직 한 사람, 병원으로 치료 받으러 간 것이 여섯 사람, 음식점에 취직된 것이 겨우 한 사람 그리고 아직도 그냥 남아 있는 사람이 다섯 명이나 되었다. 남은 축들은 이만 원 이상의 빚을 지고 있기 때문에 명목만은 자유의 몸이지만, 마음대로 나가 버릴 자유는 없었다.

월게는 춘홍이가 병원으로 가 버린 다음부터는 노골적으로 이주사가 데리러 오기를 기대렸으나, 약속한 일주일이 지내도 이주사는 좀처럼 오지 않았다. 이주사의 말도 입에 말은 소리에 지내지 않았던가 싶어, 춘홍이 모양으로 저도 감쪽같이 속아 넘은 것이 부애가 났다. 이루어지지도 않을 일에 헛된 희망을 부치면서, 춘홍이를 배반했던 것이 분하였다. 그렇면 그렇지, 이주사 같은 딱장때*가 이만 원이라는 빚을 갚고 저를 데려가 주리라고 믿었던 것이 어리석었다고 이제야 깨달았다.

그러나 단념은 했으면서도 한편으로는 은근히 기대를 가지고 있었다. 그런 막연한 기대나마 없다면 눈앞이 너무나 막막하기 때문이었다.

열흘이 지냈다. 이월도 하순이 가까웁자 햇볕은 제법 봄다웁게 따수웠다. 월게는 열어제친 창틀에 기대여서서 멀거니 뜰을 내다보며 생각에 잠겨 있었다. 아모리 굴욕의 역사를 가지고 있을망정, 수물여섯 살의 청춘으로 제 몸 하나 지탱해 나가지 못한다는 것이 어이없게 생각되였다. 어차피 내친 거름에 밤거리에 나서서 사나이란 사나이를 모주리 농락을 해 주고 싶은 충동이 불길같이 솟아올랐다. 다른 일에는 몰라도 그만한 자신만은 있었다. 창기 신세 육 년 동안에 얻은 것이라고는 오직 그것뿐이었다. 조곰이라도 참되게 살아 보려고 했던 진실이 이주사로 해서 무참히 유린된 지금에 이르러서는 나갈 길이 오직, 그 길뿐일 것 같았다.

점심을 먹고 나서 오래간만에 거리 구경이나 나가려고 막 옷을 갈아입는데, 주인아주머니가 황겁히 달려오더니 "애! 월게야! 이주사 나리께서 지금 너를 데리려 오셨구나! 자동차를 대령해 놓았으니 어서 가 보아라!"

하고 수다를 피운다. 신이 나서 수선을 떠는 품이 빚은 빚대로 받고, 구전도 톡톡이 울겨낸 눈치 같았다.

---

* 딱장때 : '딱장대'의 방언. 성질이 온순한 맛이 없이 딱딱한 사람. 성질이 사납고 굳센 사람.

월게는 어쩐지 가슴이 두근거렸다. 잊어버리지 않고 찾아와 준 것만이 고마워서 눈시울이 뜨거웠다. 이주사는 자동차 안에서 빙그레 웃으며 월게에게 문을 열어 준다. 양복을 입은 탓인지 대여섯 살은 젊어 보여서, 믿음직한 장년 신사였다.

월게는 차에 오르자, 주인아주머니에게 생긋 웃으며 작별을 고하였다. 염마같이 무섭던 아주머니에게 진성으로 웃어 보는 첫 웃음이었다. 굴욕의 생애가 이로써 끝난 셈이나 이제부터 시작되는 새 생활에 대한 까닭 모를 불안에 가슴이 두근거렸다.

"그동안 퍽 기대렸지!"

자동차가 움직이자, 이주사는 월게의 손을 가만히 붓잡으면서 묻는다. 월게는 대답 대신 고개를 끄덕였다.

"곧 데려가려고 했지만, 집에 사정이 좀 있어서……."

무슨 사정인지는 모르지만, 이주사가 저를 데려가는 데는 여러 가지로 장해가 많았으리라는 것은 막연하나마 추측되었다.

중국 요리집에서 점심을 나누면서, 이주사는 앞으로 월게의 행동거지에 대한 여러 가지 주의를 들려주었다. 이북에서 남편을 찾아왔더니 남편이 일본으로 건너갔다고 말하라는 둥, 집안사람들 중에서도 특히 마누라에게는 성의를 다하라는 둥, 이주사 자신에게는 너무 친숙한 기색을 보이지 말라는 둥— 늙은이답게 세밀한 데까지 용이주도하였다. 월게는 듣고 있는 동안에 몸이 근지러웠으나, 솔직하게 일일이 수긍하였다. 이주사의 입장으로 보면 그러는 것도 무리가 아니리라고 짐작되었기 때문이다.

"당분간 불편한 대로 그냥 참고 있어! 차차 형편 보아서 자그마한 집이라도 한 채 따로 마련해 줄 터이니…"

최후로 이주사는 그런 말까지 하였으나 월게는 별로 깊은 생각 없이 거기에도 고개를 끄덕였다.

저녁때가 되어서야 이주사의 집에 들어섰다. 생각했던 것보다 집은 훨씬 적었다. 마누라는 나히는 마흔일곱이라지만, 꼬치꼬치 마른데다가 몹시 신경질이어서 도무지 안해 구실은 할 것 같지 못하였다. 이주사가 유곽에 자주 나타났던 것도 무리는 아니었다고 월게는 아닌 때에 고개를 끄덕였다. 맞아들 내외는 가개 방에서 따로 살고, 이 집에는 중학교에 다니는 둘째 아들과 밥 짓는 게집아이뿐이었다. 월게는 옥순이라고 부르는 게집아이와 함께 뜰아래ㅅ방에서 자고 알게 되었다. 그 방은 이주사가 기거하는 사랑방과 고작 가까운 방이기도 하였다.

이주사는 조반 후에 가게에 나가면 대개는 밤이 늦어서야 돌아왔다. 따라서 월게는 기나긴 하로를 마나님과 단둘이 마조 앉아 있게 되었다. 마나님은 원악 성질이 잔지른데다가, 무슨 눈치라도 떠 보려는 요량인지, 월게의 신세를 미주알고주알 캐여물었다. 그야말로 성미 사나운 경관의 문초라도 받는 듯해서 등 고랑에서 진땀이 났다. 징역사리나 진배없었지만 참는 데까지 참아 볼 작정이었다.

닷새째 되는 날 밤이었다. 월게는 어렴프시 잠이 들었다가 문득 딸깍 하는 문소리에 놀라 눈을 번뜩 떠 보니 누구인지 어둠 속에서 제 몸을 더듬고 있었다. 직감적으로 이주사임을 깨달은 월게는

"왜 그러세요?"

전신에 긴장을 느끼며 입속말로 속삭엿다. 그러나 이주사는 벙어

리처럼 잠작고 월게의 몸을 잡아 이르킨다. 사랑방으로 나가자는 눈치이므로 월게는 아모 말 않고 따라 나갔다. 이주사가 집에서까지 그런 요구를 할 줄은 몰랐다. 그가 삼만 원이라는 돈을 내놓고 저를 데려온 데는 그만한 게산도 들어 있었으리라 싶어서 월게는 거절할 수가 없었다. 유곽 생활이 그대로 연장되는 셈으로 치면 그만이었다. 그러나 마음만은 유곽에서처럼 무사태평할 수가 없었다. 무엇보다도 두려운 것이 마나님의 눈이었다. 유곽에서는 공개된 비밀이었건만 이제는 절대로 비밀리에 실행하여야 할 일이기에 가슴이 떨리고 몸이 떨렸다. 목숨이 줄어드는 것처럼 심장이 격렬히 뛰놀았다.

이튿날 아침 월게는 마나님을 대하자 저 모르게 얼굴이 붉어지며 가슴이 두근거렸다. 그러나 이주사만은 천연스러윗다. 평소와 조곰도 다름없이 큰 기침으로 점잔을 빼며 호령을 하는 꼴이 아니껍고도 밉살머리스러윗다. 세상의 사내들이란 저렇게도 유들유들하고 뻔뻔스러윗든가 싶어 저만이 손해를 본 것 같았다.

삼 주일이 지냈다. 이주사와의 관게는 두 사람 사이에서는 공연한 비밀이 되고 말았다. 이주사로서는 모든 것이 계획적이었든지도 모른다. 그러기에 이주사는 언제나 천연스러윗건만 월게만 그때마다 마나님께 대한 짐이 시퍼렇게 나서 가슴이 바작바작 조였다.

어느 날 밤이었다. 그날 밤에도 월게가 사랑방에 다녀서 제 방으로 들어와 막 자리에 누으려는데 문득 안방 문 여닫는 소리가 났다. 월게는 얼른 이불을 뒤집어쓰며 귀를 밧짝 기우렸다.

대청 문이 열리더니 고무신을 철철 끌며 뜰아래로 내려오는 것이 분명히 마나님이었다. 마나님은 월게의 방 앞에서 잠깐 발을 멈추었다가 이내 사랑방으로 들어가며

"여보 영감… 주무시우?"

하고 묻는 소리가 또렷시 들려온다.

"응?……. 왜 그러우?"

하고 이주사는 능청맞게 자다 깬 사람처럼 중얼거린다.

"지금 잠결에 들으니까 방문 소리가 났는데 영감 혹시 변소에라도 댕겨오셨소?"

"아―니! 웬 문소리가 났을나구!"

"아니야 분명 문소리가 났어은!"

"꿈을 만든 게로군면"

"꿈이 뭐애요… 분명히 이 귀로 들었는데."

마나님은 수상하다는 듯이 안밖 문들을 열어 보고 나중에는 벽장 속까지 뒤져 보았다. 그리고 나서 안방으로 도루 들어오는 길에 뜰아랫 방문을 열어 잡고 월게가 있나 없나 조사해 보았다.

월게는 간이 콩알만치 쪼라들어서 자는 척했지만 십년감수나 하는 듯이 가슴이 뛰놀았다. 마나님이 무슨 눈치를 채고 있는 것만은 의심할 여지가 없었다. 다행히 사랑방에서 나올 때의 문소리를 들었으니 망정이지 들어갈 때의 문소리를 들었더라면 어찌 됐을까― 상상만 하여도 치가 떨리고 등곬에서 와스락 소리가 났다.

다음날부터 마나님의 태도는 노골적으로 불친절해졌다. 정말 이

북에서 넘어왔느냐고 묻기도 하였다. 월게는 달아오르는 얼굴을 감추며 그렇다고 대답을 할 밖에 없었다.

"아는지 모르겠지만 우리 집 영감은 젊었을 때부터 계집 바탕에는 행실머리가 좋지를 못해서……"

마나님은 혼자말 비슷이 그런 말도 하였고 또 어떤 때에는

"여자들이란 한 번만 몸을 잘못 가지면 일생을 망치게 되거든…"

하고 은근히 귀뜸도 놓아 주었다.

월게는 그때마다 마음이 찔려서 잠작고 있었다. 이 집에 있기가 차츰 거북하여 왔다. 월게가 이주사의 세수물만 떠다 놓아도 마나님은 그날 하로는 공연한 화만 내었다. 안해 구실은 못하면서 강짜만은 제대로 부리는 것이다. 여자의 생리적 불행을 보는 듯해서 월게는 가슴이 서늘하였다.

그런지 몇일 뒤에 하로는 월게를 정답게 불러 앉히더니

"늙은것이 젊은이에게 부질없는 소리 같소만는 구말 리 같은 전정를 홀로 보낼 수도 없으니 적당한 자국이 있으면 팔자를 고쳐 보는 것이 어떨까?"

하고 마나님은 개가하기를 권하는 것이었다. 월게를 내쫓으려는 술책임이 분명하였다.

"적당한 데가 있으면 아주머님께서 한 군데 지시해 주세요."

월게는 웃으면서 대꾸하였다.

"아니 그래 정말 그럴 생각이 있나?"

마나님은 월게의 손목을 덥썩 붓잡으며 반가워한다.

"아주머님 말씀마따나 언제까지고 홀로 늙을 수도 없는 일이 아니

애요.”

“암 그렇구말구. 일본 갔다는 낭군이 돌아오기만 한다면야 못 기대
릴 것도 없겠지만 일본으로 건너간 사람이 웨걸 다시 돌아올라구! 어
찌면 정분난 일본 여자라도 있어서 그를 따라갔는지도 모르지. 만약
그랬다면 기대리는 사람만이 골탕이거든!”

“그러기 지두 마음을 돌렸세요.”

“암 돌려야구말구. 구식 시대에는 일부종사니 어쩌니 하고 개가하
는 것을 흠이라고 했지만 서체 사람들이야 어디 그런 걸 가리나…….
그렇잖어두 새파랗게 젊은이가 홀로 남의 집 신세를 지고 있는 것이
보기에 딱해서 나두 은근히 개가하기를 바랬더니 참 잘 생각했어!”

“………..”

“참 그 말을 듣구 보니 문득 생각나는구먼. … 우리 집에 서사(書士)
로 있는 최서방이 사람도 학실하고 식구도 단출한데 그 사람이 어떨
까? 최서방은 마음씨는 다시없이 무던하지. 이태 전에 홀애비가 됐는
데 전처소생으로 딸 둘이 있지만 딸자식은 출가만 시키면 그만이니
까 뭐 전처소생이 있다고도 할 수 없지… 가만있자 그 사람이 임자생
이니까 금년에 설흔일곱이렀다… 설흔일곱과 수물여섯이면 나히도
똑 알맞고 금과 물이니까 금생여수(金生麗水)라 궁합두 좋구 알고 보
니 천생배필이로구먼 호호호…”

마나님은 신이 나서 수다를 떨었다.

월게는 잠작고 듯고만 있었다. 실지로 그런 혼처가 있다면 저로서
는 실타고 할 머리*가 없었지만 도무지 실감이 느껴지지 않았다.

“평양 감사도 제가 실으면 그만이라더니 당자끼리 마음에 안 들면

안될 터이니까 최서방을 한번 보여 주도록 허지. 저녁에라도 오라면 되니까…"

그날 저녁때였다. 월게가 게집아이와 함께 부엌에서 저녁 차비를 차리고 있노라니까 웬 사나이가 대문간에서부터

"아주머님 게십니까?"

하고 소리치며 내외 없이 대청으로 버질버질 달려들어 왔다. 그러자 주인마나님이 안방에서 맛받아 나오며

"아이구 최서방이 오는구먼! 그동안은 도무지 얼씬을 아니하기에 하두 보고 싶어서 한번 들리라고 했더니"

하며 안방으로 데리고 들어가 무엇인가 한동안 수근덕거린다. 그자가 그자였구나 하고 월게는 얼른 알아채자 혼자 얼굴이 달아오르고 가슴이 두근거렸다.

그러자 얼마 후에 마나님은 부엌에다 대고

"젊은이! 나 생수 한 그릇 떠다 주게!"

하고 고함을 친다. 최서방이라니 하는 자와 맛선을 시키려는 기맥이 분명하였다. 월게는 냉수 그릇을 들고 안방으로 들어서며 위선 최서방의 얼굴부터 처다보았다. 어디서 한 번 본 듯한 얼굴이었다.

최서방도 월게를 보자 순간 웬일인지 눈이 둥글해지며 깜짝 놀랐다. 혹시라도 상봉루에 있을 때에 인연을 맺은 사내나 아니었던가 싶어서 월게는 당황히 나와 버렸다.

월게가 나온 뒤에도 안방에서는 삼십 분 가까이 수근덕거리더니

* 머리 : 용언의 관형사형 어미 '−을' 뒤에 쓰임. 까닭이나 필요의 뜻을 나타냄.

최서방은 소리 기별 없이 가 버리고 마나님이 돌연 안방으로 월게를 불렀다. 마나님의 얼굴에는 웬일인지 살기가 등등하였다.

"이년아! 네년이 뉘 집을 망치려고 우리 가문에 뼈저시 들어와 있단 말이야!"

대잠 마나님의 입에서는 날벼락이 떨어졌다. 그야말로 청천벽력이었다. 모든 것이 탈로된 것을 월게는 직각적으로 깨달았다. 비밀이 최서방의 입에서 새여 나왔다는 것을 의심할 여지가 없었다.

"유곽에서 굴어먹던 더러운 년이 여기가 어디라고 들어왔느냐 말이야. 홍! 네년이 이북에서 서방을 찾아왔다구? 어느 악지가리에서 그런 뻔뻔스러운 거짓말이 나오느냐 말야? 한시라도 그냥 둘 수는 없으니 냉큼 일어서서 썩 나가거라!"

송장같이 말라빠진 마나님의 어디에서 그런 우렁찬 호령이 울어 나오는지 삼 간 마루가 들썩들썩하게 떠들었다. 사지를 푸들푸들 떨며 금방 씹어 삼킬 듯이 입에서는 거품이 부그그 끌어올랐다.

월게는 모든 것을 단념하였다. 이미 이 집 신세를 더 질 수 없는 바에는 한시도 주저할 필요가 없엇다. 냉큼 이러서기가 바쁘게 제 방으로 달려 나와서 입던 옷가지를 주서 모았다. 옷 보통이를 꾸리는 데 삼 분도 채 걸리지 않았다.

"주인아주머니가 왜 그러세요? 어디로 가시려고 그러세요?"

아모 영문도 모르는 옥순이가 월게를 따라와서 한동안 멀거니 서 있다가 조심히 무렀다. 그만해도 옥순이와는 정을 부치고 있었구나 싶어서 월게는 눈시울이 뜨거웠다.

"나 오늘로 이 집을 떠나가련다. 옥순아 잘 있거라!"

"이북에서 넘어오셨다면서 가긴 어딜 가시려구 그러세요? 아주머니 성미가 워낙 그러시니까 꾹 참고 계세요."

"고맙다. … 그러나 더 있을 수가 없구나."

음성이 우름으로 변하였다. 어느덧 옥순이도 행주치마로 눈물을 닦고 있었다.

월게는 대청 앞으로 와서 하직을 고했으나 마나님은 들은 척도 않는다.

울면서 전송하는 옥순이와 대문간에서 작별하고 월게는 창연히 저므러 가는 거리에 나섰다. 서울 장안에 즐비하게 찬 것이 모두 집이건만 월게의 몸을 둘 것은 없는 것이 슬펐다. 집집마다 첩첩히 닫쳐 있는 대문이 월게의 침입을 무언으로 거절하는 듯하였다.

"유곽에서 굴어먹던 더러운 년이 여기가 어디라고 들어왔느냐?"

하고 소리치던 마나님의 말이 작구만 귀에 울려왔다.

공창 제도 폐지 이후에 창기들에게 찾아오는 첫 운명이 고작 요뿐이었든가 싶어 눈물이 앞섯다. 저와 같이 비참한 여성이 이제 앞으로는 생기지 않을는지 모르지만 그러나 한 번 그 거리에 몸을 던졌던 저로서는 굴욕의 운명을 영원히 버서날 수 없을 것 같았다.

그러자 월게는 문득 이주사가 머리에 떠올랐다. 이번 사건에 죄악의 장본인인 이주사는 아모 처벌도 받지 않고 저만이 애무하게 욕을 본 것이 억울하였다. 그러나 그런 것을 호소할 곳도 없었다.

어차피 부평초 모양으로 정처 없이 헤매일 바에는 차라리 몸을 헌신짝같이 내던지고 아모 비밀도 없이 태평세월로 지내던 상봉루 시대가 그립고 그 시대의 동무들이 그리웟다. 그때에는 몸은 비록 고달

팠을망정 모든 것을 헐쳐 버린 데서 오는 정신적 안정이 있었다. 희망이 없는 대신에 막연한 대로 안심이 있었다. 생의 보답이 없는 대신에 동물적인 평화가 있었다. 그러나 일단 그 거리를 벗어나자 굴욕의 역사를 지닌 몸에는 가는 곳마다 학대와 구박과 멸시의 찬바람뿐이 아닌가.

그러고 보니 굴욕의 역사를 가진 몸을 따뜻하게 맞아 줄 곳은 그런 대로 상봉루밖에 없을 것 같았다. 비록 가난에 대한 구박을 받더라도 비밀 없이 살아갈 수 있는 것만으로는 상봉루 신세를 지는 것이 마음 가볍게 느껴졌다.

월게는 저도 모르게 저므는 거리를 상봉루를 향하여 더벅더벅 걸어가고 있었다.

수난자 김봉명전(受難者 金鳳鳴傳)

제1장

내가 김봉명(金鳳鳴) 씨의 전기를 쓰려고 생각한 것은 이미 십여 년 전부터의 일이다. 그러나 적어도 한 사람의 전기를 쓰자면 그 사람의 생년월일과 본적과 가보(家譜)와 경력 같은 것을 상세히 알아야 할 터인데, 나는 불행하게도 그런 것에 대해서 아무것도 아는 것이 없다. 그가 나의 고향인 석서골(石西谷) 마을에 나타나기 이전의 그의 행력에 대해서는 나는 완전히 백지다.

단지 내가 비교적 정확하게 알고 있는 것은 그이 나이뿐이다. 내가 그를 처음으로 상종했을 때— 그러니까 그것은 이미 삼십여 년 전 일이지만—그는 삼십칠팔 세로밖에 보이지 않았다. 그러나 이상스럽게도 그는 평시에는 삼십칠팔 세로 보이다가도 어떤 때에는 오십을 넘은 듯이 늙어 보일 적도 있어서, 애초에는 도무지 대중을 잡을 수가 없었다. 그러다가 그가 병술생(戌生生)이라는 것을 간신히 알게 된 것은 그로부터 이삼 년 후의 일이었다.

그는 제 신세를 남에게 말하는 일이 절대로 없었다. 마을 사람들은 그의 전신을 알아보려고 기회 있는 대로 미주알고주알 캐여물었지만, 그때마다 그는 싱글벙글 웃으면서

"나는 바위 틈에서 낳서 세상 구경이나 떠돌아다니던 사람이요."

하고 대답할 뿐이었다.

그의 내력을 모르는 만큼, 항간에는 그에게 대해서 구구한 풍설이 떠돌았다. 일설에 의하면 그는, 한일 합병(韓日合倂)을 정면으로 반대하다가 자객의 칼에 무참히 죽어 버린 김정승(이름은 분명치 않았다.)의 외아들이라 하기도 하고, 또 어떤 설에 의하면 삼십여 년 전에 김첨지라는 늙은이가 석서골 마을에 살다가 빗쟁이들 때문에 밤도망을 쳐서 함경도로 떠나간 일이 있는데, 김봉명이는 필시 그 김첨지의 아들이라는 것이었다. 그중에 어느 하나쯤은 올바루 들어맞았을는지 모르지만, 그러나 모든 풍설이 하나도 들어맞지 않았을는지도 모른다. 왜 그러냐 하면 장본인인 김봉명 자신은 그런 풍설을 구지 부인하려고 하지 않는 대신에 어느 것이고 스스로 시인하려고도 하지 않았기 때문이다. 남의 말에 트집을 잡거나, 정면으로 반대를 하거나 하지 않는 것은 김봉명 씨의 특성이기도 하였다.

그야 어쨌건, 김봉명 씨가 표랑객의 행색으로서 석서골 마을에 표연히 나타난 것은 지금부터 삼십여 년 전 초가을의 어느 날이었다.

그 무렵에 조선 총독부에서는 본부 내에 토지 조사국(土地 調査局)이라는 것을 새로 두고, 이른바 '세부 측량대'라는 것을 방방곡곡에까지 파견하여 조선을 전국적으로 세밀히 측량하였는데, 김봉명 씨가 우리 마을에 나타난 것은 마침 '세부 측량대'가 마을에 와서 묵고 있을

바루 그때였다. 측량 대원은 모두가 일본 사람들이므로 그들은 반드시 조선 사람 통역생을 데리고 다녔는데, 그 통역생이 갑재기 무슨 사고로 마을을 떠나게 되었다. 통역생이 없어지자 마을 사람들은 여간 불편을 느끼지 않았다. 풍속이 다른데다가 언어까지 통하지 않는 일본인 측량 대원들이 남의 집에 함부로 드나들게 되므로 누구든지 일본 말 할 줄 아는 사람이 있었으면 하고 생각했을 즈음에 마침 김봉명 씨가 나타났던 것이다.

김봉명 씨는 일본 말이 능숙하였다. 일본 말로서 자기네의 불편을 덜어 주었다는 오직 그 한 가지 이유만으로도 김봉명 씨는 마을 사람들의 환심을 사기에 충분하였는데, 그는 일본 말뿐만 아니라 한문 소양도 착실해서 마을의 선비들과 글 토론도 곧잘 하였다. 게다가 워낙 천품이 호활하여 남녀를 막론하고 노소동락을 하므로, 좀 주책이 없다면 없다고도 하겠지만, 그러나 마을 사람들은 누구나 그와 이내 친근하여졌다. 더구나 아이들은 그의 옛날이야기에 혹하여 시구 때구 없이 그에게로 몰려와서는 이야기를 졸랐다. 그러면 맘성 좋은 그는 아이들을 나무 그늘로 몰고 가서 이야기 들려주기에 시간 가는 줄을 몰랐다. 천스러운 아이들에게 둘러쌔여서 손짓 몸짓을 해 가면서 유쾌하게 지꺼리고 있을 때의 그의 얼굴에서는 말할 수 없이 고귀한 향기가 풍기는 듯하였던 것이다.

그는 채림새에 전혀 무관심하였다. 언제나 몸에는 남누한 옷을 감고 있었지만 그러나 어딘가에 범상치 않은 기품이 느껴지는 것은 혹은 그의 풍부한 지식 때문이었던지도 모른다.

세부 측량대가 한 달쯤 후에 가 버리자, 김봉명 씨도 어디론지 떠나 버리려고 하여, 마을 사람들은 총동원으로 그를 만류하였다.

"정처 없이 떠돌아다닐 것 없이 아예 우리 마을에서 가치 삽시다."

어른들은 모두들 그렇게 권하였고, 더구나 아이들은 그를 부여잡고 놓지 않으면서

"아저씨! 가지 마세요. 우리 집에서 밥 지어 드리고, 옷 지어 드리라고 할게. 가지 마세요!"

하고 제각기들 달라붙어서

"허허……. 부평초같이 떠돌아다니던 넋이 한 군데만 뿌리를 박고 살 수가 있나!"

하고 그는 너털웃음을 웃으면서 그냥 눌러 있었다. 그리하여 그는 '최주부 영감님' 댁 사랑의 식객이 되였던 것이다.

제2장

김봉명 씨는 전혀 물욕지심이 없는 사람이었다. 먹으면 먹는 대로 무엇이든지 맛나게 먹었고, 입으면 입는 대로 아모것에나 만족하였다. 세상만사를 아주 초월한 사람처럼 그에게는 불평이라는 것이 없었다. 언제나 만사태평이었다.

들에 나가면 남의 김도 매 주고, 집에 들어오면 신도 삼아 주고, 새끼도 꼬아 주었다. 그리고 시간이 있을 때에는 순 한문책 같은 것을 탐독하였다.

"젊은 사람이 일생을 그렇게 허랑하게 보냈어야 어디 쓸 것인가? 젊은이는 젊은이답게 모름지기 청운의 뜻을 품어야지!"

그를 아끼는 마을의 선비들이 그런 말로 충고를 하면 그는 싱글상글 웃으면서

"청운의 뜻도 좋기는 좋겠지만, 뜻이 크면 책임도 클 터이니 차라리 뜻 없이 가벼운 몸으로 사는 것이 마음 편하겠지요."

하고 대답하였다.

"세상사를 그토록 헐터 버린대서야 살아갈 재미가 있어야지?"

"뜻을 가진다기로 무슨 대수겠어요."

"그러나 자네는 일어에도 능하니까 출세를 하자면 그리 어려운 일도 아닐 걸세."

"허허……. 쥐꼬리만 한 일본 말을 팔아먹은들 무슨 큰 값이 나가겠어요!"

하고 그는 겸허하게 웃을 뿐이었다.

그때 그의 일본 말 실력이 과연 어느 정도였던지 지금 판단키는 대단히 어려운 일이나 그러나 삼십여 년 전인 합병 직후였고 보매, 그가 소원이라면 취직 같은 것은 문제도 아닐 것이었고, 약속바르게 굴었으면 혹은 고등관 몇 동쯤은 수월히 차지할 수 있었을 것이다. 그래서 언젠가는 마을 사람들이 그런 뜻을 울러 보았더니 그는

"벼슬을 얻어 구경지위(九卿之位)에 오르는 것도 좋겠지만, 나는 역시 야인(野人)이 좋더군요. 초개에 부쳐서 무명지사로 보내는 일생과 벼슬로 일신에 영화를 누린 일생과를 비교해 볼 때 결국 별다른 것이 무엇이겠어요. 귀거래혜(歸去來兮) 전원이 장무[田園 將蕪]하매 호불귀

(胡不歸)리오-죠. 허허허…….”

하고 도연명의 귀거래사를 읊쪼리며 유연자약하게 웃었다.

언젠가는 최주부 영감님이, 자네는 색시를 얻을 생각은 없나 하고 물었더니 그는 게면쩍을 때에 늘 하는 버릇대로 뒷통수를 손으로 쓸면서 생각이 없는 것도 아니라고 대답하였다.

“그래……. 정말이라면 내가 주선해 줄까?”

최주부 노인은 한자리 나앉으며 탐탁히 물었다.

“주선해 주십시오. ……. 그렇지만, 색시는 남이 주선해 주는 것보다도 제가 직접 제 눈으로 보고 골라야 할 것이 아닐까요?”

“시체말로 자유 결혼이란 것 말인가? 그러나 미인이기만 하면 문제없겠지?”

“미인이면 좋구말구요!”

하며 그는 어린아이처럼 싱글거렸다.

“미인이라는 것도 눈 나름인데, 자네가 말하는 미인의 표준은 무엇인가? 저 역발산(力拔山)의 항우로 하여금 우혜우혜내약하(虞兮虞兮奈若何)로 비탄케 한 우미인 같은 미인도 있겠고, 백낙천으로 하여금 장한가를 부르게 한 왕소군 같은 미인도 있겠고— 미인에도 여러 가지 종류가 있을 터인데, 자네는 대체 어떤 미인을 좋아하나?”

“허허허……. 이거 큰일 났습니다그려! 도대체 안해란 귀찮은 짐이 아닐까요?”

“그야 귀찮을 때도 있겠지만, 내외간의 정리란 무궁무진한 맛이 있는 걸세.”

“글세요. 저는 잘 모를 일입니다.”

"암, 모르구말구. 그런 것은 실지로 장가를 들어 보기 전에는 상상만으로는 도저히 알 수 없는 일이지!"

그 모양으로 해서, 최주부 노인은 그 후에 장가들기를 두세 번 더 권하였으나, 김봉명 씨는 빙글빙글 웃기만 할 뿐이지, 도무지 탐탁히 귀담아 들으려고 하지 않았다.

제3장

김봉명 씨가 우리 마을에 온 지도 어느덧 이태가 넘었다. 두 번째의 겨울이 가고 새봄이 다시 돌아왔다. 눈 속에 파묻혀 있던 산과 들에 봄빛이 짙어, 먼 산 밑에서는 아지랑이가 사물거리고, 철로 둑 양지짝에는 봄풀이 파릇파릇 싹트기 시작하였다. 황해 바다의 어름이 풀려, 나날이 부풀어 오르는 바다 위에 어선들이 한가로히 떠돌았다.

마을의 등줄기를 이루고 있는 용와산(龍臥山) 마르터기에 올라서 망망무제한 바다를 바라보면 멀리 수평선에서 아롱거리는 봄 안개가 마치 무슨 신비를 속삭이고 있는 듯이 보였다.

김봉명 씨는 봄 바다 바라보기를 무엇보다도 좋아하였다. 볕이 따수운 날이면 그는 용와산 잔듸밭에 앉아서 얼빠진 사람처럼 진종일 바다만 바라보고 있었다. 아모리 바라보아도 싫지 않은 것이 봄 바다인 양 싶었다.

어느 날—그날도 김봉명 씨는 바다를 바라보며 하로를 보내였다.

해 질 무렵이 되자, 집으로 돌아오려고 막 일어서려는데, 문득 아득한 바닷ㅅ가에서 이리로 걸어오는 한 여인의 자태가 눈에 띄었다. 여인의 분홍 저고리와 청친 치마에 석양볕이 찬연히 반사되어, 조화된 색채가 눈부시도록 강렬한 자극을 주었다. 김봉명 씨는 눈을 두어 번 부비고 나서 여인을 다시 바라보았다. 먼 바다를 배경으로 하고 꽃같은 색채로 산길을 걸어오는 그야말로 놀랍도록 아름다운 여인일 것 같은 직감이 느껴졌다.

그는 차츰 가까워 오는 여인을 한참 동안 황홀하게 바라보다가, 문득 쏜살같이 산을 달려 내려와서 여인에게로 마주 걸어갔다. 그러나 정작 가까이 가 보니 그는 읍내에서 기생 노릇을 하고 있는 강첨지의 딸 서분녀(西粉女)였다.

"체! 서분녀였군! ……. 나는 또 하늘에서 하강한 무지 선녀인 줄 알았지!"

김봉명 씨는 사뭇 실망한 듯이 혀를 차며 중얼거렸으나, 그실 얼굴에는 기쁜 빛이 그득히 넘쳐 있었다.

"안녕하세요, 봉명 씨?"

서분녀는 상냥하게 웃으면서 물었다. 웃을 때에는 두 뺨에 보조개가 옴목옴목 지는 것이 귀여웠다. 갸름한 통상에 코날이 날씬하여 총끼 있어 보이는 얼굴이었다.

김봉명 씨는 서분녀와 같이 걸어오면서 물었다.

"집에 다녀가려구 오나?"

"네……. 그렇지만, 당분간은 집에 있겠어요."

"왜? ……."

"기생 노릇 그만하구, 인젠 나두 시집가서 시집사리를 좀 해 봐야죠."

서분녀는 기생으로 있으면서 어떤 부호의 원조를 받고 있었다. 그 부호가 별안간 죽게 되어, 서분녀에게는 상당한 위자료가 돌아왔다. 그래서 이번 기회에 기생 생활을 청산하고 집으로 돌아온 것이었다.

"그게 정말인가?"

김봉명 씨는 한참 묵묵히 걷다가 문득 오금을 박듯이 물었다.

"호호호……. 왜 그렇게 어리둥절하는 얼굴을 하세요? ……. 제 말이 거짓말 같으세요?"

서분녀는 명랑하게 웃었다. 명랑한 서분녀를 바라볼수록 김봉명 씨는 얼굴이 붉어져서 아무 대답도 못하였다.

집으로 돌아온 서분녀는 처녀 시절과 마찬가지로 일에 부지런하였다. 기생으로 놀아먹던 흔적은 조곰도 보이지 않았다. 바닷가에서 혼자 빨내를 할 때에는 노래를 불렀다. 즐겁게 노래 부르며 빨내하고 있는 서분녀의 명랑한 뒷태도를 김봉명 씨는 각금 나무 그늘에서 몰래 바라보군 하였다.

서분녀를 바라보고 있으면 그는 저도 모르게 미소를 떠올랐던 것이다.

제4장

일본과 합병한 지도 이미 구 년 — 일본 세력이 방방곡곡에 침투됨에 따라, 시골 청년들 간에도 일본 말에 대한 지식열이 차츰 팽창하여 갔다. 공문서 한 장을 알아보는 데도 일본 말 지식이 필요했고, 관청에 가서는 일어를 모르면 사람 구실을 할 수가 없었다.

읍내에 보통학교가 신설되어, 석서골 마을에서도 다섯 아이가 통학을 하게 되었다.

기미 년 바루 전 해인 무오 년 겨울이었다. 마침 마을의 청년들이 놀고 있는 농한기(農閑期)를 이용해서 일본 말 강습을 받는 것이 어떠냐고 김봉명 씨가 제의하였다. 마을의 청년들은 너도나도 쌍수를 들어 환영이었다.

강습회는 이내 열기로 되었다. 그러나 마을의 늙은이들이 반대할는지 모른다고 해서 그들에게는 일체 비밀에 부쳐 두었다. 강사는 물론 김봉명 씨 자신이었다.

"내가 여러분에게 일어를 가르키려는 것은 여러분을 일본 놈의 종사리를 시키기 위해서는 절대로 아닙니다. 일본 놈이 우리 조선 민족의 원수라는 것은 내가 이 자리에서 새삼스러히 말하지 않아도 여러분은 잘 알고 있을 것입니다. 그런데도 불구하고 내가 여러분에게 일본 말 배우기를 권하는 이유는 그러면 대체 어데 있는 것이겠습니까? 말할 것도 없이 아는 것이 힘이기 때문입니다. 우리는 빼았긴 나라를 도루 찾기까지는 일본 사람과 싸와야 하는데, 나를 알고 적을 아는 것만이 싸홈에 이기는 비결입니다. 일본 말이 원수 놈들의 말이라고 해서 배척만 한다면 우리는 날이 갈수록 그들에게 학대와 구박만 더 받게 될 것입니다. 우리가 일본 말을 배우는 가장 중요한 목적은 일본 말을 일본 놈들과 싸호는 무기로 쓰자는 데 있읍니다. 만약 목적을 그르

쳐서 일본 놈들에게 붙어 돈벌이나 하려고 일본 말을 배우려는 청년이 이 방 안에 한 사람이라도 있다면, 나는 그런 비굴한 청년에게는 일어를 배워줄 수 없으니 이 시간에 당장 나가 주기를 바랍니다."

이상은 일어 강습회를 시작했을 첫날 밤에 김봉명 씨가 강습생들에게 들려준 연설의 일단이었다. 그는 강습회에 여간 열성이 아니었다. 일어 강습이 끝난 후에는 하룻밤에 한 시간식 과외로 국사 강좌도 하였다. 강습생들은 일어 강습보다도 국사 강좌에 더욱 흥미를 가지고 있었다. 김봉명 씨는 일단 강단에만 올라서면 평상시와는 아주 딴사람처럼 위엄이 있었다.

그러나 일어 강습회가 언제까지고 노인들 간에 알려지지 않을 수는 없다. 열흘이 채 못 가서 비밀은 폭노되고야 말았다. 노인들은 무슨 역적 모임이라도 발각한 것처럼 일대 소동을 이르켰다. 더구나 마을의 장노(長老) 격인 윤재장은 노발대발해서 얼굴이 우르락프르락해지며

"그런 역적 행위를 하는 놈을 마을에 그냥 두었다가는 후일에 어떤 우환을 일으킬지도 모르니까 오늘 당장 내쫓아야 한다!"
하고 살기가 등등하였다.

노인들은 이내 윤재장 댁 사랑방에 뫼여서 김봉명 씨를 불러 문초를 하기로 하였다. 김봉명 씨는 공손히 노인들 앞에 나와 앉았다. 노인들의 날카로운 시선을 한 몸에 받으면서도 그는 조곰도 동요하는 기색을 보이지 않았다. 일순간 방 안에는 차디찬 공기가 풍기었다.

"자네가 동리 아이들에게 밤이면 일본 말을 가르킨다는 소문이 떠도는데, 그 소문이 과연 사실인가!"

윤재장이 먼저 침묵을 깨트렸다. 김봉명 씨를 쳐다보는 그의 시선은 날카로웠다.

"네 사실입니다."

김봉명 씨의 대답은 침착하였다.

"사실이라? ……."

윤재장은 김봉명 씨의 지나치게 침착한 태도에 더욱 화가 치밀어서

"일본 놈은 우리와는 불구대천지 원수인데, 아이들에게 어쩌자고 그런 말을 가르킨단 말인가?"

김봉명 씨는 한동안 잠작고 있었다. 죽은 듯한 침묵이 긴장 속에 흘렀다. 그러자 그는 수그렸던 얼굴을 고즈녁히 들며, 고요히 입을 열었다.

"일본 놈이 우리들의 불구대천지 원수라는 것은 저도 잘 알고 있습니다. 그러기에 여러 어른들께서 일어 강습회를 반대하실 것을 짐작하고 저도 오래동안 주저했었습니다. 그러나 일본 놈이 우리의 원수이기 때문에 그 원수를 갚기 위해서도 일본 말은 배워야 한다고 저는 생각했습니다. 원수의 말을 배격한다는 것은 대의명분으로는 옳을지 모르지만 시세를 무시한 대의명분은 고집이오 감정일 것입니다."

"에키! 이 고약한 놈 같으니, 뭐이 어쩌고 어째?"

윤재장은 화를 벌칵 내며 장죽으로 삿대질을 했으나, 김봉명 씨는 여전히 침착하게

"잠간만 제 말슴을 더 들어주십시오.……. 나라를 생각하고 민족을 사랑하는 것은 결국 민족의 행복을 위한 진심에 지내지 않을 것입니다."

"그래, 자네는 아이들에게 일본 말을 배워 주어서 그놈들의 종사리를 시켜서 우리가 잘 살 수 있다는 말인가?"

"아닙니다. 나도 이 나라의 피를 받아 난 이상, 어찌 일본 놈의 종이 되기를 바라겠습니까? 그렇지만 우리는 시세를 알아서 행동을 시세와 더부러 해야 할 것입니다. 일본 놈들과 싸호자면서 일본 말을 모르고서야 어떻게 충분히 싸울 수 있겠습니까?"

노인들은 그 말에는 저윽이 수긍하는 바 있었다. 그러나 윤재장만은 끝내 노염을 풀지 못하였다.

"구실이야 얼마든지 서겠지! 그러나 어린아이들에게 일본 말을 가르킨다는 것은 그 자체가 이미 일본 놈에게 굴복하는 정신을 배양하는 결과가 될 것이니까, 우리는 단연 용서할 수 없네. ……. 그리고, 자네는 당장 오늘로 이 석서골에서 나가 주게. ……."

김봉명 씨는 잠작고 있었다. 그의 눈에서는 두 줄기의 눈물이 소리 없이 흘렀다. 마을을 쫓겨나는 것이 슬픈 것이 아니라, 끝까지 오해를 사는 것이 슬펐던 것이다. 저 한 몸이 이 마을을 떠나는 것은 애시당초 문제가 아니지만, 제가 이대로 마을을 떠난다면 노인들은 말할 것도 없고, 강습생들까지도 노인들의 이견을 정당한 줄로 믿게 되어, 그들은 점점 시세에 뒤떠러질 것이니 그것이 슬펐다. 그들의 잘못을 발견한 이상, 그것을 그냥 내버려 두고 떠난다는 것은 김봉명 씨의 정의감이 허락지 않았다.

"이번 일은 제가 잘못했사오니 널리 용서하시고, 그냥 마을에 눌러 있게 해 주시면 고맙겠습니다."

김봉명 씨는 문득 머리를 조아리며 노인들에게 이렇게 애원하였다.

노인들은 이외의 사죄에 일시는 아연하였다. 잠시 침묵이 있은 뒤에

"자네가 잘못을 깨달았다면 이번만은 널리 생각할 터이니, 금후에는 그런 일이 절대로 없도록 하게!"

하고 이번에는 최주부 노인이 먼저 입을 열었다. 그리고 그 제안에 대해서 다른 노인들도 별로 반대하지 않았다.

그리하여 김봉명 씨는 간신히 석서골 마을에 눌러 있는 것만은 허락되었던 것이다.

제5장

일어 강습회 사건 이후로 김봉명 씨는 십여 일을 두고 두문불출하였다. 무슨 중병에 걸린 사람처럼 밤낮 컴컴한 방구석에 누어서 눈알을 껌벅거리며 천정만 처다보고 있었다.

그러한 어느 날 석양 무렵에 서분녀가 문득 찾아왔다.

"봉명 씨! 왜 요새는 방구석에 누어만 있으세요? 어디가 불편하세요?"

서분녀는 얼굴을 불그랗니 붉히면서 물었다.

"아니, 아모 데도 아푼 데는 없어……."

김봉명 씨는 당황히 일어나 앉으며 대답하였다.

"얼굴이 좋지 않으세요……. 참 저번에는 노인님들한테 일어 강습회 문제로 꾸중을 들으셨다죠?"

"응……."

"노인들이란 참 너무 완고해서 하는 수 없어요! 일본 말 가르키는 게 무슨 잘못이라구! …"

"서분녀두 진정 그렇게 생각하나?"

김봉명 씨의 얼굴에는 금시로 화기가 돌았다. 눈에는 광채가 영롱해졌다.

"그럼요. 지금이 어느 때라고, 영감님들처럼 공자 왈 맹자 왈만 외이구 있겠어요."

"옳아, 옳아! 서분녀의 말이 옳아! 오늘에야 나를 이해하는 동지를 한 사람 만났어! 서분녀! 참 고마우이…….."

그는 짜장 어린아이처럼 기뻐 날뛰면서 서분녀의 등어리를 체면불고하고 툭툭 두드렸다.

"아이, 웃어 죽겠네! 어린애처럼 건 뭘 그러세요?"

서분녀는 얼굴을 약간 붉히면서 상글상글 웃었다. 그 웃는 얼굴이 즈므러 가는 황혼 속에 한 떨기 박꽃이 방끗 핀 듯이 신선해 보였다.

김봉명 씨는 미소 띠인 서분녀의 얼굴을 고요히 정시하고 있었다. 그의 시선에는 긴장과 정열의 빛이 차츰 짙어갔다. 그리고 그의 입술은 경련하듯 포들포들하였다.

"서, 서……. 서분녀!"

그는 마츰내 떠듬떠듬 떠듬으며 불렀다.

"네?……."

"!……."

김봉명 씨는 아모 말도 못하고 서분녀의 눈동자를 구멍이 뚜러지도록 응시할 따름이였다. 성난 즘성처럼 어깨를 떨었고, 호흡이 거칠었다.

"아이 참 웃어 죽겠네! 천치처럼 남의 얼굴은 왜 그리 처다보세요?"

서분녀는 얼굴이 다라올라서 상큼 일어서 밖으로 나와 버리고 말았다. 그러자 김봉명 씨는 기절이라도 하는 사람처럼 방바닥에 푹 나가자빠지며 "후—" 하고 까닭 모를 한숨을 쉬었다.

그로부터 한 달쯤 후의 일이다.

마을에서 그리 멀지 않은 바닷가에서 서분녀가 빨내를 하고 있노라니까, 어디선가 문득 한 개의 돌이 날아와 물 위에 떠러지더니 서분녀의 얼굴에 물방울이 튕겨졌다. 깜짝 놀라 사방을 둘러보았으나, 사람의 그림자는 보이지 않는다. 괴이하게 생각하며 다시 빨내를 하고 있노라니까, 이번에는 조고만 돌이 등어리에 날아와 떠러진다. 서분녀는 화가 발끈 동하여, 훌딱 일어서며 돌이 날아온 방향을 살펴보았다. 그러자 열 간쯤 떠러진 모래밭에 자라 모양으로 납짝히 업드려저 있는 사나이가 눈에 뛰었다.

"체! … 뭐애요, 봉명 씨!"

서분녀는 책망하듯이 발을 굴으면서 웨쳤다.

"하하하……."

김봉명 씨는 어실렁어실렁 일어서면서 통쾌하게 웃었다.

"밉살머리스럽게……. 내가 가만둘 줄 아세요?"

서분녀는 바가지에 바닷물을 떠서 금방 끼얹을 시늉을 한다.

"우와아……. 무서워……."

김봉명 씨는 일부러 쫓기는 시늉을 하며 서분녀에게로 가까이 왔다. 그날 두 사람은 해가 저물 때까지 바닷가에서 이야기로 시간을 보내였다. 그리고 그날부터 두 사람은 서로 사랑하는 사이가 되었다. 김봉명 씨는 인생의 즐거움을 그제야 깨달은 듯이 각금 노래를 불렀다. 서분녀의 눈동자를 가만히 바라보고 있으면 가슴이 무한히 부프러 올랐다. 서분녀의 입에서 흘러나오는 한마디 한마디가 생의 찬미처럼 아름답게 들려서 사지에 새로운 희망이 솟아올랐다. 들에 핀 한 송이 꽃에도 환희가 느껴지고, 밤하늘의 별들이 저를 위하여 신비를 속삭이는 듯하였다.

그들은 단 둘이서 각금 밤늦게까지 바닷가를 거닐기도 하였다.

제6장

여름이 가고, 가을이 왔다. 김봉명 씨와 서분녀와의 소문은 마을 사람들에게 모두 알려졌다. 그들에게 결혼을 권고하는 사람도 있었다.

오동나무 잎이 떨어지기 시작하여 밤마다 벌레 소리가 소란해 가는 어느 날이었다. 하로는 바닷가에 빨내를 갔던 서분녀가 날이 저므러도 돌아오지 않았다. 사방이 캄캄하게 어두어도 아무 소식이 없으므로 김봉명 씨는 어떤 전률할 예감을 느끼며 바닷가로 달려 나갔다. 그러나 서분녀는 아모 데서도 보이지 않았다.

"서분녀―― 서분녀――"

모래밭을 오락가락하면서 바다를 향하여 고래고래 소리 질렀으나 대답이 없었다. 오랜동안 캄캄한 해변을 헤매이다가 간신히 발견한 것이 빨래 광우리와 그 옆에 버서 놓은 서분녀의 옷이었다. 김봉명 씨는 가슴이 처렁하였다.

"서분녀——"

그는 서분녀의 옷을 들고 처량한 목소리로 바다에 웨쳤다. 그러나 캄캄한 바다에서 들려오는 것이라고는 오직 파도 소리뿐이었다.

"서분녀—— 서분녀——"

두 손을 입에 모아 대고 부르짖었다. 그러나 안타까이 웨치는 고함을 물결 소리는 사정없이 지워 버린다. 밤바다는 공포의 심연이었다.

만약 마을에서 수사대(搜査隊)가 달려오지 않았던들 김봉명 씨는 밤새껏 바닷가를 헤매이다가 그대로 미치고 말았을는지도 모를 일이었다. 수사대의 손으로 서분녀의 시체는 이내 발각되었다. 서분녀는 멕을 감으려고 바다에 들어갔다가 그냥 죽어 버린 것이었다.

슬픈 일이었다. 마을 사람들은 서분녀의 아름다웠음을 새삼스러히 찬양하고, 김봉명 씨의 불행을 진심으로 동정하였다. 죽은 사람의 기억은 날마다 멀어 가는 법이건만 그러나 봉명 씨만은 언제까지고 서분녀를 연연해 하였다. 밥만 먹고 나면 바닷가로 달려 나가서 "서분녀여! 서분녀여!" 하고 슬프게 부르는 소리가 듣는 사람의 마음을 무한히 눈물겨웁게 하였다.

이윽고 겨울이 오자 바다가 꽁꽁 얼어붙고 그 위에 눈이 몇 자식 쌓여 갔다. 살을 어이는 듯이 맹렬한 하누바람이 날마다 사정없이 불었으나 김봉명 씨는 추운 줄도 무르고 미친 사람처럼 바닷가를 오락가락하며

"서분녀여! 서분녀여!"

하고 여전히 서분녀의 이름을 안타까이 불러 싸았다.

그것은 이미 정신이 온전한 사람의 행동이 아니었다. 마을 사람들은 봉명 씨가 서분녀의 혼령에 흐리운 것이라고 말하였다. 몹시 추운 어느 날, 그날도 역시 바닷가에서 헤매이다가, 그는 마침내 손이 얼고, 발이 얼고, 귀가 얼고, 몸이 얼어서 그 자리에 정신없이 쓸어졌다.

동리 사람들이 봉명 씨를 들겯에 담아 드려왔을 때에는 그는 이미 인사불성이었다.

제7장

해가 바뀌여, 기미 년이었다. 일찌기 일어 강습생이었던 마을의 청년들은 정초에 술과 안주를 차려 가지고 김봉명 씨를 찾아왔다. 동상으로 겨우내 자리 보존하고 누어 있던 봉명 씨는 어기적어기적 일어나 앉았다. 머리와 수염이 텁수룩한데다가 기운까지 제대로 차리지 못해서 그야말로 물귀신 같아 보였다. 청년들은 몹시 측은하게 여겨서 진심으로 그를 위로하였다.

"인제 새해도 되고 했으니 과거지사는 잊어버리구, 새 기운을 차리십시요."

"고맙네!"

봉명 씨는 잠고대처럼 중얼거렸다.

이윽고 주연이 벌어지자, 그는 권하는 대로 사양치 않고 술을 마셨다. 술을 마신다기보다도 목구멍으로 부어 넣었다. 좌석이 번거로워 감을 따라 노래가 나왔다. 노래들을 부르는 동안에도 봉명 씨는 연송 술을 마셨다. 이미 군드레만드레로 취하였던 것이다.

"자아 선생님도 노래나 한마디 부르십시오!"

"노래? 나더러 노 노래를 부르란 말이지? 부르지! 부 부르구말구! 자 자네들이 부르라는 노래를 내 내가 안 부를 수가 있나!"

봉명 씨는 잘 돌아가지 않는 혀를 굴려서 그렇게 말하였다. 여럿은 박수갈채를 하며 환영하였다. 그리자 봉명 씨는 조으는 듯 눈을 지그시 감고, 고개를 두어 번 끄덕이더니 황홀한 표정으로 랑랑하게 한시를 읊기 시작하였다.

소릉야노탄성곡(少陵野老吞聲哭)
춘일잠행곡강곡(春日潛行曲江曲)
강두궁전쇄천문(江頭宮殿鎖千門)
세류신포위수록(細柳新蒲爲誰綠)

음량(音量)이 풍부한 아름다운 음성이었다. 애연히 흘러나오는 매로디이는 듣는 사람의 마음을 한없이 애닯게 하였다. 가사(歌詞)는 현종 황제(玄宗 皇帝)가 안록산(安祿山)의 난을 피하려고, 사랑하는 양귀비(楊貴妃)에게 주검을 내리고 망명한 사실(史實)을 노래한 두자미(牧子美)의 애강두(哀江頭)였다. 서분녀를 생각하고 부르는 노래임에 틀림없었다.

노래가 끝나자 좌중은 일제히 손벽을 치며 찬탄의 소리를 연발하였다.

"선생님이 노래를 그렇게까지 잘 부르실 줄은 몰랐습니다."

"아닌 게 아니라 천하 명창이십니다."

이렇게들 떠드는 청년들을 봉명 씨는 몽롱한 취안으로 쭈욱 돌아보다가 별안간에

"아하하하하하……. 아하하하하하……."

하고 숨이 꺼칠 듯이 웃어재끼다가, 마츰내는 그 웃음소리가 우름소리로 변하고 말았다. 청년들은 별안간의 일에 얼굴에 긴장을 띠었다.

"아하하하하하……. 술을 주게, 술을! ……."

하며 봉명 씨는 뷘 술잔을 높이 들어 내밀었다. 그리하여 남실거리도록 부은 술잔을 일층 높이 들면서

명모호치금하재(明眸晧齒今何在)

혈오유혼귀부득(血汚遊魂歸不得)

청위동류검각심(淸渭東流劍閣深)

거주피차무소식(去住彼此無消息)

애수의 고비를 넘길 때마다 봉명 씨의 눈에서는 구슬 같은 눈물이 방울방울 떠러졌다. 그러나 그는 눈물을 씻을 생각도 않고 그냥 노래를 불렀다.

인생유정루점억(人生有情淚霑臆)

강초강화기종극(江草江花豈終極)

여기까지 부르다가 그는 별안간에 흑흑 느껴 울었다. 서분녀를 생각하는 울음이었다. 좌중은 가슴이 눌리워서 호흡을 삼켰다. 인생 최대의 비탄에 직면한 느낌이었다.

김봉명 씨는 눈물을 술렁술렁 흘리면서 손을 들어 떨리는 목소리로

"자네들은 인정이 어떤 것인지를 아는가. 인생유정루점억(人生有情淚霑臆)이라, 인정이 인생의 꽃이라면 인정 없는 인생이야말로 허위가 아니고 무엇이겠나? 인정 없는 인생이야말로 허무요, 암흑이오, 지옥이 아니고 무엇이겠나. 아하하하……"

웃는가 하면 울고, 우는가 하면 다시 웃었다. 그야말로 미친 사람이었다.

청년들은 그때마다 그에게 술을 권하였다. 그리하여 한없이 울고 웃고 하며 떠돌다가 새벽녘이 되여서야 그는 마침내 골아떨어지고 말았다.

제8장

두 달이 고요히 지내갔다. 지루하던 겨울이 가고, 대지에 봄기운이 기운차게 뻐더 오르는 기미 년 삼월 일 일ㅡ이 땅의 겨레들이 피로써 부르짖는 독립 만세의 소리는 서울서 천여 리 떠러진 황해 바닷가의 석서골 마을에도 우렁차게 울려왔다. 해 질 무렵에 서울 소식을 들은 마을 사람들은 남녀노소 없이 만세를 웨치며 뒷동산 봉수대(烽燧台)

로 봉수대로 물결같이 밀려 올라갔다. 봉수대에서는 이미 봉불을 들어 화광이 충천하였고, 연다라 웨치는 만세 소리는 노도와 같이 잠드는 강산을 뒤흔들었다. 누구의 충동을 받은 것도 아니오, 누구의 지혜를 비는 바도 없이 이천 만의 입에서 한결같이 절로 흘러나오는 대한 독립 만세!

만세 소리는 마을에서 마을로, 이 산에서 저 산으로 끝없이 퍼져 나갔다.

봉수대로 모여드는 수천수만 군중이 들끓듯 만세를 높이 부르는 그 속에서 문득

"여러분!"

하고 소나무 위에서 엄청나게 큰 소리로 웨치는 사람이 있었다. 너무나 큰 소리임에 놀란 군중들은 일시에 소리를 죽였다. 죽은 듯이 고요해진 수천수만의 시선이 나무 위에서 웨치는 한 사람의 얼굴에 집중되였다. 나무 위에서 웨치는 사람은 김봉명 씨였다.

"여러분! 지금 우리는 조국을 찾으려고 만세를 웨치고 있읍니다. 오늘 밤 우리가 웨치는 이 만세 소리야말로 우리 이천 만 동포가 한결같이 희구하고 갈망하던 진정한 우리 민족의 소리입니다. 그러나 우리는 우리의 소원이 오늘 밤으로서 이루워지리라고는 결코 믿을 수 없읍니다. 우리들의 싸홈은 오히려 이제부터입니다. 그러면 우리는 이제부터 일본 놈들과의 싸홈에 이기려면 어떻게 해야 하겠는가? 그것은 오직 배워서 알아야 하는 것뿐입니다. 배우는 것만이 힘을 기르는 방도요, 아는 것만이 무기입니다. 우리들의 자손을 남의 노예로 만들지 않으려면 모름직이 교육을 시켜야 합니다. 서로서로 배우고

배워 주고 합시다. 일본 말이 우리들의 원수의 말이지만, 싸워 이기려면 일본 말부터 배워야 합니다. ─"

여기까지 웨쳤을 때 청중 속에서 돌연

"저놈 죽여라!"

하고 누가 웨쳤다. 그러자 너도나도 없이 "저놈 따려 죽여라!" "저놈 따려 죽여라!" 하는 고함이 여기저기서 일시에 폭발하였다.

살기에 넘친 군중들은 나무 위에서 봉명 씨를 때려 내려 차고 밟고 치고 때리고, 사정없이 유린하였다. 코와 눈과 입과 머리와 전신에서 피가 흘러내렸다. 그러나 아무도 사정을 보는 사람은 없었다. 한때에는 그를 존경하던 마을의 청년들조차가 그날 밤에는 선봉에 나서서 그를 따려 갈겼다.

마츰내 피투성이가 된, 시체나 다름없는 봉명 씨를 군중들은 산 위에서 바다로 굴러 내렸다. 그런 뒤에 군중들은 밤을 새여 가며 만세를 불렀다. 밤이 깊어 갈수록 만세 소리는 더욱 우렁차 갔다.

제9장

밤안개에 촉촉히 저즌 바닷가 모래 위에 아침볕이 찬연히 빛이었다. 모래밭에 피투성이로 쓸어져 있는 김봉명 씨를 보고 모여든 가마귀 떼가 내려 앉으려다가는 놀래여 날아오르고 놀래여 날아오르고 하여 진종일 까우까우 소란스럽게 울부짖었다. 가마귀가 내려앉지 못하는 것을 보면 목숨이 아주 끊어지지는 않은 모양인데, 그는 진종일 움직이지를 않았다.

기나긴 하로가 지나고, 바다에 노을이 비낄 무렵이었다. 시체인 듯하던 김봉명 씨는 조곰씩 몸을 움직이더니 얼마 후에는 간신히 일어섰다. 사람이라기보다도 피의 허수아비였다. 전신에 석양볕이 반사되여 더욱 붉었다. 그는 피의 동상과 같이 바다를 향하여 우뚝 서 있었다.

그에게는 모든 것이 공막하게 생각되였다. 천지간에는 본시부터 시야비야가 있을 리 없고, 인간사의 영고성쇄도 한낫 물거품일 뿐, 벽공에 떠도는 구름도 인생의 무상을 말하는 데 지내지 않아 보였다.

눈에 들어오는 것이라고는 오직 파도 머리에서 부서지는 흰 물거품뿐이다. 그 물거품 속에서 문득 서분녀의 얼굴이 나타나 보였다. 바다 저편에서 서분녀의 환영이 춤을 추고 있는 듯도 하였다.

바다를 쏘아보는 그의 충혈된 눈은 차츰 형형히 빛났다. 금시로 폭발될 듯이 입술이 푸들푸들 떨렸다.

이윽고 노을이 슬어지고, 바다 위에 황혼이 짙어 갔다. 지평선이 차차로 가까이 닥아와서, 기기을 따리는 파도 소리가 더욱 소란스럽고 어둠 속에서 부서지는 물결이 고기 비눌같이 번득거렸다.

찬바람이 불었다. 김봉명 씨는 바람에 휩쓸려 균형을 잃은 사람처럼 쓸어질 듯이 지축거리며 바다로 향하여 한 거름 두 거름 더듬어 나온다.

물ㅅ가에까지 다다르자, 그는 빛나는 눈으로 저므는 바다를 노려보았다. 아로삭인 조각처럼 한동안 버티고 서 있던 그는 문득

"서분녀—"

하고 목이 찌저지도록 고함을 쳤다. 사람의 소리라기보다도 성난 즘성의 포함이였다. 포함 소리는 바다에 울리였다. 그러나 대답하는 것이라고는 바다에서 울려오는 메아리뿐이었다.

"서분녀여—"

그는 다시 한 번 웨쳤다. 그러자

"어—"

하고 바다 저편에서 대답 비슷한 소리가 들려왔다. 메아리였다. 그러나 그 소리를 들은 김봉명 씨는

"서분녀! 서분녀여—"

하며 무작정하고 바다 속으로 저벅저벅 덤벼들었다.

첨벙! 하고 물에 쓸어지는 소리가 들렸다. 뒤니여 쩜벙쩜벙 안타깝게 허우적거리는 물소리가 한동안 계속되였다. 그리고, 그 소리마저 끊어지자 바다의 밤은 소란한 물길 속에 지옥같이 캄캄하게 짙어만 갈 뿐이었다.

제10장

하룻밤이 새이자, 바다는 다시 아침볕에 찬연히 솟아올랐다. 잔잔한 아침 바다는 쟁반 위의 기름처럼 붕만하였다.

주인 없는 노릿배 모양으로 바다 위에 둥둥 떠도는 김봉명 씨의 시

체를 굽어보며 갈매기 떼는 날개도 가볍게 유유히 물결을 희롱하고 있었다. (戊子 四月 稿)

모색(暮色)

불쾌한 꿈이었다.

빚(負債)을 갚아야겠노라고 하면서 귀희(貴姬)가 십만 원도 넘을 듯한 돈 뭉텅이를 현의 무릎 앞에 내밀어 놓았던 것이다. 돈 뭉텅이 우에는 지독히 세밀한 계산서까지 곁드려 있었다. 현은 하두 어이가 없어서 한동안 귀희를 멀거니 바라보기만 하였다. 사실 현은 귀희에게 빚을 지운 기억도 없으려니와 설사 어느 우연한 기회에 다소의 금액을 융통해 온 일이 있었다기로 이렇게 이자까지 또박또박 따져서 돌려주는 데는 섭섭하다는 정도를 지나쳐 기가 막킬 지경이었다. 빌려 간 돈이 있었다면 이편에서 잊어버렸더라도 돌려주는 것이 당연한 일이기는 하겠지만 그렇기로 이자를 따질 것은 무엇이며 계산서는 다 무슨 필요였던가 싶었다. 지금까지의 두 사람은 누구보다도 서로 이해하고 존경하는 사이였다고 믿어 왔는데 귀희가 별안간에 이렇게 맺고 끊는 태도로 나온 것은 아마 결혼을 한 때문인 것 같았다. 사실 지나치게 싹싹한 그 태도는 절교의 선언이라고밖에 달리 해석할 길이 없었던 것이다.

여자라는 인간은 일단 결혼을 하면 이렇게 옛날의 우정을 매몰하게 끊어 버리게 되며 그렇게 해야만 가정의 행복을 유지할 수 있다고 생각하는 것일까? 생각이 거기의 미치자 현은 눈앞에 놓여 있는 돈 뭉텅이가 단순한 돈이라기보다도 제가 지금까지 귀희에게 부었던 애정의 대까로만 여겨져서 괴씸하기 짝 없었다. 만약 계산서를 검토해 본다면 거기에는 필시 어느 날 만났을 때의 점심값이 얼마요 언젠가 보내 준 책값이 얼마요 어느 때 제가 슬퍼할 때에 위로해 준 수고료가 얼마라는 조목들이 세세히 기록되어 있을 것만 같았다.

현은 불쾌한 기분을 감출 길이 없어서 무거운 침묵에 잠긴 채 돈에는 손을 대일 생각조차 아니하고 덤덤히 앉아 있었다.

그리자 귀희는 살며시 일어서더니 방에서 나가 버렸다. 귀희가 문 밖으로 살아지는 것을 보는 순간 현은 용수철을 튕긴 듯이 벌떡 일어서다가 그 서슬에 잠을 깨쳤다.

깨여나서 생각해 보아도 역시 유쾌한 꿈은 아니다. 최근 육칠 년 동안 현은 한 달에 한 번 정도로 귀희의 꿈을 꾸어 왔고 지난봄에 그가 결혼한 후에도 꿈꾸는 버릇만은 여전해서 실지로는 만날 기회조차 없어졌으면서도 꿈에서만은 즐겁게 만나 왔던 것이 아닌가?

꿈 같은 것이 무슨 대중이 있으랴고 스스로를 위로해 보면서도 그러나 꿈이 영혼의 교섭을 의미하는 것이라면 귀희가 마음속으로나마 매정한 생각을 눈꼼만치라도 하였기에 그런 꿈을 꾸게 되는 것이 아닐까 싶었다. 그렇다면 비록 꿈이였으나마 그 돈에 손을 대지 않았기가 다행이였다고 생각하는 동시에 귀희의 그런 몰인정한 태도를 정면으로 나무래지 못했던 것을 뉘우치기조차 하며 이불 속에서 궁싯거리고 있노라니까 안해가 신문을 들고 들어왔다.

"아직 안 일어나시우? 조반이 다 됐는데—"

"응……. 지금 몇 시야?"

"열 시 오 분 전—"

안해는 현이 아모렇게나 버서 버린 내의를 채곡채곡 개켜 놓으며

"내일이 섯달 금음 모래가 설날인데… 나무두 떠러져 가구…"

더 듣지 않아도 가난한 살림사리에 대한 탄식이라 꿈도 비인정이 었지만 살림사리는 더구나 비인정적이었다.

"내일이 벌서 섣달 금음이던가?"

"그럼요. ……. 우리두 설 쉴 준비를 좀 해야겠는데 이달에는 월급 두 없구……."

"어떻게 되겠지! 설마 살아 있는 입에 거미줄 칠라구!"

현은 무책임한 말을 아모렇게나 지꺼리며 엎드려 누운 채 머리맡 에 놓여 있는 담배를 한 대 피여 물었다.

"어떻게 되기는 되겠지만 어쨌던 오늘은 신문사에 들려서 원고료 라도 좀 받아 오도록 하세요!"

"…………."

"해방 덕에 살림이 좀 페이는 줄 알았더니 페이기는커녕 날마다 가 드라 들기만 하니 어떻게 해요?"

안해가 언제나 입버릇처럼 늘어놓는 불평이었다. 해방 덕택에 남 들은 흥청거리며 살아가는데 자기 남편만이 소설을 쑵네 하고 살림 사리 하나 제대로 꾸려 나가지 못하는 것이 안해의 눈으로 보면 딱하 고 기막킬 노릇인 모양이었다. 현은 물론 안해의 그러한 실정을 모르

도록 어리석지는 않았다. 그러나 아무리 세상이 어지러워졌다기로 문학하는 사람까지가 모리배로 전락한다면 대체 민족적 양심과 문화의 성실성을 어디서 구해야 하겠느냐 싶어서 현은 굶을 때에는 굶는 한이 있더라도 양심에 벗어나는 행동은 될수록이면 하지 않을 결심이었다. 현으로 보면 그것은 눈물겨웁도록 비장한 결심이기도 하였다. 먹어 가는 것만이 인간 생활의 전부가 아니라면 먹는 문제를 떠나서 좀 더 아름다운 그 무엇을 위하여 살고 싶었다. 그것이 무엇인지는 현 자신도 잘 모르지만 하여튼 그런 세계가 있으리라는 것만은 큰 의심이 많았다.

그러나 현은 안해에게 그런 말을 했다가는 대뜸 경멸을 당할 것 같아서 입 박에도 내지 아니하고 담배만 퍼억퍽 피였다.

생각하면 물가가 나날이 다락같이 뻗어 올라가는 이 시대에 원고료로 먹어 가기란 아득한 일이었다. 직업을 가졌다고 생활이 안정될 일도 아니지만 동모들과의 의리 관게로 지난달에 직업을 던진 후로는 신문에 연재하는 소설 원고료가 유일한 수입이 되어서 살림은 점점 위협을 느꼈다. 다소라도 그 위협을 완화시키기 위해서는 창작이고 잡문이고 닥치는 대로 써서 원고료 수입을 느리는 수밖에 없었다. 그러자니 못처럼의 문학도 먹기 위하여 밤낮없이 붓을 달려야 하는 동안에는 속된 점에 있어 대서업자와 조곰도 다를 것이 없었다. 개탄은 하면서도 할 수 없는 일이었다.

"오날은 돈을 꼭 좀 마련해 오세요."

안해는 최후의 선언 비슷한 한마듸를 던지고 방에서 나가 버린다. 꿈으로 돌려 버리기에는 너무나 비중이 무거운 선언이었다.

"누가 한 백만 원 퍽 던져 주는 사람은 없을까?"

현은 담배를 피우며 그런 터무니없는 공상을 하다가 문득 아까 꿈에 귀희에게서 십만 원을 받아 놓았던 일을 생각하였다.

그러나 아모리 살림이 군색하고 돈에 눈이 어두웠기로 그 돈이라도 받았더라면 하는 생각은 추호도 없었다. 호의(好意)와 우정을 돈에 팔아야 하도록 비굴한 인생이라면 차라리 개천가에 쓸어져 죽는 편이 나흐리라고 생각하였다.

현은 문득 굴원(屈原)의 어부사(漁夫辭)의 일 절이 머리에 떠올라서 입에 옮겨 읊어 보았다.

굴원 왈(屈原 曰)

오문지(吾聞之)컨댄 신목자(新沐者)는 필탄관(必彈冠)이요 신욕자(新浴者)는 필진의(必振衣)어늘 안능이신지찰찰(安能以身之察察)로서 수물지문문자호(受物之汶汶者乎)아? 영부상류(寧赴湘流)하야 장강어지복중(葬江魚之腹中)인들 안능이호호지백(安能以皓皓之白)으로 이몽세속지진애호(而蒙世俗之塵埃乎)?

읊어 가는 동안에 귀희의 모습이 안개 속의 유령처럼 어렴풋하게 나타나 보였다.

귀희는 정말 우정을 돈으로 따질 수 있다고 생각하는지 첫째로 그것이 궁금하였다. 둘째로 설사 그렇게 생각했다기로 현의 꿈에까지 나타났다는 것이 수상하였다. 최후로 그런 속된 꿈을 꾸는 자기 자신에 화가 치밀어 올랐다.

그리자 현에게는 한 개의 해답이 떠올랐다.

과거 육칠 년 내로 해마다 거리에 새 달력책이 나돌 무렵이면 귀희는 반드시 현의 새해 운수를 보아다 주는 버릇이 있었다. 무어 토정비결(土亭秘訣) 같은 것을 믿어서라기보다도 그것은 일종 애정의 표시일 것이므로 현은 내심 매우 고맙게 생각하였던 것이다. 그러나 지난 봄에 그가 출가한 뒤로는 이미 자유의 몸일 수 없기에 금년에는 운수를 보아 준다든가 그럴 수는 없으리라고 현은 생각하였다. 물론 바랄 수도 없는 일이고 또 바래여서는 안된다고 자제하면서 년말이 가까웁자 현은 거이 무의식중에 은근히 기대를 품고 있었다. 그러나 섣달 금음이 내일인데도 아무 소식이 없으므로 결국은 서글픈 실망을 느끼지 않을 수 없었고 그 실망한 심리의 반동이 말하자면 괴상한 꿈으로 나타난 것이리라 싶었다. 그렇게 따지고 보니 귀희를 나무래기보다도 너무나 비속한 자신이 부끄러웠다.

남녀 간의 우정이란 숙명적으로 비극을 내포하고 있는 것만같이 여겨져서 더욱 불쾌하였다. 남성과 여성은 성(性)의 차별을 초월해서 좀 더 자유로운 입장에서 이를테면 버들가지와 봄바람과 같은 의리로 혹은 달과 박꽃(朴花)과 같은 정리로 담백하고도 순결한 입장에서 표표한 심정으로 사귈 수는 없는 것일가? 옛날 사람들은 한 줄의 시를 쓰지 않으면서도 능히 시인으로 자처하였고 한 폭의 그림을 그리지 않으면서도 족히 화가로 행세할 수 있지 않었던가? 시를 안 쓰는 시인과 그림을 안 그리는 화가가 있을 수 있다면 연애를 떠난 남녀 교제라는 것도 마땅히 있을 법한 일이오. 참다운 사랑은 그래야만 할 것이 아닐까 싶었다.

그러자 현은 문득 경숙(璟淑)을 연상하였다. 현이 사괴여 온 여자들 중에서 경숙이가 가장 그에 가까운 여성일 것이기 때문이었다. 현이 경숙을 알게 된 것은 그가 여학교를 졸업한 이듬해의 일이었으니까 햇수로 치면 어느덧 십오륙 년이나 되었다. 현이 그때 만약 독신이었던들 그는 경숙과 결혼하였을는지도 모를 일이었다. 그러나 결혼한 몸이였기 때문에 현은 경숙을 누이동생처럼 사랑하였고, 경숙이 역시 현을 오빠처럼 존경하였다. 부질없는 오해를 살 넘녀도 있고 해서 집에까지는 찾아오지 않았으나 계절이 바뀔 무렵이면 경숙은 반드시 한 번식 직장으로 현을 찾아오군 하였다. 결혼한 후에도 그의 태도에는 조곰도 변동이 없었다. 오래간만에 만난 두 사람은 혹은 싹트는 가로수 밑을 거닐며 막켰던 정회를 풀기도 하고 혹은 조용한 음식점에서 점심을 같이 먹기도 하였다. 그러나 헤여질 때에는 결코 다시 만날 기약을 두지 않았다. 만나지는 대로 만났다가 바람같이 헤여지는 담담한 사이였다. 물론 만나는 것이 즐거운 일이기는 하였으나 그렇다고 헤여지는 것이 심리의 부채가 되도록 슬픈 것도 아니었다.

　절기가 바뀔 때마다 경숙이가 찾아올 그 무렵이로구나 하고 생각하면 이삼일 안으로 경숙은 으레히 현을 찾아오군 하였다. 현에게는 경숙이가 계절의 사도이기도 하였다.

　"해가 바뀌여 가니까 경숙이가 지금쯤은 직장으로 한번 찾아왔던지도 모른다―."

　현의 생각이 여기까지 이르렀을 때 안해는 현을 성화같이 재촉하여 일으켰다.

　찬 없는 밥을 떠 넣으면서도 오늘은 어디서 돈을 작만해야 하나 하고 현은 그것만이 걱정이었다. 원고료를 받을 수 있는 몇 군데의 잡지사와 신문사가 머리에 떠오르기는 하였으나 모두가 탐탁지 않는 금액이었다. 대견스럽게도 많은 원고료를 독촉하기가 죽기보다 괴로운 일이지만 그런대로 찾아가지 않을 수 없어서 조반 후에는 두루마기를 걸치고 맨머리 바람으로 나섰다.

몇 군데 들러서 간신히 과세할 정도의 돈을 받아 넣은 것은 오후도 훨씬 지난 때였다.

날씨가 흐리멍텅하게 흐려서 거리는 눈이 나릴 듯이 음산하다. 집으로 돌아오기에는 저녁밥 시간이 좀 일은 듯해서 현은 어디로 갈까 하고 잠시 망서리다가 명동에 있는 책방에나 들려 볼 생각으로 피·액스 앞 네거리를 명동 골목으로 절반쯤 건너왔을 때 별안간에 교통 신호가 때르렁하고 울렸다. 현은 팔장을 긴 채 황겁히 달려 건너왔다. 그래서 골목 어구에 머물러 있는 자동차 옆을 달려 지내오다가 때마침 바른편에서 횡단해 오던 웬 여자와 자동차 모퉁이에서 하마트면 몸을 부드칠 번하게 딱 마조쳤다.

현과 그 여자는 소스라치게 놀라 서로 튕긴 듯이 두어 거름식 뒷거름치며 마주 바라보다가

"난 또 누구라구!"

"어쩌면! —"

두 사람은 인사를 대신해서 꼭 같이 한마디식 싱겁게 지꺼렸다.

하마트면 충돌할 번한 그 여자는 이외에도 경숙이었던 것이다. 현은 반가웠다.

"오래간만이얘요!"

하고 경숙은 잠시 후에 미소하면서 상반신을 약간 굽힌다.

"원수는 외나무다리에서 만난다더니!"

하고 중얼거리며 현은 별로 반가운 기색조차 보이지 아니하고 여전히 팔장을 낀 채 예정했던 방향을 돌려, 중국 영사관 앞으로 뚫린 좁은 골목으로 걸어 나갔다. 경숙이도 두말없이 뒤에 따라서며

"저를 원수로 생각하세요?"

"아름다운 원수인지도 모르지……. 그동안 별고 없었나?"

현은 언제나 하는 모양으로 동생을 대하듯이 반말로 지꺼렸다.

"네……. 참 저번에 신문사로 한번 찾아갔더니 안 게시더군요. 그래서 몇일 전에는 전화를 걸었더니 그때에두 역시 자리에 안 게시구……. 어딜 그렇게 분주히 나다니세요?"

"자리에 없는 것이 당연하겠지. 구만뒀으니까."

"네? ……. 구만두셨세요? ……. 언제요?"

"한 이십여 일 전에ー"

"왜요?"

"왜는 무슨 왜야. 싫으니까 구만둔 게지."

"여전히 한가로우시군요?"

"세상이 하두 부산스러운데 생각이나 좀 한가해야지!"

어디를 간다는 것도 아니오 어디를 가느냐고 묻는 바도 없이 진고개까지 나온 두 사람은 찻집으로 들어갔다. 차를 주문하고 나서

"참, 나두 일전에 경숙이한테 전화를 한번 걸었더니 신호는 나는데 사람이 안 나오더구면."

현이 전에 없이 전화를 걸었다는데 경숙은 놀래였다.

"전화를 거셨세요? 수상한 일이셨군요?"

"신호는 나는데 사람이 안 나오길래 주인 양반은 회사에 나가시구 식모는 찬거리 사러 나가고, 할머님께서는 낮잠 즈므시고, 주인아씨는 영화 구경이라도 나갔나 보다 했지!"

"저는 밤낮 영화 구경이나 다니는 여자인 줄 아세요? ……. 저이는 이번에 이사했답니다."

"이사? ……. 어디로?"

"종로 삼정목으로요."

"응……. 그래서 전화가 안 나왔구먼. 실상은 연재소설 쓰는데 여자들의 양장에 대해서 좀 알아보고 싶은 것이 있어서 전화를 걸었던 거야"

"응 그래서 전화를 거셨군요? 글세 어쩐지 수상하다고 생각했어요."

경숙은 고개를 끄떡이며 상글상글 웃었다. 현은 여전히 시무룩한 표정으로 경숙을 건너다보며 담배만 퍽퍽 피였다.

한 삼십 분 후에 찻집을 나왔다.

"시간 있나? ……. 오래간만에 남산이나 한번 걸어 볼까?"

"그럴 시간 있으세요?"

경숙은 암암리에 찬동하는 의사를 보였다.

두 사람은 남산을 향하여 골목길을 더듬어 올랐다. 비스듬히 경사진 언덕길을 현은 여전히 팔장을 깬 채 성난 사람처럼 묵묵히 걸었고 경숙은 잠작고 그의 뒤를 따랐다. 거니는 그것이 이미 고담한 그림의 한 폭이었다.

"이제는 약속이나 해야 만나 뵙게 되겠네요."

한참 후에 경숙은 신문사로 찾아올 수 없이 되었음을 한탄하였다.

"살아 있으면 또 만나게 되겠지……. 이사 간 집에는 전화가 없을 테지?"

"없어요!"

"미스터 최는 역시 그 회사에 나가나?"

"얼마 전에 구만두셨세요."

"음 딴 무슨 계획이 있는 게로구먼?"

"그것두 없어요. 현선생처럼 룸팬이얘요."

"팔자 느러졌군그래!"

하고 현은 진실된 표정으로 말하였다. 그리고 그 이상 더 자세한 것은 물으려고 하지 않았다. 경숙이가 현의 가정 사정을 깊이 알려고 하지 않듯이 현 역시 경숙의 개인 사정은 캐여묻지 않았다. 서로 만나지는 대로 만나서 이해를 떠난 몇 시간을 즐겁게 보내다가 헤여지면 그만인 담담한 사이였다. 서로의 가정 사정을 알아본댓자 별로 신통한 일이 있을 것도 아닌 바에는 차라리 근심과 시름은 뚜껑을 덮어 둔 채 만나는 시간만을 시와 그림으로 즐겁게 보내자는 것이 무언의 약속이었다.

남산을 끼고 도는 조용한 아스팔트 언덕길을 나란히 걸어 올라가면서도 그들은 한동안 말이 없었다. 왼편으로 높이 솟은 남산에는 잎 떨어진 나무들이 쓸쓸하였고 바른편으로 굽어보이는 서울의 시가는 아득한 아우성 속에 저므는 빛이 고요히 나비끼었다.

경숙은 시가지를 한동안 굽어보며 따라오다가

"꽤 쓸쓸해요."

하고 혼자말 비슷이 중얼거린다.

"그러기에 걷자는 거야!"

"눈이라도 왔으면 좋겠어요."

"꽤 시적이로군그래."

"너무 놀리지 마세요."

제멋대로의 대화였다. 대화는 그뿐으로 중단되었다. 두 사람은 또다시 묵묵히 걸었다. 현은 거니는 동안에 문득 어제밤 생각이 나서

"어제밤에는 매우 불쾌한 꿈을 꾸었는걸."

"어떤 꿈이였는데요?"

"지난 육칠 년 동안 각금 만난 여자가 있었는데 그이가 지난봄에 결혼을 했지. 그런데 어제밤 꿈에 문득 나타나더니 나한테 빚을 갚아야겠노라고 하면서 돈 십만 원을 내놓겠지!"

"아무리 꿈이라도 십만 원은 호사스러운 꿈이셨군요? 빚을 지운 일은 있으세요?"

"빚이 무슨 빚이야. 그런 돈이 어디 있다구. ……. 아마 생각컨대 그동안 내가 베풀어 준 호의를 빚으로 환산해서 돈으로 갚으려는 요량이었던지 모르지."

"꽤 속된 해석이시군요. 정말 그렇게 생각하시고 불쾌해 하신다면 그분께는 너무 애무하고 억울한 일일 거애요!"

"아니야! 그게 사실일지두 몰라!"

현은 일부러 제 견해를 강경하게 주장하였다.

"현선생두 그러고 보면 이외로 속되셔요……. 혹시 그이를 짝사랑이라도 하신 게 아니세요?"

하고 경숙은 별로 부끄러워하는 기색도 없이 묻는다.

"그랬던지도 모르지."

"필시 그러셨을 거애요. 그렇다면 그 꿈은 일종의 질투가 아닐까요?"

"질투?"

현은 이외의 말에 놀라며 경숙의 얼굴을 처다보았다. 어제밤 꿈이 질투의 변모였을 줄은 그야말로 꿈에도 생각지 못했던 일이었기 때문이다.

현의 질문에 경숙은 자신 있이 고개를 끄덕였다. 현은 부인할 자신이 없어서 다시 물었다.

"딴은 질투였든지도 몰라……. 질투 없는 애정이란 있을 수 없을까?"

"시의 세계에나 있을 테죠!"

"아, 그래그래! 그 시의 세계가 그립단 말야!"

현은 '시의 세계'라는 어휘에서 문득 놀라운 것을 발견한 듯이 진심으로 감탄을 마지 않는다. 현실에 대한 불만을 어디서 보충해야 하나하고 현이 오래 전부터 찾아 헤매던 세계가 바루 그것이었기 때문이다. 머리속에서 뱅뱅 돌면서도 분명히 떠오르지 않아서 애를 태우고 있던 것을 경숙이가 무심히 알으켜 준 셈이었다.

"시의 세계는 연애에서 구하는 수밖에 없을 거야! 나두 연애를 한번 해 보았으면 싶은데"

현은 잎 떨어진 나무가지를 바라보며 거닐다가 문득 혼자말로 중얼거렸다.

"상대자는 있으세요?"

경숙이가 얼른 물었다.

"없지!"

"어떤 여성이 좋으세요?"

"시를 알고, 그림을 알고, 풍류를 아는 여성――그리고 연애는 하되 결혼은 아니하려는 여성. 너무 잔소리가 많아두 귀찮구!"

"꽤 조건이 까다로우시군요. 지금 세상에 그런 여성이 있을 수 있을까요?"

"없으면 할 수 없는 일이지. ―시와, 그림을 이해하지 못하드라도 그냥 잠작고 즐겁게 바라볼 수 있는 여성이라도 좋겠지!"

"잠작고 있으면 맘속은 알 수가 있어야죠?"

"왜 몰라! 잔소리 많은 여자는 진절머리야!"

"그래두 사람은 얘기를 해야지 잠작고만 있으면 손해애요. 내가 말이 없는 편인데, 그러기에 손해를 많이 보는 것 같애요."

"그게 좋은 게야……. 말을 다 하고 나면 바닥이 빤하게 들여다보이지만 잠작고 있으면 거기에 시가 깃들고 그림이 생겨나는 거야."

"웬 그리 시와 그림만 찾으세요?"

"세상이 하두 각바르니까 반동인지도 모르지."

"각바른 세상에서 시와 그림만 찾는 것은 너무 사치스러운 생각이세요."

"사람은 빵만으로는 살아갈 수 없는 동물이거든! 딴은 시와 그림은 인간 생활에 무용지물(無用之物)인지 모르지만 생활에는 무용의 여유가 있어야 윤택이 생기는 거야. 인쇄물은 여백(餘白)이 있어야 아름답듯이……."

"너무 어려운 철학이 돼서 모르겠어요."

"모르면 잠작고 있어!"

하고 현은 핀잔주듯이 말하였다.

"잠작고 있죠. 잠작고 있는데는 자신이 있으니까요."

"그러면 그만이야! 내가 경숙이를 좋아하게 된 것은 비교적 말숫이 적은 때문일 거야!"

"그런 말슴 함부로 하시면 부인한테 책망 받으십니다."

"때로는 가정 풍파도 청량제겠지!"

"꽤 횡폭하시군요."

현은 거기에는 아모 대답도 않았다. 시와 그림이 아닌 가정 살림에는 이야기할 아모런 흥미도 느껴지지 않았던 것이다.

두 사람은 비스듬히 경사진 아스팔트 길을 오랜동안 잠작고 천천히 걸었다.

흐리멍텅하게 흐린 하늘을 허심히 바라보며 기계적으로 거닐고 있노라니 문득 하늘가 높이 솟은 앙상한 나무가지 우에 나무잎 하나가 대룽대룽 달려 있는 것이 눈에 띠었다. 무슨 나무인지 모르나 만목숙조한 겨울 풍경 속에 유독 홀로 남아 있는 한 송이 나무잎이기에 몹시 아름다워 보였다. 대개 참다운 아름다움이란 저 나무잎 모양으로 가진 풍우와 곤난을 다 겪고 나서 그 후에 남는 것이라야만 하리라고 생각하며, 현은 문득

"경숙이를 알게 된 지가 몇 해나 돼지?" 하고 경숙에게 물었다.

"십칠 년째……. 갑자기 그런 왜 물으세요?"

"아니 아무것두 아니야!"

하며 현은 황급히 나무잎을 처다보았다.

어느듯 날이 저믈어 굽어보이는 거리에 저녁 안개가 짙었다. 저므

는 거리를 그림의 세계로 바라보며 마음에 드는 사람과 거니는 것은 무한히 즐거운 일이었다. 잠작고 거니는 것이 더욱 즐거웠다.

한 쌍의 젊은 남녀가 친밀하게 속삭이면서 언덕길을 올라가고 있었다. 경숙은 그 광경에서 문득 연상된 듯이

"참 지금 쓰시는 신문 소설은 누가 누구하고 결혼을 하게 되요?" 하고 연재소설의 결말을 물었다.

"모르지. 지금 써 나가는 중이니까. 저이끼리 얼켜 돌아가다가 결혼하고 싶으면 하고 말고 싶으면 말겠지."

"너무 무책임하세요."

"천만에! 아무리 소설이라도 일단 인물이 등장하면 각자가 제각기 제 성격대로 활약하게 되므로 작자라고 해서 맘대로 꾸밀 수 없으니까 미리부터 하회를 알 수는 없는 일이지!"

"그래도 대강 줄거리는 정해 있을 게 아니애요?"

"그야 있지. 그렇지만 인물이 일단 등장하면 그 인물이 살아나서 제멋대로 작자의 줄거리를 무시하고 활동하게 된단 말야. ……. 그런 인정이라도 없다면 누가 그런 걸 날마다 반년 동안이나 써 나갈나구!"

"소설가란 참말 호사스러운 직업이시군요."

"밥걱정만 없다면 그렇지도 모르지만 목구멍이 포도청이라 현실과 꿈의 두 틈바구니에 끼여서 남보다 더 볶애는 셈이겠지!"

"현실을 시로 믿고 그림으로 생각하시면 그만 아니세요?"

경숙은 엷은 미소를 띠우면서 약간 빗꼬았다.

"옛날의 여성에게서 호의의 대상으로 돈 받는 꿈을 꾸도록 범속한 사람으로서는 그러기도 어려운 일이지"

"살기 어려운 세상이로군요."

"어제오늘에 시작된 일은 아니겠지!"

그뿐으로 대화는 끊겼다. 잠잠고 쓸쓸한 산길을 거리로 향하여 걸어 내려왔다.

저므는 거리는 시의 나라도 아니요 그림의 세계도 아니었다. 거리거리에 구데기처럼 오글오글 들끓는 사람의 무리는 모두가 먹고 살아가려고 아우성치며 눈이 벌개 돌아가는 악다구니판이다. 사랑하는 사람의 정조 값이라도 좋으니 돈만 생기면 그만이라는 험악한 세상이었다. 어느 한구석에도 시인이나 소설가의 꿈이 길들기를 용납지 아니하는 불가사리의 수라장─그것이 현실 사회였다. 생활의 락오자로서 나날이 깊은 구렁텅이로 빠저 들어가야 하는 것이 꿈을 사랑하는 시인과 소설가들의 오늘의 운명이었다. 비록 어제밤에 비속한 꿈을 꾸었을망정 경숙이와 같이 단 몇 시간이나마 시의 나라를 거닐은 현에게는 더구나 그런 느낌이 절실하였다.

"이것이 현실이든가? 그야말로 꿈의 세상에서 별안간에 튀여나온 사람처럼 정신이 얼떨떨해지는걸!"

현은 락엽 진 가로수 밑에 멈처 서서 오고 가는 군중을 바라보며 무연히 탄식하였다.

"그래두 꿈을 잃지 말 일, 꿈을 잃지 말 일─"

하고 경숙은 격려하듯이 곱집어 속삭인다.

"이렇게 해서 하로하로가 덧없이 저믈어 가겠지?"

하는 현의 탄식에

"하로하로가 덧없이 저므는 동안에 한 해 한 해가 또 저믈어 가고─"

하고 정숙은 가만히 대를 놓는다.

"한 해 한 해가 덧없이 저므는 동안에 일생이 속절없이 저믈어 가고— 날은 저므는데 나의 갈 길은 천 리로다! 라든가?'

현은 창연히 뇌까리며 경숙을 쳐다보았다. 경숙의 표정은 갑작이 엄숙하였다. 한동안 엄숙한 기색으로 서로 바라만 보았다.

"자— 집으로 돌아가요! 또 만날 셈 치구……. 살아 있으면 다시 만나게 되겠지….'"

"너무 허무한 말씀은 하지 마세요. ……. 그럼 안녕히 돌아가세요!'"

경숙은 허리를 굽혀 보이고 나서 표연히 황혼 속으로 살아졌다. 애착과 미련은 추호도 가지지 않는 사람처럼 표표한 헤여짐이었다.

현은 한동안 그 자리에 멈처 서서 경숙의 살아진 방향을 창연히 바라보다가 문득

"음— 남녀 간의 우정이란 저래야 하는 거야!'"

하고 고개를 깊이 끄덕이며 무엇인가를 깨달은 듯이 중얼거렸다.

어제밤에 꾼 귀희의 꿈은 결코 귀희의 죄가 아니라, 현 자신의 불찰이었다는 것을 그제야 새삼스럽게 깨달았던 것이다. 그러나 인정과 비인정의 미묘한 경계선을 아슬아슬하게 걸어가야 하는 소설가로서는 때로는 그런 꿈을 꾸는 것도 마음의 훈련이리라고 현은 그제야 불쾌한 기분이 말정하게 개였다. 그리고, 아무리 불가사리판이라도 이 세상 어느 구석에 경숙이와 같이 사랑스러운 여성이 단 몇 사람이라도 살고 있다는 생각에 갑재기 생에 대한 애착이 줄기차게 뻗어 올라서 현은 휘파람조차 불며 사람의 물결을 따라 걸어 나갔다.

저므는 거리는 언제까지고 소요하고 혼잡하였다.

안해의 항의문(抗議文)

 밤은 이미 자정이 지냈건만 당신은 오늘 밤에도 도라오시지 안흐십니다. 이 밤을 최후로, 이 집을 영영 써나려는 제가, 이제 새삼스러히 당신에게 무슨 미련을 가지는 것은 아니지만, 그래도 오늘 밤에만은 꼭 들어와 주시려니 하고 기대렸다가 그 마즈막 기대마저 수포로 도라가고 말엇습니다. 당신이라는 분은 최후의 순간까지 제게는 이해 못할 사람입니다. 아모리 애정이 업섯던 사이라고 해도, 그래도 삼 년간이나 부부의 인연을 매저 온 당신과 저엿스므로, 내일로서 갈라지기로 결정된 마즈막 이 밤에는, 저로서도 엿줄 말슴이 잇엇고, 당신도 제게 들려주실 말슴이 잇스려니 햇는데, —이 밤에조차 외박을 하시리라고는 저는 꿈에도 생각지 못했던 일입니다. 집에서 기르던 강아지를 멀리로 보낼 째에도 섭섭함을 금치 못한다는데, 당신은 삼 년 동안이나 제 청춘을 무참히 유린하고 나서도 털끗만치의 후회도 업스십니까?

 당신이 오늘 밤 외박하시는 것을 구지 선의로 해석한다면, 어느 요리집에서 화푸리 술이라도 잡수시나 보다고 해석 못할 바는 아닙니다만, 그런 해석은 제 어리석음에 불과하고, 지금쯤 당신은 언제나 모양으로 어느 기생집에서나, 혹은 호텔에서 거리의 계집들을 희롱하고 잇슴이 틀림업슬 것입니다. 사실 당신은, 제가 이혼을 제의햇슬 때에도 조곰도 이렇다 할 감정의 변동이 업섯고, 제가 이 집을 나가는 그날로 '한은옥'이라는 제 이름조차 잊어버리고 마실 것입니다.

솔직히 고백한다면 저 역시 당신에게 아모런 미련도 업습니다. 여자들은 이혼을 한 뒤에도 흔히 전남편을 만나고 시퍼하는 버릇이 잇다고 합니다만, 저는 지금 가터서는 행길에서라도 당신을 만날가 바겁이 납니다. 아니, 이 세상에 당신과 가티 여자의 마음을 못 알아주는 사나히가 한 사람이라도 잇다는, 그 생각만으로도 치가 썰리고 몸소름이 끼쳐집니다.

저는 지금 당신과 가티 지내던 이부자리 우에 업드려서, 이 글을 쓰고 잇습니다만, 그것은 무슨 석별의 정이 아쉬워서가 아니라, 이 이부자리에 배여 잇는 당신의 체취를 진절머리가 나도록 흡수하므로써, 과거 삼 년간에 제가 얼마나 욕을 보앗던가를 뼈에 사모치도록 깨닷기 위해서입니다. 그리고 이 편지를 쓰기로 결심한 동기도, 오늘 밤의 감회를 변변히 풀어 보자는, 그런 사치스러운 기분에서가 아니라, 제가 이 집을 써난 뒤에, 이 이부자리 우에서 한은옥이 아닌, 다른 한 여성이 '안해'라는 아름다운 명목으로 나와 똑가티 비참한 운명에 빠질 것을 생각해서 이 글발이 그분의 운명에 조금이라도 도움이 되엿스면 하는 노파심에서입니다. 짜라서 이 글은 써나가는 안해로서 당신에게 부치는 항의문입니다. 아니, 육체고 인격이고 할 것 업시 모든 것을 무자비하게 유린당한 한 여자가 온 여성의 이름으로 남성에게 부치는 항의문입니다.

　당신은 이 항의문을 채 읽지도 안흐시고, 코웃음 치시며 쭉쭉 찌저 버리실지도 모르겠습니다. 실상 그러실 것임에 틀림업지만, 그러나 제 대신으로 드러설 다른 한 여성을 생각할 쌔, 저는 양심상 이 글을 쓰지 안을 수 없습니다. 찌저 버리는 것은 당신의 자유시지만, 저는 학대 바든 여성의 참된 마음의 절규로서 이 글을 기록하겠습니다.

　당신처럼 여자라는 것이 어썬 것인지를 전혀 모르는 남자도 아마 이 세상에는 드물지 않을싸 생각합니다. 현대의 여성들이 안해로서 남편에게 무엇을 요구하고, 쏘 어썬 생각을 가지는가를 당신은 전혀 모르시고, 알려고도 하지 안흐섯습니다. 인제 겨우 사십 턱거리박게 안되는 당신이 여성의 심리에 대해 그토록 어두우시다는 것은 참말 불가사이한 일이애요. 봉건 시대의 남성들은 봉건 시대대로의 여성에 대한 태도가 잇섯고, 현대인은 현대인대로의 여성에 대한 이해가 잇서야 할 터인데, 당신은 이도 아니오, 저도 아니었습니다. 그리고 당신만의 그 특유한 태도라는 것이 하나에서 백싸지가 모두 여성에게 대한 모욕적인 것에 지나지 안엇습니다.

　결혼 초야의 일을 생각하면 저는 지금도 이에 신물이 듭니다. 피로연 식장에 저를 남겨둔 채, 당신이 몃몃 친구들과 함께 요리집으로 가신 것싸지는 항다반사라 치드라도 설마 그날 밤에 외박을 하실 줄이야 누가 알엇습니싸. 피로연 식장에서 신랑을 일허버린 제 신세가 가엽게 보엿던지, 들너리 섯던 동무들도 시댁까지 저를 싸라왓드랍니다. 저녁을 가치 먹은 뒤에 동무들은 집으로들 도라가려고 했지만,

아모리 시댁이라고 해도 낫선 집에 저 혼자만을 남겨두기가 측은햇던지, 동무들은 신랑인 당신이 도라오실 째까지 기대리고 잇섯습니다. 이제나 오실까 저제나 오실까 하고, 아모리 기대려도 당신은 영 도라오시지 안흐섯습니다. 그러는 동안에 밤이 점점 깁허 감에 싸라, 동무들은 집에 도라갈 생각을 해서 시게를 자조 보게 되엿고, 시게를 보고 나서는 쏘 제 얼굴을 처다보고 햇스니, 그째 제 마음이 얼마나 괴로웟던지를 당신은 아마 모르실 것입니다. 열한 시가 되어서 전차가 끈어질 무렵이 되어도 당신은 종내 도라오시지 안흐므로, 동무들은 마츰내 일어섯스나, 차마 나를 그냥 내버리고 써날 수가 업섯던지, 시누이님께서 자고 가라고 붓잡으니까 못 견대는 척하고 그냥 눌러 안젓습니다. 그러니 그째 제가 얼마나 부끄러웟겟습니까.

밤이 깁자 친척과 친지들이 모여 와서 신방 드는 구경을 한다고 왁자지껄 써들다가, 신랑이 업다는 바람에 저이끼리들 수실수실 쑤근덕거리면서 하나 가고 둘 가고…. 남은 사람들도 마츰내는 모두들 벙어리처럼 잠잠해 버럿습니다. 제 겻테 안젓던 동무들도 입을 봉하고 측은한 시선으로 간간히 저를, 처다볼 뿐이엿습니다.

그러케 저는 첫날밤부터 비참하였습니다. 미혼 처녀들이 첫날밤에 대해 얼마나 화려하고 아름다운 꿈을 품고 잇는가를 저는 이제 새삼스러히 당신에게 설명하고 십지 안습니다만, 그 비참한 장면을 동무들에게까지 보인 수치는 일생을 두고 이즐 수 업습니다. 이 세상에 오직 하나인, 저만의 남성으로 미드려고 햇던 당신에 대한 제 환멸의 비애는 얼마나 컷겟습니까. 제가 만약 여학교 시대에 연애의 경험이라도 잇서서, 마음을 허햇던 이성이 싸로 잇섯드라면 그토록이나 통분하고 억울하지는 안엇겟지만, 십구 년을 두고 가장 아름다운 환상으로 알뜰이 그려 오던 결혼의 대상자로서 나타난 당신의 그 무자비한 태도에 접햇슬 째, 저는 혀를 씹으며 울엇습니다. 처녀 시절에 품엇던 꿈은 공상에 지나지 안는다고 하지만, 그러키로 저처럼 무참히 유린당한 여자야 어디 잇겟습니까? 그야 당신쎄서는 이미 두 번째의 결혼이엇스므로 결혼 초야가 별로 신기할 것도 업스섯던지 모르지만, 그러나 나이 어린 처녀가 일생을 당신에게 바치기 위해서 당신을 짜라왓다는 생각을 손톱만치라도 하섯다면 첫날밤에는 으레히 도라오서야 할 것이 아닙니까?

저는 첫날밤을 울어 새면서 당신이 도라오시기만 기대렷습니다. 그리고 울면서 기대리다 못해, 나중에는 연방 한숨을 쉬면서 어쩌커면 이 비극의 심연에서 솟아날 수 잇슬까 하고, 그것만 생각햇습니다. 결혼 초야에 헤여질 것만 계획햇다는 것은 이 얼마나 비참한 일이엇겟습니까? 오늘의 비극의 씨는 이미 결혼 초야에 뿌려젓던 것입니다.

허긴 애초부터 저는 애정에 끌려서 당신쎄로 시집온 것은 아니엇습니다. 수원댁 아즈머님의 중매로 당신과의 혼인 말이 낫슬 때 저는 그리 탐탁하게 생각지 안앗습니다. 첫째로 당신은 재혼이라는 것, 둘째로는 당신과 저와는 나히로도 이십 년의 차이가 잇다는 것, 셋째로는 세 살 먹은 전실 소생이 잇다는 것, 그런 모든 조건이 제게는 불만이엇습니다. 순결한 처녀엿던 제게는 재혼 남자인 당신이 어쩐지 불결하게 여겨젓고, 저로서는 죽은 사람의 대신 노릇하기는 결코 조흔 기분은 아니엇습니다. 만약 어머니쎄서 강경히 주장하시지만 안으섯던들 저는 당신과의 결혼을 단연 거절햇을 것입니다.

그러나 어머니는 어머니로서의 생각이 싸로 잇고, 편모슬하에서
자란 관계로 어머니를 절대로 신뢰하는 저는 두말업시 어머니의 말
슴에 순종햇던 것입니다. 어머니가 저를 당신에게로 시집보내고 십
허 하는 이유는 당신의 가세가 넉넉하고 전문학교를 나왓고, 가문도
굴지 안코 한 가문이엇지만 그보다도 가장 중요한 조건은, 당신 나히
가 듬직해서 안해를 퍽 사랑해 주리라는 점이엇습니다. 열여덜 살에
열다섯 살짜리 남편에게 시집온 어머니는 일생 동안 남편의 사랑이
라고는 요만치도 못 밧어 본 당신의 신세를 생각하고 나이 직웃한 신
랑이 몹시 미덤직스럽게 보엿던 모양이지요. 여자는 남편의 귀여움
을 바드면서 살아야 행복이지, 남편을 사랑하게 되어서는 불행이라
고 어머니는 노— 말슴하셧스니까요. 그러나 과연 저는 당신의 사랑
을 바닷습니까?

좀 지내친 판단갓습니다만 당신은 사랑이 무엇인지를 모르시는 분
이엇습니다. 당신과의 약혼이 일단 성립되자, 저는 닥처오는 운명에
대한 체관이라기보다도, 순결한 처녀의 마음으로 당신을 흠모하게
되엇고, 당신과 가치 지내는 단락한 가정 풍경을 그려 봄으로서 처녀
시절의 마즈막 시간을 즐겁게 지냇던 것입니다. 만약 당신이 사랑이
어떤 것인지를 아서서 제게 조곰이라도 사랑을 부어 주셧더라면, 주
제넘은 말 갓지만 저는 어느 누구에게도 지지 안는 현숙한 안해가 되
엇을는지도 몰라요. 저라는 여자는 주어진 환경에 곳잘 익숙해지고
될수록 그 환경을 행복되게 꾸며 나가려는 성품이엇스니까요.

그러나 불행하게도 당신은 사랑이 어떤 것인지를 모르시는 분이

엇습니다. 다시 말하면 당신은 제가 가슴속에 소중히 품고 잇던 영원의 남성은 아니엇습니다.

당신은 못 기억하실는지 모르지만 제가 당신에게 처녀를 략탈당한 것은 둘째날 밤의 일이엇습니다. 저는 감히 '략탈'이라고 썼습니다. 그럿습니다. 그것은 틀림업는 략탈이엇지 뭡니까? 첫날밤 외박을 한 당신은 이튼날 밤에 비로소 제 방에 들어오섯는데, 압흐로 백년을 해로하려는 우리엿스므로, 그래도 압날에 대한 무슨 건설의 말슴이 잇스시려니 하고 저는 가슴을 조이며 기대렷는데 당신은 거기에 대해서는 일언반구의 말슴도 업엇고 밤이 깊자 이리가티 제 몸둥아리만 탐내섯습니다. 정복자가 적의 물건을 략탈하듯, 무자비한 당신이엇서요. 부부 사이가 그러케 무자비한 것이엇든가요? 십구 년간이나 아껴 오던 몸을 이미 당신에게 바치기로 각오한 저엿고, 쏘 당신께 몸을 바치는 데 무한한 쾌락을 상상햇던 저엿건만, 정작 광폭한 당신의 태도에 직면햇을 쌔, 저는 정복당한 슬픔과, 략탈당한 억울과, 강도 맛즌 분노를 느낄 쑨이엇습니다. 생리적 결과로 본다면 마찬가지가 아니냐고 하시겟지만, 그러나 기쁜 마음으로 바친다는 생각과 우격다짐에 쌔앗겻다는 생각과는 그 얼마나 커다란 차이겟습니까.

사랑은 결과가 아니고, 과정(過程)입니다. 사랑에는 언제나 과정만이 잇고, 결과는 업슬 것입니다. 사랑이 과정이 아니고 결과일 쌔, 그 사랑은 이미 죽어 버린 시체박게 아모것도 아닐 것입니다. 그런데도 불구하고 당신은 과정을 무시하고 결과만은 불낄 가튼 기세로 탐내섯으니 그것이 무슨 사랑이겟습니까. 무서운 당신이엇습니다. 그날 밤에 제가 몹시 몸부림을 친 것은 생리적 고통 쌔문이기보다도, 정신적 번민에 시달렷던 까닭이엇습니다. 확실히 정신적 번민 때문이엇습니다. 남편과 안해의 공동 의사로서 경영되어야 할 부부 관계가 언제나 당신만의 일방적인 의사로서 수행되엇으니, 인격을 무시당한 저는 언제나 피정복자의 비참을 느끼지 안흘 수 업섯습니다.

그러타고, 안해라는 약한 입장에 서 있는 저로서는 아모런 항거도 할 수 업섯으니 항거할 수 업는 약한 사람이 혼자서 맘속으로 생각하는 일처럼 무섭고 두려운 일이 이 세상에 쏘 다시 잇을 수 잇을까요? 밤마다 저는 당신에게 유린당하면서 혼자서 머리ㅅ속에 무서운 계획을 세우고 잇엇는데, 그러한 자신을 깨달엇을 때 저는 스스로 몸서리치지 안흘 수 업섯습니다. 그 얼마나 전률할 부부 사이엿겟습니까?

참말이지, 당신은 그 왕성한 정력을 향락하는 것을 유일한 생의 목적으로 삼는 사람 갓탓고 안해라는 것을 밤의 대상자박게 아모것도 아니게 여기엿습니다. 이 여성에게서 저 여성에게로 무절조하게 외방 여자들을 쏫차 다니는 남자들이라도 대개 제 안해만은 소중히 여기고 사랑한다고 하는데, 당신은 그러치도 안허서 안해란, 집에서 기르는 매음녀에 지나지 안케 생각하셧습니다.

당신이라는 분을 깊피 알수록 저는 점점 비참한 구렁 속에 빠지게 되엇습니다. 그런 비참 속에서 간신히 제게 위안을 주는 것이 지금 이 시간에도 제 겻테서 고히 잠자고 잇는 은희는 전 부인의 소생으로, 당신의 딸입니다. 어려서 어머님을 여인 탓인지 그 애는 몹시도 저를 짜랏서요. 제가 외로히 안저 잇을 째면 아장아장 제 겻트로 걸어와서는 "엄마! 엄마!" 하고 쌤에 귀여운 우물을 지으면서 생글생글 웃군 햇어요. 그러케 귀여운 은희를 볼 째면 시름이 절로 풀려서 저는 은희를 꽉 부둥켜안고 "은희야! 은희야" 하고 맘속으로 통곡하엿습니다. 은희가 당신의 딸이거니 하면, 무슨 벌레나 건드리는 것처럼 불시에 징그러운 생각이 들면서 몸소름이 끼쳐젓지만 그러나 한 번도 만나 뵌 일 업는 은희의 어머니도 저와 가치 당신의 안해로서 비참한 일생을 마첫스리라고 생각하면, 불현듯 그분의 은희가 불상하게 여겨젓어요. 은희의 어머니가 일즉 도라가신 것도 당신에게서 바든 정신적 고민이 컷던 째문이엇슬는지 모른다고 추측한 것은 제 억측이엇슬 까요?

아모튼 은희도 저를 퍽 짜랏지만, 저 역시 은희를 여간 사랑하지 안엇습니다. 아모에게도 하소연헐 수 업는 슬픔을 느낄 째마다 저는 은희를 꼭 쪄안고 혼자 눈물 지우군 하엿습니다. 비록 서로 통사정은 못할망정, 은희와 저는 무언중에 혼과 혼으로서 상통하는 것이 잇는 듯햇습니다. 당신은 한 달이면 열흘을 외박을 하섯는데, 당신이 외박 하시는 밤이면 저는 반드시 은희와 한 이부자리 속에서 잣습니다. 은희는 워낙 영리해서, 저와 함께 자다가도, 밤 늦게 혹시 당신이 도라 오시면, 아모 말도 안코 일어나서 벼개를 들고 안방으로 건너가군 하 엿는데, 그런 째의 은희는 몹시 구슬퍼 보여서, 저는 도라오신 당신 이 원망스럽기까지 하엿고, 그런 일이 거듭되는 동안에 나중에는 당 신이 영원히 안 도라오셧스면 하는 생각도 먹게 되엿드랍니다.

참말이지 은희가 업섯든들, 저는 벌서 오래전에 당신 집을 쒸쳐낫 슬 것입니다. 저는 마치 은희와 결혼한 셈이엇서요. 그째까지 부부 관계의 쾌락이 무엇인지를 몰랏던 저는, 당신이 안 도라오시면 막연 히 쓸쓸하고 적막하기는 하면서도 알뜰히 그리운 정은 업섯습니다.

그러케 일 년이 지낸 어느 날 밤에, 저는 쾌락이 어쩐 것이라는 것을 알게 되엿습니다. 그래서 그째부터는, 무슨 정신적인 연모라기보다도, 단순히 육신적인 욕구에서 밤마다 괴로운 마음으로 당신이 도라오시기를 기대리게 되엿습니다. 허나, 그런 육신적인 욕구에 들쩌서 몸부림을 치다가도, 문득 그러한 자신을 발견햇슬 째에는, 추악한 자신을 경멸하지 안을 수 업섯습니다. 정신적인 아모런 애정도 업시, 단순히 추악한 욕망에 끌려, 당신의 포옹을 환영하는 습관이 거듭되는 동안에, 나라는 인간이 당신의 그늘밋테서 썩어 나게 되리라는 생각— 육신적 욕망이 치열하면 치열할수록, 자신을 경멸하는 생각도 정비례로 강렬하여 가서 저는 밤마다 새로운 운명의 길을 개척하려고 노력하엿습니다. 더구나 일시적인 쾌락의 뒷울림에 오는 비애는 말할 수 업시 심각하엿습니다.

　세상의 안해들이란 모두가 다 저처럼 몸을 남편에게 바치면서 머리속으로는 짠 생각을 하고 잇는 것일짜요? 제가 생각건만, 당신쎄서 저를 조금만이라도 사랑해 주셧다면, 저는 온갓 정성을 기우려 당신을 존경하고 사랑햇을 것이오, 그러기만 햇다면, 부부의 세계가 얼마나 아름다운 것이엿을짜 합니다. 흔히들 여자는 단순한 동물이라고 일커럽니다. 다른 사람은 몰라도, 저 자신은 퍽 단순한 인간인 줄 알어요. 당신이 만약 제 사랑을 조곰이라도 바더드릴 만한 아량을 가지섯드라면 저는, 아모 불평도 업시 일생을 행복 속에서 고시란히 지냇을 것 가태요. 당신과 함쎄 누릴 수 잇는 육신적 쾌락에 무한한 행복을 느꼇을 것 가태요. 그러나 애정의 명맥이 완전히 쓴어진 우리들 사이의 육신적 쾌락이란, 인간으로서의 추악이요, 치욕이요, 고통이엿습니다. 애정 업는 육체관계처럼 불결한 것이 어디 잇겟습니까. 그러듯 불결한 것에서 쾌락을 느끼면서도 그것이 지내간 직후에 싸르는 감정은 쎼에 사모치는 치욕과 원한과 전률쑨이엿습니다. 그래서 관계가 끗날 째마다, 두 번 다시 당신을 요구하지 안으려 하엿습니다. 그러나 육신적 욕망이란 얼마나 무서운 것이엿을까요. 저는 복수심에 불타면서도 (여자의 복수란, 고작해야 남편의 집에서 출분하는 정도겟지만) 그날그날 당신의 제물이 되는 데 저는 저대로 향락을 느꼇던 것입니다.

이제 도리켜 생각하면 추악하기 짝 업는 일이엿습니다. 저는 남녀 관계를 금욕주의자들처럼 추악하게 생각하려 하지 안을 쑨 아니라, 오히려 자연 현상의 하나라고 생각합니다만, 그러나 애정을 무시한 육체관계야말로 인육 매매와 무엇이 다르겟습니까. 나 자신이 어느새 거리의 매음녀들과 꼭 가튼 처지에 전락한 것을 깨달앗을 째, 몸서리치지 안을 수 업섯습니다.

그와 가튼 크고 적은 불행이 작구만 겹처가는 비극의 저편에서 제가 어쩐 생각을 하고 잇는지를 당신은 전연 모르섯을 것입니다.

친정어머님이 도라가신 것은 제가 출가한 지 이태 후인 작년 겨울이엿습니다. 어머니의 죽엄은 제가 여자의 운명을 깁피 생각해 볼 계기가 되엿습니다. 어린 남편을 섬기면서 사랑다운 사랑을 바더 보지 못하고 설흔 살에 쌀 하나를 물려 가지고 청상과부가 된 어머니의 일생은 한숨의 연사엿습니다. 그러나 제 자신의 처지를 어머니의 운명과 비겨 볼 째, 저는 어머니보다 더한층 비참하면 햇지, 결코 행복스럽다고는 할 수 업섯읍니다. 허긴, 생활난이라는 것을 모르고, 남보기에는 금실도 그만햇으면 족한 듯햇지만, 그러나 외식과 내면과는 거리가 너무나 멀엇습니다. 외식만으로 살어가기에는 현대 여성은 너무나 개성이 굿세엇고 예수의 말슴을 빌어 올 것도 업시 사람은 빵만으로 사는 것이 아닌 것이 아닙니까? 어머니께서 결혼 조건의 하나로 생각하신 돈은 결과로 보면 당신의 방탕을 조장하는 무기 이외의 아모것도 아니엇던 것입니다.

어머니의 죽엄에서 자신을 도라본 저는 새삼스러히 당신과 헤여질 것을 결심하엿습니다. 어머니가 생존해 게실 쌔에는 머리속으로 막연히 이혼을 꿈꾸면서도 어머니의 슬픔을 생각해서 차마 단행할 용기가 업섯지만 이제는 내가 무슨 짓슬 하던지 간섭할 사람이 업다는 자유감이 저를 대담한 여자로 만들엇습니다. 그래서 실상은 작년부터 구체적인 여러 가지 계획을 세워 보앗스나 일단 매처진 인연의 줄이란 좀처럼 끈키 어려워서 저는 한편으로는 대담해지면서도 다른 한편으로는 어쩌케 해서든지 당신과의 새로운 타협점을 발견할 수 업을까 하고 그런 것을 골돌히 생각하고 잇섯습니다. 아직도 봉건 도덕이 절대적으로 지배하고 잇는 현대 조선 사회에서는 여하한 이유로든 간에 이혼한다는 것은 여자 편의 손실이고 짜라서 이혼한 여성들의 대개가 비참한 길을 밟지 안홀 수 업는 것이 아닙니까? 저는 그 운명이 두려웟던 것입니다.

그리고 쏘 한 가지 제 용기를 썩거 주는 것이 은희에게 대한 애정이엇습니다. 혈통으로 짜지면 은희와 저는 아모런 관련도 업슬 쑨 아니라 세상에서 흔히 말하는 이붓자식과 이붓어미 사이지만 그러나 저는 꿈에도 소위 '계모'의 감정을 품은 적은 업섯습니다. 제가 착해서 그러타기보다도 은희가 원체 귀여운 아이인데다가 저를 무척 싸른 째문이엇겠지만 저는 은희만은 진심으로 사랑햇습니다. 지옥가티 살풍경한 가정을 그래도 만 삼 년간이나 참고 지탱해 나올 수 잇는 것은 오로지 은희에게 대한 사랑의 힘이 아니엇던가 합니다. 아이를 못 나허 본 제가 모성애 운운하는 것은 주제넘은 말 가트나 저는 은희에게 느끼는 감정에서 모성애가 어떤 것이라는 것을 막연히 짐작은 하고 잇습니다.

은희가 당신의 아이라고 생각할 째만은 불현듯 미운 생각이 솟아올랏스나 그러나 그런 불쾌감은 순간적이고 언제나 일관한 감정은 끈힘업는 사랑이엇습니다.

당신은 은희에게도 아버지다운 사랑을 베푸신 일이 업섯습니다. 각금가다 동물원이나 덕수궁 가튼 데 데리고 갈 법도 하건만, 당신은 고작해야 신발 켜레나 사다 던져 주고 몸이 불편해 하면 의사를 데려다 보이라고 일르는 그런 정도의 부성애에 지나지 안엇습니다. 그야 마음속 깁히 숨은 애정이야 감히 제가 짜를 법이나 하겟습니까만 행동으로 나타난 애정은 고작 그쑌이엇스니 은희가 아버지를 경원하는 것도 무리가 아닌 줄 압니다. 간단히 성격이 대범한 탓이라고 해 버리면 그쑌이겠지만, 그러케 대범한 분이 방탕에 들어서는 '돔-판' 이상이니, 저로서는 도지히 당신을 이해할 수 업섯습니다.

워낙 애정이란 형체 업는 것이고 보니 행동으로 나타나지 안는다면 무엇으로 그것을 미들 수 잇겟습니까. 어리석은 여자의 마음이래서 그런지 모르겟스나, 행동 업는 기픈 정보다도, 제게는 거짓이라도 조흐니 오관으로 감각할 수 잇는 애정을 보여 주섯스면 시펏습니다.

하두 제게 무관심하시기에 어느 째에는 당신의 관심을 끌어 보려고, 저는 매일가티 영화관에 싸도라댕겨 본 적도 잇섯습니다. 제가 맘대로 거리에 싸댕기면, 당신은 저를 의심하고 질투해서 나중에는 폭력이라도 가할런지 모른다고 상상하여, 저는 어리석게도 당신에게 어더맛는 쾌감에 도취한 일도 잇섯습니다. 남편이 안해에게 손찌검을 한다는 것은 미워하거나 질투하는 증거일 것입니다. 그 어느 것이라도 조흐니 제게는 당신의 간섭이나 관심이 절실히 필요햇습니다.

허나 제가 자주 외출하는 데 대해서도 당신은 이러타 할 불평도 책망도 하지 안으섯습니다. 안해된 몸으로서는 남편의 무관심이야말로 참고 견델 수 업는 모욕이오, 멸시가 아니고 무엇입니까. 차라리 미운 생각에서 뼈가 으스러지도록 째려 주섯다면 미워하는 데 대한 보람이라도 느꼈슬 것이 아닙니까? 안해에게 자유를 준다는 것은 진보적 사상이겠지요. 그러나 자유와 무관심은 별개의 것일 뿐 아니라 참다운 자유는 사랑의 구속을 거부하지 안흘 것입니다. 사랑의 구속에서 비로소 행복을 느끼는 여자의 심리를 그토록 모르실 리 업는 당신이시니 결국은 애정이 업는 탓이엇습니까? 어쨌던 저라는 여자는 완전히 당신의 생활 외의 존재엿습니다.

그와 가튼 가정 상태에서 팔·일오(八·一五)를 마지해슬 째 저는 그 거대한 역사적인 변혁으로 해서 우리 가정에 무슨 새로운 서광이 비치지 안흘까 하는 남모르는 기대를 품고 잇섯습니다.

해방의 기쁨이 노도가티 이 땅에 퍼저 나가는 소리를 들은 당신은 그길로 불이나케 나가신 채 십여 일이 되도록 집에 도라오시지 안흐섯습니다. 저는 날마다 당신이 도라오시기를 기대리면서, 이제야말로 참다운 당신을 알엇는가 보다고 혼자 기뻐햇습니다. 왜냐하면, 건국 준비 위원회니 무슨 동맹이니 하는 것들이 연방 생겨서 조선의 지식인들이 건국 사업에 총동원 된다는 뉴-스를 라디오로 들엇을 쩨 당신도 그 어느 단체의 한 사람으로 지금 전 국가 건설에 맹활약을 하고 게시리라고 미덧기 쩨문이엇습니다. 일단 그러케 밋고 나니 과거애 당신의 가정에 대해 무관심햇던 것도 지식인으로서 시대적 고민에서 오는 안해에게도 말할 수 업는 고민의 결과엿던가 보다고 생각하엿던 것입니다. 저는 사상적 고민이 어쩐 것인지를 잘 모릅니다만 사상적 고민을 품은 분들은 흔히 침묵의 껍질 속에서 몸을 숨기게 되어 가정에 대해서도 자연 대범해진다는 말을 들엇습니다. 어쩐 분은 그 고민을 캄푸라-지하려고 본의가 아니면서도 술을 마시고 게집 바탕에 드나들어서 가족들에게서까지 부당한 불평불만을 사게 된다는데 잘은 몰라도 어렴풋이나마 그 기분은 저도 짐작할 수 잇엇습니다. 그래서 저는 당신도 그 기분의 한 사람인 줄로 그제서야 깨달은 듯해서 천박햇던 자신을 뉘우치기까지 햇섯습니다.

그러나 제 관찰이 과연 들어마즌 관찰이엇겟습니까? 아닙니다. 결코 아니엇습니다. 시대적 압력에서 오는 사상적 고민을 가지신 것은 아니엇습니다.

열사흘 만에 집에 도라온 당신은 그동안 무엇을 하셧느냐고 제가 물엇슬 쩨 압호로 장사를 좀 해 보려고 그 길을 개척하는 중이라고 대답하섯습니다. 그 대답을 듯고 저는 적지 아니 실망햇습니다만 압호로는 장사도 국가 실업의 일익(一翼)이니 별로 나무랠 바도 아니라고 스스로를 위안시켯습니다. 언제나 울면서 겨자를 먹어야 하는 것이 조선 여성의 운명이거니와 저는 타협할 수 있는 최대한도까지 당신과 타협하려고 하엿습니다.

그러나 아모리 약한 여자로서도 더 참고 견댈 수 업는 날은 드디어 왓습니다. 열광적인 해방의 기쁨과 흥분 속에서 넉 달이 지낸 바루 그적께 저녁이엇습니다. 오래간만에 차저온 동창생 금순이가 그날은 유난히 히색이 만면해서 들어오더니 대뜸 저더러 언제 이사를 가느냐고 뭇는 것이 아니겟습니까? 저는 영문을 몰라서 어리둥절하며 이사는 웬 이사 말이냐고 반문햇더니 금순이는 시치미를 뗀다고 한참 동안이나 야단야단하다가 제가 정말 아모것도 몰르는 것을 깨닷고 그제서야 저이 남편과 당신이 한패가 되어서 벌서 물건을 사고팔고 하는 동안에 백만 원이 넘는 이익을 보앗다고 하면서 기뻐하는 것이 아니겟습니까. 그리고 남산 성 어딘가에 부지가 오백 평이 넘는 일본 집을 사서 근근 저이는 이사하게 되고 우리도 일간 이사하게 되리라는 것이 아니겟습니까?

이 얼마나 제게는 놀라운 소식이엇겟습니까. 안해로서 남편이 하는 일을 아모것도 모르고 잇섯다는 수치감 가튼 것은 여차 문제고 저는 알지도 못하는 사이에 세상에서 민족 반역자라고 일커르는 모리배가 되어 버린 새로운 사실에 놀라지 안흘 수 업섯습니다. 금순이는 백만 원이라는 돈에 혹해서, 연성 웃음만 우섯지만, 저는 콱 울고 십헛습니다. 사실 눈압히 캄캄햇서요.

모리배의 안해! 듯기만 해도 몸서리처지는 그 칭호를 조곰도 두렵게 생각지 안는 금순이를, 저는 부러워도 하고 경멸도 햇습니다.

오랜동안의 철사에서 해방된 청천백일의 오늘에, 무슨 짓을 못해서 하필 모리배입니까? 그 백만 원은 누구의 기름과 누구의 피를 짤어 낸 것입니까?

눈 바로 백인 조선 사람치고, 해방 후에 모리배 노릇 안 한 사람이 어디 잇드냐고 하시겟지만 그런 째일수록 양심을 양심대로 직혀 나가는 것이 양식(良識) 잇는 사람의 참다운 태도가 아닐까 합니다. 그야 속담에도 목구멍이 포도청이랫스니 생활 안정을 무시할 수는 업겟지만, 나라에 경사 잇스매 설혹 좀 굶는다기로 참아 모리배 노릇이야 어쩌케 하신단 말슴입니까? 생의 참다운 가치는 호화로운 살림에 잇다고는 저는 결코 생각지 안습니다.

닥쳐오는 운명에 잠자코 순종하는 것이 조선 여성의 부덕이라고 해서 저는 '모리배의 안해'라는 치욕을 참고 견대야 올흘까요? 생각다 못해, 저는 치욕의 소굴에서 쮜쳐나기로 결심햇습니다. 더구나 백만금을 모은 당신은 압호로는 백만금에 해당한 방탕을 하실 것이니, 그 호화스러운 방탕의 그늘에서 한마디의 상의도 못하고 시들어 갈 자신을 생각햇슬 째, 저는 누가 뭐라던 간에 더 참고 견댈 수는 업서, 아모것도 생각지 말고 이 집에서 나가 버리기로 다짐을 먹엇습니다. 삼 년 전에 당신과 결혼햇슬 첫날부터의 계획이 이제야 겨우 실현되는 셈입니다.

삼 년 전에 당신과 결혼햇슬 첫날부터의 계획이 이제야 겨우 실현되는 셈입니다. 해방 후에 여성들은 입을 널게 벌려 남녀평등을 부르짓고 잇지만, 저는 무슨 그런 사상에 물들어서, 이 집을 쩌나는 것도 아니요, 그러타고 달리 마음 둔 남자가 잇서서 그를 짜라가는 것도 아닙니다. 저는 불의의 생각으로 당신을 배반하려는 것도 아니오, 사상적 대립으로 당신을 적으로 돌리려는 것도 아니라, 오직 미미한 한 여성인 대로 참되게 살기 위해서 애정 업는 인형의 집과, 불명예스러운 지위를 써나는 데 지내지 안습니다. 이것은 사람으로서의 최소한도의 욕망에 지나지 안홀 것입니다.

저는 이 집을 써나기 전에 제 참다운 양심의 소리로 당신에게 충고해 드리려고 햇스나, 그런 기회조차 업서, 이러케 글발을 적는 것입니다.

다시금 분명히 말슴드리거니와 당신을 써나는 데 대해서 저는 털끗만치도 미련도 느끼지 안허요. 단지 한 가지 마음을 괴롭히는 것이 은희입니다. 저를 일흔 은희의 슬픔을 생각하면 뼈가 저리고 가슴이 쓸아립니다. 그래서 일시는 은희를 제가 데리고 갈까 하는 생각도 먹어 보앗지만, 압흐로의 생게에 아모런 예산도 업스면서 은희를 데려간다는 것은 어느 점으로 보나 무모한 짓일 것 갓기에 눈물을 먹음으면서 혼자 써나기로 합니다. 나날이 다락처럼 써더만 오르는 고물가 시대에, 한 입이나마 어쩌케 먹어 나갈지 아득합니다만, 비록 굶는 한이 잇드라도 애정 업는 부부의 철사를 끈코 나서는 저는 이제야 인생으로서 참다운 해방을 마지하는 듯합니다.

부대 은희를 사랑해 주십시요. 그리고 당신은 머지 안허서 다시 안해를 마지하시겟지만 여자에게는 언제나 가정만이 온 세계라는 것과, 여자의 정숙이라는 것은 오로지 남편의 태도 여하에 달렷다는 것을 꼭 기억해 주시기 바랍니다. 그 길만이 당신을 위한 참다운 행복의 길일 것입니다.

이제 더 쓸 말슴도 업습니다. 끗트로 붓을 노흐면서 문득 생각나는 것이 '인형의 집'을 나올 째에 '노라'가 남편에게 들려준 말입니다.

"우리는 십여 년이나 함께 살어왓건만도 당신은 제게 아모런 이야기도 하신 일이 업스십니다."라고요.

참말 당신은 과거 삼 년 동안에 제게 아모 말슴도 들려주신 일이 업스섯습니다.

우리는 과거에도 남이엇거니와, 압흐로도 남입니다. 구경 우리는 처음부터 씃까지 남과 남 사이에 지나지 안엇습니다.

갈대와 가티

1

어느덧 사십 고개를 지척에 바라보게 되면서부터 나는 친지들의 장례식에 참석하는 돗수가 차츰 늘어 가게 되였다. 누구나 다 마찬가지겟지만 장례에 참석한다는 것은 결코 유쾌한 일은 아니다. 그것도 수명을 제대로 누린 노인 상이라면 쪼 괜찮치만 세상 써난 당자가 나와 동년배인 경우에는 나 자신에게도 주검이 그만치 가싸와지듯 해서 무한한 적막감이 느껴지고, 더구나 나보다 젊은이인 째에는 마음이 애달퍼서 상여의 뒤를 싸르는 기분이 말할 수 업시 처량하다.

지난봄에 당한 K군의 주검이 그 마즈막 경우의 하나이엇다. 스물다섯 살인 K군은 결혼한 지 열 달 만에 맹장염으로 어이업게 세상을 써난 것이다.

열 달 전에 그의 결혼식에 참석했던 기억이 아직도 새로운 내가 일년도 채 못 가 이번에는 그의 주검을 조상하게 되엿스니 세상에 그처럼 비통한 일도 그다지 지지는 못할 것이다. 바다가티 양양한 전정을 그냥 두고 인생의 꽃봉오리로 생의 막을 다처버린 K군 자신도 아깝기 한정 업는 사람이지만 더구나 상여채를 부여잡고 흐느껴 울며 장지로 싸라 나가는 꽃가티 젊은 미망인의 애긋는 정경은 차마 바라볼수 업섯다. 백년해로를 굿게 맹서한 지 불과 열 달 만에 혼자서 세상을 써난 K군은 그의 안해로 보면 용서 못할 배반자엿던지도 모를 일이엇다.

관을 쌍속에 무들 째에도 젊은 미망인은 미친 사람처럼 통곡하며 멧 번이고 무덤 속으로 쒸여들엇다. 남편 싸라 죽는다는 것이 어려운 일이기는 하겟지만 홀로 살아 잇는 것이 차라리 죽음만 갓지 못해 하는 미망인의 애절한 태도에 조상객들은 누구나 한결가티 눈물을 흘렷다. 젊은 내외의 가장 애끌는 정리를 거기서 발견한 듯해서 비애는 뼈에 사모치도록 절실햇던 것이다.

만약 젊은 미망인이 일후에 두 번째의 행복을 차자 나선다면 별문제겟지만, 그러치 안코 남편과의 맹서를 혼자서라도 꼿꼿이 지켜 나갈 각오라면 초로갓치 덧업다는 일생도 그에게는 오히려 영원한 고통일 것이다. 새로운 무덤은 숙연한 슬픔 속에서 이루어젓다.

이윽고 봉분이 씃나 가기에, 나는 K군의 추억을 더듬기 위하여 고요히 그 곳을 써나 공동묘지를 홀로 거닐어 보앗다.

2

공동묘지에는 무수한 무덤들이 생의 무상을 침묵으로 표시하는 듯이 포기포기 솟아올라 잇섯다. 그 만흔 무덤들의 모두가 다소의 차이는 잇슬망정 한결가티 이 세상에 슬픔을 뿌린 자최이리라 십허, 우리들의 살림사리에는 행복보다도 비극이 너무나 만흠에 새삼스러히 전률치 안흘 수 업섯다. 일찌기 어썬 철학자는 "사람은 무기 집행 유예의 사형수"라고 갈파하엿거니와, 누구나가 한 번식은 돌아가야 할 곳이면서도 우리가 무덤에 대해 그처럼 공포와 불안감을 느끼는 것은 무슨 까닭일까?

나는 하나하나의 무덤과 묘표를 유심히 바라보며 오랜동안 무덤 사이를 배회하고 잇섯다. 그러다가 어썬 무덤 아페서 이외에도 꼿을 발견하엿다.

그 무덤은 봉분도 탐탐하고 잔듸도 싱싱한데다가, 무덤 아페 무더 노흔 석조 화병에 진달내와 개나리꼿치 한 묵금 꼿처 잇서, 척 보기에 대단히 명랑한 인상을 주엇다. 으레히 살풍경해야 할 무덤이 꼿으로 해서 거기만은 해볏조차 유난히 싸수워 보엿다. 단지 몃 송이의 꼿 덕택으로 무덤이 그토록이나 산뜻한 인상을 주는 데 새삼스러히 놀라며, 나는 그 아페 서 잇는 묘표를 읽어 보앗다.

고강세록군지묘(故康世祿君之墓) 일구사구년 삼월 십칠 일 향년 삼십(一九四七年 三月 十七日 享年 三十)

젊은 사람의 무덤이엇다.

지금부터 약 일 년 전에 우리가 모르는 곳에서 설흔 살의 젊은이가 죽은 것을 알앗슬 째, 나는, K군의 부인 이외에 또 하나 미지의 젊은 미망인을 연상하지 안홀 수 업섯다.

무덤에 잔듸를 가꾸고, 꼿츨 솟고 하는 것도 필시 그 젊은 미망인의 슬픈 정성일 것이다. 이제는 영원히 돌아오지 못할 알뜰히 그리운 이의 무덤에 꼿츨 공양한다는 것은 얼마나 거룩하고 순결한 슬픔인가.

나는 그 아름다운 정성에 감동되여, 미망인을 머리속에 그려 보며 잠시 정신업시 서 잇섯다.

그러다가 문득 고개를 드니, 마침 그째 산 미테서 소복단장한 젊은 안악네 하나이 가슴에 라이락을 한아름 안고 내가 서 잇는 방향으로 걸어 올라오고 잇섯다. 아지도 못하는 미망인의 환영을 더듬고 잇던 차에 돌연 나타난 소복단장의 부인인지라, 나는 적지 아니 놀라며, 그를 마주 내려다보앗다. 가슴에 꼿츨 안은 것으로 미루어 그 여인이야말로 내가 머리속에 그려 보고 잇던 그 무덤의 미망인임에 틀림업스리라 짐작되엿다.

3

차츰 가싸워 오는 그 여인의 얼굴은 눈부시도록 아름다웟다. 소복을 입은 탓이기도 하겟지만, 살색이 분결가티 희고 맑은데다가, 쌈으

잡잡한 눈시울이 유난스럽게 총명해 보엿다. 자고로 젊은 미망인치고 아릅답지 안키도 드문 일이지만, 유난스럽게 아릅다운 그에게는 유혹과 번민도 그만치 클 것이라는 생각이 들엇다.

그러나 정작 꼿츨 안고 조심조심히 걸어오는 그의 실제의 거동은 샘물가티 침착하엿다.

그가 차츰 가짜와 오기에, 나는 슬며시 발길을 돌려, 무덤 아프로 피하엿다.

과연 그는 그 무덤 아페 이르자, 고개를 읍하고 오롯히 서서 잠시 묵상에 잠겻다가, 다음에는 고요히 꿀어앉더니 시들어진 꼿츨 라이락으로 바꿔 꼿는다. 그리고 한동안 무덤을 그윽히 바라보다가, 이번에는 별안간에 얼굴을 손수건으로 감싸며 소리 업시 흐느끼기 시작하엿다.

참으로 감동적인 장면이엇다. 사랑하던 사람의 무덤에 꼿츨 공양하고 남모르게 운다는 것은 그 얼마나 성스러운 애정이랴.

유명을 달리한 지 이미 일 년이 지내건만 아직도 제철짜라 무덤에 꼿을 가꾸며 진심으로 슬퍼해 주는 안해를 가진 '강세록'이라는 청년은 참으로 행복스러운 것 가탓다. 사후에 그만한 공양을 밧는다면 일즉 죽엇다기로 유한이 무엇이랴고, 나는 무덤 속에 누어 잇슬 청년의 신세가 은근히 부러웟다. 남편 무덤에 부채질하는 여인조차 허다한 이 세상에서 그처럼 정숙한 미망인을 발견햇다는 것은 나의 다시 업는 기쁨이기도 하엿다.

나는 물론 불경이부(不更二夫)의 봉건 도덕을 맹목적으로 추존할 의사는 추호도 업다. 아니, 그런 것을 추존하기는커녕 으레히 행복스러울 수 잇는 여인의 일생을 고루한 도덕적 압제로 무참히 희생시키는 것은 오히려 죄악이라고 생각한다.

그러나 그것과 그 미망인의 경우와는 문제가 애초부터 다르다. 절기짜라 무덤에 새로운 꽃을 가꾸는 것은 도덕의 지시에서 나온 행동은 물론 아닌 것이다. 기성도덕의 압제에 못 이겨 일생을 헛되이 보낸다면 그것은 어리석은 일이지만, 그러나 스스로 결심한 바 잇서 사랑하던 사람과의 신의를 위하여 여생을 고독과 슬픔으로 지내기로 햇다면 그처럼 숭고한 정신이 어디 잇슬 것인가?

4

죽은 사람에게 대한 신의를 끗까지 지킨다는 것은 일종의 신앙생활일 것이다. 신앙생활이란 워낙 좁은 문이요, 쏘 험난한 길이다. 거기에는 육체적으로나 정신적으로나 가진 유혹과 박해와 시련이 짜르는 법이다.

젊은 미망인―더구나 유별나게 아름다운 미망인의 생활을 노리는 사탄의 손길은 하나둘만이 아닐 것이다.

가령 인간끼리의 접촉에서 생기는 관능적인 유혹은 말할 것도 업고, 심지어 쓸에 피는 꽃이나 창짜에 흐르는 달빗 가튼 자연 현상조차도 젊은 미망인에게는 막어 내기 어려운 번민을 자아 줄 것이 아닌가.

순결한 처녀가 수도 생활은 들어가기는 오히려 쉬운 일이오, 한번 남녀 관계의 경험을 가진 미망인이 고절을 지키기란 약대가 바늘구멍을 통과하기보다도 어려운 일일 터인데, 무시로 쩌더 오는 유혹의 손길을 일 년 동안이나 줄기차게 물리처 왓다는 것은 참으로 아름다운 승리라 아니할 수 업겟다. 그가 째째로 꼿츨 안고 남편 무덤을 차저오는 것도 어쩌면 제 몸이 시험에서 이겨 날 힘을 기르는 거룩한 고행인지도 모를 일이엇다.

나는 그 미망인의 고독한 생활에 항상 신의 보호가 잇기를 진심으로 축복하며 그날은 그곳을 쩌나 집으로 돌아왓다.

그러나 한 번 머리에 아로삭여진 그 여인의 인상은 좀처럼 살아지지 안엇다. 아니 살아지기는커녕, 세월이 흘을수록에 도리혀 생생하게 살아나서 나는 남모르는 보배를 나만이 지닌 듯이 인생에 대한 즐거움이 새로웟다. 그리고 경제적으로 넉넉지 못한 K군 미망인의 그 후의 생활이 그째마다 근심스럽군 하엿다. 솔직히 말하면 나는 훼미니스트이기는 하지만 에덴동산의 전설을 알기 째문에 여자들을 그다지 신용하는 편은 아니다. 그러나 이부의 원죄(原罪)도 그 미망인으로 말미암아 속죄가 될 듯하여 그 후로는 행길에서 지내치는 여인들에게조차 새로운 아름다움이 느껴젓다. 흔히들 험악한 것이 세상이라고 하지만 험악한 그 속에도 그이와 가티 성스러운 사람이 더러는 잇다는 생각에 정신적 위안도 적지 안핫다.

그러기에 나는 내가 조하하는 여인들을 만나면 그들에게 일후에 남편이 죽거던 반드시 무덤에 꼿만은 가꾸도록 하라고 충고하기를 잇지 안핫다. 묘지에서 만낫던 미망인의 소행이 나에게는 그토록이나 감명이 집헛던 것이다.

5

봄이 가고 여름이 왔다.

살림사리에 시달려 그날그날 분주히 돌아가다가도 어찌다 조용한 시간이면 나는 째째로 그 미망인의 환영을 혼자 즐기군 하엿다. 아름다운 것을 그려 보는 일처럼 고상한 위안은 업는 듯시퍼 그 미망인의 감명을 더듬을 째만은 나는 살림사리의 시름을 넉넉히 썰처 버릴 수 잇섯다.

그대로만 간다면 그는 나의 정신적인 수호신(守護神)이오, 내 마음의 영원한 등불이 될 수 잇섯슬 것이다.

그런데 바루 지지난 공일날의 일이다.

아이들이 하두 졸라 쌋는 바람에 오래간만에 창경원 구경을 나섯다가 나는 의외에도 거기서 예의 그 미망인을 만나게 되엿다.

아이들과 함께 동물원 구경을 하고 나서 식물원으로 가려고 우리 일행이 결혼식장 압흘 지내가노라니까, 째마침 신랑 신부가 기념사진을 박고 잇섯다.

나 혼자엿더면 말할 것도 업시 무심히 지내쳐 버렷슬 것이지만, 아이들이란 워낙 호기심 만흔 것들이라, 한사코 구경을 하자는 바람에 나도 잠시 발을 멈추엇다. 그리하야 면사포를 폭 내리 쓴 신부의 얼굴을 요모조모로 쓰더 보다가 나는 하마트면 소리 지를 번하게 놀랏다.

가슴에 탐스러운 꼿다발을 안고, 발굼치에까지 칭칭 흘러내리는 면사포를 머리에 쓰고, 그리고 신랑 겨드랑에 정답게 팔을 찌고 잇는 그 신부야말로, 지난봄에 내가 공동묘지에서 소복단장으로 만낫던 바루 그 여인이엇던 것이다.

그는 그날도 가슴에 꼿츨 안앗스되, 그날의 꼿다발은 죽은 남편을 생각하는 슬픔의 꼿다발이 아니라, 새로운 행복을 차자 나서는 축복의 꼿다발이엇다.

나는 발쑤리에서 뱀을 발견햇슬 째처럼 그 순간 전신에 몸소름이 오싹 씨쳐짐을 느꼇다. 그가 나의 가슴에 아르삭여 준 멋처럼의 아름답던 감명이 그 순간에 증오와 저주로 돌변하는 심리의 급격한 변화를 나는 도저히 막어 낼 길이 업섯다.

K군 미망인의 그 후의 생활을 걱정햇던 것도 나의 어리석음에 지내지 안핫슴을 문득 째달앗다.

쉑쓰피어의 말대로 여자의 마음이란 바람에 불리는 갈대와 가티 변하기 쉬운 것이던가? 이브의 원죄는 아무것으로도 풀어 버릴 수 업는 영원한 죄악이던가.

이제는 이미 미망인일 수 업는, 면사포 쓴 미망인의 얼굴에서 나는 모든 여성의 간악과 사심을 보는 듯하엿다.

실로 삭막하기 그지업는 일순간이엇다.

소녀(少女)의 주검

　현(玄)은 오늘도 새벽같이 일어나서 단장을 이끌며 보현암(普賢庵)으로 산보를 나섰다. 비스듬히 경사진 언덕길을 걸어 올라갈수록 멀리 안개 낀 포구가 눈 아래로 아득히 굽어보였다.

　바다가 가까운 탓인지 어촌(漁村)에는 아침마다 안개가 짙었다.

　보현암이라는 작은 암자는 바다를 앉아서 굽어볼 수 있는 산 중품에 있었다. 아직 다섯 시도 채 못 되었건만 늙은 중은 벌서부터 일어나서 법당 뜰에 나무를 심그고 있었다. 가까이 가 보니 그는 그 암자의 주지(住持)인 운암 노장(雲岩 老杖)이었다.

　"나무를 심으십니까?"

　현은 아침 인사를 겸해서 그렇게 물었다.

　"네, 안녕히 주무셨소? ……."

　"밤나무 묘목(苗木)을 누가 주길래……."

하고 대답하는 운암 노장은 머리는 비록 백발이지만 도무지 칠십 고개를 넘은 늙은이답지 않게 음성부터가 쟁쟁 울렸다.

　"밤나무는 여섯 해를 있어야 열매가 열린다죠?"

현은 밤나무가 열매 맺는 햇수(年數)와 늙은 중의 나이를 대조해 생각하면서 문득 그런 말을 물었다. 그리고 다음 순간에는 그런 말을 지꺼린 제 경솔을 뉘우쳤다. 그러나 노장은 별로 불쾌한 기색도 없이

"이 나무에 열매가 맺이자면 육 년은 걸려야겠죠.

내가 이 나무의 열매를 먹어 볼 가망은 도저히 없지만 나무를 심는 것은 하늘의 뜻을 쫓는 것이니까……."

하고 천연스럽게 대답하면서 나무뿌리에 흙을 퍼붓고 발로 당아린다.

현은 노장의 말에서 무슨 진리의 계시(啓示)를 받은 듯이 경건한 느낌이 들었다. 개인의 욕망이라는 것을 완전히 초월해서 대자연의 섭리(攝理)에 쫓으려는 노장의 거룩한 행동을 생각할 때 현은 너무나 일신상의 적은 일에만 사로잡히고 있는 자신이 그지없이 부끄러운 생각이 들었다.

현은 반년 전부터 자다가 땀을 흘리게 되고 오후에는 미열이 생기고 해서 의사에게 진찰을 받았더니 폐가 나쁘다는 것이었다. 그 선언을 받은 현은 마치 죽엄이 눈앞에 다다른 것처럼 ― 아니 자기는 지금 깜앟게 높은 벼랑 위에서 간신히 균형을 유지하고 서 있지만 아차 잘못해서 중심을 잃는 날이면 천인절벽인 죽엄의 내락으로 일순간에 전락한다는 강박 관념에 시달리게 되였던 것이다.

그래서 이왕이면 혼자서 고요히 죽어 버리고 싶은 생각에서 달포 전에 전지 요양을 겸하여 이곳으로 왔던 것이다.

그러한 현인 만큼 자기라는 것을 전연 생각지 않고 나무를 심는 늙은 중의 태도에 현은 말할 수 없는 숭고성을 느꼈다.

현은 암자를 한 바퀴 돌아서 포구로 걸어 내려왔다. 포구에서는 고

깃배가 들어왔는지 고기 장수들이 들끓고 있었다.

언덕길을 거진 내려왔을 때 생선 광우리를 머리에 인 열서너 살 되여 보이는 소녀가 마주 올라오는 것이 보였다. 마침 대여섯 간 거리까지 왔을 때 소녀 머리 위의 광우리에서 생선 한 마리가 땅에 떨어졌다. 소녀는 멈처 서서 그것을 주스려고 햇지만 광우리 때문에 허리를 굽힐 수가 없었고 그렇다고 내버리고 갈 수도 없어서 몹시 난처한 기색이었다. 그 광경을 본 현은 얼른 달려가서 떨어진 생선을 광우리에 집어 얹어 주면서

"퍽 무거워 뵈는구아? 과히 무겁지는 아느냐?"
하고 정답게 물어보았다.

소녀(小女)는 대답 대신에 얼골을 볼그레하게 붉햇다. 보일락 말락한 미소가 '괜찮어요!' 하고 대답하는 듯이 상냥한 얼골이었다. 소녀(小女)는 머무는 듯이 발걸음을 더듬거리다가 그냥 미소하는 얼골로 지내처 버렸다.

현은 소녀(小女)와 헤여진 뒤에도 소녀의 미소하는 얼골이 그냥 눈앞에 떠올라 보였다. 생선 광우리에서 똘롱똘롱 떨어지는 물방울을 손으로 떨어 버리면서 샛별 같은 눈알을 깜박이던 소녀(小女)의 귀여운 얼골이 무척 성스럽게 느껴졌던 것이다.

그로부터 한 시간쯤 후에 숙소로 돌아온 현이 우물까에서 세수(洗手)를 하고 있노라니까 사립문께에서

"조기 사세은!"
하는 소녀(小女)의 발소리가 들려왔다.

돌아다보니 아까 언덕에서 만났던 그 소녀였다. 소녀도 현을 보자

무척 반가운 빛을 보였다. 그리고 부끄러운 듯이 또 다시 얼굴을 붉혔다.

"아! 너냐? 아침부터 수고하는구나!"

현은 가까이로 닦아와서 그렇게 말하며 조기 다섯 마리를 광우리에서 세수 대야에 옮겨 놓고

"다섯 마리에 얼마지?"

하고 물었다.

"팔십 원만 주세요."

소녀는 낮은 목소리로 대답하였다.

"팔십 원이면 너무 싸지 아느냐?"

제 시세대로 하자면 백 원어치는 넉넉하겠기에 현은 백(百) 원짜리 한 장을 그냥 내주었다. 그랬더니 소녀는 우수리 이십 원을 돌려주다가 현이 암만 해도 받으려고 하지 않으니까

"그럼 이거 한 마리만 더 가져가세요."

하고 그중 큰 조기를 골라서 한 마리를 더 얹어 주었다. 현은 소녀(小女)의 갸륵한 정을 생각해서 그것까지 거절하려고는 하지 않았다.

현은 소녀를 보내고 나서도 어쩐지 가련한 생각이 들었다. 남들 같으면 철모르고 뛰놀 나이에 새벽부터 생선 장수로 나섰다는 것이 측은하게 여겨졌던 것이다. 그래서 현은 조반을 먹으며 주인집 영감님에게 그런 말을 하였더니 주인 영감님은 이내

"아, 순이 말씀이시로군? 그 아이라면 우리 마을에서는 소문난 효녀랍니다."

하면서 다음과 같은 이야기를 들려주었다.

순이는 세 살 때에 아버지를 잃었다. 고기잡이꾼이었던 아버지는 바다에 나간 채 영영 돌아오지 않았던 것이다. 그러나 어머니가 학교에 보내 주어서 순이는 성적도 우수하였다. 그런데 재작년 가을에 어머니가 돌연 중풍으로 눕게 되자 순이는 그날로 학교를 구만두고 어린 힘으로 한 가정의 살림사리를 꾸려 나가지 않으면 안되게 되였다. 옆에서 보기에 하두 불상하고 딱해서 마을 사람들이 동정금 약간 몰아 준 일이 있었는데 순이는 그 돈을 단연 거절하고 오늘까지 남 못지않게 제 손으로 살림을 꾸려 온다는 것이다…….

듣기에만도 눈물겨움도록 가련한 이야기였다. 현은 그날 아침에 조기값 이십 원을 더 주려고 햇던 일이 문득 부끄러웠다. 바르고 씩씩하게 살아가려는 사람에게는 까닭 없는 동정처럼 모욕적인 일은 없으리라는 것을 새삼스러히 깨달았다.

그 이튿날부터 현은 아침마다 언덕에서 그 소녀를 만나는 것이 가장 즐거운 일과의 하나가 되였다. 소녀는 기계와 같이 아침 시간이 정확하였다. 현을 만날 때마다 소녀는 귀여운 미소로서 인사를 대신하였다.

현은 그 소녀를 알게 되면서부터 병든 제 건강이 알아보게 회복되는 듯한 느낌이 들었다. 무료하고 지루하던 하로하로가 아침이면 그 소녀를 만날 수 있다는 기대로서 언제나 즐거울 수 있었다. 잇다금 그의 어머니의 병환이 걱정스러웠으나 될수록 소녀의 가슴을 아프지 않게 하려고 그것만은 묻지 않았다.

칠십(七十) 고개를 넘은 지금에도 나무를 심거서 하늘의 뜻에 쫓으려는 운암 노장과 열세 살의 가련한 몸으로 거치른 세상을 씩씩히 살아나가는 소녀와를 아울러 생각할 때 현은 너무나 무기력한 자신이 부끄럽기 그지없었다.

여름이 가고 가을이 오기까지에는 현의 건강은 놀랄 만치 회복되였다. 건강이 그만치 회복되는 데는 노장과 소녀의 정신적인 힘이 여간 큰 도움이 아니었다. 더구나 소녀와는 웃음으로만 놀다가 웃음으로 헤여질 오직 그뿐이었지만 현은 그때마다 생에 대한 욕망이 알아보게 용소슴치는 것을 넉넉히 느낄 수 있었다.

가을도 저물어, 서리가 내리기 시작하는 어느 날 아침이었다.

현은 언제나 모양으로 그날도 언덕 위에서 소녀를 기대렸지만 그날따라 소녀는 아무리 기대려도 나타나지 않았다. 현은 웬일인지 불길한 예감이 느껴져서 그날 하로는 진종일 우울하였다. 그래 다음날은 일직부터 기대려 보았지만 소녀는 그날에도 역시 나타나지 않았다.

사흘 나흘 닷새 기대려도 보이지 않으므로 현은 그냥 백여 있을 수가 없어서 마침내 주인 영감님에게 소녀의 소식을 물어보았다. 그러자 주인 영감님은 별안간에 슬픈 표정을 지으면서

"순이는 오늘 새벽에 세상을 떠났답니다."

나무나 이외의 대답이었다.

현은 소스라칠 듯이 놀랐다. 놀라면서도 한동안은 제 귀를 의심하다가

"세상을 떠나다니요? 순이가 죽었단 말씀입니까?" 하고 따져 묻지 않을 수가 없었다.

"조금 전에 들었는데 순이가 죽었다는군요. 닷새 전에 별안간에 감기로 누어서 군소리를 몹시 한다구 하더니 오늘 새벽에 가엽게두 세

상을 떠났다는군요. 의사의 말이 급성 폐염이 돼서 여건해서는 도와 나기 어렵겠다구 하더라드니……."

주인 영감이 뭐라고 지꺼리는지 현은 이미 그런 것을 분별할 여유주차 없었다. 불그라니 타오르는 얼굴에 상냥한 미소를 띄이군 하던 소녀의 귀여운 모습이 새삼스러히 꽃송이처럼 떠버려져 보여서 현은 저도 모르게 두 줄기 눈물을 맺없이 흘렸다.

현은 그날 아침 오랜동안 얼빠진 사람처럼 멍하니 앉아서 소녀의 죽음을 슬퍼하였다. 그러다가 문득 깨끗한 정신으로 이 세상을 떠난 순이는 반드시 극락세계로 갔으리라는 생각이 들었다.

현은 운암 노장이 말하던 '하늘의 뜻'이라는 말이 문득 머리에 떠올랐다. 하늘이 순이를 그처럼 일즉 불러 가신 것은 소녀의 백설같이 깨끗한 넋을 언제까지고 깨끗하게 보호해 주시기 위한 때문이었을 것 같았다.

열매를 바라지 않고 오직 하늘의 뜻에 쫓아 나무를 심은 늙은 운암 노장의 정신이나 죽엄이라는 것을 꿈에도 생각지 않고 오직 씩씩히 살아가다가 꽃송이같이 떨어진 소녀의 넋이 다 모두가 너무나 무상하면서도 또 나무나 슬프도록 거룩한 생명들이었다. 그들과 비겨 볼 때 현은 지금까지 무턱대고 살려고만 애써 온 자신이 그지없이 추악하게 여겨졌다.

현은 무슨 참회라도 하듯이 책상 앞에 무릎을 꿇고 앉으며 고즈넉히 눈을 감았다. 마침 그때 멀리 암자에서 넘불 소리가 아득하게 들려왔다. 현은 소녀의 죽음을 조상하며 언제까지고 그 소리에 고요히 귀를 기우리고 있었다. 넘불 소리는 지극히 가냘피면서도 폐부에까지 속속드리 흘러들어 몸과 마음을 한없이 깨끗하게 시처 주는 듯하였다.

실패(失敗)한 청춘(靑春)

첫사랑은 여학교 졸업반이던 열여섯 살 때의 일이었다.

상대자가 전문학교 학생이었다.

둘이는 각금 교회의 호젓한 산길을 어깨를 나란히 하고 거닐었다. 사나이의 자장가 같은 사랑의 속삭임을 소녀는 아름다운 꿈으로 들었다. 산새의 우름소리조차가 유난히 즐겁게 들리는 시간이었다.

초가을의 초생달이 차겁게 흐르는 어느 날 저녁에 사나이는 어린 여인에게 힐란하듯이 다음과 같이 물었다.

"숙히 씨는 엽때 한 번도 날 사랑해 주신다는 말을 안 하시니 웬 일이십니까?"

소녀는 소스라치게 놀랐다. '제가 당신을 사랑하지 않다니, 무슨 말씀이세요.' 하고 소녀는 맹렬히 항의하려 했으나 그 말이 입 밖에까지는 나오지 못하였다. 단지 사랑에 불타는 그 눈만이 원망스럽게 빛날 뿐이었다.

그러나 불행하게도 사나이가 애인의 눈의 표정을 알아보기에는 초생달의 빛은 너무나 희미하였다. 그러기에 그 이튿날부터 사나이는 여자를 찾어오지 않었다.

첫사랑의 막은 그렇게 해서 슬픔으로 다쳐졌다.

두 번째의 연애는 열아홉 살 때, 상대자는 같은 회사의 사무원이었다.

퇴근 시간 후에 혼잡한 거리를 함께 거닐면서, 사나이가 아름답게 늘어놓는 사랑의 설계를 여자는 행복스러운 미소로서 듣고 있었다. 소리를 높혀 노래라도 부르고 싶도록 즐거운 시간이었다.

"제 말을 숙히 씨는 믿어 주십니까?"

어느 날 사나이는 여자에게 이렇게 물었다.

"듣고 안 듣고가 어딧겠어요. 전……."

'저는 당신을 사랑하는데요.' 하려고 했으나 암만 해도 사랑이라는 말이 입 밖에 나오지 않었다.

사나이는 여인의 미온적인 태도가 불만이었다. 그러기에 그는 얼마 후에 딴 여자와 결혼하여 버렸다.

숙히에게는 두 번째의 연애도 비극이었다. 그는 울면서 그 직장을 떠나지 않을 수 없었다.

세 번째의 연인은 방송국의 아나운서-였다. 안해도 자식도 있었으나, 안해와는 이혼을 하겠다고 하였다.

어느덧 스물세 살의 처녀는 연인의 이혼 수속이 끝나기를 기대리며 남모르게 가슴을 조이고 있었다.

전파를 통하여 들려오는 사랑하는 사람의 음성을 들으려고, 그는 언제나 라디오 스왓치를 틀어 놓은 대로 내버려 두었다. 라디오에서 연인의 음성이 울어 나올 때면 울렁거리는 가슴을 진정치 못해서 소녀같이 얼굴을 붉혔다.

어느 날 사나이는 스물세 살의 연인에게 이렇게 말하였다.

"자! 이혼 수속은 완전히 끝났습니다. 인젠 우리 세상입니다. 숙히 씨도 기뻐해 주십시요."

"그렇지만……."

넘치는 행복이기는 했으나, 이혼 당한 미지의 불행한 여인을 생각하면 숙히는 무턱대고 기뻐만 하기에는 하늘이 두려웠다.

"네? 숙히 씨는 그럼 절?"

"전 사랑이라는 말처럼 두려운 말은 없다고 생각해요."

두 번 실련의 쓸아림을 경험한 그는 누구를 사랑한다고 말할 용기도 없었다.

"네? 사랑이 두렵다구요?……. 그럼 숙히 씨는?……. 내가 인식 착오였던가요?"

오해한 사나이는 슬프게 탄식하였다.

여자는 몸부림치고 싶게 안타까웠으나 변명할 길이 없어 잠작고 있었다.

그렇게 해서 세 번째의 연애도 눈물로 도라가고 말었다.

어느덧 여자는 삼십이 넘었다.

그는 이제는 연애를 하려고도 하지 않었다. 연애는 슲은 추억만을 남기는 것이기에 생각만 하여도 진절머리가 났다.

어느 날 그는 영화 구경을 갔었다.

은막에 나타난 가련한 소녀가 남 주인공에게 서슴지 않고 "아이·러브·유" 하는 말을 들었을 때 그는 몸소름이 끼치도록 놀래였다. "아이·러브·유" 한마디로 두 사람이 즐거운 신혼 생활로 들어가는 장면을 보자, 그는 잃어진 자기의 행복을 불현듯 회상하고 긴 한숨을 쉬었다. 행복을 노쳐 버린 원인이 "당신을 사랑 한다."는 그 한마디 못했던데 있었던 것을 그는 그때서야 비로소 깨달었다.

그 무렵에 그는 동생의 친구되는 청년에게 남모르는 호의를 품고 있었다.

가끔 그 청년과 사진 구경도 다녔다.

어느 날 밤 사진 구경하고 도라오는 길에 숙히는 영화의 라보씨-ㄴ*을 회상하면서 그 청년에게 이렇게 말하였다.

"전, 상호 씨와 이렇게 가치 거닐면 어쩐지 즐거워 견댈 수 없어요, 저는, 상호 씰 사랑하고 있는지 모르겠어요."

"네."

청년은 제 귀를 의심하는 듯이 놀라며 여자를 마주 보았다. 그리고 발을 멈추었다. 스물일곱의 청년이 삼십도 넘은 숙히에게서 그런 말을 들을 줄은 너무나 뜻밖이었던 것이다.

숙히는 아모 말도 못하고 머리를 푹 수그렸다. 제 청춘이 완전히 잃어진 것을 숙히는 그때에야 비로소 깨달었다. 웨 그런지 슬퍼서 견딜 수 없었다. 슬픔을 참다 참다못해, 별안간에 어둠을 향하야 쏜살같이 달려 나가며 맘속으로 이렇게 부르짖었다.

"나는 아모두 사랑하지 않는다. 나는 누구를 사랑할 자격이 없는 여자다."

* 라브씨-ㄴ : 러브신(love scene).

제신제(諸神祭)

경사 급한 고개를 기관차는 숨이 꺼질 듯이 허덕이면서 추어 오르고 있다. 고개를 다 추어 오르면 해발 팔백 메-들의 고원(高原)이었다.

고원― 호흡하는 공기에조차 어덴지 모르게 무게가 느껴지고, 산악 지대의 특유한 운무가 지워도 지워도 차창에 연막을 드리워서 인제는 유리창 넘어로 바깥 경치를 바라볼 수는 없다.

차 안은 동굴처럼 공허하다. 여름철에는 피서객으로 와실와실 들 끓던 이 철도건만 늦가을인 시방 와서는 승객의 수효는 초저녁의 별보다도 희한하다. 텅 뷔인 좌석의 여기저기에 엉기성기 외로히들 앉아 있는 승객은 대개가 탕권에 갓 바쳐 쓴 시굴 늙은이가 아니면, 당꼬바지에 지까다비 신은 뜨내기 철로 공부들이다.

함구령이라도 내린 듯이 모두들 잠잠해서, 차체를 통하여 울려오는 엔징 소리만이 리즈미칼한 소란을 계속하고 있다.

나는 아까부터 기차 시간표를 페쳐든 채 얼빠진 사람처럼 멍청하니 애라의 추억만을 머리속에 더듬고 있었다. 그러다가, 문득 바루 요 다음 정거장이 내가 내려야 할 Y역임을 깨닫고 통겨 일어서며 창을 열었다.

　서울보다는 계절이 동뜨게 앞서는 곳이여서 창으로 휘모라 드는 석양 바람이 살을 어이는 듯 차다. 나는 쟘바-의 단추를 가눠 채우며 앞에 막아서는 산을 치어다보았다.

　설악산- 이 설악산을 지난여름에 나는 약혼한 애라와 함께 이 차 창으로 내다보며 피서 여행을 즐긴 것이 아니었던가.

　여름 한철을 애라와 함께 즐겁게 지낸 산장(山莊)으로, 지금 내가 철 그른 겨울에 찾아가지 않으면 안되는 심정은, 역시 그렇게라도 해서 추억을 더듬는 수밖에 다시는 애라를 만날 길이 없기 때문이다.

　워낙 약질이기는 했으나 애라는 내가 산장에서 내려온 지 보름도 채 못 되여 죽었다 하니 설령 산속의 공기가 급성 폐염에는 너무 거세였다 치드라도 내 눈으로 직접 보지 못한 이상 나는 애라의 죽엄을 믿을 수가 없다. 엄숙한 사실이니 어쩔 수 없다고 나 자신에게 타일러도 보고, 또 때로는 "한 알의 밀이 따에 떨어저 죽지 않으면 한 알대로 있으리라. 그러나 죽으면 많은 열매를 맺으리라."고 한, 신학교 삼 년 동안에 귀에 멍이 백이도록 들어온 성경 말로 자위도 해 보았으나 그처럼, 신성하던 성경 구절도 이번 일에만은 아모런 효력을 나타내지 못하였다.

　지금 내 트렁크 속에는 구김살조차 없는 신학교 졸업장이 들어 있다. 그 졸업장을 받기 위한 마즈막 시험 준비 차로 나는 애라를 산장에 남겨 두고 서울로 먼저 올라오지 않을 수 없었던 것이다. 그리고 시험이 끝나자 나는 졸업생만으로 편성된 순회 유세대(巡廻 遊說隊)의 한 멤버-로서 제주도 등지로 설교 여행을 떠나게 되였었다.

가는 곳마다 나는 그 여행이 끝나면 애라를 만날 수 있다는 오직 그 기대로 해서 열변을 토할 수 있었고, 밤마다 애라의 꿈을 꾸므로써 그와 함께 하느님의 충성된 사도가 되기를 굳게 서약하였다.

그렇게 두 달 반 동안의 긴 여행을 마치고, 벅찬 포부에 가슴 울렁거림을 느끼며 서울역두에 나렸을 때―그러나 모든 것은 허황하였다. 맨 처음 애경에게서 애라의 주검을 들었을 순간에는, 나는 참말 아모런 감정도 느끼지 못하였다. 두 달 반 동안의 유세에서 나는 거이 날마다 주검이라는 말을 써 왔던 때문인지도 모른다. "주검이란 결코 무서운 것이 아니다. 주검처럼 우리의 생명을 정화해 주는 것은 없다."고 날마다 밤마다 나는 강단에서 웨치지 않었던가?

그러나 여행에서의 흥분이 가시고 점차 관념적인 신의 세계에서 현실적인 인간으로 돌아오자 애라의 주검에 나는 가슴 터지는 슬픔을 느끼게 되었다. 그것은 전신에 냉수를 쫘악 끼얹는 듯한 슬픔이었다.

"주검이란 결코 무서운 것이 아니라"고 나는 많은 청중에게 부르짖었다. 아! 이 얼마나 나는 민중을 사기한 것이었던가? 이 얼마나 나는 위선자였던가. 허위의 진실에 살기 위하여 나는 얼마나 많은 사람에게 불행의 씨를 뿌렸으며 또 나 자신이 얼마나 큰 희생을 당하고 있는 것인가.

나는 몇 번이고 성경 말슴으로 마음을 위안하려고 노력해 보았다. 그러나 평소에는 그토록이나 감격과 감명을 주던 성서의 모든 구절이 이제 와서는 아모런 의미도 없는 잠고대로밖에 느껴지지 않는다. 사실 충실한 신의 사도가 되기 전에 나는 한 사람의 평범한 인간으로서 마음껏 슬픔을 맛보고 싶었다. 지금 나에게는 인간이―신의 아들로서의 인간이 아니라, 항간에 득실거리는 죄인으로서의 인간이 그리웁다.

이제부터 내가 기록하려는 이 이야기는 적나나한 인간―유다의 후예(後裔)로서의 나의 신세타령에 지내지 않는다. 신의 사도였던 내가 이런 기록을 남기는 데 대하여 세상의 선량한 시민들은 '배교자(背教者)'라는 오명으로 나를 비난할 것을 나는 잘 알고 있다. 그러나 나는 감히 쓰기로 한다.

차가 Y역에 다았다.

나는 트렁크를 들고 프랫트·폼에 내렸다. 나 이외에는 아무도 내리는 사람이 없도록 지극히 외로운 정거장이었다. 나는 혹시 잘못 내린 것이나 아닌가 하는 의혹조차 느끼면서 잠시 가야 할 방향을 모르는 사람처럼 멍청하니 서 있노라니까, 어깨에 타부렡을 걸친 역장이 내 곁으로 가까이 오더니

"차표 주세요."

하며 손을 내밀었다. 나는 말없이 차표를 내주었다. 역장은 그것을 이윽히 눈여겨보다가 얼굴에 상냥한 표정을 지으며

"여기는 처음이십니까?"

하고 묻는 것이다.

"네……. 아니……."

나는 어떻게 대답해야 좋을지를 몰랐다. 내 눈에는 갑재기 뜨거운 눈물이 솟구쳤다. 오십 탁이 다 된 이 역장의 부얼부얼하고도 유아한 태도가 나에게 아지 못할 신뢰와 비애의 감정을 자아 주었던 것이다.

마음의 에토란제인 나는 이 눈앞의 늙은 역장을 부둥켜안고, 철 그르게 산장에 찾아오지 않으면 안된 안타까운 사정을 그에게 호소하고 싶어 견딜 수 없었다. 애라의 주검도 이 늙은 역장에게 물어보면 똑바른대로 대답을 해 줄 것만 같았다.

그러나 공교롭게도 그때 차가 떠나려고 우렁찬 기적을 울려서, 늙은 역장은 손을 들어 차장에게 신호를 하지 않으면 안되었다. ─나를 실어다 놓은 기차는 아모런 아쉬움조차 없이 Y역을 떠나 버리고 말았다. 부동의 자세로 떠나가는 기차를 바라보고 섰는 역장의 뒷모습을 나는 또 나대로 오랜동안 바라보고 섰다가 경황없이 역 앞 광장에 홀로 나섰다.

그리하여 아람드리 나무 사이로 좁다랗게 뚫린 오솔길을 나는 시내물을 따라 산으로 걸어 올라갔다.

한창 여름철에는 물이 풍부해서 여울에서는 멱도 감을 수 있었던 시내였건만 시방은 기절이 기절이라 개울 바닥에서조차 뿌죽뿌죽 돌이 들어나 보인다.

얼마를 올라가면 앞으로 가로막아 서는 미럭바위가 있다. 지난여름에 애라를 이 바위 위에 앉여 놓고 나는 여울에서 멱을 감았던 일을 잊을 수가 없다. 그때 기대리기에 지쳐 콧노래로 〈푸른 하늘〉을 부르고 있던 애라는 '사루마다' 바람의 나의 몸둥아리를 보고

"사슴 같아! 껑충한 꼴이……."

하며 짜장 한 마리의 사슴이라도 발견한 듯이 신기한 표정을 지었던 것이다.

"사슴? 하하하……. 자연의 정기를 지천으로 즐길 수 있는 것만으

로도 사슴이 얼마나 부러운지 모르오."

"짜장 숲 속의 사슴이 아니긴 한데요?"

하며 그는 손에 들었던 돌맹이를 여울에 팽겨쳐 물방울을 내게로 튕겼던 것이다.

허나 애라가 앉았던 바위 위에는 지금 낙엽만이 시산스럽게 흐터져 있는 것이 아닌가? 나는 발길을 멈춘 채 한참 동안 애라의 환영을 더듬다가 무심중에 그때의 애라처럼 돌을 주서 물에 던저 보았다. 그러나 첨벙하고 공허한 음향만이 있을 뿐, 다음에는 좀 더 심각한 적막뿐이었다.

나는 무거운 발길을 돌렸다. 한 그루의 나무, 한 개의 돌에서조차 애라의 추억을 더듬지 않고는 백여날 수 없는 그 안타까움을 나는 조금도 피하고 싶지 않았다. 사람은 죽으면 그만이면서도 제 추억마저 빼서 가지 못하는 불행이 내게는 또 얼마나 행복된 일이었던가.

오 리 길의 마즈막 언덕에 썩 올라섰을 때 눈앞에 나타나는 회상의 산장— 담쟁이 넝쿨에 둘러싸여, 흡사히 호화로운 기선과 같은 산장이 어느새 계절에 물들어 단풍진 채 잎도 태반 떨어저 있었다.

뜰악에 욱어졌던 코스모스도 몇 날 밤 서리에 꼴사납게 시드렀다. 애라가 가장 좋아하던 코스모스였고, 그러므로 봄내 여름내 손수 가꾸며 가을의 꽃 시절을 즐겁게 기대리던 그였건만, 종시 그 꽃이 피기 전에 애라는 가고 만 것이었다. 죽을 날을 모른다는 것은 죽는 사람에게는 얼마나 행복된 일이겠느냐마는 그 행복이 살아 있는 나에게는 또 얼마나 불행을 자아 주는 것인가.

정원의 화초들은 마치 애라의 주검이라도 조상하는 듯 일제히들

지지리 시들었다.

한참을 화초들과 마주 섰다가 나는 불현듯 산장 문을 밀어 보았다. 문마다 안으로 첩첩히 걸린 채 엄숙한 침묵이다.

"애라! 애라!"

나는 무심코 불러 보며 문을 두드렸다. 굳게 다친 이 산장의 어느 구석에서 애라가 지금 나를 기대리고 있는 것만 같았기 때문이다. 그러나 아모리 불러 본댔자 나타나지 않는 애라임을 어찌하랴.

나는 무거운 한숨을 입속에서 깨물어 버리며 산장을 한 바퀴 돌고 나서 공막한 감정을 지닌 채 뒷 언덕으로 올랐다. 애라의 무덤을 찾기 위해서였다.

바다 바라보기를 음악보다도 좋아했던 애라였으므로 그의 무덤을 뒷 언덕 위에 묻어 주었다고 애경은 말하였다.

언덕을 오르면서 여기저기 기웃거리는데 저만치서 누가

"아유! 서방님 오셨세요!……."

한다. 산장지키 김서방의 안해 순실이었다.

순실은 내게로 걸어오며 생글 웃으려다 말고, 그대로 정숙히 고개를 수겨 버린다.

애라와 내가 '마돈나'라고 불러 온 이 순박한 여인을 보자, 나는 번개같이 또 한 번 애라 생각에 눈물이 솟았다. 애라를 무척 따르던 순실이었고, 애라가 무척 좋아하던 순실을 만났다는 것이 내게는 슬프고도 반가운 일이었다. 순실은 비록 산장지키 김서방의 안해면서도 놀낼 만큼 이지적인 영리한 여성이었다.

애라의 죽엄을 진심으로 슬퍼해 줄 사람은 나와 이 순실이와 단 둘

밖에 없을 것같이 내게는 꼭 그렇게만 믿어졌다.

순실과 나는 잠시 말없이 덤덤이 마주 서 있었다. 이윽고

"애라 때문에 고생 많이 하셨겠읍니다!"

순실이가 밤을 새여 가면서 애라를 간호하였다는 말을 들은 것이 문득 생각키여서 나는 치하의 말을 하지 않을 수 없었다. 그러나 순실은 입을 좀 더 굳게 다문 채 아모런 대답도 없다. 간곡한 간호가 진심에서 울어나온 결과일진댄, 이제 나에게 치하를 듣는 것이 오히려 순실로서는 괴로운 일임에 틀림없을 것임을 나는 뒤미처 깨달았다.

이윽고 내가 발길을 옮기자 순실은 재빠르게 눈치를 채고 무덤으로 나를 인도하는 것이다.

애라의 무덤은 과시 서해 바다가 한눈에 굽어보이는 다양한 언덕에 누어 있었다.

그리고 바루 그 아래가 지난여름에 애라와 내가 최초의 포옹을 한 우리들의 영원한 과수원이었다.

순실은 흙냄새조차 새로운 무덤 앞에 오자, 차마 이것이 애라의 무덤이라는 말을 못하고 그대로 고개를 수그려 버리고 만다.

저므는 노을에 직사되어 흙빛이 좀 더 붉어 보이는 한 개의 새로운 무덤—이 속에 정말 애라가 들어 누어 있는 것일까.

사람이 죽으면 육체는 무덤 속에서 썩고 영혼은 하늘로 올라간다고 바이불은 알려 주었다. 그리고 그것을 굳게 믿어 온 나였건만, 오! 그러나 지금 나에게는 승천한 애라의 영혼보다 눈앞의 이 무덤이 얼마나 더 절통한 비애를 자어 주는 것인가.

"이애라지묘(李愛羅之墓)"

라고 먹 자취도 새로운 묘표(墓標)가 얼마나 나에게 슬픈 진실로 육박하는 것인가.

　나는 무덤 앞에 분향하고 이마를 조아려 절하였다. 향연(香煙)을 맡으며 세 번 절하고 나자, 그제야 정말 애라가 죽었다는 슬픔이 육체적으로 느껴져서, 조수처럼 밀려드는 가슴속의 슬픔을 감당치 못한 채, 나는 풀 위에 쓰러지며 엉엉 소리를 높여 울었다.

　얼마를 울었을까, 순실이가 어깨를 흔들며 깨우쳤을 때에야 나는 비로소 울고 있었던 것을 깨달았다.

　그리고 나는 내가 무덤 앞에 절한 것도 그때서야 깨달았다. 그것은 내가 신을 배반하는 최초의 행동이기도 하였다.

　─내 앞에서 다른 신을 네게 두지 말라!

　십계명의 첫머리에 그렇게 씌여 있다. 그러나 지금 나에게는 얼마나 무력한 그 말인가. 절절히 안타깝고 애타고 할 때에 어떻게 무덤에라도 절하지 않고 백여날 수 있을까. 확실히 허례일지는 모른다. 허나 허례면 허례인 대로 그 허례가 진실로 느껴짐을 어떻게 할 도리가 없었다.

　"애라! 애라! 당신이 사랑하던 희순이가 여기 왔으니 어서 일어나시요!"

　나는 이렇게 혼자말로 부르짖었다.

　영혼이여! 영혼이 있다면 왜 말이 없는가! 나는 영혼의 실재를 보기보다, 오히려 불러도 말 없는 무덤에서 육체의 죽엄을 통감하였다. 순실이가 저녁 차비로 산장으로 먼저 들어간 다음 나는 황혼이 지터가는 무덤가에서 안타깝게 작구만 애라의 이름을 불렀다.

순실이가 나를 찾아 다시 무덤으로 나왔을 때에는 이미 나의 몸은 밤이슬에 촉촉히 젖어 있었다.

산장으로 돌아와 보니 순실은 영리하게도 애라가 쓰던 방을 나더러 쓰라고 깨끗이 치워 노았다. 애라가 죽던 그때의 그 모양대로 간직해 둔 이 방에 들어오자 나는 또 한 번 애라의 주검을 슬퍼하지 않을 수 없었다.

애라가 그 위에서 연명하였다는 바루 그 침대에 누어서, 나는 지금 애라가 돌아오기를 헛되이 기대리면서 한편으로는 어떻거면 애라의 뒤를 따라갈 수 있을까 하고 생각해 보았다.

서창까, 피아노 위에 놓인 화병에는 아직도 시껌하게 시들어진 백장미가 꽂인 채로 있다. 고인은 누구를 연모하면서 저 꽃을 바라보고 있었던 것일까. 병들었을 리 없는 그 마음이었건만 육체를 좀먹는 병마에게는 다시 어떨 수 없었던 것일까.

저믈어 가는 황혼 속에 뚜려시 솟아오르는 마즌편 산을 하염없이 바라보며 나는 애라를 그리는 무한한 향수에 잠가저 있었다.

이윽고 초열흘 달이 차거웁게 나의 창을 빛여 주었다. 나는 호되게 놀랜 사람처럼 펄떡 뛰여 일어나서 밖으로 달려 나왔다. 그리하여 내가 정신을 차렸을 때에는 나 자신도 모르는 사이에 애라의 무덤의 주변을 산짐승처럼 감돌고 있었다. 다음 순간 나는 하두 어처구니없는 나를 깨달으면서 과수원으로 내려갔다. 지난여름에 우리가 찾아왔을 때에는 잎은 욱어지고, 가지가지에는 능금이 붉게 영글어서 과수원 전체가 마치 위대한 정열 덩어리 같았는데, 어느새 열매는 걷우어지고 잎은 떨어진 채, 달빛만이 교교히 차거워, 엣 싸움터같이 황패

하다. 능금나무 아래에서 애라와 내가 최초의 입술을 나누었을 때에도 달은 오늘 밤처럼 밝게 빛여 있었다. 그날 밤 달빛에 붉게 빛나는 능금 알을 우리는 얼마나 신비로운 심정으로 바라보고 있었던 것인가. 미래를 점쳐 볼 마음의 여유조차 없도록 순간의 행복에 도취하면서도 우리는 그 순간 속에서 직관적으로 영원을 응시할 수 있었던 것이 아니었던가.

에덴동산에서의 이브의 유혹에 강렬한 흥분을 느끼면서 그러나 그날 밤 우리는 금단의 과실을 따지는 않았다. 우리에게는 영원한 행운이 있다고 느껴졌던 것이다.

그러나 여름에서 가을로 철이 채 바뀌기도 전에 희망은 무참히도 깨여지고 말았으니 인생은 이처럼 무상한 것인가.

뀌뜨람이도 울지 않는 과수원 안을 나는 지향 없이 방황하였다. 거름거름에 애라의 추억만이 밟히는 듯해서, 잠시 나무에 기대인 채 달을 우러러보다가 뜻하지 않고

"애라!"

하고 불렀다.

애라가 달 속에 숨어서 나의 자태를 엿보고 있는 것만 같았기 때문이었다.

헌데 애라를 부르는 나의 호소에, 천만뜻밖에도 실제로 내 눈앞에 나타난 여인은 난데없던 순실이었다.

"서방님!……. 인제 그만 들어가 즈므세요."

어느새 순실은 바루 내 옆에 와서며 조용한 말로 타일르는 것이다. 순간 순실의 눈동자가 차디찬 달빛에 반사되어 마치 쟁반 위의 수은

같이 영롱하였다.

"김서방, 장에서 돌아왔수?"

"아직 안 오셨어요. 아마 내일 오실나나 바요."

이렇게 간단한 문답을 끝내고 나서, 나는 앞서서 산장으로 내려왔다.

방에는 이미 람포가 켜져 있었고, 창까 화병이 놓였던 피아노 위에는 가을 국화가 한 분 아담히 앉아 있었다. 반만큼 핀 흰 국화가 몹시도 사람을 반기는 듯하였다. 나는 잠시 국화를 허심히 바라보다가 문득 순실에게는 이렇게 국화를 가꾸는 아취가 있었던가고 혼자 놀래였다.

자정이 지나서 나는 자리에 누었으나 이 방에는 두 달 전만 해도 애라가 살고 있었다는 생각에 좀체 잠이 들어지지 않았다. 오랜동안 엎치락뒤치락 복개이다가 간신히 잠이 들었으나, 나는 이내 애라가 방문을 열고 들어서는 꿈으로 소스라처 깨쳤다. 나는 다시는 잠을 이루지 못할 것 같기에, 십 분 후에는 벌떡 일어나 서울에 있는 애라의 동생 애경에게 편지를 쓰기로 하였다.

애경!

언니의 추억을 나 혼자 간직하고 있기에는 나의 가슴은 너무나 좁은가 보오. 애라의 무덤은 나에게 아모것도 말해 주는 것이 없었소. 무덤 앞에 분향했을 때 간얄피게 타오르는 것은 오직 향연뿐이었소. 그 실낫 같은 향연이 애라의 넋인 양하여, 나는 한껏 그것을 디려마시었소.

애경! 왜 언니의 주검을 진작 알려 주지 않었소. 그의 주검을 단 한 번이라도 내 눈으로 보았다면 이렇게까지 그의 주검이 슬프지는 않았을 것

같소. 지금 나는 꿈속에서 언니를 만났소! 하두 반가운 김에 팔을 벌리며 그를 맞이하려고 눈을 떴을 때에는 그러나 그는 이미 어디론지 살아져 버리고 말았소. 꿈이라기엔 너무나 기억이 생생하고 현실이라기엔 어처구니없게도 모두가 허황하오.

애경! 언니가 죽은 지도 오늘째 예순네 날인가 보우. 이제 나흘이면 음력으로 구월 십오 일이니 나는 여기서 내 손으로 애라의 생일 제사를 지내 주려오! 기독교 신자가 제사가 무슨 제사냐구요?

애경에는 놀랍고도 웃우울 그 일이 그러나 내게는 너무나 엄숙한 진실이오. 레위의 제사장이 비닭이와 양을 잡아 놓고 하느님께 제사 지내듯, 인제 내가 애라에게 사랑을 표현할 수 있는 단 한 가지 길은 고인의 무덤 앞에서 제사를 지내 주는 그것뿐이오. 나는 오로지 그 일로 해서 한겨울을 이 산장에서 지내기로 결심하였소. 너무나 감상적이라구 애경은 웃을 것이오. 그러나 진실이란 항상 감상적인 일면을 지니고 있다는 것을 나는 이번에 비로소 깨달았소.……

이튿날 먼동이 채 트기 전에 나는 단장을 들고 뜰에 나섰다. 꽤 차거운 아침이었다. 황폐해진 정원을 한 바퀴 휘돌아서 뒷산으로 올라가려는데 초막께에서 순실이가 이리로 걸어오고 있었다. 그는 나를 발견하자 인사성 있게 허리를 굽히며

"안녕히 즈므셨어요? 과히 추우시진 않으셨어요?"

하고 묻는 것이다. 나는 인사를 받고 나서

"서리가 대단한데요."

하고 말하며 뜰을 살펴보았다. 간밤에는 유난히 기온이 차거웠던지

뜰에는 찬 서리가 한 겹 깔려 있었고 그 때문에 엉성한 코스모스 줄기가 좀 더 추잡해 보였다.

"꽃들이 죄다 시들었군요."

"참 코스모스를 쩌 버려야겠어요!"

순실은 내 기분을 알아차렸음인지, 그렇게 말하며 초막으로 걸어간다.

이윽고 순실은 행주치마를 졸라매며, 손에 낫을 들고 나타나드니, 서리에 시든 코스모스 줄기를 쯔기 시작하였다.

한 대 한 대의 꽃줄기가 순실의 손에 토벌되는 것을 보고 있는 동안에 나는 문득, 지금 뷔여지는 저 꽃들은 애라의 손으로 심거진 것이였다는 것을 새삼스럽게 깨달았다.

따라서 순실은 마치 나의 가슴속에 깃들어 있는 애라의 추억을 후려갈기는 것만 같아 가슴이 후비었다.

정원이 마츠내 휑츨해졌을 때 나는 말할 수 없는 공허감에 잠기고 말았다.

"인제 시언해졌죠?"

순실은 낫을 땅에 놓으며 허리를 편다.

"너무 허무하군요……."

"코스모스보다도 명년에는 들국화를 심는 게 좋을 것 같애요."

하고 순실은 제 취미대로 무심코 한마디 던진다. 나는 그 무심한 한마디에서 무슨 숙명적인 암시라도 받은 것같이 가슴이 눌리워서 잠시는 아무 말도 못하고 망연히 서 있을 밖에 없었다.

순실도 역시 그윽한 눈으로 나를 마주 보는 채 오랜동안 아무 말이 없었다.

아연같이 둔탁한 침묵이 얼마나 계속되었을까. 문득 "에헴!" 하는 난데없는 기침 소리에 순실과 나는 똑같이 소스라치게 놀래었다.

간신히 정신을 것잡아 좌우를 살펴보니 이외에도 산장지키 김서방이 장승처럼 울타리 안에 서서 화살같이 날카로운 눈초리로 우리를 쏘아보고 있었다.

그것은 폐부를 뚫는 듯이 날카로운 시선이었다. 나는 김서방이 순실과 나 사이를 의심하고 있음을 직각적으로 깨닫자 잠시 어찌할 바를 몰라 쩔쩔매다가 이여

"아! 김서방! 인제야 장에서 오우."
하고 물으며 몇 발거름 그에게로 닦아갔다.

"아! 서방님이 오셨구료? 이 어인 일입쇼? 제주도에 가셨다더니 언제 오셨는뎁쇼? ……. 저는 어제 장터에 갔다가 허허허 막걸리 몇 잔 걸쳤드니 꼼박 취해서 이렇게 허허…. 이만해두 다 늙은 탓인가 봅죠. 허허허……. 참 서울 댁은 다들 안령하시겠습죠?"

김서방은 나라고 알고 금시로 표정을 누그렵혀 교사스러운 너털 웃음을 연방 웃어 가며 허리를 굽신거리며, 손으로 뒤통수를 쓱쓱 쓸며, 수다스럽게 늘어놓는다.

나는 김서방과 몇 마디 더 주고받은 뒤에 뒷산으로 올라갔다. 허나 거니는 동안에도 아까 본 김서방의 독살스럽던 눈초리가 암만 해도 마음에 꺼리여서 견댈 수 없었다.

지극히 평범한 아까 그 장면이기는 하였으나, 그러나 젊은 안해를 혼자 두고 하룻밤을 밖에서 자고 들어온 김서방에게는 결코 심상히

보이지 않았을는지도 모르는 그 풍경이 아니였던가.

　나는 김서방에게보다도 순실에게 더없이 송구스러웠다. 이내 수다를 떨고, 허풍을 치고 한 김서방이기는 했으나 한번 자리 잡고 들어앉은 의혹심이 그렇게 손쉽게 살아졌으리라고는 믿어지지 않았다. 항상 불행은 부질없는 상상에서 온다고 한 '아랑'의 말이 기억에 떠올라서 장차 순실에게는 어떤 불행이 오지나 않을가 하는 상상에 나는 치가 떨리었다.

　사흘이 지냈다.

　김서방네 가정에서는 그 후에 아무 일도 없었는지 순실은 조곰도 전과 다름없이 침착하였다.

　애라의 생일 제사를 바루 내일로 앞둔 전날 저녁에 나는 과수원을 산보하고 있었다.

　마츰 해는 지고 달은 채 빛을 펴지 못한 무렵이여서 낙엽을 밟으며 오랜동안 나무 사이를 거닐고 있었다.

　있다금식 시산한 바람이 나무가지를 울리며 지나가고 나면 대지는 숙조히 밤의 세게로 잠들어 가는 초저녁이었다.

　이윽고 달빛이 교교해지면서 과수원에는 허수아비 같은 그림자가 수다하게 나타났다.

　바람이 한순 지나고 과수원 전체가 무한한 고요 속에 잠겨 버리려는 그때

　"서방님……."

하고 어데선가 부르는 소리가 들려온다.

능금나무 그늘에서 나를 부르는 여인은 순실이었다.

나는 반가웠다. 이때처럼 순실을 반겨 한 적은 일찌기 없었다. 웨 그렇게 반가웠던지 모르나 나는 무턱대고 반가웠다. 갓득이나 김서방에게 의심을 받고 있을 우리가 이렇게 달밤의 과수원에서 단둘이 만난다는 것이 슬기롭지 못한 일인 줄 알면서도 나는 웬일인지 무척 반가웠던 것이다.

순실은 가까이 오더니 아모 말도 없이 전보를 한 장 내밀어 준다.

'아홉 시 도착, 영접 고대 애경'

애경이가 내 편지를 보고 언니의 생일 제사에 참예하려고 오는 모양이었다.

"자근 아가씨께서 오신다죠?"

소학교 오 학년까지 단녔다는 순실은 전보를 미리 읽었던지 그렇게 물어서

"그런다는군요, 내일이 애라의 생일이니까……."

"오래 계시다 가세요?"

누구를 두고 묻는 말인지 몰라서 나는 잠시 머뭇거리다가

"글세 애경은 이내 갈걸요. 나는 이 겨울을 여기서 나겠읍니다만……."

"…………."

"아마 겨울 기후가 꽤 춥죠?"

"그렇지두 않아요. 허지만 겨울엔 눈(雪)밖에 없는걸요."

"눈?……."

"산두, 들두, 집두, 죄다 눈 속에 묻혀 버려요. 하두 눈뿐이여서 겨

울이면 사람이 무척 그리워져요."

　순실의 말을 듣고 있는 동안에 나는 눈 속에 묻힌 산장의 지붕 밑
에서 애라의 추억을 더듬으면서 겨울을 기어코 여기서 나리라 결심
하였다. 겨울이면 사람이 그립다는 순실을 위하여서도 그것은 보람
있을 일일 것만 같았다.

　"겨울엔 사냥꾼이 가끔 오겠군요?"

　"네, 서울서 총바치들이 가끔 밀여와요."

　"대개 무슨 짐승들인가요?"

　"노루가 젤 흔해요."

　"노루? …. 노루! 노루……."

　나는 노루라는 말에 '사슴'이라고 불러 주던 애라를 연상하면서 몇
번이고 곱집어 뇌여 보았다. 그리고 총 맞은 노루가 피를 흘리며 눈
위에 쓸어진 비참하고도 아름다운 광경을 머리속에 그려 보면서, 짜
장 나 자신이 한 머리의 노루가 된 듯이 네 다리가 수물거렸다.

　십 분 후에 우리는 앞서거니 뒤서거니 산장으로 내려왔다. 정거장
에 마종 나갈 시간이 되어서 내가 밤길 오리를 왕복해야 할 행장을
채리고 나섰을 때 순실도 따라서며

　"저두 마중 나가겠어요"

한다.

　"무얼……. 혼자 갔다 오죠……. "

　억지로 뿌리치고 싶지는 않았으나 역시 가치 가기는 마음에 꺼리
었다.

　순실은 더 따라서려고 하지도 않고 고개를 들어 나를 마주 본다.

달빛에 물들어 진주처럼 영롱한 그의 시선과 마주치는 순간 나는 보아서는 안될 그 무엇을 본 듯해서 소스라치게 놀라 사슴처럼 언덕길로 내달으며 저 모르게

"아아, 순실! 순실!"

하고 부르짖었다. 애라가 없는 이 세상에서 나를 위로해 줄 사람은 오직 순실밖에 없다는 것을 나는 그때에 절실히 깨달았던 것이다.

Y역에 다았을 때에는 이미 차가 도착할 시간이었다. 나는 람포등이 꿈처럼 몽롱한 프랫트·폼을 혼자 서성거리고 있었다. 나 이외에는 승객도 영접객도 없었다.

차는 이내 와 다았다. 나는 삼등 차깐으로 달려갔다. 두루마기에 대관절 쓴 사내가 한 사람, 육십이 다 되여 보이는 지팽이 짚은 노파가 한 분, 내리는 사람은 그뿐으로, 애경은 종시 나타나지 않는다.

"시간에 미참이 진 게로군!"

혼자 중얼거리며 막 밖으로 나오려는데 저만치 뒤에서

"희순 씨!"

야무지게 부르며 애경이가 상사말처럼 기운차게 달려온다.

"아, 애경! 어디루 내렸누?"

나는 애경에게로 마주 달려가며 물었다.

"이등을 탔었죠!"

"이등 차? 호오! 호화판이로군그래!"

"신혼여행하는 폭 잡었죠. 호호호……."

"신혼여행?"

신혼여행이라는 말에 나는 일순간 정신이 현혹해짐을 느끼며, 애경을 마주 보았다. 고무공같이 탄력 있어 보이는 몸에 다갈색 양장을 휘감고, 퍼머넌트를 밤바람에 휘날리며 람포등 밑에 서 있는 애경은, 짜장 '헤롯'왕 앞에서 춤추는 '헤로디아'의 딸 '싸로메'와 같이 요기로워 보였다.

거리를 빠져서 산길로 접어들었을 때

"참 편지 주서서 고마웠어요."

하고 애경은 생글 웃는다. 나는 그 웃음을 묵살하고 나서

"양친께서두 내가 산장에 온 줄 아시우?"

"아시다 뿐이겠어요! 겨울을 산장에서 나신단 말씀을 들으시구 펄쩍 뛰시면서 가뜩이나 약한 몸이 어떻게 그 기홀 감당해 내겠느냐구 하시면서 저더러 어서 가 데리구 오라구 그러시던데요. 말하자면 제가 특사루 온 셈이죠."

애라가 죽은 후에도 내게 대한 그들의 사랑에는 조곰도 변함이 없음을 알고 나는 눈시울이 절로 달아오랐다.

"서울이라구 별루 신통할나구요"

"그러기 서울루 오시라는 게 아니라 어느 온천장이나 그런 데루 가시라는 거애요. 그리구 저더러도 '쯔끼소히'*루 가치 가라나요!"

"온천으루? ……. 애경과 함께……?"

나는 이식적으로 반문하며 면구스러워 할 만치 그를 빤히 마주 보았다.

---

* 쯔끼소히(つきそい) : 곁에서 시중 듦, 또는 사람.

애경과 나를 온천장으로 보내려는 것이 양친의 의사에서 나온 분부인지 혹은 애경 자신의 희망인지를 판단 못한 채 나는 약간의 불쾌감까지를 느꼈다.

애라를 잃어버린 슬픔을 추억 이외의 것으로 보충한다는 것은 내게는 다시없을 모욕같이 느껴졌기 때문이다.

지난여름 애라와 함께 셋이 산장에 머물러 있을 때의 일이었다.

어떤 달 밝은 날 저녁에 셋이 베란다에 모여 앉아서 잡담을 하고 있다가 애경은 문득 언니에게 조곰도 꺼리는 일 없이 나의 팔을 잡아다려 제 가슴에 품으며

"난 이 세상에서 희순 씨가 고작 좋아!"

하고 농쪼로 지꺼린 일이 있었다.

그저 그뿐이었으나 그 말을 들은 애라는 그날부터 사흘 동안 구미를 잃어버리고 경황없이 시름에 잠겨져 있었던 것이다.

그때에 나는 애경의 행동을 단순한 농으로 알았고, 따라서 그런데까지 신경과민할 애라를 나무랬던 것이나 이제 보면 그때의 그 일이 노상 농만이 아닌 것같이 여겨진다.

역에서 산장에 오기까지에 애경은 언니 이름을 한 번도 입 밖에 낸 일이 없었다. 나는 부질없이 애경에게 편지 낸 것을 후회하였다.

산장에 도착하자 애경은 애라의 방에는 들릴 생각도 않고, 곧장 제 방으로 달려간다. 내가 애라의 방에 한번 들느라구 하니까

"아이 싫어요! 그 방보다 내 방이 좋은걸……. 어서 내 방으루, 오세요. 재밋는 얘기 들려드릴께요."

하며 성화같이 나를 부르는 것이었다.

애라의 주검을 누구보다도 슬퍼해야 할 애경이라고 믿었던 만큼 나는 적지 아니 실망을 느꼈다. 그래서 나만은 애라를 배반하지 않기 위해 여하한 일이 있더라도 겨울을 이 산장에서 나야겠다고 혼자 다짐을 두고두고 하였다.

믿었던 애경이가 석 달도 채 못 가 언니를 배반하였다는 슬픈 사실에 나는 그날 밤 좀체 잠을 이루지 못하였다.

유다가 예수를 배반한 것도 있을 수 있는 일이오, 내가 예수의 진리를 저버리는 것도 사람으로서 용혹무괴하겠으나 그러나 애경이가 친동기인 언니의 주검을 석 달이 머다고 잊어버린다는 것은 암만 해도 생의 비극 같기만 하였다. 조이의 표리와 같은 것이면서 생과 사는 이렇게 격리된 두 세계일까. 나는 웬심인지 작구만 애경에게 반감이 가지는 것을 어찌할 도리가 없었다. 따라서 밤이 깊어 갈수록 신경은 점차 흥분되어 마츰내는 이불을 박차고 파자마 바람으로 밖으로 뛰여나왔다.

나는 심호흡으로 흥분을 가누며 애라의 무덤께로 걸어갔다.

애라는 내가 이렇게 찾아온 줄을 아는가 모르는가. '혼령이 있다면 어서 나타나 나를 위무하여라.' 고, 나는 무덤가 풀밭에 쓸어지듯 주저앉았다.

밤은 삼경이라 사방은 주검같이 고요하고 달은 누구의 눈동자처럼 맑고도 차다.

음률같이 리즈미칼하게 나부끼는 미풍! 한껏 슬픈 것도 같고, 한껏 기쁜 것도 같고 한껏 허무한 것도 같고ー음향과 빛갈과 감정이 한 초첨 위에서 어울리는 순간이 있다면 그 순간이 바루 이 시각이리라고 느껴지는 그때, 어데선가 멀리서 말다툼 소리가 들여왔다.

가만이 귀를 기우리니 사내의 목성이요, 자서히 흠미하니 김서방의 고함이었다.

나는 가슴이 덜컥 내려앉음을 깨달으며 순간에 저번 날의 그의 의혹에 찬 시선을 회상하였다. 나는 일어섰다. 소리의 방향을 더듬으며 머리속에는 순실의 참혹한 주제를 상상하였다.

김서방의 초막이 가까워 오자 내 귀에는 다음과 같이 횡폭한 말이 들려왔다.

"……. 요 토라질 년아! 그놈이 네년 때문에 온 게 아니구 뭐란 말이냐? 어서 바른대루 실토를 해라! 묵숨이 아깝거든 실토를 해. 요 능지를 할 년 같으니"

이런 사나운 욕지거리와 함께 등불 빨간 창호지에 미친 두옥신 같은 그림자가 얼른거리었다. 쨀싹! 탁! 하고 맹렬한 폭음도 들려왔다. 김서방이 안해 순실을 치는 것이 분명하였다. 그러나 순실은 찍소리조차 없다.

나는 가슴이 띠금하였다. 김서방의 울렀다 메는 꼴과 순실이가 무진 매를 맞으며 죽어 대령으로 입을 악 새려물고 있는 무서운 광경이 파노라마처럼 눈에 얼린거린다.

"이 주리를 틀어 죽일 년아! 그놈이 맞이거든 썩 내 눈앞에서 없어저라. 온 배라먹을 아귀년 같으니……."

이런 욕지거리와 함께 또 폭행과 난타가 시작된다.

"이년아! 악아리가 붙었느냐? 왜 댓구가 없어……. 그럴 테지! 무슨 댓구가 있을나구. 있거든 있는 대루 말해 봐. 이년아!"

그러나 순실은 역시 아모 대답이 없다.

"흥! 악지가릴 못 뗄 젠 너두 네 죄를 알기는 아는가 보구나! 이년아 화냥을 놀면 어디선들 못 논다구 하필 과수원까지 따라갈 건 뭐드란 말이냐……."

하고 김서방은 살기가 등등하다.

김서방의 시선이 항상 우리의 뒤를 따르고 있었음을 알았을 때 나는 치가 벌벌 떨리었다. 겁을 집어먹어야 할 죄를 지은 것은 없지만, 아모튼 내 행동이 남에게 그런 의심을 사게 되었던 사실이 무서웠던 것이다. 나는 바루 그대로 방에 뛰어 들어가, 그런 일이 절대로 없었다는 것을 말하고 싶었다. 그러나 그런 변명이 김서방에게는 도저히 곧이들리지 않을 뿐 아니라, 재밤중에 남의 가정 싸움을 엿듣고 있은 그 일부터가 더욱 의심을 사게 될 것 같아, 나는 맹렬한 충동을 간신히 억눌렀다.

생각이 여기에 미치고 보니, 그들의 싸움을 중재할 수 없을 바에는 더 엿듣고 있는 것도 괴로운 일이여서 나는 얼른 내 방으로 달려오고 말았으나 도저히 잠을 이룰 수가 없었다.

겨울을 산장에서 나기로 했던 결심을 나는 포기하는 수밖에 없었다.

순실을 위하여 나는 하로바삐 이 산장을 떠나는 것이 상책이라고 깨달았다.

밤이 거진 새일 무렵이었다.

바루 옆방인 애경의 방에서 쿵! 하고 바람벽 울리는 소리가 난다. 애경이가 잠결에 몸이라도 뒤재이는가 보다고 귀를 기우리고 있으려니까 조곰 후에는 "휴─" 하는 한숨 소리가 들려온다. 애경은 또 무엇 때문에 지금 한숨을 쉬는 것일까.

잠잠한 몇 분이 지난 뒤였다.

"희순 씨!"

하고 애경이가 문득 나를 부르는 소리가 들린다. 잠작고 있으려니까 또 얼마 후에

"희순 씨! 희순 씨이!"

좀 더 명확한 음성이다.

나는 핏뜩 애경의 그 고혹적인 육체가 연상되여서, 애경이도 이제는 어린아이가 아니라는 것을 새삼스러히 깨달았다.

"희순 씨!……. 희순 씨!"

이번에는 쿵쿵쿵 바람벽을 막우 두드리며 부른다.

"애경이! 왜 안 자구 그러는 거야?"

나는 질책하듯 소리쳤으나 그실은 나 자신에게 타이르는 경게이기도 하였다.

"희순 씨! 나, 무서워 죽겠어요! 내 방으루 좀 와 주세요."

"옆방에 사람이 있는데 무섭긴……. 어서, 한잠 더 자요, 아직 밤이 멀었으니……."

"무서 죽겠는걸요……. 어서 좀 와요……."

애경은 몸부림까지 치는 듯하다.

마지못해 나는 일어났다. 복도로 나와 애경의 방문 손잽이를 붓잡았다. 그러나 그 순간 나는 내가 애경의 방에 들어갔다가는 반드시 무슨 일이 생기고야 말 것 같은 직감이 느껴져서 이 유혹을 어떻게

하든지 이겨 나야 하겠다는 맹렬한 자책지심이 솟아올랐다. 치가 부르르 떨린다. 나는 손잡이를 맥없이 놓았다.

"어서 들어오세요!"

하는 애경의 재촉이 들려온다. 나는 다시 손잡이를 붓잡았다. 바루 그때다. '우리를 시험에 들지 말게 하옵시며'란 주기도문이 번개같이 머리를 스치어서 나는 손잡이에서 손을 펄쩍 떼었다. 그리하여 쏜살같이 얼른 밖으로 뛰여나오고 말았다.

두 시간쯤 후에 다시 산장에 돌아왔을 때에는 아침 해가 이미 앞산 위에 솟아 있었다. 애경과 복도에서 마조쳤으나 아침 인사도 않고 뽀루퉁해 있었다.

나는 세수를 하려고 후원 우물께로 왔다. 우물가에서 쌀을 씻고 있던 순실은 나를 보자 여니 날과 조곰도 다름없이 침착히 허리를 굽히며 인사하는데 도무지 간밤에 악형을 겪고 난 사람 같지 않았다.

다만 그의 목덜미께에 푸릇푸릇한 자죽이 보였을 뿐……. 인내란 이렇게까지 아름다운 것일까 하고, 나는 새삼스러히 감격을 마지못하였다.

그때 김서방이 불쑥 나타나더니

"서방님 안녕히 즈므셨웁죠? 허허 오늘은 날이 좀 누그러졌는가 본뎁쇼? 아 참 오늘이 보름이니 생일 제사를 지내야 헙죠? 허! 세월은 빨라서 돌아가신 지 어언간 석 달이 되었는가 본뎁쇼. 허 참……."

김서방은 댓구도 없는 말을 혼자 느러놓는다. 어제밤의 김서방의 입에서 오늘은 또 어떻게 저런 간사한 말이 나올 수 있을까. 나는 오직 악연할 뿐이었다. 입에는 꿀이 있고, 배에는 칼이 있다는 말은 정히 이 김서방을 두고 이른 것 같았다.

열 시쯤 되어서 우리는 제삿상을 차려 가지고 무덤으로 갔다.

제삿상 위에는 백반 한 그릇, 민어가 한 꼬리, 전우어 한 접시, 그것뿐이었다.

분향한 후, 술을 따라 놓고 나서 그 앞에 엎드려 세 번 절하니 슬픔이 안개같이 가슴에 저저 들었다. 순실은 소리 없이 울고 애경은 먼 하늘만 처다보고 있었다.

아무도, 말이 없었다. 순실의 참배가 끝난 다음에는 김서방이 저도 참배한다고 서두르는 것을 나는 단연 막아 버렸다. 아주 단촐한 제사였으나 나는 비로소 처음 애라에게 부채를 갚은 듯이 기분이 가벼워졌다. 산장으로 돌아오자 애경은 나에게 말하였다.

"희순 씨! 인젠 제사도 끝났으니 오늘루 내려가세요. 네!"

"글세……."

내려가다니 대체 어디로 내려가자는 것일까. 나는 정확히 알아듣지 못한 채 애매히 대답하였다. 어제밤 초막에서 일어난 비극을 몰랐던들 나는 겨울을 여기서 나겠다고 고집했을 것이나 인제는 그럴 수도 없었다.

"글세가 무슨 글세애요……. 제사를 지냈으니 내일 첫 차루 내려가요. 네!"

"글세. 원……."

"남자가 무슨 글세가 그렇게 많아요? 아무래두 내려가셔야 할 걸 척척 내려가시지…."

"아무려나!"

"아무래두 내려가셔야 할 거 안애요?"

"……………."

나는 잠작고 있었다. 이미 나는 사람의 감정이라는 것을 믿을 수가 없었던 것이다.

그날 진종일 나는 천치처럼 산과 들과 과수원을 헤매고 있었다. 생도 사도 내게는 대범 무의미하게만 여겨졌다. 신을 절대의 극점에서 신뢰할 수 있는 일방적인 정신이 부러웠다.

잠자리에 들기까지 나는 아무와도 마주 서지 않았다.

다시 밤이 왔다. 두려운 밤이었다. 나는 어제밤 초막에서 일어난 광경을 생각하다가 자정 가까워서 저 모르게 밖에 나섰다. 김서방네 초막에서는 어제밤과 같은 일이 오늘 밤에도 또 일어나는 것이나 아닐까 하는 근심에서 두근거리는 가슴을 안고 초막께로 가만히 걸어가 보았다. 그랬더니 과연 이 무슨 일일까. 김서방네 가정에서는 오늘도 어제밤과 꼭 같은 풍파가 또 버러진 것이 아닌가. 김서방은 오늘 밤은 술까지 취해 있었다.

안해를 차고, 치고, 부시고 하다가는 제김에 제가 쓸어지고, 쓸어저서는 제물에 어린애처럼 엉엉 목을 놓아 울다가 똑 벌떡 일어나 순실을 닥가부시고 하는, 차마 볼 수 없는 광경이 창호지 한 겹 사이 둔 방 안에서 일어나고 있는 것이 아닌가.

나는 일 초를 더 참고 섰을 수가 없었다. 그렇다고 새를 가르고 들어설 수도 없는 일이기에 두 주먹을 부러쥐고 산장으로 달려올 밖에 없었다.

인제는 애경의 지시대로 날이 밝기를 기대려 나는 아무래도 여기를 떠나야만 한다.

"순실—"

순실을 엄습하는 불행을 무엇으로 막아 낼 수 있을까. 나로서 할 수 있는 단 한 가지 방도는 하로바삐 내가 여기를 떠나는 그것뿐이였다. 내게는 무척 괴로운 일이기는 하지만 할 수 없었다.

이 이상 나는 더 주저하지 말고 오늘로 애경과 함께 이 산장을 떠나야만 한다.

앞으로 내게 어떤 험로가 버러지든 간에 나는 순실을 불행에서 구해내기 위하여 일부러라도 애경을 등에 질머지고 산장을 떠나지 않을 수 없었다.

먼동이 훤히 트자 나는 애경을 깨우려고 산장으로 돌아오다가 우물가에서 순실을 만났다. 순실의 태도는 여전히 침착하였다. 나는 어제밤 일을 물어보려다가 문득 혀를 깨무러 버렸다. 그리고 나서

"우린 오늘 떠나렵니다.!"

하였다.

"네? 왜요? ……. 겨울을 여기서 나신다드니…….."

깜짝 놀라는 그의 표정에서 나는 커다란 실망의 빛을 발견하고 가슴 설레었다.

"역시 떠나야 할 운명인 것 같아서……."

하는 나의 대답에 순실은 잠작고 고개만 수그린다.

마음과 마음이 침묵 속에 교섭되는 순간이 있다면 그 순간이 바루 그것이리라고 생각하며 나는 무심중에 순실의 어깨에 손을 얹으며

가만히 불렀다.

"순실 씨!"

".............."

순실은 부르르 치만 떨 뿐이다. 그리고 원망 가득 찬 눈으로 하염없이 나의 가슴께를 바라만 보고 있었다.

"순실 씨!"

하고 부르며 나는 그의 손을 힘 있게 붓잡았다.

"겨울이면 당신은 무척 사람이 그립다고 했죠? 어느 하늘 아래에 가더라도 나는 당신이 그리울께요. 그러나 만나고 헤여지고 하는 것은 이미 우리의 힘으로는 어쩔 수 없는가 보우!"

순실은 고개만 처트리고 고만이다.

"순실 씨! 한 사람을 참된 맘으로 영원히 그리워하면서 살아간다는 것이 얼마나 행복된 일인가를 나는 오늘에야 비로소 깨달은 듯하오. 자, 안녕히 있으시오"

순실과 나는 나즈막 손을 붓잡았다. 그리고 그는 눈물 어리인 시선을 똑바로 내 눈에 솟는다. 시선과 시선이 마조쳤다. 나는 잠시 순실의 눈을 황홀하니 바라보고 있다가 고요히 팔을 들어 그의 어깨를 다정하게 두들겼다.

나는 나의 행동에 아무런 죄악도 느끼지 않았다. 아니 오히려 신 앞에서 세례를 받을 때와 같이 지극히 경건하고 엄숙한 감정뿐이었다.

그리하여 드디어 나는 육(肉)과 영(靈)의 경계를 영원히 방황해야 하는 인간으로서의 숙명적인 비운을 지닌 채 조곰도 슬프지 않게 산장을 떠났던 것이다.

박꽃

초여름 저녁이었다.

멀리 보이던 산들이 먼 데서부터 하나식 둘식 황혼 속에 자취없이 살아져 버리자, 마을에는 황혼이 고요히 내리깔렸다.

마을의 머리 위에 드리워져 있는 하늘에서는 초저녁 별들이 하나식 둘식 솟아나기 시작하였다.

먼 데서 들려오는 개 짖는 소리도 한가로운, 박꽃이 피는 시각이었다.

한 소녀가 실실이 늘어진 버들가지를 가볍게 붙잡고, 초저녁 별을 우러러보며

"별 하나, 나 하나, 별 둘, 나 둘."

하고 나즈막한 목소리로 노래를 부르고 있었다.

그리자 문득, 어디선가 부산스럽게 달려오는 신발 소리가 나더니

"우와—"

하고 뒤에서 누가 소녀의 두 어깨를 우악스럽게 웅켜잡으며 놀래 주었다.

"아이 깜짝이야!"

소녀는 소스라치게 놀라며 획 돌아섰다.

그리고, 앞에 막아 서 있는 소년을 발견하자, 소녀는 다시 한 번

"아이 깜짝이야!"

하고, 이번에는 일부러 호들갑을 떨며 소년의 얼굴을 미소로 쳐다보았다.

소년과 소녀는 한순간 마주 보고만 있었다. 소년에게는 소녀의 얼굴이 무슨 꽃송이같이 예뻐 보였다. 그리고, 소녀에게는 소년의 얼굴이 영웅처럼 씩씩해 보였다.

소년은 소녀의 얼굴을 언제까지고 마주 바라보고 있기가 차츰 게면쩍어 왔다. 정면으로 받는 소녀의 시선을 피하고 싶었으나 얼른 피할 구실이 생각나지 않았다. 그래서 잠시 머뭇거리며 바라보고만 있노라니까, 문득 소녀의 흰 얼굴에서 박꽃이 한 송이 떠올라 보여서

"야아— 저기 박꽃이 피었네!"

하며 소년은 쏜살같이 한길로 달려 나왔다.

"어디 어디?"

소녀도 불이낳게 소년을 쫓아갔다.

소녀가 쫓아오자 소년은 더욱 힘차게 달렸다. 꼭 같이 달리건만 소년과 소녀와의 거리는 점점 떨어졌다. 그래도 소녀는 쉬지 않고 따라왔다.

그러나 박꽃은 아모 데도 피여 있지 않았다.

소년은 거짓말을 지꺼린 것이 차츰 곤난했으나 가뿐 숨으로 끝내 달릴 수도 없어서, 마침내 행길 한복판에 딱 멈처섰다.

그러자 뒤에서 숨차게 쫓아오던 소녀가 제 기세에 휘쓸려, 쓸어지

듯 소년의 몸에 몸을 붓쪼았다.

"앗!"

소년은 소녀의 몸을 날새게 두 팔에 받아 안았다.

소녀는 소년의 가슴에 누은 듯이 안긴 채 가뿐 숨을 할딱거리며, 먼 하늘의 별을 처다보고 있었다. 소년과 소녀는 이미 박꽃 이야기는 잊어버리고 있었다.

소년은 가슴에 안은 소녀의 얼굴을 그윽히 내려다보았다. 소녀의 얼굴은 박꽃처럼 희여 보였다.

소년은 소녀의 눈을 디려다보다가, 눈동자 속에서 별이 한 개 반짝이는 것을 발견하고 깜짝 놀라

"아, 별! 네 눈에 별이 떴네!"

하며, 그 별을 빼앗으려는 듯이 소녀의 몸을 와락 끌어당겨 안으며, 그 얼굴에 제 얼굴을 막우 부비대었다.

어디선가 박꽃이 피엄 직한 초여름 저녁이었다.

남매*

4

영옥은 회사에 나가서도 도무지 마음이 안정되지 않았다. 앉으나 서나 오빠 걱정뿐이어서 잉크를 엎지르고 차를 엎지르고 하다가 내 중에는 찻잔을 깨트리기까지 하였다.

"영옥아! 평소에는 침착하던 네가 오늘은 웬 실수가 그렇게 많으냐? 어찌 밤잠을 잘 못 잔 것이나 아니냐!"

평소부터 영옥을 퍽 귀해 하던 서무 과장이 빙그레 웃으면서 그렇게 물었다.

"미안합니다."

영옥은 눈물을 삼키며 대답하였다.

차라리 모든 사실을 서무 과장에게 숨김없이 고백해서 좋은 해결책을 강구해 달라고 싶은 생각도 간절하였다. 그러나, 정작 입을 열

---

* 소설 「남매」는 『소년』 4~5호에 연재되었으나, 4호의 판본을 구하지 못해 5호만 수록함.

어 말하자니 어떻게 말해야 좋을지 몰라 그냥 입술을 깨물며 돌아서고 말았다. 지루한 하로의 근무를 끝마치자 영옥은 그날은 학교에도 아니 가고 곧장 집으로 향하였다. 행여나 그동안에 오빠가 돌아와 있다면 얼마나 기쁘랴! 오빠에게는 제가 인쇄소로 찾아갔던 것을 알리지 않을 뿐만 아니라, 모든 것을 모르는 척해 두리라 생각하며, 영옥은 두근거리는 가슴을 안고 불이나케 집으로 돌아왔다.

그러나 오빠는 아직도 집에 돌아와 있지 않았다. 영옥은 방문에 잠을쇠가 그대로 잠겨 있는 것을 보자, 콱 주저앉어 통곡하고 싶은 절망을 느꼈다.

"아주머니! 우리 오빠, 들어왔다 나가지 않았어요?"

영옥은 주인아주머니에게 물어보았다.

"아—니……. 어제밤부터 여태 안 들어왔니?"

"어제는 인쇄소 일이 바빠서 야근을 한다고 했으니까, 오늘은 일즉 들어올 텐데, 웬일인지 모르겠어요."

영옥은 주인아주머니에게 수상한 눈치를 보이지 않으려고, 일부러 거짓말을 중얼거렸다.

"너는 오늘 왜 학교에 안 갔니?"

"오늘은 우리 학교 창립 기념일이 되서 놀아요."

영옥은 다시 한 번 거짓말을 꾸며 대지 않을 수 없었다. 그렇게 자꾸만 거짓말을 하기가 마음에 괴로웠지만 어찌하는 수 없었다.

영옥은 저녁을 지어 놓고 오빠가 돌아오기를 기대려 보았다. 그리고 곤히 잠이 들었다가도 몇 번이고 문소리에 놀라 깨군 하였다. 그러나 깨여 보면 문은 그냥 닫혀 있었다. 문소리가 들려온 것은 환각이었다.

　장마가 지려는지 밖에서는 또 비가 철철 오고 있다. 비소리는 영옥의 마음을 한없이 서글프게 하였다. 벌서 여덟 달이 넘도록 감감소식인 어머니 생각, 이틀째 소식을 알 수 없는 오빠 생각― 이 세상에서 가장 가깝고 그리고 또 그들밖에는 믿을 수 없는 어머니와 오빠를 함께 잃어버리게 된다면 장차 어떻게 살아아 나갈가― 생각할수록 눈앞이 캄캄하고 가슴이 답답하였다.

　안타깝고 애타는 이틀이 지났다.

　사흘째 만에 집에 돌아오니까, 주인아주머니가 무슨 큰일이나 일어난 것처럼 맞받아 나오며

　"얘 영옥아! 오늘 성동 경찰서에서 형사들 둘이나 단겨갔단다."
하고 새삼스러히 놀라는 빛을 보이며 말하였다.

　영옥은 가슴이 철렁 내려앉었다. 역시 오빠는 경찰서에 붙잡힌 것일가?

　"왜 왔어요?"

　영옥은 가까수로 정신을 채리며 간신히 물었다.

　"왜 왔는지, 난들 알겠니! 형사들 둘이 찾아오더니, 이 집에 최영규라는 사람이 있느냐는 둥 직업이 무엇이며 밤 외출은 자주 아니하더냐는 둥 가족이 몇이나 되느냐는 둥, 미주알고주알 캐여묻고는 그냥 가 버리겠지, 그래서 내가 쫓아가면서, 왜 그러느냐고 물었더니 왜 묻느냐구 되려 핀잔을 주겠지……. 혹시 너의 오빠가 공산당이라나 한 데 한몫 끼었다가 붙잡힌 것은 아니냐?"

　"글세요. ……. 웬일인지, 요새 이틀째 안 들어와요, 오빠가……."

"그랬으면 필연쿠 경찰서에 붙잡힌 게로다."

"글세요!"

영옥은 울먹울먹하며 대답을 얼버무렸다.

영옥은 방으로 들어오자, 벽에 걸려 있는 오빠의 바지를 부여잡고

"오빠! 오빠! 착한 오빠가 왜 경찰서에 잡혀갈 노릇을 했어요? 영옥이는 어쩌라고 오빠는……."

하고 목을 놓아 울며 오빠를 원망하였다.

그러나 오빠가 경찰서에 잡혀갈 죄를 지었다면, 그것은 영옥의 학비 때문이었을 것도 의심할 여지가 없었다. 돈 사천 원을 마련해 온 그날 저녁에 갑자기 근심에 싸여 있던 오빠가 아니었던가? 저를 위하여 죄까지 짓는 오빠의 정성이 뼈에 사모치도록 고마웠지만, 그러나 영옥은 오빠를 죄인으로 만들면서까지 공부할 생각은 조곰도 없었다.

영옥은 그날 밤 유치장에 가처 있을 오빠를 생각해서 저녁도 굶었다.

5

이튿날 영옥은 회사에 나가서 서무 과장에게 모든 것을 사실대루 고백하였다. 영옥이가 힘을 빌 만한 사람은 서무 과장밖에 없었기 때문이다.

서무 과장은 울며 지꺼리는 영옥의 말을 끝까지 침착히 듣고 나서, 고개를 끄덕이며

"응…. 그래서 그동안에 네가 실수가 많았구나…. 혼자서 얼마나 속을 썩였겠니……. 그러나 무슨 대단한 죄를 지은 것은 아닐 터이니까, 문제없을 거다. 성동 경찰서에서 왔었다구?"

"네!"

"성동 경찰서라면 마침 내 친구가 수사 주임(搜査 主任)으로 있으니까, 좀 알아보아 주지."

"꼭 부탁합니다."

"그래! 내가 좋도록 할 테니 과히 걱정 말아라!"

서무 과장은 그 자리에서 곧 성동 경찰서에 전화를 걸었다. 그리하여 점심시간에 만나기로 약속이 되었다.

서무 과장이 경찰서로 가 있는 동안 영옥은 가슴을 조이며 줄곧 행길을 내다보고 있었다. 그러다가 두 시간 후에 돌아오는 서무 과장을 보자, 영옥은 불이나케 달려 나가며

"과장님 어떻게 됐어요? 오빠가 가쳐 있대요?"

하고 다급스럽게 물었다.

"응……. 가치기는 가친 모양이지만, 무어 대단한 일이 아닌 모양이니까, 징계 처분(懲戒 處分) 정도로, 이삼일 안으로 나오게 되리라구……."

"왜. 무슨 죄로 가치게 됐대요?"

"무어 인쇄소의 납(鉛)을 좀 훔쳤다나……. 인쇄소 같은 데는 흔히 있는 일이니까……."

서무 과장은 대수롭지 않은 듯이 말하였으나, 영옥은 펄쩍 뛸 듯이 놀랐다.

"오빠가 남의 물건을 훔쳐요?"

"그만 정도라면 누구든지 흔히 하는 노릇이란다."

서무 과장은 영옥에게 무안을 주지 않으려고 일부러 천연스럽게 말하는 모양이지만 영옥은 과장의 낯을 대하기가 그지없이 부끄러웠다. 도적질하는 오빠를 두었다는 것이 가슴을 어이는 듯이 괴로웠다.

"저이 오빠는 그런 사람이 아니었는데요."

"아마 일시적 과실이었겠지….."

"아니에요, 오빠가 나쁜 짓을 했다면 그건 저 때문이었을 거에요, 제게 사천 원이라는 학비를 구해 주기 때문이었을 거에요."

"학비?"

"네……. 제가 이번 학기의 수업료와 후원 회비 사천 원을 못 내서, 안타까워했더니, 오빠가 그걸 보시구서……."

영옥은 더 자세히 말하지 못하고 두 손으로 얼굴을 감싸며 울었다.

"음――"

서무 과장은 그제야 모든 것을 알았다는 듯이 고개를 연방 끄덕이다가

"그런 사정을 진작 알았더라면 아까 수사 주임을 만났을 때, 얘기할 걸 그랬구나……. 아무러나 내가 책임지고 이삼일 안으로는 석방되도록 할 터이니 걱정 말아라!"

영옥은 울면서 몇 번이고 서무 과장에게 고맙다는 인사를 하였다.

"자― 인제 그만 울구, 걱정스러운 대로 이삼일만 기대리구 있어……. 사람이란 일시적 잘못으로 누구나 그릇된 행동을 할 수 있는 일이니까, 조곰도 부끄러울 것 없다. 더구나 너이 오빠는 남들처럼 술이나 사 먹자고 그런 짓을 한 것은 아니니까……. 경찰서에서도 눈

물이 있다면 관대히 처분할 것이다."

"고맙습니다."

영옥은 떨리는 목소리로 치하를 하고 자리로 가려다가 다시 돌아서며

"과장님! 오빠한테 밥이나 옷 같은 것을 디려다 보낼 수 있을가요?" 하고 물었다.

"밥과 옷? ……. 차입(差入) 말이지? ……. 그거야 되겠지! 주임한테 전화로 부탁해 둘 터이니까, 저녁에 밥을 가지고 가 보려므나!"

영옥은 또 다시 고맙다는 치하를 하고 제자리로 물러왔다.

참말이지 영옥은 서무 과장의 친절이 말할 수 없이 고마웠다.

그리고 비록 별다른 욕심에서 그런 짓을 한 것은 아니었겠지만 오빠가 남의 물건을 훔쳤다는 것이 무한히 원망스러웠다.

'만약 이 일을 어머니가 아신다면 얼마나 슬퍼하실가? ….'

항상 오른 사람이 되라고 타일르시던 어머니가 아니셨던가? 이런 때에는 오히려 어머니가 안 계신 것이 다행하게 여겨졌다.

그러나 도리어 생각하면, 이렇게 상서롭지 못한 일이 생기는 것도 어머니가 아니 계셨기 때문인 것 같아서, 영옥은 어머니 생각이 새삼스럽게 간절하였다.

6

비는 여전히 내리고 있었다. 영옥은 우산도 없이 비를 맞어 가면서 아침저녁으로 오빠의 차입을 꾸준히 계속하였다.

자유를 빼앗긴 오빠가 유치장 속에서 이 밥을 먹으리라 생각하면 차입을 드릴 때마다 기쁨이 새로웠다.

사흘째 되는 날이었다. 차입을 맡아보는 순경이 영옥이를 보고

"너. 집이 어디냐?"

하고 물었다.

"장충 공원 뒤애요."

"장충 공원 뒤애요."

"장충 공원 뭐? 꽤 먼 데서 오는구나. 아버지 어머니는 다 계시냐?"

"아버지는 돌아가시구, 어머니는 이북에 계셔요."

"이북에 있어? 그러면 어머니를 내버리구 너이끼리만 넘어왔단 말이냐?"

"그런 게 아니라……."

하고 영옥은 삼팔선을 넘어오다가 어머니를 잃어버리게 되었던 사실을 자초지종까지 자세히 말하지 않을 수 없었다.

순경은 다 듣고 나서 감탄과 경의를 마지아니하며

"그거 참 불상하게 됐구나!"

마침 그때에 다른 순경 한 사람이 오니까, 지금까지 이야기를 듣고 있던 순경이 그에게 영옥의 신세를 대강 들려주었다. 그리자 그 순경은 눈을 커다랗게 하며, 호주머니에서 수첩을 꺼내어 책장을 벌꺽벌

꺽 뒤져거리더니, 무엇인지 기록한 것을 디려다보면서

"그러면 너는 평안북도 선천서 넘어온 아이가 아니냐?"

하고 물었다.

"네. 그래요……. 어떻게 아세요?"

영옥은 깜짝 놀라며, 혹시 어머니의 소식을 알 수 있을가 싶어 캐어물었다.

"나두 선천서 왔는데……. 네 이름이 최영옥이가 아니냐?"

"그래요. 어떻게 아세요?"

영옥은 눈을 더욱 크게 뜨지 않을 수 없었다.

"네게는 오빠가 하나 있지, 영규라구?"

"네……."

"어머니 이름은 이인경 씨구?"

"네! ……. 혹시 저이 어머니를 아세요?"

"응! 너이 어머니는 지금 서울에 오서 너이들을 찾고 계시다! 내가 만나게 해 주지!"

"네? 정말이세요?"

영옥은 와락 달려가 순경의 옷소매를 붙잡고 어머니가 어디 계시냐고 다급스럽게 물었다.

그리자 그 순경이 서서히 일러 주는 말에 의하면 영옥의 어머니는 보안대에 잡혀갔다 나온 뒤에 감기에 들었는데 그 감기가 나중에는 폐염으로 도져 다섯 달 동안이나 신고를 하였다고 한다.

게다가 여비가 떨어져서 이렁구렁하다가 달포 전에야 간신히 서울에 올나왔는데 이번에는 아들딸의 행방을 알 길이 없었다. 그래서 지금은 사직 공원 뒤에 있는 어느 부잣집에서 안잠자기 노릇을 하고 있다는 것이다.

"나두 그동안에 여러 방면으로 너이들 있는 곳을 꽤 조사해 보았지만, 도무지 알 길이 없더니 마침 잘되었다. 너이 어머니는 너이들 생각에 밤낮 근심을 하셨으니까, 무척 반가워하실 거다!"

영옥은 듣고 있는 동안에 어느덧 저도 모르게 쿨적쿨적 울고 있었다. 어머니! 자나 깨나 안타깝도록 그립던 어머니를 만나게 된 기쁨에 눈물이 거침없이 솟았던 것이다.

그러나 영옥으로서는 한 가지 슬픔이 있었다. 그것은 오빠와 함께 만나지 못하는 불행이었다.

어머니가 오빠의 이야기를 묻는다면 뭐라고 대답해야 한단 말이냐?

오빠와 함께 만나지 못할 바이면 차라리 안타깝고 괴로운 대로 그때까지 기대릴 생각도 없지 않았다.

"그러면 오늘 저녁에라도 어머니한테 데러다 줄가?"

순경은 친절하게 그렇게 물었다.

영옥은 한동안 망서리다가

"어머니를 만나고는 싶지만, 오빠와 같이 만나게 될 때까지 기대리겠어요."

"오빠? 응……. 지금 유치장에 들어와 있는 너이 오빠 말이지? 자세히는 모르지만 그 애도 오늘 저녁쯤 나가게 된다나 보더라……. 잠간만 기대려, 내 주임한테 물어보구 오지!"

한 고향 사람인 탓이기도 하겠지만, 그 순경은 특별히 친절하였다.

그는 주임실에 들어갔다가 십 분쯤 후에 나오더니, 벙글 벙글 웃는 낮으로 영옥을 처다보며 말하였다.

"만사 오-케-로다. 너이 오빠도 한 시간 후이면 나오게 된다니까, 그때까지 여기서 기대렸다가 나하구 어머니한테 같이 가 보자!"

"네? 오빠가 한 시간 후에 나와요?"

영옥은 제 귀를 의심하는 듯이 곱채여 물었다.

"그래, 한 시간 후에는 내보내 준다는 거야!"

"고맙습니다."

그렇게 말하며 허리를 굽히는 영옥의 눈에서는 또 다시 눈물이 방울방울 흘러내렸다. 별안간에 가슴이 울렁거리며 얼굴이 화끈화끈 달아올랐다.

불상한 오빠, 그리고 그리운 어머니! 그 두 사람을 동시에 만나게 되는 기쁨에 가슴이 터지는 듯하였다.

가만히 가슴에 손을 얹으며, 벽에 걸려 있는 전기 시계를 고요히 처다보았다.

시계 판을 빙빙 돌아가는 시계 침! 그 시계 침에 챗죽질이라도 하고 싶도록 마음은 초조 하였다. 그러나 한 시간 후이면 틀림없이 닥쳐올 기쁨이기에 영옥은 설레이는 흥분을 지그시 내리누르며 시계 바늘을 침착하게 처다보고 있었다.

암야행로(暗夜行路)

1

나는 지금 서울의 한복판인 종로 네거리의 로타리-위에 서 있다.

거리는 황혼이다. 창연히 저므는 초겨울 황혼의 거리를 네거리에서 모여들어 네거리로 흐터지는 군중들이 벌떼처럼 서로서로 모켜들고 있다. 누가 아우성을 치는 것도 아니건만, 군중 속에서는 알아들을 수 없는 잡음이 끊임없이 소란하다.

전차 자동차 자전거의 행렬이 개미 떼 모양으로 뒤으로 뒤으로 밀려와서 뿔뿔이들 흐터지고 뿔뿔이 흐터진 것이 다시 한 방향으로 몰려 밋물처럼 새로운 흐름을 이룬다.

이 거리는 거리이기보다도 도도히 범남하는 하나의 강물이다.

새삼스러히 말할 것도 없이 종로 네거리는 서울의 도심지요 서울은 이 나라의 중심지다.

종로 네거리에서 일어난 사건은 물 위에 던저진 돌땡이 모양으로 둘레둘레 파문을 이르켜서 한 시간 후이면 전국 방방곡곡에까지 영향을 주고 지방의 방방곡곡에서 일어난 새로운 사건은 끊임없이 종로 네거리의 소음이 된다. 따라서 종로 네거리는 그대로가 이 나라의 상징일 수 있다. 종로의 로타-리를 중심으로 한 백 메-터의 원(圓)을 그려 그 지구를 도려내여 유리함 속에 넣고 본다면 그대로가 이 나라의 표본일 수도 있다. 우리나라의 표본이 될 수도 있는 종로 네거리를 오고 가는 군중들의 얼굴은 너무나 어둡고 쓸쓸하다. 사뭇 바쁜 듯이 모두들 분주히 걸어가고 있으나 그 거름거리의 방향에는 아무도 자신이 없이 보인다. 자기가 걸어가는 방향에 자신이 없기는 늙은이나 젊은이나, 소학생이나 대학 교수나 매일반이다.

나는 지내가는 노파를 붙잡고 물어보았다.

"할머니는 지금 어디로 가십니까?"

"이북에서 아들을 차자 넘어왔는데 아들이 어디 사는지를 몰라서 이렇게 거리를 헤매고 있답내다."

치위에 덜덜 떨며 그렇게 대답하는 노파의 얼굴에는 암담한 절망이 농후하게 떠돌고 있었다.

그때 마침 어떤 청년이 다름박질로 내 옆을 지내가기에 나는 그를 붙잡고 같은 말을 물어보았다.

"당신은 지금 어디를 그렇게 분주히 달려가고 있소?"

그는 달리던 걸음을 우뚝 멈추더니 나를 처다보며

"내가 언제 달렸단 말이오?"

하고 시빗조로 반문하였다.

"당신은 지금 달려가고 있지 않았소?"

"내가 언제 달렸단 말이오?"

"대관절 당신은 지금 어디를 가는 중이오?"

"내 길을 가고 있오."

"당신이 가려는 방향이 어디오?"

" !! "

청년은 이에 대답을 못하고 그냥 먼 하늘만 쳐다보고 있었다.

2

나는 다시 서대문께서 단장을 휘두르며 유유히 걸어오는 중년 신사를 붙잡고 물어보았다.

"당신은 지금 어디를 가십니까?"

중년 신사는 나를 쳐다보며 자신 있게 대답한다.

"나는 지금 서대문으로 가는 길이오."

"서대문으로 가신다니 당신은 지금 서대문께서 오시는 길이 아니십니까?"

"하! 그 양반, 지구가 둥근 줄을 모르는 모양이구료. 아무리 동으로 가더라도 그냥 가기만 하면 나중에는 서대문에 가다을 것이 아니오?"

애매함을 웃음으로 대답하고 난 중년 신사는 단장을 휘두르며 표연히 동대문께로 걸어 나간다. 위대한 학자인 듯싶은 그 신사만이 제가 가는 방향에 대해 확고한 자신이 있어 하였다.

그러나 나는 황혼 속으로 살아지는 그의 뒷모습을 서글픈 심사로 바라보지 않을 수 없었다. 물론 지구가 둥글다는 것은 나도 잘 알고 있다. 따라서 동으로 무작정하고 걸어간다면 나중에는 서대문에 다 을 수 있다는 것도 충분히 이해할 수 있는 이론이다.

그러나 현실에 비추어 볼 때 그 이론은 과연 옳은 것일가? 이론만 으로 따진다면 그의 말에는 조금도 오류가 없다.

그러나 우리가 여기서 한 가지 단언할 수 있는 것은 지구를 한 바퀴 도는 데는 너무나 많은 시일이 걸리기 때문에, 그 신사는 목적지에 도 달하기 이전에 지구상의 어느 지역에서 반드시 그의 일생을 마치게 되리라는 사실이다. 이론상으로는 장담한 그 신사의 사상도 현실적 으로 비추어 볼 때에는 그러한 모습이 있음을 나는 무시할 수 없었다.

이 나라의 표본인 종로 네거리를 걸어가고 있는 많은 사람들에게 서 나는 종시 그들의 걸어가는 방향을 찾아볼 수 없었다.

그러면 우리는 어디로 가야 할 것인가.

우리는 어떻게 살아야 할 것인가. 아니 그보다도 가장 학식이 많고 가장 양심적인 이 나라의 대학 교수들은 실지로 어떤 길을 어떻게 생 활하고 있는가.

물론 오늘날 이 땅의 대학 교수 중에는 엉터리도 많고 사기사도 득 실득실하지만, 그중에서도 대학 교수로서 조곰도 부끄러움 없이 살 아가는 가장 양심적인 학자라고 말할 수 있는 이상훈(李相勳) 씨의 생 활의 한 토막을 엿보기로 한다.

오늘의 현실로 보면 '양심적'이란 말은 '암담한 생활'이라는 말과 동의어(同義語)다. 따라서 이상훈 교수의 생활기가 필시 암담한 기록 에 틀릴없을 것이다. 내가 이 생활기의 제목을 '암야행로'라고 붓친

암야행로(暗夜行路) 343

이유도 여기에 있다는 것을 독자는 이해해 두기 바란다.

3

이상훈이가 S 대학에 철학 교수로 취임한 것은 해방된 그해 겨울의 일이었다.

일본 모 대학원에서 철학을 전공하면서 가끔 연구 론문을 발표하여, 사게의 권위자들을 놀라게 하던 그가 해방된 고국에 돌아와 철학 교수가 된 것은 조금도 괴이한 일이 아니었다. 괴이하기는커녕 누구나 이상훈을 가장 우수한 교수의 한 사람이라고 인정하였다.

그러나 그가 대학 교수가 되는 데 대하여 크게 놀란 한 사람이 있었다. 그는 다른 사람 아닌 이상훈 자신이었던 것이다.

"제가 대학 교수가 되다니, 그게 무슨 말씀이십니까."

S 대학 학장에게서 교수가 되여 달라는 부탁을 받았을 때 이상훈은 깜짝 놀라면서 그렇게 대답하였다. 그 놀람은 대학 교수가 된다는 기쁨에서 오는 환호성도 아니오, 일부러 겸손을 꾸미기 위한 조작도 아니었다. 인제 겨우 설흔다섯 살의 애송이 선생으로서 어떻게 대학 교수의 중책을 감당할 수 있겠느냐 하는 양심에서 울어나온 솔직한 고백이었다. 그는 몇 번이고 사퇴하다가 마침내 교수가 되었다.

그는 교수를 사양하였다는 에피쏘-트는 다른 교수들과 학생들 간에서 두고두고 유명한 웃음꺼리가 되였다. 그를 아니껍게 보는 측에서는 그 이야기를 경멸하는 재료로 삼았고 그를 존경하는 측에서는 하나의 일화로 돌렸다.

그러나 장본인인 이교수 자신은 그러한 세평에 일체 무관심하였다. 남들이야 칭찬하거나 비방하거나 이상훈 자신은 취임한 그날부터 학생들을 가르키기 위한 철학 연구에 전심전력하였다. 학자란 대개가 가정 살림에 등한한 것이지만 특히 이교수는 조국의 철학계를 떠받고 나선 학생들의 장래를 생각할 때 살림사리 같은 것에 머리를 쓸 여가가 없었다. 학생들을 위한 연구는 동시에 자기 자신의 발전이기도 하므로 이상훈은 더욱 열을 내었다. 서재는 그의 싸움터였고, 서적은 그의 생명이었다.

해방된 조선 국민으로서 조국 재건의 대업을 부흥케 하는 길은 오직 각자가 자기 직업에 일층 분투노력하는 방도가 있을 뿐이라는 지론을 가젔기에 이상훈은 철학 연구에 더욱 몰두할 수 있었다.

그러한 결과로 그는 교수들과 학생들에게서는 '두더지'라는 별명을 얻게 되었고 가정에서는 못생긴 지아비요 어리석은 아버지 노릇을 하게 되었다. 그저 그뿐으로 다른 아무런 소득도 명예도 없었다. 그것은 오늘의 현실에 빛우어 양심적인 사람이라면 누구나 피할 수 없는 숙명적인 가시덤불 길이었다. 그러나 이교수는 조금도 자신의 생활을 돌보지 않고 여전히 자기의 사명에만 꾸준하였다.

4

이상훈은 대학 교수 삼 년에 휴강(休講)이라는 것을 해 본 적이 없었다. 종만 울리면 그는 언제나 시계와 같이 정확하게 강당에 나타났다. 그리고 시간이 되기 전에는 일직 강의를 끝막는 일도 없었다. 시간에 늦게 들어왔다가 일직 나가 버리는 다른 교수들에게 비기면 그의 강의는 거의 갑절이 넘었다. 그렇게 너무나 시간에 충실한 것이 학생들 간에 인끼를 끌지 못하는 이유의 하나이라는 것을 이교수 자신은 전연 모르고 있었다. 알았다고 해서 처세술을 달리할 이상훈도 아니었지만——.

해방 후에 어느 대학이고가 모두 그러하듯이 S 대학에도 동맹 휴학이라는 계절풍이 분 일이 있었다. 그 원인은 대개가 사상 대립에서 오는 투쟁이었다.

따라서 동맹 휴학은 학생 간의 분규로만 머저지지 않고, 교수들 간에도 대립이 있었다. 학생들은 오히려 덩달어 따라오는 덧부치이고 주동자는 교수들 자신이었다. 그러나 다시 한 번 자세이 검토해 보면 근본적인 원인은 사상적 대립이기보다 자가 세력을 부식하기 위한 당파 싸움이오 반대파를 추방하려는 책동인 것이 많았다. 대부분이 그러하였다.

이상훈도 역시 교수의 한 사람이므로 쌍방이 모두 각기 제 편을 만들려고 감언리설로 그를 꼬았으나 그는 마치 바위와 같이 요지부동하였다.

"나는 싸우려고 교수가 된 것이 아니라 학생을 가르키기 위해 이 학교에 들어온 것이오."

이상훈의 대답은 언제나 그렇게 일관하였다. 그 때문에 이상훈은 한편에서는 좌익으로 몰렸고 다른 한편에서는 우익으로 몰렸다. 그러나 어느 한편을 두호하는 기색이 전혀 없음을 알았을 때 쌍방이 모두 그를 경멸하였다. 경멸이 얼마간 계속된 후에는 마침내 있으나 없으나 한 존재로 치지도외하게 되었다. 이상훈이가 아직까지 S 대학 교수로 남아 있게 된 것은 도외시 당한 덕택이라고도 할 수 있을 것이다.

그렇게 해서 이상훈은 불우한 대로 자기의 사명을 어느 정도로는 다해 갈 수가 있었다.

그러나 그에게는 날이 갈수록 해결하기 어려운 한 가지 문제가 있었다. 그것은 자식 새끼들과 안해와 자기 자신의 호구지책이었다. 학교에서 나오는 보수만으로는 도저히 여섯 식구의 입에 풀칠을 할 수가 없었다. 치마를 팔고 양복을 팔고 시계와 반지를 팔아서 오늘까지는 먹어 왔으나 그것마저 없어진 이제 와서는 전도가 아득하기 짝 없었다. 아무리 살림사리에 무관심한 이상훈으로서도 그것을 해결하지 않으면 안될 문제였다. 그러나 그로서는 도저히 해결할 수 없는 문제이기도 하였다.

5

눈이 오려는지 아침부터 음산하기 짝 없는 어느 초겨울 날이었다. 이날은 날씨가 흐렸기 때문에 학생들의 출석률은 훨씬 줄었고, 교수들조차 휴강하는 사람이 많았다. 진정한 자유가 어떤 것이라는 것을 가장 잘 이해하고 있어야 할 학원에도 그릇된 자유사상이 팽창하기는 일반 사회나 다름없었다.

이상훈 교수가 넓은 강당에 얼기설기 앉아 있는 이삼십 명의 학생들에게 꼬박히 두 시간의 강의를 끝마치고 연구실로 돌아왔을 때에는 날은 이미 저므러 사방이 어둑컴컴하였다.

이상훈은 집으로 돌아오려고 손가방에 책을 몰아넣어 들고 일어서다가 문득 무춤하고 놀래였다.

"쌀이 떨어졌으니 저녁에 들어오실 때에는 돈을 꼭 좀 마련해 오세요."

아침에 집을 나올 때에 안해가 비통한 어조로 신신당부하던 말이 이제야 문득 머리에 떠올랐기 때문이었다. 이상훈으로서는 실로 귀치않기 짝 없는 일이었다. 될 수만 있으면 그런 걱정은 안해에게만 마껴 버리고 싶었다. 그러나 요새 같은 세상에서는 도저히 안해의 힘만으로는 감당하기 어려운 문제이기도 하였다.

이상훈은 이맛살을 찌프리면서도 경리과(經理課)로 찾아가지 않을 수 없었다. 항산*이 없고 모리**의 능력이 없는 그로서는 월급을 선대하는 길밖에 없었던 것이다.

---

  * 항산 : 살아갈 수 있는 일정한 재산이나 생업.
 ** 모리 : 도덕과 의리는 생각하지 않고 오직 부정한 이익만을 꾀함.

이상훈은 경리 과장을 찾아가서 모자를 벗고 정중히 인사한 뒤에 어린아이 모양으로 쭈뭇거리며 말하였다.

"번번히 시끄러우시겠지만 또 좀 돌려주서야겠습니다."

경리 과장은 잠자코 회게 장부를 폐쳐 보았다. 그리고 천천히 고개를 들어 경멸에 찬 시선으로 이교수를 처다보며

"오늘이 열흘인데 벌써 팔천 원을 가져가셨군요?"

"네. 일전에 오천 원하고 삼천 원하고…."

"오늘은 이천 원만 쓰시죠. 월급날 빈 봉투를 내놓기는 우리로서도 미안한 일이니까요."

경리 과장은 금고에서 돈 이천 원을 꺼내여 두 불 세 불 세어 본 뒤에 내밀어 주면서

"이선생께서도 책을 만드셔서 돈을 좀 버시지 왜 가만있으세요?" 하고 충고 비슷이 말한다.

아닌 게 아니라 일개의 경리 과장으로 있으면서도 백만금의 부자가 된 그로 보면 이상훈 같은 존재는 참으로 가엽고 어리석은 락오자에 지나지 않았던 것이다.

6

이상훈은 돈 이천 원을 아무렇게나 호주머니에 집어넣으면서 이렇게 대답하였다.

"글세올시다. 철학 개론을 써 달라는 출판사가 없는 것도 아니지만 어디 자신 있는 글이 써져야죠."

"원 별 말슴을 다 하십니다. 누군 자신이 있어서 책을 내놓았을라구요."

"그렇기로 자신 없는 책을 어떻게 내놓겠어요."

"그러니까 이선생은 언제나 생활이 군색하시죠. 그야 양심에 빛어보아 조곰도 꺼리낌 없는 책을 내놔야 하겠지만, 요새 세상이 그렇게 양심만 찾다가는 입에 거미줄 칠 밖에 없죠. 아 우리 학교 선생님들만 하시더라도 권선생님은 영어 교과서로 백만 원이 넘는 인세를 받으셨고 최선생님은 윤리학 개론으로 열여덟 간짜리 기와집을 사셨고 한선생님은 경제학 책을 내서서 아들 장가를 보내는 판인데 이선생이라고 가만 앉아 게실 게 뭐애요. 아따 까놓고 말하지만 그런 재미나 볼세 말이지 무슨 큰 밥자리라고 이런 데 붙어 있겠어요."

경리 과장은 연성 너털웃음을 웃어 가면서 수다를 떨었다.

물론 이상훈 교수도 동료 교수들이 책을 내어 많은 돈을 벌었다는 사실을 알고 있었다. 그러나 그의 눈으로 보면 그들의 저서라는 것이 모두가 신통치 않았고 그중에 어떤 것은 내용이 형편없는 것조차 있었다. 그러나 이상훈 자신은 차라리 굶으면 굶었지 그런 책을 내놓고 싶지는 않아서

"차차로 나도 자신 있는 것을 하나 내 볼까 합니다만….."
하고 대답을 흐려 버렸다.

그러자 경리 과장은 한술 더 뜨는 격으로

"내용은 하여간에 책을 내서 남들처럼 교과서로만 쓰면 그만 아닙

니까. 책 많이 파는 방법을 가르켜 드릴까요? 책을 많이 팔려면 여러 군데 여러 군데 시간을 맡으셔야 합니다. 세 학교에만 나가신대도 한 군데 천 부씩 잡고 삼천 부 팔기는 여반장이 아니겠어요."

경리 과장은 하두 보기가 딱해서 넌즈시 처세술을 알으켜 준 것이지만 이상훈은 불쾌하기 짝 없었다. 학자더러 양심을 팔라는 것은 마치 열녀더러 정조를 팔라는 말과 다름없기 때문이다. 이상훈이 비록 굴원(屈原)의 경지에까지는 못 이를망정 온 세상이 미친다고 해서 저까지 미치고 싶지는 않았던 것이다.

이상훈은 심히 우울한 기분으로 오늘도 집까지 십오 리 길을 걸어서 도라왔다. 다못 십 원이라도 절약하기 위하여 달리는 전차를 바라보며 뚜벅뚜벅 것는 것이 이제는 습관이 되어 버린 셈이엿다.

7

집에 돌아오니 오늘 밤도 전등은 오지 않았다. 아홉 살짜리를 첫머리로 하는 올망졸망한 네 아이들과 안해가 히미한 등잔불을 에워싸고 둘러 앉었다가 돌아오는 아버지를 마지하려고 우루루 몰려 일어서는 모양이 마치 무슨 유령의 무리 떼 같아 보였다. 가정에 돌아왔다기보다는 도깨비 당에 찾아온 듯한 느낌이었다.

방 한복판에 매달려 있는 조고만 등잔에서 가얄피게 발산하는 침침한 불빛―밤이면 이상훈 교수의 가정에는 그 꿈길 같은 등잔불이

유일한 광명이었다.

"돈 좀 가지구 오시우?"

젖먹이를 안고 일어서 남편을 마지하는 아내의 입에서 나오는 그것이 첫인사였다. 무엇보다도 조급스럽게 알고 싶은 것이 그 문제였던 것이다.

이상훈은 팔다리에 감겨드는 아이들의 머리를 쓰다듬어 주고 나서 잠자코 안해에게 이천 원을 내밀어 주었다. 안해 숙경은 흐린 불빛에 백 원 지폐를 정성스럽게 세여 보고 나서

"이천 원이구료?"

허구 많은 용도를 생각하면 이천 원이란 돈은 너무나 적었다. 이집 저 집에서 이백 원큼 삼백 원큼 취해 쓴 돈도 갚아야겠고 가개에서 맡아온 나무값도 물어야겠고 게다가 몇 번씩 햇걸음을 시킨 전등세니 신문값이니 하는 것도 이제는 줘야겠는데—이천 원을 받아든 숙경의 얼굴은 오히려 뷘손으로 있을 때보다도 더한층 쓸쓸하였다. 입동이 지낸 지도 열흘이 넘었으니 김장 담글 생각은 아예 단념했지만 당장 살아갈 길이 아득하였다.

그렇다고 피로해 돌아온 남편에게 무턱대고 불평을 늘어 놓을 수도 없었다. 숙경은 젖먹이를 둘려 업고 묵묵히 부엌으로 나갔다.

생각하면 숙경이가 가난을 각오한 것은 삼 년 전에 북조선서 토지개혁이 있었을 때의 일이었다. 숙경의 친정은 충청도였지만 이상훈은 고향이 이북이었던 관계로 토지를 죄다 몰수당하고 졸지에 알거지가 된 셈이었다. 그러나 이상훈은 몰수당한 토지에 별로 애착도 불평도 없어 보였다.

"이제부터는 두 주먹으로 벌어먹어야 할 판이니까 당신도 각오를 단단히 해야 하우!"

토지 몰수의 기별을 들었을 때 이상훈은 그 말 한마디를 지꺼릴 뿐이었다.

"당신 몸만 끝내 든든하시면야 우리 식구 살아가기야 무슨 걱정이겠어요."

"오늘부터는 가난에 대한 불평을 일체 말하지 말기로 합시다."

"절대로 불평을 말하지 않을께요."

숙경은 그렇게 각오를 단단히 하였다. 토지 수입에 의탁해 오던 생활을 청산하고 이제야말로 남편과 손을 맞잡고 독립생활을 경영해 나가게 되였다는 새 출발에 숙경은 무한한 행복조차 느꼈던 것이다.

8

그러나 가난한 살림사리라는 것은 머리속으로 상상하듯이 그렇게 만만한 것은 아니었다. 숙경이가 가난한 가정의 주부가 되기 위해서는 무었보다도 먼저 제가 전문학교 출신이라는 자부심부터 청산하지 않으면 안되였다.

품거리 나무 한 단을 외상으로 가져오재도 나무 가개 행낭 아범에게 몇 번이고 머리를 굽신거려야 하고 몇 푼 안되는 품삯을 아끼기 위해서는 무거운 배급 쌀자루를 머리에 이고 와야만 하였다. 크림이니 코티-분이니 하는 화장품들이 가난한 살림과는 얼마나 인연 먼 사치품인가를 숙경은 새삼스러히 깨달았다. 미장원 같은 데는 다닐 시간조차 없었다.

하로의 고역을 마치고 노곤한 몸으로 이불 속에 들어가면 오늘도 어진 안해가 될 수 있다는 기쁨과 동시에 남의 안해로서의 제 얼굴과 살결이 날로 거치러 가는 것이 한없이 슬퍼서 숙경은 남편 가슴에 얼굴을 파묻고 혼자 눈물지운 적도 있었다. 학교에서 배운 문화생활은 아득한 꿈일 뿐이고 현실은 날로 악착스러워 갈 따름이었다.

그런대로 숙경은 이를 악 새려물고 불평을 말하지 않엇다. 가난한 속에서도 꿋꿋내 민족적 양심을 □□□□□ 지켜 가려는 남편에게 부끄러움 없는 안해가 되려고 고생을 달갑게만 생각하려고 애썼다.

그러나 몸으로 감당할 수 있는 고생은 참을 수 있다 치더라도 어린 자식들이 헐벗어 떨고 굶주려 허덕일 대에만은 눈물을 아니 흘릴 수 없었다. 남을 속여 먹고 잡아먹고 해야만 간신히 살아 나갈 수 있는 세상에서 고집스럽게 양심만을 내세우는 남편이 원망스러워서 불평이 저 모르게 솟아오르기도 하였다. 먹고 살기 위해서는 정조도 팔아야 하는 판국에 넝마 같은 양심을 고지식하게 부둥켜안고 늘어져야 할 법이 어데 있으랴 싶었다.

'국가를 위하여―. 민족의 장래를 위하여!'

모두 좋은 사상임에는 틀림없으리라. 그러나 개인의 생활이 없이는 국가와 민족이 있을 수 없다는 것은, 숙경이가 요새 와서 생활을 통하여 터득한 새로운 철학이었다.

그러한 철학은 숙경으로 하여금 남편의 양심을 비웃지 않을 수 없게 하였다.

양심적인 대학 교수의 안해라는 자긍심도 이제는 시들하였다. 남 없는 호강을 바라는 것이 아니다. 모리배나 민족 반역자들의 안해라 는 지목을 받아도 좋으니 하루 세 끼 자식들에게 배불리 멕일 수 있 는 남편이 되어 주었으면 싶었다.

그러나 양심적으로 살아가겠다는 말은 너무나 뚜렷한 대의명분이 기에 숙경은 남편에게 차마 불평을 말할 수 없어, 오늘도 부엌에서 혼자 눈물지을 뿐이었다.

9

저녁상을 물린 뒤에 아이들이 이 구석 저 구석에 쓰러져 잠이 들어 버리자 이상훈은 침침한 등잔불 밑에서 원고를 쓰기 시작하였다. 어떤 학술 잡지에 게재할 철학 론문이었다. 숙경은 간단한 설거질을 마치고 나서 남편 곁으로 와서 다 헤여진 아이들의 내의를 꿰매고 있었다.

한참 침묵이 흘렀다. 방 안은 죽엄같이 고요하건만 어디서 바람이 새여드는지 등잔불이 나불나불 춤을 추고 있다. 밤이 깊어갈수록 방 안은 써늘해 오고 밖에서는 이따금식 시산스러운 바람이 문풍지를 울리었다.

헌 옷 한 가지를 다 깁고 난 숙경은 원고 쓰기에 한참 골몰한 남편 을 한동안 멀거니 바라보다가

"모레가 배급날인데 이번에는 배급 쌀값도 갑절이 올랏다니까 이천 원은 있어야 할 텐데…."

하고 혼자말 비슷이 중얼거렸다.

그러나 이상훈은 별로 귀담아 듣는 기색도 없이 그양 원고만 쓰고 있다. 숙경은 또다시 한참 동안 씁쓸히 앉았다가

"그 원고 가져가면 원고료 얼마나 받게 되우?"

하고 기어코 남편의 대답을 듣고야 말려는 모양이다.

"당신이 좀 □□□□ 이번 배급이나 타겠군. 우리두 남들처럼 유령 식구나 그냥 뒀더라면 행결 보람이 됐을 텐데…."

얼마 전에 이상훈이가 유령 식구 뽑아 버리라는 신문 기사를 보고 자진해서 유령 식구를 뽑아버린 데 대한 불평이었다. 숙경은 아무리 잔소리를 하지 않으려 해도 원체 가난한 살림사리에는 어진 안해가 있을 수 없는 모양이었다.

이상훈은 만년필을 놓으며 안해를 마주 처다보았다. 작금양년간에 잔주름이 부척 늘어진 안해에서 그는 무한한 서글픔을 느꼇다. 가난한 살림사리의 자죽이 안해의 얼굴에 자꾸 쌓여 가는 것을 막어 낼 도리가 없는 것이 딱하기도 하였다.

"저— 이럭저럭 살아가노라면 좋은 세월이 오겠게. 그때까지 참고 견대 봅시다그려."

언제나 지꺼리는 그 말이 이상훈으로서의 유일한 자위책이었다. 그러나 숙경은 그러한 근거 없는 자위책만으로 살림사리를 꾸려갈 수 없었다.

"좋은 세월을 천생 못 만나드라도 당장 하로 세 끼 먹어 갈 걱정이

나 없으면 좋겠소다."

숙경의 음성은 어느새 울음으로 떨리었다.

대답할 거리가 없는 이상훈 □□ □□□.

10

어느 날 이상훈이가 연구실에서 노-트를 정리하고 있노라니까 익세 출판사(益世 出版社) 주인 오희언(吳熙彦)이가 돌연 찾아왔다. 오희언은 그동안에도 이상훈더러 자기네가 출판할 철학 원고를 써 달라고 이삼 차 부탁한 일이 있는 친구였다.

오희언은 키가 작달막한데다가 몸집이 뚱뚱하고 게다가 눈이 몹시 반들거려서 얼른 보아도 퍽 약삭발라 보이는 사람이었다. 그는 방 안에 들어서기가 바쁘게 연성 허리를 굽신거리며 오래 찾아오지 못한 무성의를 거듭 사과하고 나서

"저이가 부탁한 원고는 아마 다 탈고되였겠읍죠?"

하고 간사하게 웃으면서 물었다.

이상훈은 의자를 내밀어 주며 앉기를 권하고 나서

"아직 못 썼읍니다. 노-트를 만드는 중이지만 언제 완성될는지 막연한걸요."

"그래서야 되겠읍니까. 저이는 지금 이선생님 책을 출판하려고 잔뜩 벼르고 있는 판인데요. 출판사의 권위를 세우기 위해서도 선생님

의 철학만은 꼭 한 번 내놔야겠읍니다.”

“천만의 말슴이올시다. 원고가 되거던 제가 댁으로 들고 가죠.”

“그렇게 늘잡으신다면 저이가 곤난한데요. 애초에 말슴하시던 체계적인 원고를 못 쓰셨다면 하다못해 요새 신문 잡지에 발표하신 론문들을 종합해서라도 한 권 꾸려 주십시오.”

“이왕 책이랍시고 내놓는 바에는 좀 더 무게 있는 것을 내놓고 싶군요.”

“원 별말슴을 다 하십니다. 누군 별다른 책을 내놓는 줄 아십니까. 저도 더러 읽어 보았읍니다마는 선생님만치 양심적인 학자님도 요새 세상에는 드므실 것입니다. 론문집을 꼭 내게 해 주십시요.”

“글세 원……..”

이상훈은 될 수 있으면 체계적인 것을 내고 싶었으나 당장 군색한 형편이므로 위선 론문집이라도 내노아 볼가 하는 생각이 없지도 않았다. 그만해도 생활과 타협하는 것 같다. 이상훈은 내심 적지 아니 우울하여 잠자코 있노라니까 그러한 눈치를 재바르게 알아채린 오희언은

“그러면 위선은 선생님의 론문집을 『철학 입문(哲學 入門)』이라는 이름으로 내도록 하죠.”

하고 책 제호까지 제멋대로 정해 버럿다.

실상 오희언이가 이상훈의 책을 출판하려고 애쓰는 것은 그를 철학계의 권위자라고 믿었기 때문이 아니라 이상훈이가 가르키고 있는 이천 명의 학생이 목표였던 것이다. 책 내용이야 굴었거나 썩었거나 판매상 이천 권이라는 확실한 수짜와 해마다 새로 입학하는 천 명이라는 신입생에 부적 구미가 동한 때문이었다. 그러나 오희언의 그

러한 내심을 알 턱없는 이상훈은 그의 몰상식한 언사를 단순한 무식의 소치이리라고 너그러히 생각하였다.

11

원고를 다시 수정하여 한 달 안으로 출판사에 가저가기로 약조가 끝난 뒤에도 오희언은 좀처럼 일어서려고 하지 아니하다가 나중에는

"멋하시면 이번에 책 내시는 것을 게기로 이선생님께서도 M 대학 같은 데 시간을 좀 맡아 보시도록 하시죠."

하고 뚱딴지같은 말을 꺼내었다.

오희언이가 그런 분에 넘치는 수작을 부치는 것은 이제 출판하기로 된 이상훈의 책을 한 권이라도 더 많이 팔아먹자는 배포임에 틀림없었다. 그러나 그 배포를 짐짓 알아채리지 못한 이상훈은

"어디 시간이 있어야죠."

하고 고지식하게 댓구하였다.

오희언은 눈치 빠르지 못한 이상훈을 한동안 어이없게 바라보다가

"여러 학교를 맡으시면 물론 시간은 바쁘시겠지만 그만치 책도 많이 팔 수 있지 않아요. 하하하……."

하고 별로 웃읍지도 않은 말에 호풍을 떨었다.

이상훈은 그제야 오희언의 내심을 깨닫고 어지간히 비위가 도졌으나 정색으로 받자위할 흥미가 없어서

"오라지 않는 데를 자진해서 갈 수도 없는 일이죠."

하고 되는대로 대답하였다.

그러자 오희언은 일층 기세를 도꾸어

"선생께서 나가실 의사만 있으시다면 제가 한 번 말씀해 볼까요? M 대학 교무처장으로 게시는 최선생님은 우리 출판사와는 특별 관게가 있기 때문에 제 말이라면 아마 십상팔구 들어주실 것입니다."

하고 암암리에 자신을 표시한다.

이상훈은 교육계의 부패상을 눈앞에 보는 듯하여 불쾌하기 짝 없었다. M 대학 최 교무처장과 익세 출판사 주인 사이에 어떤 비밀 관게가 있는지는 마치 알 수 없는 일이지만 적어도 대학 교수 채용이 일개 무식한 일 출판업자의 힘에 좌우된다는 것은 조선이 아니고서는 좀처럼 찾아보기 어려운 기현상이기 때문이었다. 이상훈은 그때처럼 대학 교수라는 자기 직업에 환멸과 비애를 느낀 적은 없었다.

"역시 시간 관게로 M 대학에는 못 나가겠읍니다."

이상훈은 분명히 불쾌한 기색을 보이면서 단호하게 거절하였다.

오희언이가 물러간 뒤에 다시 노-트 정리를 계속하고 있노라니까 문득 또어에 녹크 소리가 나더니 영어 교수 황일수(黃溢秀)가 불쑥 나타난다.

"이형은 여전히 꾸준하시군?"

교수들의 보수 문제로 학교 당국에 대해 누구보다도 불평객인 황일수는 전에 없이 친밀한 태도를 보이며 그렇게 말하고 나서

"이형, 지금 시간 있으시오?"

하고 묻는다.

12

"특별히 볼일은 없습니다만······."

이상훈이가 영문을 몰라 어리벙벙한 말투로 대답하자 황일수는

"그러면 지금 나하구 어디 좀 다녀옵시다."

하면서 다짜고짜로 이상훈의 팔을 잡아끌었다.

"어디 말씀이오?"

"글세, 어디든지 좋으니 가치 나가요."

못 견디게 잡아끄는 바람에 마지못해 황교수를 따라 교문 밖에 나오니 거기에는 자동차 한 대가 머물러 있었다. 택시를 미리 불렀던 모양으로 황은 이상훈을 먼저 태운 뒤에 저도 따라 타면서 운전수더러

"가희동으로 갑시다."

하고 명령하엇다.

"대관절 가희동 뭔 집에 가는지요?"

황교수가 운전수에게 일르는 말을 듣고 이상훈이가 그렇게 물으니까 황교수는 이상훈의 얼골을 뻔히 처다보며 껄껄껄 웃고 나서

"가희동에 문과 과장 댁이 있는 줄도 모르시우?······. 문과 과장께서 오늘 우리들 몇 사람에게 댁으로 저녁 초대를 했으니까 오늘 밤은 만판 취할 판이죠. 참 이형 술 잘하시죠?"

"못 먹습니다. ···. 모두들 다 가게 되었나요?"

"□□□□□□□이 아니요. 어쩻던 우리나 배불리 먹읍시다그려!"

이상훈은 어쩐지 수상쩍게 생각되었다. 교수들께 저녁 초대를 한다면 미리 통기가 있어야 할 터인데 벼락같이 찾아와서 무슨 죄수나

체포해 오듯이 끌어오는 것도 불쾌한 일이거니와 허구 많은 교수들 중에서 저와 황교수만을 초대했다는 것도 이해하기 어려웠다.

그러나 그러한 생각은 전혀 어이없는 일로 그들이 문과 과장 방준석(方俊錫) 씨 댁에 도착했을 때에는 사랑방에서는 이미 큰 잔치가 벌어지고 있었다. 총 사 간 방 사랑방에 그득하도록 버려 놓은 산해진미의 요릿상을 둘러싸고 앉은 삼십여 명의 손님들은 하나도 예외 없이 모두가 S 대학 교수들뿐이었다. 삼십 명이라면 S 대학 총교수의 반수가 넘는 머릿수였다. 술은 언제부터 시작되었는지 이미 거나하게 취한 그들은 새로 들어오는 황일수와 이상훈을 보자

"자! 후래삼배*라구, 내 술 한 잔 들게."

하고 제각기 잔을 내밀었다.

이상훈은 가마귀 무리 속에 뛰어든 갈매기같이 어색한 자신을 깨달으며 한편 구석에 앉으려니까 어간에 도사리고 앉았던 주인이 몸소 걸어와서 이교수의 팔을 잡아끌며

"자! 이군은 내 곁으로 가 앉세…. 자네 같은 소장 독학자를 교수로 두었다는 것은 우리 대학의 큰 자랑이야!"

하고 전에 없이 환심을 사려 하였다.

* 후래삼배(後來三杯) : 술자리에 늦게 합류한 사람은 세 잔의 술을 연속해서 마셔야 함.

13

이상훈은 마지못해 주인 옆자리에 앉게 되였으나 문과 과장이 무슨 일로 이렇게 많은 사람들을 초대하였는지 도무지 영문을 알 수 없었다. 하기는 한 가지 의심스러운 것은, 그 자리에 모여 앉은 교수들은 모두가 그전 동맹 휴학 때에 같은 당파의 사람들이었다는 점이었다.

이상훈은 술을 마시면서도 이 사람들이 필연코 무슨 목적이 있어서 모인 것이리라는 점만은 이내 짐작이 갔으나 그렇다면 저를 왜 청하였는지 그것만은 해독할 수 없었다.

그랬더니 아니나 다르랴 술좌석이 한참 어울려 가자 여럿은 제각기들 떠들어 대기 시작하는데, 모두가 한결같이 학교 재단측(財團側)에 대한 불평불만이었다. 서로 주고받는 어투가 이미 상통해 보였고, 게다가 술이 취한 때문이기도 하겠지만 그들이 기고만장한 형세로 보아, 불원간에 학교 내에 또 무슨 소동이 있으리라는 것을 이상훈은 이내 짐작할 수 있었다.

문과 과장 방준석이는 이상훈에게 연성 술을 권하며 다른 교수들이 떠들어 대는 소리를 잠자코 듣기만 하다가, 얼마 후에 돌연 큰기침을 한 번 하고 나더니 좌중을 돌아보며

"여러분!"

하고 연설조로 웨쳤다.

중구난방으로 떠들던 축들이 일시에 입을 다물어 버려서 좌석이 죽은 듯이 고요해지자 주인은 천천히 다음과 같은 말을 지꺼리기 시작하였다.

"S 대학 교수 여러분이 학교 당국의 처사에 대해 많은 불평불만을 품고 게신 것을 나는 오늘 충분히 짐작하였읍니다. 나도 학교 재단측의 비양심적인 행위에 대해서는 평소부터 누구 못지않은 불만을 품어 오던 터입니다. 교수들에 대한 보수 문제라던가, 사사로운 친분으로 무자격 교수를 채용하는 점이라던가, 학교 재정을 이사진(理事陳)에서 맘대로 농단하는 점이라던가, 학교 시설을 청탁하여 시정의 상인배들과 비밀 거래로 사복을 채우는 점이라던가…. 실로 재단측의 처사에 대해 양심적인 우리들로서는 어느 것 하나 그대로 묵과할 수 없다고 하겠읍니다. 우리들은 교수이므로 학생들에게 글만 가르쳤으면 그만 아니냐 하는 것이 학교 당국의 의사이고, 또 얼른 듣기에는 그 의견이 그럴 법도 하지만 그러나 학교라는 것은 개인 기관이 아니라 국민을 교육하는 국가의 대행 기관이고, 따라서 교수들도 그러한 국가적 사명을 띠고 있는 이상, 우리는 국가 백년대계를 생각해서라도 결코 방관적 태도를 취할 수는 없겠읍니다. 우리들의 학식과 교양과 양심이 그러한 무책임한 태도를 허락지 않습니다."

주인이 여기서 일단 말을 끊자, 듣고 있던 교수들이 일제히 박수갈채로 찬동하는 뜻을 표하였다.

14

문과 과장의 이야기는 이십 분 가까이 계속되었다. 처음에는 음성도 고분고분하고 이론도 정연했으나 이야기하는 시간이 길어갈수록 어투가 차차 거츠러져서 나중에는 "우리들은 교수진의 명예를 위하여 이사진과 결사적 투쟁을 전개해야 한다."는 둥 "이사장 이하 현 재단측이 총 퇴진을 해야 할 것은 물론이지만, 학장(學長)도 당연히 인책 사직을 해야 한다는 둥—" 문자 그대로 선동 연설이 되고 말았다. 그가 오늘 교수들을 집으로 초대한 목적도 거기 있었던 것 같고 모여 온 교수들도 이미 그런 일이 있을 것을 예기하였던 모양으로 연설이 끝나기 바쁘게 모두들 신바람이 나서

"결사적으로 싸웁시다."

"이사진과 학장에게 퇴진 권고를 합시다."

"교수진의 연명으로 성명서를 발표합시다."

하고 덩다러 한마디씩 맞장구를 쳤다.

오직 이상훈만이 어떻게 된 영문인지를 몰라서 업어 온 중놈 모양으로 어리둥절해 있노라니까

"이교수 의견은 어떠시오?"

하고 심리학 교수가 질문을 던진다.

"글세올시다. 나는 워낙 불민한 탓으로 당교 당국의 처사에 대해서는 아무것도 모르고 있었읍니다. 지금 과장 말슴을 들건대는 학교 경영에 여러 가지로 아름답지 못한 행위가 많은 모양인데, 만약 그것이 사실이라면 우리로서도 적당한 조치가 있어야겠죠."

이상훈이가 생각 먹은 대로 솔직하게 대답하자 이번에는 마즌편에 앉았던 독일어 교수가 성을 버락 내면서

"이교수의 지금 말은 당장 취소하시오. 적어도 문과 과장이 하신

말슴을 "만약 그것이 사실이라면" 어쩌구 어쩐다는 것은 과장님을 모욕하는 언사가 아니고 무엇이오?"

하고 금방 폭력이라도 사용할 듯이 고래고래 호통을 떨었다. 그러자 여기저기서 "옳소!" "취소하시오!" "집어치어라!" 하는 말들이 폭발되었다. 소위 대학 교수라는 사람들이 모인 좌석이 이렇게도 물난한 법이 있으랴 싶어 이상훈은 심히 불쾌하여 뭐라고 공박을 하려니까 방과장이 얼른 가로막으며

"여러분! 너무 흥분하지 말도록 합시다. 학교를 위해서 흥분하는 여러분의 심정만은 충분히 이해할 수 있으나, 이상훈 교수의 말슴에도 천 근의 무게가 있다는 것을 우리는 몰라서 안될 것입니다. 이교수는 학장이 초빙해 온 분이지만 오늘 밤 우리가 이 자리에 모셔 온 것은 이상훈이라는 분이 그만치 양심적이기 때문이었고, 아까 내가한 말에 의심스러운 말슴을 하신 것도 남의 말에 함부로 부화뇌동할수 없다는 양심에서 나온 말슴이라고 나는 짐작합니다.

따라서 우리들 자신이 양심적이고 이교수 자신도 양심적인 만큼반드시 이교수는 언제든 우리와 보조를 가치하게 되리라는 것만은나는 확신합니다. ……. 자! 그 얘기는 그만하고 술이나 먹읍시다."
하고 능숙하게 휘갑을 쳤다.

사실 방준석이가 이상훈을 이 자리에 초대한 목적은 학장의 초빙해 온 이상훈까지가 자기편에 가담하였다는 대의적 선전 가치를 노리는 데 있었던 만큼 그 이상 깊이 거론할 필요가 없었던 것이다.

15

문과 과장 방준석 씨 초대연이 있은 지 이삼일이 지나자 S 대학에는 심상치 않은 공기가 떠돌기 시작하였다. 학생들 간에는 두 패로 나뉜 학생 대회가 열리었고, 학교에서는 긴급 교수회를 소집하였다. 새삼스러히 말할 것도 없이 학교 재단측과 방준석을 중심으로 하는 일부 교수진과의 대립이 표면화한 때문이었다.

이상훈은 세력 다툼을 위한 그들의 분쟁에는 어느 편에고 가담할 흥미가 없어서 교수회가 있는 바루 그날 밤에 경리 과장이 이상훈을 집으로 찾아왔다.

"오늘 교수회에 이선생께서는 참석하지 않으셨다죠?"

경리 과장은 자리에 앉아 그 얘기부터 꺼내었다.

"별로 참석할 흥미가 없기에 그냥 집에 와 버렸죠."

이상훈은 핑계를 꾸며 대기가 싫어서 퉁명스러운 어조로 솔직히 대답하였다.

"하하하…. 흥미가 없으시다는 말씀은 솔직한 말씀이신데요. 이선생이 안 나오셔서 학장께서 퍽 섭섭히 생각하시는 모양이시던대요."

"………………."

"참 일전에 문과 과장 댁에 초대받아 가셨다가 그 자리에서 용감하게도 그 사람들과 언쟁을 하셨다구요?"

"네? ……. 그 일을 어떻게 아셨어요?"

이상훈은 깜짝 놀라며 그렇게 반문하지 않을 수 없었다. 그날 밤에 모였던 교수들은 모두가 문과 과장의 심복인 줄만 알았는데 그날 밤

일이 밖에까지 새여 나온 것을 보면 그렇게나 열렬히 떠들던 그들 가운데도 스파이가 있고 배반자가 있었다는 것이 너무나 이외였기 때문이었다.

"하하하…… 그렇게까지 놀라실 거야 뭐 있읍니까? 낮말은 새가 듣고 밤말은 쥐가 듣는다고 정의에 버서난 모략과 권모술책이야 언제든지 탄로되는 법이죠. 학장께서도 이선생이 용감히 싸우신 점을 대단히 찬양하시더군요."

"나는 무슨 학장을 옹호하기 위해 싸운 것은 아니었읍니다."

"그야 물론 학장을 옹호한다기보다도 정의를 위해 싸우신 것이 결과로 보아서 학장을 옹호하는 쪽이 되였겠지만—"

하고 경리 과장은 암암리에 학장 편을 두둔하고 나서

"더구나 이선생은 학장의 초빙으로 오신 분이고 해서 이사진에서도 절대 신뢰하시죠."

"누구의 초빙으로 왔거나 나는 교수의 자격으로 온 것이지 누구의 부하로 온 것은 아닙니다."

"하하하— 그야 지당한 말슴이십니다. 그러나 사람이 살아가자면 어디 저 혼자서야 살아 나갈 수 있어요. 자연히 어느 편에 가담하게 되죠."

하고 너털웃음을 웃으면서 경리 과장은 이상훈을 비웃음 가득한 눈초리로 처다보았다.

16

이상훈은 그 이상 거론하기가 싫어서 잠자코 있었다. 사람은 왜 싸우지 않으면 안되는 것일까? 교육이라는 신성한 국가적 임무를 띠고 한 목표를 향하여 같은 길을 걸어 나가는 교수끼리 왜 서로 물고 뜯고 하지 않으면 안되는 것일까? 설혹 서로 간에 잘잘못이 있다 하더라도 흉금을 털어놓고 상의한다면 원만히 해결할 수 있는 일을 무슨 까닭으로 싸움으로 귀결을 지으려는 것일까. 이 나라의 최고 문화인이라고 할 수 있는 대학 교수들이 이 모양이라면 도대체 이 나라의 지성과 양심을 어디서 찾아보아야 옳단 말인가?

이상훈이가 한동안 그런 생각에 잠겨 있노라니까 경리 과장은 천천히 담배를 피여 물며

"학교 당국에서도 이번 분규 사건을 게기로 불량 교수들을 일소하고 교수 진용을 새로 조직할 모양인데 그렇게 되면 아마 이선생이 문과 과장이 되실 것입니다."

하고 무슨 반가운 소식이라도 전하는 듯이 싱글거리며 말하였다. 그러나 이상훈은 오히려 불쾌한 안색으로 이렇게 응수하였다.

"나는 과장을 원치 않으니 제발 싸움만 없어 주었으면 합니다."

"지당한 말슴이십니다. 대의명분은 이미 뚜렸하니까 이선생께서도 정의를 위하여 많이 애써 주십시요. 이사측에서 불원간에 성명서를 각 신문에 발표하기로 되었읍니다."

이 한마디를 남기고 경리 과장이 가 버리자 부엌에서 엿듣고 있던 안해가 기쁜 낯으로 들어오면서

"당신이 문과 과장이 되셔요?"
하고 묻는다.

"그 쓸데없는 소리 말어! 사직을 해도 시언치 못할 판인데 문과 과장이 무슨 필요야!"

이상훈은 화김에 안해에게 핀잔을 주었다. 왜 그런지 모르게 그는 화가 지글지글 타올라 견딜 수 없었던 것이다.

숙경은 객기 부리는 남편을 한동안 딱하게 바라보다가

"남들은 출세하려고 돈까지 써 가면서 운동한다는데, 절로 굴러 들어오는 복을 때려 내몰 거야 뭐애요!"
하고 불평을 말하였다.

"그래 그게 절로 굴러 들어오는 복인 줄 아나? 양심이 있고서는 못할 노릇이야!"

"흥! 그 알량한 양심을 지키느라고 살림사리가 요 모양이 되는구료! 아이 참, 기막혀서!"

숙경은 짜장 기막히는 듯이 한숨을 쉬여 가면서 불평이었다.

이상훈은 대답할 말이 없었다. 자기를 누구보다도 가장 깊이 이해하고 있어야 할 안해까지가 남편을 배반하게 되었다는 것이 슬펐다. 물론 그것은 가난에서 오는 배반이기는 하겠지만 오늘날 이 땅에서 양심을 지켜 가기란 그처럼 어려운 것인가 슬어서 말할 수 없이 슬펐던 것이다.

17

S 대학의 분규 사건은 날이 갈수록 확대되어 교수들은 물론이고 학생들까지가 완전히 두 패로 갈리었다. 그래서 학생들은 학생들대로 날마다 대회를 열었고, 교수들은 교수들대로 회의를 거듭할 뿐으로 수업은 거이 휴교 상태로 들어갔다. 그러나 이상훈은 그 어느 편에도 가담하지 않고 여전히 연구실에만 백혀 잇었다.

그러한 어느 날 돌연 칠팔 인의 학생들이 연구실로 이상훈을 찾아 왔다. 녹크 소리도 없이 불쑥 나타난 그들은 어깨를 지긋거리며 일부러 구두 소리를 뚜벅뚜벅 울려 걸어오더니 아무 소리 없이 이상훈을 삥 둘러싼다. 모두 잘 아는 학생들이었다.

이상훈은 이 자들이 아마 테로단인가 보다 생각했지만 별로 양심에 어긋나는 것을 한 기억이 없으므로

"무슨 일로들 왔소?"

하고 침착하게 물었다.

그러자 여럿 중에도 가장 왈패스럽게 생긴 학생이 한 걸음 앞으로 썩 나서더니

"선생께 따저 볼 일이 있어 왔읍니다"

하고 반 위협조로 말하였다.

"무슨 일이오?"

"선생은 이번 우리 학교 분규 사건을 어떻게 생각하시오?"

"어떻게 생각한다니 보다도 평소에 나는 학교 경영에는 무관심했던 관게로 분규의 원인이 어디 있는지를 잘 모르오."

"그러면 선생은 학교를 그만치 사랑하지 않았단 말이오!"

"교수로서 학교를 진실로 사랑하는 길은 제가 맡은 직분—즉 다시 말하면 학생들을 충실히 가르키는 것뿐이라고 생각하오."

"그렇다면 학교가 모리배나 민족 반역자들의 손에 넘어가도 좋단 말이오?"

"지금 학교 경영측에 불순한 점이 있는지 없는지 나는 잘 모르지만 만약 그런 사실이 있다면 당연히 그 죄상을 규명할 필요가 있겠지오. 그러나 나로서는 그런 일이 없기를 바라오."

이상훈이가 그렇게 대답하자 엽때까지 가만이 듣고만 있던 다른 학생 하나이 불어 쥔 제 주먹으로 책상을 탕! 울리며

"되지 못하게 무슨 수작이야!"

하고 금방 때려 갈길 듯이 눈알을 부라리며 호통을 쳤다.

그러자 왈패스럽게 생긴 학생이 손으로 그 학생을 제어하며 이상 훈에게 다시 물었다.

"만약 경영자측에 불순한 사실이 있다면 선생은 어떤 태도를 취하실 테요?"

"죄상을 규명해야 한다고 지금 대답했소."

"그러면 다시 하나 묻겠는데 지난 전에 문과 과장댁에 모였을 때에 선생도 참석하였다는데 그건 사실이오?"

"저녁을 먹으러 오라기에 갔었소. 그 자리에서 그런 이야기가 나왔기에 나는 확실한 증거를 보기 전에는 믿지 못하겠다고 대답하였소."

"그러면 이 성명서는 어떻게 된 것이오?"

하며 호주머니에서 성명서 한 장을 내주기에 받아 보니 그 성명서의

는 서명난에는 문과 과장 방준석을 필두로 그날 밤에 모였던 교수들의 이름이 모두 다 적혀 있었는데 그중에 '이상훈' 석 자도 분명히 끼어 있었다.

18

그날 밤 저를 초대한 것이 이런 데 이용하려는 모략이었음을 깨닫고 이상훈은 새삼스러히 불쾌감이 솟아올라서

"나는 이 성명서가 발표된 줄을 모르오. 따라서 내 이름이 끼어는 있지만 나는 하등 책임을 질 수 없소."

하고 대답하였다.

그러자 학생은 다시 호주머니에서 신문 한 장을 꺼내어 책상 위에 펴처 놓더니 한 군데를 손가락으로 짚으며

"그러면 이 성명서에는 책임을 지겠단 말이오?"

하기에 자세히 보니 그것은 학교 이사진 측에서 발표한 성명서로 그 속에도 역시 '이상훈' 석 자가 끼어 있었다.

이상훈은 하두 어이가 없어서 한동안 얼빠진 사람처럼 멍청하니 앉아 있을 뿐이었다. 방준석이가 저를 초대했던 것이 모략이었던 것과 마찬가지로 경리 과장이 집으로 찾아와서 이러쿵저러쿵 지꺼리고 간 것도 모략이었다고 그제야 깨달았다. 영문도 모르는 자신을 이런 모략으로 각자 제 편에 끌어넣으려는 이유가 대체 어데 있었는가.

이상훈의 상식으로는 도저히 판단할 수 없는 일이었다.

"나는 이 성명서에도 역시 책임을 질 수 없소. 이것 역시 나는 전연 모르는 사실이오."

이상훈이가 그렇게 대답하자 여러 학생들이 일시에 코웃음을 픽 치며

"비겁하게 그게 무슨 소리야! 양심대로 말해 봐."

하고 협박적인 태도로 나왔다.

이제는 이미 학생이 선생에게 대하는 말투가 아니었다.

이상훈은 입맛이 써서 한동안 학생들을 멀거니 바라보다가

"나는 이 이상 양심적일 수도 없고 이 이하로 양심적일 수도 없소. 모르니까 모른다고 대답할 밖에 더 없지 않소."

하니까 학생들은 제각기 주먹을 책상을 땅땅 뚜드리며 뭐라고 욕설을 퍼부었다. 그러자 왈패스럽게 생긴 학생이 다시 그들을 제어한 뒤에

"그러면 특별히 이틀 동안 말미를 줄 터이니 그동안에 잘 생각해서 태도를 선명히 하시오. 만약 그때에도 애매한 태도를 취하거나 학교 모리배들과 한 패가 된다면 단연 용서하지 않을 터이니 그리 아시오…. 자 오늘은 다들 물러가!"

학생들은 특별한 선심을 쓰는 듯한 오금을 박아 놓고 나서 들어오던 때 모양으로 일부러 구두 소리를 뚜벅뚜벅 울리며 뜰레뜰레 걸어나갔다.

이상훈은 무섭다기보다도 오직 슬픔뿐이었다. 자기 태도에 근본적으로 무슨 잘못이 있는지 모르지만 그렇기로 양심껏 살아 나가려는 자기가 사랑하는 학생들에게까지 모함을 당한 것이 한없이 슬펐던 것이었다.

19

이상훈은 사직을 하기 전에는 결국 어느 한편에 가담하지 않을 수 없게 되었다. 그러나 그 어느 편이나 정당하다고 볼 수 없는 이상 어느 한편에고 가담할 의사는 추호도 없었다.

'내 편이거나 남의 편이거나 옳은 것은 옳다 하고 그른 것은 그르다고 하기란 이렇게도 어려운 일일까……'

양심대로 살아 나가자면 사표를 내는 수밖에 없는데 그러자니 당장 호구지책이 문제였다. 그러나 설혹 굶는 한이 있더라도 그 어지러운 북새틈에 끼여서 마음에 없는 장단을 마추고 싶지는 않았다.

그날 밤 이상훈은 안해를 불러 놓고 말하였다.

"나 이번에 학교를 그만둬야 할까 보우."

"왜요? 별안간에 왜 그러세요?"

안해는 깜짝 놀라며 묻는다.

"그래야만 할 일이 생겼어…. 직업을 가졌다고 먹고 살 형편도 못되지만 그나마 잃어버리면 당장 겨울나기가 문제니까 당신은 가족들 데리구 친정에 가서 겨울이나 나거든 올라오도록 하구료…."

"아니 별안간에 웬일얘요?"

"아무튼 그래야만 하겠어!"

숙경은 고개를 수그린다. 안해와 아이들을 친정으로 보내려는 이상훈의 입장도 괴로웠지만 먹고 살기 어려워서 거지 떼 모양으로 친정을 찾아가기란 숙경으로서도 면목 없는 일이었다.

그러나 남편이 실직을 하게 되면 그렇게라도 하는 수밖에 없으므

로 숙경은 눈물이 글썽글썽해지며 떨리는 목소리로

　"당신은 어떻거구요?"

하고 물었다.

　"나 혼자야 원고료로도 먹을 수 있고 앞으로 책도 나오고 하면 굶지야 않겠지! 요 사이 같은 혼란기에는 바르게 살아가려는 사람에게는 이런 일은 반드시 있는 법이니까 시련인 줄 알구 내려갔다가 해춘이나 하거던 다시 돌아오구료."

　"양심이구 뭐고 모두가 시금찍해요! 해춘한다고 별수 있겠어요. 이왕이면 당신도 내려가셨다가 봄에 가치들 올라오십시다그려."

　"나는 출판 관계도 있고 해서 서울에 남아 있어야겠어."

　"당신 안 가시는데 우리만 잘 먹겠다구 어떻게 가겠어요."

　"그러지 말구 아이들을 생각해서 내려갔다가 봄에 올라와요."

　"……………."

　안해는 아무 말도 못하고 눈물을 닦으며 잠자는 아이들의 머리만 쓰다듬고 있었다.

　"여러 생각 말구 그렇게 결정합시다."

　이상훈은 저 혼자 귀정을 지어 버리고 나서 그날 밤은 밤을 새여 가며 원고를 정리하였다. 안해와 아이들을 시굴로 내려보낼 여비를 마련할 생각이었다.

20

안해와 아이들을 당분간 처가로 내려보낼 결심은 했으나 혼자 남아 있을 생각을 하면 이상훈은 한없이 서글펐다. 안해의 말대로 이제 의지를 헤트려 버리면 봄에 가서 다시 살림을 꾸리기도 어려울 것 같았다. 그렇다고 마음에 없는 장단에 춤을 출 수도 없는 일이므로 결국 양심껏 살아 나가자니 사표를 내고 가족은 시굴로 내려보낼 밖에 없었다. 양심을 지키기 위해서는 안해와 아이들까지도 굶주림과 치위에 떨게 하지 않을 수 없는 것이 오늘날 이 땅의 현실이었다.

이상훈은 이튿날은 학교에도 나가지 아니하고 집에서 원고를 정리하였다. 더 추워지기 전에 가족을 시굴로 내려보내려면 하로라도 속히 원고를 출판사에 돌려서 돈을 좀 받아 와야겠기 때문이었다.

사흘째 되는 날 새벽까지에 원고가 간신히 수정되었다. 그날은 마침 오후에 강의 시간도 있고 해서 이상훈은 마즈막 강의를 하고 나서 사표를 내노을 요량으로 학교에 나가는 길에 원고 뭉테기를 들고 일직암치 익세 출판사로 오희언을 찾아갔다. 오희언은 인사가 끝나자 댓바람에

"이번에 선생님네 학교에서 또 무슨 문제가 생겼더군요?"
하고 말하였다.

"글세올시다. 사회 여러분에게 보일 면목이 없습니다."

"어느 학교나 다 마찬가진걸요 머. ……. 이번 승부(?)에 따라 교수 이동도 많을 테지요?"

"글세. 어떻게 될는지요."

"실례지만 이선생님은 어느 편이십니까?"

"나는 아무 편에도 가담하지 않았읍니다."

"그거 참 영리하신 태도십니다. 지금 세상에서는 어름어름 중간적 태도를 취해 두는 것이 가장 현명한 처세술이죠."

이상훈은 듣기에 매우 불쾌해서

"나는 별로 어름어름해서 현명하게 처세할 요량은 아니었읍니다만…. 일전에 말씀하신 원고가 다 정리되었기에 가져왔는데요."

"아 참 고맙습니다. …. 이번 사건에 선생님은 별 영향 없으시겠지오?"

오희언은 이상훈의 진퇴 여하에 따라 출판을 결정할 배포로 그렇게 물었으나 이상훈은 오희언의 말을 인사치레로만 알았던 까닭에

"고맙습니다. 아직까지는 나 개인에게는 별일 없읍니다만……."
하고 무심히 대답하였다.

오희언은 그 말을 듣고 나서야 비로소 안심한 듯

"그러면 출판 계약을 하실까요? ……. 계약금은 적은 대로 위선 만 원만 쓰시고 인세는 나중에 책이 나올 때에 다 청산하도록 해 주시면 고맙겠읍니다."
하고 자진해서 소절수*를 끊어 주느니 계약서를 작성하느니 부산스럽게 서둘렀다.

* 소절수 : 수표.

21

출판 계약이 끝나자 오희언은 원고를 금고 속에 간직한 뒤에 소절수를 내밀어 주면서

"이번 선생님 책으로 해서 우리 출판사는 단연 권위가 서게 된 것입니다. 우리도 이 책만큼은 극력 호화판으로 만들 생각입니다마는, 선생님께서도 많이 팔리도록 노력해 주셔야겠읍니다. 이 책은 물론 교과서로 쓰실 터이니까 S 대학만 해도 이천 부는 문제없이 소화되겠습죠?"

하고 판매에 대한 거래를 하기 시작한다.

"글세올시다. 교과서로 사용하게 될는지 그건 알 수 없군요."

"그게 무슨 말슴이세요? 다른 교수들은 모르지만 이선생님 자신만은 이 책을 쓰셔야 할 것이 아닙니까?"

하고 오희언은 매우 의외라는 듯이 눈이 훼둥글해진다.

"내가 그냥 남아 있게 된다면 교과서로 사용할 생각이 없지도 않지만 요새 학교 사정이 하두 뒤숭숭해서 형편에 따라서는 구만두게 될는지도 모르겠는데 만약 그렇게 되면 교과서로 사용하리라고 보장할 수 없지 않읍니까?"

"뭐요? 학교를 구만두시다뇨?"

오희언은 잉큼 놀라며 금시로 낯빛이 달라졌다.

"하두 시끄럽기에 오늘쯤 사표를 낼가 하는데요."

"네? 오늘 사표를 내세요? 그러신다면 저이가 이 책을 출판해도 큰 낭패가 아닙니까?"

"낭패라뇨?"

"선생이 교과서로 사용하시리라 믿었기 망정이지 그렇지 못하다면 철학 책을 출판해서 어디다 팔겠습니까?"

하고 오희언은 노골적으로 출판을 중지할 의사를 보였다.

이상훈은 너무나 이외이므로 한동안은 멀거니 바라보고만 있다가

"내가 학교를 구만둔다면 책을 출판 못하시겠단 말씀입니까?"

"단도직입적으로 말씀 드리면 그렇게 되겠죠. 저이도 주판을 무시한 출판은 할 수 없는 일이니까요."

오희언은 서슴지 않고 그렇게 대답하였다.

애당초 오희언이가 이상훈의 책을 출판하려고 한 동기는 무슨 출판사의 권위를 세우기 위한 때문이기보다도 그실은 그의 책을 교과서로 사용하면 해마다 이삼천 부씩은 문제없이 팔 수 있으리라는 점에 있엇던 만큼 이상훈이가 대학을 구만둔다는 이 마당에 이르러서는 고지식하게 약속을 시행할 아무런 이유도 없다고 생각했던 것이다.

무엇보다도 이해타산으로 보아 그럴 필요가 없었다.

"그러시다면 하는 수 없는 일이죠."

이상훈은 얼굴에 침을 뱃기운 듯한 모욕감에 지글지글 치밀어 오르는 울화를 꿀꺽꿀꺽 삼키며 포켓트에 넣으려던 소절수를 도루 내밀어 주었다.

오희언은 소절수를 받아 넣은 뒤에 금고에서 원고를 도루 꺼내 주면서 간단히 "미안합니다." 하고 한마디 말할 뿐이었다.

22

원고 뭉텡이를 들고 익세 출판사를 나온 이상훈은 잠시 보도 위에 멍하니 머물러 섰다가 이내 학교로 향하여 무거운 발길을 옮겨 놓았다.

섯달 열흘께의 일기는 매우 쌀쌀하건만 거리는 여전히 혼잡하였다. 오고 가는 사람들의 어깨바람에 이리 밀리고 저리 비칠거리면서 실신한 사람처럼 그냥 꾸벅꾸벅 걸어 나가는 이상훈의 심정은 말할 수 없이 처량하였다.

될 수 있는 대로 좋은 책을 내보겠다고 밤을 새어 가며 애쓴 노력이 무참하게도 출판주에게 유린당한 그 사실 자체도 눈물이 나도록 슬흔 일이거니와 그보다도 내일부터 처자식을 멕여 살릴 일이 더욱 아득하였다.

그러나 통탄해야 할 일은 그뿐만이 아니었다. 가장 양심적이어야 할 대학 교수들은 권세 다툼에 눈코 뜰 사이가 없어 하고 일반 국민에게 참다운 지식을 보급해야 할 출판인은 이해타산에 눈이 어두워 돌아가니 이 민족의 장래에 무슨 기대를 가질 수 있단 말인가. 자기 한 몸의 영달과 명예를 위해서는 민족과 국가의 멸망조차 돌보지 않는 이 나라의 이 백성들— 이것이 오늘날 이 땅의 현실이 아니고 무엇인가? 참으로 비참하고 암담한 현실이었다.

"이 처참한 현실에 희망을 부쳐 보려고 했던 내가 잘못이었을까?"

땅이 꺼질 듯한 한숨을 쉬며 꾸벅꾸벅 걸어 나가던 이상훈은 무심중에 그렇게 중얼거렸다. 딴은 오직 절망과 멸망만이 있을 뿐인 저주받은 이 민족을 사랑하려고 애쓴다는 것이 이제는 허무맹낭한 노력

같기도 하였다.

　학교로 돌아온 이상훈은 이내 연구실로 들어와 사표를 썼다. 삼 년 전에 이 연구실에 처음으로 들어서던 때에는 죽기까지 이 방을 지킬 각오였건만 이상훈은 금방 써 놓은 사표를 물끄럼히 내려다보는 중에 저도 모르게 두 줄기 눈물이 주루루 흘러내렸다. 어지럽고 거치른 현실의 물결은 신성불가침이어야 할 대학 교수의 연구실에까지 도도히 침범하고 있다는 사실이 그지없이 슬펐다.

　녹크 소리가 나고 급사 아이가 들어왔다.

　"선생님! 내일부터 방학이랍니다."

　"방학?…. 아직도 십여 일이 남았을 텐데 왜 내일부터냐?"

　"글쎄요……."

　"그래두 오늘은 강의가 있겠지?"

　"있기는 하지만 다른 선생님들은 모두 휴강을 하셨어요."

　"학생들은 나와 있니?"

　"강당에 더러 나와 있지만— 선생님도 안 나가시는 편이 좋으실 거애요."

　"왜?……."

　급사 아이는 대답 대신 실긍실긍 웃기만 하였다.

　학생들이 학교에 나왔는데도 불구하고 선생이 강단에 나서지 않는 것이 좋으리란 것은 웬 말일까? 이상훈은 도저히 이해할 수 없었다.

23

강의 시간이 되자 이상훈은 노―트와 백먹통을 들고 강당으로 향하였다. 설혹 오늘 안으로 구만두더라도, 학생들이 기대리고 있는 이상, 구만두는 순간까지는 휴강을 하고 싶지 않았다. 더구나 이번이 최후의 강의 시간인 만큼, 평소에 가르키던 학생들의 얼굴을 강단 위에서 마즈막으로 한 번 더 바라보고 싶었던 것이다.

강당에서는 사십여 명 학생들이 삥 둘러앉아서 무슨 회의를 하고 있는 모양이더니, 이상훈이가 별 불안간에 쑥 나타나니까, 제각기 코웃음을 픽픽 치면서 다음에서 다음으로 무엇인가 귀속말로 소근거리었다.

이상훈은 그런 것을 알앙곳도 아니하고 막 강의를 시작하려는데 한 학생이 별안간에 튀여 일어서더니

"선생님! 지금은 우리들 회의 중이니까 나가 주십시오!"
하고 큰소리로 웨쳤다.

"회의? ……. 지금이 철학 강의 시간이 아니오?"

"어쨌거나 잔말 말고 나가요?"
하고 일어서 있던 학생이 여차하면 선생이고 뭐고 후려갈길 듯이 호통을 치었다. 그때 다른 학생 하나가 불숙 튀겨 일어서더니 여러 학생들을 쭉 둘러보며

"제군! 처세술에 가장 능난하신 이상훈 철학 교수가 나타났었으니 이왕이면 우리들의 회의를 잠간 중지하고라도 이교수에게 처세 철학에 대한 강의를 들어 보는 것이 어떻겠소. 긴급동의요!"

하고 고함을 첫다.

　그러자 학생들은 돌연 박수갈채를 하면서 "옳소!" "찬성이오!" "재청이요!" 하고 한동안 왁자지껄 떠들었다. 구두발로 마루바닥을 쾅쾅 울리는 학생도 있고 책상을 덜컹덜컹 흔드는 학생도 있어서 강당은 한동안 난장판이었다.

　이윽고 다소 조용해지자 긴급동의를 제의한 학생이 먼저 일어선 학생더러 "김군! 자네는 잠깐 앉아 있게!" 하고, 그를 앉인 뒤에 이번에는 이상훈을 처다보며 "그러면 이 시간에는 가장 교묘한 처세 철학에 대한 강의를 해 주시오! 그런데 그보다도 먼저 알고 싶은 것은 기회주의(機會主義)의 철학적 해명과 기회주의자의 휴마니티-에 대한 설명이오. 그 점에 대해서 선생 자신의 체험에서 울어나온 솔직한 고백을 들려주시오!"

하고 말하였다.

　그 소리가 끝나자 학생들은 또다시 발을 쾅쾅 구르며

　"기회주의자를 박멸하라!"

　"비겁한 자여! 물러가라!"

　"비양심적인 회색분자를 처단하자!"

하고 제각기 한마디씩 떠드는 기세가 심상치 아니하였다.

　이상훈은 아무 말없이 눈섭 한 대 까닥이지 않고 가만히 학생들의 얼굴을 살펴보고 있었다.

24

아모 소리 없이 학생들을 굽어보고 있는 이상훈은 얼굴만은 그린 듯이 고요했으나 그의 시선에는 시시각각으로 분노의 빛이 짙어 갔다. 왓자지껄 떠들던 학생들도 절치가 냈는지 갑자기 입을 다므러 버려서 휘넓은 강당이 별안간에 냉기가 뻐친 듯이 싸늘하였다.

이상훈은 한동안 엄숙한 시선으로 학생들을 굽어보다가 고요히 입을 열었다.

"여러 학생들이 나에게 왜 그런 질문을 던지는지 나는 물론 잘 알고 있소. 내 이름이 좌우 편 성명서에 모두 끼어 있으니까 혹시 오해할지 모르지만 나는 아무데도 간섭하지 않았소. 양심을 속이고 여러 학생들과 행동을 가치했더라면 여러 학생들은 나를 존경했을 것이고 설혹 여러분과 반대되는 진영에 가담하였다 하더라도 나를 이처럼 모욕하려고 들지는 않았을 것이오."

이상훈이가 그렇게 말하자 지금까지 침 먹은 지네처럼 잠자코 있던 학생들이 다시 기운이 살아나서 "변명은 집어치어라!" 하고 여기저기서 실갱이를 부치기 시작하였다. 그러자 아까 긴급동의를 제의한 학생이 또다시 우뚝 일어서며

"우리들은 기회주의자의 인간적 가치에 대한 설명을 요구한 것이지 기회주의자의 변명을 들으려는 것은 아니오. 정신을 똑똑히 채려서 대답해 주시오."

하고 무슨 훈계라도 하듯이 구슬러 대었다.

온언순사*로 이야기하려던 이상훈은 그 말을 듣는 순간 얼굴빛이

새파랗게 질리고 입술이 푸들푸들 떨렸다. 눈에서는 금방 불꽃이 튀여날 듯이 분노의 불길이 펄펄 타올랐다. 평소에는 샌님처럼 온건하던 얼굴이 저렇게도 변할 수 있을가 싶게 험악한 표정이었다.

이상훈은 마침내 분노를 참지 못하여 주먹을 불끈 들어 교탁을 부서져라고 탕! 따려갈기며 피를 토하듯이 부르짖었다.

"이 못난 자식들아! 그 꼴을 해 가지고도 너이들은 대학생이란 말이냐? 너이들의 행동이나 언사는 불학무식한 도배들과 무엇이 다를 것이 있단 말이냐? 대학까지 다녀 가지고 기껏 배웠다는 것이 남을 모욕하는 재주뿐이더냐? 싸움패 모양으로 뭣도 모르면서 남의 추김에 들어서 당파 싸움이나 일삼고 그것으로 지사연하는 너이들이야말로……."

이상훈이가 여기까지 부르짖었을 때에 문득 학생들 속에서

"저 자식을 후려갈겨라!"

하고 추상같은 호령이 내렸다.

그와 동시였다. 때 아닌 욕설에 격분한 사십여 명의 학생들은 일시에 와르르 일어서더니 와—하고 고함을 치며 성난 이리 떼 모양으로 이상훈이가 서 있는 교단을 향하여 질풍진뢰와 같이 몰려 올라왔다. 그리하여 이상훈의 몸에는 수십 개의 주먹이 동시에 떨어졌다. 우박 같은 폭력이었다.

이상훈은 단박 코가 터져서 코피를 흘리며 교단 위에 푹! 쓸어졌다. 그러나 쓸어진 사람을 학생들은 아직도 무지막지하게 구두발로 차고 치고 밟고 찢고……. 사정없는 폭력을 그냥 퍼부었다.

* 온언순사 : 따뜻하고 부드러운 말씨.

25

이상훈이가 간신히 정신을 차렸을 때에는, 학생들은 어디로 뺑손이를 쳤는지, 넓은 강당 교단 위에 저 혼자만이 쓸어져 있었다. 이미 날이 저문 까닭에 구석구석이 어둑컴컴하여 가뜩이나 음침한 강당이 더욱 무기미하였다.

이상훈은 일어나려고 몸을 움직여 보았다. 그러나 사지가 결박을 진 듯이 꽂꽂하여 팔다리를 마음대로 움직일 수가 없었다. 옆구리가 띠끔띠끔 결리고 다리가 쿡쿡 쑤시고— 게다가 자세히 보니 양복은 군데군데 찌저진 것이 온통 피투성이었다. 사십 평생에 처음 당한 폭력이었다.

그러나 정신만은 이상하게도 말정하여, 무지한 테로를 당한 것이 억울하기보다도 슬프기만 하였다. 거리의 싸움패에게 그런 봉변을 당하였다면 단순히 분할 뿐이겠지만, 제가 가르키던 학생들에게 당한 일이기에 슬픈 생각뿐이었다. 테로를 솔선해서 배격해야 할 대학생들 자신이 그런 짓을 했다는 것이 더욱 슬펐다.

이상훈은 가까수로 일어나서 손수건으로 피를 닦은 뒤에, 비칠거리며 강당을 나왔다. 그러나 더 걸을 수가 없어서 층겟돌 위에 그냥 주저앉고 말았다.

"기회주의자여! 물러가라!"

이상훈의 귓가에는 아까 학생들이 떠들던 소리가 문득 들려왔다.

"나는 과연 기회주의자였던가?"

백번 생각해 보아도 아니라고 대답할 밖에 없었다. 기회주의자에게는 이해타산이 있을 뿐이지, 신념이 있을 수 없다. 그러나 이상훈 자신은 누구 앞에서나 옳은 것을 옳다 하고 글은 것은 글으다고 할 만한 신념이 있었다. 그 신념이야말로 사회의 질서를 유지하고 국가를 바른 길로 인도하는 원동력이 아니고 무엇일까. 그 신념이 타락하는 날, 국가는 멸망하고 사회는 파괴될 것이 아닌가.

그렇건만 오늘날 이 땅에는 그러한 신념에 살려는 사람들을 기회주의자라는 대명사를 부처 가장 경멸해야 할 인종으로 취급하고 있지는 않은가. 옥석을 혼동해도 분수가 있지, 아무리 제 편이 아닌 사람이기로 기회주의자와 신념을 가진 사람을 동일시하는 것은 지성이 땅에 떨어진 증거로밖에 생각되지 않았다.

"기회주의자로 불리워도 좋다. 나는 순교자와 같이 내 신념에 살아야 한다!"

한 시간쯤 후에 이상훈은 그렇게 중얼거리며 다시 일어섰다.

사방은 어느덧 캄캄하게 어두웠다. 이상훈은 연구실에 들러 외투와 모자를 들고 나왔다. 오늘 밤도 전등은 오지 않았고 밤하늘까지 흐려서 거리는 지옥같이 캄캄하였다.

이상훈은 다리를 지축지축 절면서도 캄캄한 밤길을 한 걸음 한 걸음 더듬어 나갔다.

그러나 캄캄한 밤길은 언제까지고 끝이 없을 것 같아서 캄캄한 밤길을 더듬어 나가는 이상훈의 마음 역시 밤길과 같이 한없이 캄캄하였다.

경품권(景品券)

　밤이 꽤 깊었는지, 질화로에 묻은 숫불이 거이 다 꺼지고, 이부자리 깔아 놓은 방바닥이 차츰 써늘하게 식어 왔다. 해 질 무렵붙어 불기 시작한 바람은 밤이 들수록 사나워져서, 첩첩히 닫힌 덧문이 꿈임없이 덜컹거리었다. 덧문이 덜컹거릴 때마다 방 안에는 구석구석에서 냉기가 서리어 들었다. 초저녁에는 제법 환하던 남포등 불빛조차가 이제는 조으는 듯 침침하다.

　불룩하게 솟아오른 배를 한 아름 안은 혜옥은, 침침한 등불 밑에서 씩씩 가쁜 숨을 쉬어 가며 뜨개질바늘을 분주히 놀리고 있다가 문득 전신을 오르르 떨며, 원고 쓰기에 골몰한 남편 곁으로 바싹 닥아앉았다. 그리고 깔아 놓은 이불 끝을 끌어당겨 남편과 제 등거리에 반씩 걸치었다.

　"추운가?"

　남편 상수는 만년필을 손에 든 채 안해를 돌아다보며 물었다. 혜옥은 대답 대신 가얄핀 미소를 띠이며 천천히 고개를 끄덕여 보일 뿐이다.

　"추우면 먼저 자지그래!"

"아니 괜찮어!"

"괜한 고집 부리지 말구 어서 자라니까그래. …. 대관절 지금 멧 시쯤 됐누?"

"안방 시게가 열한 시를 벌-서 첫으니까 열두 시가 거진 다 됐을 거야."

"벌서 열두 시라?…… 어쩐지 등골이 써늘해 오더라니……. 어서 자요, 나두 이 페-지까지 끝내구는 잘 테야."

하고 상수는 다시 원고를 쓰기 시작하였다.

방 안은 다시 적막에 잠겼다. 싹싹싹싹 원고용지 위에 달리는 만년필 소리를 들어 가며, 혜옥도 뜨개질바늘을 분주히 놀렸다. 단 두 식구인 내외간뿐이건만, 그나마 먹어 가기가 어려워서 남편은 낮이면 학교에 나갔다가 저녁 늦게 집에 돌아와서는 밤을 새여 가며 영문 책을 번역하여 팔지 않으면 안되였다. 그러한 남편을 생각하면, 혜옥은 몇 푼 수입 안되는 싹뜨개질일망정 게을리 할 수가 업섰다. 더구나 해산달을 눈앞에 바라보면서, 기저기 하나 마련하지 못한 그들은, 비록 서로 이야기는 아니할망정, 마음속으로는 꼭 같이 조바심스럽다.

상수는 한 시간 가까이 원고를 더 쓰고 나서, 그제야 만년필과 원고용지를 내밀어 놓고 안해에게로 돌아앉으며

"자라니까 왜 안 자구, 고집이야. 나두 그만 잘 테야."

하고 웃으면서 퓐잔주듯이 말하였다.

혜옥이도 그제야 뜨개질 감을 둘레둘레 말아 기다란 대바늘에 꾹 꿰여 가지고 책상 밑에 미러 넣으며 물었다.

"오늘 밤엔 몇 장이나 쓰셨수?"

"몇 장 못 썼는걸, 이달 안으로는 끝내서 돈을 좀 받아 와야겠는

데……. 아이는 내달 초순께 낳게 된다지?"

"몰-라!"

혜옥은 미소 띠인 얼굴을 불그렇니 붉히며 가만히 대답하였다.

"모르다니……. 일전에 산파가 그렇지 않던가?"

하고 상수는 한 가치밖에 아니 남은 담배를 피어 물면서

"내달 초순이라야 인제 며칠 남았나. 그동안에 기저기니 애기요이
니 포대기니 하는 것을 마련해 놔야지. 산파두 오천 원은 줘야 할 터
이구. 이래저래 삼만 원은 있어야겠는걸……."

그날그날 먹어가기에도 배바쁜* 그들에게 삼만 원이란 돈은 너무
나 엄청난 액수였다. 그 삼만 원을 꾸려 놓으려고 상수가 밤마다 애
쓰는 것을 생각하면, 비록 남편이 기뻐하는 일이기는 하지만, 혜옥은
애기 밴 것이 미안한 생각조차 들었다.

남편 상수는 혜옥에게는 하늘같이 믿음직한 사람이었다. 나이는
네 살 마지지만, 어려서붙어 한 동리에 살면서 친동생이나 진배없이
자랐고, 더구나 소학교까지 같았던 관게로, 눈보래 치는 겨울이면 십
리나 훨씬 넘는 눈길을 혜옥은 손목을 끌려 집으로 돌아온 일조차 있
어서, 결혼한 지 일 년이 넘는 지금도 남편이라기보다는 오히려 오빠
와 같은 느낌이었다. 더구나 게모 슬하에서 가진 쓸아린 맛을 다 보
아온 혜옥은, 작년 봄에 아버지마저 돌아가시자, 이제는 넓으나 넓은
세상에서 제 한 몸 의지할 곳은 오직 상수밖에 없다고 생각되였다.
그러기에 혜옥은, 살림을 꾸려가노라고 밤낮없이 애쓰는 남편이 눈

---

* 배바쁘다 : '분주하다'의 평안북도 방언.

물겨웁도록 고마우면서도 한편으로는 불상해 견딜 수 없었다.

그러나 서로 생각하는 점에 있어서는 상수도 매일 반이었다. 인제 겨우 스물두 살로, 저 하나를 믿고 철 리 타향에 끌고 와서 고생하는 안해에게, 사진 구경 한 번 제대로 못 시켜주는 것이 상수로서는 괴롭고도 가슴 아픈 노릇이었다. 게모 하에서 자란 탓이기도 하겠지만, 기쁜 일에나 기껏해야 어린애 모양으로 상글상글 웃으며 고개를 끄떡이거나 혹은 시무룩한 표정으로 머리을 가로저을 뿐으로, 일체 불평이 없는 혜옥이기에, 상수는 더욱 미안하였다.

"안 즈무시우?"

자리에 누어서도 영어 책을 뒤적거리고 있는 남편에게 혜옥은 조용히 말하였다.

"응! 자야지."

하며 상수는 여전히 책장을 한 장식 벌꺽벌꺽 뒤져 넘기다가 문득

"응? ……. 여기 웬 이런 게 들어 있어?"

하며 책장 사이에서 경품권(景品券)을 한 장 꺼내었다.

"응! 그거! ……. 그저께 W 백화점에 가서 밥공기를 사구 나서 받어 온 건데, 자기네가 추첨을 해서 그 번호대로 빠지면 상품을 준다는 거얘요."

상수는 경품권의 뒷등에 적힌 문구를 자세히 읽어 보다가

"에쿠! 일등에 양복장이 하나요, 이등에 칠 첩 반상기가 한 벌이오, 삼등에 쌀이 두 가마니라……. 삼등만 마저도 괜찮겠는걸!"

"아이 그 많은 사람 중에서 웬걸 빠질라구요."

"그거야 모를 일이지. 누구든 마즐 사람이 있을 꺼니까, 우리라구

맞지 말란 법도 없겠지. 더구나 당신은 금년 신수가 대통운이니까 그 것두 모를 일이야."

"내가 금년이 무슨 대통운이라구 그래요?"

"아따! 첫 아이 뱄으면 대통운이지, 그보다 더 큰 행운이 있을나구!"

"아이참, 난 또 무슨 소린구 했지."

혜옥은 이불 속에서 남편의 팔을 가만히 붙잡았다.

상수는 다시 앞등을 도리쳐 보다가 말하였다.

"가만있자! 이거, 당선 발표하는 날이 이달 금음이군그래?"

"응! 금음일 꺼야! 신문에 발표한댔어!"

"그러면 그 전날 밤에는 일등 맞을 꿈이나 꾸어요."

"아이참, 그렇게 기대렸다가 꽝 나오면 그땐 정말 기맥힐나구?"

혜옥은 자기 자신 은근히 기대하고 있으면서도, 만일의 경우에 남편이 실망할 것을 생각해서, 일부러 대수롭게 생각지 않는 기색을 보였다.

"빠지기는 어렵겠지만, 만약 정말 빠진다면 절반쯤은 가용에 쓰구, 절반은 호탕이 먹어 때려야지. 오래간만에 당신이 좋아하는 수정과와 약식도 좀 만들어 먹고, 사진 구경도 가치 가고……."

"아이나, 물건으로 준다는데, 어떻게 절반을 쓴다구 그러슈?"

"아따, 상품을 팔면되지 않나. 셋방 구석으로 떠돌아단이는 팔자에 양복장이 무슨 소용이며, 칠 첩 반상기는 누가 바쳐 먹는단 말요!"

"그래두 쌀을 타게 되면 그것만은 팔지 말아야 할걸!"

"쌀을 타면 한 가마니만 팔지."

안방 시계가 땡! 하고 한 시 치는 소리가 들렸다.

"아, 벌써 한 시야! 신선 노름에 도끼 자루 썩는다더니, 쓸데없는 공상에 밤만 깊었네."

상수는 상품권을 책 사이에 도루 넣어 두고 나서 불을 훅 꺼 버렸다.

그날그날을 바쁘게 지내는 상수는, 그 후로는 상품권에 대한 생각을 완전히 잊어버리고 말았다. 다행이 학교는 방학이었으나, 연말 안으로 번역을 끝내려고 진종일 집에 들어앉아, 영어 사전과 단판씨름을 하고 있는 그에게는, 허황한 꿈을 즐길 만한 시간적 여유가 없었던 것이다. 다만, 혜옥이만이 남편 곁에서 대바늘을 분주히 놀리면서도 속살로는 은근히 상품권에 대한 기대를 가지고 있었다. 그러나 혜옥이도 일제 그 말을 입 밖에 내지는 않았다.

한 해가 저므는 삼십일 일 날 밤이었다. 이날은 W 백화점에서 경품권 당선 번호를 신문에 발표하는 날이기도 하였다.

상수는 예정했던 번역을 종시 끝내지 못해서, 그날 밤도 책상 앞에 웅쿠리고 앉아, 만년필을 분주히 달리고 있었다. 그리고 혜옥이도 여전히 남편 곁에서 뜨개질을 하고 있었으나 그러나 혜옥은 이날 밤만은, 초저녁붙어 신문이 배달되기를 고대하였다. 몇 십 만이 넘을 사람 중에서 당선되기를 바라는 것이 허황한 꿈인 줄을 알기는 하지만, 그러나 누구든지 당선될 사람이 있을 바에야 애초붙어 절망할 필요도 없을 성싶었다. 더구나 당선만 되는 날에는 오래간만에 남편과 함께 사진 구경 갈 생각을 하면, 아니 기대릴 수도 없는 일이었다. 혜옥은 '2846'이라는 경품권 번호를 새삼스러히 입속으로 외여 보기까지 하였다.

밤 아홉 씨쯤 되자, 벅서 하고 대문 틈으로 신문 들어트리는 소리가 났다. 혜옥은 살며시 밖으로 나와, 신문을 집어 들고 들어왔다. 남편 뒤로 돌아와서, 광고난에 게재된 'W 백화점의 경품권 당선 번호'를 더듬어 보았다. 어쩐지 가슴이 떨렸다. 혜옥은 잠시 더듬어 보다가 별안간

"여보! 우리 번호가 이천팔백사십육 호였지?"

하고 떨리는 음성으로 소리치며 신문지를 손에 든 채, 남편 어께를 와락 끌어당겼다.

"응? 뭐?"

"우리 번호가 당선됐어. 삼등으루……."

혜옥은 어린아이같이 좋아 날뛰며, 남편에게 당선된 번호를 가르켜 보였다. 상수도 만년필을 내던지고 와락 달겨들어 당선 번호를 다시 한 번 검사해 본 뒤에

"2846이 맞기는 만나?"

하며 책 사이에 낀 경품권을 분주히 찾아내었다.

"2846이 맞구말구. 내가 잘못 기억했을 줄 알구 그러세요?"

과연 혜옥의 기억은 정확하였다.

"틀림없는 삼등, 쌀 두 가마니로군그래. 우리 집 새해 운수가 대통운인가 본데, 당신은 순산을 할 께구 경품에는 쌀이 두 가마니식 굴러 들어오구……. 이게 꿈인가 현실인가?"

상수는 얼시구 좋다구나! 안해의 엉덩이를 두드려 주며 벙글벙글 웃었다.

"한 가마니는 우리가 먹구, 한 가마니는 팔아서 당신 내복이나 한 벌 사요, 네."

하고 혜옥은 이미 상품 처분에 대한 생각이 바빴다.

"나야 내복이 무슨 필요야. 한 가마니는 팔아서 뭐든지 먹고 싶은 대로 맘껏 먹기루 하지."

"그렇게 먹어 없새면 어떡해요. 그래두 무슨 물건을 사야지!"

"이왕이면 기념 삼아 애기 처네*나 한 벌 사기로 할까?"

젊은 내외는 이만 원어치도 채 못 되는 쌀 두 가마니를 염두에 두고, 마치 천만장자나 된 것처럼 가진 공상을 다 하였다. 그들은 그날 밤만은 마주 앉아서 돈 쓸 이야기에 밤이 깊는 줄도 몰랐다. 고작해야 쌀 두 가마니에 그다지 기뻐할 법이 있으랴고 비웃을 사람이 있을 지도 모르나, 그날그날을 근근히 살아오던 그들에게는 그것은 충분히 행복스러울 수 있는 재산이었다.

백화점에서는 정월 초사흗날에야 상품을 내주기로 되여 있었다. 젊은 부부는 초하로와 초이튼날도 그 이야기로 시간을 보내였다. 실로 무한한 축복으로 마지하는 새해였다. 혜옥은 단골 쌀가개 마누라를 찾아가서 쌀 한 가마니를 육천팔백 원에 팔기로 약조까지 해 두었다.

상품을 타 와야 할 초사흗날이 오자, 혜옥은 새벽같이 일어나서 조반을 지었다. 그리고 식후에 상수 내외는 오래간만에 성장을 하고 동부인으로 W 백화점을 찾아갔다.

"상품권이 당선됐는데, 상품은 어디서 내줍니까?"

상수는 백화점에 들어서자, 화장품부에 서 있는 젊은 여자 점원에게 물었다.

* 처네 : 어린애를 업을 때 두르는 끈이 달린 작은 포대기.

"상품권게는 삼 층입니다. 삼 층으로 올라가세요!"

여자 점원은 허리를 약간 굽히며 공손히 대답하였다.

상수와 혜옥에게는 여자 점원의 그러한 친절조차가, 자기네의 행운을 축복하는 듯이 보였다.

그들은 눈앞에 닥쳐오는 행운을 유유히 즐기며, 장내에 진렬된 화려한 상품들을 천천히 살펴보았다.

"나, 마후라를 하나 쌀까 바—"

양품부를 지내가다가 혜옥이가 그렇게 말하여, 상수는 선선히 대답하였다.

"사구료! 돈은 있것다. 얼마든지 사요!"

"글세. 당신 양말도 한 켜레 사구 싶구……."

"어쨌던 먼저 쌀을 타 놓구 봅시다."

상수와 혜옥은 삼 층으로 올라갔다. 상품 교환소는, 아직 시간이 일러 그런지, 몹시 한적하여, 한 쌍의 남녀 점원이 레지스타— 앞에 마주 앉아서 상품권 당선이 발표된 여러 가지 신문을 번가라 보며 무었인지 웃으며 지꺼리고 있었다.

상수 내외에게 무엇보다도 먼저 눈에 띠이는 것이 그 앞에 싸여 놓은 호화찰란한 상품들이었다. 한 길이 넘는 양복장과 황금처럼 번들거리는 칠 첩 반상기와, 으젓하게 덧두겨 놓여 있는 두 가마니의 쌀——그중에도 확 눈에 들어오는 것이 자기네가 가저가게 될 쌀 두 가마니였다.

"저게 우리가 가져갈 쌀이로군!"

상수는 빙그레 웃는 얼굴로 안해를 돌아다보며 속삭였다. 혜옥이도 미소 띠인 얼굴로 쌀가마니를 바라보며 고개를 끄덕였다.

상수는 뛰노는 가슴을 진정하며 호주머니에서 상품권을 꺼내 들고, 점원들 앞으로 가까이 딱어갔다. 그 뒤를 따라가는 혜옥의 가슴도 몹시 두근거렸다.

"저— —"

하고 상수는 어떻게 말을 부쳐야 좋을지 몰라 잠간 망서리다가, 마침 남자 점원이 얼른 일어서며 무슨 일이냐고 묻는 듯한 표정으루 마주 오는 것을 보고

"저— 상품권이 당선됐기에, 상품을 찾으러 왔는데요."

하고 간신히 말하며 상품권을 내밀었다.

평소에는 꽤 능변이었건만, 오늘따라는 웬일인지, 가슴이 두근거려서, 의사조차 뜻대로 표현할 수 없었다.

"네에……. 상품권을 이리 좀 보여 주십시요. 몇 등이십니까?"

남자 점원은 상수의 손에서 상품권을 받아 들며 그렇게 말하여, 상수는 얼른

"이천팔백사십육 번— 삼등입니다."

하고, 사뭇 점원에게 자기네의 행운을 자랑하는 듯이 호기 있게 대답하였다. 그러자 마주 섰던 남자 점원과, 레지스터—앞에 앉아 있던 여자 점원이 똑같이 깜짝 놀라며

"삼등이세요? ……."

하고 상수 부처의 얼굴을 번갈아 보았다.

"네, 삼등인데요. 이천팔백사십육 번이니까……."

상수는 어쩐지 가슴이 철렁함을 느끼며 다시 한 번 제 번호를 일려

주었다. 혜옥이도 웬일인지 수상쩍어서 남편 곁으로 바싹 닦아섰다.

　그러자, 레지스터—에 앉았던 여자 점원이 얼른 남자 점원한테로 달려와서 둘이 함께, 상품권 번호를 한동안이나 검사해 보고 나서, 이번에는 남자 점원이 몹시 민망한 표정으로 상수 내외를 번갈아 쳐다보며

　"혹시……. 당선 발표를 S 신문사에서 보시지 않으셨읍니까?" 하고 물었다.

　"네. S 신문에서 보았는데요."
하고 대답하는 상수의 음성은 이상히 떨렸다. 어쩐지 불길한 예감이 떠올랐던 것이다.

　"S 신문사에서 보셨다면, 대단히 죄송스러운 말슴이오나, 활자가 오식(誤植)이 돼서, 삼등 번호가 잘못 발표되였읍니다."

　"네? 번호가 잘못 발표되였다구요?"

　"네. 사실은 삼등 당선 번호가 이팔사구(二八四九) 번인데, 인쇄 직공들의 잘못으로 로마 글자의 9짜가 꺼꾸로 찍혀서 6짜가 되였던 것입니다. 여러 신문에 동시에 발표했는데, 다른 신문은 죄다 이팔사구(二八四九) 번으로 되였건만, S 신문만이 9짜가 6짜로 오식이었읍니다. 저이들로서는 손님께 미안하기 짝 없는 일입니다마는, 어떻걸 도리가 없사오니, 널리 양해해 주십시요."
하고 남자 점원은 누누히 미안하다는 말을 늘어놓았다. 그러나 이미 상수와 혜옥의 귀에는 아무 말도 들리지 않았다. 그들은 꼭 같이 눈앞이 캄캄할 뿐이었다. 캄캄한 눈앞에, 지난 사흘 동안에 싸어 올렸던 가지가지 아름다운 공상들이 산산히 부서지는 모양만이 뚜렷하

게 떠올라 보일 뿐이었다.

　남자 점원은 레지스터ー 위에 놓여 있던 여러 가지 신문을 들고 와서, 직접 증거를 보여 주려고, 신문들을 폐처 놓았으나, 상수는 보려고도 하지 않고,

　"좋습니다."

하고 돌아서 버렸다.

　그러자, 점원이 쫓아오며

　"삼등은 아니지만, 칠등에는 당선되었으니까, 칠등 상품이라도 가지고 가십시요!"

하고 말하였고, 여자 점원이 어느 틈에 빨래 비누 한 개를 들고 와서 혜옥에게 내밀어 주며

　"미안합니다."

하고, 마치 모든 잘못이 제게 있는 듯이 정중히 사과하였다.

　혜옥은 정신없이 비누 한 개를 받아 들고, 상수와 함께 묵묵히 밖으로 나왔다. 둘은 꼭 같이 울고 싶도록 서글펐다.

　신문사 식자공의 잘못으로 된 글자 한 자의 오식에 따라 이처럼 정신적 타격이 있을 수도 있다는 사실은 미처 생각지 못했던 일이었다.

　"빌어먹을 놈이……!"

　정초의 혼잡한 거리를 한동안 묵묵히 걸어 나가던 상수는 저도 모르게 화푸리하듯 그렇게 짜증을 부렸다. 부닥칠 데 없는 울화가 불길처럼 솟아올라 견델 수 없었던 것이다.

　혜옥이 역시 엄습하여 오는 절망감을 막아 낼 길이 없어, 연방 눈물 지우며, 꾸벅꾸벅 걸어 나가는 남편의 뒤를 타박타박 숨 가쁘게

따라갈 뿐이었다.

모든 것이 한 개의 넌센스에 지내지 않았다. 그러나 당자인 상수와 혜옥에게는 단순한 넌센스로 돌리기에는 너무나 엄숙하고도 가혹한 현실이었다.

서한(書翰)

프롤로그

책을 좋아하는 사람은 누구나 다 마찬가지겠지만, 나는 헌책방으로 돌아다니며 낡은 책 뒤지기를 좋아하는 버릇이 있다. 신간 서적은 신간 서적대로 순찰하고 신선한 맛이 아니 좋은 것도 아니나 그러나 신간 책은 돈만 내놓으면 맘대로 내 물건이 될 수 있다는 점이 좀 천덕스러운데, 마음에 드는 낡은 책은 돈만으로는 구할 수 없는 것이기에 더욱 은근한 정이 느껴진다. 진종일 헌책방으로 돌아다니다가 어쩌다 마음에 드는 책이라도 한 권 만나게 되면 그날은 그 한 가지만으로도 넉넉히 행복스러울 수 있다. 아마 그러한 심리는 골동품 애호가가 넝마전에서 만고의 일품(逸品)을 발견했을 때와 별로 다름이 없을 것이다.

좀처럼 구하기 힘든 책을 사 가지고 돌아와서 먼지를 말짱히 떤 뒤에 다시 한 번 목차를 뒤져 보고 장정을 어루만져 보고, 발행□□일을 따져 보고 하는 맛도 그럴듯하려니와, 어쩌다 여백 같은 대 연필이나 펜글씨로 아무렇게나 써 갈긴 그 책의 독후감이 있을 경우에 그 것을 읽어 보는 맛이란 새 책에서는 도저히 느낄 수 없는 쾌락인 것이다.

그 독후감의 필자가 누구인지 나는 물론 모른다. 그러나 그가 누구인지는 모르는 대로, 나는 그 독후감을 읽으므로 해서 때로는 많은 지식을 얻게 되어, 누구인지 모르는 그 사람에게 무한한 친밀감을 느낀 적도 있다. 미지의 사람에게 친밀감을 느낄 수 있게 하는 것도 낡은 책만이 베풀어 주는 공덕의 하나일 것이다.

그러나 낡은 책에서 얻는 소득은 독후감만이 아니다. 때로는 책 사이에 끼여 있는 종이 조각이나 편지 같은 것으로 해서 모르는 사람의 비밀까지를 엿보게 되는 경우도 있다.

바로 요 몇 날 전 일이다. 낡은 책 한 권을 사 가지고 집에 돌아와 보니, 의외에도 책 사이에 편지 세 통이 들여 있었다. 그 편지는 퍽 이지적인 어떤 여성이 어떤 남자에게 연속적으로 보낸 사랑의 고백서이었다. 끓어오르는 연모의 정을 여자의 침으로 침착하게 짓눌러 가면서 그 침착 속에서 애타는 정회를 면면히 풀어 나간 능난한 솜씨가 이만저만 아니었다.

나는 이제 그런 시름을 순서에 따라 원문 그대로 여기에 소개해 볼까 한다.

서한(書翰)

제일신(第一信) 일구사오년 칠월 삼십 일 후(一九四五年 七月 三十 日 後)[*]

동필 씨!

마침내 슬프고도 두려운 '내일'이라는 날이 옵니다. 빈혈증으로 눈앞이 캄캄해지기 직전과 흡사한 기분 — 멀리로 떠나시는 분을 전송도 못하옵니다마는, 도중에 부디 안녕하시옵소서. 먼 훗날까지 길이길이 행복되시옵기를 간절히 비옵나이다. 안녕히 가십시오.

은경 올림.

제이신(第二信) 일구사오년 칠월 삼십일 일 야(一九四五年 七月 三十一日 夜)(주 제일신 발송(註 第一信 發送)한 바로 그 다음날)

동필 씨!

당신은 이미 서울에는 계시지 않으십니다. 이제야말로 전 안도의 한숨을 푹 내쉬고 싶은 듯하면서도, 한편으로는 땅을 치며 목을 놓아 통곡하고 싶은 심정이기도 합니다. 걸음걸음에 발밑이 무너지는 흰 모래 언덕들, 아름다운 꽃송이를 휘날리면서, 그 아름다움에 혹해서 정신없이 달리던 파계 여승(破戒 女僧)과 같이, 당신 곁애서 행복스럽고도 귀엽게 살아가던 그날그날이 소리 없이 북방 하늘로 살아지며

---

* 후(後) : 여기서는 '오후'를 의미함.

마침내 오늘이라는 날이 왔읍니다. 오늘 아침은 당신께서 서울을 떠나시는 날이었읍니다. 새벽녘까지 비실부실 나리던 비가 아침에는 간신히 그쳐서 떠나실 때에는 비에 젓지는 않으셨으리라고 혼자 기쁘게 생각하였읍니다. 지금쯤은 정거장으로 나가셨을 시간, 지금쯤은 차를 타셨겠지, 인제는 개성쯤 가셨을가 몰라, 이제는 황해도 땅으로 들어서셨을는지 모른다고…. 시시각각으로 제 마음은 보이지 않는 당신 뒤를 따라가면서 혼자 슬퍼도 하고 안타까워도 하는, 실로 괴로운 오늘 하루였읍니다. 그러나 이제부터 앞으로 계속될 끝없이 고독한 시간에 비기면 오늘 하루라는 것은 극히 짧은 순간에 지나지 않을 것입니다.

　당신이 아니 계시는 사무실은 동굴같이 어둡고 을시년스럽습니다. 당신께서 회사를 그만두신 이후로 오늘날까지, 저는 견디기 어려운 고독 속에서 날마다 가슴을 조리면서 '혹시 오늘이나, 오늘이나…' 하는 기대를 가지고 그날그날 당신께서 나타나시기만 고대하였읍니다. 광막한 사막에서 오아시스를 찾듯이 지난 몇 날 동안 저는 오직 당신의 얼굴을 뵈옵고자 하는 어이없는 희망에 모든 희우(喜憂)를 기우려 왔읍니다. 어리석은 말인 줄 번연히 알면서도 남모르게 점을 쳐 보아서, 점괘라도 좋으면, 오늘이야말로 당신 얼굴을 뵈옵게 되나 보다고, 아침부터 가슴을 조렸읍니다. 그런 때면 책상머리에 놓여 있는 화초 잎파리조차가 싱싱하고 푸르게 보였읍니다. 그런데 이상하게도 점은 대개 들어맞아서, 점괘가 좋은 날이면 으레히 당신은 지나시는 길에 벙글벙글 웃으시며 사무실에 나타나군 하였읍니다. 벙글벙글 웃으시며 사무실 안으로 들어오시는 당신의 얼굴을 뵈옵는 순간이면 제 가슴은 천만 개의 경종을 일시에 울리는 듯이 몹시 뛰놀았읍니다. 금방 심장이 파열하는 듯, 호흡이 가빠오고, 얼굴이 화끈화끈 달아올라서, 저는 가장 미워하는 분을 대했을 때처럼 고개조차 푹 숙으려 버렸던 것입니다. 그런 때면 웬일인지 눈물이 핑 돌면서 공연히 비감한 생각이 북받쳐 오르군 하였읍니다.

사실 저는 당신을 사모하옵게 된 이후로 이상하게도 미신적인 사람이 되었어요. 누구를 사모한다는 것은 그만큼 정신을 빼앗기기 때문에 마음이 절로 약해지는 것이 아닌가 생각되었읍니다. 저는 누구를 사모해서는 안될 몸인 줄 번연히 알면서, 더구나 당신이라는 분을 사모해서는 안될 줄 번연히 알면서도, 저는 마치 자석(磁石)에게 이끌려지는 쇠붙이 모양으로, 자꾸만 마음이 당신 곁으로만 기우려져 갔읍니다. 그리하여 결국에는 당신을 따라 우거진 수림을 헤치고 맑은 물 흐르는 시냇가를 거닐기도 하였고, 호젓한 절간에서 단둘이 만찬을 나누기도 하다가, 마침내는 당신이 주신 별리(別離)의 꽃에 눈물까지 뿌리게 되었던 것이니, 파계 여승인 저는 이제야말로 여승 아닌 제 자신의 참된 모습을 고요히 돌아보게 되었읍니다.

애초에 당신께서 저를 생각해 주시는 줄 알았을 때, 저는 전신에 찬란한 광채를 받은 듯이 눈부신 기쁨을 참을 길이 바이 없었읍니다마는, 다른 한편으로는 어떻게 하면 이 일을 무사히 해결할 수 있을가 하는 근심도 결코 적지는 않았읍니다. 참말 너무 비겁했다고도 하겠읍니다마는, 저는 당신 마음이나 제 마음이나 모두가 눈을 가리운 채 수신 교사와 같이 품행 단정하게 지내지 않으면 안된다고 생각했던 것입니다. 그러면서도 정작 당신께서 저를 본척만척하시거나 혹은 직무상 무슨 잘못으로 저를 나무래시거나 하실 때면 저는 하도 외롭고 서글퍼서 울면서 당신 발밑에 꿇어 엎드리고 싶었고, 또 그러면서도 정작 당신께서 제게 글월을 주시거나 따뜻하신 말씀을 내리시거나 하시면, 저는 '큰일 났구나! 이 일을 어떻하면 좋단 말인가.' 하고 혼자 발을 동동 구르며 도망이라도 칠 자세를 취하군 하였읍니다. 제가 당신의 따뜻한 정에 그냥 끌려 들어가기만 하면 당신과 저 사이에는 무척 많은 불행이 생길 줄만 알기 때문이었읍니다. 그러기에 저는 어쩐지 당신 곁에 있기가 불안스러워 견딜 수 없었사오나, 그러면서도 당신 곁을 한시라도 떠나 있으면 한없이 외롭고 쓸쓸해지며 자꾸만 당신이 그리웠읍니다. 그러한 저를 깨달을 때면 저라는 사람이 도무지 믿을 수 없다는 사실이 현저하게 눈에 들어나 보여서, 어떻게 하면 이 불안스러운 기분을 빨리 처리할 수 있을가 하는 근심에 마음이 자꾸만 초조하였읍니다. 그렇게 괴롭고도 즐거운 그날그날을 아깝게 보내고 있는 것이, 어쩌다 냉정히 생각하면 소스라치게 깊은 죄를 짓는 것 같아서, 어떤 형태로든지 빨리 종말이 와 주었으면 하고 고요히 눈을 감고 신의 심판을 기다리기도 하였읍니다. 그리고, 마침내 오늘로서 그 종말을 고하게 되었읍니다.

당신이 먼 고장으로 떠나신 오늘……. 저는 오늘부터 앞으로 다시 시작되어야 할 저 혼자만의 고독한 길을 아득한 기분으로 바라보면서, 옷깃을 바로 잡고, '하느님께서는 역시 우리 두 사람을 죄악에서 구원해 주셨다. 우리 두 사람을 깨끗하게 보호하셔서 정당한 길로 인도해 주셨다.' 하고, 진심으로 감사하옵니다. 저는 위에서도 '간신히 안도의 한숨을 내쉬었다.' 고 썼읍니다만, 사실 저는 몸서리치는 고독에 시달리면서도 한편으로는 문자 그대로 안도의 한숨을 내쉬었읍니다. 당신과 저는 저승에서 무슨 인연이었기에 이승에서 이다지도 애끓는 이별을 나누게 되었나이까.

당신께서 먼 길 떠나시옵기 전 사흘 동안, 당신과 함께 날마다 교외로 걸어 다니던 그 사흘 동안은 제게는 너무나 분에 넘치는 화려하고도 즐거운 사흘이었읍니다. 평소에 가까이 모시게 된 것만으로도 저를 무한히 즐겁게 해 주시던 당신, 자리에 안 계실 때에는 머리속에 그려 보는 일만으로도 저를 무한히 즐겁게 해 주시던 당신, 집에 돌아가서는 같은 하늘 밑에 살고 있다는 그 한 가지 사실만으로도 저를 무한히 즐겁게 해 주시던 당신, 이 세상에 당신이라는 분이 살고 계시다는 오직 그 생각만으로도 무한한 기쁨을 느껴오던 저로서는, 당신과 함께 지내옵던 사흘 동안에, 세상의 많은 남녀들이 하듯이 그런 적극적인 행동은 너무나 눈부셔서 오히려 두려웠읍니다마는, 당신의 따듯하신 정은 진심으로 고맙기 한량없었읍니다. 사실 저는 당신과 함께 거닐 때면 마음은 허공에 뜬 채, 무턱대고 즐겁고 즐겁고 기쁘기만 해서, 마지막 날 밤에 당신께서 작별의 선물로 치자 분을 주시면서, 치자꽃을 잘 가꾸는 방법을 말씀해 주신 듯한데, 지금 아무리 생각해도 기억에 떠오르지 않읍니다. 시끄러우신 대로 그날 밤에 들려주신 치자 재배법을 한두 줄 적어 보내 주시오면 당신이 나리오신 치자를 정성껏 가꾸려는 제 마음에 커다란 기쁨과 도움이 되겠읍니다.

이만 쓰기로 하겠읍니다. 어느 분이 보시나 조금도 부끄럽지 않도록 순결무구한 글월을 올릴 생각이였사온데, 정작 쓰고 보니 이렇게 웃우운 것이 되어 버려서, 사실인즉 제 성품으로 보아 아무에게도, 당신께조차 보이고 싶지 않은 제 심정입니다. 그래, 쓰기는 썼읍니다 마는 이것을 당신께 보내옵게 되는지 혹은 그대로 책상 설합 속에서 썩히게 되는지, 그것은 한동안 망서린 뒤의 판단이리라 믿사옵니다. 마음속에서는 용솟음치는 감회라도 이렇게 종이에 옮겨 보은즉 너무나 설먹설먹해서 서글픈 마음으로 붓을 던지옵니다.

　당신께서 떠나신 날 밤. 일로 평안하시옵기를 비오며 이만.

　은경 올림.

　제삼신(第三信) 팔월 오 일(八月 五 日) 새벽

　동필 씨!

　나리오신 글월, 읽고 또 읽었읍니다. 한없이 서글프옵니다. 과연 천 릿 길은 아무리 생각해도 멀고 또 머옵니다. 그러나 무사히 도착하셨다니 무한히 반갑고 고맙나이다.

　떠나실 때에 선물로 주신 치자는, 그때에 봉오리이던 꽃이 어제 아침에 두 송이 싱싱하게 피었읍니다. 치자를 내려 주신 분은 천 리 밖으로 가 버리셨는데, 남겨 주신 꽃만은 제대로 피었다는 것이 바라보기에조차 눈물겨웁습니다. 제게는 너무 과남한 선물이오나, 재주껏 정성껏 가꾸어 보려 하옵니다. 어두운 방에 혼자 누어서 멀리 계신 당신을 그리워 하옵던 끝에, 깜박 잠이 들었다가 놀라 깨면, 캄캄한 방 속에 꽃향기가 진동하여, 매양 마음 어지러워지옵나이다. 치자는 일본 말로는 '구찌나시'라 부르고, 열매는 노랑물 들이는 데 쓰여진다

고 사전에 기록되어 있사옵니다. 어렸을 때, 어머님께서 노랑물 들이신다고 다 말라붙은 치자 열매를 사발에 물 떠 놓고 담그시던 기억이 문득 떠올라, 더욱 그윽하게 느껴지옵니다. 일본 말로 '구찌나시'라고 부르는 이유는, 열매가 영글어도 입을 벌리지 않는 때문이라 하옵는데, 당신께서는 설마 '마음이 영글어도 입을 열지 않는 여자에게 보내는 꽃'이라고까지는 생각지 않으셨겠사오나, 우연하게도 치자를 선물로 주신데, 역시 신랄하신 당신다우신 결과가 되지 않았는가 하옵니다.

동필 씨! 오늘도 비는 지꿎게 그칠 줄 모르고 나리옵니다. 예전에는 비 나리는 날이면 웃고 재재거리고 싶고, 어디든지 비에 젖으며 싸돌아다니고 싶기까지 하옵던 저였건만, 오늘은 웬일로 이닷 가슴 답답하온지 모르겠나이다.

당신께서 어느 날 출근하시다가 행길에서 사 오셨다던 그라지오라스 꽃이 오늘 아침에 귀엽게 피었읍니다. 그 때문에 침침한 사무실이 행결 명랑해진 것 같고, 여러분들이 모두 꽃구경을 하시느라고 제 책상머리로 모여 오시기까지 하였읍니다. 그러나 저는 그 꽃을 바라볼수록 자꾸만 제 자신이 가엽기만 하옵니다. 제가 잘 가꾸지 못한 탓으로, 가냘픈 꽃이 겨우 세 송이, 빛깔은 제법 곱게 빨갛고, 화판 아랫도리에는 하얀 선까지 있어, 귀엽기 한량 없사옵니다마는 왜 그런지 귀여우면 귀여울쑤록 가엾게만 여겨지옵니다. 저는 이제 앞으로는 꽃도 나무도 가꾸지 말아야 하겠읍니다. 꽃이나 나무를 가꾸는 것도 인정을 나누는 것이라면, 저같이 외롭고 서럽게만 살아야 할 운명을 타고난 여자가 꽃을 가꾼다는 것이 애당초 잘못이 아니었을까 생각되옵니다.

강원도 어느 목장에서 기념을 박으셨다는 당신 사진이, 당신이 쓰시옵던 설합 속에서 나왔기에, 제가 소중히 간직하기로 하였읍니다. 젖 짜는 소들이 이리저리 흩어져서 한가로이 풀을 뜯고 있는, 넓은 풀밭에 누어서, 푸른 하늘을 우러러보시며, 빙그레 웃으시는 당신 얼굴을 바라뵈올쑤록, 저는 자꾸만 가슴이 두근거리옵니다.

떠나가옵신 당신이나, 남아 있는 저나……. 정말 지내간 그때가 다시 한 번, 단 한 시간이라도 좋으니 다시 한 번 돌아와 주었으면 얼마나 나는 행복스러우랴 하고 저는 오직 그렇게 허황한 생각만으로 그 날그날을 살아가고 있사옵니다.

이런 글월 올리옵기 진실로 조심스럽고 부끄럽습니다. 제발 이 글월이 천여 리 멀고 먼 길 무사히 날아가서 당신 손에서 재가 되옵기를 빌고 원하오며 오늘은 이만 쓰겠사옵니다. 은경 올림.

추신(追伸)

이런 글월 자주 올리옵다가는 제 마음을 도저히 단속할 자신이 없사옵기, 이제 앞으로는 다시는 글월 올리지 않기로 결심하였아오니 널리 헤아려 주옵시기 바라오며, 다만 제 몸이 어느 하늘 밑에 있아옵던지 제 넋이 살아 있는 동안은 당신의 행복을 길이길이 빌어 마지 않겠사옵니다.

은경 올림.

연애 노정 (戀愛 路程)

1

1회 줄거리*: 여자 대학을 나온 문은히는 아버지 문찬종이가 사장으로 있는 조선 공작 주식회사의 사장실 비서로 취직하였다. 그런데 은히는 뭇 사원들이 사장과 자기 앞에서 비굴하게 굽실거리는 것을 보고 새삼스러이 남성들에게 대해 환멸을 느끼며, 자기와 약혼 말이 있는 박지환이라는 청년도 그런 남성이 아닐까 하고 은근히 근심한다. 그러한 어느 날 같은 회사에 기사(技師)로 있는 계완기라는 청년이 사장실에 나타났다. 그는 은히에게는 말할 것도 없고 사장에게도 조금도 굽실거리지 않았다.

사장도 계완기에게만은 동등 대우를 하였다. 계완기는 은히가 사장의 딸이라는 것을 알자 사장에게 회사와 가정을 혼동하지 말라는 충고까지 하였는데 나중에 알고 보니 계완기야말로 언젠가 다방에

---

* 「연애 노정」 1회는 『신태양』 1949년 9월호에 게재되었지만, 판본을 찾을 수 없음. 1회 줄거리는 2회에 게재된 '전호의 경개'로 대신함.

서 은히의 동무가 화장을 농후하게 했다고 톡톡히 모욕을 준 청년이
었다. 그것을 깨달은 은히는 복수심에 불타면서도 한편으로는 계완
기에게 대해 은근히 호의를 품게 되었다.

　은히는 계완기에게 그런 감정을 품은 채 박지환을 만나려 가는 길
이었다.

2

　다섯 시가 다 되어 은히가 박지환을 만나려고 막 회사를 나오려니
까 복도 저편에서 마침 계완기가 마주 걸어오고 있었다.

　"아 아까는 실례했읍니다. 나가시는 길이십니까?"

　계완기는 아침에 욕을 보인 사람 같지 않게 쾌활한 어조로 말하였다.

　그러나 은히는 고개만 약간 수그려 보이고 나서 아무 대꾸도 아니
하고 그냥 지나쳐 버렸다.

　그러면서도 내심으로는 어쩐지 미워할 수 없는 사람이라는 인상
이 새삼스러웠다.

　은히는 박지환을 만나 보고 다방으로 걸어가는 도중에도

　'박지환 씨가 그이처럼 쾌활한 청년이었으면 얼마나 좋을까……'

　그러한 생각조차 머리에 떠올랐다 사실 암만 생각해 보아도 박지
환은 계완기에게 비기면 어딘가에 간사한 데가 있어 보여서 은근히
불만이었던 것이다.

은히가 약속한 다방 문 안에 들어서자 박지환은 반갑게 일어서면서 웃음으로 환영하였다.

"바쁘신 데 이처럼 와 주셔서 진심으로 감사합니다."

박지환의 채림새는 언제나 한결같이 영화배우처럼 빤즐빤즐하였다. 머리는 뽀마—드로 짝 갈라 부쳤고 흰 와이샤쓰에 빨강 넥타이를 꼭 졸라메고 양복은 언제나 대리미 자죽으로 반들거렸다. 좋게 보면 단정한 채림새로 나쁘게 보면 망난이 같았다. 청년답지 않게 너무나 빈틈이 없는 것이 은히에게는 오히려 불만이었다.

"오래 기대리셨세요?"

은히는 자리에 앉으면서 물었다.

"나두 금방 왔읍니다……. 참 미처 취직 축하의 말씀을 옇쭙지 못해 죄송스럽읍니다. 그래 얼마나 바쁘십니까?"

"아이 멀요. 놀기가 심심해서 댕겨 보는 건데요."

"은히 씨가 취직하신 데 대해서 나는 내심 크게 탄복하고 있읍니다. 먹기 위해서 직업을 가진다는 것은 누구나 다 하는 노릇이지만 경제 문제를 떠나서 순전히 일을 해 보겠다는 각오로 직업 전선에 나선다는 것은 여간한 용기가 없이는 안될 일이니까요. 사실 지금같이 국가 정세가 긴박한 시대에 남녀를 물론하고 일할 수 있는 사람이 그냥 논다는 것은 커다란 수치일 것입니다. 더구나 은히 씨같이 지도적 입장에 게신 분은—"

"아이 전 그런 대단한 각오를 가지고 직업 전선에 나선 건 아니얘요. 그냥 놀기가 심심하니까 나와 본 건데 뭘 그러세요."

"그 생각이—뭐라 할까 그렇게 순수하신 생각으로 취직하신 것이 더 고귀하다고 하겠지요. 하하하…….”

박지환은 어느 모로던지 은히를 치켜올리려고 애쓰는 모양이 눈에 현저하게 보였다. 은히는 박지환의 그렇게 노골적인 태도에 약간 불쾌까지 느끼지 아니할 수 없었다. 그러나 불쾌한 빛을 보일 수가 없어서 그냥 맞장구를 쳤다.

“취직은 했지만 아무것도 몰라서 큰일 났어요.”

“아 무슨 근심이십니까. 사무를 모로실 턱도 없으시겠지만 설사 모르신다 치더라도 설마 춘부장께서 따님을 면직이야 시키실나구요.”

박지환의 말에 은히는 참기 어려운 모욕감을 느꼈다. 그야 말인즉 당연한 말일는지 모르지만 그러나 그런 말을 맞대 놓고 함부로 지꺼리는 박지환의 상식을 의심하지 않을 수 없었다.

“그래두 저는 될 수 있으면 집엣 회사가 아닌 딴 데로 일자리를 바꿔 보고 싶어요. 이왕 취직하는 바에는 사장의 딸이라는 핸드캡이 어쩐지 싫어요.”

“대단히 용감하시군요. 그러나 생판 모르는 데보다는 역시 아는 데가 좋겠지요. 생판 모르는 데는 여러 가지로 불편한 점이 많으니까요.”

“그것이 월급살이하는 사람의 현실이라면 그런 불편은 달갑게 받아야겠죠.”

“다른 사람이라면 모르지만 은히 씨가 그런 푸대접을 받는대서야 어디 될 말입니까.”

“저라구 특별 대우를 받아야 할 이유가 없지 않아요?”

“지금 계신 데가 싫으시면 저이 회사로 와 주시면 어떠실까요?”

“아버지 핸드캡 대신에 박선생님 핸드캡을 지녀야 하게요?”

"하하하……. 그래 주시면 저는 퍽 영광이겠읍니다마는….."

박지환은 유쾌하게 웃었다. 은히는 어데까지던 저를 한낮 부잣집 딸로만 취급하려는 지환의 태도가 내심 적지 아니 불쾌하였다. 차라리 구박을 받더라도 좋으니 계완기에게처럼 한 사람의 직업여성으로서 정당한 대우를 해 주었으면 싶었다.

"박선생님의 후대를 받는 것보다는 저는 역시 푸대접을 받아도 좋으니 저대로의 대우를 받고 싶어요."

"그렇다면 그렇게 대우해 드리죠."

"박선생께 그럴 자신이 있으세요?"

"자신?……. 그처럼 쉬운 일이 어디 있겠기에 그러십니까?"

"그 일이 그렇게 쉽게 생각되세요?"

은히는 경멸심을 가지고 박지환을 처다보았다.

"참 아까 전화 거실 때 어떤 사람에게 모욕을 당하셨다고 말슴하셨는데 그게 대체 정말입니까?"

잠시 침묵이 있은 뒤에 박지환은 문득 생각난 듯이 물었다.

"네……."

"은히 씨네 회사에서 은히 씨를 모욕할 사람이 있을 수 없는데 대체 그게 누굽니까?

"그런 사람이 있어요!"

하고 은히는 잠시 입은 다문 체 앉았다가 다음 순간 고요히 고개를 들면서

"참 박선생님! 혹시 저이 회사에 기사로 계시는 계완기라는 분을 아세요?"

하고 물었다.

"계완기? ……. 알구말구요 그 야만인 말이죠?"

하고 대답하는 박지환의 얼굴에는 금시로 경멸하는 빛이 가득 찼다.

"그이가 야만인인가요?"

"계완기는 그야말로 전형적인 야만인이죠. 현대 같은 민주주의 시대에 계완기는 아직도 남존녀비의 사상을 가지고 있으니 그게 야만인이 아니고 뭡니까. 동경 경응 대학 공과 출신으로 해방 전에는 왜놈들이 경영하는 인천 병기창에 근무하던 사람인데 대학은 나왔다지만 그야말로 야만인이죠."

"박선생님은 그이 일을 어떻게 그렇게 잘 아세요?"

"회사 관게로 몇 번 만나죠. 은히 씨 춘부장께서는 퍽 총애하시나 봅디다마는 내가 보기에는 불학무식한 야만인이더군요."

박지환은 침이 마르도록 계완기의 험구를 퍼부었다. 실은 박지환이는 계완기를 그토록 깎아내릴 아무런 이유도 없었다. 계완기의 성질이 워낙 걸걸하고 강경해서 박지환과는 잘 어울리지 않는 사이이기는 했지만 그렇다고 그토록 미워할 사이도 아니었다. 그러나 박지환이가 계완기를 그토록 내리 깎은 이유는 은히를 모욕했다는 청년이 필시 계완기인 것 같기에 은히의 비위를 마추려고 미리부터 앞질러 계완기를 야만인이라고 규정해 버린 것이었다.

이를테면 박지환으로서는 약바르게 눈치를 보아 가면서 지꺼린 말이었다. 그러나 그 결과는 결코 박지환이가 기대하듯 그렇게 좋은 효과를 나타내지손 못하였다.

"그래두 제가 보기에는 퍽 쾌활하신 분 같던데요."

은히는 명확히 반대 의사를 표시하였다. 은히는 박지환이가 계완기를 막우 깎아내리는 말을 듣자 웬일인지 저도 모르게 계완기를 두둔하고 싶은 감정이 왈칵 치밀어 올랐던 것이다. 그와 동시에 은히는 남의 인격을 함부로 훼손하는 박지환의 태도야말로 말할 수 없이 천박해 보여서 마주 앉아 있기조차 불쾌한 기분이었다.

　은히의 기색을 재빠르게 눈치챈 지환은

　"그야 쾌활한 사람임에는 틀림없죠. 기술도 상당하고 사업 수완도 보통이 아닌가 보더군요."

하고 슬쩍 꽁문이를 뺀 뒤에 얼른 말머리를 돌려서

　"어디가 저녁이나 잡수실까요."

하며 전표를 들고 일어섰다.

　두 사람이 찻집을 나와 충무로 입구로 걸어나오고 있노라니까 마침 지내가던 자동차 한 대가 그들의 옆에서 미끄러지며 급전거를 하였다. 그 바람에 박지환과 은히는 주춤하고 머물러 섰다. 그리자 자동차 안에서 머리를 불쑥 내밀며 빙그레 웃으면서 두 사람를 내다보는 사람은 뜻밖에도 은히의 아버지 문찬종이었다.

　"어디를 가나?"

하고 문찬종은 역시 웃는 낯으로 박지환에게 물었다. 문찬종은 딸 은히가 박지환과 함께 거니는 것을 대단히 만족하게 생각하는 것이었다. 이미 대학을 나왔고 나이도 벌서 스물 셋인 은히를 위하여 박지환은 얻기 어려운 사윗감이라고 생각했기 때문이었다.

　그 점은 박지환도 마찬가지여서 지환은 제가 지금 은히와 함께 거닐고 있는 장면을 문찬종에게 보인 것이 확실히 만족스러웠다.

"어디 가시는 길이십니까?"

박지환은 자동차 앞으로 몇 거름 걸어 나오면서 정중하게 물었다.

"아버지 어디 가세요?"

하고 은히도 가까이 다가오며 무심코 차 안을 디러다보다가 하마트면 소리 지를 번하게 놀래였다. 아버지의 바루 옆자리에는 뜻밖에도 계완기가 웅크리고 앉어서 빙그레 웃으면서 은히를 마주 내다보고 있었기 때문이었다.

은히는 부끄러움을 숨기려고 고개를 수그리고 외면을 하였다. 그동안에 박지환과 계완기는 서로 인사를 주고받었다.

"그럼 우린 회합이 있어서 먼저 가니 천천히들 오게나."

문찬종은 박지환과 딸에게 그렇게 말하여 운전수더러 가자고 일렀다.

"자네 박지환 군을 언제부터 아나?"

자동차가 한참 질주하자 문찬종은 계완기에게 물어보았다.

"작년에 회사일로 한두 번 만났죠."

"자네 보기에는 박군이 어떤가?"

"어떻다니는?"

계완기는 사장의 질문하는 뜻을 얼른 알아듣기 어려웠다.

"인금*이 어떤가 말일세."

"글세올시다. 회합 때에 한두 번 만났을 뿐이니까 뭐라고 대답하기 어려운데요……. 그 분이 장내 사장 서랑(壻郞) 되실 분이십니까?"

---

* 인금 : 사람의 가치나 인격적인 됨됨이.

계완기는 은히가 박지환과 함께 거니는 것을 보고 내심 질투에 가까운 야릇한 감정을 느꼈던 것을 생각하며 그렇게 물었다.

"아니…. 무슨 그렇게 확정한 사이는 아니지만 당자들만 좋아한다면 반대는 아니할 생각이네!"

"행복스러운 분들이로군요."

계완기는 혼자만 비슷이 그렇게 중얼거리고 나서 담배를 퍽퍽 피일 뿐이었다. 그는 뜻하지 않았던 때에 자기 자신도 아직 독신이라는 것을 깨달았다.

문찬종은 한참 잠자코 있다가 문득

"박군이 사람은 얌전해 보이지만 성질이 너무 소극적이여서 큰 사업가가 되기는 어려울 거야!"

하고 무심코 중얼거렸다.

문찬종은 박지환을 벌서부터 사위 후보자로 지목해 왔것만 그에게 사업가다운 성질성이 없는 것이 내심 불만이었다. 자식이라고는 은히 하나밖에 없는 그는 장치 자기의 온갖 사업을 사위에게 마끼는 수밖에 없을 것인데 그러자면 박지환 그로서는 어덴지 모르게 불안스러웠던 것이다.

문찬종은 자동차에 흔들리며 그런 생각에 잠겼다가 다음 순간에는 문득 계완기도 아직 독신인 것을 깨닫고

"참 계군! 자네는 언제까지 독신으로 지낼 생각인가." 하고 물었다.

"글세올시다. 나이 삼십이 넘고 보니 미상불 장가들 생각이 없지도 않습니다마는 적당한 상대자가 있어야죠."

"적당한 상대자라니 자네는 결혼에 대한 이상이 상당히 높은가 보

네그려?”

“천만에요. 결혼 상대자에 대해서 저처럼 조건이 간단한 사람도 드물 것입니다.”

“조건이 무엇인가?”

“별로 내세울 만한 조건도 아닙니다. 허영이 적어서 가난을 참고 견딜 만한 여성이라면 족하다고 생각합니다. 너무 추물은 곤란합니다.”

“하하하……. 추물은 질색이란 말인가? ……. 그러나 여자로서 허영 없는 여자가 있을 수 있을까?”

“그야 허영이 전연 없을 수는 없겠지만 허영 때문에 가정을 망치는 여자가 없지도 않으니까요.”

“말하자면 현모양처(賢母良妻)형의 여자란 말인가?”

“일를테면 그러죠.”

“하하하…. 자네는 청년답지 않게 상당히 보수적일세그려!”

문찬종은 그렇게 말하면서 내심 계완기의 건실한 사상이 상당히 마음에 당겼다.

문찬종은 문득 계완기를 사위로 삼았으면 어떨까 하는 생각이 번개같이 머리에 떠올랐다.

언제가 은히가 계완기를 ‘몰상식한 비인격자’라고 매도하던 일이 생각나서 은히를 계완기와 결합시키는 데는 상당한 고난이 있으리라 짐작되었지만 그러나 계완기는 박지환보다 확실히 한 들기 위있 사람 같았다.

그런 것을 깨달은 바예는 이제라도 그리로 추진시켜 보는 것이 딸의 장내를 위해서나 사업을 위해서나 훨씬 좋을 상싶었다. 모든 행동에 과감한 문찬종은 계완기와 은히와를 결합시켜 볼 결심을 순간에 하여 버렸다.

×   ×

계완기는 하로에도 몇 차례식 사장실에 드나들었다. 나중에 알고 보니 계완기야말로 아버지의 사업에 없지 못할 사람이었던 것이다.

그러나 계완기는 시종이 여일하게 은히를 무시하는 태도였다. 그 행동에는 시종이 일관한 구든 의지의 힘이 엿보였다. 아첨을 모르는 것은 정의의 길을 걸어가는 사람만이 가질 수 있는 특권일 것이다. 계완기는 아무 앞에서도 당당하였다.

어느 날 서류를 들고 들어왔다가 사장이 없으니까 그냥 나가 버리기가 계면쩍었던지 은히 책상 앞에까지 걸어와 우뚝 마주 서더니

"어떠십니까? 인제 일을 좀 아시겠읍니까? 아무리 해도 활동사진 구경하기만은 못하시겠죠?"

하고 빙글빙글 웃으면서 농말을 걸었다.

은희는 까닭 없이 가슴이 두근거려서 얼굴을 붉히며 잠시 머뭇거리다가

"제가 영화관에 오는 기분으로 출근하는 줄 아십니까?"

하고 마주 대를 놓았다.

"하하하……. 그러시다면 실례했읍니다. 우리 사장의 영양이시와 역시 다르시군요."

"비행길 태우심니까? 좀 앉으세요. 사장 곧 들어오실 겁니다."

"고맙습니다. ……. 은히 씨를 비행기를 태운다구 내 월급이 올라 갈 것두 아닌데 무슨 까닭으로 비행기를 태우겠읍니까. 솔직히 감상 을 말한 데 지내지 않습니다."

"계선생님은 하로에 몇 번이나 그런 독설을 하서야 기분이 상쾌하 세요?"

"하하하……. 독설이라구는 놀랐습니다. 그런 독설은 그만하구 나 종에 사장 들어오시겠습니다."

그렇게 말하며 계완기는 호탕히 웃고 나서 바람같이 사라저 버렸 다. 은히는 어쩐지 무한한 공허감이 느꺼졌다. 은히는 계완기 사라진 문간을 멍하니 바라보며 우두간히 서 있다가 문득 저도 모르게

"흘러가는 물과 같은 사람―"

하고 소리 내여 중얼거렸다.

3

한 달쯤 지난 어느 날― 퇴근 시간이 거진 다 되였을 때의 일이었다.

은히가 주섬주섬 퇴근할 차비를 차리고 있노라니까 문찬종은 딸 의 거동을 잠시 물끄럼히 바라보고 있다가

"너, 지금 집을 바루 가려니?"

하고 물었다.

"네. 다섯 시가 다 된걸요. 아버지는 오늘 저녁두 연회시겠죠?"

"오래간만에 오늘은 아무 회합두 없다."

"웬일이세요. 제가 들어온 뒤로는 하루도 연회 없는 날이 없으셨는데."

"그랬던가 하하하………. 오늘은 다행히 시간이 있으니 어대서 저녁이나 먹구 나허고 같이 집에 들어가자꾸나."

"한턱내시겠어요?"

은히는 춤이라도 출 듯이 좋아하였다.

"한턱내지!"

"그러고 문찬종은 이내 전화를 들어 계완기를 불렀다.

"아버지! 계완기 씨는 왜 부르세요?"

"응! 좀 알아볼 일이 있어서………."

문찬종은 그렇게 대답을 얼버무렸으나 그실은 계완기를 가치 데리고 갈 배포였던 것이다.

문찬종은 은히의 배우자로 지금까지 박지환을 생각하고 있었지만 그러나 아무리 해도 박지환으로서는 만족지 못하였다. 그래 여러 가지로 궁리한 끝에 나중에는 계완기를 또 하나의 사위 후보자로 생각하게 되었다. 언젠가 은히가 계완기를 지독히 비난하던 것으로 보아 은히가 계완기와의 결혼에는 좀처럼 응하지 않을는지 모른다고 생각되였지만 그러나 방대한 자기 사업의 후계자로서의 사위를 생각할 때 역시 박지환보다는 계완기가 훨신 믿어웠던 것이다. 그리하여 은히와 계완기가 가까이 접촉할 기회를 일부러 만들어 주려고 그날은 다 같이 저녁을 먹으러 갈 계획이었다.

이윽고 계완기가 사장실에 나타나자 문찬종은 별로 긴치도 않은 말을 한두 가지 묻고 나서

"자네 오늘 퇴근 후에 시간 있겠나?"

하고 물었다.

"별로 약속은 없읍니다. 왜 무슨 일이 있으십니까?"

"아니 무슨 볼일이 있다는 게 아니라 시간 있거던 저녁이나 같이 먹으려구."

"저녁을 사 주시렵니까? 불감청이언정 고소원입니다."

하고 계완기는 손으로 뒤통수를 질으면서 게면쩍은 표정으로 은히를 처다보며 싱글 웃었다. 계완기의 너무나 어린아이따운 행동에 은히도 불각시에 씩 웃어 버렸다.

"오래간만에 저녁이나 가치 먹세!"

그러고 문찬종은 은히를 처다보며

"그럼 가자꾸나!"

그리자 계완기가 잉큼 놀라는 기색으로

"아니 비서께서도 동행이십니까?"

하며 사장과 은히를 번가라 바라보았다.

"응 오늘은 은히도 동행하기로 했네."

하는 사장의 뒤를 이여 은히가,

"계선생님은 저를 비서로 인정치 않으신다더니 오늘은 왜 비서라고 부르세요?"

하고 약간 얼굴을 붉히여 말하였다. 언젠가의 일에 대한 보복이었다.

"하하하 공격이 대단하시군요. 사무에 대한 비서 노릇은 못하시더라도 설마 식사 때의 비서 노릇이야 못하실나구요."

"아이구 어쩌면 그런 실례의 말슴을……."

"정말 노여워하신다면 취소하겠읍니다.

지금 그 말은 농담이었으니까요."

계완기는 그렇게 사과한 뒤에 이번에는 사장에게 향하여

"은히 씨가 처음 입사하셨을 때에 우리 회사같이 큰 회사의 사장께서 자격은 없으시다고 말했더니 그 원함을 아직두 품고 계신 모양입니다. 사장께서 잘 말씀하셔서 화해하도록 알선해 주십시요."

"하하하……. 그런 일이 있었던가? 딴은 계군 말대로 은히가 나의 비서가 될 만한 자격이 아직은 없을는지 모르지!"

그리자 은히가 아버지를 웃음으로 흘겨보며

"어쩌면 아버지까지 계선생 보편을 하세요!"

하고 톡 쏘아부쳤다.

"계군을 보편하는 것이 아니라 사실을 사실대로 시인해야겠지………. 자아 자격 문제는 그만허구 어서 저녁이나 먹으러 가자."

문찬종은 대단히 만족한 기분이었다.

혹시라도 은히가 계완기와 저녁 가치 먹기를 거절하면 어쩌나 하는 불안이 없지도 않았는데 정작 은히가 계완기를 그다지 싫어하지 않는 눈치가 넉넉히 엿보여서 그렇다면 결혼 문제도 의외로 쉽게 진전될 것 같았기 때문이었다.

세 사람은 이어 자동차를 몰아 단골로 다니는 요리집의 안방으로 들어 앉았다. 식사 중에도 계완기는 여전히 쾌활하였고 은히도 그다지 어색해 하는 기색이 없었다. 문찬종은 계완기를 사위로 정하는 동시에 자기 사업의 후계자로 삼을 생각까지 하며 내심 적지 아니 흡족하였다.

식사가 끝난 뒤에 세 사람이 잡담을 지껄이고 있노라니까 요리집 매덤이 가만히 문을 열고 문찬종에게 전화가 왔다고 알리었다.

문찬종은 전화를 받고 돌아오더니 자기는 갑자기 볼일이 생겨서 어디 좀 가 봐야겠으니 은히더러 먼저 집으로 돌아가라고 말하였다.

"그럼 우리들도 일어서죠."

세 사람은 거리에 나섰다. 거리에는 이미 황혼이 짙었다. 문찬종의 자동차를 보내고 나서 은히와 계완기는 혼잡한 황혼의 거리를 나란히 거닐었다.

"댁으로 바루 가시렵니까? 어디서 차나 한 잔 마실까요."

계완기는 은히를 돌아다 보며 말하였다.

"싫어요! 계선생님하구 차집에 들어갔다가 언젠가의 모양으로 또 창피 보려구요."

"네? 언젠가의 모양이라뇨? 은히 씨가 언제 나허구 차집에 갔던 일이 있었던가요?"

"아이 계선생님하구 차집에 가치 갔다는 것이 아니라, 내 동무하구 차집에 갔다가 계선생님한테 톡톡히 창피당한 일이 있어요."

"나한테 창피를 당해요? 그게 무슨 소립니까. 나는 전연 모르겠는데요."

"그럼 계선생님은 전연 기억이 없세요."

"모릅니다. 대체 무슨 말입니까 그게?"

"호호호……. 어쩌면 여자들께 창피를 주시구선 그렇게 잊어버리어요?"

"대체 무슨 말입니까 나는 정말 영문을 모르겠군요."

계완기는 점점 어리둥절하였다.

"그럼 말슴드릴께요. 언젠가 동무하구 천국이라는 차집에 들어갔던 일이 있는데 그때 우연하게도 저이들은 계선생 옆자리에 앉게 됐어요. 지금이니까 계선생님인 줄 알았지 그때 눈에는 전연 모르는 분이었죠. 그런데 그때 제 동무가 '구찌베니'를 진하게 칠한 것을 계선생이 보시더니 가치 오신 친구들끼리 구찌베니 칠한 것을 막우 욕하시는 것이 아니겠어요. 그야말로 너이들 들으란 듯이 큰 소리로 막우 욕설을 하시니 제 동무가 감정이 어땠겠어요. 우리들은 화가 나서 이내 나와 버렸죠. 그런 일을 그래 잊어버리세요?"

"하하……. 그런 일이 있었던가요? 하기는 듣고 보니 그런 일이 어디서 있었던 것 같기는 하군요."

"어쩌면 그런 일을 잊어버리세요. 저이들은 어떻게나 화가 났던지 모른답니다."

"아무려나 악의로 한 일은 아니었겠죠. 구찌베니를 진하게 칠한 것이 보기 싫으니까 그랬겠죠. 사실 해방 후 미군이 들어온 뒤로 대체로 조선 여성들의 화장이 농후해진 것만은 사실인데 대체 그런 화장이 누구에게 곱게 보이려고 그러는 것인지 나는 불쾌하던데요."

"계선생님은 여자들을 모두 매춘부로 아시나 봐요."

"자기 개성을 몰각하고 주위 환경에 따라 화장을 이리했다 저리했다 하는 여성은 정신적으로 일종의 매춘부나 다름없겠죠. 여자들은 ──여자들뿐 아니라 남자도 마찬가지겠지만── 특히 여자들은 자기의 개성을 살려 갈 만한 교양이 있어야 할 것입니다. 화장도 일종의 교양을 말하는 것이라면 누가 뭐라거나 자기는 자기대로 자신을 위한 화장을 해야 할 것이 아니애요……. 아무턴 그때 그분이 은히 씨의 동무이실 줄은 전연 몰랐읍니다. 아마 퍽 불쾌하셨겠읍니다."

"불쾌 문제가 아니었어요. 저이들은 계선생님을 정말 불량한 줄만 알았어요. 그랬는데 나중에 알고 보니까 우리 회사 사원이시겠죠. 그런 분이 우리 회사에 있는가 생각하니까 슬프기까지 했었답니다."

은히는 거닐던 거름을 약간 멈추는 듯 미소 여인 얼굴로 계완기를 처다보며 말하였다.

"사실이 불량배일는지도 모르죠."

"더구나 신입 사원인 저를 막우 깔보시는 걸 볼 때 역시 영락없는 불량배라고 생각했어요. 어쩌면 사람을 그렇게 깔보세요."

"하하하………. 깔본 것이 아니라 솔직히 말한 것입니다." 계완기 는 거침없이 큰소리로 웃었다.

두 사람은 어느덧 종로를 지나 안국동 네거리로 걸어오고 있었다. 은히의 집으로 가는 길이었다.

계완기는 은히가 자기에게 대해 그다지 좋은 인상을 가지지 못했 다는 것을 깨닫고 암연한 기분이었다. 그와 동시에 은히에게는 이미 박지환이라는 뚜렷한 존재가 있다는 생각에 더욱 우울하였다.

"그럼 여기서 실례하겠읍니다. 나는 이리로 가야 하니까요."

가회동 골목에서 게동으로 넘어가는 네거리에 이르렀을 때 계완 기는 돌연 거름을 멈추며 그렇게 말하였다.

"계선생님 댁이 어디신데요?"

"게동입니다."

그러자 은히는 원망스러운 듯이 완기의 얼굴을 뻔히 처다보다가

"그럼 계선생님은 지금까지 저를 바래다 주시려구 여기까지 오신 게 아니셨군요? 그냥 댁으로 돌아가시는 길이 우연히 저와 동행인 셈이었군요?"

하고 약간 빗꼬는 어조로 물었다.

"그런 것두 아니지만……. 지금까지는 바래다 드리는 기분이었지만 어쩐지 갑자기……."

"갑자기 뭐얘요? 왜 계선생님답게 시원히 말슴을 못하세요."

"불량배라구 생각하는 사람이 댁에까지 추근추근 바래다 드린대두 곤란하지 않으세요?"

"전 그렇게 겁쟁이는 아니얘요. 어서 집에까지 데려다 주세요. 중도에서 그냥 가 버리시는 건 제게 대한 모욕이세요!"

은히는 거이 명령쪼로 말하였다.

계완기는 그 명령이 고맙기도 했지만 한편으로는 은히가 혹시 사장의 딸이라는 지위로 자기를 눌러 버리려는 생각이 아닌가 해서

"여기는 회사가 아닙니다."

하고 냉연히 말하였다.

그러자 은히는 하두 어이가 없다는 듯이 한동안 아무 말도 못하고 말끄럼히 바라다만 보다가

"누가 사장의 딸 행세를 하려는 줄 아세요? 계선생님은 그렇게까지 어리석으세요? 여성 대 남성이라는 일 대 일로 말슴하는 줄을 왜 모르세요. 어서 데려다 주세요."

은히는 서슴치 않고 계완기의 손을 붓잡더니 힘차게 끌어당기었다.

계완기는 잠자코 끌려 나갔다. 내심으로는 은히의 말이 말할 수 없

이 고마웠다. 별안간에 가슴이 울렁거리며 얼굴이 화끈 달아올랐다. 생각하면 은히에게 손목을 끌려 따라가고 있는 것이 웃읍기도 하였다. 내가 이렇게도 여자들에게 대해서는 반넘이었던가 하고 부끄러운 생각도 들었다.

그리자 계완기는 은히에게 대한 연모의 정이 맹연히 솟아올라서 끌려가던 손을 뿌리치고 우뚝 멈처 서며

"은히 씨! 나는 지금 이 순간에 한 가지 굳은 결심한 것이 있읍니다."
하고 굳은 결의로 말하였다

은히도 놀란 듯이 오뚝 멈처 서며 완기를 잠시 처다보다가

"무슨 결심이신데요?"

침착은 하나 진실된 어조였다.

"은히 씨와 결혼을 하겠다는 결심입니다."

완기는 결연히 말하였다.

"저와 결혼을은?"
하고 은히는 제 귀를 의심하는 듯이 다시 한 번 캐여묻다가 다음 순간에는 호호호 자지러지게 웃었다.

계완기는 얼굴이 화끈 달아올랐으나 이내 침착히 은히의 등을 떠밀고 천천히 걸어 나가면서

"맘대로 웃어 주셔두 좋습니다. 사실 나는 지금까지 은히 씨를 좋아하면서도 여러 가지 관게로 그것을 깨닫지 못하고 있었읍니다."

"그래 인제야 깨달으셨단 말씀이시죠?"

"그렇습니다. 그러나 조꼼 전에 그것을 깨닫고도 은히 씨께는 박지환이라는 사람이 있다는 생각에 나 자신 퍽 주저하고 비겁했지만… …….."

“그래서요?”

“그렇지만 다시 생각해 보니까 내가 조곰두 비겁할 필요가 없었읍니다. 이왕 이렇게 된 바에는 끝까지 남자답게 용감히 싸워 보다가 내가 지면 선선히 물러나지만 그 승부가 날 때까지는 어디까지든지 결사적으로 싸워 볼 각오입니다.”

“그래서 저더러는 어쩌란 말씀이세요?”

“은히 씨께 어쩌라는 것보다 제 결심을 말한 데 지내지 않죠. 은히 씨도 많이 응원해 주십시요.”

“제가 응원을요? 호호호……. 만약 제가 박지환 씨를 응원한다면 어떻거실 테야요?”

“그때에도 승부가 완전히 끝날 때까지는 싸워 보죠.”

“호호호…. 참말 용감하세요. 그렇지만 제가 박지환 씨와 약혼을 한 사이라면 어떻거세요? 승부는 이미 끝난 셈이겠죠?”

“천만에! 최후의 승부는 약혼만으로는 끝나는 것이 아니겠죠.”

“그러면?”

“최후의 승리는 역시 은히 씨의 마음이 결정하겠죠.”

“그럼 제 마음도 이미 결정되었다면 어떻거세요?”

“네. 마음이 이미 결정되셨다구요. 그게 참말입니까.”

계완기는 악연히 놀라며 밤거리의 한복판에 우뚝 멈처 섰다. 은히 도 가치 머물러 서서 생글생글 웃는 낯으로 완기를 처다보며

“그렇게까지 실망하시지 않으셔두 괜찮으세요. 아직 얼마든지 싸 우실 여지가 있으시니 안심하세요!”

마침 저편에서 마주 오는 사람들이 있으므로 은히는 재촉하듯이

걸어 나가며

"제가 완기 씨를 응원해 드릴께요!"

하고 아무것도 아닌 말처럼 중얼거렸다.

"고맙습니다. 그렇다면 내일 내가 직접 사장을 뵙고 단판하겠음니다."

계완기는 감격에 넘치는 어조로 말하였다.

"꽤 급하시네요. 성미가……. 아이 인제 집에 다 왔에요. 인젠 그만 돌아가세요!"

자기 집 대문 앞에 다다르자 은히는 오똑 멈처 서며 말하였다.

"박정하십니다. 너무……."

"그렇지만 지금은 어쩌는 수 없잖어요."

"대문 안까지 바래다 드리죠."

계완기는 그러면서 은히의 등어리를 감싸 안고 대문 안에 들어섰다.

대문 안은 바루 수목이 무성한 정원이었다. 울창한 나무숲 사이에 먼 데서 전등불이 히미하게 빛일 뿐이었다.

계완기는 으슥한 나무 그늘에서 은히의 등 뒤를 꽉 껴안았다. 불종을 울리는 듯 완기의 후뚝후뚝 뛰노는 심장 고동이 은히에게도 넉넉히 느껴졌다.

"꽤 흥분하셨네요!"

은히가 완기의 품에서 몸을 빼여 돌아다보며 그렇게 중얼거리자 완기는 별안간에 와락 덤벼들어 은히의 얼굴을 휩쓸 듯이 자기 얼굴을 갖다 부비었다.

"싫어! 싫어!"

은히는 날새게 몸을 뒤채려 했으나 워낙 완강한 힘에 휩쓸리운지라 어쩔 수 없어 입술이 후끈하였다.

　한순간의 포옹이 끝난 뒤에 완기는 은히의 몸을 노아 주며

　"이것이 이제부터 전개될 전투의 제일 단계입니다."

하고 천연스럽게 말하였다.

　그러나 은히는 별로 불쾌한 기색도 없이

　"너무 야만이세요!"

　완기의 어깨를 가볍게 따리면서 종알거렸다.

　"야만이거나 문명이거나 승리를 위해서요 수단을 가리지 않는 것

이 전쟁의 원측이겠죠."

　"자신이 있으세요!"

　"있구말구 얼마든지 자신이 있음니다."

　"그럼 얼마든지 싸워 보세요……. 전 들어가겠어요."

　그리고 은히는 비조같이 앞으로 쪼르르 달려가더니 이내 뒤를 돌

아보고 손을 들어 흔들며

　"내일 또 만나세요. 네 안녕히 가세요!"

　제비같이 민첩하게 나무숲 사이로 살아지고 말았다.

냉혈 동물(冷血 動物)

　밤 아홉 시에서 열 시 사이는 빠— '시카고'가 가장 성황을 이루는 시간이었다.

　오십 평이 넘는 넓은 홀 자욱하게 뭉게이는 담배 연기 속에서는 제각기 테불을 에워싼 백 명 가까운 취객들이 모두들 흥에 겨워 어지럽게 떠들고 있었다. 전기 축음기에서는 취흥을 북도두는 노래와 음악이 끊임없이 흘러나왔다. 계집을 쓸어안고 서튼 스텝을 밟으며 무엇인가 속삭이는 색골이 있는가 하면 멋없이 소리를 고래고래 질러쌌는 괴벽한도 있고 되지도 않은 노래를 제 딴에는 자신 있게 불러 대는 엉터리 명창도 있었다.

　계집과 술과 노래와 음악과 사랑으로 정신이 어지럽도록 소란한 환락과 지옥이었다.

　정각 아홉 시 반이 되자 '시카고'의 매덤 유란은 카운터— 뒤의 도어를 살며시 열어제끼며 홀에 나타났다. 아홉 시 반에서 열 시까지의 삼십 분간은 매덤의 특별 써—비스 시간이었다.

　'시카고'에는 이십 명 가까운 접대부가 있었다. 모두들 노래 잘 부르고 춤 잘 추고 그리고 모두들 젊고 아름다운 계집들이었다. 그러나 그 모든 계집들의 접대보다도 손님들은 한결같이 매덤의 써-비스를 환영하였다. 개중에는 매덤에게 써-비스 받는 것을 다시없는 영광으로 생각하는 축들도 있었다. 서울에서도 가장 번화한 명동 뒷골목에서 '시카고'가 일류 빠-로 발전하게 된 것도 유란의 그 능난한 접대술에 있었던 것이다.

유란은 자기가 손님들에게 얼마나 환영을 받고 있는가를 잘 알고 있었다. 그러나 유란은 그렇타고 무시로 홀에 나타나는 것은 결코 아니었다. 반드시 일정한 시간─아홉 시 반에서 열 시까지의 가장 성황을 이루는 시간에만 나타났다. 그 밖의 시간에는 특별한 손님이 있기 전에는 절대로 나타나지 않았다. 그러한 수단이 유란에게 대한 호기심과 인끼를 더욱 크게 하였다.

오늘 밤은 한복으로 건장한 유란은 누구에게 없이 미소를 띄우며 카운터─ 앞으로 한 걸음식 걸어 나왔다. 손을 들어 머리를 매만지는 서슬에 전등에 반사된 다이야 반지가 번쩍 빛났다.

"아 매덤!"

어느 테불에서 누가 그렇게 소리치자 여기저기서 매덤을 부르는 환성이 연발하였다. 비틀거리며 달려와 유란의 옷소매를 잡아끄는 취객도 있었다.

유란은 한 걸음 한 걸음 끌려 나가며 눈인사와 웃음으로 손님들을 쭈욱 둘러보았다. 늘 오는 단골손님들이었다.

모두 정계의 은인들이고 실업게의 중진들인 것이 더욱 그를 만족케 하였던 것이다.

유란은 애교를 겸한 득의의 미소를 발산하며 위선 가까운 테블로 가서 공손히 인사하고 술을 한 잔식 따로 주었다.

"얼마나들 바쁘세요? …. 한 잔 드세요."

"매덤! 이리 좀 앉으시오! 매덤은 점점 이뻐가니 웬일이오?"

"고맙습니다. 여러분들 덕택에…."

"자! 내 술 한 잔 드시오!"

"고맙습니다. 조곰만 따라 주세요."

유란은 결코 술을 마시지 않았다. 전에 여급 때에는 맥주 대여섯 병은 자신이 있었것만 매덤이 된 뒤로는 자기 영업소에서는 절대로 술을 입에 대지 않기로 결심하였다. 사업을 위하여서는 자신을 준엄하게 절제할 수 있도록 맺고 끊는 성격이 유란에게는 있었다.

술을 한 순배 따르고 난 유란은 잠시 애교와 환심을 발산한 뒤에 다음 테블로 옮아갔다. 어느 테블에나 오 분 이상 앉아 있지 않고 또 어느 누구에게나 공평하게 웃음과 애교를 베푸는 것이 유란의 능난한 접대술이기도 하였다.

유란이 여섯 번째의 테블로 옮아 앉았을 때 접대부 하나가 조고만 종이쪽지를 들고 와서 유란에게 살며시 내밀었다. 종이쪽지를 읽고 난 유란은 순간 아미를 약간 찌프리며 접대부에게 무엇인가를 눈으로 물었다. 접대부 역시 눈으로 한편 구석을 가리키자 유란은 아내 고개를 끄덕여 보이고 나서 다시 천연스러운 웃음으로 손님들을 응대하였다.

"오래간만이오. 상의할 일이 있으니 잠간 만나 주면 고맙겠소. 변상수."

종이쪽지는 이러한 사연이 씨어 있었다. 결코 유쾌한 소식은 아니었다. 그러나 유란은 불쾌한 기색은 손톱만치도 나타내지 않고 다음에서 다음으로 손님들의 환심을 사면서 돌아갔다. 그러다가 자연스럽게 변상수가 앉아 있는 테불로 찾아갔다. 변상수는 철 이른 소프트를 푹 눌러쓰고 구석진 빽스에 혼자 앉아 있었다.

"아이구 오래간만입니다."

웃으면서 말하였다. 이것이 삼 년 전까지 파토롱이었던 변상수에 대한 유란의 인사였다. 기분도 여니 손님을 대할 때와 조곰도 다를 것이 없었다. 삼 년 동안은 육체관계까지 있었으나 이제 와서는 그런 것은 문제 밖이었다.

"매우 도저하시군…."

상수는 비로소 얼굴을 들며 대뜸 빗꼬는 어투였다. 삼 년 만에 만나는 얼굴은 약간 여원 듯이 보였다. 거나하게 취한 눈을 지릅떠 보는 것이 '나는 네 비밀을 모두 알고 있다.' 는 듯하여서 몹시 역겨웠으나 여전히 상냥하게 웃으면서

"그동안 어떻게 지내셨세요!"

돈 떨어지자 차 버린 사나이라 새삼스러히 묻지 않아도 좋을 말이었다. 유란은 묻고 나서 후회하였다. 그동안의 상수의 생활은 지금 입고 있는 허줄한 양복이 웅변으로 말해 주고 있는 듯하였다.

상수는 유란의 질문에는 대답도 아니하고

"술 따라!"

비어 있는 술잔을 소리 내어 들었다 놓으면서 시비라도 걸듯이 말하였다. 그야말로 부란당 행사였다.

유란은 '시카고'에 오는 손님으로 제게 이렇게 횡폭한 명령을 내리는 손님이 있다는 것이 그지없이 불쾌하였다. 혹시 다른 손님들이 보지 않는가 해서 조마조마 마음을 조이며 나란히 술을 따랐다.

"취하셨군요?"

"흥! 내가 취해? 또 따라요!"

이번에는 잠자고 따랐다. 유란은 상수의 험악한 태도가 무턱대고 두려워서 순종하는 것은 아니었다. 상수가 앞에서 어떤 추태를 연출할는지도 모른다는 그것이 두려웠던 것이다.

"자— 내 술 한 잔 들어!"

상수는 술을 쭈욱 드리키고 나서 빈 잔을 유란 앞에 불쑥 내밀었다.

"전 싫어요!"

"잔소리 말고 어서 들어!"

유란은 자기의 모든 점을 다 알고 있는 상수 앞에서는 술을 못 먹는다고는 말할 수 없었다.

이태 전에 유란은 상수와 부부 관계에 있은 일이 있었다. 그것은 유란의 생활의 역사의 한 구절이었다.

열일곱 살에 일본 여관 하녀로 들어갔든 유란은 성명조차 잘 모르는 사내에게 돈 삼십 원의 정조를 바쳤다. 그것이 유란이 남성에게 몸을 판 최초이었다. 한번 이성을 알게 된 유란은 그의 허영심을 만족시키려고 열아홉 살에 카페로 나왔다. 천품으로 타고난 미모와 능난한 수단으로 하여 유란은 불과 이태 동안에 밤거리의 여왕이 되었다. 스물다섯 살 때에 변상수를 알게 되어 그의 자금으로 다방을 시작하게 된 것이 매덤의 시초였다. 다방은 이태 만에 집어치우고 삼 년째 되던 해에는 빠– '엔젤'을 시작하였다. 지금의 '시카고'는 '엔젤'의 발전탑이었다.

변상수는 북지에서 돌아왔을 당시에는 그때 돈으로 백만 원 가까운 현금이 있었다. 유란을 알게 되자 오십만 원을 사업 자금으로 선선히 내주고 남은 오십만 원으로 자기는 무역을 시작하였다. 그러나 일 년도 채 못 가 무역에 실패한 상수는 어이없게도 적수공권이 되었다. 생활에조차 옹색을 느낄 정도가 되자 유란은 냉정하게도 상수를 차 버리고 저는 저대로 사업에 열중하였던 것이다.

그러한 역사가 있는 만큼 유란은 삼 년 만에 돌연히 나타난 상수를 어떻게 대접해야 좋을지 창졸간에 골몰하였다.

"카운타–더러 안내시킬 테니 이 층에 올라가 계세요. 저도 곧 올라 갈게요."

유란은 간단히 그 한마디를 남기고 다른 데–로 옮아갔다. 상수도 더 시비를 걸려고 하지 않았다.

삼십 분 후에 유란은 이 층 숙직실에서 상수를 만났다. 과거에 구애되지 않고 평범한 기분으로 대할 만한 수련은 이미 싸여 있었다.

단둘이 마주 앉자 상수도 홀에서처럼 험악하지는 않았다. 아까는 손님들 앞이라는 약점을 엿본 큰소리였던가 싶어 유란은 아까 일이 새삼스러히 불쾌하였다. 오십만 원을 선선히 내주어서 사업에 기초를 닦아 준 점에 약간의 은혜를 아니 느끼는 바는 아니었으나, 그러나 그것도 어차피 방탕심에서 나온 일로 그 돈 역시 제가 아니더라도 어느 계집에게든지 탕진하고 말 돈이었다고 유란은 되도록 자신에게 이롭게만 생각하였다. 그렇게 생각하자 유란은 행결 냉정할 수 있었다. 냉정해야 한다. '냉정해야 한다.' 하고 유란은 맘속으로 자신을 격려하면서 상수를 마주 보았다.

"상의하실 말씀이시라니 무슨 말씀이세요?"

"돈 십만 원만 좀 융통해 주시오."

상수는 여전히 퉁명스럽게 말하였다.

역시 돈 문제였구나 하고 유란은 불현듯 아미를 찌프렸다. 십만 원이라는 돈이 아깝기도 했지만 무엇보다도 상수의 건방진 언사가 비위에 거슬렸다. 구걸을 왔으면 그런 사람답게 응당 애원하는 태도를 보여야 할 터인데 아직도 돈 있던 때 모양으로 떡떡거리는 것이 아니꼬웠다. 입장이 달라진 오날에 와서도 철없이 거드름을 피는 것이 어이없기도 하였다.

유란은 상수를 동정할 여지가 없다고 자신에 대한 변호를 미리부터 생각하면서

"십만 원을요?"

일부러 호들갑스럽게 놀래 보였다.

"친구가 배를 가지고 마카오에 가는데 나도 여기 있어야 별수 없기에 가치 따라가 볼까 해서…."

유란은 제 명의로 예금되어 있는 사십만 원의 수짜가 문득 머리에 떠올랐다. 그러나 아무리 생각해도 십만 원을 줄 생각은 없었다. 옛날의 관계를 생각하면 사십만 원을 송두리채 내주어야 옳은 일인지 모르겠지만 지금 세상에서 그런 천사 같은 선심을 쓰려다가는 한정이 없을 것 같았다.

"제가 어떻게 십만 원이 있으리라구 그러세요? 이렇게 영업을 하니

까 십만 원쯤이야 하실지 모르지만 저는 지금 그날그날 영업비에도 쩔쩔매는 형편이랍니다. 게다가 이러니저러니 해서 뜯기우는 데가 하두 많아서….”

양심에 다소 가책이 없지도 않았으나 유란은 눈 딱 감고 말하였다. 손에 낀 삼십만 원짜리 다이야 반지가 마음에 꺼려서 얼른 손등을 가려 버렸다.

상수는 한동안 잠자고 있었다. 덤덤히 앉아서 담배만 뻑뻑 빨고 있었다. 그러다가 문득 무슨 결심이나 한 듯이

“그래 안되겠단 말이지?”

단정적으로 따졌다.

유란은 양심을 찔리운 듯이 가슴이 띠끔하였다. 그러나 다음 순간에는 반동적으로

“네…. 혹시 이삼만 원 정도라면 모르겠지만−”

“이삼만 원? …. 흥…. 분명히 말해 두거니와 나는 너한테 구걸을 온 것은 아니다. 하물며 과거의 일을 생각해서 은혜를 갚으라고 온 것도 아니다. 내가 너를 찾아온 것은 과거는 일체 염두에 두지 않고 오직 순수한 인간 대 인간의 관계에서 너한테 다소의 원조를 받고 싶었던 것이다. 그러나 너는 내가 너를 대하듯이 그토록 깨끗한 마음으로 나를 대해 주지 않았다. 아까 홀에서만 해도 나는 네가 내 편지를 받고 불이낳게 나한테 달려올 줄만 믿었다. 그러나 너는 너무나 냉정하였다.”

상수는 경멸에 찬 어조로 말하였다. 그러나 유란에게는 그런 고여한 이야기는 마이동풍이나 다름없었다. 십만 원에 쩔쩔매는 주제에

큰소리는 여전한가 보다고 속으로 비웃어 줄 뿐이었다.

담배를 힘 있게 빨고 나서 상수는 다시 입을 열었다.

"나는 어려서부터 북지로 떠돌아다니며 산전수전 다 겪은 사내다. 비록 지금은 한 푼 없는 알거지라도 너처럼 돈에 굴복하지는 않는다. 돈은 있다가도 없고 없다가도 있는 것— 나는 너를 사람으로 믿었기에 찾아왔던 것이다. 너한테 이렇게 모욕을 당할 줄 알았더면 차라리 찾아오지도 않았을 것이고 이런 모욕을 받으면서도 구걸을 해야 할 지경이라면 차라리 한강으로 나가는 것이 나을 것이다."

되지 못하게 웬 큰소리냐고 유란은 속으로 픽픽 웃었다. 모든 것이 돈으로만 해결되는 세상에서는 상수의 고담준론은 잠고대에 지나지 않아 보였다. 의리니 사랑이니 하는 것도 돈 있고 나서의 문제라는 관념이었다. 너무 현실적인지 모르지만 과거 십 년간의 생활 현실에서 얻은 움직일 수 없는 생활 철학이었다.

이삼만 원이 싫다면 상수와는 이 이상 마주 앉을 필요가 없었다. 유란은 문득 오늘 밤 집에서 강홍태를 만나기로 약속한 것을 생각하고 시계를 보았다. 시계를 본 것은 상수더러 그만 돌아가 달라는 뜻도 되었다.

상수는 이외로 깨끗이 일어섰다.

"돈을 모으기 전에는 다시는 너한테 나타나지 않을 테니 그 점은 안심해요!"

칼을 품은 듯한 말이었으나 조곰도 감정에 오지 않았다. 온순히 일어나 주는 것만이 고마워서 합장 배례하는 기분으로 전송하였다.

상수를 보내고 나서 유란은 아내 자동차를 집으로 몰았다.

집에서는 이미 강흥태가 기대리고 있었다.

"오래 기대리셨어요?"

유란은 보조개를 지어 웃으면서 상냥하게 말하였다.

"지금 막 온 길이야! 매우 바쁜가 보군그래!"

오십을 넘었건만 강흥태는 그 무엇엔가 굶주린 눈으로 유란의 육체를 훑어 보았다. 얼굴이 싯벍하고 기골이 늠늠한 것이 정력적인 건강이었다. 게다가 마카오 무역으로 수억만 원의 재산이 있었다. 이번에 유란에게 돈을 주어 남산동에 있는 예전 일본 요리집이던 적산가옥에 요리의 전당(殿堂)을 꾸며 보려고 한 것도 흥태로 보면 일종의 도락이었다. 물론 그것을 미끼로 유란의 몸둥아리를 독차지하려는 흑심에서 나온 계획임은 말할 것도 없지만—.

"오늘 집주인을 만나 보셨어요? 물려받을 가능성이 있대요?"

유란은 일부러 흥태 앞에서 웃통을 벗고 옷을 갈아입으면서 물었다.

"만났지! 가능성이야 있구말구. 기껏해야 삼사백만 원 짜리밖에 안되는 집을 오백만 원이나 준다는데 어느 누가 안 팔구!"

"명의는 누구 명의로 했으면 좋을까요?"

"그야 유란 명의로 해야지. 나는 돈만 내구 있다금 요리나 얻어먹었으면 그만이니까 허허허…."

"그래 주시겠어요? 제 명의로 해 주신다구 일후엔들 제가 모른다겠어요. 어쨌던 속히만 결말을 지어 주세요."

"그러지."

"그리구 참 이왕 요리업을 시작하는 바에는 양요리뿐만 아니라 중국요리와 조선 요리도 겸했으면 좋겠어요."

"그런 건 죄다 맘대로 해요."

"돈이 드니깐 말씀이죠."

"돈? ……. 돈은 이천만 원 가량이면 될 테지?"

"그럼은요. 이천만 원이면 되구말구요."

"이천만 원은 내일로라도 줄 테니 염려 말어! …. 자— 시언하게 맥
주나 한잔 먹지!"

"그러세요."

미리 마련해 두었던 주안상이 나왔다.

이천만 원— 꿈과 같은 이야기였다. 게다가 서울서 제일가는— 아
니 조선서 제일가는 요리집의 매덤이 된다는 것이 한없이 기뻤다. 미
천한 가난한 집 딸로서 일약 대사업가가 되는 것이 어째 입지전에 올
라야 할 자신인 것만 같았다.

그날 밤 유란은 서슴지 않고 강홍태에게 몸을 바쳤다. 자기 몸이
이대도록 귀중한 미천인 것을 새삼스러히 깨달은 듯하였다.

사흘 후에 강홍태는 오백만 원짜리 요리집 매매 계약서와 오백만 원
소절수를 보내었다. 도합 일천만 원이었다. 약속한 금액의 절반밖에
안되어 어째 부당한 손해를 본 듯했으나 감사하다는 답장을 썼다. 그
러나 남아지 일천만 원도 언제든가 받아 낼 배포만은 차리고 있었다.

정작 요리집 경영이 결정되자 유란은 눈코 뜰 새 없이 바빴다. '시
카고'도 돌아볼라 집수리도 할라 숙수*와 보이들도 보아 드릴라 몸
을 셋 넷으로 쪼개여도 오히려 부족할 지경이었다.

---

* 숙수 : 잔치와 같은 큰일이 있을 때에 음식을 만드는 사람. 또는 음식을 만드는 일을 직업
  으로 하는 사람.

그러나 유란은 이제야 비로소 살아가는 보람이 느껴졌다. 대요리 집의 매덤으로서 세상을 한번 휘둘러보는 일이란 그지없이 통쾌할 것 같았다.

그런 중에도 강홍태는 거이 밤마다 찾아왔다.

"당신은 황소같이 기운에 세셔요."

"하하하…. 내가 황소라면 유란은 암소라야 하지 않나!"

한밤중에 그런 농담도 하였다. 유란은 강홍태와의 육체적 교섭에서 성적 쾌감을 느끼기보다도 머지않아 제 손에 또 들어올 일천만 원에 대한 즐거움이 더욱 컸다. 밤마다의 근무도 그 일천만 원을 내놓게 하는 수단이라는 의미에서 비로소 쾌감이 느껴졌던 것이다.

두 달이 지났다. 요리집 수리도 끝나서 이제는 개업 피로연이 있어야 할 판이었다.

"피로연은 될 수 있는 대로 성대하게 채려야죠."

"맘대로 해요. 돈은 얼마든지 대 줄 테니 수단껏 해 봐!"

"정치계와 실업계의 명사들과 외국 손님들까지 부르자면 아마 오백 명은 초대해야 할 거애요."

"오백 명 아니라 오천 명이라두 부르라니깐 그러네."

"돈이 드니깐 그러죠."

"글세 돈은 염녀 말어요. 개업 피로 축하금으로 피로연이 있는 날 일천만 원 내놓지…."

"주시겠어요? 아이 고마워나!"

유란은 소녀와 같이 아양을 떨었다.

가을도 깊어 가로수가 낙엽 지는 어느 날 유란은 살던 집을 팔아

버리고 단청도 새로운 남산동 요리집으로 이사를 갔다. 부지가 오백 평에 정원이 삼백 평이 넘는 호화스러운 집이었다. 정원에는 수목도 울창하였다. 이제는 명실공히 요리의 전당 '아방궁'의 매덤이었다.

이사 정돈에 한창 바쁜 어느 날 '시카고'의 카운터-가 편지 한 장을 가져왔다. 상수에게서 온 편지였다.

나는 또다시 중국으로 건너간다. 나 같은 방랑객이 살기에는 이 땅은 너무나 좁고 또 이 땅은 너무나 각갑하다. 학대와 모욕이 어떤 것인지를 모르고 자란 나는 고국에 돌아와서 지난 이태 동안에 쓸아린 경험을 너무나 많이 보았다. 돈 떨어진 나에게는 친구도 없고 사랑도 없었다. 돈의 위력을 나는 지난 이태 동안에 뼈에 사뭇치도록 깨달았다. 돈 없어 학대와 모욕을 받을진댄 차라리 고국을 떠나는 것이 상책인 것 같기에 또다시 중국으로 건너간다.

돈! 과연 돈은 위대한 것인지 모른다. 그러나 나는 끝까지 돈에 굴복하고 싶지는 않다. 사람을 위한 돈이여야 할 것이지 돈을 위한 사람이어서는 안되기 때문이다.

너는 돈 십만 원에 나를 모욕하였다. 돈이 나를 모욕한 것이지 네가 나를 모욕한 것은 아니기에 나는 모든 것을 참고 네 앞을 물러 나왔다. 나는 너를 나무래기보다도 돈의 노예가 된 네 신세를 가긍하게 생각할 뿐이었다. 돈! 돈! 너는 돈과 함께 정사할 수는 있을지언정 사랑에는 정사할 수 없는 계집이기에 더욱 불상한 여자 같아 보였다.

유란! 최후로 충고하노니 네가 파파 할머니가 되였을 때 너를 진심으로 위로해 줄 수 있는 것은 돈이 아니라 참다운 사랑을 가진 사람이라는 것을 깨달을 날이 있을 것이다. 그것을 지금 깨닫지 못한다면 너는 억만 금의 돈을 가졌더라도 영원히 불행한 여자일 것이다. 고국을 떠나면서 일시나마 너를 사랑했던 의리로서 내가 최후로 네게 들려주는 충고는 오직 그것뿐이다.

변상수

읽고 나서 유란은 코방귀를 뀌며 당장 갈기갈기 찢어 버렸다. 어린아이 같은 수작으로밖에 보이지 않았다.

변상수의 편지에서 유란이 느낀 오직 한 가지 감정은 변상수가 이제는 조선에 없다는 안도감뿐이었다. 추근추근하게 따라다니던 무척 귀찮은 존재가 이 땅에서 영원히 살아진다는 그 기쁨뿐이었다. 그이외에는 아무런 감흥도 가책도 없었다. 그런 사치스러운 감정을 느끼기에는 눈앞의 희망이 너무나 컸었다.

요리집 정원에 있는 수목의 단풍이 가장 찬란할 기일을 택하여 피로연 날짜를 택하였다.

정계의 고관을 비롯하여 오백여 명에게 초대장을 띄었다. 삼십여 명의 숙수들이 십여 일 전부터 밤을 새여 가며 음식을 만들었다.

"뭐가 벌서부터 이렇게들 바쁜구?"

"조선서 제일 큰 잔치를 채릴 테야요. 당신은 조선서 제일가는 파토롱이 되시는 셈이세요."

어느 날 밤 강홍태가 왔을 때에 유란은 그렇게 설명하였다.

"파토롱인지 하도롱인지는 모르지만 나는 유란만 있으면 그만이야!"

"그야 그러쵸! 당신이 있으니까 내가 있는 거구 내가 있으니까 당신이 있는 거구 그러죠."

"하하하……. 말 수단이 능난하군그래…."

강흥태는 통쾌하게 웃으면서 유란을 침실로 데리고 들어갔다.

피로연을 닷새 전이었다. 그날도 유란의 집에서 자고 난 흥태는 이튿날 아침에 일어나더니 머리가 무겁다고 하였다.

"너무 피로하신 탓인지 모르니 하로쯤 푸근히 쉬세요."

"벌서부터 쉬도록 늙어서야 될 말인가."

강흥태는 고집을 부리며 나갔다.

그날 저녁이었다. 유란이 막 저녁을 먹고 났는데 흥태의 친구에게서 전화가 왔다. 강흥태가 오후 여섯 시에 뇌일혈로 세상을 떠났다는 전화였다.

"에?……."

유란은 대경실색하였다. 강흥태의 돌연한 죽엄도 놀라운 일이었지만 그보다도 개업 피로연 때에 받기로 되어 있는 일천만 원이 뜨게 된 실망이 더욱 컸다.

"그래 시체는 어디 있어요?"

"조금 전에 본댁으로 모셔 갔읍니다."

"본댁으로요?"

유란은 본댁에게까지 찾아갈 생각은 없었다. 그보다도 유란은 개업 피로연을 예정대로 시행하느냐 어쩌느냐가 문제였다.

한참 동안은 결정을 못 짖고 망서리었다. 그러나 그런 문제를 결정하는 데 유란에게는 그다지 많은 시간이 필요치 않았다.

"이미 죽은 사람은 죽은 사람이고 살아 있는 사람은 살아 있는 사람대로 살아야 한다."

이렇게 생각한 유란은 예정대로 피로연 음식 준비에 바빴다.

신문에 발표된 부고를 보니 공교롭게도 장례일이 피로연과 같은 날이었다. 강홍태의 장례식과 유란의 피로연과의 어느 편에 사람이 더 많이 올는지 유란에게는 그것이 하나의 흥미이기도 하였다.

피로연 전날 밤이 되자 유란은 새삼스러히 일천만 원을 못 받게 된 것이 아수웠다. 일주일만 더 살다가 그 일이 있었더라면 싶었다.

그러나 도리켜 생각하면 조선서는 제일가는 피로연을 앞두고 강홍태라는 거치장스러운 존재가 처분되었다는 것이 한편으로는 시언스럽기도 하였다. 오직 아쉬운 것은 일천만 원뿐이었다.

그러나 유란은 이제는 그것조차 수월히 단념할 수 있었다.

"예라 일천만 원은 부의금으로 내놓은 셈만 치면 그만이지!"

유란은 자신에게 타일르 듯이 그렇게 중얼거렸다.

일단 그렇게 단념하고 난 유란에게는 앞날에 대한 화려한 꿈만이 넘쳐 있을 뿐이었다.

혼명(昏明)

불쾌하기 짝 없는 꿈이었다. 지난 이삼 년 내로 살림살이가 눈으로 보는 듯이 흠씬흠씬 오므라들더니, 거기 따라 신경도 부쩍 쇠약해졌는지, 이즈음에는 각끔 시시한 꿈조차 꾸게 되었지만, 그러나 이번처럼 불쾌한 꿈을 꾸어 보기는 처음이었다.

…… 어느 가을날이었다. 현우식은 거울같이 고요한 호수까에서 혼자 낚시질을 하고 있었다. 청자 빛으로 맑게 개인 하늘에는 구름 한 점 없고, 무한히 틔인 허공에는 한 올의 티끌조차 없어, 비길 배 없이 청쾌한 가을날이었다. 온 세상이 잠시 태고의 적적에 잠든 듯이 호젓한 한나절 우식이가 낚시질의 무아경에 잠겨 있노라니끼 문득 등 뒤의 나무숲 속에서 무엇인가 어슬렁거리는 소리가 들려왔다. 깜작 놀라며 돌아다보다가 우식은 "앗!" 하고 자지러질 듯한 소리를 질렀다. 그리고, 다음 순간에는 저도 모르게 두 주먹을 불끈 웅켜쥐며 쏜살같이 달음박질을 치기 시작하였다. 바루 등 뒤, 숲 속에서 험상궂게 생긴 한 마리의 악어가 아가리를 짝 벌리고, 우식을 잡아먹으려고 비호같이 달려오고 있었기 때문이었다. 우식은 죽을힘을 다하여

달음박질을 쳤다. 그러나 뒤으로 쫓아오는 악어의 숨소리는 점점 가까워 왔다. 악어의 날카로운 이빨이 금시로 발뒤굼치를 덥썩 깨무는 것만 같았다. 우식은 한사코 달렸다. 그러나 아무리 기를 써 달음박질을 쳐도, 도무지 앞으로 나가지지 않았다. 그런대로 달리면서 힐끗 뒤를 돌이켜 보니 쫓아오는 악어는 한 마리뿐이 아니었다. 어미 악어가 한 마리에, 새끼 악어 두 마리가 곁드려 있었다. 우식은 더한층 기겁을 하여 빨리 뛰었다. 마을까지는 그다지 먼 거리도 아니여서, 마당가에 모여서서 도란도란 지꺼리는 마을 사람들의 말소리조차 분명히 들리건만, 그런데도 웬일인지 달리여도 달리여도 거기까지 가지지 않았다. 씨근벌덕거리며 쫓아오는 악어의 호흡이 발뒤굼치에 느껴졌다. 고함을 치려고 해도 목이 짜브라져서 소리도 나오지 않았다. 워낙 절박한 사태라, 기를 쓰고 달려 보았건만 그래도 역시 몸은 제 자리에서 안타까이 복개일 뿐이었다. 하는 수 없이 나중에는 무턱대고 물속으로 덤벙 뛰여들었다. 그랬더니 악어는 악착스럽게도 물속에까지 쫓아 들어오고 있었다. 앗차, 악어는 물에서도 사는 동물인 것을 깜빡 잊어버렸구나 깨달으며, 이제는 더 달릴 기력이 없어, 그냥 물에 엎으러졌다. 코와 입으로 물이 흘러 들어와 숨이 컥컥 막혔다. 목숨이 금방 꺼질 듯이 급박하건만, 그래도 악어에 대한 공포의 의식만은 제대로 분명해서 다시 정신을 가누려는 바루 그때에, 우식은 발뒤굼치가 따끔해 옴을 느꼈다. 아차, 기어코 악어의 밥이 되는구나 깨달으며, 그래도 제물에 몸을 뒤채여 돌아서 보니, 발뒤굼치를 물고 느러진 동물은 악어가 아니라 악어의 탈을 쓴 안해 금옥이었다. 아까 쫓아오던 두 마리의 새끼는 어듸로 갔는지 없고, 악어의 탈을 쓴 안해만이 우식의 발을 힘차게 물고 늘어졌다.

"여보! 나야. 나!"

우식은 그렇게 소리를 질러 보았다. 그러나 안해는 여전히 덤벼들어, 우식의 목덜미와 팔 다리를 사정없이 물어뜯고 씹어 삼키고 하였다. 피도 흐르지 않는 살이 뚝뚝 문허저 나가는 아픔에 정신이 아득아득 멀어저 감을 느끼며, 응 응 응 신흠하고 있노라니까, 문득 어듸선가 "하하하……." 하고 통쾌하게 웃는 소리가 들려왔다. 그 바람에 정신을 펄쩍 차려 보니, 멀리 언덕 위에 우뚝 버틔고 서서, 이쪽을 바라보며 통쾌하게 웃고 있는 사람은 이외에도 같은 회사에 지배인으로 있는 홍창도였다. 창도는 집이 이웃인 데다가, 지금은 지배인과 평사원 사이므로 지체가 엄청나게 층이 지지만, 해방 전만 해도 우식과 다름없는 싸구려 월급쟁이였었다. 그렇던 것이 해방 바람에 종업원 대표야 뭐야 하고 설레발을 치며 잇속따라 약빠르게 굴어먹더니 나중에는 데꺽 지배인이 되어 버렸다. 워낙 우직한 우식과는 비교도 안될 만치 교활한 인물로, 우식의 안해 금옥의 말을 빌면 소위 출세의 모범이 되는 사나히였다. 그러한 창도에게 비웃음을 당하는 우식은 적지 아니 불쾌했다.

"응, 너는 내가 악어에게 물려 죽는 것을 보고 통쾌하게 웃는구나! 웃을 테면 맘대로 웃어 보아라! 나는 네 비웃음을 받아 가면서 죽으련다!"

우식이가 그렇게 생각하며 아픔을 견듸지 못해 또다시 응응응 신흠하고 있노라니까, 누가 몸을 호되게 흔들어 대었다. 그 바람에 눈을 펀뜩 떠 보니 꿈이었다. …….

흉몽이었다. 전신에는 식은땀이 쫙 흘렀다. 사지가 나른해 오며, 맥이 푹 풀려서 손구락 하나 갈풋할 기력조차 없었다. 창호지에 아침 햇살이 화안히 비쳤는데, 그런 흉몽을 꾸고 있었다.

확실히 꿈에서는 깨어났건만 아직도 악어에게 물어뜯기우는 듯한 아픔이 전신에 느껴졌다. "하하하하……." 하고 창도의 통쾌하게 웃던 웃음소리가 아직도 귀에 쟁쟁하게 울려오는 듯하였다.

"아버지! 왜 응응 했수?"

"아무것두 아니다!"

어린 딸의 질문에 우식은 아무렇게나 대답하고 나서 쓰디쓴 입맛을 다시었다. "후—" 긴 숨을 내쉬며 두 팔을 눈앞에 들어 악어에게 깨물린 자죽이 없나 하고 찾아보기도 하였다.

부엌에서 질그릇 달그닥거리는 소리가 났다. 우식은 이마에 내리덮이는 머리칼을 긁어 올리며, 이렇듯 괴상한 꿈을 꾸게 된 것을 어제밤에 안해와 말다툼을 한 때문이리라 생각하였다. 살림살이가 쪼들려 가면 으레히 내외 싸움도 늘어가는 법이거니와, 어제밤에도 한바탕 티각태각이 있었다. 하기는, 싸움이라야 우식은 언제나 한 모양으로 꿀 먹은 벙어리처럼 눈을 껌벅거리며 듣고만 있을 따름이오, 아내 혼자서 바알발 화를 내고 앙탈을 부리며, 된 말 않된 말 기다렇게 늘어놓는 것이었지만.

안해 금옥이가 바자지를 긁는 이유는 언제나 간단하였다. 이를테면, 해방 뒤에 남들은 돈벌이를 척척 잘해서 모두들 식모야 침모야 하고 거들먹거리며 잘들 사는데, 오직 우식이만이 변변치 못해서 안해를 호강시키기는커녕 일 년 내내 부엌 구석에만 처박아 두니, 이러고도 남편이라고 어느 천하에 낯짝을 들고 다니냐는 것이었다. 겨울이 닥쳐오는데 나무 준비가 없으니 어쩌느니 하는 불평은 오히려 약과이고, 남들은 자가용 자동차를 사 드릴 형편인데 사람이 못나면 오죽 못나서, 하다못해 축음기 한 틀도 못 사드리느냐 하는 데는, 묵묵히 듣고 있던 우식이도 무심중에 실소를 아니 할 수 없었다. 안해는 언제나 꼭 같은 불평들을 꼭 같은 순서와 꼭 같은 말투로 씨떠버리고 나서 맨 나중에는 잘난 사람의 본보기로 으례히 창도를 내세웠다. 그냥 불평이라면 이미 십여 년간 거이 날마다 들어오는 잔탄이므로 새삼스러히 탄할 바도 아니었고, 더구나 안해의 불평이라는 것이 대게 허영에서 나온 것이므로 그런 것을 일일히 탄하느니 보다는 노루장화에서 놀아먹던 계집을 안해로 맞아드린 자신을 뉘우칠 뿐이었지만 그러나 말끝마다 홍창도를 무슨 신주처럼 치켜올리는 데는, 아무리 순직한 우식으로서도 비위가 거슬리지 아니할 수 없었다. 창도의 안해가 부인병으로 입원한 뒤부터는 금옥이가 갑자기 창도네 집 출입이 자졌고 거기 따라 새로운 창도에 대한 칭찬도 더욱 높아 갔다. 어제밤만 해도 안해 금옥은 한바탕 불평을 늘어놓은 뒤에 으례히 하는 버릇으로

"당신두 창도 씨를 좀 배워요. 다 같은 전문학교 출신이지만 그이는 뻐젓이 지배인이 되였는데, 당신은 밤낮 그 꼴이니 집안 식구 보기가 부끄럽지 않소?"

하고, 기엏고 우식의 비위를 건드려 놓았던 것이다. 우식은 화가 불끈 치밀어 올라서

"창도는 사장에게 기생 누이를, 바치고 지배인이 되였거니와, 내게

는 기생 누이가 없는 것을 어떡허란 말이야! 창도가 중역들에게 비루하게 아첨 잘한다구 사내에서 비난이 자자한 걸 알구나 그러는 거야?"

우식이가 그런 말을 지꺼리자, 금옥은 "흥!" 하고 코웃음을 치고 나서,

"오-라, 창도 씨는 비루하게 아첨을 잘해서 지배인이 되였구, 당신은 아첨을 아니해서 출세를 못하셨구료? 매우 도저하시우! ……. 흥 참! 그래두 주제에 속은 살았다구 되지 못하게 자기변명은 곳잘 하는구료."

뭐라구 대꾸를 놓았다가는 자꾸 뒤끝이 길어만 질 것 같아서 우식은 꾹 참아 버렸다. 그러나 금옥은 그만 정도로는 성이 풀리지 않는 모양이었다.

"아첨두 저마다 할 수 있는 재준 줄 아나 보구료! 당신 같은 병신은 고작해야 제 여편네 고생이나 시킬 줄 알았지, 웃사람에게 아첨할 주변이나 있는 줄 아슈? 아서요, 아서! 창도 씨와 당신과는 사람 됨됨이가 본판부터 다르다우. ……. 참 무슨 년의 팔짜가 기박두 허지, 서방을 얻으면 어느 서방을 못 얻어서, 하필 이 꼴이람!"

금옥은 땅이 꺼질 듯한 한숨조차 쉬여가며 넉두리를 하였다.

우식은 역시 아무 대꾸도 않기로 결심하였다. 야욕에 굶주린 뭇 사내들의 무릎 위에서 아양과 웃음으로 놀아먹던 금옥에게, 아첨이 얼마나 비루하다는 것을 중언부언 설명한뎃자 결국은 우이독경(牛耳讀經)이겠기 때문이었다.

금옥은 본시는 술집 계집이었다. 십사 년 전 우식이가 아직 독신으로 있을 스물세 살 때, 동무들에게 끌려서 술집에 자주 드나들었던 것이 말하자면 우식과 금옥의 악운의 출발이었다. 어느 날밤 곤드레

만드레 곯아떨어진 우식이가 요릿집에서 한잠 늘어지게 자고 깨여 보니 일행은 간 곳 없고, 옆에는 계집만이 누어 있었다. 우식은 하두 갈증이 나서 냉수를 한 사발 청해 마시고 나서 계집과 수작을 걸게 되었는데, 그때 계집의 신세타령이, 제게는 부모도 친척도 없노라는 것이었다. 그때나 지금이나 순직하기는 매 일반인 우식은, 눈물조차 섞어 가며 애절하게 늘어놓는 계집의 넉두리에 호락호락 넘어가서, 비참한 구렁 속에서 허덕이고 있는 한 개의 아름다운 생명을 구원할 사람은 자기 자신뿐이라는 의협심을 느끼게 되었다. 그래 우식은 어이없게도 그날 밤으로 계집과 백년의 언약을 맺었던 것이었다.

그러나 이제 와 보면 모든 것이 한낮 허망한 꿈에 지내지 않았다. 그날 밤의 계집의 눈물과 맹서는 일종의 교태에 불과하였고, 구렁탕 속에서 허덕이는 한 생명을 구하려고 했던 우식 자신의 생각도 하찮은 감상이었던 것을 오래지 않아 깨달았다. 이를테면 모든 것이 허무맹낭한 일장춘몽이었다. 그러나 그 꿈은 꿈으로만 끄치지 않고, 이미 십사 년이 경과한 오늘에도 악착스러운 현실로서 우식에게 육박하였다. ……

우식은 꿈속에서 들은 창도의 비웃음 소리와 악어에게 물어뜯기우던 광경을 다시 한 번 그려 보면서 언제까지고 이불 속에서 궁싯거리고 있었다. 그러자 문득 오늘 아침에도 우식의 눈앞에는 은순의 모습이 무슨 구세주 모양으로 환하게 떠올라 보였다. 우식은 지난 일이 년 이쪽으로 아침마다 이부자리 속에서 은순의 환상을 그려 보는 버릇이 있었다. 은순은 우식이가 다니는 회사의 여사무원으로 이제 겨우 열아홉 살인가 그 밖에 안되였지만, 퍽 영리한 처녀였다. 그는 남의 슬퍼하는 기색을 보면 곳잘 위안의 말을 들려주었고, 남의 기뻐할 때면 저도 그 기쁨을 가치 나누어 주었다. 누구에게 특별히 친절을 베푸는 것도 아니것만, 남달리 가정적으로 불우한 우식은, 은순의 무심한 친절에조차 남달리 감동을 받았다. 그렇다고 무슨 이성에 대한 감정은 아니었다. 아내를 가진 우식은 아내 이외의 다른 여성을 생각할 수가 없었다. 비록 사랑을 느낄 수 없는 포악한 아내이기는 하지만, 포악하기 때문에 오히려 아내의 존재가 더한층 확연하였던 까닭이었다. 그러면서도 우식은 웬일인지 은순이가 좋았다. 근무 시간 중에도 은순이가 제자리에 앉아 있으면 어쩐지 마음이 충만하였고, 어찌다 그가 결근이라도 하는 날이면 그날은 진종일 까닭 없이 조바심스러웠다…….

출근 시간이 다 되였는데도 우식이가 자리에 누은 채 은순의 환상을 더듬고 있노라니까 방문이 벌컥 열리더니 "아아니 여직것 이불 속에서 번둥거리는구료? 오늘은 회사에 안 나가려우?"

안해는 간밤의 화푸리라도 하려는지 앙칼진 눈초리로 모지게 쏘아보며 대뜸 비양청으로 나왔다.

"몹시 고단한데—오늘은 하루 쉬일까."

우식은 지나가는 말 비슷이 혼자 중얼거렸다.

"허기는 그 알냥한 돈벌이하느라구 고단두 하겠수……. 대관절 무슨 큰일을 한다구 고단하다는 거요그래. 당신이 빨래를 허우, 밥을 짓수? 기껏해야 장부 줄이나 쓰면 그만인 걸 뭐가 고단하단 말이유그래. 입이 백 개라두, 내 앞에서 감히 그런 뻔뻔스러운 소리는 못하리다……. 아이, 썩 못 일어나우……."

"아침부터 왜 이리 야단법석이야, 고단하니까, 고단하다는 것인데 누가 뭐랬기에? ……."

우식은 듣다못해 별로 악의 없이 한마디 던졌다. 그러나 아내는 마치 옳다구나 하는 듯이 금시로 눈알을 도사리면서

"홍 꼴두 꼴 겉지 못한 주제에 뉘게다 대구 큰소리야? 서방이면 그만인가. 서방두 서방 나름이지. 여편네한테 큰소리치구 싶거던 서방 구실을 좀 똑똑히 해요. 돈만 남들처럼 척척 벌어드리면야 무슨 큰소린들 못하겠수. 천하 벙어리가 죄다 떠들어두 댁만은 큰소리 못하리다!"

"글세 이렇게 딱한 소리가 있나, 돈을 벌면 도적질을 하란 말이오, 모리배 노릇을 하란 말이오?"

"모리배 노릇은 왜 하우? 모리배 노릇하면 어느 하늘이 벼락을 치나? 홍! 남들이 모두 모리배 모리배 하니까 세상에 모리배처럼 나쁜 사람은 없는 것같이 생각하는가 보구료? 참, 어이가 없지! 지금 세상에 눈 똑똑히 박힌 사람치구 모리배 아닌 사람이 어디 있답디까? 제발 모리배라두 좋으니 여편네 고생이나 시키지 말아요. 그 흔하디흔한 적산 하나 못 얻구, 밤낮 셋방 신세니 대체 당신은 밥만 처먹구 무슨 생각을 하는 거요?"

우식은 하두 어이가 없어서 잠자코 있었다. 하기는 우식이도 다른 것은 다 그만두고 해방 후에 찌그러진 적산이나마 집만은 한 채 얻어들까 하였다. 그러나 도리켜 생각하면 사십 년 만에 나라를 찾았다고 기뻐서 하는 판국에 저만이 잘살겠다고 살금살금 뒷구멍으로 돌아다니며 왜놈들의 집에 탐을 내기가 양심에 꺼려서, 모든 것은 정부가 선 뒤로 미루어 버렸다. 우식의 그러한 생각이 생각으로서는 당당히

옳았고, 그러기에 사글세 신세를 면하지 못한 지금에도 별로 뉘우칠 바도 아니었지만, 그러나 현실적인 결과로 보아 안해가 아글아글 보채는 것도 무리는 아닌 것 같았다.

"아이, 냉큼 좀 못 일어나우!"

금옥은 발악이라도 쓰듯이 소리를 바락 지르며, 우식이가 덮고 있는 이불을 홀랑 베끼더니 방문도 열지 않은 채 몬지를 훨훨 털어 개키기 시작하였다. 그 바람에 잠들었던 세 살잡이 젖 끝에 것이 눈을 번쩍 떠 보더니 빌빌 울어 대었다. 그러나 금옥은 우는 아이를 달래기는커녕 여섯 살짜리 딸년을 노려보며

"요 배라먹을 년아! 네 귀에는 애기 우는 소리가 안 들리냐? 생쥐 새끼 모양으로 왜 오두거니 앉았기만 해! 너두 꼭 그 알냥한 애빌 닮았구나, 자식 심리 못해두 좋으니 애비처럼 사람 구실 못할 바엔 차라리 냉큼 뒤여져라 뒤여져!"

하고 애무한 아이를 들볶아 대었다.

"흡사 생지옥이로군!"

우식은 마지못해 어실어실 일어나 옷을 추려 입으며 가만히 중얼거렸다.

이날 우식은 안해에게 몰려서 피곤한 몸을 억지로 이끌고 회사에 나왔다.

"어디 몸이 불편하세요? 밤 사이에 얼굴이 퍽 축하셨세요."

은순은 우식이를 만나자, 아침 인사를 겸해서 그렇게 말하였다.

우식은 아무렇게나 대답을 얼버무려 버리며, 흉몽을 꾸고 난 오늘 아침에 이부자리 속에서 은순의 환상을 그려 보았던 일을 회상하였

다. 은순이가 과연 우식을 가정의 불행에서 구원해 줄 수 있을지 그것은 마치 모를 일이지만, 은순의 따뜻한 친절이 그시그시 우식에게 커다란 위안임에는 틀림없었다.

우식이가 사무 볼 차비를 차려 놓고 나서 잠시 경황없이 앉았노라니까, 은순은 가만히 걸어와서, 아무것도 쓰지 않은 백 봉투를 한 장 우식에게 내밀어 주면서

"현선생님! 저……. 이것, 지배인께 좀 전해 주세요!"
하고 부탁하였다.

"응? 이거 뭐요?"

"사직원이애요!"

"사직원? ……. 누가 구만두기에?"

"제 거애요"

"제 거라니? ……. 은순 씨가 구만두신단 말요?"

우식은 제가 듣기에도 엄청나리 만치 크게 놀라며 물었다.

"네……. 저이 집에서 이번에 용암사(龍岩寺)로 이살 가게 돼서, 저 혼자 떨어질 수두 없구 해서……."

"응—"

우식은 책상 위에 놓인 봉투를 멀거니 내려다보며 저도 모르게 신음하듯 하였다. 사실 은순이가 그만둔다는 말에 우식은 눈앞이 캄캄해지는 듯한 절망을 느꼈다. 이제 와 생각해 보면 은순이가 우식에게는 무슨 희망의 불빛만 같았다. 그것은 극히 아득하고 또 극히 흐미한 빛이었던지는 모른다. 캄캄한 밤, 험한 산골짜기에서 길 잃은 나그네가 멀리멀리 산봉오리에 아득히 바라보이는 바늘 끝만 한 반딧불을

우러러보고, 지친 다리를 이끌며 그 불을 향하여 곤곤히 걸어가는 것처럼 그것은 영원히 도달할 수 없는 목표였을른지는 모르나, 그러나 바라보이는 빛이 빛임에는 틀림없었다. 그 불빛을 바라보므로 해서 우식에게는 날마다 그 불을 지향하고 걸어 나가는 고정된 길이 있었다. 아득하고 흐리한 대로 그 불빛이 있었기에 지옥 같은 가정의 불행을 참고 견듸며, 생에 대한 막연한 희망이나마 은순에게서 느껴 왔었다. 그리고 은순이 역시 무슨 일이든지 제가 감당치 못할 일이면 의례 우식에게 부탁하도록, 그를 따랐다. 그야 그렇다고 그것이 곧 누구를 좋아한다던가 그런 의미는 아니지만, 어쨌거나 수다한 사원들 중에서 우식을 고작 신뢰하는 것만은 우식 자신도 의심하지 않았다.

그러던 은순이가 회사를 구만두고, 먼 데로 떠난다니, 우식에게는 마치 희망의 불빛이 꺼지는 거나 진배없었다. 우식은 금시로 지척을 분별할 수 없도록 눈앞이 캄캄해 오는 듯하였다. 그리고 그 암흑 속에서 안해와 자식들의 들끓는 아우성이 들려오는 것만 같았다.

"그럼, 내일부터 안 나오실 테요?"

우식은 한동안 멍하니 앉았다가, 간신히 정신을 채려 그렇게 물었다.

"아직도 이사 갈 날이 사오일 남았으니까, 이삼 일 동안은 더 나오겠어요."

"그렇는 게 좋겠오. 나오실 수 있는 날까지는 나오시요. ……. 어쩐지 퍽 섭섭한걸요."

"고맙습니다. …. 저이가 이번에 이사 가는 용암사라는 데는 경치가 퍽 좋다는데, 현선생님 가 보신 일 있으세요?"

"한 십여 년 전에 한 번 놀러 가 본 일이 있죠. 수석이 퍽 깨끗한 곳이죠. 좋은 곳으로 가시는군요."

"저이 외가댁이 거기 있어요…. 현선생님, 한번 놀러 오세요."

"가죠. 정말 꼭 한번 가겠읍니다."

우식은 정말 한번 놀러 가리라 결심하였다.

잠시 후에 우식은 은순의 사표를 가지고 지배인실로 들어갔다. 홍창도는 회전의자에 혼자 도사리고 앉아서, 문 안에 들어서는 우식을, 시떠본 시선으로 바라보고 있었다.

"부인 병환은 요새 좀 어떻신가요?"

우식은 인사 치례로 위선 그렇게 물었더니, 창도는 별로 탐탁지 않은 낯색으로,

"그저 그렇지. 어디 하로 이틀에 나을 병이라구……."

별로 근심하는 기색도 없는 대답이다. 우식은 그 이상 더 말하기도 귀찮아서, 손에 들었던 봉투를 내밀어 주면서

"우리 과에 있는 한은순 씨가 회사를 고만두겠다구, 사표를 내는군요."
하고 말하였다.

"한은순이가? ……. 왜?"

그렇게 반문하는 창도의 얼굴에는, 순간 놀램과 실망의 빛이 가득하였다. 홍창도가 예전부터 은순에게 각별한 관심을 가지고 있다는 것을 짐작하는 우식은, 새삼스렁이 실망하는 창도의 표정을 보자 내심 통쾌감조차 느껴졌다.

"별안간에 고만두기는 왜 고만둔다는 건가?"

"글세요. 어디 멀리로 이사를 간다나 보더군요."

"이사를 가? ……. 하여튼, 은순이를 좀 불러 주시오, 내가 곧 좀 만

나잔다구, 보내 주시오,"

우식은 하는 수 없이 물러나와, 은순에게 그 말을 전하였다.

"아이, 나는 지배인 앞에 나가기 싫은데, 또 왜 부르실까······."

은순은 얼굴을 찌푸리면서도 아니 갈 수도 없었다.

지배인실에 들어간 은순은 십 분 이십 분이 지나도 좀체 나오지 않았다. 우식은 겉으로는 무관심한 표정이면서도, 내심으로는 괜히 조바심이 느껴지며, 신경이 자꾸 지배인실로만 쏠리었다.

삼십 분 가까이 되어서야 은순은 몹시 불쾌한 낯빛으로 지배인실에서 물러나왔다.

"무슨 얘기가 그렇게 길었소?"

"괜히 쓸데없는 말씀을 자꾸만 물으셔서 혼났어요."

"그만두지 말라구, 그럽디까?"

"그냥 시시한 얘기예요. ······. 저 내일부터 않 나오겠어요."

은순은 화풀이라도 하듯이 말하였다.

우식은, 홍창도가 은순에게 무슨 창피스러운 수작이라도 했나 보다고 짐작하면서

"별안간에 왜 또 그러시오. 아까는 이사 가실 때까지 나오신다더니?"

"싫어요. 안 나오겠어요."

은순은 대답조차 귀찮은 듯이 지꺼리며, 어느 새 책상 설합을 정리하기 시작하였다.

이튿날부터 은순은 정말 나오지 않았다. 은순이가 없어졌다는 그 한 가지 사실로 해서 우식은 사무실이 갑자기 사막같이 쓸쓸하게 느

껴졌다. 은순이가 곁에 있을 때에는 그렇게까지 마음이 쏠렸던 것을 미처 깨닫지 못했지만, 정작 없어지고 보니, 한없이 고독하고 적막하였다. 워낙 침울한 성격인 우식은 더구나 요새는 집에 가서도 벙어리처럼 말이 없게 되었다.

"흥! 당신은 인제 아주 부처님이 되려나 보구료. 입이 붙었단 말이오? 왜 벙어리처럼 방바닥만 디려다보고 있는 거요?"

하두 말이 없는 바람에, 아내 금옥은 화를 박박 내며 짜증을 부렸으나, 우식은 거기에도 대답을 아니하였다.

입을 열기가 귀찮아서 일체 모른 체, 못 들은 체할 뿐이었다.

그러는 동안에도 금옥은 이런 핑계 저런 핑계로 창도네 집에 뻔쭐나게 드나들었고, 때로는 밤늦게까지 가 있다가 통행금지 시간이 거진 다 되어서야 불야불야 돌아오는 일도 있었다. 금옥이가 화장을 유별나게 하는 날이면 그날이 바루 창도네 집에 가는 날이었다. 게다가 요새는 전에 보지 못하던 치마도 입었고, 코티-니 향수니 하고 제법 값진 물건을 몸에 걸치고 다니게까지 되었다. 연놈이 필연코 무슨 곡절이 있구나 싶었지만, 우식은 은순이가 없어진 뒤로 세상사가 통히 시들해서, 아무것도 모르는 체, 그냥 내버려 두었다. 그렇건만 금옥은, 도적이 제 발이 재리다는 격인지, 혹은 우식의 입을 앞질러 막아버리기 위한 수단인지, 창도네 집에 다녀와서는 으례히 샛트집을 잡아서 저 혼자 우르락푸르락 불평을 퍼부었다.

한 달이 지나, 가로수의 나무잎들이 떨어지기 시작하는 무렵에 창도의 안해가 세상을 떠났다. 금옥은 이제는 정말 마음 놓고 창도네 집에 자주 드나들었다. 근처 안악네들 간에 쉬-쉬- 뒷공론들이 많은 모양이었으나, 우식은 일체 알은곳하지 않았다. 어미 없는 동안에 어린 것들이 우두거니 모여 앉아 있는 것이 애비의 마음에 측은하지 않은 것도 아니었지만, 못생긴 에미에게 매달려 있는 것보다는 차라리 다행이라 싶었다.

가을도 저물어 가는 어느 날이었다. 회사에서 돌아오는 우식을 보기가 무섭게 금옥은 남편 옷자락을 다짜고짜로 잡아채여 눌러 앉지며

"오늘은 또 어디서 누구를 만나구 오는 거야?"

하고 어두운 데 홍두깨격으로 앙탈을 부렸다. 눈에서는 새파란 불꽃이 튀는 듯, 살기가 등등하였다. 우식은 또 지랄발광이로구나 생각하며,

"또 왜 이러우? 회사에서 바루 오는 길인데, 만나긴 누굴 만났단 말야?"

"홍! 뭐 어쩌구 어째? 아가리가 아무리 광지 구멍 같기루 그런 거짓말이 어디서 나와?"

"평지풍파두 분수가 있지, 글세 왜, 누가 어쨌다구 이러는 거야?"

"홍! 아직두 시치미를 떼여? 숭헌 벌거지가 모루 긴다더니 지지리 못난 것이 계집질꺼정이야! 인제 알구 보니까, 그 계집년 생각에 미쳐서 집에 들어와서는 벙어리 노릇을 했지 뭐야. 그런 걸 나는……."

금옥은 속은 것이 분해 죽겠다는 듯이 이를 북북 갈았다.

"글세, 계집이라니 웬 계집 말야?"

"아직두, 우겨?…… 내가 증거를 꼭 붙잡구 있는데두 우겨?"

"증거가 무슨 증거야? 증거가 있거던 인 내요! 불 안 땐 굴뚝에 연기가 나두 분수가 있지, 나, 원 참……."

우식은 하두 어이가 없어서 입만 쩍쩍 다시었다.

"증거를 내놓으라구? 그래 내놓을 테야!"

하고 금옥은 허리춤을 부시럭거리더니 꼬깃꼬깃 꼬겨진 봉투 편지 한 장을 꺼내여 우식의 앞에 동댕이를 쳐 보이면서

"이래두 모른다구 욱일 테야?"

그 편지는 글씨를 보아, 은순에게서 온 것임을 우식은 대번에 알아 보았다. 회사로 보낸 편지가 어째서 안해의 손에 들어오게 되였는지, 우식은 그것부터가 의아스러웠다. 이것도 필시 창도의 작폐이리라 짐작되여, 괴씸하기 그지없었다.

우식은 잠자코 편지를 읽어 보았다.

   현선생님! 날사이 안녕하십니까. 몹시 쇠약하신 모습을 뵈온 채 떠나
  서 항상 걱정됩니다. 저는 몸은 시굴에 와 있읍니다마는, 마음만은 아직
  도 항상 회사에 있답니다. 즐겁게 지내던 지난날이 그립……….

여기까지 읽었을 때, 금옥은 편지를 와락 빼아서 산산히 찌저 버리면서

"뻔뻔스럽게 내 앞에서 그 요망스러운 년의 편지를 무슨 염치루 읽는단 말이 그래"

"허-참, 이런……."

"흥! 한가스럽게 코웃음을 쳐?……. 그럴 바엔 아 왜 이 살림을 뛰엎어 비리구 말어! 사타구니에 ××만 들구 다니면, 서방인가? 서방 구실을 해야 서방이지. 그 알냥한 주제에, 그래두 ××은 달였다구 남의 계집까지 후려 댈 줄 알구, 아이구 하느님 맙소사!"

"아 글세, 왜 이리 야단이야? 내가 어쨌다구?"

"아 그럼, 서방이라는 것이 난봉을 놀아두 모른 체하란 말이지? 자식새끼들이 굶어 죽어도 입을 꾹 닫드리구 있으란 말이지? 난 못한다. 못해! 누구는 저만 못해서 방구석에 처박혀 있는 줄 아나? 지금이라두 사내 한둘쯤 못 휘여 낼 내가 아니야!"

"대단히 장하우 장해!"

"그럼 장하구말구! ……. 아예 오늘 당장루 거판을 내구 말 테야!"

"맘대루 하구료!"

우식은 붙잡고 늘어지는 안해를 뿌리치고 훌쩍 밖으로 나와 버렸다. 안해가 지금도 사내를 후릴 수 있느니 어쩌느니 하고 큰소리치는 것도 창도를 두고 하는 말 같아서 생각할수록 불쾌하였다.

우식은 거리에 나왔으나, 별로 갈 데가 없었다. 날은 이미 저물어, 거리는 황혼이었다. 바람 찬 저녁 거리를 지향 없이 걸어 나가며, 우식은 저도 모르게 한숨을 쉬었다. 이 굴욕의 가정을 어떻게 처리했으면 좋을지, 오직 가슴이 답답할 뿐이었다. 남을 구원한다는 것이 그토록 어려운 일인 줄 모르고서, 금옥이를 섯불리 구원하려고 했던 것이 이제 와서는 자기 자신까지 도저히 솟아날 수 없는 구렁 속에 빠진 셈이었다.

우식은 문득 은순이 생각이 간절하였다. 은순의 편지 사연을 다 읽지 못하고 찢기운 것이 무슨 아름다운 꿈을 꾸다 말고 깨친 것처럼 아수웠다. 몸이 자꾸만 험악한 구렁 속으로 빠쳐 들어감을 느낄수록 간절히 그리워지는 사람이 오직 은순이뿐이었다.

우식은 허턱대고 밤거리를 싸다니다가 열 시가 거진 다 되어서야 집에 돌아왔다. 아내는 오늘 밤에도 창도네 집에 갔는지 보이지 않았다. 텅 뷔인 방 안에 어린 두 아이가 서로 손을 맞잡고 콜콜 자고 있는 모양을 보자, 우식은 아비 된 마음에 눈물이 핑 돌았다.

"너이들이 불상하다. 어미 애비를 잘못 만난 너이들이……."

우식은 거이 입 밖에 내어 중얼거리며 이불을 깔고 옮겨 뉘여 주었다. 어쩐지 가슴이 뭉쿨해 오며, 왈칵 눈물이 솟았다. 아무리 허영이 많기로 아무리 살림살이가 군색하기로, 아무리 놀아먹던 계집이기로 제 자식 불상한 줄도 모르는 년을 도저시 안해라고 생각할 수 없었다. 제 말대로 차라리 거판을 내고 나가 준다면 어린아이들 데리고, 곳잘 재미나게 살아갈 수 있을 것만 같았던 것이다.

전등불 꺼진 캄캄한 방에서 혼자 이런 생각 저런 궁리하며 누어 있노라니까, 열한 시경이나 되여서야 금옥이가 살랑살랑 돌아왔다. 방에 들어와 성냥불을 드윽 그어 보더니, 잠든 척 누어 있는 우식을 보고,

"흥! 뿌리치고 나갈 적 같아서는 영 안 돌아올 것 같더니, 어느새 기어들어 와서 자기만 하는군—"

혼자말 비슷이 중얼거리며 어둠 속에서 옷을 훨훨 버서 버리었다. 바람에 풍겨 분 내음새가 우식의 코에 푹 안기었다.

잠자리에 누은 금옥은 오 분도 채 못 가서 코를 드렁드렁 골었다. 우식은 시간이 흐를수록 번잡한 생각에 몸만 뒤재이며 잠을 못 이루고 있노라니까, 자정이 훨씬 넘어서, 전등이 확 켜졌다. 제물에 눈을 번쩍 떠 보는 아내는 웃통을 들어내 놓은 채 역시 정신없이 자고 있었다.

우식은 멀거니 아내의 육체를 처다보았다. 환한 등불 밑에 들어난

금옥의 육체는 너무나 탐스러웠다. 떡 벌어진 탄력 있어 보이는 두 어깨며, 아름다운 곡선을 그리며 연적같이 불룩 솟아오른 고혹적인 젖무덤이며, 보기에만도 향기가 진동하도록 보드러운 살결이며— 모두가 흐들져서 풍년을 연상케 하였다. 결혼 당시에 비겨 조곰도 깔죽이 없는 아내의 저 탐스러운 몸둥아리가 조곰 전에 창도 앞에서 흥분에 날뛰었으런이 생각하자, 우식은 추잡한 광경이 눈앞에 떠올라 보이며, 왈칵 질투심이 솟아올랐다. 창도의 구렝이 같은 팔에 휘감기어서 해해거리며 놀아났을 몸둥아리라 싶어, 구역이 왈칵 났다.

우식은 벌떡 일어나, 이를 부드득 갈며 잠든 안해를 노려보았다. 노려보면 노려볼수록 계집의 목을 그대로 눌러 버리고 싶은 충동이 불길같이 솟구쳐 올랐다.

"저 녁을 그저—"

흐벅진 젖가슴을 칼로 푹 찔르는 환상을 그려 보았다. 팔 다리에 아지 못할 힘이 줄기차게 뻐더 오르며, 몸이 와들와들 떨리었다. 금옥의 몸둥아리를 한동안 심쌀스럽게 노려보고 있노라니까, 문득 눈앞에 붉은 피가 철철 흘러나 보이며, 그 피의 바다 속에서 두 아이의 얼굴들이 우련히 떠올라 보였다.

"아——"

우식은 아이들의 환상을 보자, 그만 맺없이 자리에 푹 쓸어져 버리고 말았다. 금옥을 칼로 찌르는 것은 조곰도 어려운 일이 아니나 어린것들에게 그 처참한 광경은 차마 보이고 싶지 않았다.

"아이들만 없었다면—"

우식은 몸부림을 치고 싶도록 안타까워 땅이 꺼질 듯한 한숨을 쉴

뿐이었다. 이 지옥같이 암담한 가정을 구원해 낼 수 있다. 오직 한 가지 방도는 돈의 힘, 돈밖에 없을 것 같았다. 돈이 많아서 금옥의 허영을 맘대로 만족시켜 주면 만사는 간단히 해결될 것이지만, 그러나 그 돈이 문제였다.

하룻밤을 고된 꿈으로 지낸 우식은, 이튿날 집을 일즉 나왔으나, 출근은 아니하고 이날은 은순을 한번 찾아가 보기로 하였다. 잠시나마 생활의 고통을 잊어버리기 위해서는 오직 은순을 맞나보는 그 길밖에 없을 것 같기 때문이었다.

기차에 두 시간 가까이 흔들린 뒤에, 다시 이십 리 산길을 걸어서 용암사에 다은 것은 초겨울 날이 거진 다 저물 무렵이었다. 여관을 잡고 나서 주인에게 은순의 이야기를 물었더니, 주인은

"은순이라는 아이를 어떻게 아십니까?"

하고 경계하는 기색으로 반문하였다.

"어떻게 안다기보다도, 나와 한 회사에 다니던 여잔데, 일전에 이리로 이사를 온다고 했기에 물어본 것입니다."

"아, 그러세요! 은순이는 바루 내 생질녀뻘이 되는 아이랍니다."

주인은 새삼스럽게 반색을 하며 그렇게 말하였다. 이튿날 아침 우식이가 세수를 하고 막 방에 들어오노라니까 은순이가 찾아왔다.

"현선생!"

반가히 웃으면서 나타나는 은순의 얼굴을 보자, 우식은 와락 달려가 쓸어안고 싶도록 반가웠다.

"어제밤에 오셨다는 말씀을 듣고, 어떻게 반가웠는지 몰랐어요. 그동안 여러분들도 다 안녕하세요?"

"잘들 있죠. 은순 씨는 얼굴이 도리혀 전만 못하신 것 같군요?"

은순은 대답 대신 얼굴을 약간 찌프릴 뿐이었다.

이날 우식은 은순과 함께 산과 시내로 진종일 같이 걸었었다. 은순은 소녀와 같이 행복스러워 하였고, 우식은 또 우식이대로 어린 양을 몰고 다니는 늙은 목자와 같이 흡족한 마음씨로 은순을 바라보았다. 용암사 뒷산의 수해(樹海)를 헤치고 깊은 산골짜기를 내려와, 맑은 냇물에 단풍을 띄우며 어린아이들처럼 작난을 치기도 하였다.

"이러구 사진을 한번 찍었음은 좋겠어요."

단풍나무 그늘에 나란히 섰을 때에 은순은 상글상글 웃으면서 지꺼렸다. 은순과 함께 거니는 시간이 길어 갈수록 우식은 새삼스럽이 전신에 희망이 넘치는 듯하였다.

아무 예산도 없이 떠난 길을 하루하루 미루는 동안에 우식은 용암사에서 사흘을 묵었다. 아무 데도 가지 말고 이대로 일생을 보내고 싶도록, 은순의 곁을 떠나기가 싫었던 것이다. 은순도 역시 마찬가지었던지, "이렇게 여러 날 계시면 댁에서 기대리시지 않으세요?" 하고 몇 번이고 같은 말을 하면서도 날마다 우식을 찾아왔다.

나흘째 되는 날 아침에 우식이가 이른 조반을 먹고 서울로 떠나려고 막 여관을 나서는데, 은순이가 불야불야 찾아왔다.

"기어히 떠나시는군요?"

은순은 울가방스러운 표정으로 그렇게 말하고 나서 입술을 깨물었다. 지난 사흘 동안은 마냥 소녀와 같이 명랑하기만 하던 은순이었거만, 오늘은 작별이 서러운 탓인지, 몹시 침울해 하였다.

"어차피 한번은 떠나야 할 길이기에 오늘은 떠나렵니다."

우식은 일부러 너털웃음까지 웃어 보이며 천연덕스럽게 대꾸하였으나, 내심으로는 가슴이 쓸아리도록, 은순과의 작별이 괴로웠다.

"이젠 다신 현선생님을 못 뵈을지도 모르겠어요."

"왜?……. 어디 가시오?"

"네, 멀리 멀리로 가요."

"멀리라니?"

"멀고 먼 나라로요. 아라비아의 사막보다도 더 멀고 먼 나라로요!"

호젓한 산길을, 우식의 곁으로 타박타박 따라오며 그렇게 지껄이는 은순의 눈에는 순간 눈물이 글성하게 고였다. 우식은 웬일인지 가슴이 선뜻했으나 일부러 무심한 듯이

"아라비아의 사막보다도 더 먼 나라라면 극낙이게요?"

하고 농담으로 돌리려 하였다. 그러나 은순은 어디까지든 진실한 어조로,

"극낙을 지나서 더 멀고 먼 지옥으로 간답니다."

"지옥? 은순이 같은 천사가 무슨 죄가 있기에 지옥엘 간단 말이오?"

"금생의 죄는 없어도 전생의 죄가 태산 같은지 누가 알겠어요. 그러기에 지옥보다도 더 무섭고 싫은 데로 가게 되는 것이죠."

은순은 솟구쳐 오르는 서름을 참는 듯이 발뿌리만 내려다보며 그렇게 말하였다.

어느듯 용암사가 발밑에 아득하게 굽어보이는 산마루에까지 올라왔을 때였다.

"자아, 인젠 그만 돌아가시죠. 그냥 따라온댔자, 서울까지 갈 수는 없는 일이구……."

"네! 그럼 이만 돌아가겠어요."

은순은 허리를 굽혀 공손히 인사하고 나서, 문득 생각난 듯이,

"참, 제가 현선생님께 여쭈려고 하면서도 차마 입으로 여쭙기가 어려워서 편지로 쓴 것이 있어요. 이 편지는 서울까지 가셔서 읽어 주세요!"

하며, 손 안에 접어들었던 편지를 우식에게 내밀어 주었다.

"무슨 사연이길네. 이렇게? ……."

"나중에 읽어 보세요! 그럼 저는 그만 돌아가겠어요. 안녕히 가세요!"

은순은 다시 한 번 허리를 굽혀 보이고 나서 이번에는 고개도 수그린 채 돌아서더니 바람처럼 휙휙 언덕을 내려가 버렸다.

우식은 어쩐지 가슴이 뭉쿨하였다. 언덕길을 휙휙 다름질쳐 내려가는 은순의 눈에는 필연코 눈물이 맺혀 있을 것만 같아서, 저 역시 눈시울이 뜨거워 옴을 느끼며, 은순이가 살아진 방향을 오랫동안 멀거니 바라보다가 우식은 어정어정 경황없는 걸음을 산길을 내려오기 시작하였다.

언덕길을 다 내려와 시냇가에 이루자, 우식은 츰넝물 얼켜진 바위에 걸터앉아, 아까 은순이가 서울 가거던 읽어 보라고 하던 편지를 기어히 뜯었다. 필연코 편지 사연이 무슨 비극을 말할 것만 같고, 동시에 그것은 은순과 저와 운명에 커다란 전환을 가져오는 것일 것만 같아서, 궁금하다기보다도 불안스러워 견딜 수 없기 때문이었다.

현선생님! 무엇보다도 선생님을 다시는 뵈옵지 못할 일이 제게는 그지없이 슬픕니다. 지난 사흘 동안을 선생님과 가치 지내면서 저는 무한히

행복스러웠어요. 웨 그런지 모르지만, 저는 무척 즐거웠어요. 그러나 그토록 즐거우면서도, 한편으로는 선생님을 뵈올 때마다 무슨 큰 죄를 지은 사람처럼 마음이 괴롭기도 했어요. 절에서 울리는 종소리는 온갖 번뇌를 소멸시킨다고 하옵니다마는, 저는 지난 몇 날 밤 자다가 새벽 종소리에 놀라 깰 때마다 고민과 불안이 구름처럼 물아 났더랍니다. 현선생님! 선생님과 함께 산으로 들로 혹은 시냇가로 거닐며 단풍과 꽃다발을 가슴에 꺾어 안아 볼 때 저는 얼마나 행복스러운 소녀였겠읍니까? 생각해서는 안될 분인 줄 번연히 알면서도 선생님의 곁에 있을 때면 저는 아무것도 모르는 철부지처럼 기뻤읍니다. 그러나, 저는 이제 멀고 먼 지옥으로 가야 하게 되었읍니다. 지옥! 그렇습니다. 지옥인들 그보다 더 무서울 지옥이 어데 있겠읍니까. 마음에 없는 사람의 안해가 되야 하는 것이 지옥으로 가는 것이나 무엇이 다르겠읍니까. 선생님! 저는 선생님도 잘 아시는 홍창도 씨의 안해가 되게 되었어요!······.

　여기까지 읽어 오던 우식은 소스라치게 놀랐다. 은순이가 창도의 아내가 된다는 것은 너무나 뜻밖의 일이기 때문이었다. 우식은 편지를 손에 든 채 부닥칠 데 없는 분노에 전신을 와들와들 떨었다. 창도가 금옥을 농락한 것쯤은 이제는 문제가 아니었다. 금옥을 백 번 농락하더라도 그것은 용서할 수 있으나 순진한 은순이를 약탈하려는 데는 도저히 참을 수 없을 것 같았다. 우식은 한동안 이를 악물며 분노에 부들부들 떨다가, 다시 다음 사연을 읽었다.

　······ 현선생님이 찾아오시기 바루 일주일 전이었어요. 회사에 서무 과

장으로 있는 오씨가 아버지를 찾아오셔서, 창도 씨가 상처했다는 것을 알리면서 제게 청혼을 하셨어요. 아버지는 당장 결정할 수 없다는 핑게로 오씨를 일단 돌려보내셨지만, 내심으로는 집안에 큰 경사로 생각하셨던가 바요. 하기는 저이 집 같은 지체에, 큰 회사의 지배인이라는 돈 있고 지위 있는 사위를 맞는다는 것이 여간한 영광이 아닌지도 모르죠. 아버지는 제가 아무리 싫다고 우겨 대여도 종내 당신 생각대로 결정해 버리셨어요. 결국 저는 돈과 지위의 제물이 된 셈입니다.

아버지뿐 아니라 온 집안 식구들이 모두 "와! 와!" 떠들 지경이니 제가 아무리 발버둥을 친댔자 아무 소용없는 일이였습니다. 이제 저는 제 앞에 주어진 운명에 울며 창도 씨의 아내나 되는 수밖에 없사옵니다. 현선생님! 이것도 운명이라면 하는 수 없는 일이 아닐까 합니다. 부디 안녕하시기 바라옵니다. 한은순 올림

끝까지 읽고 난 우식은, 이제는 의분과 분노에 흥분하기보다도, 전신의 맥이 탁 풀리며 사지가 나른해 올 뿐이었다. 돈과 지위의 제물이 되려는 은순을 구원하기에 우식 자신은 너무나 무력한 존재임을 슬프나마 깨닫지 않을 수 없었다. 만약 이 사실을 금옥이가 안다면 얼마나 놀랄 것인가! 금옥이가 창도에게 농락당한 것은 자작지얼이기나 하려니와, 순결한 은순이까지가 창도의 돈과 지위에 희생당한다는 것은 너무나 슬펐다. 그러나 오직 슬픔을 느낄 뿐으로, 은순을 구원할 아무런 방도도 없었다.

"은순!"

우식은 맑게 개인 늦은 가을 하늘을 아득하니 우러러보며, 슬픈 목

소리로 처량하게 은순을 불러 보았다. 그러나 이제는 아무리 불러 보아도 소용없는 일이라고 깨닫자, 걷잡을 수 없는 비애만이 솟구쳐 오르며, 두 줄기 눈물이 맥없이 주루루 흘러내렸다.

그리고 그와 동시에, 자기 목숨이 아무짝에도 쓸모없는 고기 덩어리처럼, 전신에 천 근 같은 피로만이 갑자기 느껴질 뿐이었다.

신문 기자(新聞記者)

　김태호 군은 전형적인 신문 기자다. 좋은 의미로나 나쁜 의미로나
'신문 기자'라는 어휘가 일반 사회인에게 주는 모든 인상과 조건을,
김군은 한 몸에 지니고 있었다. 다시 말하면 신문 기자의 장점(長點)
과 단점을 골고루 갖추고 있었다는 말이다.

　가령, 우수한 신문 기자란 상식이 풍부해야 하고, 몸이 건강해야
하고, 용감해야 하고, 그러고도 부지런해야 하는데, 그런 점에서 김
태호 군은 누구에게도 뒤지지 않았다. 그와 반대로 신문 기자의 나쁜
점— 가령 가정인으로서의 의무감이 박약하다는가, 엽기(獵奇)적이
라든가, 주색을 좋아한다든가 하는 점에서도 김군은 역시 남보다 못
하지 않았다. 신문 기자의 그런 나쁜 점이란, 이를테면 직업에 충실
한 데서 오는 필연적인 부산물인지도 모를 일이지만.

　아무러나 김군은 우수한 신문 기자요, 또 자기 자신 신문 기자라는
직업에 프라이드와 만족을 느끼고 있다. 백번 환생을 하더라도 자기
는 언제나 신문 기자가 되겠노라고 김군은 어느 주석에서 이런 말을
술회한 일조차 있었다.

그렇게 직업에 충실한 덕택으로 오늘날 언론계에서는 '김태호' 하면 신망이 상당히 높은 모양이지만, 그러나 개인 생활로 보면 결코 행복스러운 가정인은 못 되었다. 삼십이 훨씬 넘은 오늘날까지 김군이 아직도 독신이라는 것만 보아도 충분히 짐작할 수 있다. 그렇다고 총각이라는 말은 아니다. 스물네 살 때엔가 결혼한 일이 있었으나 이태 후에 이혼을 하였던 것이다.

"자네는 장가들 생각은 않구 왜 밤낮 하숙 신세로만 지내나?"

어느 날 밤 김군과 단둘이 술을 마시게 되었을 때에, 나는 그렇게 물어본 적이 있었다.

"난 일생 동안 독신으로 늙을 작정이네."

"왜?"

"결혼 생활은 한 번 해 보았으면 그만이지. 두 번 세 번 되풀이할 일은 아니야ㅡ. 내가 다시 한다는 것은, 또 하나의 여성을 불행에 떨어트리는 결과밖에 아무것도 아니야!"

김군은 거나하게 취한 얼굴에 너털웃음까지 띠어 가면서 대답이다.

"그게 무슨 소린가? 참 언제 한번, 자네한테 물어보고 싶던 일인데 자네는 왜 이혼을 했나?"

"내가 어리석어서 그랬는지두 모르지, 자네, 내 이혼담을 한번 들어 보려나?"

"듣지! 듣구말구!"

나는 호기심이 바짝 동하였다.

"이것두 소설 쓰는 데 참고가 될지 모르니까 한번 들려줌세! 내가 이혼한 것이 십, 몇 년 전인가, 하여튼 소위 북지 사변이 한창 고도에 달했을 때의 일일세. 그때 나는 대판 조일 신문 경성 특파원으로 눈부신, 하하하 웃지 말게. 이 사람아! 정말 눈부신 활약을 하고 있을 땐데, 집에서는 자꾸 장가를 가라는 거야. 장가니 뭐니 그런데 흥미를 느낄 여유가 없었지만 집에서 하두 성가시게 구니까, 그 성가신 것이 귀찮아서 그냥 결혼을 해 버렸지. 그런데 결혼한 지 사흘 만에, 나는 북지 방면에 종군 기자로 떠나게 되었네. 신문 기자로 한참 활약해야 할 판인데, 그까짓 신혼 생활이 어디 문제나 되나. 북지에서 석 달 동안 딩굴다가 돌아와 보니, 안해는 얌전히 기대리구 있단 말야! 그러나 돌아와서두 어디 신랑 노를할 틈이 있어야지. 낮에는 사면팔방으로 취재하러 돌아다니다가 밤이면 밤을 새여 가면서 술 먹느라구 사흘 나흘식 집에 들어가지 않기가 예사였지! 그래두 안해는 일언반구 불평불만 없이 나를 기대리구 있단 말야. 여편네야 참말 얌전하고 정숙한 여자였지! 아무러나 시종이 여일하게 그렇게 얌전히 기대려 주고 있는 것을 보니까 나중에는 차츰 양심에 가책이 느끼지데그려! 그래서 일시는 억지로 일직암치 집에 돌아오군 했지. 안해는 물론 대단히 좋아하데. 그러나 나는 조곰도 유쾌치는 않단 말야, 집에 일즉 돌아와서 가정 봉사를 하는 것이 안해에게는 다행일지 모르나, 내게는 고통이었다는 말일세. 자네도 짐작하다싶이 신문 기자란 술좌석 같은 데서 '도꾸다네'*를 얻는 경우가 많지 않은가. 그런 '도꾸다네'를 놓칠 생각을 하면 집에 있기가 바늘방석에 앉는 것처럼 초초하거던! 그렇게 몇일을 지내는 동안에 내가 도라다녔더라면 으례히 캣취할

* 도꾸다네(とくたね) : 특종(特種).

수 있었던 큰 사건을 몇 가지 놓쳐 버렸네. 그러자 대판 본사에서는, 경성 지국 기자들은 대체 뭘 하구 있기에 이런 큰 기사를 모르고 있었느냐구 '경고'가 오더란 말이지! 가만히 생각하니까 안되겠더군! 이러다가는 죽도 밥도 안되겠더란 말야! 가정인으로 충실하려면 신문 기자라는 직업을 내던지던가, 신문 기자로 살려거던 이혼을 하던가, 양단간 하나를 택할 수밖에 없더란 말야."

"아주 비장한 각오였군그래."

"암, 비장한 각오지! 그런데 아무리 생각해두 신문 기자를 그만두고 싶지는 않더란 말야! 그래, 하루는 안해에게 통사정을 하구 나서, 당신이 나 같은 사람과 맞나기가 잘못이 있으니, 미안한 대루 헤여저 달라구 그랬지!"

"그래서?"

"그러니까, 워낙 얌전한 여편네라, 두말 않구 가겠노라고 하면서, 자기는 다시 결혼할 생각은 않으니, 언제든지 신문 기자를 그만두는 날 다시 자기를 찾아 달라는 거야!"

"천사로군그래!"

음, 천사지. 나두 그 말을 듣구 눈물을 흘렸네! 그러나 나는 눈물을 흘리면서두 안해와 헤여지지 않을 수 없도록 신문 기자라는 직업과 열렬히 연애를 한 셈이지."

"그래 그 여인은 아직두 재혼을 아니했나?"

"그의 고향이 이북이라, 해방 후에 일은 모르지만, 해방 전까지는 해주서 독신으로 국민학교 선생 노릇을 하고 있었지. 생각하면 정말 미안한 일이야! 헤여질 때의 말인즉 재혼을 아니하겠노라고 했지만,

정말 그럴 줄이야 알았나!"

"그럼 이제 만나면 다시 결혼할 생각인가?"

"글세…. 미안은 하지만, 다시 결혼할 의사는 없는걸!"

"하여튼 신문 기자에 대한 자네의 열성은 대단하이!"

나는 김군에게 축배를 들지 않을 수 없었다.

이윽고 술집을 나온 김군은,

"여보게! 우리, 좋은 데 구경 가 볼까?"

하고 뜻있이 싱그레 웃으면서 말하였다.

"좋은 데라니?

"사창굴 말이야!"

"사창굴? 왜 생각이 달러지나? 가 보세그려!"

말로만 들어오던 사창굴이라 나는 서슴지 않고 김군을 딸아섰다.

예전 조선 신궁 앞까지 자동차를 몰아온 우리들은 층층게를 올라가서, 음악 학교를 지나, 후암동으로 넘어가는 캄캄한 솔밭 사이에 들어섰다. 캄캄한 솔밭 속이라 길조차 보이지 않아서 무시무시하건만, 김군은 덥벅덥벅 잘도 걸었다.

이윽고 김군은,

"어— 취한다! 몹시 취하는걸."

하고, 누구 들으라는 듯이 일부러 술티름을 꺼르륵 하면서 그렇게 지꺼렸다. 그러자 잠시 후에 어디선가 사락사락하고 마른 풀을 밟으며 가까이 걸어오는 발소리가 나더니 돌연,

"어디들 가세요! 놀다 가시지 않으세요?"

나무 그늘에서 여자의 발소리가 들려왔다.

얼굴은 알아볼 수 없으나, 젊은 여자의 목소리다.

에쿠 나타났구나. — 나는 가슴조차 두근거림을 느끼며 잠자코 섰노라니까, 김군은 천연스럽게

"응, 그러잖어두 놀러온 길이네. 자네 아지트가 어딘가?"

"바루 조기애요."

"바루 조기라면 제 삼 호 방공호 말인가?"

"네, 아주 잘 아시네요. 처음이 아니시군요?"

"아따 나야말로 자네들의 밥통일세, 그런데 가만있자, 우리는 두 사람인데 자네 혼자서야? ……."

"제 동무가 있으니까 염녀 마세요. 사 호실이애요."

"사 호? 그러면 바루 가깝군그래. 여전 그 여잔가?"

"이삼일 전에 바꼈는데, 아주 미인이애요."

"미인이라? 그거 참 듣던 중 반가운 소식이로군그래, 그럼 내가 그리루 가지!"

김군은 그 방면에는 통인지, 여자와 수작을 하고 나서 이번에는 나를 돌아보며,

"그럼 자네는 이 색시 따라가게! 나는 사 호실루 갔다가 나중 불르려 오지!"

하고 어둠 속으로 성큼성큼 걸어 나갔다.

"그럼 가시죠. 발밑을 조심하세요!"

나는 여인에게 그러한 주의조차 받으면서, 편편지 못한 산길을, 그 여자를 따라 삼 호실이라는 방공호로 걸어오고 있었다.

그리하여 우리가 막 방공호 문을 열고 등잔불 빨갛게 켜져 있는 방

공호 안으로 들어서려는데, 저만치 어둠 속에서

"여보게, 강군 ! 강군 !"

하고 소리쳐 부르는 소리가 들려왔다. 틀림없는 김군 목소리였다.

"왜 그러나?"

나는 가슴이 철렁함을 느끼며, 얼른 김군께로 달려갔다. 김군은 가쁜 숨으로 달려오더니

"여보게 가세! 얼른 가세!"

말보다도 몸이 어둠 속으로 앞서 달려갔다. 나는 영문을 몰라, 가슴이 자꾸만 두근거리며, 치가 브르르 떨렸다.

"왜 그러나? 경관이 왔던가?"

음악 학교 후원에까지 따라와서야 비로소 나는 가쁜 숨을 돌리며 물었다.

"경관이라면 무슨 문제겠나!"

"그럼? 도깨비라도 만난단 말인가?"

"지금 내가 사 호실 방공호를 찾아갔지 않았나! 찾아가서 문을 두드리니까 안에서 문이 살며시 열리며 "네, 들어오세요!" 하고 색시가 몹시 서투른 반색을 하는데 보니 그게 바루 그 여자더란 말일세. 저는 광선 관계로 나를 잘 못 보았겠지만 나는 잘 보았는데 틀림없는 그 여자야. 필시 생활난 때문에 그런 데 나왔을 거야. 그렇지 않다면야 그 여자가 어디 그런 데…. 이러고 보니 나는 용서할 수 없는 죄인인걸!"

김군은 아닌 때에 침통한 목소리로 중얼거렸다.

"아니 이 사람아! 그 여자가 대체 누구였길래. 사내답지 않게 별안

간 참회까지 하고 있나?"

"여보게 강 군 ! 세상에 이런 일도 있을 수 있나? 이삼일 전에 새로 나왔다는 제 사 호 방공호의 밤의 여자란, 바루 옛날의 내 안해이더란 말일세. 그 여자를 그런 데서 만났으니 내 맘이 어떻겠나!"

"뭐? 자네의 옛날 부인? ⋯."

나는 깜짝 놀라며 물었다.

그러나 내가 놀랄 때에는, 김 군은 이미 냉정한 직업의식으로 돌아가서 태연히 다음과 같이 말하였다.

"아무려나, 내일은 사회면 '다찌기리'* 기사 거리가 생겼네! 선량한 부여자들이 생활난으로 밀매음을 하지 않을 수 없게 되였다는 사실! 그런 사실처럼 중대한 사회 문제가 어디 있겠나!

김태호 군은 역시 전형적인 신문 기자였다.

* 다찌기리 : 신문의 박스형 기사.

사향가(思鄕歌)
어떤 학도병(學徒兵)의 수기(手記)

일구사사년 사월 이십 일(一九四四年 四月 二十 日)!

계절(季節)은 틀림없는 양춘가절(陽春佳節)이다. 지금쯤은 우리 고향(故鄕) 마을에도 집집마다 울타리에 개나리꽃이 피었고, 모든 산(山)들이 진달래꽃으로 붉에 타오르고 있으리라. 봄이 오면 노랑 개나리꽃 피는 그 마을, 봄이 오면 붉은 진달래꽃 만개(滿開)하는 그 산(山)들. 아아 꽃으로 단장(丹粧)되었을 고국(故國)의 봄이 안타까이 그립구나.

그러나 나는 시절(時節)의 봄을 말하지 않으리라. 봄을 참된 기쁨으로 마지할 수 있는 그날이 오기까지에는 나는 죽어도 봄을 생각지 않으리라. 산송장이나 다름없는 지금의 우리에게, 봄이 무슨 봄이며, 꽃이 무슨 상관이더란 말이냐! 지금 우리들은 모든 것을 참고 견대야 한다. 모든 원한(怨恨)과 모든 울분(鬱憤)을, 눈물을 삼키고 혀를 깨물면서 참아야 한다. 그리하여 우리들 앞에, 다시 새로운 희망(希望)의 깃발이 퍼덕이는 그날, 우리들은 목이 터지도록 봄의 노래를 웨치자. 삼천리(三千里) 방방곡곡(坊坊曲曲)이 진동하도록 승리(勝利)의 함성(喊

聲)을 울리자. 그때까지는 아아 그때까지는, 쓸아린 고초(苦楚)와 뼈저린 오뇌(懊惱)를 가슴 깊이 부둥켜안은 채, 이를 악물고 참어야 한다. 참고 견대야 한다.

오늘이 사월(四月) 이십 일(二十 日)! 돌아보건대, 원대(遠大)한 희망(希望)을 품고 학창(學窓)에서 씩씩히 날뛰던 우리들 젊은 학도(學徒)가 일본 군국주의(日本 軍國主義)의 노예(奴隸)가 되어, 소위(所謂) '학도 특별 지원병(學徒 特別 志願兵)'이라는 미명(美名)으로 왜적(倭敵)의 땅에 끌려온 지도 어언간 석 달이 되었다.

일천구백사십사년 일월 이십 일(一千九百四十四年 一月 二十 日)! 우리들 젊은 학도(學徒)가 용산역두(龍山驛頭)에서 그리운 부모 형제(父母 兄弟)와 피눈물로 이별(離別)하고 고국(故國)을 떠난 이날, 지금부터 꼬박히 석 달 전인 굴욕(屈辱)의 이날을 우리들은 꿈엔들 잊을 수 있으랴! 그때 용산역두(龍山驛頭)에서 서로서로 부둥켜안고 울부짖던 수만 군중(數萬 群衆)의 얼굴들! 자식(子息)을 왜적(倭敵)의 제물(祭物)로 보내는 부모(父母)들의 얼굴, 동생(同生)을 보내는 형(兄)과 누이들의 얼굴, 형(兄)을 보내는 동생(同生)들의 얼굴! 한결같이 피눈물에 젖은 수만(數萬)의 얼굴에 넘처흐르던 그때의 그 슬픔이야말로 우리 겨레의 슬픔이오, 우리 조국(祖國)의 슬픔이 아니고 무엇이던가. 이미 석 달이 지냈건만, 그때의 그 얼굴이 나의 막망에는 아직도 너무나 생생하다. 아니, 내 목숨이 붙어 있는 날까지, 나의 몸에 나라 사랑하는 피가 한 방울이라도 남아 있는 날까지, 나는 그날의 그 슬픔을 절대(絶對)로 잊지 못할 것이다.

지내간 석 달은 나무나 쓸아린 석 달이었다. 아무런 권세(權勢)와

명리(名利)에도 굴(屈)할 줄 모르는 정의(正義)의 사도(使徒)인 우리들이 모든 희망(希望)과 동경(憧憬)을 묵살(默殺)하고 마차(馬車) 말처럼 살아온 굴욕(屈辱)의 석 달이었다. 무지(無智)한 상등병(上等兵)들의 인종 차별(人種 差別)에서 오는 가혹(苛酷)한 챗죽 밑에서 날마다 원한(怨恨)의 눈물을 삼키며 인종(忍從)에 인종(忍從)을 거듭하며 살아온 쓸아린 석 달이었다.

구박과 학대로 거듭하는 초년병(初年兵)으로서의 맹훈련(猛訓練)이 날마다 계속되었다. 우리들의 어깨에 메여지는 총(銃)은 누구를 쏘아야 할 총(銃)이며, 우리들이 손에 들려지는 창검(槍劍)은 누구의 가슴을 견주고 돌진(突進)할지를 어리석은 그들은 전(全)혀 모르는 모양이다.

초년병(初年兵)인 우리들도 앞으로 석 달만 더 훈련(訓練)하면 이등병(二等兵)이 된다고 한다. 그러나 우리들은 적군(敵軍)의 급등(級等)을 조곰도 탐내서는 안된다. 석 달 후에 온다는 진급(進級)의 날이 우리들에게는 오히려 두렵기만 할 뿐이다. 우리가 초년병(初年兵) 신세(身勢)를 면(免)하는 그날부터 우리들에게는 새로운 슬픔이 닥쳐오겠기 때문이다. 우리는 서로 잠자리만은 다르지만, 낮에는 '특별 지원병 부대(特別 志願兵 部隊)'라는 명목(名目)으로 훈련(訓練)만은 우리끼리만 따로 받고 있어, 아무리 괴롭더라도 서로의 얼굴만 처다보면 거기서 무한(無限)한 위안(慰安)을 받게 되고, 간간(間間)히 교육(敎育)의 귀를 속여 가면서 우리말로 울분을 나누기도 하지만 이등병(二等兵)이 되는 그날이면 우리끼리의 부대(部隊)가 해산(解散)되어 뿔뿔이 헤여지게 될 것이 아닌가. 서로 헤여질 생각을 하면 아무리 괴롭더라도 우리는 언제까지고 초년병(初年兵)이고 싶다.

오늘도 고달픈 하로였다.

오후(午後) 네 시(時)— 하로의 고된 훈련(訓練)을 간신히 맞쳤다. 또 하로를 용하게 참고 견디었다는 안도(安堵)의 한숨을 후우— 내쉬며 마악 각반(脚絆)을 끌르려는데, 돌연(突然) 특별 지원병 부대(特別 志願兵 部隊)는 비상소집(非常召集)하라는 나팔(喇叭) 소리가 우렁차게 울리었다. 끌르던 각반(脚絆)을 다시 졸라맨 우리들은, 나팔(喇叭) 소리가 끝나기와 동시(同時)에 영정(營庭)에 정렬(整列)하지 않으면 안되었다.

"이제부터 출발(出發)해서 오늘 밤은 철야 행군(徹夜 行軍)을 한다."

이것이, 부대장(部隊長)이 우리에게 내린 명령(命令)이었다. 우리들 오십 명(五十 名)의 대원(隊員)은 눈앞이 아뜩하였다. 아침부터 지독(至毒)한 훈련(訓練)에 기진맥진(氣盡脈盡)한 우리들에게 철야 행군(徹夜 行軍)이란 너무나 가혹(苛酷)한 명령(命令)이었다. 청천(靑天)의 벽력(霹靂)보다도 더 무서운 명령(命令)이었다. 그러나 아무도 불평(不平)을 말하지 않았다. 아무도 불평(不平)을 말할 수 없었다. 아무리 부당(不當)한 명령(命令)을 내리드라도, 그것이 군령(軍令)인 까닭에 한마디의 불평(不平)도 용허(容許)되지 않고 오직 절대복종(絶對服從)만이 있을 뿐인 것이 일본(日本) 군대(軍隊)의 군율(軍律)이었다.

우리의 부대장(部隊長)은 동경고사 출신(東京高師 出身)인 육군 소위(陸軍 少尉)로, 비교적(比較的) 이해(理解) 있는 인테리였지만 그러나 그도 역시(亦是) 일본(日本) 군인(軍人)임에는 다름없었다.

일령지하(一令之下)에 우리는 십 관(十 貫)이 넘는 배낭(背囊)을 질머지고, 행군(行軍)을 나서야만 하였다.

등에 배낭(背囊)을 질머지고, 어깨에 총(銃)을 메고 허리에 창검(槍

劍)을 차고, 우리는 피로(疲勞)한 다리를 이끌며 묵묵(默默)히 걸었다. 밤을 새여 걸어야 하는 끝없이 아득한 행군(行軍)이었다.

한 시간, 또 한 시간— 끝없이 걸어가는 이 길이 고향(故鄕)으로 돌아가는 길이었다면 우리들은, 다리가 아프기로 몸이 고되기로 얼마나 마음이 가벼웠을까.

오후(午後) 여섯 시까지 행군(行軍)한 우리는, 어느 들판 풀밭에서 저녁을 지어 먹었다. 식후(食後)에는 부대장(部隊長)을 에워싸고 풀밭에 삥 둘러앉아서 한 사람식 '군인칙유(軍人勅諭)'를 외여 받치지 않으면 안되었다.

오십 명(五十 名)의 대원(隊員)이 차례대로 외여 받치고 나니 시간(時間)은 어느덧 일곱 시 반이 되어, 늦은 봄 서녁 하늘에 어느새 초생달이 외롭게 떠 있었다.

"아— 저 달!"

달을 우러러본 우리들은, 무슨 신기한 것이나 발견했을 때처럼 모두들 깜짝 놀라며 웨쳤다. 전원(全員)은 한동안 정신(精神)없이 달만 우러러보았다. 부대장(部隊長)도 잠시 달에 취(醉)한 듯, 말이 없었다.

참으로 아름다운 달이었다. 씨슨 듯이 맑고 파르족족한 쪽달이 초저녁 하늘가에 댕그라니 떠 있어, 허허벌판에 쌀쌀한 그림자를 던지고 있었다. 차거우면서도 슬프도록 맑어 보이는 달이었다.

죽은 듯이 고요한 침묵 속에 그 달을 우러러보는 우리들의 눈앞에는 무심중(無心中)에 고향 산천(故鄕 山川)이 떠올라 보였다. 부대장(部隊長)도 한동안 달을 처다보다가 무슨 감흥(感興)이 떠올랐는지, 문득

"달이 하두 아름다우니 행군(行軍) 떠나기 전에 여흥(餘興) 삼아 노

래나 한마디식 불러 보기로, 하지!"

하고 말하였다.

　물론(勿論) 우리들은 대찬성(大贊成)이었다. 피로(疲勞)한 몸에 십 관(十 貫)이 넘는 배낭(背囊)을 질머지고 행군(行軍)하기보다는, 풀밭에 앉아서 달을 우러러보며 노래나 부르는 편(便)이 훨씬 좋을 것은 말할 것도 없었다.

　노래는 곳 시작되었다. 차레차레로 노래를 부르자, 춤을 추는 사람도 있었다. 반공(半空)에 아름답게 비긴 초생달을 우러러보며 허허벌판에 모여 앉어서 떠들어 대는 재미—— 오래간만에 참으로 오래간만에 맛보는 즐거움이었다. 한창 홍이 겨우자, 우리는 마치 요릿집에나 와 앉인 것처럼 박수갈채를 하며 정신없이 떠들었다.

　그러자 연희 전문 출신(延禧 專門 出身)인 K군(君)에게 노래의 차례가 왔다. K군(君)은 워낙 노래 잘 부르기로 유명(有名)한 동무였다. K군(君)이 고즈넉히 일어서자 일동(一同)은 우뢰 같은 박수(拍手)로 그를 맞었다. 박수(拍手) 소리가 꺼지자, 사방(四方)은 갑재기 죽은 듯이 괴괴하였다. 우리는 긴장된 귀를 기우리며, 이젠가 이젠가 하고 뭇 시선(視線)을 K군(君)의 얼굴에 모으고 있었다.

　그러나 K군(君)은 좀처럼 입을 열려고 하지 않었다. 고개를 약간 치켜 얼굴에 푸른 달빛을 받으며, K군(君)은 이삼 분간(二三 分間) 잠잫고 달만 우러러보고 있었다. 그러한 K군(君)을 바라보고 있는 동안에, 우리는 이상하게도 안개같이 애닯은 감정이 가슴에 솟아올랐다. 소리 없는 애닯음이 가슴에서 가슴으로 안개같이 퍼저 나가는 것을 깨달았다.

이윽고 K군(君)은 고개를 돌리며

"부대장(部隊長)님!"

하고 힘찬 목소리로 부대장(部隊長)을 불렀다.

"왜?"

부대장(部隊長)도 K군(君)을 마조 보았다.

"조선 노래를 불러도 좋습니까?"

하고 K군(君)이 다시 물었다.

너무나 의외인 K군의 질문에 우리들은 소스라치게 놀랐다. 누구나가 조선 노래를 부르고 싶으면서도, 허락(許諾)되지 않을 것을 짐작하고, 못 물었기 때문이었다. 우리들 일동(一同)의 얼굴에는 긴장과 기대의 빛이 좌악 퍼졌다.

부대장(部隊長)은 한동안 대답이 없었다. 일 초! 일 초! 긴장의 절정에 달한 시간이 소리 없이 흘렀다. 그러다가 부대장(部隊長)은 문득 굳은 결심이라도 하듯이 고개를 번쩍 들며

"그래! 조선 노래를 부르게! 무슨 노래를 부르려는가?"

하고 말하였다.

그 허락이 떠러지자 우리들은 뜻하지 않고, 와— 하고 환성(歡聲)을 높이 웨쳤다.

K군(君)은 무엇을 부를까 하고 잠시 궁리하는 듯하다가

"아리랑을 부르겠읍니다."

하고 대답하였다.

"아리랑?……. 아리랑이라면 나도 전에 들은 일이 있네! 어서 부르게!"

부대장(部隊長)의 말이 떨어지자, 우리는 또다시 와— 하고 떠들었

다. 조선의 정조가 가장 여실하게 나타나 있는 아리랑을 듣게 된 우리들의 가슴에는, 말로는 형용할 수 없는 감격이 자우쳤다.

K군(君)은 고요히 고개를 치켜서 달을 우러러보았다. 죽은 듯한 침묵(沈默)이 고요히 흘렀다. 한동안 달만 우러러보고 있던 K군(君)은 문득 잔기침으로 목청을 가다듬었다. 우리들은 저 모르게 주먹을 불어 쥐였다. 이윽고 K군(君)은 달을 우러러보며 고요한 목소리로 아리랑을 부르기 시작하였다. 달빛 차겁게 흐르는 허허벌판에 애연한 멜로디-가 잔잔한 물결처럼 잔조롭게 흘러 펴졌다.

아리랑 아리랑 아라리요
아리랑 고개로 넘어간다.
나를 버리고 가시는 님은
십 리(十 里)도 못 가서 발병(病) 나네

두 번째 후렴이 되푸리될 때에는 우리들은 후렴만은 일제히 소리 내여 합창(合唱)하였다.

아리랑 아리랑 아라리요
아리랑 고개로 넘어간다.
되놈은 왔다가 되 가는데
왜놈은 왔다가 왜 안 가나

K군(君)의 노래는 차츰 애닲어 갔다. 한 절이 끝나고 후렴이 반복될

때마다 합창(合唱)하는 우리들의 가슴에도 애닯은 감정의 안개처럼
퍼저 오르기 시작하였다.

　　아리랑 아리랑 아라리요
　　아리랑 고개로 넘어간다.
　　고향 산천(故鄕 山川)을 어디다 두고
　　누구를 찾아서 나 여기 왔나

　　아리랑 아리랑 아라리요
　　아리랑 고개로 넘어간다.
　　밤마다 꿈길로 가 보는 고향(故鄕)도
　　깨여나 보면은 수천 리(數千 里)로구나

　줄곳 초생달을 우러러보며 노래 부르는 K군(君)의 음성은 시름을
먹음은 듯이 떨렸다. 달빛에 반사(反射)되는 K군(君)의 눈에는 어느덧
눈물이 어리어 있었다. 처음에는 멋없이 떠들어 싸었던 우리들의 가
슴에도 차츰 슬픔이 퍼져서 마츰내는 속속드리 폐부(肺腑)를 파고드
는 듯하였다. 멀리 등지고 떠난 고국(故國)의 정조(情調)를 노래하는 K
군(君)의 아리랑은 우리들의 가슴에 애닯은 사향심(思鄕心)을 자꾸만
자아 주었다.

　　아리랑 아리랑 아라리요
　　아리랑 고개로 넘어간다.

장부(丈夫)의 가슴에 매치는

언제나 풀어서 기쁨이 되나

불세출(不世出)의 영웅(英雄) 항우(項羽)의 백만 초군(百萬 楚軍)을 한
가닥의 옥통소(玉洞簫)로 물리쳤다는 장량(張良)의 사향가(思鄕歌)인들
이토록이야 애닲었을까, 노래를 듣는 우리들의 몸은 떨리고 마음은
현해탄(玄海灘)을 건너 멀리 고향(故鄕)으로 달리었다. 모든 눈에는 눈
물이 매치었다.

노래가 끝난 때에는 우리들은 넋 잃은 사람처럼 멍청하니 초생달
을 바라보며 고향 생각에 잠겨 있었다. 바늘 떠러지는 소리라도 들릴
만치 고요한 이삼 분(二三 分)이 흘렀다.

"그다음!"

하고 마츰내 부대장(部隊長)이 침묵(沈默)을 깨뜨렸다.

만약(萬若) 부대장(部隊長)이 이삼 분(二三 分)만 더 잠잫고 있었드라
면, 우리들은 어느 같은 순간(瞬間)에 고향(故鄕) 그리운 생각에 일제
(一齊)히들 통곡(痛哭)이라도 했을는지 모를 일이었다.

그 눈치를 약빠르게 알아챈 부대장(部隊長)은 기분 전환(氣分 轉換)을
시키려고 다음에서 다음으로 노래를 연다라 시켰다. 그러나 이미 아
모도 노래에 흥겨워하는 사람은 없었다.

사태(事態)는 심상치 않았다. 사태(事態)가 심상치 않음을 깨달은 부
대장(部隊長)은 불시에 철야 행군(徹夜 行軍)을 중지(中止)하고 병영(兵營)
으로 돌아간다는 명령(命令)을 내렸다.

부대(部隊)가 출발(出發)하자, 부대장(部隊長)은 우리에게 생각할 여

유(餘裕)를 주지 않으려고 '가께아시'[*] 행군(行軍)을 시켰다.

우리는 어쩔 수 없이 달리기 시작하였다. 십 리를 달리여도, 이십 리를 달리여도 '가께아시'는 그냥 계속되었다. 가슴에서는 쇳내가 나고 전신(全身)에서 땀이 물 흐르듯 했으나 그냥 달리는 수밖에 없었다. 병영(兵營)까지의 삼십 리 거리(三十 里 距離)를 우리는 단숨에 돌파(突破)하였다. 실(實)로 초인간적(超人間的)인 강행군(强行軍)이었다.

병영(兵營)에 도착(到着)하자, 우리는 명령(命令)에 의(依)하여 즉시(卽時) 각각(各各) 제 방(房)으로 뿔뿔이 흐터졌다.

그러나 자리에 누어도 잠은 오지 않았다. 몸은 솜같이 피로(疲勞)하건만 잠은 오지 않고 고향 생각만이 안타까이 간절하였다. 고요히 귀를 기우리니, K군(君)의 노래소리가 귓가에 분명히 흘러들었다. 눈을 감으면 고향 산천(故鄕 山川)이 눈앞에 포기포기 떠올라 보였다.

한동안 침묵이 흐른 뒤에 어디선가 문득 후— 하고, 땅이 꺼질 듯한 한숨 소리가 들려왔다. 그러자 다음 방에(房)서 거기에 응(應)하는 한숨 소리가 또 새여 나왔다. 그 한숨 소리는 다음 방(房)에서 다음 방(房)으로 자꾸만 퍼저 나갔다. 가슴에서— —가슴으로 원한의 한숨 소리는 밀물처럼 우리들의 가슴에 퍼져 나갔던 것이다.

기막히고도 억울한 신세(身勢) 속에서 절로 흘러나오는 이 공통(共通)된 한숨—말 없는 우리들 사이에 이렇게 줄기찬 공통점(共通點)이 있음을 알었을 때 우리는 눈물이 펑펑 쏟아졌다. 그러나 그 눈물과 함께 미래(未來)를 약속(約束)하는 커다란 희망(希望)이 가슴 밑바닥에

---

 * 가께아시(かけあし) : 구보.

서부터 힘차게 솟아오름을 깨달은 우리는 그 한숨에 무한(無限)한 기쁨을 느끼기도 하였다.

아리랑! 아리랑! 아리랑이야말로 삼천만(三千萬) 우리 동포(同胞)의 혈관(血管)에 한결같이 흐르고 있는 민족정신(民族精神)의 상징인 것이다.

정비석의 해방기 소설에 나타난
환멸의 정조와 낭만적 탈주

1. 들어가는 말

해방의 기쁨은 잠시뿐이었다. 한반도는 남북이 분단되어 냉전체제의 최전선으로 대립한다. 남한은 해방 후 생산력의 저화, 유입 인구의 증대, 높은 실업률, 생계비도 감당할 수 없는 저임금 등으로 위기와 혼란에 빠진다. 또한 식민주의 극복도 당면한 현안이었다. 일제 말기 문인 보국회 등에서 활동했던 작가들은 그것에 대한 죄의식에서 자유로울 수 없었다. 당시 문학 좌담회에서 "어제까지의 허물은 감쪽같이 숨기고 너나 할 것 없이 하루아침에 애국자들로 변신" 하는 사람들에 대한 비판의 목소리도 친일 행위에 대한 처벌과 회개의 요구였다.

해방기에 정비석 역시 친일 과거를 청산하는 문제와 생활고로 실존의 위기에 봉착한다. 실존의 위기를 겪으며, 정비석은 해방 후 약 5년 동안 초기소설에 버금가는 작품 활동, 즉 단편소설 50여 편과 장편소설 6편(『고원』, 『순정』, 『장미의 계절』, 『애련기』, 『도회의 열정』, 『청춘산맥』)

을 창작한다.

해방 전부터 줄곧 정비석은 애정의 세계를 통해 "사실 속에 내포되어 있는 보편성과 필연성을 직관으로 파악하여 그것을 예술적 기교로 표현" 하면서, 그로부터 생의 동력을 찾으려 했다. 그런데 해방 후에는 애정의 세계가 와해되는 아수라장 같은 현실에 직면하고, 환멸의 정조로 현실을 투시한다. 정비석의 해방기 소설에서 주체는 환멸의 현실 때문에 일시적인 좌절감에 빠지지만 이내 탈주의 욕망을 표출한다. 이때 탈주의 욕망은 현실에 대한 단순한 도피가 아니라, 주체가 자신의 존재를 이해하고 그것을 변화시키려는 결단성이며 실존에 대한 책임의식을 일깨우려는 양심의 소리라고 할 수 있다. 하이데거가 주체를 현존재 또는 '세계—내 존재'라고 명명한 것과 연관 지어 볼 때, 정비석의 해방기 소설에서 주체가 자신의 존재를 이해한다는 것은 세계 내에서 역사적으로 구성되는 산물임을 이해한다는 의미이다.

그러므로 정비석의 해방기 소설은 해방기를 환멸로 이해하고 그 속에서 주체의 활동을 규정하고 재구조화한 역사적 재현물이라 할 수 있다. 해방기 현실 속에서 주체가 '지금—여기'의 존재로서 자신을 이해하고 현실에 기투하는 방식에 대한 깊이 있는 고찰이 필요한 이유이다.

2. '불가사리의 수라장'과 환멸의 정조

해방 후 한국 경제는 "살인적인 인플레와 실업자 군상, 그리고 생산 과정 없는 유통 부문의 팽창, 그리고 그러한 과정에서 중간 모리배가 판치는" 아수라장 같은 아노미 그 자체였다. 게다가 유민자의 급격한 유입, 좌우익의 대립은 그런 아노미 현상을 증폭시켰다. 대다수의 대중들은 생활고로 그것을 실감하게 된다. 생활고의 일상화는 해방마저 부정하게 하는데, 「동녀기」의 정희 어머니처럼 "조선이 독립 된 걸 조곰도 고맙게 생각지 않는다우. 괜히 독립이니 뭐니해서 살림살이만 더 구차"해졌다고 토로하는 것에서도 알 수 있다. 생활고는 치안이나 윤리의 파괴, 가족의 해체 등을 야기하는 직접적인 요인이지만 나아가 개개인의 생존 자체를 위협한다.

북한의 토지 개혁 과정으로 땅을 몰수당하고 불가피하게 월남한 작가 정비석에게도 생활고 해결은 이 시기 가장 시급한 문제였다. 아홉 식구의 생계를 책임지는 가장으로서의 생활은 고통으로 다가온다. 가난을 "염천하에서도 책상에 쭈그리고 있어서 붓을 달리지 아니치 못하도록 악착스"러운 것으로 체험하며, "가난처럼 줄기차고 악착스러운 것은 없을 법이다"라고 고백한다. 이런 해방기의 혼란스런 상황은 공포의 정서로 재현된다. 예컨대 이러한 상황을 소설 「고요한 뜰」에서 약육강식의 잔인한 살인행위가 고요 속에서 자행되는 것으로 간명하게 그려 낸다. 어린 소년만이 그 끔찍한 공포를 경험할 뿐 그곳의 다른 생명체들은 공포의 파장을 감지하지 못한다. 이처럼 작가 정비석은 해방기 현실을 잔인함과 폭력이 일상화되고 반복되는 장소로 재현한다. 「모색」에서 "불가사리의 수라장"이라고 단적으로 표현한 것도 그 이유이다.

정비석은 대한민국 단독 정부가 수립되기 직전에 쓴 수필 「도난」에서 범죄의 일상성이 정치적 무능 때문이라고 신랄하게 비판한 바 있다. 그는 여러 번의 도난 경험을 개인적인 불쾌로 여기기보다는 "도적질을 아니할 수 없게끔 하여 놓고 그 사람을 나무래는 것은 나무래는 편이 오히려 어리석다"라고 역설한다. 도덕과 행위 규범이 무너진 상황에서, 적어도 지식인이라면 도덕적 규범과 양심을 지키기 위한 주체의 결단이 중요함을 소설 「암야행로」에서 강조한다. 이 소설은 액자식 구성으로 되어 있는데, 그 외화에서 '나'는 책무 의식과 방향 감각을 상실한 채 혼란 속에 있는 종로 네거리의 군중을 목도한다.

> 종로 네거리는 그대로가 이 나라의 상징일 수 있다. 종로의 로타-리를 중심으로 한 백 메-터의 원(圓)은 그려 그 지구를 도려내여 유리함 속에 넣고 본다면 그대로가 이 나라의 표본일 수도 있다. 우리나라의 표본이 될 수 있는 종로 네거리를 오고 가는 군중들의 얼굴은 너무나 어둡고 쓸쓸하다. 사뭇 바쁜 듯이 모두들 분주히 걸어가고 있으나 그 거름거리의 방향에는 아무도 자신이 없어 보인다. 자기가 걸어가는 방향에 자신이 없기는 늙은이나 젊은이나, 소학생이나 대학 교수나 매일반이다.

인용문에서 보듯, 종로 네거리는 삶의 목표를 상실하고 방황하는 해방기 현실을 표상한다. 이 종로 네거리에서 임화가 '부끄러운' 과거를 기억하면서 "위대한 수령의 만세 부르며 / 개아미마냥 모여드는 천만의 사람"들을 보고 "용기"를 내어 사상적 결단 의지를 다짐했던 것과 달리, 정비석은 방향을 상실한 현실을 조망하고 있다. "우리는 어떻게 살아야 할 것인가"라는 문제를 조명하기 위해 "조곰도 부끄러움 없이 살아가는 가장 양심적인 학자"인 철학 교수의 일상을 통해 구체화하겠다고 말하면서, 내화가 시작된다.

「암야행로」의 주인공 이상훈은 철학 교수로서, '호국 재건의 대업'을 위해 두더지라는 별명까지 얻으면서 학문 연구에 몰두한다. 그가 보기에 '진정한 자유'란 절대 권력의 모순에 대한 대항의식에서 비롯되며, 어떠한 이해타산도 개입되지 않은 상태에서 자신의 판단의 근거를 자유롭게 발언할 수 있는 것이다. 그런 자유가 보장될 때, 비로소 "사회의 질서를 유지하고 국가를 바른 길로 인도하는 원동력"이 된다고 이해한다. 그가 소속한 대학 내에서 문과 과장과 학장을 각기 옹호하는 세력 간에 분규가 발생한다. 두 세력 모두 한편으로 학문과 양심에 대한 책임을 대의명분으로 내세운다. 다른 한편으로 대의명분에 대한 "대외적 선전 가치"가 있는, 즉 평소 양심적이라고 정평이 난 이상훈을 자기편으로 영입하려고 애쓴다. 그러나 이상훈은 자신의 신념을 지키기 위해 그 어느 편에도 참여하지 않는다.

해방 후에 어느 대학이고가 모두 그러하듯이 S 대학에도 동맹 휴학이라는 계절풍이 분 일이 있었다. 그 원인은 대개가 사상 대립에서 오는 투쟁이었다.

따라서 동맹 휴학은 학생 간의 분규로만 머저지지 않고, 교수들 간에도 대립이 있었다. 학생들은 오히려 덩달아 따라오는 덧부치이고 주동자는 교수들 자신이였다. 그러나 다시 한 번 자세이 검토해 보면 근본적인 원인은 사상적 대립이기보다 자가 세력을 부식하기 위한 당파 싸움이오 반대파를 추방하려는 책동인 것이 많았다. 대부분이 그러하였다.

이상훈이 두 세력과 모두 거리를 두는 이유는 대학의 분규 당사자들이 모두 학문과 양심의 자유를 말하지만 실은 그렇지 않다는 사실을 간파했기 때문이다. 그가 보기에 대학분규는 "사상적 대립이기보다 자가 세력을 부식하기 위한 당파 싸움"인 것이다. 그런 인간 군상들 속에서, 그처럼 분규의 양태에 대해 철학의 엄격한 보편성에 따라 사유하고 또 보편적인 방식으로 이를 지양하려 하는 행위는 이질적이며 지탄의 대상이 된다.

이상훈은 두 세력과 일정한 거리를 두고 자신의 신념을 고수하려 하지만, 당장 내일 먹을 쌀이 없어 고통 받는다. 그런데 그는 어떤 내용이든 간에 교재로 팔 수 있는 책을 출간하라는 경리 과장의 충고나 출판업자의 권유를 오히려 불쾌하게 여길 뿐이다. 공정성과 독립성을 수호해야 할 교육계마저, 학문적 양심을 물적 만족과 교환하는 부패한 현실에 대해서 '불쾌'를 넘어 '환멸'을 느낀다. 그런 이상훈을 출판사 사장이나 경리 과장은 면전에서는 양심적인 교수라고 치켜세우면서도, 뒤돌아서서는 무가치한 양심을 지키는 생활의 "가엽고 어리석은 락오자"라고 비웃는다.

북에서 토지개혁 때 재산을 몰수당하고 가난에 대해 절대 불평하지 않겠다고 각오했던 아내 숙경마저도 "먹고 살기 위해서는 정조도 팔아야 하는 판국에 넝마 같은 양심을 고지식하게 부둥켜안고 늘어"

진 남편을 원망한다.

    '국가를 위하여ㅡ. 민족의 장내를 위하여!'
    모두 좋은 사상임에는 틀림없으리라. 그러나 개인의 생활이 없이는 국
가와 민족이 있을 수 없다는 것은, 숙경이가 요새 와서 생활을 통하여 터
득한 새로운 철학이었다.
    그러한 철학은 숙경으로 하여금 남편의 양심을 비웃지 않을 수 없게
하였다.
    양심적인 대학교수의 안해라는 자긍심도 이제는 시들하였다.

    생활고로 인해, 이상훈 교수의 든든한 지지자였던 아내 역시 '국가
와 민족'을 위해 '개인'을 희생하는 남편의 태도를 비웃는다. 심지어
자신이 신념을 가지고 가르쳤던 학생들마저도 그를 처세술에 능한
"비양심적인 회색분자"이자 "기회주의자"로 매도하는 한편, 대학 분
규를 관망하는 태도를 비난한다. 분규 세력들이 임의대로 자신들의
성명서에 이상훈의 이름을 집어넣은 내막을 모르고, 알려고도 하지
않는다. 드러난 현상만으로 판단한, 학생들은 이상훈 교수에게 폭력
을 행사한다. 폭력은 대부분 양심이나 가치에 대한 합리적인 판단이
나 논리적 설득을 할 수 없을 때 행해진다는 점에서, 학생들의 행동
이나 주장의 근거가 빈약함을 반증하는 사례이다.
    이처럼 이상훈은 자신의 신념이나 진정한 자유에 대한 동의나 동
의자를 전혀 구할 수 없는 현실에 봉착하게 되고, 이상과 현실과의
불일치의 간극으로 인해 환멸의 정조에 빠진다. 그러나 이내 "사회의

질서를 유지하고 국가를 바른 길로 인도하는 원동력"을 상기하며, "나는 순교자와 같이 내 신념에 살아야한다!"라고 결단한다. 현실에서 동의나 동의자를 발견할 수 없기 때문에, "캄캄한 밤길을 더듬어 나가는 이상훈의 마음 역시 밤길과 같이 한없이 캄캄"한 것은 필연적이다. 그럼에도 불구하고, 그는 그런 현실에 새로운 세계를 기획·투사하는 결의를 다짐하고, 그 결의대로 실존하려고 하는 것이다.

이상훈 교수가 갖게 되는 환멸의 정조는 양심을 위협하는 요소이지만, 양심의 소리를 환기시키는 계기이기도 하다. 환멸을 자아내는 현실을 변화시켜야 한다는 확고한 결단이 뒤따르는 것이 그 증거이다. 결단은 당연히 현실의 문제를 적확히 이해하고 해석할 수 있는 정신적·물리적 시간과 여유를 필요로 한다. 한 시대의 방향타가 되어야할 교수나 대학생들마저 자기의 책무를 잃어버리고 조급하게 그리고 정신없이 달려가고 있는 것이 현실이다. 그 역시 '양심을 저버리는' 행동을 조급하게 강요받지만, '불가사리의 수라장'이라고 여기는 존재에 대한 이해와 그 존재에 대한 근본적인 물음을 제기하며 그런 현실과 거리를 두고 조망하고 있다. 하이데거에 의하면, 존재 물음 (Seinsfrage)은 "삶과 시대에서 유리된, 순수하게 강단 철학적인 관심사가 아니라 현대 문명이 부딪히고 있는 위기를 극복하려는 절박한 관심사에서 비롯"된다. 이 작품이 남북 단독 정부 수립에 이어 여순 반란 사건을 계기로 좌익 문인들이 남한에서 모두 축출된 다음에 발표한 작품이라는 점에서, 이상훈의 존재에 대한 근원적인 물음은 국가의 재건이라는 절박한 관심사와 불가분의 관련이 있다. 그런 점에서 이상훈의 환멸은 국가 재건의 조급함에 대한 경고의 메시지일 수 있다.

양심을 저버린 남편에 대한 비판과 여성의 존재 물음을 그려낸 「향로」, 「연락선」, 「안해의 항의문」에서도 환멸의 정조를 발견할 수 있다. 「향로」에서 은경은 "십 년이 넘는 결혼 생활에 말다툼 한 번 없었던 행복"감을 느끼지만, 남편이 자신보다 더 애정을 쏟는 골동품 향로를 보는 순간 곧 부부애가 없는 가정에 대한 깊은 환멸에 빠진다. 「연락선」에서도 장인의 돈을 삼키려는 남편이 가하는 일상적인 폭력을 감내하던 아내가 죽음을 각오한다. 그 순간 남편에 대한 환멸을 느끼고 남편과 결별하는 결단성을 보인다.

「안해의 항의문」에서는 환멸의 정조가 「암야행로」처럼 네이션의 문제와 결부되어 재현된다. 이 소설은 주인공 한은옥이 남편에게 보내는 서간문 형식으로 되어 있다. "남편과 안해의 공동 의사로서 경영 되어야할 부부 관계"에 대한 아름다운 환상을 갖고 20살이나 나이가 많은 남편과 결혼했던 시기를 회상하면서, 소설은 시작된다. 은옥은 결혼 첫날밤부터 외박한 남편에게 다음날 유린당하듯 육체관계를 맺고, "집에서 기르는 매음녀"라는 자괴 속에서 살아왔다고 고백한다. 그러면서 남편에게 길들여져 육체적 쾌락과 욕구로 남편을 기다렸던 자신의 무력함과 무반성을 후회한다.

오직 미미한 한 여성인 대로 참되게 살기 위해서 애정 업는 인형의 집과, 불명예스러운 지위를 쩌나는데 지내지 안습니다. 이것은 사람으로서의 최소한도의 욕망에 지나지 안흘 것입니다.

은옥의 이혼은 결혼에 대한 환멸에 기인하지만, 그 결정적 계기는 모리배가 판치는 현실에 대한 환멸이다. 은옥은 지난 3년간 남편이 "가정에 대해 무관심했던 것도 지식인으로서 시대적 고민에서 오는" 것이라고 여기고, 오히려 "천박했던 자신을 뉘우치기까지" 하면서 순종적인 아내로서의 부덕을 지켜 왔다. 그런데 동창생으로부터 자신의 남편이 적산가옥을 매매하는 모리배였다는 사실을 알게 되면서 자신의 믿음이 허상이었음을 자각한다. 그녀는 "민족반역자라고 일컬으는 모리배"의 아내로는 살 수가 없다는 양심의 소리를 환기하면서, 이혼을 결심한다. 은옥에게 '사람으로서의 최소한도의 욕망'은 남편으로부터 인격적 대우를 받는 것보다 네이션의 주체로서의 자존감과 양심을 지키는 일과 맞닿아 있다.

이처럼 정비석의 해방기 소설에서 주인공들은 네이션의 주체로서 자존감과 양심을 훼손당하는 아수라장 같은 현실에서 환멸을 느끼고 생명력을 소진해 버린다. 그럼에도 불구하고 존재의 물음을 통해 자기를 구원하려는 정열과 환멸적 세계를 변화시키려고 현실에 기투하는 의지를 보인다. 그 의지를 실현하기 위해, 다른 사람의 동의나 동의자를 구하거나 직접적으로 타자와 접촉하지는 않는다. 정비석의 해방기 소설의 주체들은 실현가능한 이념을 제시하거나 타자와 접촉하여 그 이념을 개시하지 않는다. 일반적으로 주체가 실존적 조건을 현실과 유리된 이념의 추구가 아니라 현실 속에서 실현할 수 있는 이념의 추구와 타자와의 접촉으로 획득하는 것과는 다른 방식이다. 대신 시적 세계로 내면을 확장하거나 사회적 질서를 네이션으로 상상하고 재구조화하는 방식으로 낭만적 탈주를 기획하면서, 주체의 실존적 조건을 변화시키려고 한다.

3. 시적 세계의 확대를 통한 생명력 회복

정비석의 해방기 소설에서 재현하는 시적 세계는 주인공들에게 생명력을 회복시켜주는 공간이다. 주인공들은 양심의 소리로 인해 가치 없는 현실, 최소한의 욕망조차 실현할 수 없는 현실에서 환멸을 느끼고 무력감과 자기 열패감에 빠져 있다. "혼자 힘으로 존재의 도전에 대처할 수 없음을 깨닫게 되며, 이 열등한 느낌은 모든 유아적 분투가 발생하는 출발점인 충동력"이 자기 파괴적인 폭력으로 분출되기도 한다. 예컨대 「파도」에서 주인공 현이 그러한 인물이다. 현은 병을 치료하기 위해 간호사 은경과 함께 서해안으로 내려와 요양하는 환자이다. 간호사 은경의 아름다운 자태와 보살핌으로, 사랑의 감정을 갖게 되고 생명력 역시 회복된다. 병은 호전되었지만, "안해 있는 몸으로서 안해 아닌 딴 여성을 사모하는 것은 죄악"이라는 생각으로 이번에는 내적 우울감에 빠진다. 이 우울감은 애정의 실현 불가능성에서 유발한 것으로, 폭력이라는 감정의 역작용으로 분출되고 회복된 생명력마저 다시 소진시켜 버린다. 「운명」에서도 고당 선생은 노년에 나이 어린 아내를 맞이하면서 육체적 욕망을 충족할 수 없다는 좌절감에 빠진다. 젊은 시절 연애를 금수의 야욕 내지 "근래 서양서 건너온 가장 야만적인 풍속"이라고 간주하고 거부했지만, 노년에 이르러 성에 집착한다. 노년에 집착한 성은 열패감만 자아내고 오히려 아내에 대한 가혹한 폭력과 맹목적인 권력 의지로 기이하게 표출된다. 고당 선생처럼 충족 불가능한 욕망에서 비롯된 폭력은 일종의 광기에 해당된다. 광기의 행사는 환멸의 세계에 맞설 수 있는 열정마저 스스로 파괴시키고 죽음을 재촉한다.

정비석의 해방기 소설에서 환멸이 폭력으로 분출되는 경우는 이 두 작품뿐이다. 대부분의 경우 자신의 양심을 필사적으로 현실에 기투할 수 있는 자기 방어적 기제를 모색한다. 특히 「모색」과 「혼명」에서 주인공들은 환멸의 세계에서 고달프게 홀로 기투하면서, 시적 세계에서 자기 방어적 기제를 찾는다.

「모색」의 주인공 현은 "인정과 비인정의 미묘한 경계선"에서 환멸의 정조에 빠져 있는 고독한 주체이다. 그는 "사랑하는 사람의 정조 값이라도 좋으니 돈만 생기면 그만이라는 험악한 세상"을 비인정의 세계이자 환멸의 세계로 여긴다. 그러므로 인정의 세계를 추구하는 "문학하는 사람까지 모리배로 전락"하면 안되며, "민족의 양심과 문화의 성실성"을 수호해야 한다는 신념으로 생활고를 견뎌 낸다. 예술가의 양심을 지키겠다는 신념은 아내의 동의는커녕 오히려 "경멸을 당할 것 같아서 입 밖에도 내지" 못한다.

주인공 현은 환멸의 세계, "먹는 문제를 떠나서 좀 더 아름다운 그 무엇"을 구할 수 있는 시의 세계, 즉 "참다운 사랑"을 찾아 탈주를 시도한다. 참다운 사랑이란 "질투 없는 애정"만이 존재하는 만남을 의미한다. 그러나 자율적인 두 주체가 만나 일체감을 가지고 사랑의 감정이 점차 결혼으로 구조 이동되는 것을 부정한다. 단지 고독한 자신을 이해하고 위안을 줄 수 있는 여성, 즉 "시를 알고, 그림을 알고, 풍류를 아는 여성", "연애는 하되 결혼은 아니하려는 여성"으로 "너무 잔소리가 많"지 않은 여성을 만나고 싶어 한다. 그런 만남을 유지했던 규희라는 여성이 결혼하자, 현은 무척 안타까워한다. 현의 안타까움이 소설 서두에서는 '흉몽'을 꾸는 것으로 표출된다.

다행히도 현은 또 다른 여성, 경숙을 해후하고 나서 질투 없는 애정의 가능성을 재차 경험하고 안도한다. 경숙은 현이 써야 할 글에 대한 정보를 주거나 현의 고민에 대해 상담을 해주고는 담담히 가 버린다. 그런 경숙을 보면서 "남녀 간의 우정이란 저래야 하는 거"라고 자기 위안을 삼고, "사람의 물결을 따라 걸어나"갈 수 있는 힘과 "생에 대한 애착"을 얻는다. 경숙과의 일시적인 만남을 통해, 현은 존재의 절망감을 이해하고 그것으로부터 초월할 수 있는 힘을 추동한 것이다.

「혼명」의 주인공 현우식도 현실을 환멸로 관조하고, 순수한 만남을 통해 현실에 기투할 수 있는 생명력을 회복하려는 고독한 주체이다. 현은 해방 후에 적산가옥을 사서 생활의 안정을 취하려 했으나, "저만 이 잘 살겠다고 살금살금 뒷구멍으로 돌아다니며 왜놈들의 집에 탐을 내"어 돈을 모으는 모리배가 판치는 세상에 대해서 환멸을 느끼고 포기한다. 더욱이 포악스러운 아내는 "지금 세상에 눈 똑똑히 박힌 사람 치구 모리배 아닌 사람이" 없다고 하면서 모리배 노릇이라도 해서 돈을 벌어 오라고 남편을 닦아 세운다. 주인공은 이런 "흡사 생지옥"의 일상을 반복하면서 양심과의 극심한 간극으로 고통 받고 환멸의 정조에 빠진다. 그러나 19살 여사무원 은순을 만나는 순간, "지옥같이 암담한 가정"에서 훼손된 생명력을 "전신에 희망이 넘치는 듯" 하게 회복한다. "늙은 목자와 같이 흡족한 마음씨로 은순을 바라" 본다. 둘의 만남을 소녀와 늙은 목자의 만남으로 표현함으로써 그 순수성과 낭만성을 고양시킨다. 그러나 은순이가 동료인 창도의 후처로 들어간다는 냉혹한 현실에 환멸을 느끼는 것으로 소설은 끝난다.

"은순을 구원하기에 우식 자신은 너무나 무력한 존재임을 슬프나마 깨"닫고 있기 때문에, "의분과 분노에 흥분"조차 하지 못하고 "천근같은 피로"감만 느낄 뿐이다.

정비석의 해방기 소설에 등장하는 고독한 주체들이 소망하는 만남은 육체적 충동을 부정한다. 환멸의 세계에서 교환가치로 수수되는 육체(적 충동)를 인지했기 때문이다. 「운명」의 주인공 현은 아내의 관능적이고 "탐스러운 몸둥아리"를 허영을 채우는 도구, 즉 자신의 동료이자 지배인인 홍창도와 불륜의 관계를 맺은 음란한 '몸둥아리'로 간주할 뿐이다. 『장미의 계절』에서도 유란의 관능적 육체는 돈을 버는 수단에 불과하다. 환멸의 세계에서 여성의 관능적 육체가 도구화된다고 여기는, 주체는 그런 육체를 부정하는 대신 순수한 만남을 찾아나선다. 그 유랑의 한 편에 소녀에 대한 동경과 만남이 존재한다.

「소녀의 주검」, 「동녀기」, 「동정녀」에서처럼 소녀와의 만남은 순수한 영혼을 환기시켜 주체의 내적 행복감을 충족시키고 그것을 미적인 것으로 고양시킨다. 소녀를 지칭하는 동(童)이라는 의미는 다시 시작한다는 의미를 내포한다. 소녀와의 만남을 통해, 주체는 소녀와 자신의 어린 시절을 동일시하고, 트라우마가 없는 그 시절로 돌아가서 다시 시작하고 싶다는 욕망, 즉 훼손되지 않는 존재로의 낭만적인 퇴행 욕망을 꿈꾼다. 이런 욕망은 환멸의 세계 속에 존재하는 실존에 대한 강한 부정이다. 식민자의 논리에 순응했던 존재들이 반성 없이 새로운 시대의 주역으로 등장하는 현실에 대한 비판이자 작가 자신의 비판인 것이다. 소녀를 동경하고 만나면서, 주체가 '부끄러움'을 느끼는 것도 그러한 이유에서이다.

「소녀의 주검」의 주인공 현은 보현암에서 13~4살가량의 생선 파는 소녀를 만나게 된다. 생선을 팔아 가장 역할을 하는 소녀와의 만남은 무기력한 자신을 부끄럽게 반성하는 계기가 되고, "생에 대한 욕망을 알아보게 용소슴치는 것을 넉넉히 느낄 수 있었다." 소녀가 감기로 죽지만, 소녀와의 짧은 만남은 생의 영원한 동력이 된다. 「동녀기」에서도 현은 소녀와의 만남을 "황홀한 것"이라고 표현한다. 또한 전차에서 우연히 여차장이 된 옆집 음전이를 만나 "소녀의 성스러운 양자"에 "감사와 감동"을 느낀다. 그런 소녀와의 만남을 통해, 주인공은 자신의 무력한 생활에 부끄러움을 느끼는 한편 생명력을 획득한다. 「동정녀」에서도 주인공은 우연히 "여학생 제복을 입은 소녀"를 만난다. 그 소녀를 "경의와 선망에 찬" 시선으로 바라보면서 "태양보다 더 큰 행복"을 만끽한다. 졸업으로 더 이상 소녀를 만날 수는 없지만, 소녀의 행복을 비는 마음으로 자신의 생을 살아가기로 다짐한다.

이와 같이 정비석의 해방기 소설에서 주인공들이 소녀와의 만남을 통해 환멸의 세계로부터 벗어나 내적 만족의 충일을 느끼고, 그 만족을 미적인 세계까지 끌어올리고 있다. 환멸의 세계가 강요하는 비양심적인 가치나 요구로부터 탈주하여, 자신만의 자율적이고 독자적인 시적 세계를 확장해 간다. 따라서 소녀에의 동경이나 만남은 대상을 소유하거나 지배하려는 데서 오는 만족감이 아니라 대상 자체가 지닌 아름다움을 느끼는 데서 오는 쾌감으로 재현된다. 칸트의 말을 빌리면, 소녀를 통해 고양된 미적인 것은 반성적 직관이자 무관심으로 주체에게 직접적인 즐거움을 준다. 그 자체가 합목적성의 형식이기 때문이다. 소녀와의 만남이 일시적이고 아주 짧은데, 그 이유는 소녀와의 만남이 짧을수록 소녀에 대한 동경의 순수함과 내적 충일감이 고양되기 때문이다. 소녀는 극히 주관적인 욕구의 투사물로서, 현실에 대립하는 이상적인 삶을 향해 고조된 욕망의 내적 실현을 반영하고 있다. 그런데 「동녀기」에서 음전과의 만남처럼 환멸의 세계에서, 즉 버스 차장으로 근무할 때는 서로 회피하고 싶어 한다. 시적 세계의 확장은 주체의 양심이나 신념이 현실의 세계에서 파멸될 수밖에 없다는 절망적 통찰을 전제하고 있고, 또한 현실적 이해관계 없이 시적 세계에서 획득한 만족감은 무위로 끝나 버릴 것이라는 예측이 가능하기 때문이다. 그런 의미에서 소녀와의 만남은 환멸로부터의 낭만적 탈주이지만, 퇴행 불가능성을 인지하는 계기이기도 하다.

그러므로 시적 세계의 확장은 비인정과 인정의 경계에서만 가능한 것이며, 새로운 세계로의 욕망을 늘 내포하고 있다. 현실과 이상의 경계에서 고독한 주체가 시적 세계로 자신의 내면을 확장함으로써 환멸의 세계를 탈주하는 한편, 정비석의 해방기 소설은 네이션을 상상하고 그 공동체를 구성하려는 주체의 미래 의지를 통해 비인정의 세계로부터 탈주를 시도하기도 한다.

4. 네이션의 상상을 통한 공동체 구성

정비석의 해방기 소설에서 네이션(Nation)의 상상은 환멸의 세계를 재구조화하려는 낭만적 열정이자 월남 유민자가 된 작가의 불안의

식의 소산이다. 양심의 부정을 강요하는 현실은 피상적인 만남에 대한 안타까움, 공적 영역에서부터의 소외감, 새로운 주체에 대한 동경, 유민 의식 등으로 주체를 불안한 원자들로 파편화시키고 환멸의 정조에 빠지게 한다. 정비석은 이런 원자화된 환멸의 세계로부터 그 단편들을 끄집어내고 그것들을 용해시킬 수 있는 세계로, 네이션을 상상한다. 이 상상은 낭만성을 고조시켜 환멸의 현실에 직접 대항하거나 그 현실을 망각하기 위한 것이 아니다. 오히려 주체가 환멸의 세계를 정복하고 양심의 소리에 귀 기울이는 존재 물음의 과정이자 그것을 상상적으로 재구조화한 결과물이다.

정비석은 「동녀기」와 「사향기」에서 네이션이라는 상상적 공동체의 포용과 배제의 작동 방식을 제시한다. 신변소설적인 「동녀기」의 주인공 '나'는 '늙은 느티나무'가 솟아 있는 영도사 앞길을 걸을 때마다 "언제나 꿈을" 꾼다. 그런데 나비 출판 기념회를 마치고 저녁에 귀가하다가, 「추억」이라는 시를 읊조리면서 자신의 소년 시절을 상기한다. 이때 '나'는 애국가를 부르는 소녀를 발견하고, 학생 사건으로 피검되었던 17살 소년 시절로 재차 시간을 거슬러 올라간다. 회귀된 시간 속에 10대의 자신과 현재의 소녀가 '애국가'를 부르는 동일성을 찾아낸다. 동일한 세대의 동일한 노래라는 우연성을 재현함으로써, '늙은 느티나무'로 상징되는 기성세대와 '별'로 상징되는 새 세대가 차별 없이 네이션의 공동체로 포섭된다. 신구 세대가 지닌 식민 경험과 성, 좌우익의 사상 등 해방 정국에 중층적으로 작용하는 현실적 차이들을 모두 소거시키는 '꿈'을 꾼다.

"사요! 나라!"

하고 두 소녀에게 작별 인사를 하였다.

　"안녕히 즈므세요 하지, 사요-나라가 다 뭐냐 애!"

『디아스포라의 기행』의 저자 서경식이 "나의 모어는 일본어지만 모국어는 조선어"라고 한 말처럼, 일제 강점기에 태어난 탓에 지배자의 언어를 모어로 사용했던 소녀들의 반성은 육체에 각인된 식민 경험에 대한 반성이다. 소녀들이 모어와 모국어를 구별하고 모국어를 사용하려는 의식적 노력은 식민 기억으로부터 탈각하여 새로운 네이션의 정체성과 합일하려는 욕망이다. 소녀들의 반성과 교정의 노력은 '나'에게도 이미 각인되어 있는 식민 경험에 대한 반성과 교정을 촉발시킨다. 이와 같이 '애국가' 합창과 모국어로의 언어 교정은 신체화된 일본 잔재를 소거하여 근대 국민국가의 국민상을 창출하려는 끊임없는 노력이다. 따라서 국민으로서 자기 책무에 충실한 소녀들을 "성스러운 양자"로 표상하고, 종로 네거리를 방황하는 사람들의 밤길을 밝혀 주는 '별'로 칭송한다.

「사향가」은 1944년 4월에 학병이 쓴 편지 형식의 소설이다. 이 소설에서 '아리랑'이란 노래는 네이션을 상상하는 기제로 작동한다. '나'는 "무지한 상등병들의 인종 차별에서 오는 가혹한 챗죽밑에서 날마다 원한의 눈물을 삼키며 인종에 인종을 거듭하며 살아온 쓰라린 석 달"을 보낸다. 철야 행군 중 연희 전문 출신의 학병 한 사람이 부른 '아리랑'은 학병들의 합창이 되고, 이들 모두에게 고향을 상기시키고 네이션의 동질감을 공유하는 기제가 된다. 즉 아리랑은 "삼천만 우리

동포의 혈관에 한결같이 흐르고 있는 민족정신"을 환기하고, 일제 식민지 경험의 차이들을 무화시키고 "공통된 한숨"이라는 공통감각을 이끌어 낸다. 학병으로 일제에 복무했던 공적 기억을 일제로부터 받은 개인적 고통, 즉 '한숨'이라는 사적인 집합 기억으로 재배치하고 있는 셈이다. 그 결과 식민지적 고통은 반일의 감정을 고양시키는 요소로만 새로운 네이션을 상상하는 중요한 요소가 된다. 이처럼 정비석은 식민지적 기억을 지우는 것이 아니라 기억을 재조정함으로써, 일제 말기 네이션을 상상했던 것과 달리 네이션을 새롭게 상상하고 그 역사를 새롭게 구성한다.

「귀향」은 정비석이 단독 정부 수립 이전에 발표한 작품이다. 이 작품의 배경은 '오리나무마을'로 제한되어 있지만, 무국적 상태에서 탈식민과 탈제국의 가능성을 그 공간에서 상상적으로 재현하고 있다. 이 소설은 일제의 학대로 인해 21년 전 고향을 떠날 수밖에 없었던 최현수 노인의 귀환으로 시작된다. 최 노인은 해방이 되자 죽은 아내의 유골을 만주 지역에 놔두고, 아들 내외와 함께 귀향한다.

오리나무마을의 입구에 있는 국수당나무는 단절된 민족을 복구하여 그 영속성과 정통성을 정당화시키는 상징물이다. 최 노인이 마을 입성에 앞서 국수당나무에서 "의관을 바로 잡"고 귀향을 알리는 의식을 행한 이유도 통과제의를 통해 민족의 동질성을 회복하기 위해서이다. 물론 이 나무가 초기소설 「성황당」에서처럼 무속적인 힘으로 주체를 자연과 합일시켜 주지는 못한다. 그러나 그 힘의 흔적을 여전히 믿고 있는 최 노인에게 자신과 같은 유민자 가족을 오리나무마을 사람들이 따스하게 맞아 줄 것이라는 희망을 준다. 그런데 '오리나무

마을'은 최 노인에게는 아주 "생소한 얼굴들뿐"인 공간이 되어 버렸다. 마을 운영에 영향력이 없는 노인과 죽은 자들만이 그를 기억하는 사람들이다. 그런 생소함과 유민의식과 구세대라는 이질감으로 인해 '암담'한 무력감에 빠지게 된다.

이때 최 노인의 눈에 들어온 인물은 '오리나무마을'의 새로운 보안 대장이자 첫사랑이었던 탄실의 아들 권동성이다. 그는 해방 후 혼란스러운 오리나무마을의 치안과 행정을 잘 정돈하고, 유민자나 구세대와도 수평적으로 소통하고 그들의 상처마저 '너나없이' 공유하고 '전재민'을 포용하는 젊은 세대를 대표하는 인물이다. 이처럼 젊은 세대는 이 마을의 새로운 지도자가 되어 마을 사람과 수직적 관계가 아닌 수평적 동료 의식으로 상상된 네이션의 이상을 확대해 간다.

> 모두가 그 왜놈들 때문이었지. 너는 잘 모르리라만 그놈들 행패가 오죽 심했서야지. 우리가 고향에서 쫓겨 갈 때만 해두 오까무라ㄴ가 한 일본 놈이 내가 부치던 오천 평짜리 밭을 송두리채 사 가지구 과수원인가 한답시고 내쫓더구나. 하는 수 없이 만주로 건너갈 밖에…… 그렇지만 인제 해방이 되었것다. 어떤 놈이 뭐라겠느냐. 과거에 학대받던 생각을 해서라도 서로서로 힘 도와 잘 살어야지.

오리나무마을에서는 최 노인 개인이 겪은 과거의 고통이 '우리'가 '그놈들'에게 "과거에 학대받던 생각"으로 집단화된다. 개인의 고통이 아니라 마을 사람 모두의 고통이라는 집단 기억을 구성함으로써, '그놈들'의 학대를 받지 않고 "만주 벌판에서 낳서 만주 벌판에서 자란 며

누리"도 모두 학대 받은 민족과 동일 혈통으로 포획된다. 최 노인의 귀환으로 내이션의 역사가 일제의 학대가 심화되던 21년 전으로 소급 되지만, 일제가 붕괴된 시점에서 젊은 세대들이 다시 새로운 네이션 의 역사를 새롭게 기록하고 있는 것이다. 오리나무마을은 과거 민족 의 원형을 부활시키는 공간이지만, 실제로 새로운 네이션의 시원을 구성하는 공간인 셈이다. 구성원의 구조적 지위, 경험 방식, 심리적 욕구에 대한 차이가 새로운 네이션에서는 차별 없이 통합된다.

그러므로 혈통 중심의 민족이 외세에 맞서 싸우겠다는 한 마음으로 일치단결한다. 즉 "아라사와 미국이 함께 들어왔다는 청천병력 같은 말"을 듣고는, 마을 사람들은 "동족 상살지변"이 일어날 것을 걱정한다. '아라사와 미국'은 마을의 치안과 행정을 주도하는 젊은 세대와 더불어 구세대들도 모두 "우리는 나라만을 위해서 일치단결" 하여, 다시는 과거처럼 외세에 나라를 팔아먹지 못하게 할 것이라고 다짐하는 계기가 된다.

> 마을은 화평하였다. 우리 땅에서 우리말을 맘대로 지꺼리며 우리끼리 살아가는 즐거움을 너나없이 모두 느끼고 있었다. 이제는 이 마을과 이 마을 백성들을 곱다랗게 다스려 줄 우리 정부가 하로바삐 수립되기를 기 대리는 것밖에 없었다.

외세의 등장은 오리나무마을 사람들에게 '우리 땅에서 우리말을 맘대로 지꺼'릴 수 있는 자유가 보장된 새로운 '정부' 즉 국가의 수립에 대한 필요성을 제기하는 당연한 수순을 밟게 한다. 근대적 시간에 네이션의 역사적 시간을 정주시키고, 국가의 미래를 구조화한다. 그런 점에서 오리나무마을은 개인의 정체성이 자연과 합일했던 과거 고향의 복원이 아니라, 민족의 정체성을 국가의 정체성과 일치시키는 근대적 공간이다.

게다가 오리나무마을에 안착한 최 노인은 첫사랑이었던 탄실을 만나서, 마을의 젊은 지도자인 권동성이 자신의 아들이라는 사실을 전해 듣는다. 만주를 유랑할 때 자식을 낳지 못했던 그였다. 그런데 탄실이 자신의 자식을 낳고, 그 아이가 네이션의 새로운 지도자로 성장한 것이다. 그는 권동성을 통해 "언제나 이 마을 사람들로 해서 유지되여갈" 수 있는 혈통의 영속성을 확인하고 자기 존재의 정당성을 재차 확인한다. 그러므로 죽음을 앞 둔 탄실과 자신, 그리고 만주에 두고 온 아내의 유골을 네이션의 역사 속에 묻기 위해, 기꺼이 묏자리를 보러 산을 헤매는 행복감과 정부 수립에 대한 기대감으로 소설은 끝난다. 최 노인은 네이션의 이상이 진행하는 과정을 주시하고 자신의 소임을 새로운 세대에게 이양하는 역할을, 한편 모성으로 호명된 탄실은 네이션을 영속시키고 최 노인에게 네이션에 안착할 수 있는 정당성을 부여하는 역할을 수행한다. 이와 같이 정비석 소설은 가부장적 이데올로기에 근대성을 부여하고 젠더의 차이를 제도화하고 성적 실천을 위계화하는 근대 국가의 일반적 속성을 그대로 재현하고 있다.

5. 맺는 말

이상에서 정비석의 해방기 단편소설을 대상으로 주체의 존재 방식을 고찰하였다. 해방기 소설에서 정비석은 존재 물음을 통해 양심과 가치가 전도된 현실을 관조하는 주체를 그려낸다. 주체는 현실을 환멸의 정조로 관조하면서, 양심을 수호하고 존재의 이상을 실현하기 위해 탈주를 시도한다. 이 탈주 욕망은 현실세계에 직접 개입하여 개혁하는 방향이 아니라, 시적 세계의 내면을 확장하거나 소외와 분열을 극복한 조화로운 인간상을 구현할 수 있는 네이션을 상상하는 방향으로 낭만적으로 재현된다.

정비석의 해방기 소설에서 시적 세계의 확장은 이성과의 만남으로 구체화된다. 이성과의 만남을 통해, 주체는 환멸의 세계와 시적 세계의 경계를 오가면서 생명력을 회복한다. 특히 소녀와의 만남은 환멸의 세계 속에 존재하는 실존의 부정과 훼손되지 않는 존재로의 낭만적인 퇴행 욕망과 관련 있다. 이 만남을 통해 주체는 환멸의 세계로부터 벗어나 내적 만족감을 충족하고 그 만족감을 미적인 것으로 충일한 낭만적 공간을 마련한다. 그러나 주체의 양심이 현실에서 파멸될 수밖에 없다는 절망적 통찰에서 벗어나지 못한다. 이러한 절망적 통찰은 주체의 양심을 실현할 수 있는 세계, 네이션을 상상하는 동력이 된다. 네이션의 상상은 환멸의 낭만성을 고조시키는 것이 아니다. 오히려 주체가 환멸의 세계를 정복하고 양심의 소리에 귀 기울이는 존재 물음의 과정이자 그것을 상상적으로 재구조화한 결과물이다. 네이션으로 호명된 주체는 출생지, 계급, 성별의 차이 없이 상상적 공동체로 통합되어 국민으로 창출할 준비를 한다. 개개의 주체들의 지난 과오 역시 네이션이란 상상의 공동체 속에서 용해되어 버린다. 이는 국민국가를 상상하는 방식이 균질적인 국민의 창출과, 그 핵심을 민족이라는 혈통 중심적 사고에 두고 있기 때문에 가능한 일이다.

:: 수록 작품 목록

no	수록 작품명	게재지	발표년도	비고
1	시일(是日)	생활문화	1946.1	
2	매화(梅花)	신소녀	1946.2	
3	고요한 뜰	대조	1946.5	
4	애모(哀慕)	대조	1946.5	
5	인생부(人生賦)	대조	1946.5	
6	파도(波濤)	신문학	1946.6	
7	귀향(歸鄕)	경향신문	1946.10.25~11.8	13회 연재
8	동녀기(童女記)	백민	1946.10	
9	동정녀(童貞女)*	한성일보	1946.11.14	
10	여인(女人)의 행복(幸福)*	민주일보	1946.12.1	
11	춘희(春喜)*	한성일보	1947.1.1~1.12.	2회 연재
12	운명(運命)	백민	1947.3	
13	파계승(破戒僧)*	조선일보	1947.3.23	
14	노안대경(老顔對鏡)*	새한민보	1947.6	
15	향로(香爐)	대조	1947.8	
16	원죄(原罪)의 사람들*	민성	1947.10	
17	눈물	대조	1948.1	
18	사랑의 집	실업조선	1948.1	
19	연락선(連絡船)	백민	1948.1	
20	첫눈	구국	1948.3	
21	굴욕(屈辱)의 생애(生涯)	민주경찰	1948.5	
22	수난자 김봉명전(受難者 金鳳鳴傳)	백민	1948.5	
23	모색(暮色)	민성	1948.6	
24	안해의 항의문(抗議文)	신천지	1948.6	
25	갈대와 가티	서울신문	1948.8.1~8.7	5회 연재
26	소녀(少女)의 주검	예술조선	1948.9	
27	실패(失敗)한 청춘(靑春)*	백민	1948.9	
28	제신제(諸神祭)**	『제신제』(수선사)	1948.10	
29	박꽃*	민성	1948.11	
30	남매	소년	1948.12	2회 연재 (2회만 수록)
31	암야행로(暗夜行路)	조선일보	1948.12.1~12.30	25회 연재

no	수록 작품명	게재지	발표년도	비고
32	경품권(景品券)	백민	1949.3	
34	서한(書翰)	학풍	1949.9	
33	연애 노정(戀愛 路程)***	신태양	1949.9~1950.1	3회 연재
35	냉혈 동물(冷血 動物)	신천지	1949.10	
36	혼명(昏明)	문예	1949.11	
37	신문 기자(新聞 記者)	신경향	1950.1	
38	사향가(思鄕歌) ―어떤 학도병(學徒兵)의 수기(手記)	백민20	1950.2	

* 콩트[掌篇小說]. 「박꽃」은 원본을 찾을 수 없어, 『색지풍경』(한국출판사, 1952)에 게재된 것을 수록함.
** 「제신제」는 『문장』 1940년 10월 게재 예정이었으나, 검열로 인해 게재되지 못하고 일문으로 수정하여 「산의 휴식(山の憩ひ)」(1943.4~5)으로 게재됨. 본 선집은 발표 시기별 수록 원칙에 따라, 「제신제」를 해방기 작품으로 분류하여 수록함.
*** 중편소설로 명시되어 있으나, 구성과 내용상 단편소설로 분류.